BASTEI
LÜBBE
TASCHENBUCH

Weitere Titel des Autors:

Das Schwert des Sehers

Titel in der Regel auch als E-Book erhältlich

Über den Autor

Daniel Loy ist das Pseudonym eines erstklassigen deutschen Fantasy-Autors. Neben einer Vorliebe für Gothic Rock und Kampfsport zählt der studierte Historiker vor allem zu seinen Hobbies, sich in fremde Welten zu versetzen. In seinen zahlreichen, bereits veröffentlichten Erzählungen und Romanen nimmt er die Leser gern dorthin mit.

Daniel Loy

DIE SPEERE GOTTES

Roman

BASTEI LÜBBE TASCHENBUCH

BASTEI LÜBBE TASCHENBUCH
Band 20776

1. Auflage: November 2014

Dieser Titel ist auch als E-Book erschienen

MIX
Papier aus verantwortungsvollen Quellen
FSC® C006701

Originalausgabe

Textredaktion: Monika Hofko, Scripta Literaturagentur, München
Lektorat: Ruggero Leò
Titelillustration: © Guter Punkt unter Verwendung von Motiven von © shutterstock/Andrey_Kuzmin; thinkstock/Hemera Technologies; shutterstock/Imageman; Thinkstock/milkal
Umschlaggestaltung: Guter Punkt, München
Satz: two-up, Düsseldorf
Gesetzt aus der Caslon
Druck und Verarbeitung: CPI books GmbH, Leck – Germany
Printed in Germany
ISBN 978-3-404-20776-3

Sie finden uns im Internet unter
www.luebbe.de
Bitte beachten Sie auch: www.lesejury.de

PRÄLUDIUM 1

Am Tage vor dem Vespertag des September
im 946. Jahr der Entrückung Bponurs
(19. September 962 nach Horomischer Zeitrechnung)

In den westlichsten Ausläufern des Ephelgrat

Der Eispalast brannte.

General Marin hörte das Brausen der Feuersbrunst. Er spürte den heftigen Wind, der nach oben fegte wie in einem Schlot und der die Männer vorwärtstrieb und ihnen den Weg wies.

Von der letzten Brüstung aus hatte Marin das Feuer gesehen. Die Spitze der Zitadelle selbst stand in Flammen, der Sitz und der Thronsaal der weißen Hexe. Marin war entschlossen, sich dorthin durchzuschlagen. Er musste sichergehen, dass sie nicht entkam.

Die Zitadelle der Zauberin nahm das obere Drittel des Berges bis hinauf zum Gipfel ein. Vom Tal aus betrachtet glich sie einer silbernen Krone, deren Glanz im Sonnenlicht die göttliche Macht zu verhöhnen schien. Es war ein kunstvolles Gebilde mit Erkern und Schnörkeln und feinem Zierrat, ganz aus Eis geformt und allein zusammengehalten von der Kraft der weißen Hexe.

Das Innere war genauso prunkvoll. Die Wände waren mit Ornamenten verziert, Schmuckbänder verliefen unter der Decke. Bauchige Säulen säumten die Balkone, fantastische Tiere und Ungeheuer duckten sich in jeden Winkel. Alles war detailreich aus Eis gemeißelt. Marin wusste um die Verderbtheit dieses Ortes. Dennoch hatte der Eispalast eine

Schönheit an sich, die die Sinne von Sterblichen bezaubern konnte.

In dem Korridor, dem sie jetzt folgten, gab es keine Fenster mehr, nur glatte, kalte Wände, die von innen heraus zu schimmern schienen. Es sah aus, als würde blaues Zauberfeuer durch das Eis hindurchflackern. Doch Marin wusste, es war das reine Licht der Abendsonne, das ihren Weg erhellte. Bponurs Auge reichte auch bis zu diesem Ort.

Er winkte mit dem Schwert und sah sich zu seinen Männern um.

»Vorwärts!«, stieß er schnaufend hervor und stapfte weiter.

Ein Rillenmuster im Boden gab den Füßen Halt. Auf dem ersten Wegstück hatten die Männer kaum gemerkt, dass sie auf Eis liefen. Aber jetzt zerfiel das Werk der Hexe. Ein feiner Wasserfilm rann herab und machte den Grund schlüpfrig. Das Feuer an der Spitze ließ das Schmelzwasser in die Gänge fließen.

Marin wurde langsamer.

Er wusste nicht, warum das Eis brannte. War es eine letzte Teufelei der weißen Hexe, mit der sie ihre Feinde zur Strecke bringen wollte? Oder hatten Marins eigene Leute das bewirkt, ohne es zu wollen, als sie den Berg erstürmten und den Irrgarten dort durchstreiften und alles Zauberwerk zerschlugen, das sie fanden?

Was auch immer der Grund war: Am Ende geschah es gewiss nach dem Willen Bponurs. Die funkelnde Festung der Zauberin würde keine weitere Nacht erleben. Sie würde zu Wasser zerfließen und den Berghang hinabrinnen, den sie einst gekrönt hatte, ausgebrannt vom eigenen Feuer wie eine schwärende Wunde.

Aber war ihre Aufgabe damit erfüllt?

Marin zögerte. Da drang ein Laut durch den Tunnel vor

ihm. Er hörte platschende Schritte, schwere Atemzüge und einen unterdrückten Fluch. Dann kam ein zischendes Geräusch mit großer Geschwindigkeit auf sie zu.

Marin hob das Schwert. Er warf einen Blick über die Schulter zurück.

Acht Krieger gehörten zu seiner Schar, und Marin war der Einzige, der nach der Art eines Ritters bewaffnet war: mit einem Kettenhemd und einem Langschwert. Seinen Schild und einige Speere hatte er beim Kampf in den unteren Tunneln verloren.

Seine Männer hatten von Anfang an nicht mehr dabeigehabt als das, was sie jetzt trugen: eine zerschlissene bräunliche Tunika aus ungebleichtem Leinen, mancher dazu noch einen Speer, andere ein Kurzschwert. Hari, der am Ende der Gruppe ging, hielt einen kurzen Bogen in der Hand. Der Pfeil lag auf der Sehne, und Hari hob die Waffe und zielte an seinen Gefährten vorbei in den Korridor hinein.

Vor zehn Jahren war Marin ein ganz gewöhnlicher Ritter gewesen, mit einem adeligen Namen und mit einem Gut, das in der spärlich besiedelten Mitte des Reiches lag und seit Generationen im Besitz seiner Familie war. Damals hätte er jeden Kriegsknecht besser ausgestattet, bevor der zu Felde gezogen wäre.

Dennoch hätte keiner seiner damaligen Knechte erbitterter gekämpft als die Krieger, die er heute anführen durfte. Denn inzwischen war Marin der Feldherr des Mahdi in Zomer, dem heiligen Propheten Bponurs auf Erden, und die Männer in seinem Gefolge waren die heiligen Krieger des Gottes.

Sie würden niemals weichen.

Marin wandte sich wieder dem Korridor zu, bereit, sich allem zu stellen, was von dort auf sie zukommen mochte. Aruk, der hinter ihm stand, streckte den Speer vor.

Eine Gestalt sauste um die Biegung vor ihnen und schlitterte auf dem Hosenboden auf sie zu. Marin hielt den Atem an und holte aus … da erkannte er die Tunika!

Es war einer von seinen Leuten.

Marin hielt den rutschenden Mann mit dem Stiefel auf. Aruk stützte ihn von hinten, damit er nicht umgerissen wurde. Der Mann rappelte sich auf. Er sah zerzaust aus und verdreckt, und er war tropfnass. Feine Eiszapfen klirrten an seinen Haarspitzen. Doch er hielt sein Kurzschwert umklammert und grüßte seinen General.

»Wir waren im Thronsaal der Hexe«, meldete er. »Der obere Teil der Festung ist verlassen, aber Farik und Izu sind erschlagen worden, als das Feuer die Eisblöcke an der Decke gelöst hat und die Halle eingestürzt ist. Das Eis, das heruntergefallen ist – es brennt wie Holz!«

Marin blickte über den Krieger hinweg. Vier weitere Soldaten kamen um die Biegung. Sie traten vorsichtig auf. Das Wasser reichte ihnen bis zu den Knöcheln und machte den Grund tückisch glatt.

Marin wandte sich seinen Männern zu. »Wir ziehen uns in den steinernen Teil der Festung zurück – in die Höhlen im Berg. Wenn die Hexe noch lebt, wird sie genauso vor dem Feuer fliehen müssen. Wir bewachen die Ausgänge.«

Sie rannten den Korridor zurück. Hari, der nunmehr an der Spitze lief, kam ins Straucheln. Mit einem Aufschrei schoss er den Gang hinunter und war im Nu außer Sicht.

Marin suchte Halt an den Wänden. Das Eis dort brannte an den Fingern, aber es war glatt und bot keinen Griff.

»Vorsicht«, warnte Marin seine Leute. »Langsamer. Wir werden die weiße Hexe nicht erwischen, wenn wir aus einem Fenster gespült werden.«

Ein kleiner Seitengang mündete von rechts in den großen Korridor. Die Männer tasteten sich daran vorüber. Die halbe

Schar war an der Einmündung vorbei, da schrie einer von Marins Kriegern auf: »Ihre Ungeheuer!«

Marin hob die Klinge und trat vor. Ein tierartiges Brüllen drang aus dem Zugang, und im selben Augenblick stürmten wilde Gestalten heraus: gedrungene Halbmenschen mit breiten Schultern, langen, behaarten Armen und platten Gesichtern. Sie schwangen Keulen mit Steinsplittern daran und Speere mit Spitzen aus Obsidian. Sie drängten Marins Begleiter zurück.

Marin stürzte sich in den Kampf.

»Die Missgeburten der Hexe«, rief er. »Auf sie, Männer. Lasst keinen von der Brut am Leben!«

Er wich einem Keulenhieb aus und trieb der höllischen Kreatur das Schwert in den Bauch. Er spürte den Widerstand der Muskeln. Sie waren hart wie Holz. Seine Klinge drang ein und blieb darin stecken.

Das Ungeheuer brüllte und schüttelte sich. Marin wurde die Waffe aus der Hand gerissen. Er rammte der Bestie das Knie in die Lenden, wich einem Speerhieb von links aus (er konnte nicht erkennen, ob es ein weiterer Gegner war oder der missgeleitete Angriff eines Kameraden), dann bekam er den langen Arm seines Feindes in einem Hebelgriff zu fassen und entwand ihm die Keule.

Mit einem Ruck befreite der Halbmensch seinen Arm. Er verpasste Marin einen Schlag ins Gesicht, der den Ritter mit brummendem Schädel zu Boden streckte.

Marin rollte sich außer Reichweite und hielt die Keule fest. Dann sprang er auf, noch halb blind und benommen von dem Treffer, und schlug zu. Er spürte, wie die Steinzacken der Waffe Haut und Fleisch aufrissen, und schlug abermals zu, wieder und wieder, bis der harte Schädel barst und das Geschöpf sterbend zu seinen Füßen lag.

Überall in dem Korridor kämpften nun Männer gegen

Monster. Das Wasser am Boden mischte sich mit Blut. Es reichte Marin bis fast an die Knie. Der Wind, der nach oben brauste, wurde zum Sturm, und die Strömung an den Beinen zerrte in die andere Richtung. Die ganze Festung dröhnte, und mit jedem Donnerschlag bildeten sich neue Risse in dem Eis. Wie milchige Blitze durchzogen sie die klare Kristallwand.

Die Kämpfer wälzten sich im Schmelzwasser, das sie langsam den Gang hinuntertrug: Menschen und Halbmenschen, verstrickt in tödlicher Umklammerung.

Da verlor Marin den Halt. Er trieb an den Kämpfenden vorüber, zwischen ihren Beinen hindurch. Wild ruderte er mit den Armen und versuchte, auf die Füße zu kommen. Doch der Boden war viel zu glatt. Hilflos schoss Marin den Gang hinunter, an Abzweigungen vorbei.

Bald war der Kampf hinter ihm außer Sicht.

Das Wasser war überraschend warm. Es trug den Eispalast ab, wusch Löcher in die Wände und unterhöhlte sie, es spülte Säulen und Zierrat fort. Dann floss es schneller, es wirbelte und brodelte. Ein helles Licht schimmerte vor dem Ritter auf – und im nächsten Augenblick schoss Marin zappelnd und um sich schlagend durch eine Lücke in der Außenmauer hinaus in die strahlende Abendsonne.

Er flog durch die Luft, mitten in einem schäumenden Wasserfall. Ganz kurz. Dann landete er auf dem Berghang, überschlug sich und rollte weiter hinab.

Ein vorstehender Felsblock hielt seinen Sturz auf.

Marin blieb liegen und atmete keuchend. Vor dem Stein hatte sich ein Bett aus Schnee gebildet, und Marin war fast weich darauf gelandet und deshalb unversehrt geblieben.

Er seufzte, rappelte sich auf und legte den Kopf in den Nacken.

Über ihm ragte die Zitadelle der Zauberin auf, umspielt

vom magischen Feuer wie von einem blauen Schleier. In den Flammen bog sich der hohe Turm, der ganze gewaltige Bau auf dem Gipfel neigte sich zur Seite, als wäre er aus zähem Haferbrei. Wasser schoss in Fontänen aus dem Eis und bildete gefrierende Bäche an den verschneiten Flanken des Berges.

Und dann, mit einem feuchten Ächzen, bog sich das weiche Eis noch weiter und brach. Die brennende Krone des Bauwerks riss ab und brauste als Lawine ins Tal.

Der Boden bebte, als die Eismassen sich talwärts wälzten. Der Palast der weißen Hexe riss die Schneedecke am Berghang mit sich, während er fiel. Schneebretter lösten sich, kleine Brocken rollten rings um Marin den Hang hinab.

Doch der Grund zu seinen Füßen hielt. Als das Donnern verhallte, war Marin unversehrt. Tropfnass stand er da, umtost von einem Wind, der das Wasser in seinen Brauen gefrieren ließ.

Von der Zitadelle der Zauberin waren nur noch ein paar Reste geblieben, aufgerissene Wandelgänge, die sich an den Berg klammerten und langsam zerfielen. Das letzte Schmelzwasser, das aus den Rissen lief, zog Eiszapfen hinter sich her.

Marin sah keine Bewegung in den Ruinen. Sein dampfender Atem trieb im Wind davon und verlor sich in den stillen Höhen des Ephelgrat.

Er zuckte die Achseln und stapfte den Berg hinab.

Bponur hatte ihm einen weiteren Tag geschenkt. Seine Arbeit auf dieser Welt war noch nicht getan. Es war an der Zeit, zum Sammelpunkt zurückzukehren und zu sehen, wer von seinen Leuten ihm geblieben war.

»Die weiße Hexe ist entkommen.«

Marin kniete zu Füßen des Mahdi, im großen Tempel Bponurs, und berichtete seinem Herrn, was geschehen war.

Vor wenigen Jahren war Zomer nur eine unbedeutende Kleinstadt in der Provinz gewesen, als Wegstation nahe der wenig genutzten Straße zwischen dem Westen und dem Osten des Reiches. Dann war der Mahdi hier erschienen.

Heute nannte man den Tempel Bponurs an diesem Ort auch die »goldene Halle«, denn der Mahdi hatte die Kuppel über dem Gotteshaus vergolden lassen. Für den prachtvollen Ausbau des Gebäudes hatten sie die Baumeister nehmen müssen, die sie auf der Straße hatten finden können oder die sich aus anderen Teilen des Reiches herlocken ließen. Keiner von ihnen war in der Lage gewesen, eine Kuppel von dieser Größe freitragend zu schaffen. Das Innere der Halle war daher voll mit schlanken Säulen aus Holz, und unter dem Dach standen die tragenden Balken so dicht, dass von der Kuppel nichts mehr zu sehen war.

Dennoch wurde auch der Innenraum dem Namen gerecht: Die Holzbalken waren vergoldet, die Wände überzogen mit Blattgold. Jeder Erker und Alkoven dort, alle Galerien, die hoch oben um den weiten Raum liefen, glänzten hell oder in einem würdevollen Schimmer, je nachdem, wie das Licht in der Halle darauffiel.

»Wir haben die Einheimischen befragt«, fuhr Marin fort. »Die wandernden Stämme im Norden. Ein paar von ihnen haben die Hexe gesehen. Anscheinend konnte sie durch einen verborgenen Tunnel entkommen mit einem Haufen ihrer Missgeburten … und in einer goldenen Sänfte.«

Unsicher blickte Marin zu seinem Meister auf.

Für den Mahdi war Gold ein heiliger Stoff – ein Metall in

den Farben der Sonne, die Tränen Bponurs, die auf der Erde erstarrt waren und die keinem anderen Zweck dienen durften als der Anbetung. Er selbst trug ein Gewand aus Goldbrokat und stand vor Marin in der Mitte der Halle, dort, wo die verborgenen Luken und Spiegel im Dach das Licht zu jeder Tageszeit zu einem scharfen Kreis bündelten. Bei der kleinsten Bewegung blitzte und glitzerte eine andere Stelle an seiner schweren Robe.

Aber der Mahdi nickte nur zu dieser letzten Gotteslästerung der Zauberin, und Marin berichtete weiter:

»Wie es hieß, ist sie in den Westen geflohen. Ich habe Trupps meiner Männer hinterhergeschickt, doch inzwischen muss sie die Lande der weltlichen Fürsten erreicht haben. Ich habe jedenfalls keine Nachricht erhalten, dass Eure Krieger sie eingeholt hätten.«

Unsicher verstummte er.

Er wagte nicht länger, zu seinem Herrn aufzusehen.

Auf den ersten Blick war der Mahdi eine plumpe Gestalt, ein massiger Mann von mittlerer Größe, mit mildem, aber ein wenig zu weichem Gesicht, der trotz seiner Leibesfülle kaum in der Lage schien, die prunkvollen Gewänder auszufüllen, die er zu Ehren des Gottes trug.

So hatte Marin ihn gesehen, als er zum ersten Mal vor den Mahdi geführt worden war – damals, als die Reiter dieses Mannes sein Landgut an den Nordufern des Altlandmeeres überrannt und seine ganze Familie getötet hatten.

Doch dann hatte er dem Mahdi in die Augen geblickt und den Schimmer des göttlichen Reiches darin erkannt, noch bevor der Prophet die Stimme erhoben hatte – eine Stimme, in der etwas lag, ein schwer zu beschreibender Klang, der allem Irdischen entrückt schien und der keinen Zweifel daran ließ, dass es Bponur selbst war, der hier zu den Menschen sprach.

Nur ein Augenblick, und Marin hatte an diesen Mann und dessen Botschaft geglaubt. In wenigen Jahren war Marin zum Heerführer des Mahdi aufgestiegen und wollte dabei doch nur eines: Einlass finden in das himmlische Reich, das er hinter den Augen des Propheten erkannt hatte.

Aber Bponur rief nur diejenigen zu sich, die ihm auf Erden treu gedient hatten, und dieser mühevolle Dienst war nun Marins Leben, bis zu dem Tag, da Bponur – endlich, endlich! – beschließen würde, dass es genug war und dass Marin sich als würdig erwiesen hätte.

»Ich könnte mehr Krieger zusammenrufen und ihr nachsetzen«, brachte er vor.

Der Mahdi verwarf den Vorschlag mit einer knappen Geste.

Seine Stimme klang sanft und ohne Zorn, als er antwortete.

»Lass sie ziehen. Es ist Bponurs Wille.«

Marin blickte wieder zu ihm auf. Der Mahdi lächelte.

»Bponur hat diese verderbte Hexe in den Westen ziehen lassen, damit sie dort unsere Feinde vergiftet«, fuhr der Mahdi fort. »Wir können uns später um das kümmern, was sie übrig lässt. Im Augenblick zählt nur, dass wir sie aus dem Norden vertrieben haben. Dieser Krieg, der uns seit Jahren gehemmt hat, ist vorüber – jetzt können wir uns den wichtigen Dingen zuwenden.«

»Herr?« Marin blickte den Mahdi fragend an.

Der sah über ihn hinweg, sein Blick verlor sich in der Leere außerhalb des Tempels, auf ein Bild gerichtet, das Marin nicht wahrnehmen konnte.

»Sammle mein ganzes Heer in Zomer«, befahl der Mahdi. »Du hast den Winter über Zeit, die heiligen Krieger neu auszubilden. Bringe ihnen bei, wie man gegen Ritter besteht.«

»Herr?«, wiederholte Marin. »Was habt Ihr vor?«

»Es ist der Wille Bponurs«, sagte der Mahdi. »Die Zeit ist gekommen, dass der Gott das Herz seines Reiches zurückfordert.«

PRÄLUDIUM 2

Am Mondtag des November,
im 20. Jahr nach der Krönung von Agos I.
(31. November 962 nach Horomischer Zeitrechnung)

Barratain, Hauptstadt des Ostens

Die Kathedrale Bponurs in Barratain hatte wenig Ähnlichkeit mit den großen Tempeln im Westen. Es gab keine freitragende Kuppel, stattdessen bestimmten klare und gerade Linien den Raum. Der Grundriss war ein lang gezogenes Dreieck. Das Dach verjüngte sich zur Spitze, zum Altarraum hin, als wollte es sich in den Himmel bohren. Wie so viele Tempel im Osten hatte die königliche Kathedrale einen Turm an jeder Ecke. An der Südspitze blickte man vom Altar aus gleich in den Turm hinauf, ohne Zwischengeschosse bis zu den Fenstern an der Spitze, als hätten die Baumeister den Blick des Herrn in der Höhe einfangen und auf den Ort der Anbetung lenken wollen.

An diesem Tag schwebte ein getragener Choral in den hohen, freien Raum empor, vom Mittelschiff, wo sich die Ritter versammelt hatten, vorbei an den Emporen und Wandelgängen, wo der höhere Adel und die Geistlichkeit ihren Platz hatten, bis unter das Dach hinauf und in den Altarturm hinein.

Vilia von Blauenbach, die Kämmerin vom Orden der Heiligen Speere Bponurs und Priesterin im Rang einer Prälatin, stand in vollem Ornat – einer glutroten Robe mit goldgelbem Saum und einer Schärpe aus schwerem Goldbrokat – zwischen ihren Standesgenossen und bemühte sich, den Ton zu halten. Ihre Stimme zitterte. So ergriffen war sie in dieser Stunde, dass sie zu fühlen glaubte, wie das Lied hinaufstieg bis zum Gott selbst … ganz gewiss aber drangen die Klänge tief in ihr Herz. Ihr Blick jedoch, das musste sie zugeben, wollte sich nicht von der Erde heben. Immer wieder senkte er sich in den Altarraum hinab, als würde er von dort angezogen – von dort, wo ihr ältester Sohn auf den Stufen kniete und den Ritterschlag empfangen sollte.

Bennos hatte den gestrigen Tag mit Gebeten und Ritualen der Reinigung verbracht. Die ganze letzte Nacht hatte er mit den anderen Eleven in der Kathedrale ausgeharrt und auf der harten Treppe vor dem Altar gekniet, nur bekleidet mit einer weißen Kutte aus dünnem Leinen als Schutz vor der Kälte des November.

Dennoch hielt er sich an diesem Morgen ganz gerade, das Antlitz dem Prälaten zugewandt, der die Messe las. Die braunen Locken fielen ihm über die breiten Schultern, und die Muskeln unter der Tunika spielten im Takt des Gesangs. Vilia glaubte sogar, seine kraftvolle Stimme aus dem Chor herauszuhören.

Es mochte eine Sünde sein, mitten in der Kathedrale Bponurs und während eines Gottesdienstes solchen Gedanken nachzuhängen. Aber sie empfand Stolz auf ihren Sohn! Fast schmerzlich erinnerte er Vilia an seinen Vater, an jene Zeit vor mehr als zwanzig Jahren, als sie Bregar am Hof des Grafen an Fanuir kennengelernt hatte.

Ihr Blick wanderte zur Seite, dorthin, wo Bregar von Leutenfeld saß, der Großkomtur ihres Ritterordens, ein Berater des Königs – und ihr Mann. Auch dieser Gedanke mochte eine Sünde sein. Bponur war der Gott der Sonne und der Fruchtbarkeit, und seine Priester waren keineswegs zur Keuschheit verpflichtet. Aber sie heirateten nicht und gründeten keine Familie.

Dennoch hatte Bregar alle ihre Kinder anerkannt. Sie hatten sich die Freiheit genommen, ihre Söhne und ihre Tochter nicht in die Obhut der Kirche und des Grafen zu geben, sondern einen eigenen Hausstand zu gründen und sie dort zu erziehen. Schließlich hatte Bregar seinen ältesten Sohn sogar selbst zu seinem Knappen gemacht und ihn ausgebildet – bis zum heutigen Tage, an dem die Ausbildung vorüber war und er den Ritterschlag empfing.

Es mochte eine Sünde sein, und ganz gewiss widersprach es den Gepflogenheiten der Kirche und der geistlichen Ritterorden. Aber bewies der heutige Tag nicht, dass Bponur ihnen am Ende seinen Segen gespendet hatte?

Bponur hatte ihnen eine Gnade erwiesen. Und er tat es noch. Vilia wollte diesen Gedanken festhalten – gerade weil ihr das in den letzten Jahren immer schwerer fiel.

Ja, in dem jugendlichen Antlitz ihres Sohnes erkannte sie den Vater wieder, dessen breite Wangenknochen, das markante Kinn. Das Temperament und das Funkeln in den Augen, mit dem er für das focht, was er für recht hielt. Aber Bregars Gesicht war mit den Jahren hager geworden, sein Gemüt ruhiger. Sein Blick, wenn sie einander in diesen Tagen sahen, wirkte oft müde und abwesend. Und das blonde Haar, das immer schon heller gewesen war als das seines Sohnes, verlor allmählich den Schimmer und verblasste. Wie lange würde es dauern, bis sie beide grau waren?

Wie lange, bis ihnen nur noch ihre Ämter und Pflichten blieben und nichts mehr von der Familie, die sie einmal gewesen waren?

Vilia seufzte unwillkürlich. Der Stolz auf diesen Tag vermischte sich mit Wehmut. Sie dachte an Bregars Ritterschlag zurück, an einen anderen Jüngling an einem Frühlingstag. An eine Entscheidung, die sie einst getroffen hatte und die sich irgendwie zu verlieren schien im Strom der Jahre.

Es gab keinen Streit. Aber auch keine Leidenschaft mehr. Nichts als beständige Treue – die einfach nur alt und grau und leblos wurde mit den Menschen, die sie pflegten. Vilia fragte sich, wann es so weit gekommen war und ob es vielleicht schlicht der Lauf der Dinge war und ebenso eine Gnade Bponurs, für die sie dankbar sein sollte.

Immerhin war Bregar heute hier. Zusammen mit seinem Sohn. Gewiss empfand er genauso viel Stolz wie sie, und das verband sie doch. Am Abend, bei einem kleinen Festmahl nach dem Turnier und den offiziellen Feierlichkeiten, würden sie wieder ein wenig mehr eine Familie sein, als sie es in den letzten Jahren gewesen waren. Sie suchte Bregars Blick.

Dabei entdeckte sie einen kleinen Mann, der die blaue Livree des Königshofes trug und sich den Weg durch die versammelten Prälaten auf der Empore bahnte. Die Schärpe um seinen Leib wies ihn als einen vereidigten Boten des Thronrates aus.

Auch Bregar hatte den Mann inzwischen bemerkt. Er blickte dem Boten entgegen, der sich bis zu ihm durchdrängte. Unruhe entstand auf der Empore, und der Gesang begann zu schwanken, missbilligende Blicke und sogar die eine oder andere unterdrückte Beschimpfung folgten dem Hofbediensteten auf seinem Weg durch die Reihen. Vilia runzelte die Stirn.

Aus der Ferne verfolgte sie, wie Bregar und der Bote die Köpfe zusammensteckten und miteinander flüsterten. Etwas veränderte sich in Bregars Haltung. Vilia konnte nicht sagen, ob es ein erschrockenes Zusammenzucken war oder im Gegenteil ein Aufwallen von Energie – wie ein Anspannen der Muskeln vor dem Sprung.

Sie sah, wie Bregar an der Seite des Lakaien die Empore verließ. Plötzlich fehlte ihr der Atem für den Gesang. Sie verbarg es hinter einem Hüsteln.

Bregar entfernte sich aus dem Gottesdienst, mitten in der Andacht!

Was bei allen Heiligen konnte wichtiger sein als der feierliche Ritterschlag seines eigenen Sohnes und Knappen?

Noch spät saß Vilia im Empfangsraum ihrer Gemächer im Sitz des Ordens. Es war still geworden. Sie hatte sich früh von den Feierlichkeiten zurückgezogen, um auf Bregar zu warten. Nun fragte sie sich, ob er heute überhaupt nach Hause kommen würde.

Sie spähte zu dem kleinen Fenster des Raumes. Die Lücken in dem Bleigitter waren mit rotem und braunem Glas gefüllt, doch zu dieser Stunde wirkten sie bereits schwarz. Der Himmel war bedeckt, und kein Lichtstrahl stahl sich in den Hof, der jenseits der Scheiben lag.

In letzter Zeit blieb Bregar oft im Palast. Er hatte ein eigenes Zimmer dort und schlief inzwischen selten im Haus der Heiligen Speere – hier, wo er und Vilia und die Kinder ihre Räume zu einer kleinen Wohnung zusammengefasst hatten.

Vilia nippte an ihrem Wein. Die Flammen im Kamin waberten über der Glut und spendeten kaum noch Licht. Sollte sie neues Holz nachlegen?

Sie trank das Glas leer, und in diesem Augenblick hörte sie einen Laut an der Tür.

Sie stand auf.

Bregar trat ein. Er warf den Mantel über die Kommode, ging ein paar Schritte weiter ins Zimmer und zuckte zusammen, als er seine Frau neben dem kleinen Tisch bemerkte.

»Du bist hier«, sagte er. »Ist die Feier nach dem Turnier schon vorüber?«

»Ich weiß nicht«, sagte Vilia. »Ich habe auf dich gewartet.«

Bregar winkte ab. »Das wäre nicht nötig gewesen.«

»Das Gelage der jungen Ritter ist ohnehin nichts für uns.«

Vilia rang sich ein Lächeln ab. »Und du hast das Turnier versäumt. Du hast den Gottesdienst verlassen.

Ich dachte, da gäbe es etwas Wichtiges, von dem du mir berichten willst.«

»Ach, das.« Bregar sah sich um. Er vergewisserte sich, dass die Tür geschlossen war. »Es ist noch nicht offiziell bekannt …«, fuhr er zögernd fort.

»Bregar!«

Beschwichtigend hob dieser die Hand. »Schon gut. Schon gut. Ein richtiges Geheimnis ist es ohnehin nicht. Bald wird jeder Krämer auf der Straße davon erzählen. Der Kaiser in Horome ist tot.«

Vilia hob eine Braue. »Und?«, fragte sie.

Bregar zuckte die Achseln. »Nichts ›und‹. Noch nicht, jedenfalls.«

»Dafür hast du den Ritterschlag deines Sohnes versäumt?«

Bregar seufzte. Er ging zum Tisch, betrachtete die Weinkaraffe prüfend und schenkte sich ein.

»Ich verstehe, dass es bedeutsam ist«, sagte Vilia. »Aber es ist eine Nachricht vom anderen Ende des Reiches, und wir haben die Truppen des Kaisers vor mehr als dreißig Jahren vertrieben. Inwiefern betrifft es uns also?«

»König Pleuras hat Barrat befreit«, berichtigte Bregar sie beiläufig. »Bponur habe ihn selig. Horome ist seither mit jedem neuen Kaiser schwächer geworden. Und jetzt gibt es überhaupt keinen mehr.«

»Keinen Kaiser?« Vilia runzelte die Stirn. Ihr fiel tatsächlich nicht ein, ob Aredrel vom Hause Callindrin einen Erben gehabt hatte. Das Reich war gespalten, und seit der Kaiser in Horome und der König in Barratain die Trennung und die Teilung der Macht verkündet hatten, war der Westen weit entfernt gewesen.

»Ich nehme an, irgendeinen Nachfolger werden sie bald

krönen.« Bregar machte eine ausholende Geste mit dem Kelch, den er sich soeben vollgeschenkt hatte. »Der Bote ist losgeritten, bevor die Nachricht von Callindrins Tod offiziell war. Er wusste darum nicht, was danach geschah.

Aber wer auch immer den Thron besteigt: Einen unumstrittenen Anwärter gibt es nicht. Und der alte Callindrin war schon zu schwach, um seine Hälfte des Reiches zusammenzuhalten. Der Nachfolger wird Jahre brauchen, um sich Respekt zu verschaffen – wenn es ihm überhaupt gelingt.«

»Wer weiß?« Vilia war voller Zweifel. Was nutzte es, Mutmaßungen über die Politik am anderen Ende der Welt anzustellen? »Selbst wenn es dort zum Bürgerkrieg kommt, wird das nicht bis zu uns dringen … oder?«

Sie dachte an ihren eigenen König, Agos I., der nach einigen politischen Fehlschlägen so ziemlich allem den Rücken gekehrt hatte und kaum noch in Erscheinung trat. Ein bitteres Lächeln zog sich um ihre Lippen. Sie hatten wenig Grund, über den schwachen Kaiser in Horome zu spotten!

Was, wenn der Thronstreit im Westen die Fürsten des Ostens dazu ermutigte, ihre bisherige Eigenständigkeit noch angriffslustiger zu vertreten?

Sofort verwarf Vilia diesen Gedanken wieder.

Die Ritterorden waren stark. Sie sorgten für das Gleichgewicht in diesem Teil des Reiches. Die heiligen Ritter Bponurs würden niemals einen Aufruhr dulden, der die gottgewollte Ordnung in Frage stellte, und wer auch immer in Barrat die Schwäche des Königs ausnutzen wollte, der hätte einen Großteil des Landes gleich gegen sich.

»Nein«, bemerkte sie entschieden. »Der Streit im Westen betrifft uns nicht. Unsere Ritter werden den Frieden bewahren, in den Provinzen des Königs ebenso wie an den heiligen Grenzen unseres Reiches.«

»Allerdings.« Bregar hob den Kelch und lächelte. »Überall auf dem Boden des Königs. Überall auf dem Boden des Reiches.«

Es dauerte einen Moment, bis Vilia die Bedeutung dieser Worte erfasste.

»Du willst Ritter in den Westen schicken?«, fragte sie erschrocken. »Du willst dich in die Auseinandersetzungen am Ragnat einmischen?«

»Nicht nur das.« Bregar knallte den Kelch so schwungvoll auf den kleinen Tisch, dass der Wein überschwappte. In dem dunklen Raum sah das aus wie ein Spritzer Blut. »Das gottlose Kaisertum liegt am Boden. Die Provinzen im Westen sind entzweit. Jetzt ist der Zeitpunkt gekommen, das Reich wieder zu vereinen.

Ich werde mich nicht einfach *einmischen*. Ich werde ein Heer in den Westen führen, die Grafen dort zur Gefolgschaft zwingen und dem König das *ganze* Reich zu Füßen legen.«

»Nein.« In Vilias Kopf wirbelten die Gedanken durcheinander. »Das ist unmöglich. König Agos hat davon geträumt, als er jung war. Aber schon der Versuch, seine Fürsten für einen gemeinsamen Heereszug zu vereinen, hat nichts als Streit und Zerrüttung über unser Land gebracht. Wie kannst du etwas wagen, woran der König selbst gescheitert ist?«

Bregar schnaubte. »Das ist doch schon eine Ewigkeit her. Die Zeiten haben sich geändert. Wir brauchen die Fürsten in Barrat nicht mehr. Ein Heer von aufrechten Rittern reicht aus, um den Sieg zu erringen. Und wenn der Westen wieder an der Seite des von Bponur gesalbten Monarchen steht, dann werden auch die Fürsten hier bescheidener auftreten.

Unser König Agos wird sich wieder vor seinen Großen zeigen und seine Krone zurückfordern. Die Fürsten werden das Knie vor ihm beugen, und es wird ihnen leidtun, dass sie vor fünfundzwanzig Jahren nicht zur Stelle waren, als ihr

König sie gerufen hat und das Reich vereinen wollte. Überleg einmal …«

Erregt ging Bregar im Zimmer auf und ab und fuchtelte mit den Armen. Alle Müdigkeit schien von ihm abgefallen zu sein. »Überlege doch, Vilia, was das bedeutet: Der König wird seine Herrschaft und sein Reich zurückerhalten. Aus den Händen der Ritter wird er es empfangen, nicht aus den Händen seiner Grafen! Ein neues Zeitalter wird anbrechen. Ein neues Zeitalter des Glaubens und der Ordnung.«

»Und du willst der Ritter sein, der das alles herbeiführt?« Vilia blickte zweifelnd.

Bregar hielt unvermittelt inne und sah sie an. »Ich bin genauso gut dafür geeignet wie jeder andere«, sagte er. »Und ich bin derjenige, den Bponur an die richtige Stelle gesetzt hat. Wir haben den ganzen Winter über Zeit, diesen Feldzug zu planen …«

»Glaubst du wirklich, du kannst alle Ritterorden dafür vereinen? Ich weiß einfach nicht, wie du ein Heer zusammenbekommen willst, das groß genug ist für eine solche Aufgabe.«

Bregar starrte sie an. Einen Moment lang bemerkte Vilia das wilde Funkeln in seinen Augen, das sie so fasziniert hatte – damals, in ihrer Jugend. Heute fragte sie sich, ob es tatsächlich Leidenschaft war, was damit zum Ausdruck kam, oder nicht vielmehr Besessenheit. Der Drang, etwas zu beweisen.

Vilia seufzte. Sie musste zugeben, nicht nur Bregar hatte sich verändert. Früher hatte sie weniger gezweifelt.

»Ich weiß bereits, wo ich ein Heer dafür finde«, verkündete Bregar. »Bponur selbst hat es für mich bereitgestellt, genau zur richtigen Zeit.

Ich muss es nur noch abholen und in den Westen führen.«

I. TEIL

FRÜHLING

1. KAPITEL

Am Tag vor dem Fest des Lebens,
im 21. Jahr nach der Krönung von Agos I.
(29. März 963 nach Horomischer Zeitrechnung)

Talheim

Talheim war der Sitz eines Grafen im Osten des Amradim, der westlichsten Provinz von Barrat. Zugleich war die Kleinstadt eine geschäftige Wegstation an der alten Reichsstraße. Sie lag direkt am großen Strom, und manch ein Kartenzeichner war zu dem Schluss gekommen, dass sie den geografischen Mittelpunkt der östlichen Reichshälfte überhaupt darstellte. Im städtisch geprägten Westen des Reiches hätten alle diese Eigenschaften ausgereicht, um eine Metropole zu prägen. Im Osten war gerade einmal eine Residenzstadt mit mehreren Hundert Einwohnern daraus geworden.

Heute jedoch, am Vorabend der Frühjahrs-Tag-und-Nacht-Gleiche, brodelte der Ort vor Leben, und das lag nicht nur an den bevorstehenden Festlichkeiten. Auf den Feldern vor der Stadt erstreckte sich ein Meer von Zelten. Bunte Flaggen und Wimpel knatterten darüber in der feuchten Frühlingsluft. Knechte und Mägde eilten geschäftig umher, auf den freien Flächen maßen Ritter ihre Kräfte in allen möglichen Kampfspielen, auch wenn das Turnier zu Ehren der Gottheit erst in zwei Tagen anstand. Marketender und fahrende Händler hatten zwischen dem Lager und dem Ort endlose Reihen von Tischen aufgestellt, mit Verkaufszelten und mit Ständen in festen Pferdewagen dazwischen.

Laute Stimmen hallten über den Platz, Gelächter und Rufe und Flüche, das Wiehern der Pferde und das Hämmern der Schmiede, die Waffen und Rüstungen ausbesserten.

Hragaud an Dantuir, der Marschall vom Orden der Flamme Bponurs, ein stämmiger Ritter mit bereits ergrauendem Haar und Vollbart, stand vor seinem blau und weiß gestreiften Zelt und ließ den Blick über das Werk schweifen, das er geschaffen hatte. Über ihm, zu beiden Seiten des Eingangs, wehten die Flaggen mit dem Wappen seiner Familie und dem seines Ordens: ein aufgespießter Eber auf grünem Grund und die rote Flamme vor dem goldenen Sonnenkreis am lichtblauen Firmament. Ein Knappe und ein Diener warteten neben ihm. Hinter ihm waren ein Tisch aufgestellt und einige Stühle, aber Hragaud wollte sich nicht niederlassen. Er wollte so viel sehen, wie er nur konnte – hier, wo der gewaltige Heerzug sich sammelte –, ein Heer, das *er* in Bewegung gesetzt hatte.

Das Fest der Freude hatte er noch in Horome verbracht, als Adjutant des Eutychus vom Eiselstein, der die geistlichen Ritterorden des Reiches am Hofe des Kaisers vertrat. Eine langweilige Stelle, die weder Ruhm noch Aufstieg verhieß. Die einen verachteten die »Sesselreiter«, die wie Schreiber oder Fürsten ihre Tage im höfischen Leben zubrachten, die anderen blickten mit Misstrauen auf die Ritter, die ihren Dienst in der angeblich gottlosen Hauptstadt des Westens leisteten.

Es war ein notwendiges Übel, so hatte Hragaud es von allen Seiten gehört, als er die Stelle angetreten hatte. Die Orden brauchten eine Stimme im Umfeld des sittlich verderbten Kaiserhofs. Zugleich jedoch war jeder überzeugt, dass jeder, den man dorthin schickte, auf verlorenem Posten stand. Niemand konnte dort etwas erreichen, nicht einmal einen ehrenvollen Tod.

Hragaud hatte das Gegenteil bewiesen.

Er hatte seine Zeit in Horome genutzt und unter den Rittern des Westens für seinen Feldzug geworben. Er hatte auch die Unterstützung vieler Priester gewonnen – von Grafen und Metropoliten und Prälaten –, und endlich, nach Jahren der Planung, sammelten sie sich hier, all die frommen Streiter von edler und unedler Abkunft, die seinem Ruf gefolgt waren.

Es war der größte Heilige Krieg, seit das Reich die Ronurer und deren Hexenmeister niedergeworfen hatte. Damals, vor achthundert Jahren, waren die Ritter des Omukchar in den Westen gezogen und hatten im Schwarzen Gebirge alle erschlagen, die zweihundert Jahre davor die Heiligen Lande überfallen hatten. Heute gingen sie in die andere Richtung, über die Berge und die Grenzen des Reiches hinaus, um auch im Osten jedes gottlose Ungeheuer auszumerzen, das die Länder der Menschen bedrohte.

Nur zwei solche Feldzüge in achthundert Jahren, und er, Hragaud an Dantuir, ein einfacher Ritter aus altem Geschlecht, führte einen davon! Natürlich empfand er Stolz bei diesem Gedanken, obwohl noch viel zu tun blieb, bevor er diesen Dienst an der göttlichen Ordnung erfüllt hatte.

»Es müssen Tausende sein, Herr«, sagte Madivan, sein Knappe.

»Ein paar Hundert Ritter vielleicht.« Hragaud kniff die Augen zusammen und versuchte, die Wappen im Lager auszumachen. »Und allerhand Volk. Aber es werden mehr kommen, bevor die Festtage vorüber sind. Und weitere werden sich uns anschließen, wenn wir durch Barrat in den Osten ziehen.«

Tatsächlich waren weniger Ritter hier, als er gehofft hatte. Es waren hauptsächlich die Truppen, die er aus dem Westen mitgebracht hatte, und viele darunter waren einfache Krieger.

Söldner, die einmal im Leben etwas Heiliges tun wollten; Bauern, die sich zu diesem Zweck dem Gefolge eines Herrn angeschlossen hatten. Vermutlich kamen eine Menge Kämpfer von ritterlicher Abkunft hinzu, die man kaum als solche erkennen konnte – die Traditionen im Westen hatten eine lange Zeit des Niedergangs hinter sich. Hragaud hätte sich etwas Besseres gewünscht für seinen Feldzug.

Aber er hatte auch gehört, dass alle großen Ritterorden des Ostens beachtliche Abordnungen geschickt hatten; dass viele Lehnsritter aus Barrat sich sammelten. Noch wollten sie sich nicht mit dem Heer vereinigen, das Hragaud von Horome aus herangeführt hatte, und lagerten in Alzerat – einen knappen Tagesmarsch entfernt. Doch sie würden kommen. Wie hätten die großen Ritterorden einem Heiligen Krieg fernbleiben können?

Und wenn der Westen und der Osten sich erst einmal unter einem Banner vereint hatten und gemeinsam für das Reich und für die Menschen kämpften, hatte er, Hragaud, dann nicht mehr für die Einheit des Reiches getan als all die Fürsten mit ihren zahllosen Kriegen in den letzten Jahrhunderten?

»Da kommt jemand«, meldete Madivan.

Hragaud schaute in die Richtung, die sein Knappe ihm wies. Eine größere Gruppe bahnte sich dort den Weg durch das Gewimmel des bunten Feldlagers. Sie hielten auf sein Zelt zu, das auf einem kleinen Hügel genau in der Mitte stand. Ein hochgewachsener Mann mit blondem Haar ging an der Spitze. Hragaud sah Stahl unter einem roten Überwurf glänzen. Er erkannte das Wappen, noch bevor er das Gesicht erkannte.

Drei gekreuzte Speere in dem goldenen, dreigezackten Bponurskreis.

Bregar!

Widerstreitende Gefühle regten sich in Hragauds Brust. Freude und ein wenig Bitterkeit. Doch gab es einen besseren Zeitpunkt, um an die Tage der Freundschaft anzuknüpfen? Jetzt, wo alle Ritter ihre Kräfte zu einem gemeinsamen Unternehmen bündelten?

»Hol die anderen«, befahl er dem Diener. »Wo treiben sie sich herum? Wir haben Gäste. Besorgt Wein, und zwar den besten.«

Dann streckte er die Arme aus und ging den Besuchern entgegen.

»Bregar!«, rief er aus. »Willkommen bei unserem Krieg. Du führst die Abordnung der großen Orden?«

Hragaud erkannte die Meister und die Komture unter Bregars Begleitern. Die Ritter des Ostens waren erschienen, wie er es erwartet hatte. Bregar legte Hragaud die Hände auf die Schultern und begrüßte ihn. Er hatte ein schiefes Lächeln auf den Lippen. Hragaud nahm an, dass in Bregar dieselben Gefühle miteinander rangen wie in ihm selbst.

»Hragaud an Dantuir«, sagte Bregar förmlich. »Es ist lange her.«

»Aber jetzt seid ihr gekommen«, erwiderte Hragaud. »Wir werden Großes erreichen.« Einladend wies er auf sein Zelt.

Ein paar Knechte waren herangekommen und schafften den Tisch nach drinnen. Hragaud sah Qualm aus dem Rohr in der Dachklappe steigen, als die Bediensteten den Ofen im Inneren des Zeltes weiter anheizten.

Bregar warf einen knappen Blick in die Richtung und schüttelte den Kopf.

»Ich würde einen Spaziergang über die Felder vorziehen. Abseits des Lagers.«

»Warum?«, fragte Hragaud überrascht. Der Wind blies frisch, wenn man aus dem Schutz der Zeltwand trat. Die Wolken kündigten Regen an. Er sah keinen Grund, wieso die künftigen Führer des Heiligen Krieges ihr erstes Treffen auf so unbequeme Weise halten sollten.

»Unter Bponurs freiem Himmel sind wir vor ungebetenen Lauschern besser geschützt als hinter den dünnen Planen eines Zeltes.«

Hragaud lachte. »Ich habe alle Berichte studiert, die wir über unsere Feinde bekommen konnten. Es sind primitive Ungeheuer ohne Kultur. Sie haben gewiss keine Spione in unser Lager eingeschleust. Wir sind einen vollen Monat von ihrer Grenze entfernt. Sie ahnen nicht einmal, dass wir kommen!«

»Du hast viele Männer aus dem Westen hergeführt. Selbst deine Diener hast du in Horome angeworben!«

Hragaud bezweifelte, dass Bregar jedem Diener aus zehn Schritt Entfernung dessen Herkunft ansehen konnte. Aber er wollte nicht darüber streiten.

»Du hast recht«, sagte er nur. »Und wir werden die nächsten Monate zusammen marschieren und zusammen kämpfen. Wir gehören alle zum selben Reich, vereint gegen einen gemeinsamen Feind.«

Bregar zuckte die Achseln und ging weiter, rechts an seinem Zelt vorbei. Hragaud folgte ihm, und die anderen Ordensherren schlossen sich in ein paar Schritt Abstand an. Hragaud wunderte sich, wie schweigsam sie waren.

Bregar warf einen Blick über die Schulter zurück und wies auf Hragauds Knappen. »Ohne den«, sagte er.

»Madivan stammt aus dem Amfurther Land. Amradim. Aus dem Osten.«

»Was wir zu besprechen haben, ist nicht für Knappen bestimmt.«

Hragaud spürte, wie Zorn sich in ihm regte. *Nicht für Knappen bestimmt*, hatte Bregar gesagt. Aber Hragaud spürte, dass mehr dahintersteckte. Madivan hatte die letzten Jahre mit Hragaud in Horome gelebt. Glaubte Bregar, dass man dem Jungen darum nicht mehr trauen konnte? Dass der Westen seine Gedanken vergiftet hatte?

Dachte er womöglich dasselbe über Hragaud?

Er und Bregar hatten ihre Jugend gemeinsam verbracht. Sie waren Freunde gewesen. Ihr Abschied, wie auch die letzten gemeinsamen Monate, war nicht ungetrübt gewesen, aber der Gedanke, dass Bregar vielleicht auch ihm *misstraute*, dass er nur darum mit Hragaud sprach, weil er den Feldherrn des Kriegszuges nicht einfach fortschicken konnte, der Gedanke kränkte ihn.

Hragaud ballte die Hände zu Fäusten.

»Madivan«, stieß er hervor. »Warte beim Zelt.«

Geduld, ermahnte er sich. Geduld war eine Tugend. Wenn Bregar das Vertrauen in ihn verloren und ihre Freundschaft vergessen hatte, dann bot der Feldzug genug Gelegenheiten, beides wiederzugewinnen.

Hragaud wollte das große Ereignis nicht mit einem Streit beginnen.

Schweigend gingen sie nebeneinander her, bis sie das Treiben im Lager hinter sich gelassen hatten. Die Ordensmeister in ihren bunten Wappenröcken folgten ihnen wie eine Leibwache.

Hragaud wurde sich bewusst, dass er in der Schar wohl der einzige gebürtige Ritter war. In den geistlichen Ritterorden waren sie alle Brüder. Sie waren alle Ritter, und wer von fürstlichem Geblüt war und in einen Orden eintrat, der legte die Vorrechte seines Standes ab. Dennoch waren es meist die Ritter aus gräflicher Familie, die es bis in die höheren Ämter schafften.

Hragaud fragte sich, ob es wohl darum ging. Wollten sie daran zweifeln, dass er sie führen durfte? Er spannte sich an.

Als sie auf freiem Feld waren und allein, ergriff Bregar das Wort.

»Der Kaiser in Horome ist gestorben.«

Hragaud wandte überrascht den Blick zu ihm. Das hatte nichts mit seinem Feldzug zu tun, auch wenn es ihm auf andere Weise genug Probleme bereitet hatte.

»Dort regiert jetzt eine Kaiserin«, antwortete er so nüchtern wie möglich.

»Nicht unumstritten, wie man hört«, stellte Bregar fest.

»Es gibt wohl eine Art Auseinandersetzung«, räumte Hragaud widerstrebend ein. »Womöglich sogar einen richtigen Krieg. Der Kanzler der neuen Kaiserin jedenfalls hat mir in den letzten Wochen vor dem Aufbruch allerhand Steine in den Weg gelegt, damit ich ihm nicht die Krieger abwerbe. Ich nehme an, er hätte alle waffenfähigen Männer am Ragnat gern für sein eigenes Heer behalten.«

Bregar blickte sich zum Feldlager um. »Dennoch hat Bponur es gefügt, dass eine Menge Männer dir gefolgt sind.«

Hragaud verstand nicht, worauf Bregar hinauswollte. »Viele aufrechte Gläubige haben es vorgezogen, den Feinden des Reiches entgegenzutreten, anstatt sich am Hauen und Stechen der Fürsten des Westens untereinander zu beteiligen, das ist wahr«, sagte er. »Aber ich nehme an, es sind genug Leute geblieben, die lieber das Gold der Fürsten einstecken und sich gegenseitig die Köpfe einschlagen, als für Gottes Lohn in die Fremde zu ziehen.«

Bregar wischte den Einwand zur Seite. »Mit Bponurs Hilfe hast du die Krieger des Westens fortgeführt«, wiederholte er. »Und deinen Plänen haben wir es zu verdanken, dass hier an diesem Ort viele Ritter zusammenkommen. Man könnte geneigt sein, darin ein göttliches Zeichen zu sehen.«

»Das hoffe ich doch«, erwiderte Hragaud.

»Der Kaiser ist tot«, sagte Bregar. »Das Heer steht hier

bereit. Du willst es in die Wüste führen. Aber ich sage dir, wir führen es in den Westen. Wir treffen die Gefolgsleute des gottlosen Kaisers, während sie sich noch um den Ketzerthron streiten. Wir einen das Reich im Namen Bponurs und des Königs.«

Hragaud blieb stehen. Er schaute sich zu den Vertretern der übrigen Orden um. »Ist es das, was ihr wollt?«, fragte er. »Ihr wollt die Krieger des Glaubens nehmen, die sich zum Kampf gegen die Kreaturen der Höllen gesammelt haben? Und dann wollt ihr sie in einen Bürgerkrieg gegen ihre eigenen Brüder führen?«

»Nicht alle denken so«, knurrte ein Fürstkomtur hinter ihnen.

Bregar sah den Mann an und kniff die Augen zusammen. »Nicht alle denken so«, bestätigte er. »Manch einer deutet Bponurs Zeichen auf seine eigene Weise.«

»Ich deute keine Zeichen«, sagte Hragaud. »Ich habe alles gegeben für diesen Zug, für einen gerechten Krieg. Diese Kräfte nun einzusetzen, um das Reich auseinanderzureißen … das wäre ein Frevel!«

»Ich will sie einsetzen, um das Reich zu einen«, sagte Bregar. »Aber wie wir gerade gehört haben: Nicht alle Ritter wollen mir auf diesem Weg folgen. Sie sind deinetwegen hier. Du hast deinen Krieg seit Jahren geplant und diesen Zeitpunkt und diesen Ort festgelegt, und dein Ruf hat sie hergeführt.

In den letzten Monaten habe ich mit vielen Ordensführern gesprochen. Manche stehen auf meiner Seite, manche wollen sich lieber dir anschließen. Und wieder andere sind unentschlossen.«

»Und was erwartest du von mir?«, fragte Hragaud. »Willst du meinen Zug spalten, sodass am Ende keiner genug Truppen hat, um sein Ziel zu erreichen?«

»Ich will, dass du dich meiner Sache anschließt«, sagte Bregar.

»Du bist verrückt.« Hragaud trat einen Schritt von seinem alten Freund weg.

»Dein Plan ist verrückt«, sagte Bregar. »Er war von Anfang an verrückt. Wir wissen nichts über das Land jenseits der Berge im Westen. Du führst das edelste Blut des Reiches in die Ödnis, obwohl es in der Heimat viel mehr bewirken kann.

Besinne dich, Hragaud! Wenn du dich entscheidest, werden auch die Unentschlossenen nicht anders können, als zu tun, was Bponur uns bestimmt hat – genau wie jene, die ohnehin auf deiner Seite stehen: Wir können die Teilung des Reiches überwinden und den Westen wieder zur Krone führen.«

Hragaud schüttelte den Kopf. »Bponur hat uns verkündet, wer unsere Feinde sind«, sagte er. »Und es sind nicht die Menschen und ihre Fürsten, ob sie nun am Ragnat im Westen oder am Barrat im Osten leben. Ich werde keinen Frevel begehen, indem ich im Namen Gottes ein Heer sammele und es dann in einen Bürgerkrieg schicke anstatt gegen die Feinde des Glaubens.«

»Was glaubst du, warum Bponur es so gefügt hat?«, fragte Bregar. »Dass der Westen schwach ist und die Blüte der Ritterschaft hier zusammenkommt. Bponur spricht jeden Tag aufs Neue zu uns. Wir müssen seinen Zeichen vertrauen, statt irgendwelchen Plänen zu folgen, die wir uns vielleicht vor Jahren zurechtgelegt haben.«

»Und du kannst seine Zeichen deuten?«, entgegnete Hragaud spöttisch. »Willst du etwa sein Prophet sein, wie dieser verrückte Prediger in Zomer?«

»Nein.« Bregar zog sein Schwert und richtete die Klinge vor Hragaud zu Boden. »Jeder kann Bponurs Zeichen deuten. Wenn wir unterschiedlicher Meinung sind und du dich meiner Sache nicht anschließen willst, dann soll Gott selbst darüber entscheiden.

Ich fordere dich morgen zum Zweikampf. Wem Bponur auf dem Turnierplatz seine Gunst schenkt, dem sollen auch die Ritter folgen.«

Es war spät, als Bregars Trupp zurück nach Alzerat kam. Sie lagerten nicht bei den übrigen Rittern in den Zelten, sondern hatten Quartier auf einem Gutshof genommen. Der Hausherr hatte für die hohen Gäste die Nebengebäude räumen lassen, und eine riesige Scheune diente als Unterstand für die Pferde.

Linos, Bregars jüngster Sohn und sein Knappe, ritt hoch zu Ross durch das zweiflügelige Tor in den behelfsmäßigen Stall, Abalonde, das Pferd seines Vaters, am Führstrick hinter sich. Es war längst dunkel, und Linos döste schon halb. Er blickte kurz auf und wunderte sich, dass das Tor noch offen stand.

Ein Schatten raste aus der Finsternis auf ihn zu.

Erschrocken duckte sich Linos im Sattel. Er versuchte, auszuweichen und sein Pferd als Deckung zwischen sich und den Angreifer zu bekommen … doch seine unentschlossene Bewegung verwirrte das Tier nur, und es tänzelte schnaubend auf der Stelle.

Das Ding aus dem Dunkel traf Linos mit der Wucht eines Hammerschlags mitten auf die Brust. Die Luft wich aus seinen Lungen, und er keuchte. Rücklings flog Linos aus dem Sattel und landete auf dem Gesäß. Er spürte den Aufprall die Wirbelsäule hoch bis in die Zähne. Der Geruch nach Blut fuhr ihm in die Nase, und benommen tastete er mit den Händen nach einem Halt.

Mit einem schrillen Schrei sprang eine schlanke Gestalt aus der Scheune, trat ihm mit bloßen Füßen gegen den Oberkörper und drückte ihn zu Boden. Linos spürte kaltes Eisen an seiner Kehle.

»Geworfen, Herr Ritter!«, rief eine helle Stimme triumphierend.

Instinktiv fuhren Linos' Hände zu der Waffe an seinem Hals. Seine Fingerspitzen ertasteten die Zähne eines Rechens. Sein Blick klärte sich, und ganz langsam schälte sich ein Gesicht aus dem Nebel, der seit dem Sturz seinen Blick trübte.

Schmutzige Wangen, langes, schwarzes Haar, das wirr in alle Richtungen abstand ... Eine dürre Gestalt stand mit dem Stiel des Rechens in der Hand da. Ein Mädchen, etwa vierzehn Jahre alt, und es grinste triumphierend. Über ihre Schulter hinweg erblickte er ein Strohbündel, das an einem Strick vor dem Scheunentor baumelte. Jetzt wusste er auch, was ihn getroffen hatte.

Linos hustete und würgte. Das Mädchen zog den Rechen zurück und ließ ihm ein wenig Luft.

»Niki!«, stieß er hervor. »Was machst du hier?«

»Ich kümmere mich um die Pferde. Was sonst?«

Wie es aussah, hatte sie seine beiden Pferde stattdessen vertrieben. Linos seufzte. »Wir ziehen in den Krieg«, erklärte er. »Du bist ein Mädchen. Da hat dich bestimmt keiner mitgenommen.«

»Ich bin einfach selber mitgekommen.« Sie hielt Linos die Hand hin. »Hab ich dich überrascht?«

Linos beschloss, erst einmal liegen zu bleiben und darüber nachzudenken, welcher Teil seines Körpers nicht schmerzte.

»Überrascht trifft es nicht ganz«, sagte er.

Niki beugte sich vor. Sie fasste ihn an der Hand und zog ihn gegen seinen Willen hoch. »Komm schon«, sagte sie.

»Ein Ritter muss immer aufmerksam sein. Ich dachte mir, wir könnten uns ein wenig im Kampf üben, bevor wir in die Schlacht reiten. Seite an Seite als Knappen, die sich ihre Sporen verdienen.«

»Du bist Stallmädchen«, sagte Linos.

»Nun.« Sie stemmte die Hände in die Hüften. »Dann muss es dir aber sehr weh tun, dass ich dich geworfen habe, Herr Knappe!«

Linos streckte sich. »Glaub mir, es tut weh«, sagte er. Er ging ein paar Schritte und schaute sich um. Zum Glück standen die Pferde noch in der Nähe. Abalonde war die Lieblingsstute seines Vaters, ein ausgebildetes Streitross von ausgeglichenem Gemüt. Die ließ sich nicht so schnell aus der Ruhe bringen, und Linos' eigenes Tier folgte gottlob deren Beispiel.

»Im Ernst«, sagte er. »Du willst nicht wirklich mit in den Westen kommen.«

»Warum nicht?«, erwiderte Niki. »Ich habe deinen Vater reden hören. Es ist der größte Krieg seit dem Ende des Alten Reiches. Das bietet ganz ungewöhnliche Gelegenheiten. Dein Vater hofft auf einen frühen Ritterschlag für dich. Und wenn solche Wunder erwartet werden, dann kann ich mich gewiss auch als Knappe verdient machen.«

»Du bist nicht von Stand«, sagte Linos.

»Ach?«, fragte Niki. »Und wie ist dein ehrbarer Name?«

Linos hätte die Zähne aufeinandergebissen, wenn die ihm nicht von dem Sturz noch Schmerzen bereitet hätten. Als Priesterin und Ordensritter war seinen Eltern eine formelle Ehe verwehrt geblieben. Normalerweise sah man das nicht so eng – die Bastardsöhne von Edlen galten überall genug, um in den Ritterstand einzutreten. Niemand hätte etwas eingewandt, wenn sie den Namen eines Elternteils annahmen, der Ritter von Geburt war.

Aber Linos' Eltern entstammten beide einer fürstlichen Familie, und mit dem Eintritt in den Orden hatten sie den Geburtsstand abgelegt und waren Ritter geworden. Da war es undenkbar, dass sie den eigenen fürstlichen Namen an ihre Kinder weitergaben, die von niederer Geburt waren. Linos würde beim Ritterschlag einen Namen annehmen müssen. Doch ob er diesen frei wählte oder ob er in irgendeinem Nebenzweig seiner Verwandtschaft etwas fand, woran er sich anlehnen konnte – am Ende blieb seinem Namen nur die Ehre, die er sich selbst verdiente.

Linos hatte sich oft gefragt, ob das wohl der Grund dafür war, warum so viele Ordensritter so verwegen darauf aus waren, durch ihre Taten zu glänzen. Als Ordensritter ließ man seine Familie hinter sich wie ein Priester und führte sie auch nicht in Kindern fort. Der persönliche Ruhm, der sich mit dem eigenen Namen verband, war das Einzige, was durch die Jahrhunderte von einem bleiben mochte.

Aber er würde Niki niemals eingestehen, dass sie einen wunden Punkt getroffen hatte. »Außerdem bist du ein Mädchen«, sagte er einfach nur.

»Na und?« Sie hob den Rechen wieder an und fuchtelte mit den Zinken vor Linos' Gesicht herum. »Es sind schon Frauen aufgenommen worden.«

Linos hob die Hände und wich einen Schritt zurück, aus Sorge um seine Augen. »Die meisten Damen treten als Priesterinnen in den Orden ein«, sagte er.

»Trotzdem *gibt* es Ritterinnen!«

»Ja, ja«, murmelte Linos. »Es soll schon vorgekommen sein. Es gibt kein heiliges Gesetz, das es verbietet. Aber man braucht Kraft, um in voller Rüstung zu kämpfen.« Er musterte Niki von Kopf bis Fuß.

Sie schnaubte und erwiderte den Blick. »Du siehst auch so aus, als könntest du die Armschiene deines Vaters als

Brustpanzer tragen. Trotzdem nehmen sie dich als Knappen mit.«

Linos seufzte. Was sollte er ihr sagen? Eine Frau mochte vielleicht Ritter werden, wenn sie es durchsetzen konnte. Doch es gab heilige Gesetze, die verhinderten, dass ein Stallmädchen je in einen Orden aufgenommen wurde – zumindest ungeschriebene.

»Ich habe nicht um dieses Schicksal gebeten«, sagte er stattdessen. »Wenn ich es mir aussuchen dürfte, dann würde ich in Barratain bleiben und studieren und Priester werden. Aber mein Vater …«

»Dein Vater … dein Vater …«, äffte sie ihn nach. »Dich will er mitschleppen. Mich will er nicht dabeihaben. Aber ich bin trotzdem hier. Tust du etwa immer, was dein Vater will? Geh, sag es ihm einfach: *Herr Vater, tut mir leid. Ich bin ein schwächlicher Bücherwurm, den jedes Stallmädchen mit einem Strohballen vom Pferd werfen kann. Ich will lieber bei meiner Mama bleiben und Bücher lesen …*«

»Du …!« Er packte den Rechen und riss ihn ihr aus der Hand. Sie sprang zurück und kicherte.

Er lief hinter ihr her und stach mit dem Stiel in ihre Richtung, aber sie wich aus und tauchte ins Dunkel der Scheune ein. Er hob den Rechen und sah sich nach ihr um. Wer weiß schon, was für eine Teufelei dieses Mädchen noch ausgeheckt hatte?

Er dachte an ihre gemeinsamen Fechtübungen auf dem Hof des Ordenshauses in Barratain. Sie hatte ihn dazu überredet. Hatte er sie durch diese Spiele etwa erst bestärkt in ihren wahnsinnigen Plänen?

»Hast du mit ihm gesprochen?«, fragte er und blickte sich weiter suchend nach ihr um. Er sah nur die Pferdeleiber als Schattenrisse in der Finsternis, aufgetürmtes Stroh und Ausrüstung auf Holzböcken.

»Ich bin doch nicht verrückt.« Die Stimme erklang hinter ihm. Lautlos war sie an ihn herangeschlichen, und jetzt spürte er die Spitze eines Messers im Rücken.

»Wir reiten zwei Monate, heißt es«, flüsterte sie ihm ins Ohr. »Zeit genug, einen Ritter zu finden, der ein wenig zugänglicher ist als dein alter Herr. Dem geh ich lieber aus dem Weg.«

Der Druck der Messerspitze verschwand, und im nächsten Augenblick stand Niki neben ihm. Sie hielt kein Messer in der Hand, sondern eine Schere – ein grobes Gerät, mit dem man sonst den Pferden die Mähne stutzte.

»Ich habe mir also überlegt, dass ich lieber nicht auffallen sollte, wenn ich im Tross mitreise. Ich wollte dich fragen, ob du mir die Haare schneiden kannst, damit ich ein bisschen mehr nach einem Stallknecht ausschaue?«

Bregar und Hragaud trafen sich auf einem Feld mit Wintergerste, ein paar Wegstunden von beiden Lagern entfernt. Bregar hatte darauf gedrungen. Je weniger die Ritter aus dem Westen, die Hragaud hergebracht hatte, von ihrer Begegnung erfuhren, umso weniger fragten sie nach den Hintergründen.

Hragaud brachte einen Karren, seinen Knappen und mehrere Knechte mit. Die bauten ein Zelt am Rand des Feldes auf, und Hragaud ließ sein erstes Schlachtross zäumen und kleidete sich umständlich in seine schwere Stechrüstung.

Bregar war schon früher eingetroffen. Auch er hatte Knechte dabei, und Linos begleitete ihn. Er trug nur ein Kettenhemd, das ihm bis zu den Knien reichte und so kunstvoll geflochten war, dass die Brünne sich fast wie ein weicher Stoff an seinen Körper schmiegte. Ungeduldig wartete Bregar am Feldrain, während sein Gegner sich bereit machte und auch sein eigenes erstes Schlachtross, Lundar, in eine gepanzerte Schabracke gehüllt wurde.

Für sich selbst mochte Bregar zwar eine leichte Rüstung gewählt haben. Aber seine besten Pferde wollte er nicht für einen bloßen Schaukampf aufs Spiel setzen.

Er sah zum Himmel auf, wo Bponurs Antlitz unbarmherzig gen Mittag wanderte. Die meiste Zeit hüllte es sich in Wolkenschleier, und die Luft war kühl und trocken. Bregar war deswegen zwiegespalten. Ein Lanzengang im Schlamm wäre für beide Kämpfer gleichermaßen mühsam gewesen, insgesamt allerdings rechnete Bregar sich auf unsicherem Grund einen Vorteil aus. Ein wärmerer Tag hätte gleichfalls zu seinen Gunsten gewirkt. Doch wie es schien, wollte Bponur im Vorfeld nicht Partei ergreifen und keinen der Kämpfer begünstigen.

Die Vorbereitungen waren beendet. Die Kontrahenten trafen sich ein letztes Mal zum gemeinsamen Gebet in der Mitte des Platzes. Hragaud stapfte schwerfällig heran und sank, gestützt von seinem Knappen, auf die Knie. Bregar hielt Abstand von ihm. Die Führer der Orden, die das Gottesurteil bezeugen sollten, versammelten sich um die beiden Ritter, genau wie ein paar weitere Ritter und Fürsten von Barrat, die sich Bregar angeschlossen hatten. Ein Fürstkomtur im geistlichen Rang eines Prälaten las eine kurze Messe und erbat Bponurs Segen für diese Begegnung.

Die Bauersfamilie, der das Feld gehörte, verharrte unglücklich abseits der Ritterschar. Als der letzte Choral verklungen war, schickte Bregar seinen Sohn Linos mit einer kleinen Börse zu den Landleuten und ließ die Knechte die Bahnen abstecken.

Dann wandte er sich Hragaud zu, der inzwischen wieder aufgestanden war. Hragauds Rüstung war geschwärzt und so eigentümlich geschliffen, dass sie gleichmäßige Streifen in unterschiedlichen Schattierungen aufwies. Auf der Brust blitzte ein Flammensymbol, als wäre es aus winzigen Edelsteinen gefügt. Aber Bregar nahm an, dass Hragaud nur Schmucksteine aus Glas in die Panzerung hatte einsetzen lassen – schmückende Pracht ohne Substanz, wie es zu der Stadt Horome passte, in der sein Gegner die letzten Jahre verbracht hatte.

»Du kleidest dich leicht«, stellte Hragaud fest.

Bregar musterte das ergrauende Haar und den Bart seines Gegners. Er dachte daran, wie lange es her war, dass sie zuletzt gegeneinander geritten waren. »Ich verlasse mich auf Bponurs Schutz«, sagte er. »Und darauf, dass du die Lanze noch so geschickt zu führen verstehst wie einst. Brust und Helm und Schild sind die Ziele eines Ritters, und wenn ich mich recht entsinne, verfehlst du dein Ziel niemals.«

»Fünf Treffer also?«, fragte Hragaud.

»Nein«, sagte Bregar. »Das ist kein Turnier. Ich kämpfe um die Zukunft des Reiches. Der Kampf ist erst vorüber, wenn einer sich ergibt oder sich nicht mehr erheben kann.«

Hragaud schwieg.

»Ich nehme an«, fügte Bregar hinzu, »du möchtest deine Pläne ebenso ungern aufgeben wie ich die meinen. Oder hast du es dir überlegt und schließt dich mir an?«

»Nein«, erwiderte Hragaud. »Ich plane diesen Feldzug schon seit Jahren. Es ist ein Heiliger Krieg. Wenn du ihn mir verwehren willst, musst du mich erst zu Boden strecken.«

»Das dachte ich mir.« Bregar nickte. »Nur abzuzählen, wie oft die Lanze auf ein Stück Eisen knallt – das ist ein Spiel. Was ich mit Bponurs Hilfe erreichen möchte, das ist es nicht.«

Ohne ein weiteres Wort schritt Hragaud zu seinem Pferd zurück. Seine Knechte eilten geschäftig um ihn herum, zogen Schnallen nach und halfen ihrem Herrn. Bregar ließ sich noch eine Halsberge und einen Brustpanzer anlegen. Letzterer war aus einer einzelnen Stahlplatte getrieben und bedeckte die Vorderseite vom Hals bis zum Bauch. Er war ein wenig schräg gearbeitet, so dass Lanzenstiche am Körper und an den Gliedmaßen vorbeigeleitet wurden. Neben dem schweren Stechhelm war dies Bregars einziges Zugeständnis an seine Sicherheit beim Lanzengang.

Bregar saß auf. Er zog den Helm an, der ohne die volle Rüstung viel zu klobig wirkte. Die bloße Halsberge auf den Schultern fühlte sich ungewohnt an. Normalerweise trug er sie nur in Verbindung mit weiteren Rüstungsteilen, die ihr zusätzlich Festigkeit gaben. Bregar hoffte, dass sie trotzdem hielt.

Die Knechte reichten ihm Schild und Lanze, doch Bregar gab seinem Pferd die Sporen und drehte erst einmal eine Runde über das Feld. Lundar brauchte die Bewegung. Der Hengst war längst nicht so ruhig wie die Stute Abalonde, Bregars zweites Ross, und dazu war das Tier so schwer und so kräftig, dass es selbst mit einem voll gepanzerten Ritter auf dem Rücken alles andere als schwerfällig war.

Gerade deswegen liebte Bregar das Tier. Aber er ritt es nur im Kampf, und er spürte, wie Lundar nun auf die ungewohnt leichte Last mit Übermut reagierte. Also trieb Bregar den Hengst an und ließ ihm ein wenig Auslauf. Dabei prüfte er die Sicht durch den Helm und genoss den Luftzug im Trab und im kurzen Galopp.

Sie hatten sich für das Feld entschieden, weil es einen guten Untergrund bot. Die Gerste stand nicht so hoch, dass sie die Reiter behindert hätte. Zugleich hatte sich das Feld den Winter über gesetzt und bot nun eine leidlich ebene Fläche. Erdklumpen und kleine Gerstenbüschel flogen von den Hufen auf.

Auch Hragaud prüfte die Kampfbahn. In der Mitte des Feldes, zu beiden Seiten der abgesteckten Bahn, trafen sich die Kontrahenten.

»Bist du bereit?« Hragauds Stimme klang dumpf, und Bregar hatte das Gefühl, dass sie in der schweren Rüstung widerhallte. Er sah die Augen hinter den schmalen Schlitzen des Topfhelmes wie zwei Funken in der Finsternis.

Bregar versuchte zu nicken, aber der Helm ließ die Bewegung nicht zu. »Soll Bponur über unsere Sache entscheiden«, sagte er.

Er wendete das Pferd und trabte zum Ausgangspunkt zurück. Hragaud folgte seinem Beispiel. Als Bregar sich wieder zu seinem Gegner drehte, war Hragaud bereit – trotz voller Rüstung stand er Bregar an Beweglichkeit zu Pferde kaum nach.

Beide Kämpfer hielten kurz inne. Dann legten sie die Lanzen ein und ritten aufeinander zu. Bregar sah Hragaud heranpreschen. Wie ein eiserner Berg saß der im Sattel. Bregar nahm den Schild hoch und beugte sich ein wenig vor. Er zielte mit der Lanze und versuchte dabei, Hragauds Waffe im Blick zu behalten.

Im letzten Augenblick, unmittelbar vor dem Zusammenprall, sah er die Lanzenspitze aufblitzen. Er zuckte zusammen und verriss die eigene Waffe. Seine Lanze stellte sich quer, schrammte ungerichtet über Hragauds Rüstung und wurde Bregar aus der Hand geschleudert. Er schlug Hragauds Lanze mit dem Schild zur Seite, wich mit dem Oberkörper aus und wäre seiner Lanze fast hinterhergeflogen. Er hörte das Schnauben von Hragauds Pferd, das Donnern der Hufe, das Schlagen der Rüstung. Dann waren sie aneinander vorbei.

Hragaud benutzte keine Lanzenkrone!

Bregar sah, wie sein Knecht über das Feld lief, die Lanze aufhob und sie ihm wiederbrachte. Kurz blickte er auf die Spitze seiner Waffe. Dort saß die Krone fest auf der Spitze und machte die Lanze stumpf. Er hatte selbst gesagt, dass dieser Waffengang für ihn kein Spiel war, sondern ein ernsthafter Kampf. Anscheinend hatte Hragaud das wörtlich genommen.

Egal.

Bregar machte sich bereit. Er musste sich an seinen Plan halten.

Wieder ritten sie aufeinander zu. Hragaud benutzte eine spitze Lanze, aber er zielte genau auf Bregars Oberkörper und den Schild. Er gebrauchte die scharfe Waffe nicht, um einen Vorteil aus Bregars leichter Rüstung zu ziehen. Die unverhüllte Spitze war nur eine Geste, und zum Glück verfehlte Hragaud selten sein Ziel.

Bregar musste nur die Nerven behalten, damit er nicht durch eine unbedachte Bewegung selbst einen Unfall herbeiführte. Je schneller er den Kampf beendete, umso geringer die Gefahr, dass etwas fehlschlug.

Wieder legte er die Lanze ein und zielte nachlässig auf Hragauds Körpermitte. Er richtete das Augenmerk ganz auf seinen Schild und auf die Lanze des Gegners. Er zog die Füße in den Steigbügeln zurück, bis er nur noch mit den Stiefelspitzen darin stand, und im Augenblick des Aufpralls richtete er sich ganz leicht auf.

Seine Lanze erwischte Hragauds Leib und glitt über den Panzer. Hragauds Lanze traf Bregars Schild. Der Aufprall riss Bregar nach hinten, und die Spitze schrammte über den Stahl.

Und Bregar stieß sich ab und ließ sich fallen.

Er kam von den Steigbügeln frei und rollte sich ab. Sein Brustpanzer schlug ihm gegen den Oberarm, der Schild löste sich spät und verdrehte ihm den linken Arm. Er kam hart auf dem Rücken auf und rang einen Augenblick nach Luft.

Dann rappelte er sich auf. Er schüttelte den Kopf, um die Benommenheit zu vertreiben. Mit beiden Händen riss er den

Helm herunter und warf ihn zu Boden. Dann hob er den Schild wieder auf.

Hragaud kam zurück. Zugleich lief Linos mit dem Schwert in der Hand auf Bregar zu. Unschlüssig blieb der Knappe stehen, als Hragaud sein Ross zu dem gefallenen Ritter lenkte und die Lanze sinken ließ. Aber zwei Schritte vor Bregar verhielt Hragaud das Pferd und sah auf ihn hinab.

»Du bist am Boden«, sagte er.

Trotzig hob Bregar den Schild. »Ich bin wieder aufgestanden.«

Bei der Bewegung schoss ihm der Schmerz durch den gezerrten Arm. Er starrte Hragaud an, ohne eine Miene zu verziehen. Dennoch wusste er, mit diesem Schildarm würde er keinen Schlag mehr abfangen.

Hragaud riss sein Ross herum. Er warf die Lanze zur Seite und rief seine Bediensteten herbei, während er langsam in Richtung des Zeltes trabte. Auf halbem Wege stieß Hragaud zu seinem Gefolge, und der Ritter stieg ab. Er ließ sich den Helm abnehmen und einen leichteren Schild reichen. Dann nahm er sein Schwert.

Linos, Bregars Sohn und sein Knappe, eilte heran und brachte das Schwert zu seinem Herrn. Er blieb vor Bregar stehen und starrte ihn an. »Vater«, sagte er.

Bregar winkte ab. »Schneide mir den Panzer herunter«, sagte er. »Schnell.«

Er griff nach dem Schwert und stieß seinen Jungen an, der wie erstarrt dastand. Endlich zog Linos den Dolch und säbelte an den Schnallen herum, die Bregars starren Brustpanzer hielten. Bregar stützte Schwert und Schild kurz gegen seine Beine und half mit. Er riss sich mit aller Macht die Rüstungsteile herunter, bis er nur noch im langen Kettenhemd auf dem Feld stand.

Er blickte Hragaud entgegen, gerade noch rechtzeitig.

Sein Gegner stapfte auf ihn zu, immer noch in schwerer Stechrüstung. Zu Fuß machte der Panzer ihn unbeweglich. Aber Hragaud konnte seine volle Rüstung nicht so schnell loswerden wie Bregar.

Und Bregar hatte nicht vor, ihm die Gelegenheit dazu zu geben.

Die Knappen und die Knechte brachten die Pferde und die abgelegten Rüstungsteile ihrer Herren vom Platz. Bregar lächelte. Grüßend hob er das Schwert.

Hragaud war immer der bessere Lanzenreiter gewesen. Das hatte Bregar von Anfang an gewusst. Ein rascher wohlbemessener Sturz, bei dem er kampffähig blieb, war seine einzige Chance gewesen.

Es gab keine Regel, die Hragaud dazu gezwungen hätte, sich dem gefallenen Gegner Mann gegen Mann zu stellen. Aber Bregar kannte Hragaud gut und auch dessen Gefühl von Ehre. Er hatte gewusst, dass er auf diese Weise einen Schwertkampf erzwingen konnte.

Hragaud – der Ehrenvolle. Ein Bild von einem Ritter. Das hat er damals schon ständig vor sich hergetragen, und er hat sich nicht verändert in den Jahren. Bregar schnaubte.

Jetzt lag es an ihm, die größere Beweglichkeit zu nutzen, die ihm sein Kettenhemd gegenüber der Plattenrüstung verschaffte.

Wenn Hragaud die Finte durchschaut hatte, ließ er es sich nicht anmerken. Drei Schritte von Bregar entfernt brüllte er plötzlich auf und machte einen Satz, der in der schweren Rüstung eigentlich unmöglich schien. Er hieb auf Bregar ein, und der wich der sausenden Klinge im letzten Augenblick aus.

Hragaud riss die Klinge zurück, bevor Bregar wieder festen Stand hatte. Sein Schwert traf Bregars Kettenhemd so wuchtig wie ein Keulenschlag und riss ihn zu Boden.

Bregar ließ den Schild los und rollte sich über den Boden.

Hragaud setzte ihm nach und versuchte, mit raschen Hieben die Entscheidung zu erzwingen. Im Liegen konnte Bregar dem schwerfälligen Hragaud nicht entkommen. Er wand sich und rollte sich zur Seite, er parierte einen Schlag, steckte einen weiteren Treffer ein und sah, wie durchtrennte Glieder seines Kettenpanzers zur Seite flogen.

Den Schmerz spürte er erst später.

Da hielt Hragaud inne und keuchte.

Bregar kroch hastig weiter und sprang auf, weit weniger behände, als er gehofft hatte. Seine Hüfte schmerzte, er hinkte, und sein Waffenrock war an der Seite blutgetränkt.

Mit einem Kampfschrei stürzte er auf Hragaud zu. Der riss die Klinge hoch, aber er war zu langsam. Bregars Schwert traf ihn an der Seite. Die Brünne des schwarzen Ritters tönte wie eine verstimmte Glocke, doch Bregars Schlag konnte die Rüstung nicht durchdringen.

Hragaud schlug zurück, aber Bregar humpelte eilig außer Reichweite.

Sie kämpften schwerfällig.

Wann immer Hragaud Luft holte, griff Bregar an. Er hieb nach seinem Kontrahenten und stach nach ihm, hielt aber Abstand. Das Brennen an seiner Seite wich einem Gefühl der Taubheit.

Mit raschen Hieben aus der Distanz konnte er Hragaud nicht verletzen. Aber er hielt den besser gerüsteten Gegner damit in Bewegung. Er zwang ihn zu Ausfällen. Hragaud wurde langsamer. Sein Atem ging schwer. Bregar sah, wie Hragauds Gesicht unter dem grau melierten Schopf immer dunkler wurde, bis er aussah wie ein gut gesottener Schinken.

Dann täuschte Bregar einen Hieb an, und Hragaud hob

den Schild. Mit einem Ausfallschritt wich Bregar zur Seite, und Hragaud riss den Schild einen Augenblick zu spät an den Körper zurück. Mit aller Kraft hieb Bregar das Schwert auf Hragauds Schildarm.

Die Kraft des Schlages bebte bis in Bregars Ellbogen. Hragaud stieß einen Schmerzensschrei aus. Die geschwärzte Armschiene zeigte nicht einmal eine Delle, aber Hragaud ließ den Schild los, und sein Arm hing steif herab.

»Gibst du auf?«, fragte Bregar.

Hragaud fuhr herum und hieb mit dem Schwert nach ihm. Bregar ließ die Waffe fallen und duckte sich unter dem Schlag hindurch. Doch zu langsam. Etwas schrammte durch sein Gesicht und riss ihm die Haut auf.

Augenblicklich rann ihm das Blut in die Augen.

Dennoch warf er sich in die Bewegung hinein. Er umklammerte Hragauds Arm und zerrte ihn zur Seite, sodass der vom eigenen Schwung mitgerissen wurde. Er tat einen Schritt nach vorn, um das Gleichgewicht nicht zu verlieren. Bregars Griff zwang ihn in eine Drehbewegung, der er in der schweren Rüstung nicht folgen konnte.

Er stürzte zu Boden.

Bregar fiel mit ihm, aber er rollte sich rasch aus Hragauds Reichweite und suchte sein Schwert. Er wischte sich das Blut aus dem Gesicht. Immer noch sah er alles verschwommen. Bregar tastete nach der Klinge, fand sie, sah, wie Hragaud auf die Knie kam.

Er sprang auf ihn zu, trat auf dessen Schwert und stieß seinen Gegner auf den Rücken.

Hragaud schlug nach ihm, doch Bregar wich aus und nahm einen Treffer mit dem Panzerhandschuh am Bein hin. Er stellte Hragaud einen Stiefel auf die Brust, stützte sich darauf und hielt dem Gegner die Schwertspitze an die ungeschützte Kehle.

»Gib auf!«, rief er.

Hragaud hob die Arme, um ihn abzuschütteln, so unbeholfen wie eine Schildkröte auf dem Rücken. Bregar drückte mit der Schwertspitze so fest zu, dass die Haut sich darunter spannte.

Hragaud erstarrte. Er keuchte. Seine Arme fielen an den Seiten herab, als hätte er von einem Moment zum anderen alle Kraft verloren und könnte das Gewicht der eigenen Rüstung nicht länger tragen.

»Gib auf«, wiederholte Bregar und spürte mit einem Mal selbst die Müdigkeit. Sein Schwert an Hragauds Kehle kam ihm plötzlich vor wie eine Krücke, ohne die er selbst umsinken würde.

Er hatte sich darauf verlassen, dass Hragaud in seinem schweren Panzer nicht mithalten konnte, wenn er den Kampf in die Länge ziehen und den Gegner mürbe machen konnte. Aber es war knapp gewesen. Bregar hatte das Gefühl, als würden Schatten vor seinen Augen wabern … Doch vielleicht war es auch nur das Blut aus der Stirnwunde, das ihm die Sicht trübte.

Sein ganzer Körper schmerzte.

Hragaud würgte. »Du hast gesiegt«, stieß er hervor. »Das Heer gehört dir. Möge Bponur dem Reich gnädig sein.«

Bregar warf das Schwert zur Seite und half Hragaud auf. Hragaud folgte der Bewegung nur halb und blieb dumpf am Boden sitzen. Die Diener eilten herbei, Knechte von beiden Seiten, aber Bregar winkte sie zornig fort.

Hragaud starrte stumpf ins Leere.

Bregar kniete sich neben ihn hin. Er zuckte zusammen, als ihm der Schmerz durch die Hüfte schoss.

»Bponur hat es so gewollt«, sagte er leise.

»Das hat er wohl«, bestätigte Hragaud tonlos.

Einen Augenblick lang waren sie beide still. Hragaud sah zu Boden.

»Dennoch«, sagte er schließlich. »Mehr als fünf Jahre. Fünf Jahre der Planung und Vorbereitung. Der größte Feldzug des Reiches seit Menschengedenken. Es sollte ein Heiliger Krieg werden, der die Menschen gegen den wahren Feind vereint. Und in einem Augenblick wird mir das alles genommen. Ich kann nicht glauben ... Ich will nicht glauben, dass mein ganzes Streben ein Irrtum war.

Bponur möge mir vergeben.«

»Hör zu.« Bregar senkte die Stimme. Misstrauisch sah er sich um. Keiner der Diener war in Hörweite. Er beugte sich dichter zu Hragaud und sprach weiter: »Ich will nicht, dass du dein Unterfangen aufgibst.«

Hragaud lachte bitter. »Ging es dir nicht genau darum? Dass du mein Heer für deine Zwecke nutzen kannst? Wie soll ich meinen Krieg weiterführen, wenn du mir die Krieger nimmst?«

»Du hast eine Menge Kriegsvolk aus dem Westen hergeführt«, sagte Bregar. »Soll ich etwa mit ihnen gegen ihre Heimat ziehen? Nein, ich will nur die Ritter aus Barrat, auch wenn du mir nach Ehre und göttlichem Urteil dein ganzes Heer schuldest.

Ich biete dir also an, sprich mit den Rittern des Ostens. Gewinne sie für meine Sache. Dann überlasse ich dir alle Krieger, die du im Westen gesammelt hast. Sollen sie ruhig die Dämonen in der Wüste erschlagen – so sind sie mir nicht im Weg, dort, wo ich hingehe. Am besten ist, wenn sie gar nicht von unserem Handel erfahren.«

»Du verlangst von mir, dass ich deine Feinde täusche? Ich soll sie weglocken, damit du ihre Heimat leichter überfallen kannst?«

»Ich stürze nur den falschen Kaiser. Deine Streiter werden die Grenzen des Reiches verteidigen, und wenn sie zurückkehren, finden sie ihre Heimat geeint. So gewinnen alle. Und in deinem Lager sehe ich ohnehin fast nur Söldner und bewaffnete Bauern. Es ist dein gutes Recht, für sie eine Entscheidung zu treffen.«

Hragaud schüttelte den Kopf. »Wenn es nur einfaches Volk ist, wie könnte ich sie dann auf einen Feldzug führen? Ohne die Verstärkung aus dem Osten ist mein Heer zu schwach für einen solchen Krieg.«

»Die Bestien der Wüste sind bloß Barbaren. Hast du das nicht gesagt? Ein Haufen von Kriegsknechten ist genug, um dort aufzuräumen. Und die Ritter deines eigenen Ordens werden bei dir sein – selbst der dümmste Bauer aus dem Westen würde Fragen stellen, wenn sie zurückbleiben. Hinzu kommen die Ritter, die mir trotz allem nicht folgen wollen. Ich kann sie nicht daran hindern, mit dir zu gehen. Was hältst du davon?«

Bregar reichte Hragaud die Hand. »Wir können beide unser Ziel erreichen. Du musst nur ein wenig kleiner weitermachen als erwartet. Mir wäre schon gedient, wenn du an meiner Seite in mein Lager reitest und wir mit einer Zunge sprechen, Bruder. Zeigen wir den Rittern Barrats, dass wir vereint stehen, auch wenn wir getrennte Wege gehen.«

Nach dem Mittag des April,
im 21. Jahr der Krönung von Agos I.
(11. April 963 nach Horomischer Zeitrechnung)

Auf den Feldern vor Alzerat sammelte Bregar sein Heer. Hoch zu Ross stand er auf dem einzigen Hügel weit und breit. Seine Söhne, Bennos und Linos, warteten an seiner Seite – der eine ein Ritter, der mit seinem ersten Feldzug das

Reich einen sollte; der andere als Knappe seines Vaters mit Aussicht auf einen frühen Ritterschlag. Es war ein gutes Gefühl, dass er seinen Söhnen dieses Geschenk machen konnte.

Bregars Arm und die Seite schmerzten immer noch vom Kampf gegen Hragaud, und die Risswunde im Gesicht heilte schlecht. Dennoch, diesen Tag, diesen Aufbruch wollte er sich davon nicht trüben lassen. Ihm blieben zwei Monate, um vor der nächsten Schlacht wieder zu Kräften zu kommen. Heute schien die Frühlingssonne hell vom wolkenlosen Himmel, als hätte Bponur selbst den Tag gesegnet. Viele Führer der Orden hatten sich rings um Bregar versammelt und verfolgten mit ihm den Aufmarsch des Heeres in der Ebene.

Die letzten Tage hatten sie in sicherem Abstand zu Hragauds Lager verbracht, und weit genug entfernt von der Reichsstraße, auf der weiterhin Nachzügler aus dem Westen zu Hragauds Heer stießen. Bregar hatte nach dem Frühjahrsfest abgewartet, bis Hragaud seine Truppen fortgeführt hatte. Aber jetzt hatte Hragaud den Fluss überquert, und die Männer, die er mitnahm, würden so schnell nicht mehr umkehren, um im Reich zu kämpfen. Es war an der Zeit für Bregar, seinen Schritt zu tun.

Die Haufen formierten sich. Bregar erkannte die Banner der Ritterorden. Die Speere Bponurs, seine eigenen Leute, standen gleich am Fuß des Hügels. Die Lehnsritter bildeten ihre eigenen Abordnungen, lose nach Grafschaften gruppiert. Die Kriegsknechte zu Fuß wimmelten rings um die Reiter herum – eine schier unabsehbare Schar. Ein Heer von tausend Mann, so hatten Bregar und die Ordensmeister nach der letzten Zählung gestern Abend geschätzt, zu dem dann noch die Massen an Leichtbewaffneten und die Hilfstruppen kamen.

Eudoxios an Cradin, der Marschall vom Orden der Drei

Blutigen Tränen, drängte sein Streitross an Bregars Seite. Er trug einen dunkel lackierten Panzer mit dem Wappenrock seines Ordens darüber – weißer Stoff mit drei roten Kreisen darauf. Den schweren Helm hatte der alte Marschall vor sich auf den Sattel gelegt. Er warf einen kurzen Blick auf das zusammengerollte Banner, das Linos locker an der Seite trug.

»Ist das ein weißes Tuch, was Euer Knappe an seiner Lanze trägt?«, fragte er. »Das ist nicht die Farbe der Heiligen Speere.«

Bregar erwog einen Augenblick lang, was er antworten sollte. Eudoxios hatte die förmliche Anrede gewählt, wie sie für einen Ritter angemessen war, dabei waren sie beide von fürstlicher Abkunft. Bregar unterdrückte ein zorniges Aufwallen. Es war natürlich denkbar, dass Eudoxios durch die Anrede eine unterschwellige Geringschätzung ausdrückte – seine Familie war die ältere. Andererseits hatten sie mit dem Eintritt in den Orden alle ihrem Geburtsstand abgeschworen, und es war gut möglich, dass der alte Marschall von den Drei Blutigen Tränen einfach nur die Brüderlichkeit der Ordensritter beschwor.

Dennoch, Bregar entschied, mit einer fürstlichen Anrede zu antworten.

»Dies ist kein Feldzug der Heiligen Speere Bponurs, Marschall«, sagte er. »Ihr führt Euer Kontingent, aber ich gehe dem ganzen Heer voran. Da muss ich eine Flagge tragen, der alle folgen können.«

Das Heer schien vollständig angetreten. Immer noch liefen Männer durcheinander, kleinere Reitertrupps preschten durch die Lücken, suchten ihren Platz oder bewegten einfach ihre Pferde. Vermutlich war es nur die unvermeidliche Unruhe im Zug und nicht mehr Teil des Aufmarsches.

Sie waren bereit.

Er nickte Linos zu und streckte die Hand aus.

Sein Knappe senkte verlegen den Kopf. Er lenkte sein Pferd wieder an dem alten Marschall vorbei und reichte Bregar die Fahnenstange. So war es vereinbart. Bregar wollte die Fahne höchstselbst enthüllen und durch sein Heer tragen.

Sein Herz schlug schneller, als er die Lederriemen löste.

Er schüttelte den Stab, und die Flagge entrollte sich.

Bregar reckte die Lanze mit dem Tuch in die Höhe. Er gab seinem Pferd die Sporen und preschte den Hügel hinab. Das Banner entfaltete sich zur vollen Pracht und flatterte hinter ihm her: weißer Stoff mit dem goldenen Sonnenzeichen Bponurs in der Mitte, dem Kreis mit den drei Zacken.

Denn in diesem Augenblick erfüllte Bregar sich einen Traum. Ein Bild, das er sich bereits als Knabe ausgemalt hatte: er, wie er in voller Rüstung einem Heer vorangaloppierte. Mit der königlichen Kriegsflagge des Alten Reiches, die stolz über seinem Haupt wehte!

Das Alte Reich Bponurs, das er mit seinem Feldzug nach tausend Jahren wieder auferstehen ließ.

2. KAPITEL

Drei Tage vor dem Vespertag des April
im 21. Jahr der Krönung von Agos I.
(17. April 963 nach Horomischer Zeitrechnung)

An der Westgrenze des Amradim

Gaterfeld war der letzte Grafensitz des Amradin, und westlich davon verlor sich die fruchtbare Tiefebene allmählich in den sanften Hügeln eines ausgedehnten Heidelandes. Die Felder trugen weniger üppig, die Dörfer lagen immer weiter auseinander.

Bregar wurde das Herz schwer. Hier standen sie an der Grenze zu der dünn besiedelten, öden Landschaft, die beide Teile des Reiches heute voneinander trennte. Doch vor tausend Jahren, als die Ronurer das Heilige Reich Bponurs unterwarfen, hatte all dies zu den Kernprovinzen gehört. Die einstmalige Hauptstadt musste unweit von hier gelegen haben, und wie viele weitere Städte ruhten wohl verfallen und versunken unter den Ginsterhecken, den kleinen Wäldchen und den sanften, blütenbestandenen Anhöhen zu beiden Seiten der Straße?

Nach tausend Jahren waren die Wunden noch nicht verheilt, die der Fall des Alten Reiches geschlagen hatte.

Bregar dachte kurz darüber nach, ob sein Feldzug daran etwas ändern würde … aber nein. So erhebend der Gedanke auch sein mochte – in den letzten Jahrhunderten war das Reich des Öfteren vereint gewesen, und doch hatte es seine Mitte niemals wiedergefunden. Es würde noch einmal tausend Jahre dauern, bis die beiden Teile auch räumlich wieder zusammengewachsen waren, und er konnte allenfalls das Samenkorn dazu legen …

Die Straße wand sich um eine Hügelkuppe, und Bregar wäre um ein Haar gegen die Ritter der Vorhut geprallt. Zwölf von ihnen, schwer bewaffnete Reiter, standen in einem lockeren Kreis auf der Straße, eine Handvoll Gestalten zwischen sich, die Bregar hinter alldem Eisen kaum ausmachen konnte.

Linos, der das Packtier mit Bregars Rüstung führte, hatte die Hand bereits am Schwertgriff, und Bregar spürte, wie hinter ihm die Aufregung durch die ganze Truppe lief wie eine Welle.

»Ho, ho!«, rief er, drückte seinem Pferd die Fersen in die Flanken und war mit einem Satz an der Seite seines Sohnes. »Kennst du unsere eigenen Leute nicht?«

Giwion von Saale, ein junger, blonder Ritter und Anführer der Vorhut, wendete sein Ross und lenkte es auf Bregar zu. »Diese Leute da«, vermeldete er, »wollen den Heerführer sprechen.«

»So?« Bregar kam näher und schob sich zwischen die Ritter der Vorhut. Viele seiner Begleiter taten es ihm gleich. Linos kam so weit vor, wie das Packpferd es zuließ; Bennos, Bregars älterer Sohn und umstrittener Bannerträger des Heeres, blieb an der Seite seines Vaters.

Die Vorhut hatte eine Schar Reiter umringt, ein halbes Dutzend hagere Gestalten in einfacher Tunika, mit Speeren in den Händen und Köchern und Pfeilen am Sattel. Drei von ihnen saßen ganz ohne Sattel auf dem Pferd, und ihre Tiere wirkten ebenso ausgemergelt wie die Reiter, zähe kleine Gäule, fast schon Ponys, die von den schweren Schlachtrössern der Ritter beinahe erdrückt wurden.

Bregar musterte die Burschen.

»Sie nennen sich die Abgesandten des Mahdi«, erklärte

Giwion. »Sie behaupten, ihrem Herrn gehört alles Land entlang der Straße, von hier bis in den Westen. Sie fordern einen Wegezoll für unseren Zug.«

»So?«, wiederholte Bregar. Er hob die Augenbrauen.

»Jeder zahlt Zoll.« Einer der Ponyreiter richtete sich in den Steigbügeln auf, die kaum mehr waren als zwei Stricke mit Schlaufen. »Der Mahdi gewährt den Reisenden seinen Schutz, ob Händler oder Krieger.«

Bregar schnaubte. »Hängt sie auf«, befahl er Giwion.

Die Reiter des Mahdi griffen nach ihren Waffen. Aber die Ritter um sie herum senkten die Lanzen und schoben sich mit ihren gepanzerten Rössern zwischen die Ponys. Sie drängten die Reiter auseinander und ließen ihnen keinen Raum. Die Fußknechte schlüpften geübt durch die Lücken, und gleich darauf hatten sie die Männer des Mahdi von den Ponys gezerrt.

Die abgerissenen Kerle schrien und wehrten sich immer noch. Einer schaffte es, einen Dolch zu ziehen, aber drei kräftige Kriegsknechte drückten ihn zu Boden. Die Ponyreiter wurden zu den Bäumen geschleift, und eine Handvoll Ritter und ein großer Teil der Knechte folgten dem Zug lachend und johlend.

Bregar schüttelte den Kopf. »Was für eine Dreistigkeit.«

»Ich habe von diesem Mahdi gehört«, sagte Marschall Eudoxios von den Drei Blutigen Tränen. »Er nennt sich selbst einen Propheten Bponurs. Und seine Raubzüge reichen schon bis an die Grenzen des Amradim.«

Ritter Giwion schaute dem Haufen hinterher. Über den Köpfen der Knechte sah man nun Stricke mit Schlingen über die dickeren Äste der Bäume schwingen. »Marschall Hragaud hat den Zoll bezahlt«, sagte er. »Als er mit seinem Heer von Horome hierher gezogen ist. Hat jedenfalls der Anführer von den Burschen gesagt.«

Bregar verzog das Gesicht. »Da will er einen Heiligen Krieg führen und ist zu schwach, um sich gegen dieses Gesindel zu behaupten.« Er blickte in die Runde. »Wenn einer von Euch Marschall Hragaud das nächste Mal sieht, dann berichtet ihm, wie man mit Räubern umspringt.«

Einer der Ritter aus der Vorhut beugte sich zu den Ponys hinab. Er löste die Waffen vom Sattel, betrachtete sie und reichte sie weiter. Bregar nahm einen Pfeil in die Hand. Marschall Eudoxios trat an seine Seite, und sie studierten beide die Spitze.

»Manufakturware«, sagte Eudoxios.

Bregar nickte. Er sah Linos, der verwirrt zu ihnen aufschaute. Bregar winkte ihn heran und gab den Pfeil an ihn weiter. »Das ist eine Pfeilspitze für den Krieg«, erklärte er dabei. »Nicht das Werk eines Waffenschmiedes, so gut ist sie nicht. Aber auch nicht von einem bäuerlichen Hufschmied gefertigt. In den Städten an der Südküste stellen sie solche Spitzen zu Tausenden her für die Söldner und Kriegsknechte im Westen.«

»Aber diese Pfeilspitze kommt nicht aus dem Süden«, warf Eudoxios ein.

»Nein«, bestätigte Bregar. Er kannte jedes einzelne Manufaktursiegel der Zwistbrecher-Städte. Und die winzige Prägung an der Pfeilspitze war ihm fremd.

Er hielt den Pfeil fest, während sein Sohn das andere Ende nahm und es aufmerksam betrachtete.

»Was bedeutet das, Vater?«, fragte Linos schließlich.

Bregar schrak hoch.

»Nichts«, sagte er. Seine Stimme klang leise, wie gedankenverloren. »Dieser Mahdi ist dennoch bloß ein Räuberhauptmann. Wir werden uns später um ihn kümmern. Wenn das Reich geeint ist, wird auch die Reichsstraße wieder sicher sein.«

Hragaud blickte sich um. Ein paar zarte Blüten hoben sich als farbige Tupfer vom Rasen zwischen den hohen Sträuchern und von den Hecken ab, die sich entlang der grauen Mauern rankten. Doch von den Blumen, die diesem Ort ihren Namen gaben, war so früh im Jahr nichts zu sehen. Nicht einmal die Frühjahrsrosen hatten sich bislang geöffnet, auch wenn Hragaud schon das Grün an den dornigen Blättern und dazwischen sogar die ersten kleinen Knospen erkannte.

Sie ist im Rosengarten, so hatte man ihn vorn im Haus beschieden. *Natürlich.* Hragaud erinnerte sich an seine letzte Begegnung mit Vilia und seufzte. Er hätte wissen müssen, dass sie am Sitz des Ordens der Heiligen Speere Bponurs, mitten in der Königsstadt Barratain, einen Rosengarten anlegen würde.

»Vilia?«, rief er.

Sie trat hinter einem Strauch hervor. Vilia trug ein rotes Kleid, so dunkel, dass es fast braun aussah, dazu eine Schürze aus ungebleichtem Stoff. Zwei Mägde folgten ihr, jede mit einem Korb über dem Arm. Vilia hielt eine Klinge zum Beschneiden der Rosen in der Hand.

Sie musterte ihn von Kopf bis Fuß.

Er brachte kein Wort mehr heraus und sah sie einfach an. Das lange, dunkle Haar, das ihr rundes Gesicht umrahmte, die feine Nase. Die grauen Strähnen waren gewiss nicht da gewesen, als er sie zum letzten Mal gesehen hatte, und ihre Gestalt wirkte … ruhiger und würdevoller.

Ihm wurde bewusst, dass er sich nicht mehr wirklich an sie erinnern konnte. Das war eigenartig, denn sein Leben lang hatte er sie so deutlich vor sich gesehen, als könnte er ihr Antlitz fast berühren, wann immer er die Augen schloss.

Jetzt wurde ihm klar, dass er nur ein Bild von ihr im Herzen getragen hatte, ein Bild, das sich über die Jahre vermutlich gewandelt hatte.

Doch als er sie sah, erkannte er sie sofort.

Vilia kniff die Augen zusammen.

»Hragaud!«

Sie ließ das Rosenmesser fallen, breitete die Arme aus und lief auf ihn zu. Bei den letzten Schritten wurde sie langsamer und nahm schließlich nur seine Hände. »Hragaud!«, wiederholte sie. »Meine Güte. Wie lange ist das her.«

Er drückte ihre Finger und hielt sie fest. »Kaum einen Tag, scheint mir. Du bist noch genauso schön wie früher.«

Sie entwand sich seinem Griff. Ein Lächeln spielte um ihre Mundwinkel. Hragaud erkannte die schalkhaften Grübchen wieder, an die er sich so gut erinnerte. Es trieb ihm fast die Tränen in die Augen.

»Aber du bist älter geworden«, sagte sie spöttisch. »Jedenfalls hat deine Sehkraft nachgelassen.«

Hragaud starrte sie an. Dann lachte er auf. »Bponur möge mir verzeihen«, sagte er. »Das habe ich vermisst.«

Vilia blickte sich zu ihren Mägden um. Dann schaute sie auf ihre Hände. »Du hast mich bei der Gartenarbeit überrascht«, sagte sie. »Ich kleide mich um, und ich lasse dir ein Zimmer geben und frische Kleidung bereitlegen. Wir können uns gleich im Kaminzimmer unterhalten.«

»Ach was.« Hragaud hakte sie unter. »Zeig mir deinen Garten. Es wäre eine Schande, wenn ich den ersten richtigen Sonnentag in dieser Dekade im Haus verbringe.«

Vilia nickte und winkte die Mägde fort. Sie gingen durch den Garten, aber innerhalb der Mauern der Komturei war nur wenig Raum. Ein paar Schritte, dann hatten sie alle Winkel gesehen. Sie drehten zwei Runden, bevor sie wieder sprachen.

»Ich dachte, du führst ein Heer in den Osten«, sagte Vilia.

Ein Muskel zuckte über Hragauds Wangenknochen. Er erinnerte sich an die Männer, die er entlang der Scraube hatte weitermarschieren lassen. Allein. Was war aus seinem Heer wohl geworden, jetzt, da der Heerführer es im Stich gelassen hatte?

»Ich war so nah an der Hauptstadt wie seit Jahren nicht mehr«, sagte er ihr. »Ich musste dich einfach sehen.«

»Es hat lange gedauert«, erwiderte sie.

Hragaud nickte und schwieg. Er sammelte sich einen Augenblick, dann brachte er hervor: »Ich … konnte es nicht. Es tat zu weh.«

Vilia zögerte. »Du hast Bregar getroffen«, sagte sie schließlich.

Hragaud musste erst seine Gedanken ordnen, bevor er antworten konnte. »In der Tat«, fing er umständlich an. »Dein Mann hat wieder einmal eine Möglichkeit gefunden, mir etwas fortzunehmen, was mir am Herzen lag.«

Er wollte es klingen lassen wie einen Scherz, doch es gelang ihm nicht.

Vilia schüttelte den Kopf. »Es tut mir leid«, sagte sie. »Es tut mir leid, dass es so kommen musste.«

Hragaud fragte sich, ob sie an die jüngsten Ereignisse dachte oder an eine andere Entscheidung, die sie vor mehr als zwanzig Jahren getroffen hatte.

»Es ging nicht gegen dich«, sagte sie. »Das ging es nie. Wir folgen alle nur unserem Herzen.«

Hragaud seufzte. »Ich weiß«, sagte er. »Aber warum muss Bregars Herz immer das begehren, was auch ich mir ersehne? Und warum muss er es immer bekommen?« Er verzog das Gesicht und hätte sich am liebsten auf die Zunge gebissen. Ihre erste Begegnung nach so langer Zeit, und er jammerte hier wie ein kleines Kind!

Vilia antwortete ihm nüchtern. »Er hatte gehofft, er könnte dich überzeugen. Dich mitnehmen.«

»Er hat es mir angeboten«, räumte Hragaud ein. »Aber ich konnte ihm ebenso wenig folgen wie er mir.«

»Ja«, sagte Vilia. »Manchmal ist eine klare Entscheidung nötig: entweder – oder, auch wenn es schmerzlich ist. Ich habe bereits gehört, wie es ausgegangen ist. Allerdings hatte ich es so verstanden, dass dir ein Teil deines Heeres geblieben ist.«

Sie blieb stehen und sah ihn fragend an.

»Ein Teil, ja«, sagte er. »Aber ich weiß nicht … Mir bleiben zu wenig Reiter«, antwortete er. »Jetzt, da die Orden alle Bregar folgen, sind nur das Fußvolk und eine Handvoll Ritter aus dem Westen übrig, und keiner von denen ist in der Lage, für den Nachschub zu sorgen. Uns werden die Vorräte ausgehen, kaum dass wir die Berge hinter uns haben. Und mein eigener Orden kann ein solches Heer nicht allein unterhalten. Ich bin auch deswegen in die Hauptstadt gekommen. Ich brauche Verbündete in Barrat, die mir den Tross auffüllen.«

»Bregar hat den ganzen Winter über damit verbracht, sich die Mittel für seinen Feldzug zu sichern«, sagte Vilia. »Es wird schwer werden, noch jemanden zu finden, der einen zweiten Krieg bezahlt.«

»Das habe ich mir gedacht.« Hragaud senkte den Kopf.

Vilia stieß ihn in die Seite. »He! Ich dachte nicht, dass ein Ritter so leicht aufgibt. Wir finden einen Weg. Immerhin bin ich die Kämmerin der Heiligen Speere. Derlei Angelegenheiten sind mein vertrautes Schlachtfeld. Wie viele fremde Bewaffnete hast du in unsere Provinzen geführt? Sechstausend?«

Schuldbewusst blickte Hragaud auf. »Mindestens«, sagte er. »Bregar hat mich darin bestärkt, sie weitermarschieren zu lassen.« Er schüttelte den Kopf. »Ich weiß wirklich nicht, was geschehen wird, wenn sie sich hier zerstreuen.«

»Na also.«

Er sah sie überrascht an.

Vilia lachte. »Was bist du nur für ein Feldherr«, sagte sie, »wenn du deine eigenen Vorteile nicht erkennen kannst? Keinem der Herren von Barrat ist daran gelegen, dass Tausende fremde Kriegsleute hier im Land stranden und als Räuberbanden umherstreunen. Es liegt in ihrem eigenen Interesse, wenn dein Heer weiterzieht, wenn es über die Grenzen gelangt – und möglichst als Sieger und mit reicher Beute zurückkehrt.

Wir müssen das nur geschickt vermitteln, dann wird der Gedanke uns so manche Börse öffnen.«

Hragaud verzog das Gesicht. Er rieb sich die Stirn und sah bedrückt an Vilia vorbei. »Das ... sind Krämergedanken.« Er besann sich, sah sie an und entschuldigte sich sogleich: »Nein, tut mir leid. Ich meine nicht dich. Ich hadere nur mit meinem eigenen Schicksal. Du willst mir helfen und weißt gewiss am besten, was zu tun ist.

Aber ich wollte einen Heiligen Krieg im Namen Bponurs führen, und jetzt ist es mein Fluch, dass ich mit solchen Dingen kämpfen muss ...«

Er stockte und setzte neu an: »Weißt du, Vilia. Mir ist zumute, als hätte ich schon meine erste Schlacht verloren. Eine Schlacht, die mich die Hälfte meiner Krieger gekostet hat, bevor ich dem Feind überhaupt begegnet bin. Vielleicht wäre es besser, wenn ich gar nicht mehr zu meinem Heer zurückkehre. Ich bin nicht würdig, diesen Zug zu führen. Da sind Ritter voller Eifer und voller Inbrunst und mit festem Glauben unter den Männern, die ich zurückgelassen habe – vielleicht sollten sie aus ihren Reihen einen neuen Führer wählen.

Verstehst du, Vilia? Es war ein Gottesurteil! Bregar hat

mich herausgefordert, und Bponur hat zwischen mir und ihm entschieden. Vielleicht hätte ich das Urteil einfach annehmen sollen und nicht diesen … Handel.«

Am Abend saßen sie im Kaminzimmer beisammen. Hragaud hatte ein Bad genommen, Vilia hatte ihm Kleidung besorgt. Sie hatten gespeist, sich Wein bringen lassen und die Diener fortgeschickt. Bleischwer saß Hragaud in einem Sessel und starrte in die Flammen.

»Du warst in Horome.« Vilia setzte sich zu ihm auf die gepolsterte Lehne und hielt ihm ein Weinglas hin.

Er nickte.

»Dann sag es mir«, fuhr Vilia fort. »Hat er Aussicht auf Erfolg?«

»Was?« Hragaud schaute auf, wie aus tiefem Grübeln gerissen.

»Du und Bregar, ihr habt das Heer aufgeteilt. Kann er den Krieg gewinnen, zu dem er aufgebrochen ist?«

Hragaud dachte darüber nach, zum ersten Mal, seit er von Bregars Plänen erfahren hatte. Es war eigentümlich, aber das, was Bregars Feldzug ihn gekostet hatte, hatte sich um seine Gedanken gelegt wie ein Wall. Er hatte nur noch den eigenen Verlust gesehen. Erst jetzt, wo Vilia ihn anstieß, brachte er die Kraft auf, über dieses Hemmnis hinwegzublicken und Bregars Unterfangen als solches zu betrachten.

Er ließ den Wein im Becher kreisen.

»Vor zwei Jahren«, sagt er schließlich, »hätte ich noch darüber gelacht. Ich war in Horome, ganz recht. Und Barrat hat keine Vorstellung von dieser Stadt. Bregars zehntausend Krieger wären schlichtweg darin untergegangen. Sein Krieg mit der Kaiserin wäre ein bloßes Scharmützel geworden, das ein paar Stadtviertel in Aufregung versetzt, das aber sonst nicht viel bewegt.«

»Er hat tausend Ritter bei sich!«

»Das zum Beispiel ist eine Sache, in der sich der Westen von uns unterscheidet«, erwiderte Hragaud. »Hier in Barrat zählt man nur die Ritter. Am Ragnat wird Bregar womöglich lernen, dass er auch jeden anderen Krieger in seinem Heer bitter nötig hat. Vor allem in Horome.«

»Wir sind nicht dumm.« Vilia bewegte sich unwillig. »Wir zählen die *Lanzen.*«

Hragaud nickte. Selbst in Barrat wusste man genau, dass der Ritter nicht allein kämpfte. Zu jeder Lanze gehörte außer dem Mann, der sie führte, auch das Gefolge, das Ersatzpferde und Waffen lieferte und im Gefecht die Hilfstruppen stellte.

»Bregar weiß genauso gut wie wir, dass zu den tausend Rittern fast die doppelte Zahl an leichten Reitern kommt«, fuhr Vilia fort. »Knappen und Edelknechte auf ungepanzerten Pferden. Und ein Vielfaches an bewaffneten Knechten und Schützen. Und er wird wissen, wie er diese Männer einsetzt. Die Frage ist, kann er damit sein Ziel erreichen?«

»Horome ist nicht mehr die Stadt, die es einmal war«, sagte Hragaud. »Viele Bewohner sind im letzten Jahr verhungert, und noch mehr sind geflohen. Als ich aufgebrochen bin, wusste keiner dort, wie es weitergehen soll. Der Kanzler der Kaiserin hat alle Lebensadern der Stadt durchtrennt und das Blut herausgepresst, um im Frühjahr die Kraft für einen einzigen Schlag gegen seine Feinde zu sammeln.«

»Also kann es sein«, wandte Vilia ein, »dass der Kanzler den Westen wieder vereint hat, wenn Bregar eintrifft?«

Hragaud zuckte die Achseln. »Vielleicht. Auf jeden Fall hat Kanzler Arnulf die Stadt so weit geschwächt, dass Bregar Bewegungsfreiheit hat. Selbst wenn den Plänen des Kanzlers Erfolg beschieden ist, weiß ich nicht, ob ihm die Kraft bleibt, dem Ansturm zu trotzen.

Was deine Frage angeht: Ja, Bregar könnte es schaffen. Aber der Sieg wird ihm nicht in den Schoß fallen. Er wird ihn erringen müssen. Ob er dafür der Richtige ist, kann seine Frau wahrscheinlich besser sagen als ich.« Hragaud lächelte bitter. »Mich jedenfalls hat Bregar jederzeit übertroffen, vor zwanzig Jahren genauso wie heute.«

Vilia lachte auf. »Hast du ihm das jemals gesagt? Ich habe das Gefühl, er hechelt noch immer hinter dir her.«

»Wie könnte er?«, gab Hragaud zurück. »Er ist von fürstlichem Blut. Ihm ist alles zugefallen. Er war nur zwei Jahre Page, bevor er Knappe wurde. Und er war jünger als ich, als man ihn zum Ritter schlug.«

»Dennoch warst du vor ihm Knappe und vor ihm Ritter«, erwiderte Vilia. »Und du entstammst einer alten ritterlichen Familie, während er sich als Ritter erst beweisen musste. Er hat oft davon gesprochen, dass er sich alles erkämpft hat, was dir in den Schoß gefallen ist.«

»So sieht er das?« Hragaud schnaubte. »Ich weiß, er hat oft mit mir gewetteifert. Und doch hatte ich gedacht, wir seien Freunde gewesen damals, am Hofe des Grafen an Fanuir.«

»Er war dein Freund«, sagte Vilia. »Auf seine Weise. Aber der Wettstreit gehörte dazu. Außerdem warst du derjenige, der ihn verlassen hat und in die Fremde gezogen ist. Du hast uns beide verlassen!«

Hragaud sah zu Boden. »Er hat mir die Frau genommen, die ich liebte«, gestand er leise ein. »Ich habe gedacht, es wäre für alle Seiten leichter, wenn ich nicht mehr in der Nähe bin.«

Vilia beugte sich vor und legte eine Hand auf die seine. »War es das denn – für dich?« Sie lehnte sich wieder zurück und gab sich selbst die Antwort: »Offenbar war es das. Ich habe jedenfalls seitdem nichts mehr von dir gehört. Zwanzig Jahre lang.«

Hragaud merkte, dass sie gekränkt war. Es war seltsam,

dass ihn das berührte. Auch er hätte Grund gehabt, gekränkt zu sein. Vielleicht war er es ja gewesen.

»Ich konnte es einfach nicht ertragen«, sagte er. »Es tat weh, dich mit ihm zu sehen. Es hat diese zwanzig Jahre gebraucht, damit meine Sehnsucht nach dir wieder größer wird als der Schmerz.«

»Es tut mir leid«, erwiderte Vilia. Sie streckte nicht noch einmal die Hand nach ihm aus. »Ich habe mich für Bregar entschieden, aber nicht gegen dich. Es tat weh, dass wir einen Freund dadurch verloren haben. Ich hätte einen Freund brauchen können.«

Eine Weile schwiegen sie beide. Hragaud dachte über ihr Gespräch nach. Darüber, welche Richtung es genommen hatte.

»Bereust du deine Entscheidung?«, fragte er. »Bist du glücklich mit ihm?«

Vilia zögerte. »Wir waren glücklich. Und wir hatten auch Glück. Doch der Wettstreit ist ein Teil von Bregar, und ich nehme an, auf die Dauer hatte ihm das Leben hier zu wenig zu bieten. Spätestens, seit er endgültig als Höfling in der Hauptstadt gestrandet ist.

Nein, ich bereue nicht, was wir hatten. Aber mitunter habe ich das Gefühl, Bregar hat sich in den Jahren von alldem entfernt. Wir haben uns voneinander entfernt. Ach, wahrscheinlich ist es nur das, was so manches alte Ehepaar beklagt.«

Sie versuchte ein Lächeln.

Hragaud schüttelte heftig den Kopf. »Ich hätte mich niemals von dir entfernt!«

»Du warst tatsächlich weit entfernt«, entgegnete Vilia. »Und Männer hängen gern an dem, was sie nicht haben, und verlieren leichter das Interesse an dem, was immer um sie ist.«

Hragaud stand auf. Er stellte den Wein ab, trat zu Vilias Platz und zog sie hoch. Er sah sie an. »Ich nicht«, sagte er bestimmt. »Der Wettstreit mag ein Teil von Bregars Seele sein. Ich aber habe stets nur um das gestritten, was es wert war, und deswegen habe ich auch nie das Interesse daran verloren, wenn es errungen war.«

Vilia öffnete die Lippen, um etwas zu sagen. Hragaud berührte sie in einem leichten Kuss, und sie verstummte. Sie blickten einander in die Augen.

Dann nahm Bregar sie in die Arme und küsste sie lang.

Die Nacht lag fast schwarz über den Hängen des Gradhegran, den Vorbergen vor den Grenzgraten, die die Steppen des Ostens von den Ländern der Menschen trennte. Critaan vom Habicht-Clan fing an zu rennen. Er hörte die Atemzüge seiner Begleiter, doch in der Dunkelheit sah er sie nicht.

Er kannte das Land und verließ sich auf seine übrigen Sinne, die ihm sagten, wo er war – und was um ihn herum geschah.

»Halt!« Ein halblauter Befehl.

Die Schritte um ihn verstummten. Nur ein Paar Füße liefen in der Dunkelheit weiter und gerieten aus dem Takt. Critaan hörte einen Aufprall und einen unterdrückten Fluch.

Tubaal, natürlich …

»Was ist los?«, fragte Natran, der älteste in dem Jagdtrupp.

Die Wolkenfetzen über ihnen rissen auf. Ein paar Sternenfunken glänzten in den Lücken.

»Sie sind nicht mehr hinter uns.«

»Woher willst du das wissen?« Zögernd humpelte Tubaal heran.

Niemand antwortete ihm.

Sie lauschten. Die Nacht war still und dunkel. Nicht einmal Insekten regten sich in den Grasbüscheln zwischen den Steinen.

»All die Mühe …«, murmelte Natran.

Critaan hörte, wie der alte Jäger sich resigniert vorbeugte. »Wartet hier auf mich«, sagte er und lief wieder los. Den Weg zurück, den sie gekommen waren.

»Warte«, rief Natran hinter ihm her. »Du könntest in ihre Falle laufen!«

Critaan stürmte über die letzte Hügelkuppe. Er versuchte, daran zurückzudenken, wann er ihre Verfolger zum letzten Mal gehört hatte. Waren sie im letzten Tal noch hinter ihm gewesen? Er hatte ihre Schritte gehört, die heiseren Rufe, als er im Talgrund gelaufen war. Also mussten sie über die Kuppe davor gekommen sein.

Wie weit sie danach noch gekommen waren, wusste er nicht.

Critaan blieb stehen und lauschte. Am letzten Tag hatten sie das Gelände erkundet, und in seinem Geist sah er die Landschaft vor sich, die Einzelheiten des Tals, in dem er stand, die Zugänge und die angrenzenden Höhen.

Wo steckten die Feinde?

Critaan und sein Trupp hatten ihre Gegner hierher gelockt. Die Verbrannten kannten die Gegend nicht. Wenn sie die Verfolgung abbrachen, würden sie sich nach vertrauten Orten richten – sie würden den Weg zurückgehen, den sie gekommen waren!

Critaan lief wieder los. Zügig trabte er über den steinigen Boden. Er sah nur wenige Wegmarken in der Dunkelheit – große Felsen, die Kanten der nahen Grate, die dunkleren Berge im Hintergrund. Das genügte, damit er die grobe Richtung beibehalten konnte. Es genügte nicht, um jedes kleine Hindernis abzuschätzen.

Ab und zu stieß er mit dem Fuß gegen einen Stein oder

trat einen Kiesel los. Critaan achtete nicht auf den Schmerz und auf die Geräusche, aber er bemühte sich, behutsam und leise aufzutreten. Und doch, er musste die Geschwindigkeit halten, wenn er die Verbrannten wieder einholen wollte.

Er lauschte, ohne innezuhalten.

Da waren Laute!

Critaan erreichte den Grat und hörte die Stimmen vor sich. Raue, abgehackte Wortfetzen. Knirschende Schritte. Es klang nicht menschlich.

Critaan huschte über den Grat – der gefährlichste Augenblick, weil seine Gestalt dort vor dem Nachthimmel auszumachen war. Er hockte sich kurz hin und schloss die Augen. Er konzentrierte sich und rief sich jedes Detail aus dem Tal vor ihm ins Gedächtnis.

Dann lief er los.

Seine Füße rollten auf dem Boden ab. Er hielt auf die Stimmen zu, orientierte sich am Wind, am Widerhall, am Geruch der Kräuter – und an dem, was seine Augen ihm zeigten. Er kam dem Ziel näher. Die Laute wurden deutlicher. Die Wesen stritten sich, so viel war klar, selbst wenn man die Sprache nicht verstand. Sie bewegten sich eilig, aber Critaan hörte auch, wie sie immer wieder stehen blieben und aneinander zerrten.

Ein breiter Spalt tat sich auf zwischen den Wolken, und kurz schimmerten die hellen Steine in der Landschaft auf. Critaan sah die Gestalten vor sich.

Er sammelte seine Kräfte und löste die Axt von seinem Gürtel. Mit einem Satz sprang er auf den Letzten der Verbrannten zu – einen kleinen, gedrungenen Schatten, der unschlüssig dabeistand, während seine größeren Vettern miteinander stritten und rangen.

Lautlos schwang Critaan die Waffe und zielte. Knirschend traf der lange Dorn an der Rückseite des Axtblattes das

Wesen am Hals. Critaan spürte den Widerstand. Wie ein Schild, der brach, bevor der Stahl in das warme Fleisch des Opfers drang.

Critaan ließ den Griff der Axt los, ehe die Waffe sich in der Wunde verkanten konnte und ihm den Schwung nahm. Er kam auf dem Boden auf, rollte sich ab, fuhr herum und sprang mit einem Triumphschrei wieder auf.

Sein Schrei ging unter im Gebrüll des Getroffenen. Der Verbrannte schwankte und fasste sich an den Hals.

»*Aiaiaiaiai!*«

Mit einem schrillen Jubelruf rannte Critaan davon.

Und die Verbrannten folgten ihm.

Critaan hörte ihre schweren Schritte hinter sich. Und er hörte das Prasseln von Steinen. Die Verbrannten keuchten und knurrten. Die Schreie des Verletzten wurden immer schwächer mit der Entfernung.

Critaan vernahm ein Sausen in der Luft und wich hastig zur Seite.

Ein Speer zischte an ihm vorbei, so massig wie ein kleiner Baum.

Critaan drehte sich nicht um. Er lief über den Grat, den er gerade überwunden hatte. Das Herz schlug rasch in seiner Brust, aber sein Atem ging ruhig und gleichmäßig. Er durchmaß das Tal mit langen Schritten, die wütenden Verfolger hinter sich.

Als er die Kuppe erreichte, hinter der er seine Begleiter zurückgelassen hatte, rief er laut: »Die Verbrannten!«

Der Hang am anderen Ende des Tales war steil, und Critaan wurde langsamer. Er musste klettern. Von den übrigen Mitgliedern seines Jagdtrupps war nichts zu sehen. Critaan rutschte mit den Sohlen über die Steine, und er stolperte.

Er rappelte sich wieder auf und warf einen Blick über die Schulter. Die Verfolger waren hinter ihm – riesige Gestalten in der Dunkelheit, mit unförmigen Gliedern und mit Zacken und Graten, als wollten Messer aus ihrem Inneren wachsen.

Die Verbrannten kamen näher, doch sie schienen nichts zu merken.

Critaan erreichte die Oberkante des Hangs und rollte sich darüber. Dort blieb er in einer kleinen Kuhle auf dem Rücken liegen, kaum einen Meter unterhalb des Grats. Seine Männer kauerten auf dem Boden. Im Osten, weit entfernt, am Ende eines langen Einschnitts, kroch die Sonne über den Horizont. Das rote Licht stach Critaan in die Augen.

Er schloss sie, drehte sich auf die Seite und spannte seinen kurzen Hornbogen, während das Licht immer greller wurde.

Blinzelnd sah er auf.

Da stapfte der Vorderste der Verbrannten über die Anhöhe.

Er war groß, selbst für ein Wesen seiner Art – er mochte doppelt so hoch aufragen wie ein Mensch. Seine Haut war grau und rissig und wie aus Stein gehauen. Die Zacken schienen aus seiner Haut zu wuchern wie ein Geschwür, und bei jeder Bewegung knirschte es. Winzige Steinsplitter rieselten wie Sand auf die Menschen nieder, die zu seinen Füßen kauerten.

Der Schädel war so schwer wie ein Fels, die zerklüftete Haut ließ alle Gesichtszüge verschwimmen. Auch die Augen verschwanden in den winzigen Höhlen unter der vorspringenden Stirne.

Aber in dem Augenblick, als er über die Kante trat, schaute der Verbrannte genau in die aufgehende Sonne. Er hob die Arme zum Schutz und blieb einen Moment lang stehen.

Critaan riss den Bogen hoch, richtete den Oberkörper auf, zog den Pfeil zurück und ließ ihn losschnellen. Die breite

Eisenspitze fuhr dem Verbrannten geradenwegs unter dem Kinn durch den Hals in den Kopf. Es krachte, als sie traf, und der hölzerne Schaft verschwand zur Hälfte.

Schwarzes Blut rann über die Steinhaut des Verbrannten und tropfte auf Critaan herab.

Das Wesen wollte das Maul öffnen, doch der Pfeil blockierte den Kiefer. Der Verbrannte schnaubte und schüttelte den Kopf. Immer noch hielt er eine Hand schützend vor die Augen, und er schlug blind mit der Keule zu, die er in der Rechten hielt.

Critaan rollte sich wieder zurück, zog einen weiteren Pfeil heraus und schoss erneut. Das Geschoss drang gleich neben dem ersten ein und verschwand fast bis zum gefiederten Ende.

Critaan sprang auf, den dritten Pfeil auf der Sehne. Dieses Mal traf er die Kehle, und der Pfeil ging gerade bis zum Rückgrat hindurch, bevor die harte Haut im Nacken ihn aufhielt.

Der Verbrannte schwankte. Ein Röhren drang aus seinem verkeilten Maul. Er ließ die Keule fallen und kippte nach vorn. Schwer krachte er in die Kuhle, in der Critaan kurz zuvor noch gelegen hatte, und röchelte und zuckte.

Die anderen Verbrannten waren gleich hinter ihrem Anführer über den Grat gekommen, und genau wie den Riesen hatte das Licht sie geblendet und sie dazu gebracht, stehen zu bleiben. Überall am Hang hatten die Männer den Augenblick genutzt.

Natran schwang einen schweren Spieß, so dick wie ein Arm, aus dem vorn eine handlange, dünne Spitze hervorschaute. Mit einem wuchtigen Stoß trieb er den Dorn in den Bauch eines Verbrannten. Riss ihn wieder heraus. Stieß wieder zu.

Tock. Tock. Tock …

Ein Geräusch, als würde er Nägel in hartes Eis hämmern.

Der Verbrannte taumelte und fuchtelte blind mit den Armen. Er hatte schon sechs blutende Löcher im Leib, als er den Schmerz spürte und anfing zu brüllen. Der Riese stürmte vor, die Arme ausgestreckt. Er bekam Natrans Speer zu fassen und riss ihn zur Seite.

Der Schaft traf den alten Jäger in die Rippen und schleuderte ihn drei Schritt weit den Abhang hinunter.

Critaan lief hinter ihm her, rannte um seinen Gegner herum und schoss. Zwei Pfeile setzte er neben die Stiche in den geschundenen Leib des Riesen. Die großen Spitzen rissen die Steinhaut ganz auf und zertrümmerten sie.

Dann ließ Critaan den Bogen fallen und schleifte Natran mit sich.

Der Verbrannte kam hinterher und versuchte, die beiden zu packen, doch seine steinernen Klauenfinger griffen ins Leere. Die Eingeweide hingen ihm aus dem aufgesprungenen Leib, und er zog eine Spur von Blut und Schleim hinter sich her.

Endlich wurde er langsamer und brach zusammen.

Schwer atmend blieb Critaan stehen.

Natran stöhnte und konnte sich nicht auf den Beinen halten.

»Lass mich …«, sagte der Alte. »Lass mich …« Er blickte den Hang hinauf, wo der Kampf noch tobte.

Die harte Haut der Verbrannten war wie ein Panzer, und nur wenige Waffen konnten diesen Schutz an bestimmten Stellen durchdringen. Die Männer um Critaan hatten einen Vorteil gehabt, weil die Verbrannten die Sonne nur schlecht vertrugen und das erste Morgenlicht sie geblendet hatte. Darum hatten sie diese Falle vorbereitet und die Wesen der Steppe in der Nacht an diesen Ort gelockt.

Aber der Vorteil schwand, und noch hielten sich drei ihrer riesenhaften Gegner auf den Beinen. Sechs Jäger nahmen es mit ihnen auf. Doch die Verbrannten hatten sich an das Licht gewöhnt. Sie schwangen ihre plumpen Keulen und Speere, und die Menschen wichen vor ihnen zurück.

Critaan nickte Natran zu. Er beugte sich zu dem keuchenden Alten hinab und löste die Axt von dessen Gürtel.

»Warte hier«, sagte er. »Oder besser, such dir ein Versteck.«

Dann wandte er sich den Kämpfenden zu.

»Auf sie, Leute!«, rief er und stürmte wieder den Hang hinauf. »Wir dürfen keine dieser Bestien am Leben lassen. Oder wollt ihr auch diese Heimat wieder verlieren?«

»Du frühstückst hier?« Vilia trat in den Gemeinschaftsraum des Ordenshauses und setzte sich an Hragauds Seite.

Für die meisten der Ordensleute begann der Tag mit der Andacht zum Sonnenaufgang. Hragaud hatte die Stunde versäumt, und so saßen er und Vilia nun fast allein in der weiten Halle mit den großen Holztischen. Eine Magd kam eilig herbei, aber Vilia winkte sie fort.

Verlegen blickte Hragaud zur Seite.

»Es erschien mir nicht angemessen«, murmelte er.

»Was erschien dir nicht angemessen?« Vilia richtete sich halb von der Bank auf, stützte eine Hand in die Hüfte und blickte zu Hragaud hinunter.

»Nun.« Er wedelte hilflos mit dem Löffel über dem Teller. »Das alles. Ich hätte nicht herkommen sollen.«

»Du wolltest dich also davonschleichen«, sagte Vilia. »Nachdem du gestern Abend noch verkündet hast, dass du dich niemals von mir entfernt hättest.«

»Das ist es nicht«, sagte er. »Oder das ist es gerade. Wir sind eben nicht zusammen. Du bist Bregars Frau.«

»Ach?« Vilia hob spöttisch eine Augenbraue. »Das ist mir

neu. Ich dachte, ich wäre Priesterin und Bregar ein Ordensritter, und keinem von uns wäre ein Ehevertrag erlaubt? Keiner von uns beiden hat einen Treueschwur geleistet.«

»Nicht in aller Form«, sagte Hragaud. »Aber ich hatte den Eindruck, vor zwanzig Jahren habt ihr es ernster genommen.«

»Vor über zwanzig Jahren.« Vilia sah an ihm vorbei zu einem der Fenster.

»Und jetzt nicht mehr?«, fragte Hragaud.

Vilia zögerte. »Vieles ist nicht mehr so, wie es vor zwanzig Jahren war.«

»Bregar würde es weniger leicht nehmen«, stellte Hragaud fest.

Vilia schnaubte. »Das ist wahr. Aber aus den ganz falschen Gründen. Er würde es wiederum als einen Wettbewerb ansehen. Und er verliert nicht gern. Du fürchtest seinen Zorn, wenn du bleibst?«

Hragaud schüttelte den Kopf. »Ich habe es ebenfalls ernster genommen. Vor zwanzig Jahren, und heute genauso. Bregar und ich, wir wollten keine flüchtige Begegnung zum Fest des Lebens. Wir wollten dich beide zur Frau. Es war vielleicht kein förmlicher Schwur, aber es war ebenso innig.

Für mich jedenfalls wäre es so gewesen, und soweit ich sehe, hat Bregar es bis heute so gehalten. Wie also könnte ich dich ihm wegnehmen?«

»Ich gehöre ihm nicht«, sagte Vilia bestimmt.

Hragaud schüttelte den Kopf. »Es geht nicht um dich. Es geht um *meine* Ehre. Wie kann ich bei dir sein, wenn er in den Krieg zieht und nicht hier sein kann, um seinen Platz zu behaupten?«

Er ließ die Hände neben dem Teller auf den Tisch sinken. »Mein Gott. Bponur muss mich verfluchen ob meiner Sünden und meiner Schwäche. Ich dachte, ich breche zu einem

Heiligen Krieg auf. Aber ich habe das Gefühl, ich reite mit jedem meiner Schritte geradenwegs in die Höllen.«

Nachdem sie die Leichen der Verbrannten zwischen den Felsen verscharrt hatten, kehrten Critaan und seine Männer in ihr Lager zurück. Critaan stützte Natran auf dem Weg, und sie holten sich auch das Beil wieder, das Critaan bei seinem ersten Gegner zurückgelassen hatte.

Es war ein anstrengender Weg, denn ihr Rückzugsort lag geschützt auf einem der höheren Berge, mit weitem Blick über die kleineren Anhöhen davor bis hinaus in die auslaufenden Hügel, die zum Horizont hin flacher und flacher wurden und dann ganz verschwammen.

Die endlose Steppe.

Das grüne Grasland.

Dort war die alte Heimat seines Volkes, und Critaan liebte die Wache am östlichen Rand der Berge, weil er von hier aus fast das Land sehen konnte, das die Verbrannten den Vorfahren geraubt hatten.

Als er in das Lager trat, fand er einen Fremden vor – einen Mann mittleren Alters mit verwittertem und gerötetem Gesicht und in einer Weste aus Schafsfell.

Critaan ließ Natran los und fasste an seinen Gürtel.

Aber der Fremde trat auf ihn zu, hob grüßend die Hand und neigte respektvoll den Kopf.

»Critaan vom Habicht-Clan?«, fragte er.

Critaan nickte.

Der Fremde griff in seine Gürteltasche und holte ein Symbol hervor, das aus einem Stück Widderhorn geschnitzt war.

»Ich bin Turjan«, stellte er sich vor. »Bote des großen Rates. Man ruft dich nach Grothagr, Critaan.«

»Warum?«, fragte Critaan misstrauisch.

»Man hat von dir gehört«, sagte der Bote. »Du sollst der

beste Jäger an der Grenze sein. Der erfolgreichste im Kampf gegen die Verbrannten.«

»Dann bin ich an der Grenze am besten aufgehoben«, sagte Critaan und lachte.

Der Bote sah ihn ernst an. »Nicht mehr lange vielleicht. Hast du es nicht gehört?«

»Was gehört?«, fragte Critaan ungeduldig. »Wohl kaum, dass die Verbrannten nach Grothagr marschieren.«

»Die Menschen jenseits der Berge rüsten zu einem großen Zug«, erklärte der Bote. »Es drang Kunde in die Heilige Stadt, dass eines ihrer Heere bald den dunklen Pfad beschreiten und in die Steppe vordringen will.

Der Rat hielt es für angemessen, die jungen Krieger zu sammeln. Und dich beruft er unter die Häuptlinge.«

Es regnete, als Hragaud Barratain verließ. Vilia verabschiedete ihn im Torbogen der Komturei. Auf der einen Seite prasselte das Wasser in den Hof, auf der anderen ergossen sich Sturzbäche vom Dach auf die gepflasterte Straße der Stadt.

»Ich danke dir für deine Hilfe.« Er hatte beide Hände am Zügel. Sein Pferd stand mit gesenktem Kopf da, sein Gefolge scharte sich hinter ihm.

»Ich werde versuchen, mich um deinen Krieg ebenso zu kümmern wie um den meines Mannes«, gab Vilia zurück. Sie klang spröder als in den ersten Stunden, die sie miteinander verbracht hatten. Ein wenig traurig.

»Das ist nicht selbstverständlich«, sagte Hragaud steif.

»Ich rate dir trotzdem, auch selbst Unterstützung zu suchen, während du durch die Provinzen ziehst«, fuhr sie fort. »Nicht jeder bei Hofe steht an der Seite meines Mannes, und viele werden lieber dir helfen als ihm. Dennoch weiß ich nicht, ob es genügen wird. Nach allem, was ich über die

Steppen gehört habe, wird deine Streitmacht dort nicht von dem leben können, was das Land hergibt.«

Hragaud nickte.

»Ich bete darum, dass ihr siegreich zurückkehrt.« Vilia klang verzagt. »Deine Truppen und die von Bregar.«

»Du zweifelst daran?«, fragte Hragaud. Er hatte sie nie danach gefragt. Vielleicht weil seine eigenen Zweifel ihm genug waren.

»Es sind zwei große Unterfangen zur selben Zeit. Bponur allein weiß, ob es ein heiliger Auftrag ist – oder menschlicher Übermut.«

»Dann segne mich wenigstens, Priesterin«, sagte Hragaud. »Damit menschlicher Übermut das Schlimmste ist, was ich meinem Heer bringe. Nach allem, was geschehen ist, fürchte ich nämlich schon, dass ich göttlichen Zorn auf mich geladen habe.«

»Ich bin mehr eine Priesterin der Zahlen.« Vilia lächelte ihn an. »Doch was ich an Segen aufbieten kann, spende ich dir von Herzen. Alle meine Söhne und alle Männer, die mir etwas bedeuten, sind jetzt ausgezogen.

Ich möchte jeden von ihnen gern wiedersehen.«

3. KAPITEL

2. Tag nach dem Sonnentag des Mai im 947. Jahr der Entrückung Bponurs (3. Mai 963 nach Horomischer Zeitrechnung)

An der alten Reichsstraße am Molniar-Forst

Das Heer der Ritter aus dem Osten marschierte nicht in einer Kolonne. Die Ritter, ihr Gefolge, die Fußknechte – alle Kämpfer und der gesamte Tross! – waren längst vorbeigezogen. Aber die schweren Ochsenfuhrwerke, die für einen steten Strom an Nachschub sorgen sollten, bewegten sich langsam und zäh auf der Reichsstraße vorwärts. Inzwischen lagen sie viele Tagesmärsche hinter dem Hauptheer zurück, obwohl sie zur gleichen Zeit in Alzerat aufgebrochen waren.

General Marin und seine Schar warteten im Schatten des Waldes und schauten zur Straße. Für Marin waren die kleinen Trupps aus Fuhrleuten und Knechten ein Geschenk Bponurs. Ein Angriff an dieser Stelle war weit einfacher als ein offener Kampf mit dem Ritterheer, und doch konnte er die Ritter damit empfindlich treffen. Besonders dann, wenn die Kette aus Fuhrwerken abriss und der Nachschub ganz ausblieb.

Marin hatte sechzig Krieger auf Ponys bei sich. Nur er selbst ritt ein langbeiniges Pferd – einen Halbblüter, der Schnelligkeit mit Ausdauer verband, auch wenn das Tier zu zierlich war, um einen Ritter in voller Rüstung zu tragen. Doch Marin hatte sich auf ein leichtes Kettenhemd beschränkt, auf Speer, Schild und Schwert.

»Acht Wagen.« Hari, der von den Männern die besten Augen hatte, spähte über den Abstand von einer halben Meile hinweg. »Dreißig Knechte, schätze ich. Sie werden bewaffnet sein.«

Marin nickte. Seine Begleiter schauten ihn erwartungsvoll an.

»Wir greifen an«, befahl er und gab seinem Ross die Sporen.

Die Krieger schwärmten hinter ihm aus. Es gab keine weiteren Worte, keinen Schlachtruf. Marins Männer trugen Speer und Schild, aber die Hälfte seines Trupps war zudem mit Brandpfeilen ausgerüstet. Zwei der Ponyreiter hatten einen Feuertopf am Sattel hängen. Sie öffneten den Deckel in vollem Galopp und fachten die Glut an.

Es war Mittag. Sie hatten die Sonne im Rücken, genau wie den dunklen Saum des Waldes. So schafften sie den halben Weg, bevor man sie entdeckte. Marin hörte Schreie von dem Wagenzug her. Die Knechte, die bisher die Ochsen geführt oder dabei geholfen hatten, die übermannshohen Räder über die Rillen und Löcher der alten Reichsstraße zu führen, rannten durcheinander. Sie zogen Spieße von den Karren.

Ein Dutzend von ihnen liefen einfach in die andere Richtung davon, hinaus in die Heidelandschaft, die nördlich der Straße lag. Ein paar von Marins Reitern führten ihre Pferde in weitem Bogen um die Wagen herum und verfolgten die Flüchtigen.

Der Rest ritt in lockerer Linie darauf zu.

Die Kutscher und die Trossknechte ließen die Wagen näher zusammenrücken. Einige von ihnen suchten hinter den Fässern und Kisten auf der Ladefläche Deckung, andere zogen sich zwischen die Räder und die Aufbauten der Fuhrwerke zurück. Marin sah zwei Armbrustschützen, die hastig ihre Waffen spannten.

»Bponur!«, brüllte er und hob den Speer. Seine Männer jubelten. Dann standen sie ihren Feinden gegenüber.

Marin drehte vor den Wagen ab und schleuderte seinen Speer. Der traf einen der Armbrustschützen im Gesicht, und der Mann verschwand hinter einem Stapel Fässer. Marin zog einen kurzen Speer aus dem Köcher am Sattel. Seine ganze Schar ritt nun dicht an den Wagen entlang. Klingen klirrten aufeinander, aber die Reiter ließen sich nicht auf einen längeren Nahkampf ein. Sie gaben nur ihren Schützen Deckung. Hinter der vorderen Reihe entzündeten die beiden Krieger mit den Feuertöpfen einen Brandpfeil nach dem anderen. Sie gaben die Geschosse an ihre Kameraden weiter, die sie im vollen Galopp nahmen, die Pfeile auflegten und schossen.

Marin warf einen weiteren Speer, und einen dritten. Dann zog er das Schwert. Qualm stieg von den Wagen auf.

Die Fuhrknechte schlugen mit Decken und versuchten, die Flammen zu ersticken. Doch sobald sie aus der Deckung traten, schossen die Reiter auf sie. Marin sah zwei Ponys aus seinem Trupp am Boden liegen, ein weiteres trabte reiterlos davon.

»Jetzt!«, brüllte er, und seine Männer lenkten die Tiere zwischen die Fuhrwerke. Die geschicktesten Reiter sprangen gleich vom Pferderücken auf die Fahrzeuge und gingen mit dem Kurzschwert auf die Knechte los, die sich dort verschanzt hatten.

Marin galoppierte dicht an den Wagen vorbei. Er beugte sich im Sattel weit vor, schlug einem Knecht den Spieß aus der Hand und führte das Schwert zu einem Gegenangriff. Der Knecht wich hinter das große Rad zurück, außer Reichweite von Marin.

Er richtete sich im Sattel wieder auf, gerade rechtzeitig, um sein Pferd durch eine Lücke zu lenken.

Der Rest der Ponyreiter sammelte sich in drei Haufen bei

zweien der Gefährte. Einige von ihnen saßen ab und trieben die Knechte aus der Deckung, die Reiter griffen alle an, die in ihre Reichweite kamen. Die Schützen bei den Feuertöpfen schossen weiterhin mit Brandpfeilen, und der Qualm wurde dichter.

»Rückzug!«, befahl Marin schließlich.

Die Krieger in seiner Nähe gaben den Befehl weiter. Im Schutz der Berittenen sprangen die anderen wieder auf ihre Ponys. Dann ritten sie ein Stück weit weg. Marin verschaffte sich einen Überblick.

Die Wagen brannten. Die Ochsen, die angespannt waren, gerieten in Panik, aber die Fahrzeuge standen so dicht zusammen, dass sie sich kaum bewegen konnten. Ein Gespann scherte aus, die Deichsel verhakte sich am Fuhrwerk davor, und das ganze Gefährt kippte um.

Brennende Fässer rollten ins Heidegras, die Ochsen zogen den qualmenden Wagen hinter sich her und verletzten sich gegenseitig. Die Knechte liefen heillos durcheinander. Vom Feuer vertrieben, krochen sie hustend zwischen den Fahrzeugen hervor und flohen in alle Richtungen. Die Reiter, die die ersten Flüchtigen verfolgt hatten, kehrten zurück und machten Jagd auf die nächsten.

Ein großer Trupp von Knechten blieb zusammen. Sie sammelten sich um ein Fuhrwerk. In dem Qualm konnte man ihre Umrisse nur schwer ausmachen, aber man hörte sie brüllen und fluchen. Kisten fielen zu Boden. Marins Schützen ließen einen Regen aus Pfeilen auf die schemenhaften Gestalten im Rauch niedergehen.

Dann löste sich der Wagen aus dem Zug. Es war das kleinste der Fahrzeuge, mit einem Pferdegespann. Die Knechte hatten einen großen Teil der brennenden Ladung heruntergeworfen und die Flammen erstickt. Sie führten die Pferde auf den Wald zu.

Sie kamen nur ein Dutzend Schritte weit, bevor Marin und seine Männer sie einholten. Die Ponyreiter wichen den Armbrustbolzen aus, die die letzten Schützen ihnen entgegenschickten – den Knechten mussten die Augen brennen, nachdem sie so lange im Rauch gearbeitet hatten, um den Wagen freizubekommen.

Dann waren die Krieger des Mahdi über ihnen. Sie drangen von allen Seiten auf den Wagen ein, Marin kämpfte zwischen ihnen. Sie schlugen mit dem Schwert auf die Knechte ein, die auf dem Fuhrwerk und darum herum standen. Eine kurze, abgehackte Folge von Hieben, keuchenden Atemzügen, Schmerzenslauten, Pferdehufen und Schnauben.

Der Kampf dauerte nicht lange, dann wurde es ruhiger.

»Gnade, Herr!«

Der Fuhrknecht zu Marins Füßen warf seinen Spieß weg und kniete sich hin. Marin beugte sich vor und spaltete ihm mit der Klinge den Schädel. Er hörte, wie seine Männer die letzten Feinde niedermachten.

Daraufhin zog er sich zurück und wartete, dass die Schar sich wieder sammelte.

Hari erstattete ihm Bericht. »Bponur hat fünf seiner Kämpfer zu sich gerufen«, erklärte er. »Es werden vielleicht noch mehr, wenn wir weiterreiten müssen.«

Marin nickte. Die Krieger des Mahdi zählten ihre Verwundeten nicht. Wozu auch? Entweder die Männer konnten reiten, oder sie blieben tot zurück. Wer reiten konnte, mochte sich wieder erholen, das lag in Bponurs Hand. In jedem Fall würde jeder Mann sein Bestes geben, wenn Gott ihnen die nächste Herausforderung schickte.

»Seht zu, ob ihr zwischen den Fuhrwerken noch etwas Nützliches findet«, befahl Marin. »Nehmt alles mit, was wir brauchen können, Geld, Vorräte, Metall. Schichtet den Rest auf und auch die Toten und schürt damit die Flammen.«

Als Meris den Flussmarkt in Horome erreichte, stockte ihr der Atem.

Auf ihrem Weg durch die Hauptstadt war sie an geschwärzten Mauern vorbeigehastet, an vernagelten Fenstern und an Gebäuden, die so aussahen, als wären sie geplündert worden. Mitunter stieg Rauch auf hinter den Dächern, zu dicker Rauch, als dass er von Kaminfeuer hätte kommen können. Aus den Seitengassen hatte sie Rufe und Schreie und Kampfgetöse gehört. Es fühlte sich an, als wäre ein Feind in die Stadt eingefallen, der schon in den angrenzenden Vierteln brandschatzte, während die Bewohner sich auf den Hauptstraßen in ihr Schicksal ergaben.

Seit ihrem Aufbruch vor fast zwei Monaten war alles noch viel schlimmer geworden.

Fassungslos blieb sie stehen und starrte auf die Verheerungen. Schließlich ging sie zwischen den verwaisten Ständen umher, bis sie eine Fischverkäuferin fand.

»Was ist denn hier los?«, fragte sie.

»Hm, was?« Die Frau schaute sich um, als wüsste sie nicht, wovon Meris sprach.

»Na, da!« Meris wies auf die Marktbrücke.

Die breite Straße, die darüber zur kaiserlichen Insel führte, war voller Menschen.

Handwerker rissen die Häuser auf der Brücke ein, Knechte brachten die Steine auf Karren fort hinüber zur Insel. Weitere Arbeiter hockten auf Gerüsten, die an Seilen über die Brüstung hingen und schlugen das Mauerwerk aus dem Brückenbogen. Während Meris zusah, bildete sich mit einem Mal in der Außenwand eines hohen Gebäudes ein klaffender Riss. Die Wand verschob sich, und die Ziegel fielen unter lautem Platschen in den Fluss.

Dahinter kamen weitere Arbeiter zum Vorschein, die mit Vorschlaghämmern und Eisenstangen im Inneren des Hauses standen. Erschrocken wichen sie vor dem Loch zurück, das sie selbst geschaffen hatten.

Die Männer waren rot vom Ziegelstaub. Einige Gebäude auf der Brücke lagen bereits in Trümmern, Teile der Brüstung fehlten, und andere Handwerker trugen schon das Pflaster ab.

Die Marktfrau grinste und zeigte ein paar Zahnlücken.

»Kind, wo bist du denn gewesen? Das geht doch schon seit Tagen so!«

»Aber was machen die da?«

Die Marktfrau zuckte die Achseln. »Reißen die Brücke ab, scheint's. Es heißt, der Kanzler hat im Süden den Krieg verloren. Jetzt bekommt die Kaiserin es mit der Angst zu tun und will sich ganz einmauern auf ihrer Insel. Magst du 'nen Fisch, Kindchen?«

Die Frau wies auf ihre Auslagen.

»Später vielleicht«, sagte Meris. »Danke!«

Der Fisch auf dem großen Markt war immer frisch – aus dem Fluss, der durch die Stadt floss. Meris hatte hier nie welchen gekauft und wollte jetzt nicht damit anfangen. Auch wenn die halbe Stadt entvölkert war und der Ragnat womöglich sauberer war als früher.

Zögernd trat sie auf die Brücke zu. Einen Augenblick lang blieb sie an der Auffahrt stehen und schaute dem Treiben der Arbeiter zu. Hatte sie das zu verantworten?

Sie erinnerte sich daran, wie sie in Meerbergen die Niederlage und den Tod des Kanzlers herbeigeführt hatte, gemeinsam mit Dauras. Zum ersten Mal, seit sie im letzten Jahr ihre Stellung im Palast verloren hatte und in den Untergrund gegangen war, überlegte sie, ob ihr Widerstand gegen Arnulfs Pläne alles nur noch schlimmer gemacht hatte.

Nein, versicherte sie sich. Es war notwendig gewesen. Der Kanzler hatte diese Stadt zugrunde gerichtet, er war verantwortlich dafür, dass Hunger, Krankheit und Gewalt in Horome wüteten. Es würde einfach eine Weile dauern, bis diese Wunden wieder heilten. Und das mit der Brücke …

Es ergab überhaupt keinen Sinn!

Kanzler Arnulf hatte den Krieg im Süden verloren, doch die aufrührerischen Städte dort würden wohl kaum nach Horome marschieren. Die Kaufleute und die Flotte an der Küste waren zufrieden, wenn sie ihre Unabhängigkeit behaupten und sich weiterhin der einträglichen Kontrolle über die Kolonien widmen konnten.

Die Niederlage des Kanzlers mochte die Position der Kaiserin vielleicht schwächen. Aber die größte Gefahr drohte ihr in diesem Fall von Edern, und Edern lag auf der anderen Seite des Flusses, im Westen. Warum also sollte Aruda die sicheren Versorgungswege auf der Ostseite der Insel kappen?

Meris sann einen Augenblick darüber nach. Doch eine Antwort würde sie nur auf der Insel finden.

Auf dem Innenhof des Amtes für Kurierwesen herrschte wenig Betrieb. Knechte kümmerten sich um die Pferde, ein einzelner Bote trottete gemächlich auf die Ställe zu.

Meris schritt an ihm vorbei und betrat das Gebäude. Die Wache vor dem Palast hatte sie hierher verwiesen: Die neue Hofrätin für das Kurierwesen stellte die Passierscheine selbst aus!

Also hatte von Reinenbach einen Nachfolger gefunden.

Diese Frau war streng genommen Meris' Vorgesetzte, da war es nur angemessen, wenn sie sich bei ihr meldete – selbst dann, wenn diese Hofrätin vermutlich ein Günstling des alten Kanzlers war.

In der großen Halle im ersten Stock war auch nicht viel geblieben von der Geschäftigkeit, die zu Zeiten von Reinenbachs in dem Raum geherrscht hatte. Die meisten Schreibpulte waren verlassen und so voller Staub, als hätten dort schon seit geraumer Zeit keine Schreiber mehr gesessen.

Zielstrebig schritt Meris durch den weiten Raum. Niemand, kein Sekretär, hielt sie auf, als sie auf von Reinenbachs altes Kontor zuging. Vor der Tür zögerte Meris kurz, die Hand bereits auf der Klinke.

»Du«, sprach sie dann den Sekretär an, der an der Tür saß und den Traditionen des Amtes gemäß die Besucher anmeldete. »Die geheime Kurierin Meris ist eingetroffen. Melde mich bei der Hofrätin.«

Der Mann stand auf, ging in das Büro und winkte Meris sofort hinein.

Auf der Schwelle stockte ihr Schritt.

Das lange, weiße Silberhaar, das weich auf die himmelblaue und eigentümlich steif wirkende Kutte fiel, das runde, bleiche Gesicht mit den roten Augen, bei dem man stets schwankte, ob es als vornehme Blässe durchging oder ob es nicht vielmehr etwas Kränkliches an sich hatte … Meris kannte die Frau hinter dem Schreibtisch.

Die Dame Sortor!

Sortor erhob sich. Sie winkte den Sekretär hinaus und begrüßte Meris mit einem Lächeln. »Fräulein Meris, zurück im Dienst. Welch erfreuliche Überraschung!«

»Ihr!«, stieß Meris ungläubig hervor.

Die Zauberin aus dem Norden hatte innerhalb weniger Monate bei Hofe einen steilen Aufstieg erlebt. Erst Hofmagierin der Kaiserin, jetzt Hofrätin. Äußerlich hatte sie sich seit ihrer ersten Begegnung im Hinterland der Hauptstadt kaum verändert. Sie trug die gleiche Kleidung, die eher an einen Sack erinnerte als an ein höfisches Gewand, und in ihrem Auftreten lag die gleiche Zuvorkommenheit, die bei Meris immer Argwohn geweckt hatte.

»Sie klingen überrascht, mich hier anzutreffen.« Sortor

verzog spöttisch die Mundwinkel. »Sie werfen mir hoffentlich nicht vor, dass ich den Platz Ihres alten Herrn und Meisters einnehme? Immerhin haben Sie selbst am meisten dazu beigetragen, dass von Reinenbach nicht mehr hier sitzen kann.«

»Was wollt Ihr hier?«, fragte Meris.

»Was ich hier will?« Sortor legte den Kopf schräg. »Ist das nicht offensichtlich? Ich habe einen Dienst übernommen, und ich versuche, die damit verbundenen Aufgaben zu erfüllen.«

Meris biss sich auf die Zunge. Sie hatte der Frau vom ersten Augenblick an nicht getraut – damals, als Sortor in einer Sänfte an den Grenzen des Flusslandes von den Kriegern des Mahdi bedrängt worden war. Sortor hatte etwas zu verbergen. Meris hatte von Reinenbach vor der Fremden gewarnt.

Und jetzt war von Reinenbach tot, und Sortor saß auf seinem Platz.

»Der Kanzler hat Euch noch ernannt?«

Sortor setzte sich wieder und wies auf die Stapel von Papieren auf ihrem Tisch. »Ich verdanke Kanzler Arnulf einiges. Aber ich bin nicht seine Kreatur, falls Sie deswegen Vorbehalte haben sollten. Ich weiß, dass Sie Ihre Probleme mit dem Kanzler hatten. Doch jetzt ist er tot, und meine Arbeit bleibt.

Wir leben in schweren Zeiten, Meris. Der Botendienst war halb aufgelöst, als ich ihn übernommen habe. Ich habe nicht vor, die Ränke fortzuführen, die der Kanzler gegen Sie geschmiedet haben mag – ich bin vielmehr froh über jeden Agenten des alten Dienstes, der sich uns wieder anschließt.

Ich habe derzeit niemanden, der so vertraut wäre mit von Reinenbachs Arbeit wie Sie. Sie können mir helfen, das alte Netz wieder zu knüpfen. Sie haben nicht zufällig auch den Schwertmönch wieder mit zurückgebracht?«

Meris schluckte. »Dauras … Man könnte sagen, er ist nicht mehr dienstfähig.«

Sortor zuckte die Achseln. Ihre Kutte bewegte sich kaum dabei. »Das habe ich mir gedacht. Es ist nicht leicht, die Welt mit neuen Augen zu sehen. Das Schauspiel, das der Kanzler deswegen aufgeführt hat, hat mich nicht so überzeugt wie manch anderen bei Hofe.«

»Dennoch habt Ihr Arnulf unterstützt, nicht wahr?«, entfuhr es Meris. Sie empfand Bitterkeit. »Ihr wart so etwas wie seine rechte Hand – ich weiß nicht, wobei überall?«

»Soll ich mich dafür entschuldigen?« Sortor sah sie an. »Kanzler Arnulf von Meerbergen war der Herr in der Stadt. Ich war ein Niemand und hatte meinen Posten bei Hofe von seinen Gnaden. Wie hätte ich mich da gegen ihn stellen können?«

Sortor wartete einen Moment lang, ob Meris etwas sagen wollte, doch die schwieg.

Sortor schob ein paar Akten zur Seite und sprach weiter. »Wie dem auch sei, jetzt müssen wir ohne ihn zurechtkommen. Man muss es Kanzler Arnulf leider vorwerfen, dass sein Ehrgeiz unser aller Lage oftmals erschwert hat. Ich möchte es gerne geradliniger angehen. Nach allem, was ich von Ihnen weiß, sollte Ihnen das entgegenkommen.

Ich bin nicht Ihr Feind, Fräulein Meris – wie sollte ich auch? Wir kennen uns ja kaum, und das erste Mal, da ich Ihnen begegnet bin, haben Sie mir das Leben gerettet.«

Meris verzog das Gesicht.

»Ich bin überzeugt, wir können zusammenarbeiten«, fuhr Sortor fort. »Zum Nutzen aller.«

»Ich bin nicht hier, um mich zum Dienst zu melden«, erwiderte Meris. »Als ich den Palast verließ, hatte ich ein anderes Amt: Ich war Beraterin der Kaiserin. Und dort wollte ich mich zurückmelden, bevor ich etwas Neues anfange.«

Sortor öffnete eine Schublade in von Reinenbachs großem Schreibtisch. Meris dachte an das Gift, das sie darin gefunden hatte, als sie im letzten Jahr von Reinenbachs Verwicklung in den Tod des alten Kaisers aufgeklärt hatte. Sie war auf der Hut.

Die weißhaarige Zauberin zog ein Pergament hervor und machte sich daran, es mit ihrem Siegel zu versehen.

»Das müssen Sie wohl, Meris«, erklärte sie dabei. »Aber womöglich wird es Ihnen schwerer fallen, als Sie erwartet haben.«

»Ich habe schon gehört, dass ich dazu einen Passierschein brauche.«

»Ach das …« Sortor winkte ab. »Ich dachte an die Kaiserin selbst. Sie und Dauras, Sie waren beide Berater der Kaiserin. Ihre Majestät hat euch vertraut. Und dann seid ihr beide verschwunden. Das hat die Kaiserin tief getroffen.«

»Das war nicht unsere Entscheidung«, fuhr Meris auf.

»Vielleicht. Dennoch werden Sie die Kaiserin verändert finden. Verschlossener. Vertrauen geht leichter verloren, als man es erwirbt.«

Sortor schob das gesiegelte Pergament über den Tisch. »Hier. Lassen Sie von den Schreibern draußen Ihren Namen eintragen. Das bringt Sie an den Wachen vorbei in den inneren Palast. Ob die Kaiserin Sie empfängt – das müssen Sie mit ihr ausmachen. Mein Passierschein reicht nur bis an ihre Schwelle, aber nicht darüber hinaus.«

Meris blickte Sortor zweifelnd an. »Ihr versucht nicht, mich aufzuhalten?«

Sortor seufzte. »Wo auch immer Sie sich verkrochen haben, als der Kanzler nach Ihnen suchen ließ – Sie haben anscheinend nicht mitbekommen, in was für einer Lage wir sind. Seit der Kanzler fort ist, hat bei Hofe niemand mehr die Zügel in der Hand. In den letzten Tagen wurden viele alte

Rechnungen beglichen. Würdenträger kämpfen eifersüchtig um ihre Macht. Dank der Gnade des Kanzlers bin ich auf eine Position gestiegen, wo ich ein wenig bewegen kann …«

Meris schnaubte. Es war unmöglich, dass eine Fremde bei Hofe ein paar Posten geschenkt bekam und sich aus eigener Kraft behaupten konnte, nachdem ihr Gönner gefallen war. Es sei denn, sie hatte eine Menge selbst dazu beigetragen, um ihren Einfluss zu sichern und sich ein eigenes Netzwerk zu spinnen.

»Aber ich bin nur eine Stimme unter vielen«, fuhr die Zauberin fort. »Und solange die Kaiserin nicht Stellung bezieht, kann niemand genug Autorität geltend machen, um das zu tun, was jetzt getan werden muss.« Sortor beugte sich vor. »Der Kanzler wollte Ihre Majestät für sich selbst. Mir hingegen wäre es lieb, wenn Sie ihr Vertrauen zurückgewinnen können und sie davon überzeugen, die richtigen Schritte zu unterstützen.«

»Euch zu unterstützen, meint Ihr«, gab Meris zurück.

Sortor lächelte liebenswürdig. »Meine Interessen als Leiterin des Kurierdienstes sind die Interessen des Reiches. Ich vertraue darauf, Meris, dass Sie als altgediente Agentin dieselben Schlussfolgerungen ziehen wie ich und die Kaiserin richtig beraten werden – jetzt, wo die Bedrohung vor unserer Türe steht!«

Meris erinnerte sich an das, was sie auf dem Weg in die Stadt gesehen hatte. »Die Brücken!«, entfuhr es ihr. »Was hat es damit auf sich?«

»Haben Sie es nicht gehört?« Sortor legte den Kopf schräg. »Der König in Barratain hat ein gewaltiges Heer gesammelt. Es kann in wenigen Zehnttagen hier sein. Unsere Truppen sind zu schwach für den offenen Kampf. Wir bereiten die kaiserliche Stadt auf eine Belagerung vor.«

Die Hügel waren in Nebel gehüllt, die Luft roch nach Regen. Hragaud an Dantuir hatte den langen Reitermantel fest um sich gezogen und den Kragen hochgeschlagen.

Er ließ sich in der Abordnung seines Ordens mittreiben und achtete kaum auf den Weg. Das beständige Dröhnen und Brausen seines Heeres erfüllte die Täler ringsum. Neben ihm ritten Grasold Aldheide, ein Komtur seines Ordens und Hragauds Kampfgefährte seit ihrer gemeinsamen Zeit an der Westgrenze, sowie Stavos vom Rehhügel, ein junger Ritter.

Hragaud hatte mit Grafen und Rittern und mit den Ordenshäusern am Weg gesprochen. Auch Vilias Wirken in der Hauptstadt trug Früchte. Inzwischen hatte sein Zeugmeister Vorratslisten erhalten, und der Tross war während der letzten Tage stetig angewachsen. Sie würden nicht verhungern, und sie hatten sogar noch ein paar Lehnsritter für ihre Reihen gewonnen.

Dennoch.

Das, was ihnen wirklich fehlte, hatte Hragaud nicht beschaffen können. Nicht in ausreichender Zahl. Er führte sechstausend Krieger in die Steppe, doch allenfalls hundert von ihnen waren Ritter, die Mitglieder seines eigenen Ordens eingerechnet. Hinzu kam etwa die doppelte Anzahl von leichten Reitern – je nachdem, wie man die Ritter aus dem Westen rechnete, die längst nicht alle schwer bewaffnet und in voller Rüstung gingen.

Bregar würde vielleicht noch lernen, dass ein Ritter nicht so viel zählte, wie er glaubte – dort, wo er hinging, in den Städten des Westens. Aber Hragaud zog in die Steppe, dorthin, wo ein Reiter so viel zählte wie hundert Mann zu Fuß. Und er hatte einfach zu wenige.

Er vermisste jeden Mann, den Bregar im geraubt hatte!

»... so breit, dass ein Bruder ihm eines Morgens die Schabracke seines Pferdes anstelle des Wappenrocks hingelegt hat«, hörte er Aldheide gerade erzählen. »Und der hat sie angezogen und nichts gemerkt, bei Gott!«

Stavos vom Rehhügel lachte über die Anekdote des älteren Komturs. Es versetzte Hragaud einen Stich, und er schämte sich seiner Zweifel. Aldheide und Rehhügel folgten ihm. Sie vertrauten seiner Führung, und sie vertrauten auf die göttliche Bestimmung ihres Feldzuges.

Wie konnte Hragaud ihnen mit seinen Zweifeln überhaupt noch unter die Augen treten?

Da zog Ritter Stavos scharf die Luft ein.

Hragaud blickte auf.

Der Weg wand sich an einer Hügelflanke aus einem Tal hinaus, und vor ihnen riss der Nebel auf. In der Ferne waren die Berge zu sehen. Dazwischen bewaldete Höhen mit kahlen und schneebedeckten Gipfeln, und dahinter die wahren Titanen, die gewaltigen Grenzgrate. Ihre steinernen Flanken strebten noch einmal doppelt so hoch hinauf wie die kleineren Berge davor. Hragaud sah Gipfel, die oben aus den Wolken wieder hervorkamen und den Himmel zu tragen schienen. Gletscherzungen glitzerten in der Ferne wie Silberströme, und überall ragten schroffe und düstere Hänge empor, so glatt und senkrecht wie Festungsmauern.

Das war die Festung, die Bponur selbst seinem gläubigen Volk errichtet hatte.

Stavos atmete wieder aus. Er hatte sein Pferd angehalten, und hinter ihm sammelten sich langsam die Nachrückenden.

»Das erinnert mich an die Schwarzen Berge«, sagte er. »Hunderte von Tagesritten im Osten. Ist es nicht wunderbar, mit welchem Gleichmaß Bponur unser Reich erschaffen hat?«

»Wunderbar, allerdings«, gab Hragaud in bissigem Ton zurück. Genau wie Stavos hatte er selbst lang genug an der anderen Grenze des Reiches Dienst getan, und mit einem hatte der jüngere Ritter recht: Manche Berge dort waren ebenso hoch wie das Felsmassiv vor ihnen.

Hragaud hatte jedoch auch seine Erfahrungen mit den Landkarten gemacht, die von den gläubigen, aber wenig ortskundigen Zeichnern in Barratain gemäß dem göttlichen Gleichmaß erstellt worden waren. So oft, wie diese Karten ihn in die Irre geführt hatten, war er von diesem Gleichmaß in der Wirklichkeit nicht mehr so überzeugt.

»Du schaust so griesgrämig drein, als müsstest du darübersteigen«, bemerkte Aldheide.

»Das wäre vielleicht der bessere Weg«, gab Hragaud zurück. »Wenn ich an das Höllenloch denke, das uns bevorsteht.«

Inzwischen hatten sie den Kamm erreicht.

Wieder blieb Hragaud stehen, und unwillkürlich fuhr seine Hand zum Schwertgriff. Ein Heer erwartete sie im nächsten Tal!

Hragaud erblickte eine unüberschaubare Menge von Bewaffneten, er sah Felle und Speere und Schilde, und überall Tiere dazwischen.

Hatten die Ungeheuer von jenseits der Berge doch von ihrem Heerzug erfahren und waren ihnen entgegengezogen?

Aber rasch erkannte er, dass es Menschen waren, die vor ihm lagerten. Wilde Menschen aus den Bergen – die Grôta. Er betrachtete die Menge mit mehr Verstand und schätzte sie auf etwa dreitausend Köpfe. Sie waren weit über das Tal verstreut und standen nicht in Schlachtordnung.

Eine kleine Gruppe näherte sich von der Seite.

Hragaud überquerte den Kamm. Er zwang sich zur Ruhe. Die Grôta hatten dem König in Barratain Treue geschworen, und sie hatten ihren Eid in all den Jahrhunderten niemals gebrochen. Er sah keinen Grund, warum sie ihm den Durchmarsch verweigern sollten.

Die Abordnung der Bergstämme kam heran. Sie hatten lange Haare und dünne Bärte und trugen Fellwesten und Wollhosen. Viele von ihnen waren barfuß unterwegs. Sie hatten Äxte im Gürtel stecken, und sie hoben die Hände zum Gruß.

Hragaud bedeutete seinen Begleitern mit einer Geste, dass sie zurückbleiben sollten, und näherte sich den Grôta.

»Ich grüße euch in Frieden«, sagte er. »Ich bin Hragaud an Dantuir, Marschall vom Orden der Heiligen Flamme Bponurs und ein Ritter des Königs in Barratain. Wir sind nur auf dem Durchmarsch durch euer Land.«

»Ihr wollt den dunklen Pfad beschreiten«, sagte einer der Grôta, ein hagerer Mann mit besonders langem Haar und einem Schnurrbart, der an beiden Mundwinkeln herabhing. Hragaud schätzte ihn jünger als die übrigen, doch das Gesicht war wettergegerbt und verwittert, die Züge scharf geschnitten, sodass sich das Alter schwer bestimmen ließ.

»Das wollen wir«, sagte er. »Ich habe gehört, die Grôta erheben keinen Anspruch auf den Pass.«

»Wir benutzen ihn nicht«, sagte der Stammeskrieger. »Aber wir bewachen ihn.«

»Wir ziehen gegen die Ungeheuer der Steppe«, sagte Hragaud. »Das wird die Grenzen sicherer machen. Auch für euer Volk.«

»Das haben wir gehört.« Der Mann nickte. »Ihr wollt die Dämonen vertreiben. Alle diese Krieger sind gekommen, um euch dabei zu helfen.« Er wies auf die Menge im Tal. »Und ich soll euer Heer über den Pass führen – und durch die Steppen dahinter, soweit ich damit vertraut bin.

Mein Name ist Critaan.«

Die Kaiserin wartete im Dachgarten.

Unter den Dienern bei Hofe war dieser Ort verrufen. »Der

Garten der kaiserlichen Dame«, so wurde er genannt. Die Konkubine eines früheren Kaisers war dort beigesetzt, so erzählte man sich, und ihr Geist suchte den Ort heim.

Meris trat hinaus auf die Dachfläche durch einen Torbogen, der von zwei ineinander verschlungenen, schlanken Birken gebildet wurde. Sie hatte das Gefühl, als müsste der Boden unter ihr jeden Augenblick nachgeben. Die drei Geschosse darunter waren schon ganz von Wurzeln durchzogen, sodass man sie kaum mehr betreten konnte. Wer wusste schon, wie lange das Gebäude das Dach noch tragen konnte?

Aber der Boden wirkte beständig genug, und vor ihr führte ein Pfad in das üppige Grün. Im festen Erdreich konnte man noch ein paar überwachsene Steinplatten erahnen.

Meris folgte dem Pfad, vorbei an Hecken, die in feinen Wellenmustern wuchsen, an Blumenrabatten, in denen sich rote, gelbe und orangefarbene Blüten zu einem Spiralmuster fügten, das an einen Flammenwirbel erinnerte. Der Garten sah größer aus, als er sein konnte, weil die Pflanzen kunstvoll den Blick auf die Grenzen der Fläche verbargen.

Meris verstand genug von der Gärtnerei, um zu erkennen, dass eine solche Anlage sich nicht von allein unterhielt. Was auch immer die besorgten Höflinge erzählten, der Garten wurde weiterhin gepflegt. Der »vergessene« Garten war also nur eine Legende, wie so vieles bei Hofe.

Der einzige Weg zwischen Sträuchern und Blütenmeeren hindurch führte Meris bis zu einer schweren steinernen Bank, die bei einem trockenen Brunnen stand. Die wuchtige Sitzplatte war verwittert und von Rissen durchzogen, ein Abbild des ganzen Gebäudes, auf dem der Dachgarten ruhte. Aber zugleich war die Bank so ungeheuer massiv, dass die Risse ihre Festigkeit kaum beeinträchtigten.

Die junge Kaiserin saß mit einem versonnenen Lächeln

in der Sonne, in einem roten Kleid und mit einer Krone aus kunstvoll geflochtenen Zweigen und Blüten. Als Meris sich näherte, schaute sie auf, und ihr Lächeln erlosch.

»Meris«, sagte sie. Sie blickte zu Boden. »Du bist zurückgekehrt.«

Meris hielt drei Schritte vor ihr inne und verneigte sich. »Wenn Eure Majestät meiner Dienste bedarf, stehe ich Euch gern wieder zur Verfügung.«

»Du warst einfach fort.«

»Nicht freiwillig«, erwiderte Meris. »Das versichere ich Euch.«

»Alle waren plötzlich fort«, sagte Aruda.

»Eine Intrige des Kanzlers«, erklärte Meris. »Er hat seinen Wachen aufgetragen, mich nicht mehr vorzulassen. Ich konnte Euch nicht erreichen.«

Das entsprach nicht ganz der Wahrheit – tatsächlich hatte der Kanzler versucht, Meris durch die Entführung ihrer Tochter zu erpressen und sie dazu zu bringen, die Kaiserin in seinem Sinne zu beeinflussen. Es war ihre eigene Entscheidung gewesen, lieber unterzutauchen. »Und Dauras?«, fragte Aruda. »Er hat sich nie von ein paar Wachen aufhalten lassen.«

»Kanzler Arnulf hat ihn … vergiftet«, sagte Meris.

Sortor wusste vermutlich über alles Bescheid – zumindest hatte sie das in ihrem Gespräch angedeutet. Aber wenn Sortor als Leiterin des kaiserlichen Geheimdienstes beschlossen hatte, Aruda nicht die ganze Geschichte zu erzählen, wollte Meris es dabei belassen. Dauras war nicht mehr der, den Aruda im letzten Jahr als Leibwächter eingestellt hatte. Und er lebte wieder im Kloster. Meris wollte die junge Kaiserin nicht auf seine Spur setzen, denn wenn Aruda es sich in den Kopf setzte, ihn an den Hof zurückzuholen, konnte nichts Gutes herauskommen.

»Es gibt Zeugen, die berichten, Arnulf hätte Dauras von seiner Blindheit geheilt.«

»So sollte es aussehen«, erwiderte Meris einfach. »Und danach gab es keinen mehr, der sich gegen Arnulfs Leute stellen konnte. Aber ich bin zurückgekehrt, sobald ich konnte.«

»Sobald Kanzler Arnulf gefallen ist.« Aruda schaute zu Meris auf, und Meris bemerkte die Tränen in ihren Augen. »Arnulf sagte mir immer, dass ich niemandem trauen darf. Außer ihm, meinte er, und das war vielleicht eine Lüge. Aber hatte er nicht in allem anderen recht?

Ich bin von Feinden umgeben. Die Städter im Süden haben Arnulf erschlagen, und jetzt will der König im Osten mich töten. Es gibt keinen Ausweg mehr.«

»Das dürft Ihr nicht sagen, Majestät. Diese Insel ist eine Festung. Da sollen sich die Ritter auf ihren Pferden ruhig die Köpfe einrennen.«

»Aber was ist mit den Feinden, die schon auf der Insel sind? Niemand an meinem Hof hat mir etwas von dem erzählt, was du mir gerade erzählt hast. Wie kann ich meinen Hofdamen und Rittern da noch vertrauen?«

Meris verzog das Gesicht. Nach allem, was sie bei ihrem Weg durch den Palast gehört hatte, waren der Kaiserin überhaupt nur wenige Ritter geblieben. Für seinen Feldzug nach Meerbergen hatte Arnulf die Bewaffneten versammelt, die noch am Hof waren. Die Ritter, die nicht auf seiner Seite standen, hatte er mit Misstrauen verfolgt und am Ende mit Zwang und Drohungen gefügig gemacht.

So kam es, dass nach seinem Sturz kaum ein freier Ritter an den Hof zurückgekehrt war. Arnulfs Spießgesellen fürchteten zu Recht die Vergeltung bei Hofe, und die meisten seiner unwilligen Gefolgsleute waren froh, dass sie aus der Hauptstadt entkommen waren.

Von all den Edlen, die ständig bei Hofe die Gunst des

Kaisers und eine Möglichkeit zum Aufstieg suchten, waren nur die Höflinge geblieben, die ihr ganzes Leben hier verbracht hatten und die keine andere Heimat kannten. Aruda hatte recht, wenn sie denen am allerwenigsten über den Weg traute.

»Eure Feinde bei Hofe«, sagte Meris, »werden wir als Erstes besiegen müssen. Da müsst Ihr den Kampf aufnehmen.«

»Aber wie?«, fragte Aruda. »Dauras, mein Kämpe, ist fort. Ich habe mir überlegt, ob ich auch fortgehen soll.«

Meris wischte den Einwand beiseite. »Das würde weder dem Reich noch Euch Frieden bringen. Ihr seid zu wichtig für Eure Feinde – und für jeden mit Ehrgeiz auf den Thron zu bedeutsam! –, als dass sie Euch einfach in Ruhe lassen würden. Nein, wenn Ihr geht, verliert Ihr nur den Schutz Eurer Festung und werdet umso schneller zugrunde gehen.«

»Sortor sagt das auch.« Aruda schüttelte sich. »Sie meint, ich sollte alle Kräfte in der Zitadelle bündeln.«

Ich nehme an, dein Rat wird in meinem Sinne sein.

Hatte Sortor nicht so etwas angedeutet? Meris fragte sich, ob die Zauberin womöglich auch hellsehen konnte, und es gefiel ihr gar nicht, dass sie der Frau in die Hände spielte. Aber wenn ein Rat gut war, dann war er gut.

»Bleibt in der Zitadelle«, sagte Meris. »Und kämpft um sie. Nach außen – und nach innen! Ihr müsst nicht auf einen einzigen starken Kämpfer vertrauen, wie Ihr es bei Dauras getan habt. Tut, was ein Kaiser tun muss.

Kämpft gegen diejenigen bei Hofe, die Euch nicht treu ergeben sind, indem Ihr sie gegeneinander zu Felde führt. Ihr seid die Kaiserin. Diese Intrigen, die der spinnt, um die Macht zu erlangen – die könnt Ihr genauso gut spinnen!«

»Nein.« Aruda schüttelte den Kopf. »Das kann ich nicht.«

»Dann solltet Ihr es lernen. »Ihr müsst lernen, nicht auf ein einziges Schwert zu setzen, nicht nach jemandem zu suchen, dem Ihr Euer Schicksal vertrauensvoll in die Hände legen könnt. Verteilt Eure Macht und Eure Gunst, sodass der Rest des Hofes um Euch kreist, aber niemand zu nah an Euch herankommt.«

Aruda sah sie an. Ein Wind blies durch den Garten, und die Kaiserin neigte den Kopf, als lauschte sie dem Rauschen der Blätter. Meris hörte ein dumpfes Gurgeln und zuckte zusammen. Doch es war nur der Brunnen – irgendwer musste tief im Palast die Pumpe in Bewegung gesetzt haben, denn eine kleine Kuppel aus Wasser bildete sich an der Spitze der Steinsäule in der Mitte des Beckens und floss an den Seiten herab.

»Du bist zurück«, sagte Aruda schließlich. »Du hast den Mörder meines Vaters aufgespürt. Hilf mir, meine anderen Feinde bei Hofe zu entlarven.«

Meris verzog das Gesicht.

Sie dachte an ihre Tat in Meerbergen. Wie schnell war das Triumphgefühl verblasst, von dem sie nach dem Sieg dort erfüllt gewesen war. Sie hatte Dauras in Sir-en-Kreigen zurückgelassen. Sie hatte so bereitwillig *alles* zurückgelassen!

Meris dachte an ihre Tochter.

Ihre süße kleine Tordis!

Hatte sie Tordis nicht zu früh aufgegeben? Sie hatte sich damit getröstet, dass ihr Kind nach dem Tod des Kanzlers in Sicherheit war. Doch dieser Trost war schon bald schal geworden. Vielleicht hatte sie in Wahrheit deswegen versucht, so schnell weiterzuziehen, weil sie Angst hatte vor dem, was sie herausfinden könnte, wenn sie weiterhin nach ihrer Tochter suchte.

Aber sie war eine Ermittlerin. Und es musste hier am Hof noch weitere Vertraute des Kanzlers geben, Handlanger bei seinen schmutzigen Umtrieben. Womöglich jemanden, der wusste, was mit Tordis geschehen war.

Sie hatte den Mörder des Kaisers gefunden.

Das war es, womit sie sich auskannte.

Mit einem Mal sah sie das Angebot der Kaiserin von einer anderen Seite. In Meerbergen hatte sie etwas für sich selbst getan – nicht nur für das Reich oder für die Kaiserin. Es war ihr vorgekommen wie ein Zwischenspiel, eine Notwendigkeit, die sie hinter sich gebracht hatte, um sich nun wieder zum Dienst zu melden.

Was, wenn sie einfach weitermachte?

Wenn sie selbst zum Spieler wurde und ihre eigenen Anliegen verfolgte, wie jeder andere bei Hofe es anscheinend tat?

Meris wollte sich nicht mit dem tröstlichen Gedanken begnügen, dass Tordis irgendwo in Sicherheit lebte. Solange sie nicht mehr wusste, war das eine bloße Fantasie, ein Tagtraum. Meris wollte ihre Tochter wieder in den Armen halten oder diejenigen bestrafen, die sie ihr genommen hatten.

In jedem Fall aber brauchte sie Gewissheit.

Und das Angebot der Kaiserin, bot es ihr nicht genau das, was sie brauchte? Um Fragen zu stellen, mit Nachdruck die Antworten einzufordern, Arnulfs Spießgesellen aus ihren Löchern zu locken?

»Ich kann nicht tun, was Dauras getan hat, Majestät.« Sie fiel vor Aruda auf die Knie. »Und ich darf nicht die Einzige sein, auf die Ihr Euch verlasst. Doch wenn Ihr mir eine Vollmacht als kaiserliche Ermittlerin geben wollt, dann werde ich für Euch das tun, was ich am besten kann. Ich werde jedes Unkraut an diesem Hofe mit der Wurzel ausreißen und hinter dem Haus verbrennen, so wahr mir Bponur helfe.«

4. KAPITEL

Am Tag vor dem Mittag des Mai
im 21. Jahr der Krönung von Agos I.
(9. Mai 963 nach Horomischer Zeitrechnung)

Auf der alten Reichsstraße zwischen Barrat und Horome

Das öde Land zwischen den beiden Flüssen zog sich endlos hin. Der Heereszug war nun seit fast einem Monat unterwegs und hatte gerade einmal die halbe Strecke geschafft.

Linos ritt in einer der vordersten Scharen des Heerwurms, der hinter ihm über das Heideland kroch, so weit das Auge reichte. Er saß auf dem zweitbesten Reitpferd seines Vaters und führte die anderen Pferde mit der schweren Rüstung und dem Gepäck. Seit zwei Tagen brannte die Sonne heiß vom Himmel, ein Vorgeschmack auf den Sommer, und überall hingen die Staubwolken über der schlecht befestigten Straße.

Kaum vorstellbar, dass hier einst das Kernland des Alten Reiches gelegen hatte. Heute wirkten die Gebiete entlang der Straße karg, nur selten aufgelockert von einzelnen Dörfern und Rittergütern. Es gab große Gasthöfe für den Handelsverkehr, doch die meiste Zeit marschierte Bregars Heer durch ödes Buschland oder wild wachsende Wiesen. Im Norden hatte der Wald das Alte Reich verschlungen, im Süden das große Wasser. Es gab nur einen schmalen Streifen dazwischen, in den auch die Menschen nie so recht zurückgekehrt waren.

Hufe hämmerten in scharfem Galopp auf den Boden, und

Linos blickte über die Schulter zurück. Drei Reiter preschten in einer Staubwolke heran. Linos sah weiße Wappenröcke, konnte die Wappen darauf jedoch nicht erkennen.

Die Ritter zogen neben der Straße an ihm vorbei und zügelten die Pferde vor den Anführern. Sie sahen erschöpft aus. Linos sah, dass die Tiere schweißnass geritten waren.

»Komtur Bregar«, grüßte der Hauptmann der Ritter Linos' Vater. »Fürst an Drenar wünscht Euch zu sprechen.«

»Warum?«, fragte Bregar.

»Angriffe auf die Nachhut«, sagte der Ritter. »Wir haben einen Knecht bei uns, der gerade noch mit dem Leben davongekommen ist.«

Bregar lenkte sein Pferd aus dem Zug und galoppierte mit den Boten zurück. Wie selbstverständlich folgte Bennos, Linos' älterer Bruder, der das Banner des Königs trug, und die Fürstkomture und Marschälle um Bregar schlossen sich an.

Der Zug geriet in Unruhe. Einer der Komture, die an der Spitze des Zuges geblieben waren, übernahm und rief einen scharfen Befehl.

Linos' Pferd scherte aus, als Bregar an ihm vorüberritt, und Linos riss hart am Zügel, aber er driftete mitsamt den Packpferden aus der Linie.

Jemand trat von hinten heran, fasste sein Tier am Zügel und lenkte es auf die Straße zurück. Es war Niki. Die kurz geschnittenen, schwarzen Haare standen ihr struppig vom Kopf ab, und ihr Gesicht war dreckverschmiert.

»Du bist wirklich der schlechteste Reiter, den ich kenne«, sagte sie.

Verlegen blickte Linos sich um. Die Unruhe im Zug hatte sich gelegt, doch die Reihen waren ein wenig weiter auseinandergezogen. Sie konnten ein paar Worte wechseln, ohne dass jemand mithörte.

»Was verstehst du denn davon?«, fragte Linos. »Du bist Stallmagd und kein Reitknecht – egal, wie du dich ausstaffierst.«

»Man wird sehen«, erwiderte Niki ungerührt. »Aber ich frage mich, wie du bestehen willst, wenn du dein Pferd in ein Gefecht führen musst.«

»Ich werde nicht unbedingt den Braunen nehmen«, sagte Linos. »Der war immer schon störrisch.«

»So ist das also.« Niki grinste. »Es liegt am Pferd.«

»Du meinst also, du kannst es besser?«

»Ich kann es besser«, erwiderte das Mädchen. »Und vielleicht wird sich das früher erweisen, als du denkst. Es heißt, der Zug wird angegriffen.«

»Der Tross«, entgegnete Linos. »Ich glaube nicht, dass jemand sich an uns heranwagt.«

»Man hört allerhand Geschichten an den Höfen und auf den Rastplätzen. Aber ich bin gewappnet.« Niki zog einen alten, topfartigen Helm aus ihrem Rucksack. Außerdem wies sie auf einen langen Dolch, der an ihrem Gürtel steckte: »Wenn es so weit ist, werde ich schon ein Pferd finden und zeigen, dass ich mit den anderen mithalten kann.«

Linos sprang vom Pferd. Er fasste sie am Arm und nahm ihr den Helm weg. »Niki!«, rief er. »Das ist kein Spiel. Wo hast du das her?«

Sie griff nach dem Helm, und einen Augenblick lang rangelten sie darum. »Viele Knechte kämpfen mit. Das ist nicht ungewöhnlich. Sie helfen im Zug aus und stehen genauso in der Schlacht ihren Mann.«

»Du bist kein Mann«, stellte Linos fest. »Selbst wenn du dich unter den Augen meines Vaters in den Zug schmuggeln konntest, glaube ich nicht, dass dein Vorknecht dich kämpfen lässt. Wo hast du die Waffen her?«

Niki zuckte die Achseln. »Manch einer von den feigeren

Burschen gibt gern seinen Platz bei den Waffen ab. Ich habe noch mehr Ausrüstung gesammelt. Und *ich* kann reiten!«

Linos seufzte. Er stieg wieder auf das Pferd.

»Geh zurück zu den anderen«, sagte er. »Heute wird es keinen Kampf geben.«

»Du glaubst, du wirst dich besser schlagen?«, fragte Niki trotzig.

Linos beugte sich zu ihr hinab. »Ich werde mich so wenig wie möglich schlagen«, sagte er. »Und vielleicht wird ja gar keiner mit uns kämpfen, wenn wir nur mit einem Heer auftauchen, das groß genug ist.«

Die Grôta stellten inzwischen die Kundschafter von Hragauds Heer. Sie kannten das Land und führten den Zug durch Täler und an Bergflanken entlang, die mit jedem Tag steiler wurden. Immer höher ragten die Gipfel neben ihnen auf. Mitunter passierten sie einen Engpass oder folgten einer Klamm, die nur wenig breiter war als der schmale Gebirgsbach, der hindurchfloss.

Nun folgten sie einem endlos erscheinenden Pfad, der zu beiden Seiten von Steilwänden eingefasst war.

Sie hatten den großen Hohlweg erreicht, einen langen Riss, der sich quer durch die Berge zog, als hätte ein Blitz die gewaltigen Höhen gespalten.

Mitunter weitete sich der Hohlweg zu einem Talkessel, der so breit war, dass das ganze Heer darin lagern konnte. An anderen Stellen wichen die Steilhänge zurück und stiegen eine Weile nicht mehr senkrecht an. Sie wurden zu gewöhnlichen Bergflanken oder zweigten in Seitentäler ab. Dann war der richtige Weg kaum mehr auszumachen, und nur die einheimischen Führer hielten das Heer noch auf Kurs.

Über weite Strecken wanderten sie am helllichten Tag im Dunkeln, wenn die Felswände zu beiden Seiten bis auf wenige Schritte aneinanderrückten und Hunderte, womöglich Tausende Mannslängen über ihnen aufragten. Nur zur Mittagsstunde fand das Sonnenlicht den Weg bis zum Grund und schien auf die schwitzenden, ängstlichen Mienen der Männer. An manchen Tagen schenkte Bponur ihnen nicht einmal diese Gnade, und der Himmel blieb den ganzen Tag über ein grauer Streifen über ihren Köpfen, sodass kaum zu erkennen war, wo die Felsen aufhörten und wo die Wolken begannen. Die Männer fühlten sich dann so klein wie Ameisen und wanderten im tiefen Schatten.

Hragaud konnte spüren, wie der Weg auf die Stimmung seiner Begleiter drückte. Zu seiner Überraschung riss ihn das aus seinem Brüten. Zum ersten Mal, seit er seine Verstärkung an Bregar verloren hatte, empfand er wieder Zuversicht, ganz so, als würde ein Teil seines Geistes von der trüben Stimmung der anderen angestachelt und müsste dagegen ankämpfen.

»Das ist fürwahr ein Weg in die Höllen«, sagte Stavos neben ihm und wischte sich mit einem Tuch den Schweiß von der Stirn. »Ich weiß nicht, ob wir noch auf der Erde wandeln oder ob wir schon durch einen Tunnel geradenwegs in Gotors Unterwelt marschieren, wo die Verdammten jeden Augenblick über uns herfallen werden.«

»Was ist mit dem göttlichen Gleichmaß, Herr Stavos«, stichelte Hragaud. »Haben Sie so einen Weg auch im Schwarzen Gebirge gefunden?«

»Dieser Weg ist gewiss kein Werk Bponurs«, befand Stavos. »Wer immer ihn geschlagen hat, er hat damit eine Wunde in der göttlichen Ordnung hinterlassen.«

»Wenn Ihr weiter über die Natur der Schöpfung schwatzen wollt«, warf Aldheide grimmig von der Seite ein, »dann solltet Ihr das vielleicht in anderer Gesellschaft tun. Ich habe gehört, da zieht ein Haufen Naturphilosophen aus Horome mit unserem Tross, gelehrte Männer, die genau solche Fragen unter dem Schutz unserer Waffen klären möchten.

Ich für meinen Teil bete nur darum, dass wir das Höllenloch bald hinter uns bringen und ein paar Kreaturen vor die Klinge kriegen, gegen die mein Stahl seine Wirkung zeigt.«

Hragaud blickte zurück. Über weite Strecken wirkte der Hohlweg zwischen den Bergen so gerade wie mit einer Klinge geschlagen, was zu den schroffen und wie abgeschnitten aussehenden Steilhängen passte. Tatsächlich aber wand sich der Pfad in weiten Bögen, die so lang gezogen waren, dass man sie kaum wahrnahm.

Genauso trog der Eindruck, dass sie auf einer ebenen Straße am Fuß der Berge vorbeizogen. Der große Hohlweg – oder der dunkle Pfad oder das Höllenloch, wie er mitunter genannt wurde – war eine richtige Passstraße, die eine beträchtliche Höhe überwand, wenn auch über eine so lange Strecke, dass die Steigung kaum zu erkennen war. Aber man spürte den Anstieg in den Beinen, in der Erschöpfung der Pferde und in der Geschwindigkeit, mit der die schweren Wagen über den steinigen Boden rollten.

Die Männer waren müde und mutlos, und das Heer war auf dem schmalen Weg eingezwängt und konnte seine Stärke nicht ausspielen.

Was, wenn die Feinde schon hier lauerten? In einem der Seitentäler, oder, schlimmer noch, oben auf den Steilhängen? Ein Hinterhalt in diesem Hohlweg musste in einer Katastrophe enden.

»Wir sollten eine eigene Vorhut schicken«, entschied er.

»Was?« Aldheide sah ihn an. »Wir sind doch übereingekommen, dass wir das Kundschaften den Einheimischen überlassen. Unsere Reiter können sich in den Bergen nicht schneller bewegen als die Grôta, und wenn wir sie ohne Führer losschicken, verlieren sie selbst noch den Weg. Und mit den Einheimischen zusammen wären unsere Männer ein Hemmschuh auf dem Weg.«

»Ich weiß selbst, was ich gesagt habe«, gab Hragaud unwirsch zurück. »Aber der Weg ist einfach zu gefährlich. Wäre ich der Anführer unserer Feinde, würde ich versuchen, uns hier aufzuhalten – bevor wir die Ebene erreichen und in Formation antreten.«

»Unser Führer wirkt jedenfalls unbesorgt.« Aldheide wies auf den Berghirten, der schräg vor ihnen ging und der die Führung übernommen hatte. Er schritt flott aus, während Hragauds Pferd nur müde dahintrottete.

»Was ist das?«, rief Stavos.

Hragaud blickte auf. Vor ihnen verbreiterte sich der Weg auf einer kurzen Strecke und wand sich dann, schmaler werdend, um einen vorspringenden Felsen herum, der wenigstens tausend Schritte steil in die Höhe ragte und den Durchgang zu einem Nadelöhr machte. Und der Felsen war bearbeitet!

Überall an dem Steilhang sah Hragaud dunkle Löcher wie gleichmäßig verteilte Höhleneingänge, und dazwischen verliefen Linien, zu glatt und zu gerade, um natürlich zu sein. Es waren Pfade und brüstungsförmig behauener Stein, dreißig Schritte über ihren Köpfen bis hinauf zur Kante.

Hragaud zügelte sein Pferd.

»Was ist das?«, gab er die Frage an ihren Führer weiter.

Der Berghirte sah ihn an. »Eh«, sagte er und wies mit seinem Stecken in Richtung der Engstelle. »Das? Das ist der Najik-mar«, erklärte der Mann mit Stolz in der Stimme weiter. »Der Wach-Berg oder der Wach-Stein in Eurer Sprache. Die größte Festung unseres Volkes. Ihr glaubt nicht, dass wir so was bauen können, eh?« Die Zähne des Hirten blitzten in dem braun gebrannten Gesicht. »Wir bewachen den dunklen Pfad seit Jahrhunderten. Die Dämonen haben uns in die Berge getrieben, aber seitdem halten wir stand.«

»Eine Festung«, wiederholte Hragaud. »Können wir dort ein Lager aufschlagen?«

Der Hirte schüttelte den Kopf. »Der Ort für die Krieger liegt ganz oben.« Er wies den Steilhang hinauf. »Darunter gibt es Wege, von denen aus wir auf den Feind schießen oder Felsbrocken und Feuer hinabwerfen können. Aber kein Weg führt bis zum Fuß der Festung. Wir haben es gesagt – wir bewachen den Pfad, doch wir betreten ihn nicht. Wenn es einen Weg von hier in die Festung gäbe, könnte auch der Feind hineingelangen.«

»Ihr versorgt die Festung von den Bergen aus?«, fragte Aldheide. »Wie viele Männer habt ihr dort oben?«

»Genug. Ihr müsst keine Sorge haben. Kein Dämon ist je vorbeigekommen an unserer Wache. Ihr seid sicher, auf dem Weg.«

Manche Fürsten und Ordensherren besaßen gewaltige Zelte mit mehreren Giebeln und Dächern und mit wimpelgeschmückten Kanten. Die Zelte ihrer Gefolgsleute duckten sich darum herum wie ein Bauerndorf um die Burg.

Bregar hingegen bevorzugte auch im Feld feste Mauern, und so lagerte das Heer in dieser Nacht rings um einen der großen Gasthöfe am Wegesrand. Bregar, seine Begleiter und einige der älteren Würdenträger, die ähnlich dachten wie er, hatten sich dort Zimmer mit richtigen Betten besorgen lassen. Die Raststationen entlang der Reichsstraße boten genug Platz dafür. Es waren selbst schon befestigte Dörfer mit mehreren Gebäuden, die für gewöhnlich ganze Handelszüge aufnahmen. Heute waren die Gaststuben vollbesetzt mit Rittern, die tranken und diskutierten, während die Masse des Heeres im Freien lagerte und die Zeltstadt sich im Abenddämmer bis zum Horizont erstreckte.

Inzwischen war es dunkel geworden, und der Horizont war

auf den Kreis der kleinen Tranlampen geschrumpft, die über den Eingängen der Gasthäuser hingen und ihr trübes Licht auf den Hof warfen. Zwischen den Gebäuden hindurch sah Linos die Lagerfeuer in der Ebene glitzern wie ein Abbild des Sternenhimmels darüber.

Bregars Kammerdiener hatte bei den Wirtsleuten Mehl gekauft, und eine Handvoll Knechte buk daraus frisches Brot in dem großen Ofen, der hinter dem Haus stand. Der Duft zog über den Platz und mischte sich mit dem Rauch und den Gerüchen, die vom Lager herüberzogen.

Linos war auf dem Weg vom Stall zurück zum Hauptgebäude, als jemand von hinten an ihn herantrat, ihm den Arm um den Hals legte und ihm kräftig mit den Fingerknöcheln durch das Haar fuhr. »Na, kleiner Bruder«, sagte eine Stimme. »Du bist ja ein richtiger Abenteurer geworden.«

Es war Bennos, der den Jüngeren jetzt in den Schwitzkasten nahm. Er hatte die Rüstung noch angelegt. Linos spürte die harten Glieder des Kettenhemdes, die sich durch den Stoffüberwurf hindurch in seine Wange gruben.

Er versuchte, sich zu befreien. »Lass mich in Ruhe. Ich habe zu tun!«

»In der Nacht?« Bennos lachte. »Ich denke eher, du hast bei den Frauen vorbeigeschaut, die mit dem Heer mitziehen.«

»Ich war in den Ställen und habe nach den Pferden gesehen.«

Bennos lockerte den Griff, und Linos entwand sich ihm, richtete sich auf und stand so würdevoll vor seinem älteren Bruder, wie es mit den zerzausten Haaren nur möglich war.

Bennos grinste breit. »Ich weiß genau, wen du da besucht hast. Mein kleiner Bruder! Hat noch nicht mal den Ritterschlag erhalten und nimmt schon sein eigenes Weib mit auf den Heereszug.«

»Ich weiß nicht, wovon du redest.« Linos strich seine Kleidung glatt.

»Komm.« Bennos knuffte ihn. »Die kleine Stallmagd. Meinst du, ich habe nicht bemerkt, mit wem du dich in den letzten Zehnttagen immer getroffen hast?«

»Du meinst Niki!« Linos war empört. »Na hör mal! Die ist doch noch ein Kind!«

»Und du bist erwachsen?«, gab Bennos spöttisch zurück. »Du musst mir nichts erzählen. Deine kleine Magd passt schon zu dir.«

Linos wurde rot. »Weiß Vater davon?«

Bennos zuckte die Achseln. »Ich nehme an, er hat etwas anderes im Kopf, als sich darum zu kümmern, was die Stallknechte so treiben. Er wird es nicht sehen, solange ihr euch nicht zu auffällig verhaltet.«

Linos schüttelte den Kopf. »Hör zu, Bennos. So ist es nicht. Die Kleine stellt mir schon seit Barratain nach. Sie hat mich daheim dazu überredet, dass ich mit ihr den Schwertkampf übe, und jetzt will sie mit in den Krieg ziehen. Sie ist frech.«

Bennos sah ihn von oben her an, mit einem spöttischen Zug um die Mundwinkel. »So, frech. Manch einer findet das reizvoll an einer Frau. Ich könnte mir vorstellen, dass es zu dir passt – ein verlockender Gegensatz.«

»Sie wird den Tod finden«, sagte Linos. »Ich weiß nicht, wie ich verhindern soll, dass sie sich beim ersten Angriff ins Getümmel stürzt. Sie hat nicht einmal ordentliche Waffen oder eine Rüstung.«

»Wir könnten sie einfach mit der Rute züchtigen lassen und sie nach Hause schicken«, schlug Bennos vor. »Das macht man mit frechen Mägden. Dann hätte sich dein Problem erledigt – wenn sie dir wirklich nur lästig ist.«

Linos sah ihn entsetzt an.

Bennos seufzte und musterte ihn von oben bis unten.

»Aber vermutlich brauchst du jede Hilfe im Kampf, die du kriegen kannst. Und wenn es eine Magd mit dem Besen ist. Ich verstehe nicht, warum Vater dich unbedingt zum Ritter machen will.«

»Er sagt, das wird schon noch. Mit sechzehn warst du auch nicht so kräftig.«

»Oh Gott.« Bennos schüttelte den Kopf. »Unsere Schwester ist kräftiger, als du es jemals werden wirst!«

Linos biss die Zähne aufeinander, aber er schwieg.

Bennos fasste ihn bei den Schultern und schob ihn vor sich her wie eine Schubkarre. »Komm«, sagte er.

»Wo willst du hin?«, fragte Linos. »Lass mich los. Ich muss wieder zu Vater. Er wird sich fragen, wo ich bin.«

»Vater träumt davon, dich in diesem Jahr zum Ritter zu schlagen. Er wird es dir nachsehen, wenn du dich nicht den ganzen Weg über hinter ihm versteckst.«

Bennos führte seinen jüngeren Bruder in einen weiteren Hof zwischen zwei Gebäudeflügeln. Einige Wagen standen hier, beladen mit den Gütern des Ordens. Bennos warf den schlafenden Knecht vom Kutschbock, der die Ausrüstung bewachen sollte, und ließ den Mann zur Strafe eine Runde um das Lager laufen.

»Und bring mir ein Pfand vom Orden der Wissenden Steine mit, damit ich weiß, dass du deine Runde auch vollständig abgeleistet hast!«

Der *Orden von den Wissenden Steinen im Heiligen Kreise Bponurs* hatte seine Zelte ganz am Ende des Heerzuges aufgeschlagen. Linos blickte dem Mann nach, der sich verschlafen in Bewegung setzte.

Bennos hatte sich schon wieder abgewandt und wühlte in der Ladung.

»Was hast du vor?«, fragte Linos.

»Jedenfalls nicht, über ein Problem zu jammern und zu

klagen«, gab Bennos zurück. »Ich packe es an. Wie ein Ritter.«

Er zog ein Bündel vom Wagen und warf es Linos vor die Füße. »Da. Das sollte passen.«

Linos hob es auf. Es war ein gepanzerter Waffenrock aus festem Leder und mit Metallringen benäht. Das Kleidungsstück war schwer, wenn auch schmal geschnitten. Linos hielt es sich an den Leib und kam zu dem Schluss, dass es in etwa seine Größe hatte. Dabei fühlte er rauen Rost auf dem Eisen und Narben im Leder – das Rüstungsteil war gut gepflegt, aber alt und nicht von bester Qualität.

»Was soll ich damit?«, fragte er. »Ich habe ein besseres …«

»Für deine Kleine natürlich«, gab Bennos zurück. »Du Holzkopf.«

Linos dachte an Nikis zierliche Gestalt. »Hör mal«, sagte er. »Das ist zu groß für sie. Das fülle ich ja kaum aus!«

»Ich sagte Ja«, gab Bennos ungerührt zurück. »Das dürfte ihr passen.«

Er wühlte weiter auf dem Wagen herum. Linos stand da, das Panzerhemd in der Hand. Als die Last ihm die Arme nach unten zog, legte er sich das Rüstungsteil über die Schulter.

Bennos fuhr fort: »Ich nehme an, sie wird eher hineinwachsen als du. Sie muss Gewicht tragen, wenn sie stark werden und im Kampf überleben will. Und wenn es sie zu Boden drückt und sie nicht mehr hochkommt darin …«

Bennos drehte sich um. Er grinste und warf Linos ein weiteres Kleidungsstück zu. »… dann wäre dein Problem genauso gelöst, und sie müsste dort bleiben, wo du sie haben willst.«

Linos fing das nächste Stück auf – eine eisenbeschlagene und gepolsterte Lederkappe. Ein billiger Ersatz für einen Helm, aber zumindest ein Kopfschutz. Bennos zog noch ein

Kurzschwert vom Wagen. »Damit dürfte sie besser gerüstet sein als manch richtiger Kriegsknecht«, befand er.

Linos stand mit den Rüstungsteilen unbehaglich da. »Sie ist trotzdem noch ein Kind«, sagte er.

Bennos lachte. »Dann lass sie spielen. Es ist ja nicht so, dass wir zu den Grenzen ziehen, wo es wirklich gefährlich wird.« Bennos' Blick schweifte in die Ferne. »Das ist es, was ich nach diesem Krieg tun werde. Ich verbringe ein paar Jahre auf dem Sternenstein und jage die Ungeheuer Gotors …«

Sein Blick kehrte in die Gegenwart und zu seinem Bruder zurück. »Aber im Augenblick haben wir nichts weiter vor, als ein ohnehin schon gefallenes Fürstenhaus vom Thron zu stoßen. Mit dem größten Heer an unserer Seite, das das Reich je gesehen hat. Wenn es zum Kampf kommt, wird deine kleine Geliebte irgendwo zwischen zehntausend anderen Kriegsknechten stecken. Den Kampf entscheiden werden die Ritter, und von denen haben wir reichlich.

Ich glaube nicht, dass sie viele Feinde zu sehen bekommt. Sie sollte ziemlich sicher sein, wenn sie im Haufen mitläuft … und der Rest liegt in Bponurs Hand, Bruder.«

Linos sah auf das Kurzschwert. »Sie meint, sie kann reiten«, sagte er.

Bennos zuckte die Achseln. »Das könnte ein paar ihrer Schwächen ausgleichen. Aber dass *du* sie bisher im Schwertkampf unterrichtet hast, ist vermutlich die größte Gefahr für sie. Also zeig mir mal deine Stallmagd, damit ich sie in die Rüstung stecken und ihr ein paar blaue Flecken verpassen kann.«

In den nächsten Tagen marschierten sie weiter, und die Nachrichten, die sie erhielten, waren beunruhigend. Sie hörten von Überfällen auf die Versorgungszüge hinter ihnen; auch der Tross, der zum Hauptheer gehörte, und versprengte

Gruppen des Zuges waren nicht mehr sicher. Knechte, die in der Abenddämmerung zum Holzholen gingen oder in den anliegenden Dörfern frische Vorräte besorgen sollten, verschwanden mitunter.

Bregar zog seine Truppen zusammen. Der Heerbann, der bis dahin in aufgelockerter Formation gen Westen gezogen war, marschierte jetzt in festen Haufen, mit dem Tross dazwischen. Die Haupttruppe war bisher unbehelligt geblieben, und Bregar konnte sich auch nicht vorstellen, dass sich daran etwas ändern würde.

Eines Tages geriet der Zug ins Stocken, und der alte Marschall Eudoxios richtete sich im Sattel auf. »Was beim Heiligen Czavos treibt die Vorhut denn da?«

Bregar lenkte sein Ross neben ihn, und der Rest seiner ständigen Begleittruppe schwärmte aus.

Die Ritter der Vorhut hatten auf der Straße angehalten. Unschlüssig saßen sie auf den Pferden, kaum fünfhundert Schritt von Bregars Truppe entfernt. Sie starrten nach unten, dorthin, wo ein kleiner Abhang einen Teil der Landschaft vor den Blicken der weiter hinten Stehenden verbarg. Aber die Krieger wirkten nicht beunruhigt, und Bregar entspannte sich.

»Wenn die Vorhut uns nicht Bescheid geben will, ob wir das Heer nachrücken lassen können, dann müssen wir wohl einen eigenen Boten schicken«, verkündete er missmutig und nickte seinem Knappen zu.

Linos galoppierte nach vorn. Als er die Vorhut erreichte, sah er, was los war. Der Abhang, von dem sie zunächst nur die Oberkante gesehen hatten, war in Wahrheit die Böschung eines kleinen Flusses. Die Straße endete hier. Pfeiler und Steinblöcke lagen im Wasser, Bruchkanten zeigten an, wo die Brücke einst die Straße zu beiden Seiten des Gewässers verbunden hatte.

»Oh.« Linos sah den Fähnleinführer an. »Wie kommen wir da rüber?«

»Ich habe Reiter flussauf und flussabwärts geschickt«, erklärte der Ritter. »Sie suchen nach einer Furt. Im Süden sieht das Gelände zertrampelt aus. Ich nehme also an, dass andere Reisende diesen Weg gewählt haben. Aber noch habe ich nichts von den Kundschaftern gehört.«

Nach und nach sammelten sich Ritter und Knechte bei der eingestürzten Brücke. Auch Bregar besah sich den Schaden.

»War das der Mahdi?«, fragte Linos.

Bregar schüttelte den Kopf. »Wenn er es war, dann war es jedenfalls kein Anschlag auf uns. Siehst du die Trümmer? Da wachsen Moos und Algen auf den Bruchstücken. Die Brücke ist schon seit Jahren unpassierbar.«

»Und ich glaube kaum, dass dieser Räuberhauptmann unseretwegen eine Brücke zerstören würde.« Barimbold an Ferriac hatte das Wort ergriffen, ein Riese mit roten Haaren und Stoppelbart, Großmeister vom Orden der Drei Strahlenden Waffen des Bewahrers des Reiches. »Nach allem, was wir gehört haben, betrachtet er das Land als sein Eigentum. Und er lebt von dem Verkehr auf dieser Straße.«

»Nicht mehr lange, das verspreche ich Euch«, knurrte Bregar und saß ab. »Wir warten hier. Die Brücke ist schon seit einer ganzen Weile zerstört, aber die Händler mit ihren großen Wagen kommen trotzdem durch. Es muss eine Furt in der Nähe geben.«

Das Heer schlug ein Lager auf. Kaum hatten sie damit angefangen, da kehrten die Kundschafter aus dem Süden zurück – sie hatten eine Stelle gefunden, wo die Böschung befahrbar war und der Grund fest wirkte. Spuren an den Bäumen zu beiden Seiten des Flusses verrieten, dass dort regelmäßig schwere Lasten mit Tauen gesichert wurden. Das musste der Ort sein, wo die Händler übersetzten.

Bregar beriet sich mit den Führern seines Heeres. Er schickte Truppen aus, um die Furt zu sichern, und teilte mit Schanzarbeiten vertraute Knechte ein, die prüfen sollten, ob sich die Brücke notdürftig instand setzen ließ. Linos beobachtete, wie sein Bruder sich nach einer Weile aus der Runde der Herren löste und zu den Knechten hinüberging. Er rief die Bewaffneten zusammen und setzte eine Übung an, wie er es seit ihrem Gespräch an jenem Abend vor dem Gasthaus regelmäßig tat.

Linos trottete hinterher. Ein wenig abseits des Treibens ließ er sich nieder. Er sah, wie Niki in ihrem viel zu großen Panzerhemd und mit einem Spieß gegen Bennos antrat, umringt von den anderen Kriegsknechten des Ordens. Bennos wehrte den Hieb des Stallmädchens mit dem Schwert ab und konterte, dann zeigte er ihr, wie sie die Klinge mit dem Schaft abfangen und ihrerseits den Hieb erwidern konnte.

Er bewegte sich so langsam, dass Niki der Bewegung folgen konnte. Aber am Ende wich er doch ihrem Spieß aus und landete einen klatschenden Treffer mit der flachen Klinge auf ihrem Lederhemd. Niki taumelte und schlich gebeugt vom Kampfplatz, und einer nach dem anderen erlitten die übrigen Spießkämpfer des Haufens dasselbe Schicksal.

Linos verspürte einen Groll im Bauch, den er sich nicht recht erklären konnte.

»*Da* bist du!« Der Ruf schnitt laut und herrisch durch die Luft des milden Fühsommertags. Es war Bregar, sein Vater, der vom Fluss her über die Wiesen schritt und auf den kleinen Hügel zukam, wo Linos saß.

Schuldbewusst sprang Linos auf.

»Was nutzt ein Knappe, den ich immerzu suchen muss, wenn ich ihn brauche!«, rief Bregar, während er herankam.

Aber Linos hörte es an der Stimme, dass sein Vater eher

müde war als zornig. Er entspannte sich. »Sollte ich etwas für Euch erledigen, Vater?«, fragte er.

»Ja.« Bregar sah sich um. »Du solltest deinen Bruder für mich finden. Wie ich sehe, ist das jetzt nicht mehr nötig.«

Er ging an Linos vorbei auf das Lager der Knechte zu. »Bennos!«, brüllte er.

Linos sah, wie Bregar auf seinen älteren Sohn einredete und sie beide dann gemeinsam zum Fluss gingen. Die Kriegsknechte blickten ihnen nach. Ein paar von ihnen schwangen noch eine Weile lustlos die Waffen und führten die Übungen aus, die Bennos ihnen zuletzt aufgetragen hatte. Aber nach und nach liefen sie auseinander, legten die Rüstung ab und suchten sich einen Platz zum Ausruhen.

Linos verließ seinen Hügel. Als er auf das Lager zuging, kam Niki ihm entgegen. Sie sah so plump aus wie eine Schildkröte, ihr Gesicht war gerötet, und ihr Atem ging rasch. Doch ihre Augen glühten vor Eifer.

»Linos«, rief sie. »Soll ich dir zeigen, was dein Bruder mir beigebracht hat?«

Linos presste die Lippen aufeinander. Er gürtete sein Schwert ab, legte es weg und nahm sich einen festen Stecken von etwa derselben Länge aus dem Stapel der Übungswaffen, die neben dem Kampfplatz bereitlagen.

»Dein Bruder übt aber mit scharfen Waffen«, sagte Niki.

»Du kannst gern deinen scharfen Spieß nehmen, wenn du willst«, gab Linos schroff zurück.

Niki zögerte kurz, dann drehte sie den Spieß herum und griff mit der stumpfen Seite an. Linos wischte den Angriff mit seinem Holzschwert zur Seite. Niki versuchte, seinen Gegenangriff wiederum zu kontern, genau wie Bennos es ihr gezeigt hatte. Aber Linos wich ihrem Spieß mühelos aus, machte einen Ausfall nach vorn und schlug ihr den Stecken hart auf das Bein.

Niki schrie auf und ging in die Knie. Sie hatte Tränen in den Augen.

»In einem richtigen Kampf«, sagte Linos, »da reichen ein paar Finten nicht aus, die mein Bruder euch kurz einmal vorgemacht hat. Am Ende wird derjenige gewinnen, der schneller ist. Und diese Schnelligkeit, die erlangst du nur durch Übung, Übung und Übung.«

Wenn Niki in die Schlacht zog, wie lange dauerte es dann wohl, bis sie an jemanden geriet, der mehr Übung hatte als ein vierzehnjähriges Stallmädchen? Warum nur verstand sie das nicht?

Niki benutzte den Spieß als Stütze und richtete sich wieder auf. Sie humpelte ein paar Schritte, biss die Zähne zusammen und bemühte sich, normal zu gehen.

»Du warst nie so grob, wenn wir in Barratain gefochten haben«, sagte sie.

»In einem echten Kampf geht es auch grob zu«, gab Linos zurück. »Mein Bruder ermuntert dich viel zu sehr. Jemand muss dir ja zeigen, was dich wirklich erwartet.«

Niki warf den Spieß zur Seite und setzte sich auf die Kante eines Karrens.

»So ist das also«, sagte sie. »Du bist eifersüchtig!«

»Unsinn.« Linos schleuderte den Stecken hinterher und holte sein Schwert wieder. »Warum sollte ich eifersüchtig sein? Es ist ja nicht so, dass wir ein Paar wären.«

»Das hast du jetzt gesagt.« Sie grinste ihn an. »Ich habe nur gemeint, dass du eifersüchtig bist, weil dein Bruder mir jetzt das Kämpfen beibringt und du Angst hast, dass ich dich bald einhole.«

Linos spürte, dass er rot wurde. »Ich mache mir nur Sorgen um dich!«, sagte er. »Glaubst du, Bennos hilft dir, weil er dich mag? Er macht sich lustig über dich. Heute macht es ihm Spaß, ein bisschen Krieg mit dir zu spielen. Morgen … fällt ihm womöglich etwas anderes ein. Und übermorgen lässt er dich stehen und kümmert sich nicht darum, wie es dir weiter ergeht.

Für ihn bist du nur eine unbedeutende und ziemlich verrückte Magd, mit der er sich einen Spaß macht.«

»Ach?« Niki sah zu ihm auf. »Und bei dir ist das anders? Du glaubst inzwischen, dass ich mehr bin als ein Stallmädchen und dass ich tatsächlich Ritterin werden kann?«

Linos hatte das Gefühl, dass der Grund unter seinen Füßen schlüpfrig wurde.

»Ich meine nur, du solltest vorsichtiger sein. Ich … ich will einfach nicht, dass dir etwas passiert.«

Bregar kehrte mit Bennos zum Fluss zurück. »Du verschwendest zu viel Zeit mit den Knechten«, sagte er. »Ein junger Ritter muss nach oben schauen, wenn er vorankommen will.«

»Jemand sollte die Knechte ausbilden, bevor es in die Schlacht geht«, sagte Bennos. »Die meisten von ihnen können nichts. Und die paar älteren mit Erfahrung … Die könnten so viel mehr, wenn es ihnen nur einer richtig beibringen würde.«

»Es sind Knechte«, sagte Bregar. »Sie sollen einer vom anderen lernen. Für die Aufgaben, die ihnen zufallen, reicht das aus. Du kannst sie ausbilden, so viel du willst, einem Ritter werden sie doch niemals standhalten.

Warum also die Mühe?«

»Nun«, entgegnete Bennos störrisch. »Es ist ja nicht so, dass ich irgendetwas Ruhmreiches zu tun hätte auf diesem Zug.«

»Dieser Krieg, das ist etwas Großes«, entgegnete Bregar. »Du wirst genug Ruhm ernten, einfach weil du dabei gewesen bist.«

»Was man so ziemlich von jedem Ritter aus jedem Orden in Barrat sagen kann.« Er winkte ab. »Aber was soll's. Ihr wolltet, dass ich Euch begleite, Vater. Also habt Ihr möglicherweise eine Aufgabe für mich, bei der ich mich beweisen kann?«

Bregar trat an die Böschung und sah auf die Trümmer der Brücke hinab. Einige Männer standen im Wasser und untersuchten die Steine und die Strömung. Andere befestigten Taue am Ufer, um den Übergang zu sichern.

»Es wird eine Weile dauern, bis wir das Heer über den Fluss gebracht haben«, sagte Bregar. »Und der Tross wird den Umweg über die südliche Furt nehmen müssen. Ich wollte darum ein paar Ritter ans andere Flussufer schicken, die uns dort Deckung geben. Die Truppen sind verwundbar, während sie übersetzen.«

»Wer soll sie verwunden?«, erwiderte Bennos verächtlich. »Die Räuber des Mahdi etwa? Wenn sie uns bisher nicht angegriffen haben, werden sie es auch jetzt nicht wagen.«

»Wer weiß?«, gab Bregar zurück. »Ich muss zugeben, die Nachrichten aus dem Osten beunruhigen mich. Viel von dem, was uns an Nachschub folgen sollte, ist bereits verloren. Wir werden uns vom Land versorgen müssen, wenn wir in Horome ankommen. Und wenn der Mahdi unseren Tross am Fluss überfällt, könnte das Wasser unsere Vorräte davontragen. Das können wir uns nicht erlauben.«

»Ich verstehe nicht, wie dieser selbst ernannte Prophet so mächtig werden konnte.« Bennos runzelte die Stirn. »Warum hat sich keiner darum gekümmert?«

»Wer weiß? Der Kaiser war schwach. Zomer lag auf seiner Seite des Reiches, doch es war eine unbedeutende Kleinstadt in der Provinz. Niemand hat sich darum gekümmert … Aber das wird anders werden, wenn wir unser Ziel erreicht haben.«

»Warum nicht sofort?«, fragte Bennos. »Zomer liegt an der Reichsstraße, nicht wahr? Die Stadt kann nicht weit entfernt sein – immerhin versichern uns schon seit zwanzig Tagen alle Bauern am Wegesrand, dass der Mahdi hier herrscht. Wir könnten einen kleinen Abstecher machen und diesen Räuberbaron gleich hier und jetzt ausheben.«

Bregar blickte den Fluss hinauf. Er dachte nach. Dann schüttelte er den Kopf.

»Dieser Fluss hier, das muss die Kleide sein. Wenn ich unsere Karten richtig deute, liegt Zomer ein oder zwei Tagesmärsche gerade nach Norden. Zomer liegt dicht genug an der Reichsstraße, um von dem Verkehr dort zu profitieren, aber weit genug entfernt, um außer Reichweite zu sein.«

»Außer Reichweite?« Bennos ballte die Fäuste. »Ein Abstecher von zwei Tagen!«

»So einfach ist das nicht«, erklärte Bregar. »Zomer liegt in einer Flussgabel, zu beiden Seiten von Wasser umschlossen. Bei einem Angriff müssten wir auf jeden Fall eine Furt überqueren. Der Mahdi wird die Zugänge gesichert haben.«

»Ein richtiges Heer wird er kaum aufhalten können«, sagte Bennos. »Du hast davon gesprochen, was ich tun müsste, wenn ich mir einen Namen machen will. Gib mir nur hundert Ritter, und ich bringe dir den Kopf des Mahdi.«

»Er könnte uns an den Flüssen zumindest eine Zeit lang aufhalten«, gab Bregar zu bedenken. »Und ich müsste einen starken Trupp aussenden, um sicherzugehen. Und sowohl die Männer wie auch die Zeit benötige ich für meinen Feldzug im Westen.«

Bregar hielt einen Moment inne. Dann schüttelte er den Kopf, als müsste er sich selbst überzeugen. »Nein«, sagte er entschieden. »Der Mahdi ist lästig, aber nicht mehr als ein Ärgernis. Wir dürfen uns nicht von den wichtigen Zielen ablenken lassen. Und vergiss nicht, er ist nur ein Räuberhauptmann, kein Graf und kein Stadtherr. Wenn wir über den Fluss gehen, würde er einfach in die Wälder flüchten und wieder herauskommen, sobald wir fort sind.

Ich will mich hier nicht in einer ergebnislosen Jagd verzetteln.«

»Also gut«, sagte Bennos. »Dann gib mir vierzig Ritter und Edelknechte und schick mich zurück in den Osten. Ich beschütze unsere Nachschublinie und bringe zumindest die Räuber zur Strecke, die sich jetzt an unseren Vorräten bereichern.«

»Ich weiß nicht«, sagte Bregar. »Ich habe bereits Männer zurückgeschickt, um die Straße zu bewachen. Und ich habe zusätzliche Deckung für die künftigen Transporte angefordert und veranlasst, dass man die Lieferungen zusammenlegt …«

»Bitte, Vater«, drängte Bennos. »Das wäre ein Kommando für mich. Und es würde mehr hervorstechen, als wenn ich nur irgendwo an den Flanken unseres Zuges einen Übergang sichere.

Lasst mich den Nachschub unseres Heeres verteidigen.«

Bregar dachte darüber nach. Es war eine ehrenvolle Aufgabe. Und es war ein angemessenes Kommando für einen jungen Ritter ohne große Erfahrung. Bennos wäre auf sich gestellt, aber mit ein paar Dutzend Schwerbewaffneten an seiner Seite sollte er mit einem Haufen Räuber leicht fertigwerden. Er war dort weniger in Gefahr als in den richtigen Schlachten, die im Westen auf sie warteten, gegen andere Ritter und geordnete Heere.

Er konnte Bennos das Kommando übertragen und ihm weitere junge Ritter an die Seite stellen, solche, die sich bewähren wollten und die von Stand und Alter her seinen Oberbefehl nicht infrage stellten. Dazu ein paar erfahrene Edelknechte und Fußsoldaten, die einen kühlen Kopf bewahrten und den jungen Rittern auch mit ihrem Rat zur Seite stehen konnten …

»Meinetwegen«, entschied er. »Du sollst dieses Kommando haben.

Mach mich stolz, und die Wege wieder sicher!«

5. KAPITEL

Der Tag nach dem Sonnentag des Juni
im 947. Jahr der Entrückung Bponurs
(2. Juni 963 nach Horomischer Zeitrechnung)

In den Ebenen westlich des Amradim

Sie trabten schneller, doch sie konnten die Verfolger nicht abschütteln. Einer der Männer blickte sich um und trieb sein Pony an. Es fiel in Galopp. General Marin schloss zu ihm auf und hielt ihn zurück.

»Nicht!« Der Befehl ging an alle seine Begleiter. »Wenn wir galoppieren, sind die Tiere bald erschöpft. Sie werden uns umso früher einholen.«

»Aber im Trab hängen wir sie nicht ab«, erwiderte der Krieger trotzig.

Marin schaute über die Schulter nach hinten. Wann immer sie über eine Bodenwelle ritten, konnten sie die Verfolger am Horizont ausmachen: eine Handvoll schwer bewaffnete Ritter mit Knappen und Edelknechten. Es war nur eine Frage der Zeit gewesen, bis ihre Gegner Patrouillen auf die Nachschubwege schickten und bis eine dieser Patrouillen auf Marins Trupp stieß.

Jetzt war es so weit. Die Ritter hatten die Krieger des Mahdi an der Reichsstraße gestellt und folgten ihnen schon seit Stunden. Und die langbeinigen Pferde kamen immer näher. Marins einzige Hoffnung war es gewesen, dass sie ihren Vorsprung lange genug halten konnten, um bei Einbruch der Dunkelheit ungesehen zu entkommen.

Nun sah er ein, dass ihnen das nicht gelingen würde.

»Im Galopp hängen wir sie genauso wenig ab«, sagte er. »Sie sind einfach schneller als wir. Und sie haben Handpferde.«

Hari, der in den letzten Monaten fast so etwas wie ein Sergeant geworden war, zügelte sein Pferd. »Dann stellen wir uns«, rief er. »Jetzt, solange unsere Tiere noch die Kraft für einen Kampf haben. Wir haben den ganzen Winter lang geübt, wie wir die Ritter zur Strecke bringen! Lass uns erproben, was du uns beigebracht hast.«

Marin lenkte sein Ross an Haris Seite. Die Krieger sammelten sich in einem losen Kreis um die beiden. Marin schätzte die Stärke seines Trupps ab.

Es waren mehrere Scharen entlang der Straße im Einsatz, die sich vereinten und wieder trennten und an vielen Stellen zuschlugen. So schwankte die Zahl von Marins Männern im Laufe der Zehnttage – er verlor Krieger und empfing Verstärkung …

Im Augenblick hatte er gut vierzig Reiter bei sich. Damit waren sie ihren Verfolgern an Köpfen überlegen, doch ihre Feinde waren schwer bewaffnet und voll gerüstet. Marin sah das Metall aufblitzen, wann immer die Ritter über die Hügel ritten.

Dennoch. Mit den Taktiken, die sie im Winter eingeübt hatten, mochte es reichen. Es würde ein harter Kampf werden, aber seine Männer waren entschlossen, und sie würden den Gegner überraschen …

Marin biss die Zähne aufeinander und schüttelte den Kopf.

»Nein«, entschied er.

Die Männer murrten.

»Wir können siegen!«, rief einer der Krieger.

»Mit Bponurs Hilfe«, bestätigte Marin grimmig. »Aber können wir auch garantieren, dass keiner unserer Gegner entkommt?«

Die Krieger starrten ihn an.

»Wir sind hier, um den Feind zu stören, um ihn zu schwächen und um ihn von Zomer abzulenken«, sagte Marin. »Ein Sieg über diese Ritter hier hat keine große Bedeutung. Aber er könnte alles verraten. Unsere Waffen. Unsere Taktik.

Wenn wir dem Feind jetzt zu viel offenbaren, dann verlieren wir das Moment der Überraschung in der entscheidenden Schlacht und damit womöglich den Sieg.«

»Legen wir es in Bponurs Hand!«

Ein paar Krieger griffen aufgeregt nach ihren Waffen. Die Ponys scharrten mit den Hufen. Schon wendeten sie ihre Tiere dem Feind entgegen.

»Nein!«, brüllte Marin. »Ich entscheide!«

Die Männer verstummten und ließen betreten die Hände sinken.

»Bponur bestraft Dummheit und Übermut«, fuhr Marin ruhig fort. »Dies hier ist eine Versuchung. Wir werden ihr widerstehen und besonnen bleiben.«

Ihre Verfolger ritten gerade aus einer Senke heraus. Sie waren so nah, dass Marin schon die einzelnen Reiter unterscheiden konnte. Er sah, wie einer der Feinde das Schwert zog und ein Zeichen gab, und der ganze Trupp fiel in Galopp. Offenbar ging der Anführer davon aus, dass der Abstand nun so gering war, dass sie ihre Gegner niederreiten konnten.

Marin lächelte grimmig.

Gut. Bponur bestraft den Übermut. Nach diesem scharfen Anritt würde die Jagd vorüber sein. Den Pferden der Ritter würde die Kraft für eine längere Verfolgung fehlen, wenn sie es nicht schafften, ihre Feinde mit dieser letzten Kraftanstrengung einzuholen.

»Tarb, Harkon …« Marin zählte rasch zwölf seiner Männer ab. »Ihr stellt euch den Rittern entgegen und haltet sie auf.«

Ein Dutzend Reiter sollten für ihren Zweck genügen – zu viele, um sie zu ignorieren. Zu wenige, als dass sie den Kampf gewinnen könnten.

Marin wandte sich zu Hari.

»Du wirst den Angriff führen«, befahl er. »Die Taktik ist wichtig. Ihr müsst die Ritter aufhalten und den Waffengang so lange wie möglich hinauszögern. Konzentriert euch auf jeden Gegner, der versucht, an euch vorbeizukommen. Was zählt, ist, dass ihr uns einen Vorsprung verschafft.«

»Ich verstehe«, sagte Hari.

Marin streckte die Hand aus. »Wer spezielle Waffen aus dem Winterlager hat, gibt sie seinen Kameraden«, sagte er. »Wenn die Ritter sie sehen, könnten sie ihre Schlüsse ziehen. Wir dürfen unsere Pläne nicht verraten.«

Die Männer gehorchten. Der Kampfeseifer war einer kalten Entschlossenheit gewichen. Der Feind war fast bei ihnen.

Als Hari seine Packtasche in Marins Hände legte, hielt Marin ihn kurz fest.

»Der Feind darf nichts erfahren«, wiederholte er. »Ich glaube nicht, dass sie die richtigen Fragen stellen würden, selbst wenn sie einen von euch gefangen nehmen. Doch wir dürfen kein Wagnis eingehen.«

Einer der Krieger hörte Marins Worte und spuckte aus. »Wir werden nichts verraten«, meinte er. »Wir sind die Speere Gottes. Wir werden niemals schwach.«

Aber Hari nickte. »Ich verstehe«, sagte er nur und wandte sich an seine Männer. »Sie werden keinen von uns in die Hände bekommen. Wir werden fallen, Bponur jedoch wird obsiegen!«

Die Dörfer rückten dichter zusammen und verschmolzen schließlich am Horizont. Große Gebäude ragten auf wie ferne Berge.

»Wir sind in der Stadt«, stellte Bregar fest.

»Ausgeschlossen«, sagte Eudoxios. »Wo sind die Mauern?«

Bregar dachte an das, was er über Horome gehört hatte. Er hatte zwar eine Vorstellung von dem, was sie erwartete. Doch er hatte es sich nicht *so* vorgestellt – ein Meer von Häusern, bei dem man gar nicht erkennen konnte, wo genau es anfing. Er würde sich einen erhöhten Standpunkt suchen müssen, um einen Überblick zu gewinnen.

»Es gibt Mauern«, erklärte er. »Sogar zwei Mauerringe. Aber die Stadt ist längst darüber hinausgewachsen.«

Er sammelte sein Heer auf den Feldern und Wiesen, dort, wo die Vorstädte von Horome noch fast ländlich wirkten und er genug freien Raum hatte, um die Truppen aufmarschieren zu lassen. Dann überlegte er, was nun zu tun war.

Die ritterliche Ehre gebot es ihm, dass er dem Gegner die offene Schlacht anbot, bevor er eine Belagerung, einen Sturmangriff oder sonst irgendwelche Winkelzüge begann. Dem Brauch nach geschah dies, indem der Angreifer vor den Mauern aufmarschierte und durch einen Herold die Herausforderung überbringen ließ.

Aber die Mauern der Stadt waren gar nicht zu sehen; vor den Toren würde er vermutlich kein geeignetes Schlachtfeld mehr finden, und Horome schien groß genug zu sein, um sein ganzes Heer zu verschlingen, wenn es nicht beisammenblieb – wie hätte er da einen Herold mit kleinem Gefolge allein vorausschicken können?

Bregar rief die Unterführer zusammen und schärfte allen ein, dass kein Krieger sich vom Zug entfernen sollte. »Folgt dem Banner«, befahl er. »Ich werde jeden bestrafen lassen, der zum Plündern in die Gassen abschweift.«

Er teilte Kundschafter für die Vorhut ein, in stärkeren Trupps als gewöhnlich. Dann ließ er das Heer über eine Hauptstraße weiterziehen.

Es war still in der Vorstadt. Auf den ersten Blick schien das nicht ungewöhnlich – welcher Bürger floh nicht, wenn Bewaffnete heranzogen? Doch viele Häuser entlang der Straße sahen so aus, als wären sie schon länger verlassen. Fenster, Fensterrahmen, Türen und sogar Balken aus dem Fachwerk waren herausgerissen. Es sah aus, als wäre vor ihnen bereits ein anderes feindliches Heer durchgezogen, auch wenn Bregar nichts dergleichen gehört hatte.

Andererseits, es passte ins Bild.

Im Umland hatten sie eine Menge Dörfer passiert und dort viele leere Häuser und unbestellte Felder gesehen. Die Menschen, die hier lebten, versteckten sich ganz offensichtlich. Der Bürgerkrieg hatte wohl seine Spuren hinterlassen.

Die Kundschafter meldeten, dass der erste Mauerring unbesetzt war. Niemand versuchte, sie aufzuhalten, und doch empfand Bregar keine Genugtuung dabei.

Wo waren die Kämpfer der Kaiserin?

Insgeheim hatte er gehofft, dass sie sich ihm zur Entscheidungsschlacht stellte, dass sie ihn vor den Toren erwartete und er den Krieg rasch zu Ende bringen konnte. Natürlich hatte ihm sein Verstand gesagt, dass das unwahrscheinlich war. Die Kaiserin war zu schwach, um ihre eigenen Fürsten zur Unterwerfung zu zwingen – sie musste jeden Vorteil nutzen, der ihr blieb. Bregar hatte also damit gerechnet, dass sie sich hinter ihren Mauern verschanzte.

Wie es schien, fehlte ihr selbst dafür die Stärke.

Das Heer rückte weiter vor, und die Bauweise um sie herum veränderte sich. Waren die Außenbezirke Horomes noch von Fachwerkhäusern bestimmt gewesen, von Bauerndörfern und Gasthöfen, so waren die Gebäude in der Innenstadt aus festem Mauerwerk gefügt. Sie ragten immer höher auf, bis sie bald kleinen Türmen glichen, mit drei oder gar vier Geschossen.

Die Gärten und die freien Plätze dazwischen hingegen schrumpften.

Wie die meisten Ritter hatte Bregar in den Bergen gedient – im Schwarzen Gebirge an der Grenze im Westen. Dort mussten die Ritter oft zu Fuß kämpfen, und die schroffe Landschaft ließ selten genug Raum für große Heere oder Schlachten.

In der Stadt war es genauso. Die Straßen und Gassen erinnerten an Täler, in denen die Reiter sich kaum bewegen und sich leicht verirren konnten. Die Häuser boten Verstecke und Tausende Möglichkeiten für einen Hinterhalt. Nirgendwo gab es Platz, um sein Heer in Schlachtordnung antreten zu lassen.

Bregar blickte sich unbehaglich um.

»Haltet die Truppen beisammen«, befahl er. »Und bleibt wachsam!«

Ausgemergelte, hohläugige Gestalten bevölkerten die Straßen.

Knochige Hände streckten sich den Reitern entgegen, und manche Bewohner drängten sich an die Wagen der Knechte heran und versuchten, etwas von der Ladung zu ergattern. Fluchend und mit Stockschlägen trieben die Knechte sie zurück.

Eudoxios schüttelte den Kopf. Er löste seine Börse vom Gürtel, öffnete sie und schwenkte sie in weitem Bogen über die Menge. Silbermünzen regneten klirrend zwischen die Menschen und auf das Pflaster. »Bponurs Gnade«, sagte er bestürzt. »Schaut euch diese Menschen an. Wir sind nicht hier, um diese Stadt zu erobern. Wir retten sie!«

»Seid vorsichtig mit Eurem Geld, Eudoxios«, mahnte Bregar.

»Ach was«, gab der Marschall zurück. »Wenn wir erst mal diese falsche Kaiserin gestürzt haben, werden wir reichlich

Beute in ihrer Schatzkammer finden. Dem Kaiser in Horome fließt das Gold in Strömen zu, heißt es. Und seht Euch an, wie diese armen Leute leben müssen.«

»Habt ihr Brot, Herren?«, rief eine Stimme aus der Menge.

»Brot! Brot!«, griffen viele anderen den Ruf auf.

Bregar trieb sein gepanzertes Ross vorwärts, damit er nicht von der Volksmenge eingeschlossen wurde. Die Ritter seines Gefolges setzten nach, der Heerzug riss hinter ihnen auf.

Vor ihnen führte die Hauptstraße schnurgerade auf eine riesige Festungsmauer zu. Die Wälle ragten sechs Schritt empor, die Straße führte durch einen offenen Torbogen. Aber Bregar sah auch, dass große Lücken in der Befestigung klafften, als wäre die Mauer niemals fertig geworden.

Als er den Durchgang erreichte, bemerkte er, dass es keine Torflügel gab. Ihm wurde klar, warum niemand diesen Wall verteidigte.

Vor der Mauer gab es einen breiten freien Streifen. »Halt!« Bregar hob die Hand und wich zur Seite. »Wir sammeln uns hier.«

Er postierte Fußvolk an den Einmündungen und ließ die Seitenstraßen räumen. In dem Maße, wie das Heer nachrückte, riegelte er den freien Raum ab und drängte das Volk zurück. Es stellte sich heraus, dass Blut geflossen war. Die Fußsoldaten in der Mitte des Zuges hatten sich bedrängt gefühlt und zu den Waffen gegriffen. Es hatte Kämpfe gegeben, die auf andere Bereiche des Stadtviertels übergriffen.

Bregar schickte Boten aus und holte die versprengten Kriegsknechte zurück. Hinter den Häusern sah er Qualm aufsteigen.

»Bei allen Heiligen«, sagte er.

»Wir werden Ordnung in diese Stadt bringen müssen, wenn wir hierbleiben«, stellte Eudoxios fest.

»Wir können nicht zugleich die Stadt befrieden und gegen die kaiserlichen Truppen kämpfen«, erwiderte Bregar.

»Was für Truppen?«, fragte Ritter Giwion von Saale. »Bis jetzt habe ich nur jede Menge Volk ohne Herren gesehen.«

»Wir marschieren weiter«, sagte Bregar. »Wenn wir im Palast der Kaiserin sitzen, werden wir die Stadt von da aus schon ordnen.«

Sie gelangten an den zweiten, den inneren Mauerring. Die Wälle waren hier zwölf Schritt hoch und in regelmäßigen Abständen mit Türmen gespickt. Pfeile flogen ihnen entgegen, als sie auf das Tor zuritten, und Bregar zog sich wieder in die Deckung der angrenzenden Straßen zurück.

Dort saßen die Ritter ab und spähten über die freie Schneise vor der Mauer hinweg.

»Vor einer Stunde war das Tor noch offen«, stellte Giwion fest. Er war bei den Kundschaftern gewesen.

Bregar musterte die Bewaffneten auf den Mauern und kam zu dem Schluss, dass es ein recht bunter Haufen war. Und es waren nicht besonders viele.

»Giwion«, befahl er. »Sammele unsere Knechte und lass ein paar Vorstöße unternehmen. Deckt sie ordentlich mit Pfeilen ein, aber riskiert keine Verluste.«

»Und Ihr, Herr Komtur?«, fragte der Ritter.

Bregar winkte Linos heran. »Wir schauen nach, ob es eine Lücke in der Verteidigung gibt.«

»Ich verstehe nicht, Herr Ritter, warum Ihr so versessen auf einen Krieg seid«, sagte der Kaufmann mit dem blonden, hochgezwirbelten Schnurrbart. »Sind es nicht Eure Glaubensbrüder und Standesgenossen, gegen die Ihr zu Felde ziehen wollt?«

Lacan von Galdingen schaute den Mann an. Im ersten Moment wusste er nicht, was er darauf antworten sollte –

oder vielmehr, worauf er antworten sollte: auf die vordergründige Frage oder auf die Unterstellungen, die darin mitschwangen. Er versuchte, sich an den Namen des Kaufmanns zu erinnern. Aber er war lange fort gewesen. In den letzten Zehnttagen war er kaum nachgekommen mit all den Vorstellungen, obwohl Nessa sich alle Mühe gab, ihn wieder in der Gesellschaft einzuführen und seinen neu erworbenen Ruhm zu nutzen.

Lacan seufzte.

Er war nicht für die Politik bestimmt. Dennoch stand er nun vor dem Rat der Stadt Meerbergen und musste ein Anliegen durchbringen, von dem ihrer aller Schicksal abhing. Auch das dieser selbstgefälligen Stadtherren, so wenig sie es auch wahrhaben wollten.

Am liebsten hätte er es Nessa überlassen, den Rat zu überzeugen. Aber die hatte ihm all die Gründe aufgezählt, warum er selbst hier erscheinen musste. Nicht zuletzt hatte sie auf seinen neuen Stand als Held und Retter Meerbergens verwiesen.

Doch der Ruf, den er sich damit erworben hatte, war brüchig, wie er nun erkennen musste. Er sah sich in der Halle um – hohe Fenster, durch die das Licht nur gedämpft auf den Boden fiel; das prachtvolle Gestühl rings um den freien Raum in der Mitte, wo Bittsteller und geladene Gäste auftraten. Hölzerne Brüstungen trennten den Raum von den Sitzen und zeigten die farbenfrohen Wappen der Ratsherren dahinter. Nach den Geschehnissen auf dem Frühlingsfest war der Platz der Metropolitin leer und erinnerte ebenso an Lacans Heldentaten wie an seine Schande.

Denn es war Lacans Vater gewesen, Erzkanzler Arnulf von Meerbergen, der sich mit der Metropolitin verschworen hatte und zum Fest des Lebens vor zwei Monaten in die Stadt eingefallen war. Er hatte Meerbergen im Handstreich nehmen wollen. Und auch wenn Lacan sich im entscheidenden Augenblick von ihm losgesagt und das Ruder herumgerissen hatte, so gab es doch viele in dieser Halle, die mehr den Sohn des verhassten Kanzlers in ihm sahen als den Ritter, der den Gegenstoß gegen die Eindringlinge geführt hatte.

»Ich habe die Ritter des Ostens bei meinem Dienst an der Grenze kennengelernt und an ihrer Seite gekämpft, das ist wahr.« Lacan bemühte sich, ruhig und sachlich zu antworten. »Gerade deswegen warne ich davor, die Gefahr zu unterschätzen. Diese Ritter sind anders als wir. Ihr könnt sie nicht mit den Rittern vergleichen, die im Umland Meerbergens von jeher zu den Verbündeten der Stadt zählten.«

»Hört, hört!«, warf eine spöttische Stimme von den hinteren Rängen der Ratsversammlung ein, als wollte sie daran erinnern, dass zumindest Lacans Treue zur Stadt nicht unumstritten war.

Ungerührt sprach Lacan weiter: »Die Ritterorden des Ostens sind stolz und folgen nur ihren eigenen Regeln. Sie dulden keinen Herrn über sich, der nicht aus ihren Reihen stammt. Man erzählt sich auf den Straßen, der König von Barratain zöge gegen die Kaiserin. Das ist ein Missverständnis. Der König ist für seine Ritter nur eine Figur, die sie auf dieselbe Art anbeten wie Bponur im Tempel. Sie führen gern seinen Namen im Mund und berufen sich auf ihn, um ihre Taten zu rechtfertigen. Doch würde der König etwas sagen, was ihnen nicht genehm ist, würde sich rasch erweisen, wie wenig von seiner Autorität geblieben ist.«

»Was kümmert uns das?«, fragte ein Ratsherr. »Ob der König gegen die Kaiserin zieht oder nur die Ritter allein, es bleibt in jedem Fall ein Krieg, den Fremde gegen unsere Feindin führen. Wenn wir uns da einmischen wollen, dann sollten wir den Besuchern aus dem Osten vielmehr ein Bündnis anbieten!«

Lacan spürte Unruhe unter seinen Zuhörern.

Rasch redete er weiter: »Ich sagte, die Ritter im Osten sind anders als wir. Eine Sache, die sie im Osten nicht kennen, sind Städte, wie wir sie haben. Städte wie Meerbergen. Städte, die frei sind und nicht von einem Grafen regiert werden. Das widerspricht den Geschichten, die sie vom Alten Reich erzählen, und darum widerspricht es in ihren Augen auch der göttlichen Ordnung.

Wenn die Ritter des Ostens hier die Macht erringen – und, wohlgemerkt, sie werden nicht nur als Besucher kommen! –, dann werden sie eine solche Herrschaft in den Städten nicht dulden. Ihr habt gerade erst Arnulf von Meerbergen vertrieben, Euren vom Kaiser ernannten Grafen …«

»Euren Vater«, erinnerte der blonde Ratsherr.

Lacans Augenlid zuckte. »… und Ihr habt Euch vorher all die Jahre gegen ihn gewehrt. Wollt Ihr diese hart errungene Freiheit an einen neuen Grafen verlieren, den die Ritter des Ostens dieses Mal mit königlicher Urkunde im Gepäck hierher bringen und Euch aufzwingen werden?«

»Das müssten sie erst einmal schaffen«, wandte Ratsherr von Lowingen ein, der in diesem Jahr den Patriziern von Meerbergen vorsaß. Lacan war sich nicht sicher, wie der Mann zu ihm stand. Bei sämtlichen Gunstbezeugungen und Ehrungen war von Lowingen bisher zurückhaltend und höflich geblieben, aber er hatte auch nicht offen Vorbehalte gegen den Ritter gezeigt, der im Augenblick als ein Liebling des Volkes galt. Seit dem Sturz der Metropolitin war von Lowingen jedoch das alleinige Stadtoberhaupt, so etwas wie ein heimlicher Bürgermeister, und seine Stimme würde am Ende den Ausschlag geben. Lacan musste insbesondere ihn überzeugen.

»Wir haben uns all die Jahre gegen Euren Vater behauptet«, fuhr von Lowingen fort. »Und jetzt haben wir sogar die kaiserliche Flotte auf unserer Seite. Ich wüsste nicht, wie eine Handvoll Ritter erreichen soll, woran der Kaiser gescheitert ist.«

Ihr habt die Flotte eher hinter Euch, hätte Lacan den Mann am liebsten berichtigt. Als die Männer des Kanzlers auf den Straßen von Meerbergen auftauchten, war von der Flotte jedenfalls nichts zu sehen gewesen.

»Verzeiht, von Lowingen«, antwortete er stattdessen ruhig. »Ich fürchte, Eure Rechnung wird nicht aufgehen. Der Kaiserthron ist seit Langem geschwächt. Das verschaffte Euch die Freiheit, die Ihr heute verteidigt. Die Ritter aus dem Osten hingegen haben die Macht vieler Provinzen hinter sich vereint. Ihre einzige Schwachstelle ist, dass ihre Heimat weit entfernt liegt und sie eine Menge Kraft allein dafür brauchen, um ihren Nachschub heranzuholen.

Doch wenn Horome fällt, gewinnen sie Rückhalt hier im Land. Manch ein Graf wird ihnen folgen, da der König nach einer Niederlage der Kaiserin die einzige Autorität im gesamten Reiche sein wird und es kein anderes Banner mehr gibt, unter dem sich ein Widerstand sammeln könnte. Viele Ritter werden sich verlocken lassen, weil eine Aufwertung ihres Standes und zusätzliches Land ihnen mehr bedeutet als die Gepflogenheiten, die uns vom Osten unterscheiden.

Ich sage Euch, diese Angreifer werden über uns kommen wie eine Lawine, die mit jeder Bewegung, die man ihr lässt, an Kraft gewinnt. Ihr alle wisst, wie in den letzten Jahrhunderten mal der Osten, mal der Westen des Reiches über alles geherrscht hat, und dass es für die unterlegene Seite nie eine leichte Herrschaft war.

Ich bitte Euch, lernt aus der Geschichte. Lasst nicht zu, dass unser eigenes Land gespalten und vereinnahmt wird. Sammelt die Kraft, die wir jetzt noch haben, und verteidigt unsere Heimat.«

Bregar ritt an der Außenseite der Mauer entlang nach Norden. Die Ritter bildeten eine Kette mit den Schilden zum Wall; die Knappen, die Edelknechte und die berittenen Knechte bewegten sich in deren Deckung. Ein paar Pfeile flogen auf sie zu, prallten aber von den Rüstungen und den gepanzerten Streitrössern ab.

Aus den Augenwinkeln verfolgte Bregar, wie einige der Verteidiger auf der Mauerkrone hinter ihnen herliefen. Doch die blieben bald zurück, und dann war es ruhig. Nur die Hufe klackerten auf dem Pflaster. Die Schar folgte der nun unbesetzten Mauer.

»Wo reiten wir hin?« Linos hielt sein Pferd an der Seite seines Vaters.

»Wir suchen das nächste Tor«, erklärte Bregar. »Siehst du, sie haben nicht genug Krieger, um den gesamten Wall zu besetzen. Sie haben sich nur dort aufgestellt, wo wir ankommen.«

Die Mauer war meilenlang. Schon seit einer Weile hatten sie keinen Bewaffneten mehr zwischen den Zinnen gesehen.

»Was tun wir, wenn sie alle Tore besetzt haben?«, fragte Linos.

»Dann werden wir die Pferde zurücklassen müssen.«

Sie gelangten zu einer kleinen Pforte, die nicht einmal von einem Turm oder einer Bastei geschützt wurde. Der Durchgang war kaum groß genug für die Pferde, aber die Mauer darüber war unbewacht.

»Ihr da!« Bregar winkte den Knechten. »Steigt hinüber und öffnet das Tor.«

Er führte die Ritter und die leicht bewaffneten Reiter ein wenig zurück, um einen besseren Winkel zur Mauerkrone zu haben. Zwei der Krieger spannten ihre Armbrust und hielten Ausschau, ob sich oben jemand zeigte. Die anderen wies Bregar an, die Speere bereitzuhalten.

Die Knechte nahmen Stricke und Haken vom Sattel und warfen sie über die Zinnen. Die meisten fielen wieder herab. Ein Seil fand Halt, und ein Knecht zog sich schwerfällig und schnaubend daran in die Höhe.

Ein anderer Kriegsknecht, ein Jüngling noch, schlüpfte kurzerhand aus seinem viel zu weiten Panzerhemd. Darunter kam eine schmale Gestalt zum Vorschein, die eher aussah wie ein Kind als wie ein Mann. Leichtfüßig sprang sie auf den Rücken ihres Pferdes und kletterte von da aus ohne jede Hilfe empor, Spalten und vorstehende Mauersteine nutzend.

Bregar kniff die Augen zusammen. »Wer ist das denn?«, fragte er.

»Niki«, antwortete Linos gedankenlos. Er stutzte, bekam rote Wangen und fügte hastig hinzu: »Ein, hm, Stallbursche.«

»Wer hat ihm Waffen gegeben? Er kann höchstens zwölf sein.«

»Vierzehn«, sagte Linos.

»Hat er das behauptet? Vermutlich einer von den Burschen, die dein Bruder ausbilden wollte.« Bregar schüttelte den Kopf, sagte aber nichts weiter.

Niki erreichte die Mauerkrone, ließ sich Seile zuwerfen und sicherte sie. Sie half den übrigen Knechten über den Wall, und alle verschwanden aus dem Blick.

Linos hielt den Atem an.

Kurz darauf vernahmen sie harte Schläge von jenseits der Pforte, dann ein Krachen. Die eisenbeschlagene Tür sprang auf.

»Der Riegel war mit Schlössern und Ketten gesichert«, sagte der vorderste Knecht. »Wir mussten sie aufsprengen.«

Bregar schob den Mann zur Seite und lenkte Lundar in den engen Durchgang. Der Hengst scheute. Mit der schweren Eisenschabracke passte er kaum durch die Öffnung. Ungeduldig zog Bregar die Zügel nach unten und legte seinem Ross die Hand auf den Kopf.

Nach und nach folgten alle anderen, und bald galoppierten sie auf der Innenseite der Mauer in die Richtung, aus der sie gekommen waren. Auf dem Hinweg waren sie einem breiten, unbebauten Streifen gefolgt; die Häuser der Stadt standen mindestens fünfzig Schritt vom Wall entfernt. An der Innenseite war er dichter bebaut, dennoch verlief auch hier eine freie Straße an der Mauer entlang. Manche der hohen Häuser reichten trotzdem bis an die Befestigung heran. Die Straße führte darunter hindurch wie durch einen Torbogen.

Die Männer schauten nach oben und behielten misstrauisch die Fenster im Auge, um zu sehen, ob dort Schützen standen.

Sie erreichten das Haupttor wieder, gerade als Giwion und seine Schar die Krone erstürmten. Kriegsknechte und Ritter stiegen über die Zinnen, mit Seilen und mit Leitern. Sie schossen Pfeile über den Wall und hielten die Verteidiger unten.

Als Bregar mit seinen Rittern herankam, warfen viele der fremden Kämpfer die Waffen fort und flohen. Andere versuchten, direkt vom Wehrgang auf die umliegenden Dächer zu springen.

Bregars Ritter verfolgten die Flüchtigen. Manch einen ritten sie nieder oder erschlugen ihn von hinten. Die gepanzerten Reiter krachten in den kleinen Trupp, der noch vor dem Torbogen Wache hielt. Sie überwältigten die bunte und schlecht bewaffnete Schar, dann führte Linos einige Knechte zum Tor, schob den Riegel hoch und ließ den Rest ihrer Männer hindurch.

Derweil stürmte Bregar mit dem Schwert in der Hand die

Treppe zum Wall hinauf. Ein Bursche in farbigem Rock und schief sitzendem Brustpanzer kam ihm entgegen. Er schwang sein Schwert wie eine Keule. Bregar wich dem Schlag aus, rammte den Gegner mit der gepanzerten Schulter und stieß ihn einfach von den Stufen.

Oben auf der Mauer war der Kampf fast vorüber.

Giwion kam mit einem blutigen Schwert in der Hand auf Bregar zu. Er atmete schwer, aber er grinste über das ganze Gesicht.

»Sie können nicht kämpfen, diese Städter«, sagte er. »Ich habe nur Knechte gesehen, keine Ritter. Bis zum Fest des Sieges ist der Krieg vorbei, und wir können wirklich einen Sieg feiern!«

Bregar sah sich um. Es war kein Gegner mehr in der Nähe. Endlich hatte er den erhöhten Ausblick auf die Stadt, den er sich so lange gewünscht hatte, und der Anblick war überwältigend.

Sein Blick ging über eine Masse von kleinen Gebäuden hinweg, die sich bis zum Horizont erstreckte. Türme und prachtvolle Bauten ragten auf – Bollwerke oder Adelshäuser, Verwaltungsgebäude oder Tempel für wer weiß welche Götter, oder auch nur einfache Wohngebäude, wer wusste das schon an diesem Ort?

Und mitten in dem Häusermeer, in gerader Linie nach Westen, vielleicht zwei Meilen entfernt, war eine Bresche durch die Stadt geschlagen. Bregar sah ein leichtes Glitzern auf dunklem Wasser. Der große Strom. Der Ragnat. Dahinter konnte Bregar noch weitere Mauern erkennen, noch höhere Bauwerke … die kaiserliche Insel mit dem Palast und der Zitadelle!

Bregar glaubte nicht, dass sie soeben gegen die Krieger dieser so genannten »Kaiserin« gekämpft hatten. Das war nur eine Handvoll Bürger gewesen, die versucht hatten, ihre

Stadt zu verteidigen. Die Kaiserin hatte die Vorstädte im Stich gelassen, aber ihre letzte Festung im Fluss würde sie gewiss halten.

Der Krieg, für den Bregar gekommen war, der stand ihm erst noch bevor.

Nessa von Erlingen wartete in der Vorhalle, als Lacan den Ratssaal verließ. Ihr blondes Haar mit dem rötlichen Schimmer war kunstvoll frisiert und hochgesteckt, und sie trug ein Kleid aus feinster Wolle in abgestuften Blautönen.

Er lächelte.

Sie kam auf ihn zu und sah erwartungsvoll zu ihm auf. »Konntest du den Rat überzeugen?«

Sein Lächeln nahm einen schmerzlichen Ausdruck an. »Teilweise. Sie haben mir die Erlaubnis erteilt, ein Heer anzuwerben. Aber ich muss es auf eigene Rechnung tun. Außerhalb der Stadt. Ich darf keine wehrfähigen Männer aus Meerbergen einziehen. Und ich muss das Heer auflösen, wenn es seine Aufgabe erfüllt hat. Ich muss mir den Befehl mit Hauptleuten teilen, die mir der Rat genehmigt.«

»Ach …« Nessa schnippte mit den Fingern. »Du hast jetzt deine Genehmigung. Alles Übrige wird sich finden. Du wärest überrascht, wenn du erfahren würdest, wie viele Bewaffnete in den Ländern ringsum umherstreifen, seit der Feldzug des Kanzlers so jäh endete. Söldner, die einen neuen Kontrakt suchen, und solche, die einfach nur ein Ärgernis darstellen …«

»Die als Räuber und Wegelagerer unterwegs sind«, ergänzte Lacan.

»Die man darum vielleicht schon anheuern kann mit der Aussicht, dass sie rechtmäßig Beute machen dürfen«, sagte Nessa nüchtern.

Lacan verzog das Gesicht.

»Außerdem haben wir auch mehr Ritter im Land als gewöhnlich«, fügte Nessa eilig hinzu. »Außer denen, die im Herbst bereits die Hauptstadt verlassen haben, sind jetzt noch die hinzugekommen, die mit dem Heer deines Vaters in den Süden kamen. Das waren nicht alles Freunde von Arnulf. Viele von ihnen waren froh, dass sie ihn los waren, und sie mochten auch nicht in die Hauptstadt zurück.«

»Dann werden sie sich freuen, wenn sie nun dem Sohn des Kanzlers wieder in den Norden folgen dürfen«, erwiderte Lacan sarkastisch.

Nessa hakte ihn unter und führte ihn zur Tür. »Lass mich nur machen«, sagte sie. »Du weißt, ich habe gute Verbindungen zu den Edlen, die vom Kaiserhof geflohen sind. Es ist an der Zeit, dass meine Base Otilde ihre Nützlichkeit erweist. Außerdem werde ich mich in der Stadt nach privaten Geldgebern umhören. Selbst wenn sie den Stadtsäckel nicht für dich öffnen wollen, so gibt es doch gewiss eine Menge Kaufleute, die gerne unter der Hand dazu beitragen, dass nicht die Ritter aus dem Osten die künftigen Geschäfte des Reiches bestimmen.

Du wirst sehen, wir haben im Nu ein Heer zusammen, mit dem wir uns im Norden blicken lassen können.«

Die Steppe war heiß und trocken, so als hätte der dunkle Pfad am Fuß der Berge Hragaud und sein Heer geradenwegs in eine andere Welt geführt. Er hatte schließlich Halt machen lassen und ein festes Lager errichtet – innerhalb eines niedrigen Erdwalls erhoben sich überall große und kleine Zelte wie bunte Tupfer im hohen braunen Gras, und die Männer dort warteten, dass die Kundschafter zurückkehrten und ihnen ein Ziel wiesen.

An diesem Tag stand Hragaud in voller Rüstung mit vielen seiner Ritter in der grellen Sonne bei der Mittagsandacht, und der Schweiß lief ihm in Strömen über den Körper. Der Priester sprach seine Gebete im Schatten eines Baldachins. Die meisten der Ritter vertrauten auf die Sicherheit des Lagers und trugen nur ein leichtes Gewand mit Wappenrock und gegürtetem Schwert.

Hragaud hörte die Wörter der Predigt so unscharf wie ein Rauschen in den Ohren und wartete nur darauf, dass es endlich vorüberging.

Reiter patrouillierten um das Lager, doch die Hauptlast der Arbeit, als Wachen und als Kundschafter, trugen in diesen Tagen die Hirten aus den Bergen. Sie machten sich nützlich, so viel musste er widerstrebend eingestehen. Sie bewegten sich auch ohne Pferde schnell und ausdauernd in dem Gelände, und sie konnten im hohen Gras untertauchen und waren kaum zu sehen.

Dennoch wurde Hragaud von Zweifeln geplagt, ob er sich nicht allzu sehr auf die Grôta verließ. Er hatte seine Späher in alle Richtungen geschickt, aber bislang hatte keiner von ihnen eines der Ungeheuer gesehen, um derentwillen sie gekommen waren.

Der Priester sprach vom Segen Bponurs. Hragaud wischte sich den Schweiß aus dem Gesicht. Bponur wollte ihn wohl eher vom Himmel her verbrennen! Vielleicht war das eine göttliche Botschaft.

Hragaud fragte sich, ob sein Unterfangen wirklich gottgefällig war oder nicht doch eine riesige Dummheit. Was, wenn die Ungeheuer der Steppe bloß eine Legende waren und sein ganzer Zug sich im Nichts verlor? Es war schon schwierig genug, in diesem Land genug Wasser für die wenigen Tiere zu finden, die sie bei sich hatten. Ohne das Gespür der Grôta für die spärlichen Rinnsale und Wasserlöcher hätten die Fässer, die der Tross mitführte, nicht ausgereicht.

Vielleicht waren seine Feinde auch einfach entflohen, entzogen sich ihm in den Weiten des Landes. Mit seinen paar Reitern würde er sie kaum einholen können.

Geduld, ermahnte Hragaud sich.

Es war noch zu früh. Im Westen konnte er am Horizont immer noch die Berge sehen, von denen sie gekommen waren. Der Feldzug stand erst am Anfang. Er musste das Heer einfach weiter nach Osten bewegen, und irgendwann würden seine Patrouillen die Kreaturen Gotors aufspüren. Bponur würde ihm gewogen sein. Er konnte unmöglich all die gläubigen Männer im Stich lassen, die sich dieser Unternehmung angeschlossen hatten!

Als der Priester zum Schlusswort kam, erwog Hragaud, den Panzer abzulegen. Doch er traute diesem Land nicht. Eigentümliche Insekten zirpten im Gras, und vor dem Lager regten sich mitunter die Halme, als schliche etwas Großes dort umher. Er fühlte sich verpflichtet, zumindest den Tag über wachsam zu bleiben und jederzeit auf alles vorbereitet …

»Herr! Herr!« Madivan lief auf ihn zu. »Die Feinde!«

Hragaud fuhr herum. Eine Woge von Kraft durchfuhr ihn wie ein Blitz aus seinem Inneren, und die Benommenheit, die ihn bisher eingehüllt hatte, war wie weggeblasen. Um ihn her griffen die Ritter nach den Schwertern. Die letzten Worte des Priesters gingen in der Unruhe unter.

Eine Schar von Grôta folgte Hragauds Knappen. Sie bewegten sich geschmeidig, jedoch ohne Hast. Nichts deutete darauf hin, dass die Dämonen Gotors in diesem Augenblick über ihr Lager herfallen würden, und Hragaud entspannte sich ein wenig.

Der Anführer der Berghirten hob zum Gruß eine Hand an die Brust.

»Wir haben die Verbrannten gefunden, Ritter«, begann er ohne Umschweife.

Die Männer ringsum murmelten. Hragauds Augen blitzten auf. »Die Verbrannten« – so nannten die Bewohner der Berge die Ungeheuer dieses Landes!

»Wie viele?«, fragte er. »Und wo?«

»Überall.« Der Anführer des Spähtrupps wies in das Land hinaus, ungefähr in nordöstliche Richtung. »Wir haben sie noch nie so zahlreich gesehen. Unsere Jäger haben viele Trupps beobachtet. Sie sammeln sich. Sie streben alle auf einen Berg zu. Etwa vier Tage entfernt für einen schnellen Läufer.«

Schwer und dunkel wälzte sich der Fluss unter dem grauen Himmel nach Süden. Die Reste der Marmorbrücke endeten wie eine Rampe über dem Wasser. Die Lücke bis zur anderen Seite maß wenigstens zweihundert Schritt, und nur ein paar Brückenpfeiler ragten noch aus den Fluten hervor wie abgebrochene Zahnstümpfe.

Die Kundschafter hatten gemeldet, dass die Verteidiger beide Brücken, die zur kaiserlichen Insel führten, einfach abgerissen hatten. Aber Bregar hatte sich selbst davon überzeugen wollen.

Nun stand er auf den Überresten des Bauwerks, und beim Blick in den Strom, der zwanzig Schritt unter seinen Füßen dahinfloss, wurde ihm schwindelig.

»Vater«, sagte Linos, der eine halbe Pferdelänge hinter ihm wartete. »Wir sollten uns zurückziehen. Die Kante ist nicht sicher.«

Hier, wo Bregar und seine Begleiter standen, hatte einst ein Brückenbogen seinen Anfang genommen. Doch nun war alles eingestürzt, auch wenn im Fluss keine Spuren von den schweren Quadersteinen zu sehen waren, die dort hineingefallen sein mussten.

Bregar hob den Kopf und blickte zur anderen Seite. Er

sah eine ähnliche Abbruchkante und einen weiteren Brückenrest, der an einem geschlossenen Tor endete. Mehrere Mauerringe und Türme erhoben sich darüber – die Zitadelle der Kaiserin.

Weiter nach Süden hin setzte sich die Mauer niedriger fort, und an manchen Stellen ragte sie aus dem Wasser auf, als wäre die Insel ein Schiff, das im Fluss schwamm. Anderswo gab es schmale Uferstreifen vor der Befestigung, die vermutlich bei Hochwasser überflutet waren.

Bregar sah ein paar Helme hinter den Zinnen der Festung. Die Krieger der Kaiserin patrouillierten auf den Wällen, aber niemand zeigte eine Reaktion auf das Herannahen des Heeres aus dem Osten.

Bregar lenkte sein Pferd zurück.

Als er wieder auf festem Boden stand, wandte er sich seinem Stab zu.

»Schickt einen Herold auf die Brücke. Mit Trompetern. Wir wollen der Kaiserin unsere Herausforderung bekannt machen und ihr anbieten, eine Zeit und einen Ort für die Schlacht auszuhandeln.«

Marschall Eudoxios schnaubte. »Wenn sie bis jetzt noch nicht bemerkt hat, dass wir an ihrer Schwelle stehen, dann werden Trompeten auch keinen Unterschied machen.«

»Natürlich hat sie es bemerkt«, warf Großmeister an Ferriac ein. »Sie hat nur beschlossen, sich hinter ihren Mauern zu verkriechen. Und was tun wir jetzt?«

»Es ist ohne Bedeutung, wie die Kaiserin uns entgegentritt«, erwiderte Bregar. »Dieser Krieg ist ein Gottesurteil über die rechte Herrschaft im Reich. Meint Ihr, vor Bponur kann man sich hinter einer Mauer verkriechen?«

Er wandte sich zur Uferstraße in den Süden. Sein Blick schweifte über die Anlagen am Fluss, die Märkte, die Anlegestellen. In weiter Ferne erkannte er die Überreste der zweiten, noch größeren Brücke, die gleichfalls eingerissen worden war.

»Wir werden dort angreifen«, verkündete er, »und die Mauern der gottlosen Kaiserin erstürmen, sobald wir zum Angriff bereit sind. Aber vorher werden wir diese Herausforderung überbringen und ihr eine Gelegenheit geben, den Kampf in der rechten Weise anzunehmen.

Die Kaiserin mag tun, was sie will. Doch niemand soll uns nachsagen, dass wir der Ehre nicht Genüge getan hätten.«

Die Nacht war hereingebrochen. Ein bleicher Halbmond schwebte über den Ebenen westlich des Amradim. Die knorrigen Büsche und die krummen Bäume warfen Schatten über das Heideland und glichen bizarren Gestalten, die in der Dunkelheit lauerten.

Ein kühler Wind blies Marin ins Gesicht, als er auf die Hügelkuppe trat.

In der Ferne sah er Lichter. Ein großes Feuer brannte dort auf einem Hügel. Trotz des Abstands trug der Wind Stimmfetzen an Marins Ohr, ausgelassene Rufe und laute Lieder.

Taban und Erez tauchten an der Seite ihres Generals auf. Marin sah sich kurz zu ihnen um und zuckte zusammen, als er die Ponys am Fuße der Anhöhe schnauben hörte. Aber der Feind war weit entfernt, und der Hügel schirmte ihn von den Tieren ab.

Kaum vorstellbar, dass die Ritter neben dem Lärm, den sie selbst veranstalteten, noch etwas anderes wahrnahmen. Trotzdem sprachen die Männer des Mahdi leise.

»Sie feiern«, stellte Taban fest. »Sie feiern den Tod unserer Freunde.«

»Ein guter Grund, um zu feiern«, sagte Erez. »Hari und die Seinen sind nun in Bponurs Hallen. Sie haben ihr Leben im Dienste unseres Gottes gegeben.«

»Dennoch«, murmelte Taban grimmig. »Dennoch …«

Marin sagte nichts. Er beobachtete die Ritter und ihre Knechte, die auf dem fernen Hügel ihr Lager aufgeschlagen hatten. Er konnte verstehen, was seine beiden Begleiter empfanden. Doch davon durften sie sich nicht ablenken lassen. Nicht von dem Wunsch nach Rache, nicht von dem Gedanken, was sie im Jenseits erwarten mochte.

Ihre Aufgabe in dieser Welt war noch nicht getan.

»Ich frage mich«, sagte Marin leise, »ob sie überhaupt Wachen aufgestellt haben.«

Die Ritter feierten ihren Sieg über das Dutzend Krieger, das Marin zur Ablenkung zurückgelassen hatte. Sie hatten ein Feuer entzündet, das man meilenweit sah – mitten im Land des Mahdi. Sie tranken.

Sie waren sorglos und voller Hochmut. Marin dachte ernsthaft darüber nach, seine verbliebenen Kämpfer zu sammeln, sie zum Lager der Ritter zu führen und über diese herzufallen, wenn sie im Morgengrauen betrunken eingeschlafen waren. Wenn seine Männer sich unbemerkt anschleichen konnten, wäre es ein Kinderspiel …

Marin schüttelte den Kopf. »Es ist das Risiko nicht wert«, flüsterte er.

»Was?« Taban sah ihn an.

»Ich habe nachgedacht«, sagte Marin. »Diese Ritter sind unvorsichtig. Sie reiten über das Land unseres Herrn, als wäre es ihr eigenes.

Menes ist mit fünfzig Kriegern von Zomer aufgebrochen. Er muss hier in der Nähe sein. Ich habe mir überlegt, wenn wir unsere Schar mit Menes' Kriegern vereinen, dann sollte es uns leichtfallen, diese überheblichen Ritter in eine Falle zu locken.«

6. KAPITEL

Drei Tage vor dem Mittag des Juni
im 21. Jahr der Krönung von Agos I.
(7. Juni 963 nach Horomischer Zeitrechnung)

Horome, am Flussufer gegenüber der kaiserlichen Insel

Bregar hatte seinen Kommandoposten auf dem Platz vor der Marktbrücke aufgeschlagen, in einem wuchtigen alten Verwaltungsgebäude, das am Rand der freien Fläche aufragte. Vom dritten Obergeschoss aus hatte man einen guten Blick über die Mauer und hinaus auf den Fluss und die Insel.

Die Überreste der zerstörten Brücke, die nur wenige Hundert Schritt entfernt lagen, waren selbst so groß wie ein Dorf. Einst war die Marktbrücke eine Prachtstraße gewesen, zu beiden Seiten gesäumt von mehrstöckigen Häusern, in denen die wohlhabendsten Händler und Handwerker der Stadt ihren Sitz hatten. Wie bei der kleineren Marmorbrücke im Norden war der Mittelteil des Bauwerks eingerissen worden. Auf dem Stumpf, der am Ufer geblieben war, standen ein halbes Dutzend Gebäude unversehrt, hinzu kamen ein paar Ruinen mit teilweise eingestürzten Mauern am Rand.

Diese Bauten boten einen besseren Blick auf die bevorstehende Schlacht. Aber Bregar erinnerte sich gut an den Augenblick auf der Marmorbrücke, und er traute der Festigkeit nicht. Die Brücke war einsturzgefährdet, das Wasser gurgelte darunter hindurch, und die Stellung war viel zu ausgesetzt.

Darum hatte er diesen Standort an Land gewählt, mit festem Boden unter den Füßen und einem alten Mauerwerk aus ockerfarbenen Quadersteinen, die so unerschütterlich gefügt waren wie ein Festungswall. Genau genommen wirkten sie sogar stabiler als die eigentliche Flussmauer, die größtenteils aus rotem Ziegel bestand. Einst waren hier vermutlich die Verwaltung und die Wache für den Marktbetrieb stationiert gewesen. Aber Bregar hatte die Räumlichkeiten vor fünf Tagen schon verlassen und geplündert vorgefunden, und inzwischen waren auch die letzten Zivilisten aus der Umgebung vertrieben.

Der Marktplatz zu seinen Füßen glich einem Heerlager, und in den Bauwerken auf der Brücke hatte Bregar einen vorgelagerten Spähposten untergebracht. Von Boten abgesehen, die regelmäßig in dem Gebäude ein und aus gingen, herrschte erstaunliche Ruhe in diesen späten Vormittagsstunden. Die Stimmen in der Halle waren gedämpft, die Komture und Marschälle der Orden standen gedankenvoll über große Karten gebeugt und schoben Steine, Figuren und Holzscheiben darauf herum.

Bregar sah Linos an einem der großen Fenster stehen. Der Junge wippte auf den Zehenspitzen und versuchte, einen Blick auf die aufmarschierenden Truppen zu erhaschen. »Ich sehe nichts«, verkündete er. »Ich dachte, sie rücken aus.«

Bregar trat an neben ihn. Er hielt eine Handbreit Abstand zu seinem Sohn, denn jetzt war nicht der Augenblick für Vertraulichkeit. Vor ihm lagen der Platz, die Auffahrt zur Brücke, die Flussmauer. Dahinter der breite Strom und dann die schwer befestigte kaiserliche Insel – ihr Ziel für diesen Tag.

»Die Truppen sammeln sich am Ufer«, erklärte Bregar. Er widerstand der Versuchung, sich ebenfalls auf die Zehenspitzen zu stellen. »Im Schatten der Mauer und der Brücke. Wir werden sie sehen, wenn die Boote ablegen und auf den Fluss hinausfahren.«

In den letzten Tagen hatten sie alles gesammelt, was sie für die Überquerung des großen Stroms hatten finden können. Die Kaiserin hatte nicht nur die Brücken zerstören lassen. Auch die Fährschiffe, die in besseren Tagen über das Gewässer übersetzten, waren verschwunden, genau wie die Fischerboote, die regelmäßig an den Anlegestellen unterhalb des Marktplatzes und in dem Hafen weiter im Süden festmachten.

Aber Bregar hatte Boote in den Dörfern flussaufwärts und flussabwärts beschlagnahmt, er hatte Kähne gefunden, die man in Schuppen am Ufer vergessen hatte, und aus Türen und aus dem Bauholz der Stadt hatte er Flöße zimmern lassen. Es war eine abgerissen anmutende Flotte, die er am Flussufer sammelte. Doch insgesamt reichten die Gefährte aus, um zweitausend Mann auf die Insel bringen.

Marschall Eudoxios trat neben ihn, und Linos machte respektvoll Platz. Eudoxios runzelte besorgt die Stirn. »Der Plan gefällt mir nicht. Wir verlieren zu viele Männer.«

»Das habt Ihr bereits gesagt, Marschall.« Bregar sprach ruhig und legte nur einen Hauch von Ungeduld in seine Stimme. »Aber es ist nicht von Belang. Wenn die Kaiserin gestürzt und ihre Insel in der Hand des Königs ist, werden ihre Ritter uns folgen. Es spielt keine Rolle, wie viele Knechte wir beim Sturm verlieren. Ein Sieg an dieser Stelle wird uns fähigere Männer bringen, mit denen wir den Rest des Westens niederringen können.«

»Da!« Linos wies an dem Marschall vorbei auf den Fluss.

Ein Boot tauchte dort auf – ein Boot mit Mast und Segel. Es war gedrängt voll mit Kriegern. Gestalten in eisenbeschlagenem Lederpanzer klammerten sich an die Reling oder kauerten dort angstvoll, während das Schiff schaukelte und in der Strömung schlingerte.

Immer mehr Gefährte folgten – Nachen und Ruderboote, ein paar Kutter und unzählige Flöße aus vertäuten Brettern und Fässern. Bald war das Wasser schwarz von den Kämpfern, die mit der Strömung nach Süden drifteten wie Treibgut.

Bregar hatte das miteinberechnet. Ein Großteil des Heeres legte von einem morastigen Uferstreifen ab, der fast eine Meile weit im Norden lag. Das Ziel der Truppen war ein Streifen Ackerland an der Südspitze der Insel. Dort konnte das Heer unbehelligt an Land gehen und sich vor den angrenzenden Wällen sammeln.

Wenn die kaiserlichen Gardisten sich aus den Mauern wagten und versuchten, die bewaffneten Knechte am Ufer abzufangen – umso besser. Eudoxios hatte recht, das würde ein verlustreicher Kampf werden. Aber am Ende würde die Erstürmung des unbefestigten Ufers immer noch leichter fallen als das Anrennen gegen die Wälle, und Bregar ging davon aus, dass er sich die Verluste eher leisten konnte als die Kaiserin.

»Wie Ameisen in einem Bach«, bemerkte Eudoxios.

»Mag sein«, entgegnete Bregar. »Doch habt Ihr jemals erlebt, wie unaufhaltsam ein Heer von Ameisen ist?«

Eudoxios rümpfte die Nase. »Ameisen, fürwahr! Fußknechte aus den Dörfern, das niederste Kriegsvolk. Nur eine Handvoll Ritter als Anführer. Die Kämpen der Kaiserin werden sie zertreten.«

»Die Kaiserin hat nur noch eine letzte Legion, soweit wir gehört haben. Tausend Mann – und nach dem Bürgerkrieg im Westen dürften es noch weniger sein.«

»Sie hat Ritter bei Hofe«, wandte Eudoxios ein. »Und eine ganze Stadt, um Knechte auszuheben.«

Bregar wies aus dem Fenster. »Ihr habt diese Stadt gesehen, Eudoxios.« Er schüttelte den Kopf. »Ich habe Geschichten gehört über Horome. Ein gottloser Sündenpfuhl … Wenn auch nur ein Körnchen Wahrheit in all den Geschichten steckt, dann ist es erschreckend, wie schnell die Kaiserin ihre Metropole zugrunde gerichtet hat.

Sie wird kaum noch Knechte finden, die für sie kämpfen. Womöglich wurde sie auf ihrer Insel schon belagert, bevor wir gekommen sind – belagert von einer Stadt, die ihren Herren fremd geworden ist. Ihr habt es selbst bemerkt, als wir gekommen sind, Marschall: Wir befreien diesen Ort.

Wir erlösen ihn.

Ihr solltet mit mehr Glauben bei der Sache sein!«

Einen Augenblick lang verfolgten sie schweigend den Aufmarsch am Fluss. Die übrigen Würdenträger im Saal versammelten sich an den anderen Fenstern und sahen zu, wie die Flotille langsam südwärts den Strom hinuntertrieb. Eine Handvoll eifriger Knappen eilte weiterhin zwischen den Fenstern und den Tischen in der Mitte des Raumes hin und her, wo sie die Markierungen anpassten und auf den neusten Stand brachten.

Vereinzelte Pfeile wurden von der Festung auf der Insel auf die Boote abgeschossen. Ein paar der Knechte hatten Armbrust und Bogen dabei und erwiderten den Beschuss. Unsicher bewegten sie sich auf den Decks, und kaum ein Geschoss erreichte überhaupt die Mauern. Beide Seiten stellten das Schießen bald ein, und die Verteidiger schienen sich erstaunlich wenig um das Heer zu kümmern, das da unter ihren Wällen vorübertrieb.

Schon kamen die ersten Gefährte an den Trümmern der zerstörten Marktbrücke vorbei. Die verbliebenen Brückenpfeiler mussten für die schwachen Wasserfahrzeuge und deren ungeübte Besatzung eine tödliche Bedrohung darstellen. Aber die Häuser, die am Rand noch standen, machten diese Stelle besonders schlecht einsehbar. Die Beobachter in dem Marktgebäude bekamen wenig davon mit, wie das vorrückende Heer um das Hindernis herummanövrierte.

Ein Bote eilte herein. Bregar erkannte an dessen Wappenrock, dass er zu der Abordnung am südlichen Handelshafen gehörte.

»Keine Bewegung auf den Feldern gegenüber«, meldete der Mann atemlos. »Die Kaiserlichen kommen nicht aus den Mauern heraus.«

Bregar nickte. Wenn die Truppen der Kaiserin das Anlanden verhindern wollten, war es fast schon zu spät. Die vordersten Nachen hielten bereits auf das Ufer zu. Die Tatenlosigkeit der Belagerten bestätigte nur, was Bregar ohnehin über die Schwäche der Verteidigung erwartet hatte.

Linos konnte sich nicht länger zurückhalten. »Können unsere Männer diese Festung überhaupt stürmen?«

Bregar wandte sich vom Fenster weg und sah seinen Sohn an.

»Das müssen sie nicht«, sagte er nach einer Weile. »Sie müssen nur stark genug sein, um die Stellung zu halten und für eine Ablenkung zu sorgen. Der Sieg hängt nicht von diesen Knechten ab. Dafür habe ich eine fähigere Schar ausgeschickt, der das Heer nur als Deckung dient.«

Giwion von Saale hielt Ausschau vom Bug seines Bootes. Der Wind blies ihm ins Gesicht. Sie hatten das Segel gegen den Wind gestellt, sodass sich die Fahrt des Bootes verlangsamte und sie auf die Insel zugeschoben wurden. Giwions Boot war eines der besseren bei diesem Unterfangen – vor allem eines, das wendiger war als die Vielzahl der kleinen Flöße.

Er drehte sich um. Omeiros an Gwafur, ein weiterer Ritter seines Stoßtrupps, klammerte sich am Mast fest. Die kurzen, schwarzen Locken klebten dem jungen Mann an der Stirn, und er sah blass aus. Der Umhang über seiner Schulter war verrutscht, das Kettenhemd darunter glitzerte im Schein der schwachen Morgensonne.

»Zieh den Mantel über die Rüstung!«, rief Giwion ihm zu.

»Hm?« Omeiros blickte in dessen Richtung.

Giwion zupfte an dem eigenen abgewetzten Umhang, der die Brünne verbarg.

Omeiros zog den Mantel zurecht. »Ich sehe nicht ein, warum wir uns verstecken müssen«, widersprach er. »Da sind genug Ritter in den Booten, sodass wir nicht auffallen.«

»Ja, aber wir sind die Einzigen, die vorzeitig aussteigen«, wandte Giwion ein. »Es ist wichtig, dass niemand uns besondere Aufmerksamkeit schenkt.«

Er blickte wieder nach vorn. Überall um sie herum trieben weitere Gefährte mit Kriegsknechten, die sich darauf festklammerten. Die Oberfläche des großen Flusses wirkte trügerisch ruhig. Die Strömung und die tückischen Strudel konnte man nur spüren. Die zerstörte Brücke kam rasch näher.

»Halte nach Westen«, rief Giwion dem Steuermann zu. »Wir haben nicht so viel Zeit wie die anderen.«

»Ja, ja«, knurrte der Knecht am Ruder.

Das Boot krängte leicht.

Die ersten Schiffe vor ihnen fuhren nun zwischen den Überresten der Brücke hindurch. Die mächtigen Pfeiler ragten aus dem Wasser, der Strom brach sich daran wie eine Bugwelle. Aber Giwion sah noch mehr. Trümmer lagen unter der Oberfläche, riesige Steinbrocken, die der Ragnat nicht hatte forttragen können, als die Brücke eingestürzt war. An diesen gefährlichen Riffen schäumte das Wasser weiß empor.

Die Führer eines Floßes vor ihnen bemerkten das Hindernis zu spät, und sie ruderten verzweifelt. Ihr Gefährt kreiselte, geriet in die Nähe eines Pfeilers und wurde dann von einer Seitenströmung machtvoll zurückgeschoben. Das Floß trieb auf die Brückenteile zu, und die scharfkantigen Steinblöcke rissen das Holz und die Fässer auseinander. Die

Männer stürzten in den Strom, sie ruderten mit den Armen, wurden mitgerissen und unter Wasser gezogen.

Ein Mann bekam einen der Pfeiler zu fassen. Er klammerte sich daran fest, kletterte ein Stück an dem schlüpfrigen Mauerwerk hinauf. Er rief um Hilfe und presste sich an den Stein. Giwion konnte sehen, wie er gegen das Abrutschen kämpfte.

»He!« Er wies auf den Schiffbrüchigen. »Wir müssen dorthin! Wir müssen ihn holen!«

»Was denn nun?«, knurrte der Knecht am Steuer. »Zur Insel oder wieder auf den Fluss raus?«

»Vergiss es, Giwion«, rief Omeiros. »Wenn wir den Abstecher machen, schaffen wir es nicht rechtzeitig zum Anlegeplatz.«

Giwion biss die Zähne aufeinander. Er musste zugeben, die beiden hatten recht. Das Ziel seines Stoßtrupps war es, auf der kaiserlichen Insel an Land zu gehen – aber nicht an der Südspitze, wie der Rest des Heeres, sondern auf Höhe der Marktbrücke. Dort, wo die Überbleibsel der Brücke auf der Inselseite ihnen Deckung und Sichtschutz boten.

Bregar, der Feldherr, hatte Wissen über die Stadt gesammelt. Es gab ein ganzes Netz von Kanälen unter der Stadt und unter der Inselfestung. Im Schatten der Marktbrücke musste es einen Zugang geben. Giwion und dessen Männer sollten dort hineinschleichen, einen Ausgang hinter den Festungsmauern suchen und dann einen Weg zum Tor an der Südseite.

Dort würden sie ihren Truppen den Weg freimachen, und wenn sich der Kampf erst ins Innere der Festung verlagerte, konnten die am Ufer verbliebenen Ritter nachgeholt werden und die Entscheidung bringen.

Giwion wandte die Augen von dem Mann an dem Pfeiler ab. Viele Boote und Flöße, die zu nah an die Pfeiler getrieben wurden, zerschellten oder kenterten in der unruhigen Strömung des Ragnat.

Giwion sah Männer, die ertranken, und weitere, die gerettet wurden.

Er musste sich auf seine Aufgabe konzentrieren, und wenn es gut ging, dann war er der Ritter, der diesen Krieg gewann …

Obwohl Giwion versuchte, alles Übrige auszublenden, spürte er, dass hinter ihm etwas vor sich ging. Die Rufe über dem Fluss veränderten sich. Selbst die Luft schien mit einem Mal eine andere Beschaffenheit zu gewinnen, fühlte sich von einem Moment auf den anderen drückender an.

Giwion fuhr herum.

Als Erstes sah er Omeiros, die Finger um den Mast gekrampft, sodass die Adern an der Hand scharf hervortraten. Er war nicht mehr nur blass, er war kreidebleich geworden.

Giwion folgte dem Blick seines Gefährten über die Flotille aus Flößen und Booten hinweg und flussaufwärts.

Etwas bog um die Nordspitze der Insel, noch so weit entfernt, dass es fast trügerisch klein aussah.

Es waren zwei gewaltige Schiffe. Leviathane, die in diesem Fluss gänzlich fehl am Platz wirkten. Vom Bug bis zum Heck maßen sie mindestens dreißig Mannslängen, die Bordwände ragten auf wie Festungsmauern, und vorn und hinten erhoben sich die Aufbauten wie Türme. Die Ruder, die aus der Ferne so schlank aussahen und die so geschmeidig durch das Wasser glitten, mussten dick sein wie Baumstämme.

Die beiden Kriegsschiffe pflügten auf die bunt gemischte Flotte der Angreifer zu wie Drachen auf eine Herde Schafe. Die Seitenwände glänzten nass und schwarz – kein Holz, sondern Metall. Der gezackte Rammsporn, der sich bei jedem Wellengang aus den Fluten hob, war größer als das Boot, in dem Giwion saß.

»Oh Gott«, stieß Omeiros hervor. »Oh Gott. Bponur hilf!«

»Galeassen!« Das Wort stieg in Giwions Gedächtnis auf und kam über seine Lippen, noch bevor er die Bedeutung richtig verstanden hatte. Er hatte von diesen Schiffen gehört. »Aber nicht hier«, murmelte er. »Nicht hier. Das kann nicht sein.«

So gewaltig diese Kriegsschiffe auch waren, sie bewegten sich erschreckend schnell. Schon hatten sie die letzten Kähne der angreifenden Flotte eingeholt. Die Galeassen fuhren dazwischen, ohne langsamer zu werden. Die Ruder zertrümmerten Flöße und Fischerboote und gerieten nicht einmal aus dem Takt dabei.

Das riss Giwion aus seiner Betäubung. »Rasch!«, schrie er. »Wir müssen an Land!«

Der Steuermann war unwillkürlich nach Osten ausgewichen, dem Ufer zu, von dem sie gekommen waren. Aber das war viel zu weit entfernt.

»Auf die Insel«, befahl Giwion.

»Was soll das?«, rief Omeiros. »Wir müssen umkehren. Solange diese Ungeheuer auf dem Wasser kreuzen, bekommen wir nie genug Krieger auf die Insel, um etwas auszurichten. Wenn wir dennoch dort an Land gehen, sind wir abgeschnitten.«

»Wir müssen auf die Insel, sonst erwischen sie uns auf dem Wasser«, gab Giwion zurück. »Es ist zu spät, um das andere Ufer zu erreichen.«

Das Boot schlingerte zwischen den Trümmern der Brücke. Die Soldaten bei den Rittern schrien auf. Einer der Schiffer zerrte hastig an den Tauen des Segels und brachte sie wieder auf Kurs.

Sie hatten den richtigen Zeitpunkt verpasst. Sie trieben an der zerstörten Brücke vorüber und verloren damit auch ihre

Deckung. Bis dahin war es auf den Mauern der Insel ruhig geblieben. Doch jetzt gingen die Bogenschützen in Stellung. Sie beschossen die Boote, die in die Nähe der Insel kamen, genau wie die Männer, die bereits im Wasser trieben und versuchten, dort an Land zu gehen.

»Dreht das Boot in den Wind«, rief Giwion. »Wir müssen zurück unter den Brückenbogen. Wir brauchen den Schutz.«

Der Steuermann kämpfte verzweifelt.

Pfeile schlugen in das Boot, in den Mast. Einer traf Omeiros an der Schulter und prallte vom Kettenhemd ab. Ein paar der schlechter geschützten Kriegsknechte stürzten schreiend über Bord oder kauerten sich stöhnend zwischen ihre Gefährten. Die Krieger am Rand hoben die Schilde und versuchten, die anderen zu schützen.

Das Boot drehte sich, der Wind füllte das Segel.

Giwion dankte Bponur, dass sie ein wendiges Schiff hatten und der Strömung des Ragnat trotzen konnten. Einige der Männer nahmen die Ruder und halfen mit, und langsam fuhren sie wieder in den Schatten der breiten Brücke – unter den Bereich, der auf der Inselseite noch stand.

Plötzlich geriet das Boot in einen Strudel, und es wurde auf den nächsten Pfeiler zugetrieben. Der Steuermann stieß einen erschrockenen Laut aus und lenkte dagegen. Etwas schabte am Kiel. Das Boot drehte sich, der Strom erfasste es von der Seite, der Wind riss ab – und sie kenterten!

Giwion schrie auf. Seine Hände suchten Halt, doch sie glitten am nassen Holz der Bordwand ab.

Rings um ihn stürzten Männer ins Wasser. Giwion sah Omeiros fallen, mit rudernden Armen. Er landete im Fluss. Ihre Blicke begegneten sich. Giwion las in den Augen seines Kampfgefährten einen Hilferuf, der diesem jedoch nicht mehr über die Lippen kam.

Ein kurzer Augenblick, und das Gewicht des Kettenpanzers zog den Ritter in die Tiefe. »Bponurs Gnade«, hauchte Giwion.

Dann stürzte er selbst in die Fluten.

Die Dämonen der östlichen Steppen, die unheiligen Kreaturen, die Hragaud mit seinem Feldzug vom Antlitz der Erde tilgen wollte – sie hatten am Fuß eines Hügels Stellung bezogen. Der Boden davor war karg und steinig. Hinter dem Hügel und an einer Flanke war das Gelände rauer, durchzogen von Anhöhen und zerklüftet; weiter nach Osten stand das Gras übermannshoch.

»Du siehst, was ich sehe?«, fragte Aldheide.

Hragaud nickte. Er kniff die Augen zusammen und spähte über die Massen des Fußvolks hinweg, die zwischen den Rittern und dem Feind aufmarschiert waren.

Er hatte nicht gewusst, was ihn hier erwartete. Er war Legenden gefolgt, die von einem Feind erzählten, der nichts Menschliches an sich hatte. Auf dem Anmarsch zum Schlachtfeld hatte er die Berichte der Kundschafter empfangen, die zumeist Grôta waren und ihre eigenen Begriffe gebrauchten. Er hatte erfahren, wo der Feind sich sammelte, und eine vage Vorstellung von dessen Stärke bekommen.

Aber erst jetzt, wo die beiden Heere sich gegenüberstanden, erfuhr er wirklich, womit er es zu tun hatte.

»Wer hätte das gedacht.« Hragaud nickte seinem alten Kampfgefährten zu und versuchte sich an einem Lächeln. »Da zieht man ans andere Ende der Welt, und was findet man? Einen altbekannten Gegner.«

Die Verbrannten – so pflegten die Grôta ihren Feind zu nennen. Nichts konnte zutreffender sein. Hragaud hatte diesen Kreaturen schon einmal gegenübergestanden, während seiner Dienstzeit im Schwarzen Gebirge an der westlichen Grenze des Omukchar.

Trolle, so nannten die Menschen aus dem Reich diese Wesen. Ein grobschlächtiges Volk, das nur selten seine Höhlen in den Bergen verließ. Die Ritter auf dem Sternenstein hatten sie gejagt wie alle anderen Ungeheuer des Gebirges; obwohl Trolle auf den ersten Blick kaum wie Ungeheuer wirkten.

Der gewöhnliche Troll hatte eine blaue Haut, war von großer Statur, mitunter plump, oft auch schlank. Er trug Waffen, er hatte eine Sprache, er war stolz und derb, aber nicht ohne Verstand – fast konnte man seine dämonische Natur vergessen, wenn man ihm gegenüberstand.

Doch es gab noch eine andere Art. Bösartig, rasend, wahnsinnig. Überzogen mit einem grauen Panzer, der bei jeder Bewegung aufbrach und diese Geschöpfe vor Schmerzen brüllen ließ. Die grauen Trolle fertigten keine Kleidung, sie besaßen keine Waffen außer denen, die sie aus der Natur nehmen konnten: Steine, Keulen oder Stöcke.

Die grauen Trolle, so hieß es unter den Gelehrten, waren solche, die ihre Höhlen zu leichtfertig verließen und ins Sonnenlicht gerieten. Bponurs Licht tötete sie dann, oder es ließ ihre wahre Natur zutage treten: Es machte sie in jeder Hinsicht zu den Bestien, die sie in ihrem Inneren bereits waren.

Der graue Panzer war die vom Sonnenlicht verbrannte Haut. Der ständige Schmerz trieb sie in den Wahnsinn und raubte ihnen die Sprache, nahm ihnen alles, was die gewöhnlichen Trolle menschlich wirken ließ. Sie durchstreiften die Berge, voller Hass auf jedwedes Geschöpf, das gesund und lebendig war.

Die *verbrannten* Trolle waren die Ungeheuer, mit denen die Ritter auf dem Sternenstein es meistens zu tun bekamen. Einzelgänger, die sich nicht einmal gegenseitig ertragen konnten. Selten traf man zwei von ihnen, wenn ein mächtigeres Wesen sie in den Bann schlagen und sich dienstbar machen konnte. Dann erhielten sie mitunter auch Waffen oder Kleidung von ihrem Herrn.

Aber hier, auf dieser Ebene, standen tausend dieser Geschöpfe ruhig in Reih und Glied, acht Reihen hintereinander, in Lederkleidung und mit groben Speeren und Äxten, mit Spitzen aus behauenem Stein.

Hragaud musterte sie und schüttelte den Kopf. »Das gefällt mir nicht, alter Freund. Das ist grundfalsch.«

»Ach was«, erwiderte Aldheide. »Ein Feind, den wir kennen, ist mir lieber als ein unbekannter Dämon. Wir wissen, wie sie sterben. Wir wissen, wie wir sie töten.« Erwartungsvoll umfasste der Ritter seine Lanze, deren Schaft noch in der Schlaufe am Sattel ruhte.

»Ich frage mich, warum sie so geordnet stehen«, gab Hragaud zu bedenken.

Der Blick der Männer wanderte den Hügel hinter den Trollen hinauf. Etwas ging dort vor sich. Man sah Gestalten an der Hügelflanke, die ein großes Feuer entfachten und einen gewaltigen Kessel daraufsetzten. Der Rauch stieg kerzengerade in die Höhe.

Das alles vollzog sich gleich unterhalb der Hügelkuppe, zu weit entfernt, um die Einzelheiten zu erkennen. Doch die Kreaturen um das Feuer wirkten kleiner als die Trolle … Nein. Hragaud sah genauer hin. Nicht kleiner, vielmehr schlanker, fast hager und ausgemergelt.

Der Ritter vom Rehhügel, der mit seinem Pferd rechts von Komtur Aldheide stand, zeigte auf das Treiben. »Vielleicht sind die Trolle der Steppe einfach besser geordnet als die Trolle in den Bergen. Vielleicht haben sie Schamanen, die sie führen.«

Hragaud kannte Schamanen. Viele der wilden Stämme im Schwarzen Gebirge vertrauten auf diese Zauberer. Die Schamanen der Pukha versuchten, auf den Spuren der Ronurer zu wandeln – obwohl man sie kaum mit den Sterndeutern vergleichen konnte, von denen die alten Geschichten erzählten.

Schwer vorstellbar, dass die wahnsinnigen Trolle selbst die Kultur der wilden Menschen erreicht hatten. Er schüttelte abermals den Kopf. »Womöglich sind die Trolle der Steppe einfach ganz anders als die, die wir kennen«, sagte er und schob den Gedanken weg, dass mehr dahintersteckte.

Hexenmeister, die sich in den Bergen verbargen, die Geister des Grenzlandes und sonstige Hinterlassenschaften der Ronurer schafften es mitunter, ein oder zwei verbrannte Trolle gefügig zu machen und sie als Wachen einzusetzen. Hragaud wünschte, dass tatsächlich *irgendetwas* in der Steppe anders war als in den Bergen – und dass er es nicht mit einer Macht zu tun hatte, die Tausende von Trollen unter ihren Willen zwingen konnte.

»Wir greifen an«, entschied er. »Gebt den Befehl an das Fußvolk.«

Giwion war auf dem Wasser aufgeschlagen, und sogleich hatte das Kettenhemd ihn hinabgezogen, als hinge ein Sack voller Steine an ihm. Verzweifelt kämpfte er dagegen an. Er ruderte mit den Armen und trat mit den Beinen.

Seine Stiefel liefen voll Wasser und zerrten bleischwer an den Füßen.

Er schwamm aus Leibeskräften und schaffte es an die Oberfläche. Keuchend schnappte er nach Luft. Das Wasser sprudelte um ihn, schwappte ihm in die Augen. Er prustete und spuckte und sah nicht mehr, was auf dem Fluss vor sich ging.

Seine Hände stießen gegen einen Widerstand. *Das Ufer …*

Giwion fasste danach und versuchte, sich hochzuziehen. Doch es war nur ein Haufen schweres Geröll, herabgestürzte

Trümmer der zerstörten Brücke, die sich unter der Wasseroberfläche gesammelt hatten.

Giwion klammerte sich fest. Kurz fand er Halt auf der kleinen Insel. Überall trieben weitere Menschen zwischen den Booten und Flößen und bemühten sich verzweifelt, ans Ufer zu gelangen. Niemand war in seiner Nähe. Giwion dachte an den Schiffbrüchigen am Brückenpfeiler und beschloss, nicht auf Rettung zu warten.

Er musste sicheren Grund erreichen, bevor die Kräfte ihn verließen und er abgetrieben wurde.

Giwion kämpfte sich weiter. Die Steine wackelten unter seinen Füßen. Halb kroch er über den Geröllhaufen hinweg, halb schwamm er. Er presste sich gegen die schweren Steine und entledigte sich der Stiefel und seiner Waffen.

Dann stieß er sich ab.

Die Strömung erfasste ihn. Ein Strudel zog ihn unter Wasser. Das Ufer war so nah gewesen, aber einen Augenblick später hatte er jede Orientierung verloren. Er trat mit den Beinen.

Nur ein paar Schritte …

Mit dem Kettenhemd konnte er nicht weit schwimmen, und er hatte keine Möglichkeit, sich im Fluss davon zu befreien. Er ging unter.

Seine Füße berührten den Grund. Kraftvoll stieß Giwion sich ab, kam an die Oberfläche, holte Luft, versank wieder.

Er tastete mit den Füßen und versuchte, abermals Halt zu finden.

Wo war das verdammte Ufer?

Irgendwo musste das Wasser doch seichter werden.

Wieder berührten seine Füße den Grund, aber die Strömung riss ihn mit und trug ihn fort.

Giwion spürte, wie seine Kräfte schwanden. Er konnte

nicht länger schwimmen. Er wusste nicht einmal mehr, wo die Oberfläche war. Seine Lungen drohten zu platzen, und alles in ihm schrie danach, einfach einen Atemzug zu tun, ob er nun unter Wasser war oder darüber.

Dann prallte er mit dem Rücken hart gegen Stein.

Die Ufermauer!

Er machte eine Körperdrehung im Wasser und streckte die Arme aus. Seine Fingerkuppen schrammten über Steine und Fugen – und fanden endlich Halt.

Er fühlte etwas Schmales, Metallenes und klammerte sich daran fest. Mühsam zog er sich ein Stück aus dem Wasser und atmete. Atmete.

Er hing an einem Gitterstab und brauchte eine Weile, bis er genug Luft hatte, um seine Umgebung wieder klar zu sehen.

Die zerstörte Brücke war ein gutes Stück entfernt. Der Fluss strömte ohne Uferböschung gleich an einem Wall entlang, der senkrecht aus dem Wasser ragte. Doch da war ein großes Loch im Mauerwerk, fast eine Mannslänge im Durchmesser und gleich über dem Wasserspiegel.

Giwion lachte matt auf.

Er hatte einen Kanal gefunden. Aber der Zugang war vergittert. Und da hing er nun, an der Stelle, nach der er gesucht hatte – ohne Waffen, ohne Ausrüstung und ohne Begleiter. Und das Heer, dem er die Tore öffnen sollte, ertrank gerade hinter ihm im Fluss.

Hragaud hatte das Fußvolk vor den Rittern postiert. Nun sah er zu, wie die Boten zu den Unterführern liefen und wie der Haufen sich in Bewegung setzte.

»Es ist zu früh«, wandte Aldheide ein.

Der Feind stand im Norden. Hragaud hatte zur Mittagsstunde angreifen wollen, wenn die Sonne den Trollen ins

Gesicht schien. Dieser Plan war von Anfang an unsicher gewesen, denn wer wusste schon, ob der Feind einfach wartete, bis der Aufmarsch abgeschlossen war.

Er zeigte auf den Hügel.

»Etwas geht dort vor sich«, sagte er. »Ich will nicht warten, was dabei herauskommt.«

Die Gestalten um den Kessel traten so dicht an die Flammen heran, dass man sie kaum noch erkennen konnte. Die Hitze musste gewaltig sein. Und der Qualm wurde dichter. Das war nicht mehr der gewöhnliche Rauch von dem Feuer – etwas quoll aus dem riesigen Kessel heraus, dick und schwarz wie Teer.

Die dunkle Wolke stieg zum Himmel empor und breitete sich aus. Dann senkte sie sich allmählich und trieb auf Hragauds Heer zu. Unwillkürlich zog er den Kopf ein. Einen Augenblick lang fürchtete er, dass die Rauchschwade sich zu den Menschen hinabneigte wie ein gewaltiger Tentakel und in den Kampf eingriff ... Aber nichts dergleichen geschah.

Der Qualm löste sich langsam auf, während er südwärts wehte, wurde heller, schließlich grau, bis er als schwacher Schleier über die Ritter hinwegzog.

»Was bei Gotors Hexenküche machen die da?«, fragte Aldheide.

»Schon mal anheizen für das Festmahl nach der Schlacht?«, warf Stavos vom Rehhügel ein. »Bei unserem Anblick läuft ihnen vielleicht das Wasser im Mund zusammen. Na, denen werden wir die Suppe noch versalzen.«

»Genug geschwatzt«, sagte Hragaud. »Ordnet das Heer.«

Aldheide und Stavos wendeten ihre Pferde und ritten an den Rittern und den anderen Reitern vorbei. Sie drängten alle zusammen in eine keilförmige Formation, mit Hragaud an der Spitze und den Komturen und anderen Würdenträgern am breiten hinteren Ende. Die schwer gepanzerten Ritter positionierte Hragaud am Rand der Schlachtordnung, die leichter bewaffneten Reiter in der Mitte.

Die Reihen der Trolle bewegten sich nicht. Der dicht geschlossene Haufen des Fußvolks rückte vor, bis sie auf hundert Schritt heran waren. Dann spannten die Schützen die Bögen. Pfeile regneten auf die riesenhaften grauen Gestalten herunter, blieben in den Lederkitteln stecken oder prallten von der steinernen Haut ab. Vereinzelt fand ein Geschoss auch sein Ziel.

Hragaud sah einen Troll zu Boden gehen, einen Pfeil im Auge. Andere Trolle zogen sich Pfeile aus Bauch oder Schenkeln, aber sie wankten und wichen nicht.

Das Fußvolk der Menschen rückte weiter vor. Achtzig Schritt.

Die Trolle trotzten dem Beschuss.

Hragaud biss die Zähne aufeinander. Er hatte einfach zu wenig Reiter – es würde schwer werden, eine geschlossene Formation dieser Ungeheuer zu sprengen. Er hatte gehofft, dass der Angriff des Fußvolks und der Beschuss Unordnung in die Reihen der Trolle bringen würde, sodass er mit den Reitern in die Lücken vorstoßen konnte.

Aber die wahnsinnigen Trolle ließen sich nicht einmal durch direkte Treffer reizen und zum Gegenangriff herausfordern.

Etwas prickelte in seinem Gesicht. Er legte den Panzerhandschuh ab und strich sich mit den Fingern über die Wangen und durch den Bart. Ein grauer Film klebte daran – feine Ascheflocken, die vom Feuer an der Hügelflanke herangetragen wurden. Ein leicht süßlicher Geruch stieg von der Asche auf.

Hragaud bemerkte, wie sein Herz schneller schlug.

Das ist nicht richtig!

»Reite nach vorn«, wies er seinen Knappen Madivan an. »Das Fußvolk soll den Nahkampf suchen.«

»Aber Herr Marschall ...« Der Junge schaute ihn an, schluckte dann und ritt los. Hragaud sah zu, wie Madivan im Haufen der Fußknechte verschwand. Er streifte den Panzerhandschuh wieder über und wischte sich unwillig mit dem Arm durch das Gesicht.

Das Fußvolk rückte weiter vor. Die Pikeniere an der Front streckten die Spieße vor. Hragaud sah, wie die Linien sich auflösten. Die menschlichen Krieger zögerten, sich dem Feind noch weiter zu nähern.

Über die Reihen seiner Fußtruppen hinweg konnte er ohne Mühe die grauen, kantigen Gesichter, die braunen Lederkittel, die breiten Brustkörbe der Trollkrieger erkennen. Die ragten vor den menschlichen Fußsoldaten auf wie eine Mauer.

Der Vorstoß kam ins Stocken. Teile des Fußvolks blieben zurück. Andere Gruppen an der Spitze stürmten auf dem letzten Stück auf die reglos ausharrenden Trolle.

Die langen Spieße fuhren in die Reihen.

Ein Troll brüllte auf. Er packte einen Speer, der ihm den Kittel an der Seite aufgeschlitzt hatte, und riss daran. Der Mann, der die Waffe führte, verlor das Gleichgewicht. Der Troll hieb den Speer mit einem Steinbeil auseinander, das so groß war wie ein Vorschlaghammer, dann trat er vor und schlug dem Pikenier mit der schweren Waffe den Schädel ein.

Nun setzten sich alle Trolle in Bewegung. Sie schwangen die Speere – plumpe Waffen, die in den Händen dieser Kreaturen kurz wirkten und die doch genauso lang waren wie die Spieße der Menschen. Sie hieben mit der Axt zu oder mit ihren steinernen Fäusten.

Hragaud sah einen Troll, dem ein Pfeil im Auge steckte

und dem ein Schwerthieb den Arm aufgerissen hatte. In Raserei stürmte das Geschöpf auf die Angreifer zu und pflügte durch die Reihen der Menschen wie ein wilder Eber durch ein Maisfeld. Mit bloßen Händen schlug er links und rechts seine Gegner nieder, packte einen Schützen und riss ihm mit einem kräftigen Ruck den Arm aus.

Das Heer löste sich auf, die Menschen wichen zurück und wandten sich zur Flucht.

Es war nur eine Frage der Zeit, bis das zurückweichende Fußvolk die Ritter mitriss. Hragaud konnte nicht länger warten.

Er hob den Arm und befahl den Angriff.

Die Galeassen fuhren nebeneinander flussabwärts. Mit Rudern und Segeln drosselten sie die Geschwindigkeit. In kleinen Bögen kreuzten sie gegen den Wind und versuchten, eine möglichst große Fläche abzudecken. Dabei zermalmten sie die behelfsmäßigen Gefährte von Bregars Heer.

»Das ist unmöglich«, stieß Bregar hervor. »Das ist unmöglich! Die Berichte … Die Flotte hat sich von der Kaiserin abgewandt!«

»Der Fluss ist nicht auf ganzer Länge schiffbar«, erklärte ein Komtur von den Drei Strahlenden Säulen. »Wenn diese Schiffe in der Hauptstadt lagen, als die Flotte im Süden sich erhob, dann saßen sie hier fest. Die Mannschaft hätte sich dem Aufstand nicht anschließen können, selbst wenn sie gewollt hätte.«

Bregar beobachtete den Kampf auf dem Fluss.

Nein, kein Kampf – ein Gemetzel.

Die Galeassen waren schwimmende Festungen mit mehreren Hundert Mann Besatzung. Auf dem schmalen Rumpf saß ein kastenförmiger Aufbau mit hohen Kastellen am Bug und am Heck. Im Schatten dieser Decksaufbauten konnte ein kleines Boot Deckung finden und den toten Winkel nutzen. Doch die metallenen Bordwände waren zu glatt und zu hoch, als dass man sie vom Wasser aus erklimmen konnte, und kein Haken fand dort Halt, keine Waffe auf den winzigen Booten konnte diesen Panzer beschädigen.

Die Bogenschützen auf den Kriegsschiffen standen hinter den Schießscharten und konnten von ihrer erhöhten Stellung aus ihre Ziele suchen. Bregar verfolgte, wie ein Kriegsknecht von einem Floß auf eines der baumlangen Ruder sprang und versuchte, daran hinaufzuklettern. Ein Pfeil flog durch die Ruderluke, traf ihn in die Schulter, und der Mann stürzte in die Fluten.

Die Schiffe fuhren an der Marktbrücke vorbei. In fast majestätischer Langsamkeit glitten sie vorüber wie bei einer Parade, als wollten sie die Kämpfer am Ufer verhöhnen.

Bregar beugte sich aus dem Fenster und blickte zu den zahllosen Kriegern hinab, die auf dem Markt unter ihm lagerten und regungslos auf den Fluss starrten.

»Schießt!«, brüllte er den Männern zu. »Schützen zum Ufer, und lasst einen Pfeilregen auf sie nieder, verdammte Kerle!«

Ein paar Knechte sahen fragend zu ihm herauf. Aber einige der Sergeanten auf dem Platz hatten seinen Befehl verstanden. Trupps setzten sich in Bewegung, Schützen sammelten sich. Männer besetzten die Wehrgänge auf der Flussmauer oder liefen zu dem offenen Bereich um die zerstörte Marktbrücke. Die Galeassen waren jedoch bereits vorbeigezogen und außer Schussweite. Sie setzten ihren Kurs fort zur Südspitze der kaiserlichen Insel.

Dann wendeten sie. Die Segel an den beiden großen Masten und an dem kleinen Mast am Heck blähten sich. Die Ruderer legten sich in die Riemen. Bregar hörte die Trommeln, die den Takt vorgaben, über das Wasser dröhnen.

So trotzten die gewaltigen Kriegsschiffe der Strömung und fuhren den Weg zurück, den sie gekommen waren.

»Ferriac!«, brüllte Bregar in den Raum. »Von Irkel! Geht und sorgt dafür, dass sie dieses Mal würdig empfangen werden!«

Die beiden Ritter stürzten aus dem Saal und übernahmen das Kommando über die Truppen am Platz.

Unten am Fluss wartete die Vorhut von Bregars Landungstrupp neben ihren an Land gezogenen Booten an der Südspitze der Insel, eine Handvoll Ritter und ein paar Dutzend Krieger, die von der Verstärkung abgeschnitten waren. Sie schützten sich mit ihren Schilden gegen den Beschuss von den Wällen.

Was von der Landungsflotte übrig war, suchte sein Heil in der Flucht. Die verbliebenen Flöße und Boote strebten dem Ostufer zu. Doch die Strömung trieb sie weiter flussabwärts, den Galeassen entgegen, die nun ein zweites Mal zwischen die kleineren Gefährte stießen und sie zu Dutzenden zermalmten.

Bregars Blick schwenkte über den Markt, das Flussufer, die Flussmauer und die Brücke. Es musste doch etwas geben, was er tun konnte … »Die Türme!«, rief er aus.

Die Männer neben ihm sahen ihn verständnislos an. Bregar wies auf die schmalen hohen Häuser der Marktbrücke, die noch auf dem verbliebenen Stumpf des Bauwerks standen. »Diese Bauten sind höher als die Befestigung der Galeassen. Und sie ragen in den Fluss hinein.«

Er wandte sich an seinen Sohn. »Linos. Sag den Hauptleuten draußen, sie sollen so viele Schützen wie möglich in die Häuser auf der Brücke bringen. Von dieser überlegenen Warte aus kontrollieren wir die Decks der Schiffe. Wir können vielleicht sogar Brandpfeile dahin schießen, wo keine Metallverkleidung sie schützt.

Wenn wir Glück haben, kommen sie so nah an uns heran, dass wir Ölflaschen hinüberwerfen können. Schnell jetzt!«

Linos rannte los.

Marschall Eudoxios wiegte gedankenvoll den Kopf, sagte jedoch nichts.

Bregar nahm seinen Beobachtungsposten am Fenster wieder ein. Nichts war geblieben von der Lager- oder Festtagsstimmung, welche die Truppen auf dem Markt in den letzten Stunden erfüllt hatte. Es war auch wenig zu sehen von einer geordneten Verteidigung. Bregar hatte vielmehr den Eindruck, dass eine Menge Männer kopflos hin und her hasteten.

Egal. Hauptsache die richtigen Männer sind am richtigen Ort.

Er versuchte, seinen Sohn und Knappen in dem Gewimmel auszumachen. Aber Linos verschwand in der Menschenmenge, sobald er unten aus der Tür trat.

Die Galeassen kamen wieder heran. Viel langsamer als auf dem Weg flussabwärts, doch mit ebenso verheerender Wirkung. Schlimmer noch, das Kreuzen gegen die Strömung und die geringe Geschwindigkeit erlaubten es den Kriegsschiffen, eine breitere Schneise durch die kleineren Boote zu schlagen. Kaum ein Gefährt auf dem Fluss entkam ihnen.

Die Kaiserin hatte ihre beiden Kriegsschiffe auf der anderen Seite der Insel verborgen gehalten. Das war klug von ihr gewesen, wie Bregar zugeben musste, denn so hatte sie die fadenscheinigen Kähne, die er hatte requirieren oder zimmern lassen, in größtmöglicher Entfernung vom Flussufer überraschen können.

Die schnelleren Boote, die die Insel fast schon erreicht hatten, waren zum Großteil beim ersten Anlauf versenkt worden. Jetzt, als sie flussaufwärts zurückkehrten, machten die Kriegsschiffe Jagd auf die langsameren Ziele.

Die aber versuchten gerade, das rettende Ufer zu erreichen. Das brachte auch die Galeassen dichter heran – in einen günstigeren Abstand für Bregars Schützen. Wenn sie die Ruderer trafen und die Seeleute behinderten, konnten sie die Schiffe vielleicht manövrierunfähig schießen. Auf dem Fluss mit seiner Strömung würde das unweigerlich dazu führen, dass die schwimmenden Festungen auf Grund liefen und zu einer leichten Beute wurden.

Die Schiffe erreichten die Brücke. Zwischen den verbliebenen Pfeilern und den Trümmerstücken blieben nur wenige Fahrrinnen für die Kriegsschiffe mit ihrem großen Tiefgang. Hinter den Brückengebäuden gerieten sie außer Sicht. Nur die höchsten Mastspitzen ragten noch über die Dächer, und es sah so aus, als würden die Schiffe die Brücke und Bregars Vorposten beinahe berühren.

»Schießt!«, murmelte Bregar. »Schießt!«

Er konnte nur hoffen, dass Linos die Anweisung schnell genug weitergegeben hatte.

Die vorderste Galeasse erreichte die Höhe des Marktes. Bregar sah, wie der Bug aus dem Schatten des unzerstörten ersten Brückenbogens auftauchte. Er sah Pfeile, die wie eine blasse Wolke zwischen der Brücke und den Schiffen hin und her schwirrten.

Dann stieg eine dünne Rauchfahne vom Deck der näheren Galeasse auf.

»Ja!«, entfuhr es Bregar. »Sie haben einen Treffer …«

Die Worte blieben ihm im Halse stecken.

Mit einem Mal schoss die Rauchfahne in die Höhe und beschrieb einen Bogen vom Schiff fort. Das war nicht der Rauch eines Feuers an Bord gewesen – es war die Lunte eines Brandgeschosses, das von der Galeasse in Richtung Ufer flog!

Weitere Geschosse folgten. Sechs Rauchspuren lösten

sich von den Schiffen. Bregar erkannte kurz ein kleines, tonnenförmiges Objekt, das eine solche Spur hinter sich herzog.

Dann traf das erste Geschoss das Dach eines Brückenhauses und zerbarst.

Flammen zuckten in alle Richtungen. Im Nu loderten beide Obergeschosse des Gebäudes lichterloh auf, und flüssiges Feuer tropfte von dort auf die Straßen hinab. Einzelne Spritzer erfassten die angrenzenden Häuser.

Auch die anderen fünf Brandgeschosse fanden ein Ziel. Eines zerbarst in einer Glutfontäne auf der Brückenauffahrt. Zwei prallten auf die Flussmauer und verteilten ihre glühende Fracht über den Wehrgang. Die Schützen dort wurden fortgefegt oder sprangen schreiend und als lebende Fackeln auf die Straße und in den Fluss.

Zwei weitere Geschosse gingen auf die Stadt nieder. Am Rand des Marktplatzes brach ein Feuer aus. Den anderen Brandsatz verlor Bregar aus den Augen, als der über das Verwaltungsgebäude hinwegflog, in dem er stand.

Das Öl aus den Brandgeschossen verteilte sich und fing Feuer. Dächer brannten. Mauern brannten. Dichter Qualm drang aus den Fenstern der Gebäude, wo das flüssige Feuer hineingespritzt war. Bregar sah lodernde Trümmer, und er sah Männer, die von der Brücke in den Fluss stürzten. Doch sie brannten weiter, als sie untergingen, und die Glut waberte unter Wasser. Dampf und Blasen stiegen auf.

»Alchemistisches Feuer«, murmelte ein Ritter im Raum fassungslos. Alle starrten aus dem Fenster auf das Inferno, das vor ihnen tobte. Die großen Kriegsschiffe fuhren majestätisch davon, und niemand am Ufer dachte noch daran, sie anzugreifen.

Bregar sah, wie ein Trupp von Kriegsknechten an einer Seite des Platzes eine Eimerkette zum Brunnen bildete und wie sie versuchten, das Gebäude zu löschen, das die Schiffe dort in Brand gesetzt hatten.

Der erste gefüllte Eimer erreichte den Brandherd. Der Knecht am Ende der Kette holte weit aus und kippte das Wasser in einem Schwall auf ein Stück der Mauer, an der das Zauberfeuer klebte.

Als das Wasser die Flammen traf, verpuffte es. Eine Glutwolke waberte vom Brandherd fort und hüllte die Männer dort ein. Bregar hörte einen dumpfen Donnerhall, er spürte die Hitze in seinem Gesicht. Als die Wolke sich senkte, brannte alles – Wände, das Pflaster der Straße, die Männer, die Ausrüstung. Die Schreie schnitten Bregar in die Ohren.

Auf dem Platz brach Panik aus.

»Linos!«, stieß Bregar hervor. Sein Sohn war irgendwo da draußen, und er hatte ihn hinausgeschickt!

Die Häuser auf der ehemaligen Marktbrücke standen nun lichterloh in Flammen, und Bregar konnte nur hoffen, dass Linos nicht mehr dort war.

»Wir ziehen uns zurück!«, befahl er. »Räumt den Markt. Führt die Männer in die zweite Stellung am Südhafen.«

»Was, wenn sich das Feuer weiter ausbreitet?«, fragte einer der Ritter.

»Unsere Männer im Fluss!«

»Wir können nichts für sie tun«, erwiderte Bregar. »Die Kaiserin beherrscht den Strom. Wir müssen uns um die Leute kümmern, die wir noch hier an Land haben.«

Hragaud trabte los. Einen Moment lang erdrückten ihn die Zweifel, die ihn quälten, seit er das halbe Heer an Bregar verloren hatte.

Was, wenn seine Ritter ihm nicht folgten? Wenn sie ihren Kampfgeist schon verloren hatten nach dem Gemetzel unter ihrem Fußvolk? Eigentlich sah der Plan anders aus: Das

Fußvolk hätte Abstand halten sollen, die Schützen sollten die Trolle aus der Deckung locken. Und sobald die Trolle ihre Ordnung aufgaben, sollte das Fußvolk zurückweichen, und die Ritter sollten das gegnerische Heer zerschlagen.

Jetzt hatten sie die Bresche in den feindlichen Linien mit der Auflösung ihres eigenen Fußhaufens bezahlt. Da würde niemand mehr sein, der ihnen den Rücken freihielt, nachdem sie in die Reihen der Feinde vorgestoßen waren.

Was, wenn die Ritter hinter Hragaud genauso zögerten wie die Fußknechte bei ihrem Vorstoß und wenn sie in derselben lächerlichen Formation auf den Feind stießen, in der sie losgeritten waren? Ein Keil, an dessen Spitze er selbst allein und ungedeckt ins Verderben ritt?

Aber schon hörte er die Kampfrufe der Ritter an seiner Seite. Die jungen Ordenskrieger stachelten sich gegenseitig an. Die Flanken fächerten sich allmählich zu einer langen Reihe auf, als die Ritter in mäßiger Geschwindigkeit anritten. Die hinteren Ritter versuchten, nach vorne zu kommen und bei den Ersten im Treffen zu sein. Die leicht bewaffneten Reiter in der Mitte der keilförmigen Anordnung kamen nicht an den Männern in schwerer Rüstung vorbei, die darum die Geschwindigkeit vorgaben.

So bildete sich während des Anritts ganz von selbst die Schlachtformation, die Hragaud im Sinn gehabt hatte: eine lange, lockere Linie aus gepanzerten Reitern mit ihm selbst in der Mitte und mit den anderen Führern an den Flügeln, um das Tempo zu kontrollieren. Die Knappen und die leichte Reiterei folgten dahinter.

Jeder Plan veränderte sich auf dem Schlachtfeld. Es war ein Zeichen dafür, dass Bponur die Geschicke lenkte, nicht der Mensch. Und auf wen sonst wollten sie an diesem Tag vertrauen?

»Bponur!«, rief er und nahm die Lanze aus der Halterung am Sattel.

Sie preschten durch das zurückströmende Fußvolk hindurch. Die Reiter brauchten Platz für den Kampf, und so reichten die Lücken zwischen ihnen in der Regel aus, dass die Fußknechte ausweichen konnten. Der eine oder andere wurde von den schweren Schlachtrössern niedergetrampelt, ein paar mehr, als wenn die Schlacht noch geordnet verlaufen wäre. Doch im Grunde war es nichts Ungewöhnliches, und die fliehenden Knechte hielten den Angriff nicht auf.

Hinter den flüchtenden Menschen schoben sich die Trolle heran. Die verbrannten Trolle.

Hragaud legte die Lanze ein und konzentrierte sich auf einen Gegner.

Er sah die hässliche Fratze, wie das verwitterte Gesicht einer steinernen Statue, breit und grob und mit winzigen Augen, die dunkel aus der grauen Haut hervorstachen.

Die Bestie bemerkte ihn. Sie fletschte die Zähne und hob eine Keule, die mit messerscharfen Steinzacken gespickt war. Hragaud spürte, wie der Hengst unter ihm scheute. Er schnaubte.

Hragaud führte ihn weiter vorwärts, und das gut ausgebildete Schlachtross gehorchte.

Wir wissen, wie wir sie töten.

Hragaud dachte an Aldheides Worte. Er senkte die Spitze seiner langen Lanze ein Stück tiefer und holte ganz leicht aus.

Der Troll vor ihm hob die Keule, brüllte und stürmte auf ihn los.

Hragaud stieß zu. Die Haut des Trolls war so hart wie ein Panzer. Aber der Wucht des Stoßes konnte er nicht standhalten. Mit einem Knacken drang die Lanzenspitze in den

Brustkorb, durchbohrte das Herz und trat am Rücken wieder aus.

Hragaud ließ den Schaft los, bevor der Gegner ihn im Stürzen aus dem Sattel hebeln konnte. Die Keule fiel zu Boden, der Troll verstummte. Hragaud galoppierte an dem gefällten Gegner vorbei und stürzte sich in das Getümmel.

Die Trolle waren nun rings um ihn.

»Madivan«, rief er seinem Knappen zu. »Bleib an meiner Seite.«

Er sah sich um. Die Reihe der Ritter hatte sich aufgelöst. Viele preschten den Hang hinauf, um für einen zweiten Anritt zu wenden. Andere wurden in den Nahkampf verstrickt. Hragaud zog das Schwert. Er ließ das Ross steigen, und die Hufe hielten einen Troll auf Abstand.

Als die Bestie mit dem Speer zustieß, wich Hragaud mit dem Pferd aus. Kraftvoll hieb er dem Troll die Schwertklinge auf den Kopf. Er spürte den Schlag bis in die Schultern, der Troll taumelte, aber er fiel nicht.

Hragaud entfernte sich von dem Ungeheuer und ritt weiter.

Da schrie sein Knappe hinter ihm auf.

Hragaud sah sich um. Ein Troll mit einer blutenden Wunde an der Seite und halb auf dem Boden kniend hatte das Pferd des Jungen am Hinterlauf gepackt. Er zog es zu sich hinunter und hob eine Faust, in der er einen felsgroßen Stein hielt.

Das Pferd schnaubte und scheute zurück.

Der Troll hieb zu. Madivan rutschte im Sattel nach vorn, und der Schlag traf sein Tier am Rücken.

Hragaud wendete auf der Stelle. Das Pferd stürzte, Madivan rollte sich aus dem Sattel. Als der Troll wieder zuschlug, gab Hragaud dem Jungen Deckung mit seinem Schild. Der

Stein schrammte über den eisengefassten Rand, und Hragaud prellte sich den Arm. Er keuchte auf vor Schmerz.

Er beugte sich im Sattel vor, niedergedrückt vom Gewicht seiner Rüstung, und stieß sein Schwert in die Wunde, die der Troll in der Seite hatte. Er drehte die Klinge und schob sie nach oben. Der Troll verdrehte die Augen, ächzte und ruderte wild mit den Armen. Ein Schlag traf Hragauds Hengst vor die Brust und drückte die Lamellen des stahlgepanzerten Überwurfs ein.

Hragaud wurde aus dem Sattel geschleudert und landete schwer in seiner Rüstung auf dem aufgewühlten Grund. Er streckte das Schwert aus und schlug benommen in Richtung des Trolls. Aber die Kreatur griff nicht wieder an.

»Wartet, Herr!«

Die Stimme seines Knappen.

Madivan half ihm auf. Hragaud kam wieder zu Atem. Er schob seinen Helm zurecht und sah sich um. Der Troll, den er getroffen hatte, lag am Boden, heftig keuchend, und hielt sich den aufgerissenen Leib.

Schwerfällig schleppte sich Hragaud ein paar Schritte von ihm fort. Er konnte sein Pferd nirgendwo sehen. Madivan reichte ihm den Schild, doch Hragauds steife Finger konnten die Riemen kaum halten.

Sie waren umzingelt. Schon stapften weitere Trolle über das Schlachtfeld auf sie zu.

Der Ansturm der Reiter hatte die Bestien auseinandergetrieben, aber Hragaud hatte keine Truppen, um das auszunutzen. Von seinem Fußvolk war kaum mehr jemand übrig, und die Reiter waren hoffnungslos in der Unterzahl.

Und der Troll, der auf ihn zustürmte, war unverletzt.

»Bleib hinter mir«, rief Hragaud.

Zitternd hob er den Schild, hielt das Schwert und bereitete sich auf den Angriff vor.

Da lief eine leichtfüßige Gestalt von hinten an ihm vorüber auf den Troll zu.

»Madivan«, rief Hragaud. »Ich habe doch gesagt …«

Doch es war nicht Madivan.

Hragaud sah einen sehnigen Körper, eine Fellweste, einen plumpen, kurzen Speer – es war einer der Grôta!

Die Krieger aus den Bergen waren nützlich gewesen, als Kundschafter und als Führer in der Steppe. Aber für die Schlacht hatte Hragaud sie ganz außen an den Flügeln postiert, in den dicht bewachsenen oder hügeligen Gebieten links und rechts vom eigentlichen Schlachtfeld.

Die Grôta trugen keine Rüstung, und bei ihren Waffen war am Metall gespart worden – Speere mit schwerem Schaft und langer dünner Spitze. Beile mit schlankem Blatt. Das war keine Bewaffnung für die offene Feldschlacht, und so war es Hragaud klug erschienen, seine Verbündeten nur einzusetzen, damit der Feind nicht unbemerkt an ihnen vorbeikam.

Der Grôta, der ihm jetzt zu Hilfe kam, duckte sich unter dem Angriff des Trolls weg und stieß seinen plumpen Speer mit der schmalen Spitze durch den Panzer in das Fleisch. Dann sprang er zurück.

Der Troll blutete, und er stieß ein Knurren aus. Doch er griff wieder an.

Leichtfüßig wich der Grôta aus und stieß dem Troll den Speer erneut in die Lenden. Zwei weitere Grôta kamen heran und sprangen hinter den Troll.

Hragaud wich einen Schritt zur Seite und stützte sich keuchend auf sein Schwert.

»Madivan, sieh dir das an«, stieß er hervor.

Die plumpen Waffen der Berghirten brachten viel Wucht auf einen Punkt und knackten die Panzer der Trolle. Und was den Grôta an Rüstung fehlte, das glichen sie durch ihre

Behändigkeit aus. Sie strömten von den Flanken heran, wo Hragaud sie postiert hatte, und nahmen nun ihrerseits die Trolle in die Zange.

»Sieh dir das an«, sagte Hragaud wieder. Er drehte sich zu seinem Knappen um, er spürte, wie neue Kraft in ihm aufstieg, und er fasste sein Schwert fester.

Dreitausend wilde Menschen griffen in den Kampf ein, fünf oder sechs von ihnen kamen auf jeden Troll. Jetzt hatten die Ritter ihr Fußvolk wieder, das sie eben noch so schmerzlich vermisst hatten.

Bregar fand seinen Sohn in dem Augenblick, da er durch die Tür auf den Platz trat. Der Junge kämpfte sich gerade durch die Menge zu ihm. Er wirkte unversehrt.

»Linos!«, rief Bregar erleichtert.

»Vater!«, stieß Linos atemlos hervor. »Ich war eben auf dem Rückweg, als es geschah. Der Herr an Ferriac hat mich …«

»Ja, ja.« Bregar schnitt ihm das Wort ab. »Hol uns die Pferde. Wir reiten zum Hafen.«

Linos nickte. Er wandte sich zu einer Seitengasse. Dort, hinter dem Haus, war ein Stall für die Tiere des Führungsstabs.

Unter dem Vordach blieb Bregar stehen und blickte über das Gewimmel. Die Knechte und Trossleute, die hier gelagert hatten, stoben in alle Richtungen davon. Viele rannten vom Platz fort und verschwanden in der Stadt. Einige Ritter und Sergeanten versuchten, die Knechte beisammenzuhalten und geordnet wegzubringen. Brandgeruch lag in der Luft, und immer wieder trug der Wind eine Qualmwolke von der Brücke heran. Aber der meiste Rauch wurde nach Norden in die Stadt geweht, und auch die Flammen breiteten sich dorthin aus, weg vom Marktplatz.

Marschall Eudoxios trat hinter Bregar aus der Tür. Seine

laute Stimme hallte über den ganzen Platz. »Wollt ihr wohl hierbleiben, ihr Sauhunde! Sammeln, Kerle, sammeln! Wo sind die Herolde …«

Der alte Marschall bahnte sich einen Weg durch die Menge und verschwand aus dem Blick. Aber seine Befehle waren weithin zu hören.

Bregar und sein Gefolge bogen in die Nebenstraße ein. Linos und die Stallknechte brachten Pferde.

Sie ritten vom Platz fort, und Bregar schickte seine Begleiter in die Seitengassen, damit sie die Kriegsknechte sammelten, die sich vor den Flammen in die Straßen geflüchtet hatten.

Langsam rückten sie an der Flussstraße entlang nach Süden ab. Bregar spähte stromaufwärts. Die Kriegsschiffe waren verschwunden. Nur noch Trümmer trieben auf dem Wasser. Die Planken von Booten, zersplitterte Rümpfe, zerschmetterte Fässer. Und überall Tote. Die Reste seines Belagerungsheeres schwappten ans Ufer wie Treibgut.

Bregars Trupp machte mitunter Halt und zog einen Körper aus dem Wasser. Sie versorgten gebrochene Gliedmaßen, Schnittverletzungen und Risswunden. Die meisten Männer, die sie am Ufer fanden, schienen einfach ertrunken zu sein. Dann und wann saß eine durchnässte Gestalt erschöpft zwischen den toten Kameraden und den Überresten der kleinen Flotte.

Die Soldaten, die sich ans Ufer hatten retten können, ohne Waffen und halb nackt, wankten hinter dem Zug Richtung Hafen.

Der Handelshafen von Horome lag knapp unterhalb der kaiserlichen Insel. In dem Hafen hatte Bregar ein zweites Lager eingerichtet und einen großen Teil seines Heeres aufmarschieren lassen, mit gutem Blick auf die Südspitze der Insel. Vom Hafen aus hatte er, wenn alles gut gelaufen und der Landeplatz gesichert wäre, die nächsten Angriffswellen übersetzen wollen.

Jetzt konnte er von hier aus beobachten, wie die kaiserlichen Truppen auf der Insel einen Ausfall machten. Eine Hundertschaft von schwer gerüsteten Reitern stürmte dort aus dem Tor und überwältigte die paar Dutzend Männer, die das Ufer der Insel erreicht hatten.

Sie metzelten die Kriegsknechte nieder und nahmen Bregars Ritter gefangen.

Bregar wandte sich ab und zog sich in das Gebäude der Hafenkommandantur zurück. Der Rest seines Stabes folgte ihm.

Bregar nahm die Berichte entgegen über Verwundete und Verluste, über die Truppen, die sich wieder sammelten. Die Stimmung war gedrückt.

Irgendwann rief Bregar offiziell zum Rat, doch sie standen nur vor den Karten, und keiner sagte etwas. Es gab keinen Rat in dieser Stunde.

Zweitausend Krieger hatte Bregar in den Kampf geschickt, ein paar Hundert mochten sich wieder ans Ufer gerettet haben, im besten Falle. Die Schützen, die sie in dem Feuer auf der Brücke und auf der Mauerkrone am Fluss verloren hatten, wogen schwerer als die Zahl derer, die auf dem Wasser entkommen waren.

Marschall Eudoxios schritt immer wieder zur Tür, nachdem er zu ihnen gestoßen war, und blickte sorgenvoll auf den Hafen. Endlich trat er zu Bregar.

»Wir sind hier nicht sicher«, murmelte er. »Der Hafen ist zum Fluss hin noch weniger geschützt als der Markt. Wenn die Schiffe wiederkommen …«

Bregar nickte.

»Wir werden die Stadt verlassen«, sagte er.

»Rückzug?« Eudoxios sah ihn fassungslos an.

»Unsinn«, entgegnete Bregar. »Wir formieren uns neu und fassen einen neuen Plan. Aber nicht hier in der Stadt. Diese Stadt …«

Er verstummte. Er fühlte sich gefangen in dem unüberschaubaren Netz von Gassen. Die große Metropole, selbst wenn sie am Boden lag, war kein günstiges Gebiet für die Ritter und deren Knechte.

Und dann, als Bregar die Versammlung gerade auflösen und sich für die Nacht zurückziehen wollte, hörte er Lärm aus dem Lager. Jubelrufe.

Er stürmte nach draußen. Ein dichter Pulk von Kriegsknechten trug einen jungen Mann auf den Schultern auf die Kommandantur zu, einen Burschen mit bloßem Oberkörper, langen, blonden Haaren, die ihm am Kopf klebten. Seine Beinkleider waren durchweicht. Er sah erschöpft aus, aber er lächelte. Bregar kannte die scharf geschnittenen Züge.

»Ritter von Saale!«, rief er aus.

Die Komture versammelten sich vor dem Zug der Knechte. Die ließen den jungen Ritter herunter. Giwion von Saale schwankte ein wenig und hielt sich an dem Mann neben ihm fest. Er deutete eine Verbeugung ein.

»Komtur von Leutenfeld«, sagte er. »Ich melde mich zurück.«

Bregar zog die Brauen zusammen. Giwion von Saale hatte den Stoßtrupp angeführt, der das Tor der Inselfestung öffnen sollte. »Wo sind Ihre Männer?«, fragte er.

Ein Schatten zog über das Gesicht des jungen Ritters. »Außer mir hat keiner die Insel erreicht. Aber ich konnte unter den Festungsmauern Deckung finden, bis die Nacht hereinbrach. Ich habe ein paar weitere Krieger gesammelt, die angespült wurden, und gemeinsam haben wir uns im Schutze der Dunkelheit an Treibgut festgehalten und sind alle über den Fluss zurückgeschwommen.«

»Er hat mehrere Dutzend Männer zurückgebracht!«, rief einer der Knechte, die hinter dem Ritter standen. »Und sie haben sogar die Verwundeten gerettet.«

Bregar musterte den Ritter. Das war der Rest seines Angriffstrupps.

Langsam schüttelte er den Kopf. So viel also hatte der heutige Tag ihm gebracht. Eine Niederlage und so etwas wie einen Helden.

Was hatte Bponur damit bezweckt?

Nach der Schlacht ritt Hragaud mit Aldheide, seinem alten Freund, und mit dem jungen Stavos den Hügel hinauf und untersuchte die Stelle, die sie am Vormittag von der Ebene aus beobachtet hatten. Ein paar weitere Ritter folgten ihnen und schwärmten über den Hang aus. Sie suchten in den Büschen, stocherten mit dem Speer in jeder Spalte.

Das Feuer war erloschen. Der riesige Eisenkessel umgestürzt. Keine Spur von den dürren Gestalten, die um das Feuer mit dem Kessel herumgetanzt waren.

Mühsam stieg Hragaud vom Pferd, den linken Arm in einer Schlinge. Madivan eilte an seine Seite und stützte ihn.

Schwerfällig ging Hragaud um den Kessel und um die erloschene Feuerstelle herum. Er beugte sich vor und kratzte mit dem Schwert an der Innenseite des Gefäßes. Dann richtete er sich auf, trat einen Schritt zurück und schaute ins Tal hinab.

Seine Männer schleiften die toten Trolle vom Schlachtfeld, sammelten Holz und trockenes Gras und errichteten einen Scheiterhaufen.

Hragaud zuckte die Achseln. Trolle waren Geschöpfe Gotors, Dämonen aus Fleisch und Blut. Erst wenn ihre Körper verbrannt waren, konnten die Menschen sich sicher fühlen. Zumindest hatten sie die Schlacht gewonnen und die Macht der Steppentrolle gebrochen, und das mit am Ende erstaunlich geringen Verlusten.

Vielleicht war Bponur ihm doch gnädig gestimmt. Vielleicht hatte er Hragaud nicht im Stich gelassen, und sein Unterfangen war nicht zum Scheitern verurteilt.

Die Verzweiflung, die ihn gepackt hatte, seit er Bregar im Gottesurteil unterlegen war, kam ihm jetzt schon fast unwirklich vor.

Er wandte sich Aldheide zu.

»Seltsam«, sagte er. »Ich hätte schwören mögen, dass die Trolle hier oben irgendeine Teufelei aushecken. Irgendwelches Hexenwerk, das den Ausgang der Schlacht beeinflussen wird. Es hat sich angefühlt wie eine Vorahnung, die Gewissheit eines drohenden Unheils. Ich war so überzeugt davon, dass ich die Schlacht vorangetrieben habe und eine Entscheidung erzwingen wollte, bevor sie den Zauber vollenden konnten.

Und dann ist gar nichts geschehen. Der Platz ist so leer, die Hexenmeister sind verschwunden, und alles sieht so harmlos aus.«

»Vielleicht hast du ihr Ritual rechtzeitig unterbrochen«, erwiderte Aldheide. »Die Hexer sind geflohen, als das Schlachtenglück im Tal sich zu ihren Ungunsten wendete.«

»Ach was«, spottete Stavos vom Rehhügel. »Trolle und Zauberei – wer hätte davon schon einmal gehört? Ich sage euch, das war ein abergläubischer Mummenschanz. Sie haben etwas nachgeäfft, was sie anderswo gesehen haben. Natürlich kam nichts dabei heraus – wie sollte es auch?«

»Ja«, räumte Hragaud ein. »Das sähe ihnen ähnlich. Es sind ja nur Trolle.«

Er blickte sich nach dem Kessel um, überlegte kurz und fügte hinzu: »Sie haben vermutlich recht. Es ist nichts passiert, weil da gar nichts war.

Warum über gewonnene Schlachten grübeln?«

II. TEIL

SOMMER

7. KAPITEL

Am Tag nach dem Mittag des Juni
im 21. Jahr der Krönung von Agos I.
(11. Juni 963 nach Horomischer Zeitrechnung)

Horome, in den Vorstädten

Bregar hatte sein Heerlager vor die Tore der Stadt verlegt, dorthin, wo das Leben schon fast zum Erliegen gekommen war. Dort standen Siedlungen, wo kaum noch ein Mensch wohnte. Die Felder lagen brach, die Wiesen und Weiden waren verwildert.

Jetzt gab es Zelte und Lagerfeuer an jedem freien Flecken. Die Ritter hatten alle Gebäude im Ort eingenommen und die Pferde sicher untergebracht. Bregar hatte sein Hauptquartier in dem Gasthaus aufgeschlagen, das sie bereits geplündert vorgefunden hatten. Die Vorstadt lag auf einem Hügel, sodass sie vom Obergeschoss des Wirtshauses aus sogar den Fluss und die Insel in der Ferne im Blick hatten.

Es dauerte ein paar Tage, bis sie alles geordnet hatten. Zum Zehnttag waren sie fertig, und Bregar hielt die Ruhe des Feiertags ein. Am folgenden Morgen jedoch versammelte er die Komture und Marschälle.

Die Gaststube war niedrig, die kleinen, weit geöffneten Fenster ließen selbst am hellen Tag kaum Licht herein. So beugten sich die Männer über den großen Tisch, den Bregar besorgt hatte, und kniffen die Augen zusammen.

»Im Grunde«, befand Bregar, »haben wir Glück gehabt.«

Die Führer des Heeres starrten ihn an. »Wenn das Eure Vorstellung von Glück ist, Herr Großkomtur«, knurrte Marschall Eudoxios, »dann möchte ich nicht in Eurem Heer sein, wenn Ihr einmal einen unglücklichen Tag erwischt.«

Ein paar der Komture schnaubten belustigt, andere blickten betreten zur Seite. Bregar blieb ungerührt.

Ihm war der Wechsel in der Anrede nicht entgangen: Eudoxios an Cradin vermied seit der Niederlage am Fluss die ritterliche Ansprache, als wollte er auf Abstand zu Bregar gehen. Bregar hätte darüber gekränkt sein können – doch am Ende gab es nur eines, um das Vertrauen des Marschalls zurückzugewinnen, und das hatte er ohnehin im Sinn: den Krieg zu gewinnen!

»Ich meine das ernst, Marschall an Cradin«, erklärte er. »Stellt Euch vor, Bponur hätte uns mehr Boote an die Hand gegeben und wir wären versucht gewesen, den ersten Angriff mit aller Macht zu führen. Was wir dann auf dem Fluss hätten verlieren können!

Aber Bponur hat uns davor bewahrt. Wir haben die angeworbenen oder ausgehobenen Knechte aus den Dörfern vorausgeschickt, und es hat uns kaum einen Kämpfer von Stand gekostet, ja nicht einmal einen Hausknecht unserer Orden.«

»Auf dem Fluss nicht«, wandte Pescar an Nadir ein, ein Landmeister vom Orden der Strahlenden Waffen. Mit seinem spärlichen, fahlblonden Haar sah er älter aus, als er war. »Bei dem Brand an Land sieht's schon anders aus.«

»Fürwahr«, polterte Großmeister an Ferriac, der mit dicken Verbänden am Tisch saß und nach Fieber roch. Er hatte sich dennoch nicht davon abhalten lassen, an der Versammlung teilzunehmen. »Ich hab in dem verfluchten Höllenfeuer meinen frisch gesprossenen Bart eingebüßt!«

Bregar verzog das Gesicht. »Wir haben viele ausgebildete Schützen verloren«, räumte er ein. »Und das schmerzt mehr als all die Plänkler, die in den Fluten geblieben sind. Trotzdem, es hätte schlimmer kommen können. Die Kaiserin hat ihre schärfste Waffe offenbart, und wir sind mit ein paar Schrammen herausgekommen.«

»Schön und gut«, sagte Eudoxios. »Nur, was hilft uns das? Egal, ob wir beim nächsten Mal mit Landsturm oder Hausknechten oder Rittern kommen – diese Leviathane, die das Weib auf dem Fluss hat, verschlingen alles, was wir losschicken.«

»Ich will keinen weiteren Sturm wagen«, sagte Bregar. »Wir werden unsere Taktik ändern.«

Er wies auf die Karte. Eudoxios' Blick folgte der Geste. Der Marschall runzelte die Stirn, beugte sich weiter hinunter und rief: »Schafft doch mal Kerzen her!«

»Zu dieser Stunde?«, widersprach Meister Pescar. »Das grenzt an Gotteslästerung. Ich schlage vor, wir schaffen den Tisch nach draußen.«

»Sinnlos«, sagte an Ferriac. »Auf dem bunten Fetzen sieht man eh nichts.«

Bregar nickte grimmig. Die Karte zeigte die Umrisse der Stadt, die Insel und die Mauern. Welcher Kartograph hätte auch das ganze Gewirr der Gassen zeichnen können? Aber Bregar wollte keinen Kampf in der Stadt planen. Für seine Zwecke reichte das Pergament aus.

Er zückte den Dolch und stach die Spitze dort ein, wo die Hauptstraßen in der Nähe des Südtors am inneren Mauerring zusammenliefen. »Ihr alle habt das große Gebäude mit den Türmen dort gesehen«, sagte er.

»Den Tempel«, warf an Ferriac ein.

»Mag sein«, erwiderte Bregar. »Doch gewiss kein Tempel Bponurs.«

»Tatsächlich?« An Ferriac starrte Bregar an, als wäre dieser Gedanke unvorstellbar für ihn. Bregar hingegen hatte gehört, dass es in Horome sogar Tempel gab, die Gotor selbst geweiht waren! Das war ein Missstand, den sie beseitigen würden – wenn dieser Krieg erst einmal gewonnen war!

»Das Gebäude liegt günstig«, stellte er fest. »Es ist groß. Es grenzt fast an den Stadtwall. Von den Türmen aus sieht man die Straßen und den Fluss. Ich will den Platz zu einer Festung ausbauen, von der aus wir die Stadt beherrschen. Ihr, an Ferriac, bleibt als Kommandant zurück.«

»Was?«, polterte Barimbold an Ferriac. »Zurückbleiben? Wollt Ihr mich in einem Heidentempel verrecken lassen? Ich will nicht elend im Bett sterben. Ich will mit Euch ziehen und ehrenhaft im Kampfe fallen!«

»Niemand stirbt«, entgegnete Bregar, doch er kam sich vor wie ein Lügner.

An Ferriac roch nach Tod; Fieber und Fäulnis stiegen von ihm auf und erfüllten den ganzen Raum. Der Großmeister war auf der Brücke gewesen, als die Brandgeschosse niedergingen. Sein halbes Gesicht war verbrannt, und Bponur allein wusste, welche Wunden er noch davongetragen hatte.

Bregar hatte noch niemanden gesehen, der mit solchen Verletzungen überlebt hätte. Barimbold an Ferriac war ein großartiger Kämpfer, doch er war verloren.

»Ich will nur, dass Ihr an einem ruhigen Ort Zeit zur Genesung findet«, fuhr er fort. »Darum werdet Ihr in Horome dafür Sorge tragen, dass die Kaiserin von Osten her eingeschlossen bleibt.«

»Was bringt uns das?«, fragte Eudoxios. »Sie hat ein riesiges Hinterland auf der anderen Seite des Stroms, wo sie jeden Tag Nachschub für neue gottlose Orgien finden kann.« Er schnalzte mit der Zunge.

Bregar sah ihn missbilligend an. Er zog den Dolch aus dem Pergament und wies damit auf den Marschall. »Das«, sagte er, »wird Eure Aufgabe sein.«

Er rollte eine zweite Karte aus, die das weitere Umland

zeigte. »Ihr werdet fünfhundert Lanzen in den Süden führen«, erklärte er. »Und von dort über die Hammerschlagfurt auf die andere Seite des Ragnat. So nehmen wir Horome in die Zange und belagern die Kaiserin von beiden Seiten. Wir haben genug Männer dafür.«

»Das wird nicht gelingen«, befand einer der Komture. »Sie kann mit den Kriegsschiffen hinfahren, wo sie will. Solange sie den Fluss beherrscht, können wir sie niemals einschließen.«

»Sie mag mit ihren Schiffen von den Schaumpfaden im Süden bis zur Nebelfurt im Norden rudern. Doch das hilft ihr gar nichts, wenn sie nirgendwo an Land gehen kann«, sagte Bregar. »Wir werden jeden Weiler, wo die Kaiserin Hilfe finden könnte, entweder besetzen oder niederbrennen.«

Er wandte sich an Marschall Eudoxios. »Deswegen gebe ich Euch die Hälfte des verbliebenen Heeres mit und schicke Euch zur südlichen Furt. Alle bedeutsamen Orte am Strom liegen von hier aus im Süden, und Ihr werdet sie unterwegs einnehmen, Eudoxios. Erst am Ostufer, später, von der Hammerschlagfurt aus, am Westufer.

Ich werde mich derweil mit dem Rest des Heeres um die Grafschaften und Rittergüter im Umland kümmern. Dort können wir uns auch neue Kräfte beschaffen, die unsere Verluste am Fluss mehr als ausgleichen. Und es bringt uns beiden den Nachschub, den wir brauchen.«

Er sah Eudoxios scharf an. »Vor allem Euch, Marschall«, fügte er eindringlich hinzu. »Denn wenn wir uns jetzt trennen, werden Eure Nachschubwege lang werden. Ihr müsst jede Stadt und jeden Grafen auf Eurem Weg niederwerfen, weil von nun an dieses Land Euer Heer versorgen muss. Ist Euch das klar, Marschall? Das Kommando gebührt Euch, dem Rang und der Erfahrung nach. Doch ich kann es Euch nur anvertrauen, wenn Ihr frei von Zweifeln überall kämpfen werdet.«

»Wenn Bponur es will, wird es geschehen«, gab der Marschall zurück. »Ich kann kämpfen. Ich werde sehen, ob wir die Scharte am Fluss an anderer Stelle auswetzen können.«

Eure Scharte, glaubte Bregar herauszuhören.

»Ich werde Giwion von Saale zum Landmeister ernennen und Euch als Hauptmann für die Reiterei zuweisen«, sagte Bregar. »So ein Held wird die Ritter beflügeln.«

Bregar konnte sehen, wie die Mundwinkel des Marschalls nach unten gingen. »Ihr habt Einwände?«, fragte er.

»Ich halte ihn für einen Heißsporn«, erwiderte Eudoxios.

»Genau das Richtige, wenn Ihr die Städte und Burgen auf Eurem Weg schnell einnehmen wollt«, befand Bregar. »Eure Weisheit und sein, hm, Beispiel werden Großes bewirken, davon bin ich überzeugt.«

Er trat an das Fenster. »Außerdem werde ich einen Boten an meinen Sohn schicken, der im Osten den Nachschub schützt. Ich werde Zimmerleute und Baumeister aus der Heimat kommen lassen, die mit Brücken und Belagerungsmaschinen vertraut sind. Mit der geeigneten Ausrüstung, mit den richtigen Waffen, werden wir am Ende selbst die Leviathane der Kaiserin versenken und ihre Zitadelle erstürmen.

Vor dem Winter und von beiden Seiten des Flusses aus, wenn Ihr bereitsteht, Marschall. Das verspreche ich Euch.«

»Sie sind fort«, stellte Meris fest.

Gemeinsam mit der Dame Sortor war sie aus der Rübleinspforte an der Ostseite der kaiserlichen Insel getreten und stand nun auf dem schmalen, unbefestigten Uferstreifen. Der Ragnat strömte glucksend am Kiesufer entlang, unberührt von den Ereignissen der vergangenen Tage. Das Treibgut der Schlacht war fortgeräumt, genau wie die alten Kähne, fahrtüchtig oder nur noch Wracks, die hier immer gelegen hatten, so lange Meris zurückdenken konnte.

Sie trat vor, bis das Wasser fast ihre Füße benetzte, und hielt den Kopf in den Wind. Nach dem letzten Monat in der Festung brauchte sie ein wenig freien Raum um sich. Das Leben zwischen den Mauern war ihr mit der Zeit immer enger und dumpfer geworden, obwohl sich im Palast im Grunde nicht viel verändert hatte.

Erstaunlich, was es ausmacht, wenn ein Heer vor den Toren steht und man sich eingesperrt fühlt, dachte sie.

»Sie vermissen die Fähre, Meris?« Sortor war an ihre Seite getreten. Das Gesicht der Zauberin verschwand unter einer weiten Kapuze, ihre Hände stecken in irgendwelchen Taschen der blauen Kutte, während sie neben Meris' in dunkles Leder gehüllte Gestalt stand.

Meris hatte keine Ahnung, woher Sortor gewusst hatte, dass sie zum Fluss wollte. Aber sie hatte nicht gefragt. Im letzten Monat waren sie und die Zauberin sich nähergekommen, als Meris es gewollt hatte. Die Aufgaben bei der Verteidigung der Stadt brachten sie zusammen, und Meris musste zugeben, dass Sortor hilfreich war. Als einzige Edle bei Hofe zeigte sie Meris gegenüber keine Geringschätzung, sondern bot dieser immer ihre Unterstützung an.

Heute hatte sie mit ein paar Wachen vor dem Tor gestanden, als Meris den Palast verließ, und sich ohne viele Worte angeschlossen. Es war fast unheimlich, wie gut Sortor stets im Voraus zu wissen schien, was Meris gerade plante – aber vermutlich war das ihre Aufgabe als Hofrätin für Kurierwesen.

Sortor hatte ihre Begleiter bei der Pforte zurückgelassen und war neben Meris auf den Uferstreifen getreten, obwohl Meris sich ein wenig Einsamkeit gewünscht hätte.

Sie fragte sich, ob Sortor der Sinn nur nach Geplauder stand, oder ob es ein echtes Anliegen gab, das sie abseits des Palastes mit ihr bereden wollte.

»Ich habe nie die Fähre benutzt«, erwiderte Meris. »Sie war vor allem für das niedere Stadtvolk, das nicht über die Brücken und durch die Tore der Insel gekommen wäre. Ich vermisse den wilden Markt, der hier am Ufer immer abgehalten wurde.«

»Ich habe gehört, die Rüben waren eher von zweifelhafter Güte«, gab Sortor zurück. Sie war erst seit einem Jahr in der Stadt und hatte Horome nie in Friedenszeiten erlebt.

»Man bekam die Stimmung der Unterstadt umsonst dazu«, wandte Meris ein. »Oft hat man hier Dinge aufgeschnappt, noch bevor selbst von Reinenbach in seinem Kontor davon wusste.«

Sortor nickte, ein fast nicht wahrnehmbares Aufblitzen ihres blassen Antlitzes unter der steifen Kapuze.

»Inzwischen erkenne ich die Stadt nicht wieder«, fügte Meris hinzu. »Als ich im letzten Monat zurückkehrte, wagte ich kaum, die Hauptstraße zu verlassen. Ich hatte mein Gespür verloren, welche Stadtviertel sicher sind. Dabei habe ich vor einem Jahr noch in der Unterstadt gelebt – könnt Ihr Euch das vorstellen?«

»Es gibt keine Stadt mehr außerhalb der Insel«, sagte Sortor. »Das Westufer ist weiterhin in Feindeshand. Sie haben nur ihre Stellungen ein wenig zurückverlegt.«

Sortor übertrieb – jedenfalls in Bezug darauf, dass Horome nur noch aus der Insel bestand. Die Viertel am Westufer waren weitgehend unversehrt, und dieser Teil der Metropole allein war nach wie vor größer als jede andere Stadt im Reich. Der Westteil der Stadt war immer der wohlhabendere gewesen. Die Hungersnöte im Winter und die Maßnahmen des Kanzlers hatten dort kaum Spuren hinterlassen.

Es war nur nicht mehr die Stadt der Kaiserin. Mit genug Soldaten konnte man sich bei Tag auf den Straßen in den Westvierteln sicher bewegen. Man konnte auf den Märkten einkaufen oder ins Umland reisen. Aber die Ruhe war trügerisch.

Bei Nacht gab es Überfälle, und die Tore der Inselfestung musste man zum Westen hin fast ebenso gut schützen wie gegen die Ritter aus dem Osten. Meris hatte das Gefühl, dass nicht allein Räuber und unzufriedene Bürger die Stadt in Unruhe versetzten – da waren Agenten und Söldner des Grafen von Edern am Werke, auch wenn der mit dem Kanzler zum Frühjahrsfest einen Friedensvertrag geschlossen hatte.

Meris zuckte die Achseln.

»Ihr seid Hofrätin geworden«, stellte sie fest, »doch den Titel als Hofmagierin habt Ihr nie verloren. Ich frage mich, wenn sich mit Magie so viel bewirken lässt, warum führen wir dann diese Schlachten? Warum schafft Ihr uns nicht einfach die Heerführer aus dem Osten vom Hals und beendet den Krieg auf diese Weise?«

Sortor lachte. »Sie meinen, ich soll einen Dämon auf Großkomtur von Leutenfeld hetzen? Und womöglich gleich all die Fürsten an seiner Seite mit in die Höllen schicken?«

»Ich nehme an, das wäre hilfreich«, befand Meris.

»Eine erfrischende Sicht der Dinge«, sagte Sortor. »Was würde die Kaiserin davon halten?« Sie schob den Kopf unter der Kapuze hervor und zwinkerte Meris zu.

Meris biss sich auf die Lippen. »Ihre Majestät Aruda Callindrin schreckt mitunter vor den härteren Notwendigkeiten ihrer Herrschaft zurück. Es ist kein Zufall, dass sie während der Schlacht keinen Blick aus dem Palast gewagt hat.«

»Und keinen Blick auf das Schlachtfeld, bevor die Leichen fortgeräumt waren«, bestätigte Sortor. »Sie finden Gehör bei der Kaiserin, Fräulein Meris. Vielleicht sollten Sie Ihre Majestät davon überzeugen, dass sie sich diese Zurückhaltung nicht erlauben kann.«

»Vielleicht«, entgegnete Meris. »Aber vielleicht würde ich

kein Gehör mehr bei der Kaiserin finden, wenn ich sie dazu dränge. Ich tue, was getan werden muss, und die Kaiserin fragt mich niemals nach den Einzelheiten. Sie will nichts darüber wissen – und wenn sie will, dass andere ihr diese Aufgabe abnehmen, halte ich es für klüger, mich zu fügen.«

»Ich freue mich, dass Sie selbst zu dieser Erkenntnis gefunden haben.« Sortor legte Meris die Hand auf den Arm. Der Griff fühlte sich kalt an durch das Leder der Kleidung hindurch. »Ich sehe, wir verstehen uns. Darum arbeiten wir so gut zusammen.«

Meris verzog das Gesicht. »Ich tue zwar, was nötig ist. Aber Ihr müsst nicht glauben, dass es mir gefällt. Wenn die Zeiten friedlicher werden …«

Sortor fiel ihr ins Wort. »… dann wird es bestimmt nicht weniger Mühe erfordern, diesen Frieden zu erhalten. Fräulein Meris, Sie waren lange genug im Dienst, um die Wahrheit zu kennen. Sie sind nicht wie die Kaiserin, nicht wahr? Sie wissen es, und ich weiß es auch: Sie können einen toten Feind ansehen und Befriedigung empfinden statt Abscheu und Bestürzung.«

Meris starrte auf den Fluss hinaus. Dennoch spürte sie den Blick von Sortors roten Augen, die sich durch ihren Hinterkopf hindurch in ihr Inneres bohrten. Meris dachte an den toten Kanzler Arnulf in einem Zimmer in Meerbergen, niedergestreckt von ihrer Hand.

Sie hatte Arnulfs Niederlage im Süden verschuldet und damit auch die Niederlage der Kaiserin. Sie hatte das aus ganz eigennützigen Gründen getan, auch wenn sie sich noch so sehr eingeredet hatte, dass es dem Wohle des Reiches diente. Jetzt spürte sie Sortors Blick, und sie fühlte sich durchschaut. Die Zauberin wusste davon. Sie wusste alles!

Und ja – es hatte sich gut angefühlt, den Kanzler tot in seinem Blute zu sehen!

»Wir sind uns ähnlicher, als Sie glauben, Fräulein Meris«, befand Sortor. »Und was Ihre Frage angeht, die Frage nach meiner Magie: So einfach ist es nicht.«

Sortor löste den Griff um Meris' Arm und wartete einen Augenblick, bevor sie weitersprach: »Die Welt der Magie, das ist die Welt, in der unser Geist zu Hause ist. Manche Menschen können ihren Geist konzentrieren und Einfluss nehmen … Nennen wir es Zauberei. Und die jenseitigen Wesen, nennen wir sie Dämonen, leben nur in der Welt des Geistes. Sie sehen den Geist der Menschen, und unsere Welt können sie nur durch diesen Geist wahrnehmen, niemals unverfälscht.

Das«, schloss Sortor, »setzt meiner Magie Grenzen. Wenn viele Menschen versammelt sind, macht das bloße Vorhandensein ihrer Wünsche, ihres Willens und ihrer Wahrnehmung es schwer für einen Zauberer, den eigenen Einfluss durchzusetzen. Und steht dem Zauber ein starker Geist gegenüber, einer, der von seiner Kraft und Unangreifbarkeit überzeugt ist, dann ist es fast unmöglich, diesen Widerstand zu brechen. Und trifft ein jenseitiges Wesen auf einen solchen Menschen, Meris, bedenken Sie, was es wahrnimmt: Hält der Mensch sich für mächtig, sieht der Dämon nur die Macht in ihm. Denn für so ein Wesen ist der Geist die einzige Wirklichkeit.

Und Sie wollen, dass ich meinen Zauber gegen einen Fürsten richte, der im vollen Bewusstsein seiner Stärke aufgewachsen ist, der jeden Tag aufs Neue seine Macht bestätigt sieht, und der zudem von einem Heer von Tausenden umgeben ist, deren Geist ebenfalls an die Macht dieses Feldherrn glaubt? Nun, tut mir leid. Die Führer der Menschen drücken selbst der Geisterwelt ihren Stempel auf. Es ist schwer, mit Magie an sie heranzukommen.«

Bis jetzt hatte Sortor ernst und ruhig geklungen. Doch nun

nahm ihre Stimme wieder den spöttischen Beiklang an, den Meris von ihr kannte. »Da spielt es kaum noch eine Rolle«, fügte sie hinzu, »dass auch bloße Materie einen Zauber verzerren kann. Metalle insbesondere. Die Rüstung dieser Ritter aus dem Osten wirkt in mehr als einer Welt.«

Meris verzog das Gesicht. »Ich habe viel von Zauberern gehört«, sagte sie. »Und immer höre ich Gründe, warum sie gerade das, was man von ihnen will – das, was einen greifbaren Nutzen hätte! –, nicht zuwege bringen. Nichts für ungut, Dame Sortor. Es klingt für mich wie eine Ausrede für eine Kunst, die in der Tat vor allem auf den Geist der Menschen zielt, obwohl sie in Wahrheit wenig bewegt.«

»Oh.« Sortor klang belustigt, nicht gekränkt. Sie nahm Meris beim Arm und führte sie zurück zum Tor. »Alles auf der Welt sind nur Räder, die ineinandergreifen. Magie kann etwas bewirken. Vielleicht nicht so viel, wie manch schlichtes Gemüt glauben mag, und vielleicht auch um einem höheren Preis, als der Zauberer bezahlen will. Deswegen können bloße Worte zur rechten Zeit, sorgfältig gehegte Pläne und mitunter rohe Kraft und bewaffnete Heere am richtigen Ort einiges mehr bewirken.

Ich selbst, Fräulein Meris, habe immer daran geglaubt, dass der wahre Zauberer nicht derjenige ist, der sich allein auf die jenseitige Welt verlässt. Die wahre Magie liegt darin, dass man alle verfügbaren Kräfte im Diesseits in der besten Weise zu ordnen versteht und am Ende seinen Willen bekommt.«

»Schafft die Brocken da rüber!«

Niki schwitzte. Sie las Steine auf und lud sie auf eine Schubkarre. Rings um sie waren andere Knechte damit beschäftigt, Mauerreste mit großen Hämmern zu zertrümmern und die Bruchstücke zusammenzutragen. Ein Stück weiter die Straße hinunter brannte ein Haus lichterloh – Männer darum herum versuchten, das Feuer einzudämmen.

Niki schnaufte und blies den Geruch nach Rauch aus der Nase. Sie wischte sich über das Gesicht, doch ihre Hände waren bereits schwarz von Ruß, und vermutlich sah sie aus wie der Gehilfe eines Kaminkehrers.

»Verdammt«, fluchte sie. »Ich habe hier nichts verloren.«

Kylon, ein dürrer alter Knecht, der neben ihr arbeitete, lachte keckernd. »Das denken viele, Mädchen. Aber jetzt bist du schon mal hier und kannst auch anpacken.«

»Nein!«, sagte Niki. »Du weißt, was ich meine. Ich bin zum Kämpfen gekommen. Stattdessen … Bauarbeiten. Wo ist da Ruhm zu ernten?«

»Ruhm.« Kylon schüttelte den Kopf. »Ruhm ist für Ritter. Wenigstens wirst du bei der Schanzarbeit nicht erschlagen. Solange sie dich nicht dahin stellen, wo sie die Mauer bauen, heißt das.«

Niki schnaubte unwillig. Warum hatte der Fürst sie nur hiergelassen, damit sie in diesem unheimlichen Häusermeer Wache schob, während er mit dem größten Teil des Heeres irgendwo da draußen in die Schlacht zog? Niki hätte fast glauben mögen, dass Linos daran gedreht hatte – seinen Vater beschwatzt, um sie zu »beschützen«.

Dabei hatte Linos selbst ihren Schutz bitter nötig!

Aber Leutenfeld hatte die meisten Hausknechte seines Ordens zurückgelassen, also hatte es wohl nichts mit ihr zu tun. Und zudem war das Kastell, von dem aus sie die Stadt überwachen sollten, noch gar nicht fertig!

Darum waren die Knechte jetzt damit beschäftigt, die umliegenden Häuser abzureißen. Auf diese Weise sorgten sie für freie Sicht um die Festung, und den Schutt und die Steine türmten sie zu Wällen auf, um die Lücken in ihrer Befestigung zu schließen.

Nikis Finger schmerzten schon vom Heben der Steinbrocken. Sie fragte sich, ob sie überhaupt noch ein Schwert halten konnte, wenn plötzlich die Soldaten der Kaiserin auf sie zustürmten. Vielleicht bekam sie wenigstens ein paar zusätzliche Muskeln von der Arbeit.

»Nicht träumen!« Takis, der Sergeant ihres Trupps, stieß sie an. »Das ist was anderes als Blumen pflücken auf der Wiese.«

Niki hasste den Burschen – ein Kerl um die vierzig mit rotem Haar, das er um den kahlen Schädel umso länger wachsen ließ. Er prahlte gern mit seiner Erfahrung als Fußkämpfer des Ordens, aber bei den Übungen mit Linos' Bruder hatte er gar keine gute Figur gemacht.

Niki war überzeugt, dass sie ihm seine große Klappe stopfen konnte, wenn es wirklich ernst wurde.

»Ich sollte lieber im Stall anpacken«, sagte sie. »Nicht hier draußen. Mit Pferden kenne ich mich aus.«

»Ja, will ja auch Ritter werden, die Dame«, warf Kylon von der Seite ein.

Niki sah ihn böse an. Die beiden Männer lachten.

»Ich werde sehen, was ich tun kann«, sagte Takis gönnerhaft. »Du kannst sicher eine Schicht im Stall einlegen, wenn wir hier Feierabend machen.«

Hragaud brannte darauf, seinen Feldzug abzuschließen und den Sieg zu nutzen. Aber in den Tagen nach der Schlacht hatte ein Fieber viele seiner Männer ans Bett gefesselt. Das Heer lagerte immer noch in der Nähe des Hügels, wo sie die Schlacht geschlagen hatten.

Hragaud ging durch die großen Zelte, in denen die Kranken lagen, und verschaffte sich einen Überblick. Zwei Knechte trugen einen Toten hinaus. Es war heiß und stickig unter den Zeltplanen, und oben brannte die Sonne so gnadenlos auf sie herab wie seit dem Tag, da sie den dunklen Pfad der Grôta verlassen hatten.

»Reißt die Seitenwände heraus!«, befahl Hragaud den Knechten, die sich um die Kranken kümmerten. »Wir brauchen Schatten, aber wir brauchen mehr Luft!«

»Die Luft bewegt sich ohnehin kaum«, sagte Stavos vom Rehhügel, der an Hragauds Seite ging. »Ich frage mich, ob es einfach die Sonne in diesem Land ist, die die Männer ansteckt. Jetzt brennen sie genauso heiß.«

Hragaud schüttelte den Kopf. »Die Sonne ist das Auge Bponurs. Er beobachtet uns eindringlich. Doch er stellt uns allenfalls auf die Probe und schickt keine Krankheiten.«

»Das war der verdammte Rauch von den Scheiterhaufen«, warf eine dünne Stimme hinter ihnen ein. »Die Asche von diesen gottverdammten Trolldämonen, die in die Luft gewirbelt wurde. Das ganze Heer hat sie eingeatmet – kein Wunder, dass es uns vergiftet hat.«

Hragaud fuhr herum. »Grasold!«, rief er. »Du bist wieder auf den Beinen!«

Der Komtur Grasold Aldheide war zu ihnen getreten. Er sah aus wie der Tod. Sein Gesicht war blass und glänzte von einem dünnen Schweißfilm. Hohlwangig stand er da, stützte sich auf einen Stock, der aus einer geborstenen Lanze geschnitzt war, und schien um die Hälfte abgemagert zu sein.

Das Fieber hatte ihn am zweiten Tag nach der Schlacht eingeholt. Seitdem hatte er in seinem eigenen Zelt gelegen, versorgt von seinem Knappen, und Hragaud hatte sich mit jedem Tag mehr Sorgen um seinen alten Freund gemacht.

»Zu früh auf den Beinen, wenn Ihr mich fragt«, bemerkte vom Rehhügel wenig mitfühlend.

Aldheide hob den Stock und schwang ihn matt. »Die faule

Jugend mag gerne liegen bleiben, wenn es ihr behagt. Ich habe jedenfalls genug geruht.«

Hragaud betrachtete ihn zweifelnd.

»Wie sieht es aus?«, fragte Aldheide. »Habe ich etwas versäumt?«

»Wir haben alle viel Zeit verloren«, gab Hragaud zurück. »Aber das ist kein Grund, es jetzt zu überstürzen.«

»Ich kann reiten«, sagte Aldheide. »Ich habe gehört, andere sind schlimmer dran.«

»Die meisten erholen sich wieder«, antwortete Hragaud. »In den letzten Tagen gab es nur wenige neue Erkrankungen. An dem Fieber gestorben sind vor allem die, die in der Schlacht schwer verwundet worden sind.«

»Wir haben schon Schlimmeres erlebt«, schloss Aldheide. »Ich denke an die Ruhr, die uns auf dem Weg nach Esgarth die Hälfte der Männer gekostet hat, noch bevor …«

Hragaud winkte ab. »So eine schlimme Krankheit ist es nicht. Sie kommt nur ungelegen.«

»Ungelegen?«, sagte Aldheide. »Ein Fieber vor der Schlacht, das nenne ich ungelegen. Ein Fieber nach dem Sieg hingegen …« Er zuckte die Achseln.

»Es ist noch nicht vorbei«, erwiderte Hragaud.

»Hm, warum eigentlich nicht?«, fragte Aldheide. »Wir haben die Ungeheuer der Steppe geschlagen. Sind wir nicht deswegen gekommen?«

»Wir sind gekommen, um die Ungeheuer der Steppe zu vernichten«, sagte Hragaud. »Um dieses Land für die Menschen zurückzuerobern.«

»Ich hatte Zeit zum Nachdenken«, setzte Aldheide an.

»Im Fiebertraum«, bemerkte vom Rehhügel spöttisch.

»Aber dafür nüchtern«, ergänzte Aldheide ungerührt. »Was nach unserem Sieg wahrscheinlich nicht jeder behaupten kann. Wie auch immer, ich denke daran, wie schwer es war, in diesem Land überhaupt unseren Feind zu finden. Sie werden vermutlich nicht so dumm sein, sich uns noch einmal zu stellen. Also frage ich mich, warum nehmen wir nicht den Erfolg, den Bponur uns geschenkt hat, und kehren um?

Wir haben so viele Trolle erschlagen, wie die Wacht in den Schwarzen Bergen seit dem Sturz der Ronurer nicht zu sehen bekommen hat. Ist das nicht ein Ergebnis, auf das wir stolz sein können?«

»Das ist es«, bestätigte Hragaud. »Aber es waren nur Krieger, vergiss das nicht, Grasold. Es muss Frauen und Kinder geben. Lager oder Dörfer oder gar Städte. Irgendwo müssen diese Krieger herkommen, und du weißt selbst, wie schnell neue Krieger nachwachsen, wenn ihre Heimat unversehrt bleibt.«

»Von Städten und Dörfern haben wir bisher nichts gesehen.«

»Dann müssen sie weiter im Osten liegen«, erwiderte Hragaud. »Wir müssen nur weiterziehen.«

»Aber wie sollen wir sie finden?«, fragte Stavos vom Rehhügel. »In einem hat der Herr von Aldheide recht: In diesem Land kann man sich leichter verlaufen als etwas finden.«

»Die Trolle selbst werden uns zu ihren Heimstätten führen«, sagte Hragaud. »Ein paar von ihnen sind entkommen. Ich habe Jagdtrupps hinterhergeschickt. Die Grôta werden ihre Spur aufnehmen, und so werden wir nach und nach auch auf ihre Familien stoßen.«

»Unsere Späher haben gemeldet, dass die Trolle aus sämtlichen Richtungen zu diesem Hügel zogen«, gab Aldheide zu bedenken. »Das klingt so, als gäbe es viele Nester aufzuspüren.«

»Und wir werden sie aufspüren«, verkündete Hragaud entschlossen. »Alle. Wir haben ihre Krieger besiegt. Jetzt geht es darum, ihre Weiber und ihre Brut auszurotten, damit niemals wieder so eine Bestie nachwächst. Wir werden das Heer teilen, um sie überall aufzustöbern.

Ich bin nicht für einen raschen Sieg und Ruhm hergekommen, Aldheide. Ich will etwas Dauerhaftes erreichen – ich will unsere Welt sicherer machen.«

8. KAPITEL

18. Juni 963 – Horome

Auf der kaiserlichen Insel

Meris wartete in einer Seitengasse, umgeben von Männern, die die Lederrüstung, das Kurzschwert und den Stab der Stadtbüttel trugen. Marmar, ein Bursche, der zu klein wirkte für seine grotesken Muskeln, hielt eine Papierlaterne in der Hand, wie die Patrouillen der Nachtwache sie benutzten. Das Licht fiel auf die Narben in seinem Gesicht.

Es war die Zeit der Geisterwache – die letzten Augenblicke vor der Morgendämmerung. Anderswo hätte man am östlichen Horizont bereits ein schmales Lichtband erblickt, den Gesang der Vögel vernommen. Hier standen sie in einem dicht bebauten Stadtviertel mit alten, wuchtigen Herrenhäusern, ohne freien Blick in die Ferne und ohne gefiederte Sänger.

In diesem Moment hörten sie Lärm von der Hauptstraße. Aufgeregte Rufe, das Geräusch von Schlägen. Jemand rief nach der Wache.

»Unser Stichwort«, sagte Meris. »Und gib das Licht an Kaval weiter.«

»Warum?«, fragte Marmar mürrisch.

»Wir wollen Vertrauen erwecken.« Meris setzte sich in Bewegung.

Die richtige Stadtwache würde heute Nacht nicht erscheinen. Meris hatte sie in der Wachstube zurückgelassen auf einen gesiegelten Befehl der Kaiserin hin und mit zwei Gardisten der Greifenkompanie, die an der Tür Wache hielten.

Mit ihrem formellen Titel als »Kaiserliche Sonderermittlerin für verräterische Umtriebe« und ausgestattet mit dem Reichssiegel, das seit dem Sturz des Kanzlers ohne Bewahrer war, hätte sie gewiss noch mehr Soldaten für den Einsatz bekommen können. Doch Meris machte sich nichts vor, was den Umfang ihre Befehlsgewalt bei Hofe anging.

Sie bevorzugte also die dritte Quelle, die Ihre Majestät ihr eröffnet hatte: die kaiserliche Schatzkammer! Gold stellte keine Fragen, Gold hatte kein Standesbewusstsein und keine Verbindungen. Es verschaffte Meris eine Truppe, die unabhängig und vorzugsweise im Dunkel operierte, handfeste Söldner, in den Vorstädten angeworben, ohne Verpflichtungen bei Hofe und ohne Skrupel.

Sie kamen auf die Hauptstraße. Meris hieß die Hälfte ihres Trupps zurückzubleiben. Sie selbst ging mit dem Rest der Männer auf das alte wuchtige Gebäude vor ihnen zu. Die Mauern ragten weit in die gepflasterte Straße hinein, die Fenster waren schmal, und um das Dach liefen Zinnen. Der Eingang war eine enge Pforte mit einer ungeheuer dicken Tür, die halb offen stand. Es war eine regelrechte Festung.

Vor einem der Fenster standen drei bewaffnete und livrierte Diener um zwei Männer herum, die vor ihnen auf dem Boden kauerten. Der schwere Fensterladen zeigte Einbruchspuren.

Meris schwang ihren Stab.

»Was ist los?«, rief sie.

Die Diener drehten sich zu ihr um. Einer der beiden abgerissenen Burschen zu deren Füßen sprang auf und versuchte zu entkommen. Der Livrierte neben ihm schlug ihm den Knauf eines Schwertes an die Schläfe, und der Mann sackte zu Boden. Ein Brecheisen lag dort auf dem Pflaster.

»Wir haben die Dummköpfe erwischt, als sie einbrechen wollten«, sagte einer der Diener zu Meris, die mit ihren Begleitern stehen geblieben war. »Sie waren nicht einmal besonders leise.«

Meris ging an dem Mann vorbei auf die offene Haustür zu. »Waren das alle Schurken?«, fragte sie.

»Ja, ja …« Der Diener folgte ihr. »Es ist nicht nötig …«

Meris betrat das Gebäude. Der Diener und ihre eigenen Leute kamen hinterher. Die beiden anderen Lakaien blieben draußen bei den Einbrechern.

Noch mehr Dienerschaft stand in der Empfangshalle.

»Ich hoffe, dem Ritter ist nichts passiert.«

»Der Herr ist nicht herausgekommen. Die Mauern sind dick. Wenn wir hier drin leise sind, wird er vielleicht nicht mal …«

Meris fuhr herum und schlug dem Domestiken wortlos ihren Büttelstab auf den Kopf. Der Mann ging zu Boden. Zwei von Meris' Söldnern traten an ihr vorbei und rammten zwei weiteren bewaffneten Hausangestellten die Spitze ihrer Stäbe vor die Brust. Ein Hausmädchen im Nachthemd schrie auf.

Meris hielt ein Pergament hoch. »Im Namen der Kaiserin«, sagte sie. »Wer sich bewegt, wird getötet. Das ist eine Verhaftung.«

Von der Straße drang wieder Lärm herein. Der Rest ihrer Söldner kümmerte sich um die Lakaien und schleppte sie ins Haus. Die Männer, die mit Meris hereingekommen waren, warfen die Schlagstöcke weg und zogen die Schwerter. Einer von ihnen stürmte durch die Diele auf die Hintertür zu, mit den übrigen rannte Meris die Treppe hinauf.

»Den Ritter brauche ich lebend«, schärfte sie ihren Begleitern ein.

Sie bogen auf den Treppenabsatz ein. Meris wusste, wo der Ritter an Crianar schlief.

Der Ritter trat aus seiner Tür, verschlafen, aber mit dem

Schwert in der Hand, gerade als Meris dort eintraf. Sie blieb nicht stehen, duckte sich und rammte an Crianar die Schulter vor die Brust.

Der Mann taumelte, Meris stieß ihm das Knie in den Unterleib und versetzte ihm einen Kinnhaken. Der Ritter ging zu Boden. Meris' Begleiter kamen von der Seite, und Kaval kickte das Schwert des Ritters ins Schlafzimmer zurück.

»Was wollt ihr … Was wollt …« Mit schmerzverzerrtem Gesicht kämpfte sich Ritter an Crianar wieder auf die Füße.

»Ruhe.« Meris schlug ihm den Büttelstab gegen die Stirn, sodass der Ritter benommen zurücksank.

»Du kannst später reden. Im Kerker. Jetzt – schweig!«

Sie ging die Treppe hinab, die Männer schleiften an Crianar hinter ihr her. Unten in der Diele wartete der Rest ihres Trupps. Die Diener knieten in einer Ecke, die bewaffneten Lakaien von der Straße bluteten; einer schien einen Stich in den Bauch bekommen zu haben.

Einer der Einbrecher von draußen saß am Boden und hielt sich den Kopf, der andere kam auf Meris zu. »Sie haben ihn fast erschlagen, seht Ihr? Das war so nicht abgemacht. Dafür wollen wir extra Geld.«

»Warum sind die beiden noch da?«, fragte Meris.

Marmar grinste. »Ihr hört ihn doch, Herrin. Er will neu verhandeln.«

Meris überlegte kurz. Diese Einbrecher waren Herumtreiber ohne besondere Begabung, auf den Straßen der Unterstadt als Helfer geworben. Austauschbare Handlanger. Jetzt nur noch Zeugen.

»Ich denke, wir nehmen sie auch mit«, sagte Meris.

Der Mann, der gerade aufbegehrt hatte, starrte sie an.

»Und der Rest?« Kaval wies auf die Dienerschaft.

»Wir nehmen alle mit«, befahl Meris. »Die anderen können wir in einem Jahr laufen lassen, dann fragt keiner mehr nach der Geschichte.«

Sie trat vor den Ritter an Crianar, der matt zwischen zweien der Söldner hing. Er hatte im Auftrag des Kanzlers die Gesandten aus Edern betreut, als diese für die letzten Verhandlungen und für den Vertragsschluss im Frühjahr angereist waren. Und, wie Sortor ihr verraten hatte, reiste der Ritter auch jetzt noch verdächtig oft in die Westviertel Horomes. Meris hätte zu gern gewusst, was er dort anfing … und was ein umtriebiger Mann wie er zu Zeiten des Kanzlers sonst noch getan hatte.

»Was mit unserem Freund hier geschieht«, sagte sie und hob mit dem Schlagstock Crianars Kinn, »das entscheiden wir, wenn ich seine Geschichte gehört habe.«

Sie verließen das Haus. Gerade fiel das erste Morgenlicht auf die Dächer. Hinter manchen Fenstern regte sich schon das Leben, die Dienstboten begannen den Tag.

Meris mahnte ihre Männer zur Eile. Die führten den Ritter an einem Strick mit sich und trieben die Diener des Hauses vor sich her. Bevor die Stadt erwachte, wollte Meris wieder im Palast sein – in den sicheren Gewölben, die sie sich für ihre Arbeit eingerichtet hatte.

Sie war in einer schwierigen Lage. Die Bedenken, die Meris damals gehabt hatte – als Aruda sie neben Dauras in den kaiserlichen Rat berufen hatte –, die galten weiterhin: Sie war eine Fremde bei Hofe. Sie hatte es mit Edlen zu tun, die weit mächtiger waren als sie, die Verbindungen hatten.

Es gab nur einen Weg, wie sie tun konnte, was nötig war, und dabei überleben: Sie durfte nicht offen auftreten. Keine Befragungen, keine Verdächtigungen, kein Streit. Nur ausgesucht höfliche Gespräche und Andeutungen bei Tage.

Und Leute, die in der Nacht verschwanden, wenn Meris *ernsthaft* mit ihnen reden wollte!

Unter dem alten Kaiser war das ganz alltäglich gewesen. Jeder im Palast wusste, was mit jenen geschah, die nach Verschwundenen fragten. Jedem, der diese Zeit überlebt hatte, war der Umgang damit in Fleisch und Blut übergegangen.

Kaiser Aredrel war kein Monarch gewesen, auf den Horome stolz sein konnte. Aber er hatte Meris ein Erbe hinterlassen, mit dem sie arbeiten konnte.

Die Fürsten verachteten Meris. Sie war angreifbar. Doch wenn sie den Geist des alten Kaisers beschwor – wenn sie ihren Gegnern das Gefühl vermittelte, dass ein Schatten von dem, was einst war, wieder im Palast umging –, dann hatte sie eine Macht auf ihrer Seite, die selbst die Großen erschaudern ließ.

»Wer seinen Leib beherrschen will, der muss ebenso die Herrschaft über seinen Geist anstreben. Und wer seinen Geist beherrschen möchte, der muss auch seine Träume meistern.«

Die Sonne war gerade über den Horizont gestiegen. Kühle Luft drang durch die offenen Fenster im Kloster des Schwertes in Sir-en-Kreigen. Dauras saß in einem der kleinen Übungsräume vor einer Schar von Neulingen – Kindern! – und erteilte die erste Lehrstunde seines Lebens. Er hatte lange darüber nachgedacht, was für eine Kunst er den Novizen vermitteln sollte.

All diese Übungsstunden hatte er einst selbst besucht. Aber vieles, was darin gelehrt wurde, war an ihm vorbeigezogen, oder es war ihm einfach zugeflogen. Er hatte keine Ahnung, wie er es jemandem beibringen sollte.

Schließlich hatte er doch das Richtige gefunden. Eine Kunst, die er genauso hatte lernen müssen wie jeder andere Novize im Kloster, eine Kunst, die ihm als Blindem weder schwerer noch leichter gefallen war als heute. Eine Technik, in der jeder dieselbe Meisterschaft erlangen konnte, egal, was er an körperlichem Geschick mitbrachte, und darum so ziemlich das Einzige, wo Dauras ein Schüler gewesen war wie alle anderen auch, weder ausgeschlossen noch bevorzugt.

Er hatte es gelernt, er konnte es unterrichten.

Diese Kunst war das Klarträumen, das die Mönche im Tempel des Schwertes anwendeten, um sogar im Schlaf an ihren Kampftechniken zu feilen und die Bewegungen zu vertiefen, die sie bei Tage auf den Dielen der Halle des Kampfes eingeübt hatten.

Dauras' Schüler waren ungefähr sechs Jahre alt, und doch war er aufgeregter als vor jedem Gegner, dem er in den letzten zwanzig Jahren auf Leben und Tod gegenübergestanden hatte.

Der Raum vor ihm war ein kaum greifbares Gemenge von Farbtönen und schwer entwirrbaren Linien. Die Schüler knieten still vor ihm auf dem Boden, und er hatte immer noch Schwierigkeiten, unbewegte Objekte zu unterscheiden.

»In euren Träumen«, fuhr er fort, »könnt ihr wiederum eure Kampfkunst üben und damit den Körper besser beherrschen. So schließt sich der Kreis.«

Dauras hielt inne. Er dachte an die Zeit zurück, da er selbst in dieser Klasse gesessen hatte. Was hatte er bei diesen Worten empfunden? War er begierig gewesen, diese Kunst zu lernen? Er erinnerte sich nur daran, dass er begierig gewesen war, kämpfen zu lernen.

Ungeduldig.

Er spürte, wie die Kinder unruhig wurden, und kam zu dem Schluss, dass sich so viel wohl nicht verändert hatte.

»Ihr kennt Träume«, fuhr er fort. »Träume bringen euch an fremde Orte, sie lassen euch Dinge tun, die ihr nicht vermögt, wenn ihr wach seid. Aber normalerweise könnt ihr die Träume nicht steuern.

Aber genau das wollen wir in diesem Jahr zusammen lernen. Und als Erstes, wenn ihr euren Traum lenken wollt, müsst ihr erkennen, dass ihr träumt. Wer von euch hat so etwas schon einmal erlebt – dass er geträumt hat und plötzlich wusste, dass es ein Traum ist, ohne dass er dabei aufgewacht ist?«

Dauras hörte die Anzüge der kleinen Novizen rascheln. Es war nicht üblich, dass ein Schüler bei der Unterweisung das Wort ergriff, solange der Meister ihn nicht dazu aufforderte. Dauras überlegte, wie er jemanden aufrufen sollte, wenn er kaum erkennen konnte, wo die einzelnen Schüler saßen.

Da hörte er, wie die Türe ging, und eine kleine Gestalt trat in den Raum. Dauras konnte den Körper in der Bewegung deutlich sehen. Der Neuankömmling hielt inne und sagte: »Oh. Ihr habt schon angefangen.«

Dauras lächelte. Der ungeschickte Junge erinnerte ihn an seine eigenen Anfänge, damals, nachdem Abt Thurid ihn von der Straße aufgelesen hatte.

»Verzeih, dass wir nicht warten konnten, bis du mit deinen wichtigen Geschäften fertig warst«, sagte er.

Das war kein beißender Spott. Dauras wollte einfach nur seine Belustigung zum Ausdruck bringen. Doch kaum hatte er den Satz ausgesprochen, da erkannte er, dass der Tonfall nicht angemessen war – nicht für seine Stellung, nicht diesen Kindern gegenüber. Der Novize an der Tür stand unsicher da und schaute ihn nur an.

Dauras seufzte.

Er würde selbst noch eine Menge lernen müssen, bevor er einen guten Priester abgab. »Komm, nimm Platz«, fügte er hinzu und unterstrich die Worte mit einer einladenden Geste.

»Verzeiht, Meister«, sagte der Junge. »Da war viel Aufregung vor dem Speisesaal. Ich bin eben an der Küche vorbeigegangen, als die Brüder …«

»Ja«, unterbrach Dauras den Redeschwall. »Es ist dir vergeben. Wir wollten gerade lernen, wie …«

»Da kommt ein Heer auf die Stadt zu!«, brach es aus dem Jungen heraus. »Ritter aus dem Osten. Aber sie kommen irgendwie aus dem Norden. Das haben die Mönche in der Küche gesagt.«

Lacan saß beim Frühstück, als die Nachricht ihn erreichte.

Er stand auf und empfing den Boten bei der Türe, sprach einen Augenblick mit ihm und zögerte dann. Er wollte sich erst einmal selbst darüber klar werden, wie er mit den Neuigkeiten umgehen wollte, bevor er mit seinen Hauptleuten redete.

Da man in Meerbergen weder sein Heer sehen wollte, noch duldete, dass er unter den Bürgern der Stadt Freiwillige warb, hatte er sein Hauptquartier nach Tresel verlegt – einen kleinen Marktflecken zwei Tagesreisen nördlich der Stadt und oberhalb der Fluchfluten am westlichen Ufer des Ragnat.

Seine Hauptleute und die zahlungskräftigen Ritter besetzten inzwischen alle Gaststuben des Ortes, während das übrige Heer sich auf den umliegenden Feldern sammelte. Lacan kämpfte jeden Tag mit der Versorgung seiner Truppen, und die Probleme mit den Bewohnern des Umlandes nahmen zu. Dennoch zauderte er.

Er hatte nicht einmal zweitausend Krieger beisammen und konnte kaum auf weiteren Zuwachs hoffen. Eine gute Strategie, wie er mit so einem Aufgebot gegen einen Feind vorgehen sollte, der, wie es hieß, tausend Lanzen und mehr in die Schlacht führte, war ihm noch nicht eingefallen.

Aber die Nachrichten aus dem Norden zwangen ihn zum Handeln.

Lacan seufzte und ging zurück in den Gastraum. Der war

schon zu dieser frühen Stunde gedrängt voll mit Kriegsvolk. Ritter saßen mit ein paar abenteuerlustigen Kaufmannssöhnen an einem Tisch, prosteten einander zu und stritten spielerisch miteinander …

An dem größten Tisch hatten sich all jene versammelt, die sich bei dem Feldzug ein Kommando erhofften. In der kurzen Zeit, die Lacan fort gewesen war, hatte sich die Lücke am Kopfende, wo er gesessen hatte, schon wieder geschlossen.

Rhyl an Garren, der den Platz zu seiner Rechten beanspruchte, blickte hoch. »He!«, rief er seinem Nachbarn zu. »Der Feldherr kommt zurück. Rück mal was zur Seite!«

Kameradschaftlich stieß er dem Fürsten Ferdanc an Tanbar den Ellbogen in die Rippen, damit dieser auf der Bank Platz für Lacan machte.

Lacan nickte dankbar. Doch er setzte sich nicht, sondern beugte sich vor und stützte die Hände auf den Tisch.

»Der Feind marschiert!«, verkündete er den versammelten Hauptleuten. »Ein großes Heer ist von Horome aufgebrochen und auf der Flussstraße gen Süden unterwegs.«

Luvic Stor, der vom Stadtrat bestellte Unterführer, verschluckte sich an seinem Wein. »Nach Meerbergen?«

»Sie hatten Horome gerade erst verlassen, als unser Späher losgeritten ist. Er weiß nicht, wohin sie wollen. Inzwischen dürften die Barratainer allerdings schon ein gutes Stück weiter sein. Vielleicht bleiben sie auf der anderen Flussseite und ziehen bis nach Meerbergen weiter. Vielleicht ändern sie unterwegs auch die Richtung.«

»Wir müssen ans Ostufer«, sagte Stor hastig. »Wir müssen uns ihnen entgegenstellen.«

»Warum suchen sie sich jetzt ein neues Ziel?«, fragte Rhyl. »Wenn die Gerüchte wahr sind, haben sie sich an der Zitadelle der Kaiserin eine blutige Nase geholt. Da marschiert man nicht so einfach weiter und fängt anderswo einen zweiten Krieg an. Wie groß ist dieses Heer?«

Lacan blickte auf ihn hinab. Rhyl an Garren war so etwas wie sein Stellvertreter geworden – eine Stellung, die man ihm nicht verliehen hatte, wie Stor, sondern die er sich schlichtweg nahm und darum mit deutlich mehr Autorität ausfüllte.

Lacan traute dem Mann nicht. Wenn er Rhyl in die Augen sah, fand er eine eigentümliche Kälte darin, vielleicht sogar den Hinweis auf einen schwerer wiegenden Charakterfehler. Lacan konnte sein Gefühl selbst nicht deuten. Es lag etwas in der Art, wie Rhyl auftrat, das ihn dem Ritter unangenehm machte.

Andererseits war Rhyl an Garren ohne Zweifel ein erfahrener Söldnerhauptmann und einer der stärksten und schnellsten Kämpfer, die Lacan je gesehen hatte. Er brachte nicht nur sein eigenes eingeschworenes Fähnlein für den Feldzug mit, sondern hatte noch zusätzlich fähiges Fußvolk angeworben, das er derzeit zu einer schlagkräftigen Einheit von Pikenieren drillte. Rhyls Männer stellten den Kern der Fußtruppen, und der Söldner verlangte dafür nicht mehr als das Recht, frei unter den Feinden zu plündern.

Rhyl hatte sich und seine Männer im Griff, und er hatte Lacan niemals Probleme bereitet. Rhyl hatte seinen Platz verdient, wie Lacan widerstrebend eingestehen musste – und allzu wählerisch konnte er sowieso nicht sein.

»Wie es aussieht, hat Bregar von Leutenfeld sein Heer geteilt«, erklärte Lacan dem Söldner. Dann schaute er Stor an. »Aber es sind immer noch so viele, dass sie uns einfach überrennen würden. Wir können ihnen unmöglich auf freiem Feld entgegentreten.«

»Was sollen wir tun?«, fragte Stor. Seine Stimme klang höher als gewöhnlich. »Wofür haben wir diese Krieger überhaupt gesammelt? Wir müssen sie zurückbringen und die Verteidigung der Stadt stärken.«

»Nun«, gab Lacan liebenswürdig zurück. »Der Rat hat es mir deutlich gemacht, dass ich meine Männer keinesfalls Richtung Süden führen darf.«

»Aber … aber …«, stammelte Stor.

Ferdanc an Tanbar schaltete sich in das Gespräch ein. Tanbar war ein Flüchtling aus Horome, der wohl entfernt mit irgendeinem Grafen verwandt war und einen besonderen Rang daraus abzuleiten versuchte. Tatsächlich war er schon seit Jahrzehnten als Ritter unterwegs und hatte keine größeren Mittel bei ihrem Feldzug eingebracht.

Tanbar grinste den stotternden Ratsgesandten an. »Freuen wir uns einfach, dass die Barratainer sich aufgeteilt haben. Soll der eine Teil ruhig zu den Pfeffersäcken an der Küste ziehen. Wir gehen ihnen aus dem Weg und kümmern uns um die, die noch in Horome stehen. So finden wir einen geschwächten Gegner vor, mit dem wir es aufnehmen können. Und wir befreien die Hauptstadt erst von den Wiesenrittern aus dem Osten, und dann gleich von dem kaiserlichen Bankert.«

»Nach allem, was ich so vernommen habe«, warf Rhyl an Garren ein, »ist Aruda Callindrin Beahad durchaus von untadeliger Geburt.«

»Ja«, entgegnete Tanbar. »Wenn sie überhaupt die ist, die sie vorgibt zu sein. Ich jedenfalls habe nie etwas von einer Tochter aus der ersten Ehe des Kaisers gehört – bis der alte Hofrat sie beim Tod Ihrer Majestät plötzlich aus dem Hut zog und ihr eine Krone auf den Schopf drückte.«

»Selbst wenn sie die echte Tochter ist«, warf ein anderer Ritter ein, der vom Hof in Horome geflohen war, »dann ist sie es nicht dem Geiste nach, wenn Ihr versteht, was ich meine. Es heißt, sie ist zurückgeblieben und treibt sich mit Knechten und Mägden herum.«

»Das ist doch jetzt ganz gleich!«, rief Stor empört. »Das ist nicht Euer eigener Feldzug, mit dem Ihr nach dem Thron greifen könnt. Das ist immer noch ein Aufgebot von Meerbergen, und der Stadt gilt unsere Treue.«

»Davon solltet Ihr mal den Rat überzeugen«, warf ein bärtiger Sölderhauptmann ein, der hinten am Tisch der Befehlshaber saß. »Dann zahlen sie uns vielleicht was.«

»Ich werde jedenfalls nicht gegen den Befehl des Rates nach Meerbergen ziehen«, sagte Lacan. »Und wir wissen nicht einmal, ob der Feind dort überhaupt auftaucht.«

Er schob das Geschirr zur Seite und gestikulierte über der Tischplatte, als wäre es eine Landkarte. »Aber ich marschiere auch nicht nach Norden, während so ein Heer in meinem Rücken steht. Wir sollten uns alle Möglichkeiten offenhalten.

Der nächste Ort, wo eine Streitmacht ohne Mühe den Fluss überqueren kann, ist die Hammerschlagfurt. Wir können morgen dort sein. Ich schlage vor, wir besetzen die Furt und warten ab. Wenn der Feind am Ostufer weitermarschiert, stehen wir in seinem Rücken! Vor den Mauern von Meerbergen geriete er dann zwischen Hammer und Amboss.«

»Oder bereits vor Hammerheim«, warf Rhyl ein. »Da müssen die Ordensritter zuerst vorbei, wenn sie am Ostufer zur Küste wollen.«

Lacan verzog das Gesicht. »Hammerheim ist zu schwach, um einen brauchbaren Amboss abzugeben«, stellte er fest. Er wandte sich an Stor. »Ihr könntet noch mal eine Eingabe an den Rat versuchen, Meister Luvic. Wenn Meerbergen eine Verstärkung nach Hammerheim schickt, dann könnten wir dort schon eine Schlacht wagen. Bevor der Feind Eure Heimat erreicht.

Die Gefahr vor der eigenen Haustür bewegt den Herrn von Lowingen möglicherweise doch dazu, ein paar eigene Kräfte beizusteuern.«

Stor nickte unglücklich.

»Die andere Möglichkeit ist«, fuhr Lacan fort, »dass die Ordensritter den Kampf an der Furt aufnehmen. Wenn wir als Erste da sind und die Stellung befestigen, haben wir dort zumindest das beste Schlachtfeld, das wir kriegen können.

Dann verteidigen wir unsere Heimat an der Furt.«

Dauras schritt durch die Flure des Klosters. Das war etwas Tröstliches an seiner Rückkehr. Der Ort hatte sich in all den Jahrzehnten nicht verändert, und er war Dauras während seiner Kindheit in Fleisch und Blut übergegangen. Sein Körper, seine Füße erinnerten sich an jeden Winkel, an jede Schwelle.

Er schloss die Augen, während er ging, und fühlte sich fast wieder ganz. Die verwirrenden Eindrücke, die ihn seit dem schicksalhaften Fest des Kanzlers schier zu ersticken drohten, verblassten für einen Augenblick. Er hatte die Sinne verloren, mit denen er sich einst blind zurechtgefunden hatte, doch um den Mönchen auf dem Korridor auszuweichen, reichte sein Gehör.

Er kam zur Lesestube, wo Abt Garid sich zu dieser Stunde aufhielt, und holte Luft. Dann klopfte er.

»Ja?« In der Stimme lag ein unwilliger Ton. Garid schätzte es nicht, wenn man ihn beim Studium der alten Schriften störte.

Dauras öffnete die Tür und trat ein, verschränkte die Hände vor die Brust und verbeugte sich. »Abt«, grüßte er.

»Was ist los?«

Dauras hörte, woher die Stimme kam, und er nahm eine Bewegung wahr, sodass er das Gesicht des Abts erahnen konnte. Er schloss die Tür hinter sich und trat näher zu Abt Garids Studiertisch.

Abt Thurid, der Dauras im Kloster aufgenommen hatte, war vor drei Jahren gestorben. Garid, sein Nachfolger, war nur zehn Jahre älter als Dauras – zu jung, um während Dauras' Zeit als Novize bereits als Lehrer gewirkt zu haben; zu alt, als dass ihre Wege sich als Schüler gekreuzt hätten. Dauras hatte keine Erinnerung an den Mann.

»Ich habe gehört«, fing er an, »da ist ein fremdes Heer auf dem Weg zu uns.«

»Wohl kaum zu uns«, gab Garid zurück. »Wir haben nichts zu tun mit den Kriegen dieses Landes.«

»Es sollen die Ritter aus dem Osten sein«, fuhr Dauras fort.

Er sah eine Regung im Gesicht des Abtes, die er nicht zu deuten vermochte. Die Stimme jedenfalls klang, als spräche Garid zu einem kleinen Kind. »Ich habe davon gehört. Sie können morgen hier sein – und sie werden vorüberziehen wie alle Kriege, seit unser Haus besteht.«

»Sir-en-Kreigen hat nicht einmal eine Mauer.«

»Die Stadt stand immer unter dem besonderen Schutz des Kaisers«, sagte Garid. »Die Bürger beteiligen sich ebenso wenig an den Kriegen dieser Welt wie wir.«

»Nun«, gab Dauras zu bedenken, »diese Ritter, die auf uns zumarschieren, führen Krieg gegen die Kaiserin. Und in gewisser Weise haben wir Anteil an diesen Kriegen – unser Tempel bildet die besonderen Kämpfer des Kaiserhauses aus.«

»Diese Schule wurde vor Monaten geräumt«, sagte der Abt. »Es gibt hier kein Ziel mehr für die Feinde des Kaisers.«

Dauras setzte zu einer Antwort an, doch Garid kam ihm zuvor. »Hör zu, Dauras. Du machst dir Sorgen. Aber der Weg des Schwertes erfordert Ruhe. Die Stadt hat keine Mauern, der Tempel jedoch durchaus. Äußere wie auch innere.

Wir werden die Fremden empfangen wie alle Gäste.«

»Die Ritter aus dem Osten«, sagte Dauras, »werden unser

Haus nicht dulden. Unser Glaube hat keinen Platz in der Welt, die sie kennen.«

»Wir werden sehen«, sagte der Abt. »Und sollten die Umstände es erfordern – wir sind Priester des Schwertes, vergiss das nicht!«

»Wir können nicht gegen ein ganzes Heer kämpfen«, gab Dauras zurück. »Auch ich hätte das nicht vermocht, nicht einmal, als ich noch ein anderer war.«

Der Abt erhob sich. Er ging auf Dauras zu und stellte sich vor ihn hin. Dauras spürte, wie Garid ihn musterte.

»Ich weiß, wer du gewesen bist«, sagte Garid. »Du hältst dir etwas darauf zugute? Du meinst, du kennst dich besser aus in der Welt, weil du so lange darin gefangen warst?«

»Ich denke nur, wir sollten uns vorbereiten«, antwortete Dauras.

»Ich weiß alles über deine Unternehmungen«, fuhr Garid fort, ohne auf Dauras' Worte einzugehen. »Ich habe dich als Priester aufgenommen, aber nur, weil Thurid es so wollte. Er hat immer gesagt, wenn deine Abenteuer enden, bist du reif genug dafür. Vielleicht fehlt mir die Weisheit, um meinen Vorgänger zu verstehen. Ich hätte nie gedacht, dass ich dich wieder im Kloster sehen würde, in dieser Kutte – doch ich habe getan, worum Thurid gebeten hat.

Was mich betrifft, musst du dir diese Stellung erst verdienen. Du musst Ruhe beweisen und Würde, und nichts davon sehe ich heute an dir. Bist du wirklich hier, weil du vor den Gefahren der Welt warnen möchtest? Oder begrüßt du sie nicht viel eher? Dieser Krieg, Dauras, das ist dein altes Leben. Und kaum klopft es an unsere Tore, da schäumst du beinahe über vor Erwartung und willst alle damit anstecken.«

Vyron von Stanafelde folgte dem Troll schon seit Tagen. Das Ungeheuer pflügte eine Spur durch die Steppe wie ein Bauer, dem der Zugochse durchgegangen war. Sogar wenn der Boden härter war und der Bewuchs spärlicher, verloren Vyrons Grôta-Späher die Fährte nie.

Dennoch, sie hatten die Bestie immer noch nicht eingeholt.

Der Ritter richtete sich in den Steigbügeln auf, blickte auf die beiden Reiter, die zu seiner Schar gehörten, und auf das schwitzende halbe Dutzend Fußknechte, die hinter ihnen herkeuchten. Er überlegte, ob er die Knechte allein zurückschicken sollte – sie hielten ihn nur auf, und man brauchte kein Dutzend Männer, um einen verletzten Troll zur Strecke zu bringen, der vom Schlachtfeld geflohen war.

Sein Blick ging in die Ferne. Bis zum Horizont war das Land von niedrigen Hügelketten durchzogen, die aussahen wie ein Meer aus grün schimmerndem Gras.

In den Halmen neben ihm raschelte es, und Vyron zuckte zusammen. Doch es war nur Szrât, der Anführer der Fährtenleser, der unbemerkt bis fast an ihn herangekommen war. Wie der Rest seiner Brüder lief der Grôta mittlerweile mit bloßem Oberkörper. Mit der gebräunten Haut, dem wirren Haar, das ihm auf die Schultern fiel, und der plumpen Axt an seinem Gürtel sah er fast schon aus wie ein kleiner Steppendämon.

»Da vorn«, sagte er. »Verbrannter versteckt sich im Tal hinter Hügel.«

»Ihr habt ihn gestellt?«, fragte Vyron. Er fasste die Lanze fester.

Szrât schüttelte den Kopf.

»Spuren führen hinein, aber keine hinaus. Oder besser, wir finden Spuren an manchen Stellen, aber nur schwach. Meine Jäger sind sich nicht einig. Wir sagen, wir holen lieber alle Krieger und suchen dann im Gras.«

»Gut.« Vyron atmete auf. »Folgt mir!«

Er gab dem Pferd die Sporen und nahm die letzte Erhebung im Galopp. Denetrios und Dirod preschten ihm nach, Szrât hielt sich fast mühelos neben ihm. Keuchend und raschelnd stampften dagegen die Knechte durch das Gras und fielen bald zurück.

»Da!«, sagte Szrât.

Sie standen auf der Hügelkuppe. Das Gras wuchs hier in kaum kniehohen Büscheln. An manchen Stellen kam nackter Fels zum Vorschein. Doch am Hang vor ihnen wurde der Bewuchs dichter, und die Senke zu ihren Füßen war so überwuchert, dass ein ganzer Wagenzug darin hätte verschwinden können.

Vyron sah die drei verbliebenen Grôta auf dem nächsten Hügel stehen. Regungslos blickten sie in die Senke.

»Wie ein verwundetes Raubtier. In die Enge getrieben«, sagte Dirod. Der berittene Söldner war kein Ritter, aber er war einmal in den Kolonien gewesen und prahlte gern damit.

»Dann jagen wir ihn auch wie ein Raubtier«, gab Vyron zurück. Er wandte sich zu dem Grôta. »Lass deine Leute in einer Kette das Gras durchkämmen. Unsere Knechte kommen euch entgegen. Ihr sollt die Bestie nur aufscheuchen – wenn sie sich regt, dann entfernt euch. Wir erledigen das.«

Er schaute Denetrios und Dirod an, die Lanze erhoben, um deutlich zu machen, wen er mit »wir« meinte. Dirod zuckte die Achseln und sah zur Seite, als interessierte ihn das wenig. Der Grôta ging in einem weiten Bogen um die Senke herum und schloss sich seinen Kameraden an.

Endlich hatten die Fußknechte sie eingeholt. Sie rangen nach Atem.

»Keine Pause jetzt, faules Gesindel«, fuhr Vyron sie an. »Das Vieh ist da unten – scheucht es auf! Dann ist die Jagd vorbei, und ihr könnt euch meinetwegen hinlegen, wenn euch das lieb ist.«

Die Knechte setzten sich in Bewegung. Vyron zog ein Taschentuch unter seinem Wappenrock hervor und wischte sich den Schweiß vom Gesicht. Dann setzte er den Helm auf. Sofort begann sein Kopf zu pochen.

Er hätte nie gedacht, dass er die Sonne eines Tages derart verfluchen würde. Vielleicht war das gar nicht dieselbe Sonne, die über dem Reich so hell und freundlich schien. Vyron fragte sich, ob tatsächlich das Auge Bponurs über diesem Land wachte – oder ob es eine andere, bösartige Gottheit war, deren Flammenauge ihnen vom Firmament her zusah.

»Auf geht's!«, sagte er aufmunternd zu seinen Begleitern.

Die Reiter zückten ihre Waffen und folgten dem Fußvolk langsam. Das Gras schloss sich um die Pferde, und manche Halme waren so hoch, dass sie fast Vyrons Gesicht streiften.

Das Ross schnaubte und bewegte sich unruhig unter seiner Hand.

»Wir sind ganz nah dran«, zischte Vyron. »Areis wittert die Bestie schon!«

Da sprang der Troll vor ihnen auf – mehr als hundert Schritt entfernt und ein gutes Stück vor den Treibern. Vyrons Herz setzte einen Schlag aus, als die graue Bestie so unvermittelt auftauchte, und er stieß dem Pferd die Stiefelhacken in die Flanken. Das Schlachtross machte einen Satz nach vorn und preschte auf seine Beute zu.

Der Troll stellte sich nicht dem Kampf. Er rannte. Vyron sah das Geschöpf von hinten – den Kopf mit den schuppigen Furchen. Die breiten Schultern mit den dicken Wülsten, als würden die Knochen außen liegen.

Vyron zielte mit der Lanze zwischen die Schulterblätter. Die Grôta brüllten triumphierend, schwangen die Waffen und liefen von der anderen Seite auf die Bestie zu. Der Rest der Männer folgte langsamer.

Vyron biss die Lippen aufeinander. Er hob sich ein wenig aus dem Sattel und bereitete sich auf den Stoß vor.

Da traf etwas sein Ross von der Seite. Areis wieherte und strauchelte. Ein Schatten fuhr auf Vyron zu – er sah es aus den Augenwinkeln. Dann fuhr eine Keule auf seine Schulter nieder. Es knirschte, als die Knochen unter dem Panzer brachen. Vyron schoss das Blut in die Augen und trübte seinen Blick, aber erstaunlicherweise empfand er keinen Schmerz.

Sein Hengst stürzte und begrub ihn unter sich.

Rings umher tat sich die Hölle auf. Vyron hatte das Gefühl, als ob sein Geist über den Dingen schwebte. Er hörte die Schreie seiner Männer, wilde Rufe. Das feuchte, schmatzende Geräusch, wenn Waffen in Fleisch drangen. Und das härtere Schlagen von Stahl auf Stein. Er vernahm ein Brüllen, von dem er glaubte, dass sie es vor einem Zehnttag endgültig zum Verstummen gebracht hatten: die heiseren, blutrünstigen Schlachtrufe von Trollen!

Es war nur einer, dachte Vyron.

Sein Pferd wälzte sich von ihm herunter, und jetzt spürte er den Schmerz. Er kam aus dem Steigbügel frei, raffte sich auf und tastete nach einer Waffe. Der rechte Arm hing schlaff herab, die ganze rechte Seite fühlte sich taub an. Vyron schleppte sich hinter Areis her und versuchte, mit der Linken das Schwert am Sattel zu packen.

So stolperte er auf den Kampfplatz. Ein halbes Dutzend Trolle standen dort mit Keulen und Speeren und schlugen damit auf Vyrons Leute ein. Die Reiter waren schon niedergestreckt, drei Fußsoldaten hielten sich noch auf den Beinen. Ein Troll stürmte mitten zwischen sie, doch die Speere und Kurzschwerter glitten an seiner Haut ab.

Der Troll drehte sich um die eigene Achse, und seine Keule senste mit vernichtender Gewalt unter die Knechte, zerschmetterte Schädel und Arme und Rippen. Drei weitere

Trolle sahen sich um, stießen ein Röhren aus und liefen los. Sie schwangen die Waffen, als hätten sie irgendwo anders im hohen Gras eine Beute entdeckt.

Ein Troll wandte sich um und schaute Vyron an, der benommen am Rand der niedergetrampelten, mit Blut bespritzten Lichtung stand.

Wo kommen die her?, dachte er. *Da war doch nur einer. Wir haben doch alle ihre Krieger erschlagen.*

9. KAPITEL

Am Tag vor dem Vespertag des Juni
im 21. Jahr der Krönung von Agos I.
(19. Juni 963 nach Horomischer Zeitrechnung)

Horome, im Kastell der Ritterorden

Niki streichelte das Pferd. Es streckte ihr den Kopf entgegen, und sie suchte etwas, womit sie das Tier füttern konnte.

Der Stall war düster, eine einzelne Lampe unter dem Dach spendete mattes Licht. Es war still geworden in den Abendstunden. Niki stand bei dem Pferd des Ritters, sie fühlte sich traurig und zugleich ein wenig getröstet. Es war eine vertraute Umgebung, und die zusätzliche Arbeit im Stall nach dem Tag draußen machte ihr nichts aus.

Sie war fertig mit ihren Pflichten, und doch hielt etwas sie bei diesem Pferd zurück. Das Schlachtross gehörte dem großen Ritter – dem Kommandanten, der, so erzählte man sich, oben in den Räumen dieser eigentümlichen Festung lag und an Fieber und Wundbrand dahinsiechte. Von dem Dämonenfeuer, das die Kaiserin bei der Schlacht am Fluss vom Himmel beschworen hatte.

Niki seufzte.

»Na, ich dachte, du sollst hier arbeiten und nicht mit den Zossen schmusen.«

Niki fuhr herum. Es war Takis, der hinter ihr in den Stall trat.

»Ich bin gerade fertig«, sagte sie.

Er kam auf sie zu, legte die Hand unter ihr Kinn und hob

ihr Gesicht an, bis sie ihn anblickte. Er war ihr allzu nah, mit seinen rotblonden Bartstoppeln, den schlechten Zähnen, den strähnigen, langen Haaren um seine Glatze und der krummen Nase, die irgendwie eingedrückt aussah …

Sie versuchte, sich abzuwenden.

»Ganz fertig bist du nicht«, sagte Takis. »Ich habe noch eine Aufgabe für dich. Wo du grad so in Stimmung bist …«

Ihr Herz schlug schneller. Sie spürte seine Hand an ihrem Kittel. Das Pferd hinter ihr schnaubte, und Takis zog sie von der Box weg in die Ecke, wo das Stroh in einem hohen Haufen an der Wand lag.

»Was soll das?«, fragte sie und schüttelte seine Hand ab. »Ich bin fertig. Ich gehe jetzt.«

Takis packte sie wieder an ihrem Kittel. »Hör mal«, sagte er. »Ich bin dein Sergeant. Ich bestimme, und du musst mir zu Willen sein.«

Er schob sie rückwärts auf das Stroh zu. Nikis Blick zuckte durch den Stall. Mit einem Mal hatte sie das Gefühl, dass dies hier jemand anderem geschah, nicht ihr. *Das konnte einfach nicht sein!*

Takis drückte sie auf das Stroh und hielt mit einer Hand ihre Arme fest. Dann schob er ihr mit der anderen Hand den Kittel hoch. Sein Atem ging schneller. »Ich glaube, du bist alt genug«, sagte er. »Wird Zeit, dass jemand dir deinen Platz zeigt.«

»Lass mich!« Sie wollte ihn wegstoßen, aber er war kräftiger als sie. Er knetete ihre Brüste, bis es wehtat.

Niki trat nach ihm, doch Takis lachte nur und presste sie auf das Stroh. Er drückte ihr das Knie auf die Beine, sodass sie sie nicht mehr bewegen konnte.

»So ist es gut«, sagte er. Er keuchte leise. »Warte nur ab, es wird dir schon gefallen.«

Er beugte sich vor, lockerte den Griff und machte sich an

seiner Hose zu schaffen. Niki hob den Kopf und knallte ihm mit der Stirn ins Gesicht. Er stöhnte dumpf auf und wich ein Stück zurück, sodass Niki wieder etwas Spielraum hatte.

Ganz von selbst fuhr ihre Rechte an den Gürtel. Sie riss das Messer heraus und stieß zu. Etwas flackerte in ihrem Geist auf, ein Moment aus den Kampfübungen während des Marsches, und sie traf die Stelle genau, die Linos' Bruder ihr gezeigt hatte.

Er wäre stolz auf mich, dachte Niki benommen.

Sie sah auf ihre Hand, die immer noch um den Griff des Messers geschlossen war. Die Klinge steckte in Takis' Brust, mitten in seinem Herz. Der Sergeant sackte zusammen. Ein gurgelnder Laut drang aus seiner Kehle.

Wie betäubt starrte Niki auf ihre blutverschmierten Finger.

Linos wäre stolz auf mich, dachte sie. *Nein. Bennos …*

Langsam kam sie wieder zur Besinnung. Sie setzte sich auf und sah in die weit aufgerissenen, leeren Augen des Mannes, den sie getötet hatte. Tränen verschleierten ihren Blick.

Sie löste den Griff um das Messer, hockte sich auf die Fersen und weinte. Sie wischte sich die Hand an dem Stroh ab, wieder und wieder.

Mein Sergeant, dachte sie.

Sie hob den Kopf. Es war immer noch still. Dann und wann schnaubte eines der Pferde. Niemand sonst war hier. Aber was, wenn der Geruch von Blut die Pferde unruhig machte?

Niki spürte, wie ihre Tränen versiegten und stattdessen die Panik ihr die Kehle zuschnürte. Sie hatte ihren Vorgesetzten getötet. Sie wusste, was das bedeutete. Sie würde auf dem Platz vor der Zitadelle hängen!

Wenn jemand hereinkam … Wenn man sie hier fand …

Sie atmete schneller. Gehetzt jagte ihr Blick umher. *Sie*

könnte sich einfach im Heu verstecken … Nein, das war keine Lösung.

Wenn sie Glück hatte, würde bis zum Morgen niemand den Toten entdecken.

Bis dahin musste sie fort sein.

Mit der Abenddämmerung ritt Giwion von Saale an der Seite von Marschall Eudoxios in Sir-en-Kreigen ein. Eine Handvoll Ritter empfingen sie auf der Straße, dazu viele einfache Bürger, die sich angstvoll im Schatten der Häuser hielten. Wenn Giwion einen Kampf erwartet hatte, wurde er enttäuscht. Es war eine Gesandtschaft zu ihrer Begrüßung.

Nach den Maßstäben des Westens war es eine kleine Stadt, ein Haufen Häuser, die sich an einen Bogen des großen Stroms schmiegten und von einem lockeren Ring aus Gehöften und Gutshäusern umgeben waren. Und es gab nicht einmal eine Mauer!

»Soll ich die Häuser durchsuchen?«, fragte Giwion den Marschall. »Ob es einen Hinterhalt gibt?«

»Unsinn«, gab Eudoxios unwillig zurück. »Die ganze Stadt hat kaum halb so viele Einwohner, wie wir Krieger in unserem Heer haben. Sie werden sich unterwerfen, und wir werden die Bedingungen für die Übergabe aushandeln.«

Giwion gähnte. Was hatte Bregar sich dabei gedacht, diesen Feldzug einem alten Mann anzuvertrauen? Eudoxios hatte Tage gebraucht, um die Truppen aufzuteilen und sein Heer in Marsch zu setzen. Unterwegs hatten sie zwei winzige Burgen eingenommen, die sich rasch ergeben hatten, die aber weder viele Männer noch Nachschub für ihren Zug brachten.

Und die ganze Zeit bestand der Alte darauf, die Truppen beisammenzuhalten, obwohl ihre Stärke für mehrere solcher Belagerungen zugleich reichen würde!

Jetzt tauschte er Höflichkeiten mit den Einheimischen aus, verlangte Unterkunft und Verpflegung für seine Männer und erhielt beides bereitwillig. Die Ritter des Heeres wurden bei den Gutsherren im Umkreis einquartiert.

»Und das Lösegeld«, sagte Eudoxios. »Dafür, dass meine Truppen die Stadt verschonen.«

Die Mitglieder der Gesandtschaft von Sir-en-Kreigen blickten einander an. »Dies ist keine reiche Handelsstadt, müsst Ihr wissen«, sagte ein Ritter aus ihrer Mitte.

»Aber sie wird, wenn es jetzt eine Stadt des Königs ist, gewiss unseren Feldzug unterstützen«, erwiderte Marschall Eudoxios.

»Wir werden uns ohne Zweifel auf einen Beitrag einigen«, räumte einer der Gesandten ein. »Doch Ihr müsst hungrig und müde sein von der Reise. Ich schlage also vor, dass wir uns für die Verhandlungen in den *Silberwels* zurückziehen.«

Er wies auf ein großes Gasthaus mit schmucker Holzfassade am Eingang des Ortes.

Eudoxios nickte und schaute Giwion an. »Wollen Sie sich uns anschließen, Herr Landmeister?«

Giwion schüttelte den Kopf. »Ich werde mich um die Ordnung auf den Straßen kümmern«, sagte er.

Der Marschall nickte, und nachdem er sich ins Gasthaus zurückgezogen hatte, ließ Giwion sein Ross langsam die Hauptstraße hinuntertraben und sah sich um. *Sir-en-Kreigen* – weiß Bponur, wo dieser Name herkam! Er hielt sein Pferd an, reckte sich im Sattel und blickte zu dem großen Gebäude am Hauptplatz des Ortes.

»Lasst uns den Tempel aufsuchen!«, schlug er seinen Begleitern vor.

Das Bauwerk war ihm schon beim Hinmarsch von Weitem aufgefallen. Es hatte eine Kuppel wie die anderen Kirchen des Westens. Aber der Grundriss schien viereckig zu sein, anstatt Bponurs heiliger Dreiecksform zu folgen, und es gab einen einzigen schlanken Turm dahinter.

Die Ritter setzten sich wieder in Bewegung, ihre Knappen und die persönlichen Knechte ihrer Lanzen folgten ihnen. Auf dem Platz saß Giwion ab, übergab einem Burschen die Zügel und schritt auf das Tempelgebäude zu.

Die großen Portalflügel waren aus Holz und mit Schnitzereien verziert. Aus der Nähe erkannte Giwion Blütenmuster und angedeutete Gestalten mit Schwertern dazwischen, doch er kannte keines der Symbole. Er wollte das Portal öffnen, doch es war verschlossen.

»Die Sonne ist bereits untergegangen«, stellte er fest. »Der Tempel ist geschlossen.«

Ein weißbärtiger Ordensritter mit verwittertem Gesicht lachte. »Mit der Sonne haben die hier nichts zu schaffen«, sagte er. »Die wollen einfach nicht, dass aufrechte Gläubige bei ihren nächtlichen Blutopfern hereinplatzen.«

Giwion sah ihn verwirrt an. »Wie meinen Sie das, Ritter?«

»Na, ist ein Heidentempel hier«, sagte der alte Haudegen. »Weiß man doch. Gotorsanbeter aus dem Süden, die dem Kaiser mit ihrer Hexerei zu Diensten sind.«

Ein kalter Schauer überlief Giwion, und er sah den düsteren Tempel mit anderen Augen. »Ist das wahr?«, fragte er.

Ein paar der Ritter zuckten die Achseln. Der Dienst an der Grenze hatte eine Zeit lang viele Ordensritter in den Westen geführt, und sie waren ein wenig vertrauter mit den Verhältnissen am Ragnat. Sie nickten wissend.

»So in etwa«, sagte einer. »Das ist ein Haus von Heiden, die aus den Kolonien geflohen sind und denen der Kaiser Obdach gewährt hat.«

»Nun.« Giwion zog sein Schwert. »Der Herr an Cradin mag die Stadt schonen. Doch ich werde gewiss keinen Heidentempel im Reich des einen Gottes dulden.«

Er hämmerte mit dem Schwertknauf gegen das Portal. »Aufmachen!«, brüllte er. »Im Namen Bponurs!«

Die Schläge hallten hohl im Raum dahinter wider.

Giwion wartete einen Augenblick, dann winkte er einige Ritter mit Streitäxten heran. »Macht mir dieses Tor auf!«, befahl er. »Ich will sehen, was diese Teufel vor den Augen der Gläubigen verbergen wollen.«

Die Ritter hoben die Äxte. Späne spritzten von den reich verzierten Portalen weg, Holzblumen regneten in die Dämmerung.

Da klirrte im Inneren ein Riegel. Einer der Ritter fasste die Axt fester und knurrte, aber Giwion winkte ihn zurück. In einem Halbkreis versammelten sich die Ritter vor dem Eingang zum Tempel.

Ein hochgewachsener Mann mit kahlem Haupt, kantigen Zügen und einer blauen Kutte stand im offenen Torbogen. Er trug ein Schwert an der Seite – ein Tempelwächter, nahm Giwion an. Hinter dem Glatzkopf drängten sich weitere Gestalten in grauen Kutten, von denen einige bewaffnet waren.

»Warum begehrt ihr Einlass in unser Haus?«, fragte der Blaugekleidete.

»Euer Haus?«, fragte Giwion lauernd.

»Wir folgen dem Weg des Schwertes«, erklärte der Mann im Eingang. »Wir schulen unseren Körper, um den Geist zur Erleuchtung zu führen, und dieses Gebäude dient der Meditation und der Andacht. Wir heißen aber alle Gäste willkommen, die mit Würde und Achtung nach einem Ort der Einkehr suchen.«

»Einkehr?«, rief einer der Ritter von hinten. »Ich habe gehört, dass Mönche gute Tropfen brauen. Mir wär's recht, wenn man hier einkehren könnte.«

Giwion warf einen bösen Blick über die Schulter. Dann

trat er einen Schritt auf den Mönch zu. »Ein Ort der Andacht sollte Bponur geweiht sein«, sagte er. »Alles andere ist Gotteslästerung.«

»Wir verehren keine Götter«, sagte der Mann im Eingang. »Wir unterstützen nur den Menschen in seinem Streben nach Vollkommenheit. Dafür stehen wir auch unter dem Schutz des Kaisers und leisten unseren Beitrag in seinem Land.«

»Wie sieht es mit Eurer Treue zum König aus?«, fragte Giwion.

»Wenn die Herrschaft wechselt«, sagte der Blaugekleidete würdevoll, »dann wird der Tempel des Schwertes gern einen neuen Vertrag aushandeln.«

»Die Herrschaft ist immer dieselbe geblieben«, erwiderte Giwion. »Nur den Usurpator in Horome, den wollen wir auf ewig vertreiben. Wenn Ihr Eure Pflichten dem König gegenüber erfüllt, mag er Gnade gegenüber Eurer Person walten lassen. Aber eine unheilige Kirche auf seinem Land, die duldet er gewiss nicht.«

Er hob das Schwert. Der Mönch legte die Hand auf die Klinge, und dann – ehe Giwion sich's versah – schob er die Waffe zur Seite, trat auf Giwion zu, und plötzlich lag das Schwert des Ritters in seiner Hand.

Fassungslos starrte Giwion auf seine leeren Finger. Sein Handgelenk schmerzte ein wenig, da, wo der Mönch ihm mit einer schnellen Drehung die Waffe aus der Hand gewunden hatte.

Der Blaugewandete streckte den Arm aus und ließ Giwions Schwert auf die Treppen des Tempels fallen. »Wir beteiligen uns nicht an den Kämpfen der Welt«, sagte er. »Aber wir beugen uns nicht der Gewalt.«

Giwion wich zurück. »Verdammter Heide«, stieß er hervor. Er sah sich um. Lucius von Etschen, ein Lehnsritter aus dem Urnfurtener Land, stand ihm am nächsten, und Giwion nahm dessen Schwert.

Nun zog der Mönch am Tor gleichfalls seine Waffe. Die beiden Gegner standen einander gegenüber, Giwion angespannt und zum Sprung geduckt, der Mönch hoch aufgerichtet. Die übrigen Ritter machten Platz für den Zweikampf. Giwion hörte, wie die Knechte hinter ihm in Stellung gingen. Die Spannhebel von Armbrüsten ratschten in ihrer Führung.

Im Torbogen des Tempels bewegte sich eine Gestalt in grauer Kutte und schlich sich an dem Blaugekleideten vorbei, legte ihm die Hand auf den Arm, flüsterte »Verzeihung« – und nahm dem Mönch an der Tür das Schwert so schnell ab, wie dieser es zuvor Giwion abgenommen hatte.

Der Blaugewandete versuchte, sich aus dem Griff des kleineren und drahtigen Mannes zu befreien. Aber die Gestalt in dem grauen Kittel schien jede Bewegung zu ahnen und hatte immer einen Gegengriff parat, sodass die Versuche des anderen im Keim erstickten.

Dabei lag ein eigentümlich abwesender Ausdruck im Gesicht des drahtigen Mönchs, und seine Augen blickten in die Nacht hinaus, ohne den Blick auf irgendetwas scharfzustellen.

»Verzeiht, Herr Ritter«, sagte er und schob den Blaugewandeten in den Tempel. »Unser Abt ist ein wenig außer sich und hat Mühe, die gebotene Ruhe aufzubringen. Wenn Ihr unser Haus betreten wollt, steht es uns natürlich nicht zu, Euch daran zu hindern.«

Seine Stimme war bei diesen Worten genauso ausdruckslos wie sein Gesicht.

»Und wer bist du?«, fragte Giwion und stand unschlüssig da.

»Dauras«, erwiderte sein Gegenüber. »Nur ein einfacher

Bewohner dieses Klosters, der die gebotene Demut gelernt hat.«

Dauras verbeugte sich und wich zurück. Die Ritter stürmten in die große Halle. Dauras scheuchte seine Brüder in eine dunkle Nische beim Seiteneingang und sorgte dafür, dass niemand sich einmischte, als Giwions Männer erst den Tempel und später die anderen Räume des Klosters durchsuchten und alles fortschafften, was von Wert war.

Niki kannte jeden Winkel der Befestigung. Kein Wunder, sie hatte selbst in den letzten Tagen die Wälle aufgeschüttet und die Lücken zwischen den Bauten, die zu ihrem Kastell gehörten, mit dem Schutt der abgerissenen Häuser aus der Nachbarschaft verfüllt.

Die Arbeit war noch nicht getan. An manchen Stellen lagen nur ein paar Brocken herum, und ein paar Erdhaufen waren aufgeschüttet. Aber genau dort passten die Wachen besonders gut auf. Also wählte Niki eine dunkle Stelle, wo in einer engen Gasse zwischen dem großen Tempelgebäude, das nun das Zentrum ihrer Festung bildete, und einem angrenzenden alten Stall eine schmale Barriere den Zugang versperrte.

Wenn sie nach oben blickte, sah sie Bewegung auf dem nächsten Turm, und auf der anderen Seite hörte sie einen Posten auf dem flachen Stalldach husten. Doch innerhalb der Befestigung gab es überall gute Deckung, und Niki konnte sich unbemerkt anschleichen.

Erst jenseits der Mauer, wenn sie die eingeebnete Fläche überquerte, würden die Wachen mit Sicherheit auf sie aufmerksam werden. Allerdings ging Niki davon aus, dass es eine Weile dauern würde, bis ein Verfolger aus der Festung herauskam.

Ihr Herz schlug rasch. Übelkeit regte sich in ihrem Magen. Der Gedanke, in die unbekannte Stadt hinauszulaufen – in die Stadt der Feinde! … Er lähmte sie fast. Am liebsten wäre sie geblieben und hätte sich den Menschen gestellt, die sie kannte.

Aber sie wusste, hier erwartete sie nur der Tod.

Doch die Flucht in die Fremde war fast noch beängstigender … Aber eben nur fast.

Sie stand im Schatten der Mauer, hielt den Atem an und lauschte.

Die Wache über ihr hustete.

Niki zog die Stiefel aus und band sie sich um den Hals. Dann kletterte sie vorsichtig über den Wall. Ein paar lose Steinbrocken rutschten unter ihren Füßen weg und rollten hinunter. Sie erstarrte. Schritte kamen auf dem Dach in ihre Richtung. Die Wache spähte über die Kante. Die schmale Mondsichel am wolkenlosen Himmel ließ alle Umrisse der Festung hervortreten, und Niki erkannte die Gestalt des Postens.

Doch der Mann sah an ihr vorbei auf die eingeebnete Fläche vor der Festung und zog sich dann wieder zurück.

Niki kroch noch vorsichtiger weiter als zuvor.

Auf der anderen Seite blieb sie in der Deckung der Mauer hocken, zog die Stiefel wieder an, atmete ein paar Mal ein und aus und nahm ihren ganzen Mut zusammen.

Sie rannte los.

Nach zehn Schritten hörte sie einen Ruf hinter sich.

»He, da rennt einer!«

In der Dunkelheit konnten die Wachen kaum mehr als einen Schemen ausmachen. Eigentlich sollten sie darauf achten, dass niemand an die Festung heranschlich – wie reagierten sie, wenn jemand von dort weglief? Würde man ihr überhaupt folgen?

Sie hörte weitere aufgeregte Stimmen, die hinter ihr leiser wurden.

»Da läuft einer, da!« Ein einzelner Schrei übertönte alles.

Niki dachte an Schützen, und unwillkürlich zog sie den Kopf ein und schlug ein paar Haken.

Sie stolperte über den rauen Grund. Dann endlich kamen die ersten Häuser in Sicht. Nur noch wenige Schritte, und sie hätte Deckung – ein Labyrinth von Gassen, das sich bis zum Horizont erstreckte. Sie hatte genug Vorsprung, um dort unterzutauchen. Niemand würde sie dann aufspüren, selbst wenn man ihr Reiter hinterherschickte.

Sie lief in einen schmalen Spalt zwischen zwei halb zerstörten Stadthäusern, bog auf eine große Straße ein – und rannte fast in eine Patrouille, die ihr entgegenkam.

Der vorderste Kriegsknecht schrak zurück, der dahinter hob eine Laterne.

»Das ist ja jemand von uns!«, hörte sie einen Soldaten sagen. Andere griffen zu den Waffen.

»Schnappt ihn euch«, rief der Sergeant der Streife aus dem Hintergrund. »Wollen mal sehen, wer sich nachts hier draußen herumtreibt!«

Es war dunkel geworden über Sir-en-Kreigen. Die Fremden waren fort, die Räume des Klosters verwüstet. Papierlaternen brannten in der großen Übungshalle, und Abt Garid hatte beschlossen, Dauras hier vor allen zur Rede zu stellen.

»Ich bereue es, dass ich dich wieder aufgenommen habe!«

Dauras musterte den Abt kühl. Der gestikulierte, in seinem Gesicht zuckte es heftig. All das half Dauras, ihn wahrzunehmen. Seit dem kurzen Gerangel am Tor hatte Garid Abstand gehalten. Dauras fragte sich, was geschehen würde, wenn sie ernsthaft miteinander kämpften.

Sollte er Garid herausfordern? Würde der Abt darauf eingehen? Dauras schüttelte den Kopf. Sie waren Priester des

Schwertes. Aber sie waren keine Ritter. Sie klärten ihre Meinungsverschiedenheiten nicht im Zweikampf.

»Ich habe es für das Kloster getan«, sagte er. »Es schien mir besser, so viel wie möglich zu retten, anstatt alles dem Stolz zu opfern.«

Seinen Stolz hintanzustellen, das war Dauras niemals leichtgefallen. Es hatte gebrodelt in seinem Inneren, während er vor dem Ritter zurückgewichen war – aber er hatte sich beherrscht.

Und, ehrlich gesagt, war Dauras nun wiederum stolz darauf.

Er konnte sehen, wie das Gesicht des Abtes sich rötete. Die Farben waren ein Geschenk seiner neuen Sinne.

»Retten?«, fuhr Garid ihn an. »Alle Weihegeschenke wurden aus dem Tempel fortgeschleppt. Selbst das Tabernakel aus der alten Heimat haben sie herausgerissen! Sie haben sogar die Dielen zerschlagen, um darunter nach versteckten Schätzen zu suchen.«

»Ja«, räumte Dauras ein. »Aber gerade weil sie im Tempel schalten und walten durften, haben sie erst später bemerkt, dass noch ein ganzes Kloster danebenliegt. Und weil sie uns in Frieden gelassen haben, konnte ich die Novizen fortschicken und die wertvollsten Schriften in Sicherheit bringen lassen.

Denkt daran, Meister Garid – die Fremden haben verbrannt, was sie fanden und was sie nicht verstanden haben. Wir hätten mehr verlieren können als ein paar Schätze. Den Geist unseres Klosters, das, was in den Köpfen und Herzen der Mönche gesammelt ist und in den alten Pergamenten.«

»Den Geist des Klosters«, bemerkte Garid bitter. »Was verstehst du denn davon?«

»Nun, ich habe auch die Münzen in Sicherheit bringen

lassen. Die werden wir brauchen, wenn wir von diesem Ort hier fortgehen.«

»Fortgehen?« Garid fuhr wieder auf. »*Du* wirst von diesem Ort fortgehen! Aber wir, wir werden wieder aufbauen, was wir deinetwegen verloren haben.«

Dauras schüttelte den Kopf. »Ihr seid aufgebracht, Meister. Lasst uns morgen darüber reden.«

»Du bist selbstgerecht!«, erwiderte Garid.

Dauras spielte mit dem Schwert an seinem Gürtel. Er hatte am Tor bemerkt, dass er in der Fremde nicht schwächer geworden war. Er konnte es mit dem Abt aufnehmen und war immer noch der schnellste Kämpfer im Kloster.

Die Berührung am Tempelportal hatte seine Nachteile ausgeglichen. Dauras hatte gefühlt, wie der Abt sich als Nächstes bewegen würde, und darum war es ihm leichtgefallen, dagegenzuhalten. Diesen Vorteil hatte er im offenen Schwertkampf nicht, und es kostete ihn Mühe, seine Augen zu gebrauchen. Doch in allem anderen war er derselbe wie früher. Das Talent, das die Götter ihm für den Kampf geschenkt hatten, die Körperbeherrschung, die Schnelligkeit, er hatte nichts davon verloren.

Er tat einen Schritt auf den Abt zu und spürte, wie Garid kaum merklich zurückwich. Dauras erkannte, dass dieser neue Abt nicht so ein Mann war wie Thurid – Garid war ein Mönch, dessen Aufstieg zum Abt sich stets im Schatten von Dauras' Geschichte vollzogen hatte.

Seit seiner Rückkehr ins Kloster, und im Grunde seit sein Leben durch die Intrige des Kanzlers auf den Kopf gestellt worden war, hatte Dauras Kämpfe gemieden. Er erinnerte sich nur zu gut daran, wie sein Schwertkampf mit Kanzler Arnulf verlaufen war – ungeachtet all seiner Begabungen. Die Priester des Schwertes waren weit schneller als Arnulf, aber sie waren es gewohnt, nach den *Bildern* zu fechten, die

Dauras kannte und zu kontern gelernt hatte. Das verschaffte ihm vielleicht einen Vorteil, doch niemand vermochte zu sagen, ob es reichen würde.

Dauras wusste nicht, ob er Garid im Schwertkampf besiegen konnte. Aber in diesem Augenblick fühlte er ganz genau, dass der Abt Angst vor ihm hatte!

Und auch das hatte etwas zu bedeuten im Tempel des Schwertes, wo der Wille und die Stärke des Geistes über allem stand.

»Wir reden morgen darüber«, beschied Dauras seinen Abt kühl. »Wenn wir alle die Zeit hatten, unser Gemüt abkühlen zu lassen und die Weisheit der Entscheidungen zu überdenken, die jeder von uns heute getroffen hat.

Und dann soll die Gemeinschaft des Klosters beschließen, welchen Weg wir in Zukunft gehen.«

Niki rannte. Aber ihr Vorsprung war dahin.

Es war einfach Pech, dass sie gleich nach der Flucht in eine Patrouille gelaufen war!

Sie folgte den breiten Straßen, die halbwegs eben gepflastert waren und in denen das schale Mondlicht ihr den Weg erhellte. Ihre Sohlen klatschten auf den harten Steinen.

Das machte es ihren Verfolgern leicht. Aber die schmalen Seitengassen waren so dunkel, dass Niki sich nicht hineinwagte. Wer wusste schon, ob es nicht Sackgassen waren, die nach ein paar Schritten an einer Mauer endeten?

Ihre Verfolger hatten eine Laterne.

Wie weit würden sie ihr wohl hinterherlaufen, des Nachts, in einer fremden, einer feindlichen Stadt? Nikis Lungen brannten, sie konnte nicht mehr. Sie hörte die Rufe und die Schritte der Patrouille hinter sich, und immer wenn sie eine gute Straße fand, bog sie ab.

Dennoch schaffte sie es nicht, die Verfolger abzuschütteln.

Warum ließen die sie nicht einfach in Ruhe?

Es konnte doch keiner von ihnen wissen, was mit Takis geschehen war. Trotzdem würde man sie zurückbringen, wenn man sie fasste, und dann würde alles ganz schnell herauskommen.

Sie wollte weinen, aber auch dazu fehlte ihr der Atem.

Da entdeckte sie neben sich ein Kellerfenster in einem halb eingestürzten Haus. Es war kaum mehr als ein Loch dicht über der Straße. Niki war klein, und sie hatte ihren Panzer bei der Stallarbeit nicht getragen. Von ihren Verfolgern würde keiner hinterherschlüpfen können, und wenn sie Glück hatte, kamen die Männer gar nicht auf den Gedanken, dass jemand sich dort verstecken könnte.

Kurzerhand zwängte Niki sich durch die Öffnung und sprang in den finsteren Keller.

Sie landete hart auf dem Boden und schürfte sich an ein paar Steinbrocken auf, die lose umherlagen. Sie biss die Zähne zusammen, hielt den Atem an und blieb regungslos liegen.

Sie sah das Kellerfenster als graues Viereck in der Dunkelheit. Hörte Schritte und Stimmen draußen auf der Straße. Langsam, Zoll für Zoll, schob sie sich rückwärts an die Wand.

Sie bemühte sich, nicht heftig zu atmen, auch wenn es ihr fast die Brust zerriss.

Licht schimmerte durch die Öffnung.

Dann verschwand es wieder.

Die Geräusche der Patrouille entfernten sich. Niki atmete auf. Sie blieb sitzen, versuchte, ruhig und gleichmäßig zu atmen und sich zu beruhigen. Bald wurde es still.

Was tun? Konnte sie wieder hinauskriechen?

Oder lauerten sie dort auf sie?

Wie lange würde es dauern, bis die Streife bemerkte, dass

sie verschwunden war, bis die Männer umkehrten und weitersuchten?

Ein Scharren drang durch die Finsternis, kaum vernehmlich und doch laut wie Wasserrauschen in der Stille des Kellers.

Niki stockte der Atem. Ihre Hand fuhr zum Gürtel, doch ihr Messer steckte immer noch in Takis' Brust, wie sie sich erinnerte.

Ihr Herz hämmerte wieder. Sie wollte aufspringen, aber sie war wie gelähmt. Sie wollte fragen: *Ist da wer?*, aber ihre Kehle war wie zugeschnürt.

Wieder hörte sie ein verhaltenes Geräusch.

Dann plötzlich schnitt eine Stimme durch die Dunkelheit.

»Ei, Kleine. Bist eine von den Fremden, eh?«

Die Stimme klang leise, rau, fast brüchig. Als wäre sie das Reden nicht gewöhnt.

»Wer ist da?«, rief sie dünn. »Halte dich fern! Ich bin bewaffnet!«

»Ei, die Kleine muss doch keine Angst haben vor dem alten Sakhed«, stieß die Stimme knarzend hervor.

Niki glaubte in der Dunkelheit eine Bewegung wahrzunehmen. Ein Schatten schlich um sie herum, zu klein und zu formlos für einen Menschen.

»Bleib weg!«, wisperte sie.

Und dann war er vor ihr. Ein Mann, der am Boden kauerte, so hager, dass er fast wirkte wie ein Bündel Reisig. Niki sah seine wirren, struppigen Haare, und sie vermutete einen ebenso struppigen Bart im Gesicht. In dem spärlichen Mondlicht, das durch das Fenster sickerte, erahnte sie zwei Augen.

»Keine Angst«, sagte die Gestalt. »Ist nur der alte Sakhed hier, Mädchen. Ist nämlich mein Keller, weißt du. So ziemlich, jedenfalls. Trockener als der Kanal. Ich bin immer gern zum Schlafen raufgekommen.«

»Wer bist du?« Niki versuchte, von ihm wegzukriechen, aber sie saß schon mit dem Rücken zur Wand. »Und woher weißt du, dass ich ein Mädchen bin?«

»Sakhed ist viel im Dunkeln«, sagte die Gestalt. »Sakhed riecht.«

Jetzt, wo er kaum noch eine Armlänge entfernt war, bemerkte Niki einen leicht fauligen, ranzigen Geruch, der von der Kreatur aufstieg. Sie konnte sich nicht vorstellen, dass der Kerl mit seiner Nase etwas anderes wahrnahm als sich selbst.

»Sakhed ist viel im Dunkeln«, wiederholte der Alte. »Kanäle sind gute Zuflucht für Bettler, weißt du, kleine Fremde. Kosten nichts. Man kommt überallhin. Keine Büttel. Andere Gestalten schon. Die bösen Bettler und Halsabschneider. Muss man meiden. Keiner kennt die Dunkelheit so wie Sakhed.«

Der Alte wippte auf den Fersen. Er sah nicht gefährlich aus. Es war schwer, das in der Dunkelheit zu erkennen. Trotzdem hatte Niki das Gefühl, dass dieser verrückte Bettler noch viel dürrer war als sie selbst.

Sie fasste Mut. »Ich nehme an, in den Kanälen gibt's nicht viel zu betteln.«

Sakhed schwieg kurz. »Nein«, sagte er dann, und er klang traurig dabei. »Gab fette Zeiten für Bettler, weißt du. Zu den richtigen Stunden oben, dann wieder verkriechen. Genug zu essen. Nichts passiert. Jetzt nicht mehr. Jetzt nicht mehr.

Heute muss man gar nicht mehr rausgehen. Findet in den Kanälen mehr zu essen als beim Betteln auf den Straßen.«

Niki erschauerte.

»Kannst du mir helfen?«, fragte sie. »Gibt es einen Weg hier heraus?«

»Klar gibt es Weg hier heraus. Herein – heraus. Herein – heraus«, sagte Sakhed. »Aber wo willst du überhaupt hin, Kleine?«

Wo will ich überhaupt hin?

Niki stellte sich diese Frage selbst, und Tränen stiegen ihr in die Augen.

»Was macht so eine Kleine überhaupt in fremder Stadt, he?«

Sakhed kam noch näher. Niki zog die Knie ganz eng an den Körper und schlang die Arme darum, aus Angst, er würde sie anfassen.

Ich habe meinen Sergeanten erschlagen und bin auf der Flucht … Das konnte sie ihm wohl kaum erzählen.

»Ich wollte Ritter werden«, erzählte sie stattdessen. Es klang so dünn und erbärmlich, als sie es aussprach, jetzt, da sie in einem finsteren Keller saß, gejagt von ihren eigenen Leuten. »Der größte Feldzug seit der Zeit der Legenden, hieß es. Und in Legenden, da passiert so etwas, nicht wahr?«

»Hm, was?«, fragte Sakhed.

»Da kann ein Stallmädchen Ritter werden«, gab Niki zurück. »Wenn sie tüchtig sind. Und tapfer. Und das bin ich.«

Sie löste die Arme von den Knien und verschränkte vor der Brust und fühlte sich gar nicht so tapfer.

»Ah, Ritter«, sagte Sakhed. »Da kenn ich den Richtigen. Macht ein Stallmädchen zum Ritter oder so. Ich kann dich hinbringen. Da kann ich dir helfen.«

»Du kennst jemanden, der ein Stallmädchen zum Ritter macht?« Niki legte die Stirn in Falten.

»Ja, ja.« Jetzt fasste Sakhed nach ihr und versuchte, ihre Hand zu nehmen und von ihrem Körper zu lösen. Es war ein schwächlicher, zaghafter Griff. »Komm nur mit. Stallmädchen … oder andere. Macht Ritter draus. Musst natürlich tüchtig und gelehrig sein, damit er dich nimmt. Ist sehr wählerisch, der König. Hat früher sogar gutes Geld gezahlt, wenn man einen Burschen brachte, der geeignet ist. Heute nicht mehr … wer weiß. Man kann's ja probieren, und vielleicht prüft er dich.«

Nur der König konnte einen zum Ritter schlagen, womöglich auch ein Graf oder Großmeister. Aber dieser Bettler kannte gewiss nicht solche Leute, und der König lebte weit entfernt im Osten!

»Du hältst mich wohl für sehr dumm!« Niki zog ihre Hand zurück, verschränkte die Arme wieder und schob die Hände unter die Achseln.

Sakhed kicherte. »Ja, ja. Sakhed hält dich für sehr dumm, Mädchen. Wer will schon Ritter werden? Sakhed jedenfalls nicht. Ist schwer für Ritter, sich im Kanal zu verstecken und da zu essen. Was taugt es also? Ist sehr dumm.

Aber Sakhed lügt nicht. Wenn du dumm bist und Ritter sein willst, dann weiß Sakhed, wo du hingehen musst.«

»Ein Bettler, der in den Kanälen lebt, will mich zum König bringen?« Niki schüttelte den Kopf. »Das ist doch Unsinn!«

»Er heißt nur König bei seinen Rittern«, gab Sakhed zurück. »Aber hast schon recht. Er macht keine echten Ritter. Er bringt nur bei, wie man ein Ritter sein kann. Wenn du gelehrig bist. Ist doch gut, oder? Kannst du das lernen?«

»Ich kann lernen, was nötig ist.«

Niki drückte den Rücken an der Mauer durch.

»Dann komm«, sagte Sakhed. »Komm.« Er zog wieder an ihrer Hand. »Los, bevor Fremde zurückkommen. Nicht deine Freunde, oder?«

Niki zögerte. Schon hörte sie wieder Schritte auf der Straße. Stimmen, die näher kamen. Sie stand auf, und zögernd folgte sie Sakheds Drängen.

Der klapperdürre Bettler führte sie in die Mitte des Kellerraums und schien dort zu schrumpfen. Niki erschrak – bis sie bemerkte, dass es einen schmalen Schacht in dem Raum gab, der hinab in undurchdringliche Schwärze führte.

»Komm, komm.« Sakheds Stimme klang hohl zu ihr herauf.

Niki erschauerte. Mit den Fingern tastete sie den Rand des Lochs ab, das für sie gerade groß genug sein mochte. Ein feuchter, modriger Geruch schlug ihr von unten entgegen.

Ein König, der im Kanal lebte und Ritter ausbildete! Das hörte sich nicht an wie eine Legende. Es hörte sich eher an ... wie eine Geistergeschichte. Nach Dämonen. Wie die finsteren Märchen über den Abstieg in die Hölle Gotors.

»Komm schon«, rief Sakhed. »Enges Loch in den Kanal. Aber wenn man drin ist, kann man gehn, wohin man will. Wie Straßen in der Stadt, nur *unter* der Stadt.«

Niki zögerte. Die Stimmen waren jetzt genau vor der Fensteröffnung, und ein Lichtkegel tastete durch den Keller.

Niki fasste sich ein Herz. Sie schwang die Beine über den Rand der Öffnung und rutschte hinter dem Bettler her.

10. KAPITEL

21. Juni 963

Im Kloster des Schwertes in Sir-en-Kreigen

Die Priester des Schwertes packten ihre Sachen. Dauras hatte immer einen Meister, einen Mönch und einen Novizen gemeinsam eingeteilt. In den kleineren Gruppen fielen sie weniger auf, und wenn es später darum ging, eine Überfahrt auf einem Schiff auszuhandeln, würden drei Mann leichter einen Platz finden als dreißig. Und er sorgte dafür, dass jede der Gruppen etwas Silber für den Weg mitbekam.

Jetzt blieb nur noch, die kostbarsten Schriften des Tempels auszuwählen, sie sicher zu verpacken und auf die Mönche zu verteilen. Das war eine Aufgabe, zu der Dauras nicht viel beitragen konnte. Er träumte davon, lesen zu lernen – eine Möglichkeit, die ihm durch seine neuen Sinne geboten wurde. Aber das musste warten, bis sie einen friedlicheren Ort fanden, an dem sie wieder zur Ruhe kommen konnten.

Während Dauras die Vorbereitungen traf, blieb Abt Garid ständig in seiner Nähe und versuchte, ihn umzustimmen.

»Wir haben schon so viel verloren«, sagte er. »Was willst du gewinnen, wenn du die letzten Schätze des Tempels hinaus in die Welt schleppst und sie in alle Winde zerstreust? Wir werden die Schriften mitsamt den Mönchen verlieren. War das nicht das, was du eigentlich verhindern wolltest?« Garids Stimme bebte vor Zorn.

Die Versammlung der Brüder hat es beschlossen, hätte Dauras dem Abt am liebsten gesagt. *Nimm es einfach hin und trage dazu bei, dass es gelingt.*

»Die Mauern des Tempels sind nicht mehr sicher«, sagte Dauras jedoch nur. »Wir haben es alle selbst erlebt. Und die Schätze, die uns geblieben sind, haben wir nur deswegen, weil wir sie vor den Rittern verstecken konnten.«

»Sie waren ja schon hier«, sagte der Abt. »Sie werden kaum wiederkommen, nachdem sie uns ausgeplündert wähnen.«

»Sie werden wiederkommen«, erwiderte Dauras. »Ich war mit solchen Rittern im Westen an der Grenze. Ich habe die Tempel der Ronurer gesehen – oder was davon übrig ist. Die Ritter Bponurs werden unser Haus auf ihrem Boden niemals dulden, und wenn dieser Krieg vorüber ist, werden sie zurückkommen und es ganz zerstören.«

»Wenn sie den Krieg gewinnen. Aber was, wenn sie ihn verlieren und alles wieder so wird, wie es einmal war? Wir sollten nicht voreilig aufgeben, was wir aufgebaut haben.«

»Selbst wenn sie verlieren«, sagte Dauras, »sind sie gefährlich. Die Ritter müssen das Land nicht erobern. Wenn der Krieg schlecht für sie läuft, werden sie erst recht damit beginnen, das Land zu verwüsten. Und uns werden sie als Erste niederbrennen.«

»Aber müssen wir gleich so weit fliehen!« Der Abt hob verzweifelt die Arme. »Wir können uns eine Zuflucht in der Nähe suchen und abwarten. Willst du uns wirklich über das Meer in den Süden führen? Bedenke, wir sind von dort vor unseren Feinden geflohen!«

»Unsere Vorfahren sind geflohen«, gab Dauras zurück. »Vor mehr als zweihundert Jahren. Kennt Ihr das Land im Süden, Garid?«

Garid schüttelte den Kopf. »Keiner von uns kennt es heute noch – das macht es umso schlimmer.«

»Ich kenne es«, sagte Dauras. »Meine Reisen, die Ihr so

verachtet, haben mich auch dorthin geführt. Der Kaiser hat unsere Feinde dort vor langer Zeit unterworfen. Hara-nen ist eine Kolonie geworden. Und die Ritter werden uns über das Meer nicht folgen. Ich sage nicht, dass es sicher ist, Garid. Aber ich kenne das Land, und es ist uns nicht mehr feindlich gesonnen. Es ist der richtige Platz für einen neuen Anfang.

Es ist der Ort, wo unser Orden einst seine Heimat hatte. Und ich bin überzeugt, dass wir dort eine bessere Heimat finden werden als hier.«

Lacan ritt mit Rhyl an Garren die Flussstraße entlang und betrachtete das Gelände prüfend. Überall am Ufer hatten sich die Einheiten seines Heeres verteilt, und an manchen Stellen hatten sie schon mit den Schanzarbeiten begonnen.

Niemand wusste, wann die Ritter aus dem Osten eintreffen würden. Aber Lacan wollte vorbereitet sein, wenn es so weit war.

»Mir gefällt die Anlehnung nicht, stellte Rhyl fest. »Der Feind könnte uns einschließen, und wir haben nicht genug Männer, um das ganze Ufer zu sichern.«

Die Hammerschlagfurt war eine gewaltige Anlage. Hier, wo der große Strom unterhalb der Schaumpfade wieder ruhiger floss, hatte er fast etwas von einem See an sich. Es gab Stellen, da lag das andere Ufer eine Meile weit entfernt.

Das Wasser war seicht, durchzogen von Kiesbänken, wo um diese Zeit des Jahres das Wasser manchmal nur knöcheltief stand. Dazwischen konnte man meistens waten, aber es gab auch tiefe Fahrrinnen quer durch die Furt, die beinahe bis an die weiter flussauf liegenden Stromschnellen heranreichten. Hölzerne Brücken und Stege, die man teilweise hochziehen konnte, sorgten an den schlechter passierbaren Stellen der Furt auf einer Breite von fünfhundert Schritten gleich für mehrere Übergänge.

»Wir werden ein paar von den Brücken und Stegen abreißen«, sagte Lacan. »Dann ist die Front, die wir verteidigen müssen, schmaler.«

Das tat ihm in der Seele weh. Die Hammerschlagfurt war eine der Lebensadern des Reiches, älter und traditionsreicher als die Schienen- und Schlittenkonstruktion, die am Westufer den Schiffen den Weg an den nördlich von hier gelegenen Stromschnellen vorbei ermöglichen sollte – aber genauso vernachlässigt! Viele Holzbalken waren verrottet, Taue gerissen, an manchen Stellen hingen die Zugbrücken quer im Fluss und drohten jeden Augenblick mitgerissen zu werden.

Lacan wollte nicht derjenige sein, der den Übergang ganz zerstörte – nach all den Jahrhunderten, in denen er gewachsen war. Andererseits, wenn er die unsichersten Wege beseitigte und die besten stehen ließ, hatte er womöglich nicht nur ihre Front verkleinert, sondern auch den verbliebenen Weg sicherer gemacht.

Rhyl hatte andere Vorstellungen. »Ich würde nicht gleich abreißen. Wir könnten mehr erreichen, wenn wir den Übergang *umbauen*. Zugbrücken verkürzen, sodass sie im tiefen Wasser enden; Stege verlegen, damit sie an trügerischen Stellen verlaufen.«

Lacan verzog das Gesicht. »Wenig ehrenhaft, Herr an Garren.«

Rhyl zuckte die Achseln. »Aber wirkungsvoll, nehme ich an. Und am Ende auch nicht unehrenhafter als jede andere Schanzarbeit, nur dass wir die Befestigung in den Fluss hineinlegen.«

Es gefiel Lacan nicht, doch Rhyl hatte recht. Wenn sie das Gelände nutzen wollten, mussten sie wirklich *alle* Möglichkeiten in Betracht ziehen. Sie konnten es sich nicht erlauben, einen Vorteil zu verschenken.

Lacan überlegte, wo er Brücken stehen lassen wollte, wo

einreißen und wo verlegen. Er sah die Steinsäulen, die die Furt markierten.

»Wir sollten Männer ins Wasser schicken, damit sie die Wege vermessen«, schlug er vor. »Dann können wir die Wegmarken so versetzen, dass sie den Feind auf unsicheren Grund locken.«

Neben dem hüfthohen Schutzdamm, den er am Uferstreifen geplant hatte, würden sie Pfähle in den Grund rammen und im Wasser weitere Sperren anbringen, die man nicht sehen konnte. Es mochte reichen, glatte Felsen an die richtigen Stellen zu schleppen, um jeden auflaufen zu lassen, der herüberwollte.

Am Tag nach dem Fest des Sieges
im 21. Jahr der Krönung von Agos I.
(2. Juli 963 nach Horomischer Zeitrechnung)

An der Hammerschlagfurt

Es war das traurigste Fest des Sieges, das Giwion von Saale bisher erlebt hatte. Der Feind stand vor ihnen an der Furt – ihre Späher hatten es schon vor Tagen gemeldet. Dennoch ließ Marschall Eudoxios sein Heer während der Vorbereitungen für die Festlichkeiten erst einmal lagern. Verlorene Zeit, zu der dann noch drei lange Feiertage mit Gebet und Gesang hinzukamen.

Dabei hätte man, befand Giwion, vor dem Sonnwendfest mühelos die Furt erreichen, den Übergang erzwingen und danach einen wirklichen Sieg feiern können!

Jetzt ritt Giwion in voller Rüstung an der Spitze der Vorhut am Fluss entlang. Zweihundert Ritter folgten ihm auf der Flussstraße, und ebenso viele leicht bewaffnete Reiter,

Knappen und Edelknechte sicherten den Zug zum Landesinneren hin ab. Marschall Eudoxios hatte ihm aufgetragen, die Lage an der Furt zu prüfen und anschließend weiterzuziehen, um die Straße nach Hammerheim gegen einen Flankenangriff abzuriegeln.

Doch als Giwion zum ersten Mal einen Blick auf den Übergang werfen konnte, sah er gleich, dass der Feind auf der anderen Seite in Stellung lag. Und natürlich hatten sie die Tage genutzt, um ihre Stellung zu befestigen.

Andererseits hatte der Gegner nicht viel mehr Männer dort stehen, als Giwion selbst allein schon mit der Vorhut mitbrachte. Und während Giwion Ritter dabeihatte, sah er beim Feind nur Fußknechte! Bponur hatte über die Feiertage sein Antlitz verhüllt, und auch heute zogen Wolken über den Himmel. Ein kühler Wind blies ihnen entgegen. Aber es war trocken, der Fluss führte wenig Wasser – es war, als wollte Gott selbst ihren Angriff an diesem Tag beflügeln.

Giwion winkte Dimos Tamberlin zu sich, einen Ritter seines Ordens, der neben ihm ritt. »Siehst du den Feind?«, fragte er.

Tamberlin nickte. »Im Großen und Ganzen scheint alles so zu sein, wie die Späher berichtet haben. Wir können den Boten zurückschicken und dem Marschall Meldung machen.«

Giwion ließ sein Ross langsam im Schritt vorangehen und überdachte ein letztes Mal die Berichte der Späher und das, was er nun selbst vor sich sah. Der kleine Damm, den der Feind am anderen Ufer vor seinen Reihen hochgezogen hatte, war zu niedrig, um einen Ansturm von Rittern aufzuhalten. Die Böschung hinter dem Fußvolk stieg steiler an, aber die würde den Feind beim Zurückweichen genauso behindern wie die Reiter beim Vorrücken.

»Ich habe nicht vor, diese Schlacht den Knechten zu überlassen«, sagte er. »Wir sind stark genug, um die Stellung im Sturm zu nehmen – und Eudoxios auf der anderen Seite zu begrüßen.«

Lacans Truppen hatten an der Furt Stellung bezogen. Rhyls zweihundert Speerträger standen mit Setzschilden in der ersten Reihe, und mit Spießen, die die Krieger um das Doppelte überragten. Dahinter ballte sich die Masse des Fußvolks zwischen dem kleinen Damm und der Böschung. Das sollte Rhyls Pikenieren Rückendeckung geben, damit sie selbst einen Reiterangriff aufhalten konnten.

Lacan hielt sich mitten unter den Fußsoldaten – dazu zählten erfahrene Söldner ebenso wie Vagabunden oder Freiwillige aus den Dörfern.

Vor der Brust trug er ein Horn. Sie hatten Signale vereinbart, doch im Gefecht würde er trotzdem das meiste mit Boten übermitteln müssen. Die Legionen von einst, so hatte er gehört, waren von den Feldherrn mit Trommeln und Trompeten und Flaggen aus der Ferne gesteuert worden. Lacan konnte froh sein, wenn die wichtigsten Anweisungen durchkamen, und größere Abweichungen vom einmal gefassten Plan würden seine Truppen nicht mitmachen.

Die Spießer vor ihm hatten die Schilde auf die Wallkrone aufgesetzt. Jetzt duckten sie sich dahinter, sodass Lacan sich nur strecken musste, um über sie hinwegblicken zu können.

Am anderen Ufer trabte eine Schar Reiter um die Biegung, dort, wo die Uferstraße auf die Furt zuführte. Die Reiter schwenkten ein und hielten geradenwegs auf den Fluss zu. Immer mehr von ihnen rückten in einer langen Kolonne nach.

»Sie greifen einfach an«, stellte Lacan fassungslos fest. »Ohne Kundschafter!«

»Ich nehme an, das *sind* die Kundschafter«, bemerkte Rhyl

an Garren trocken. Der Söldnerhauptmann stand unmittelbar vor Lacan und stützte sich gelassen auf den aufgesetzten Spieß. »Das ist verrückt«, sagte Lacan. »Warum tun sie das?«

Rhyl an Garren zuckte die Achseln. »Die Ritter in Barrat achten das Fußvolk gering. Was daran liegt, dass sie selbst nur Knechte haben, die allenfalls als Plänkler oder als Deckung taugen. Ich hatte gehofft, dass sie sich zu einem unbedachten Zug verleiten lassen – jetzt müssen wir ihnen zeigen, dass die Verhältnisse im Westen anders sind.«

Die Panzerreiter bildeten die Spitze. Ihr Ansturm war längst nicht so ungestüm, wie man glauben mochte. Die Ritter waren schwer, und ihre Pferde mehr auf Kraft gezüchtet als auf Schnelligkeit. Aus der Ferne wirkte der Anritt eigentümlich zurückgenommen, fast zögerlich. Doch Lacan wusste, was für eine Kraft so ein Angriff entfaltete, wenn er auf Fußvolk traf.

»Hoffen wir mal, dass wir das zuwege bringen«, antwortete er und verfolgte angespannt die scheinbar endlose Reihe der Reiter am anderen Ufer. Aber die Furt war breit, und die Ritter würden gewiss nicht ohne Schwierigkeiten hindurchkommen. Lacan holte tief Atem, schob seine Sorgen weg und versuchte, auf die Stärke ihrer Stellung zu vertrauen.

Der erste Teil der Furt war einfach. Dann kamen die Reiter an die Stege, und der Ansturm stockte. Die leichte Reiterei übernahm die Spitze, und der Trupp zog sich auseinander.

»Schade«, bemerkte Rhyl. »Wäre mir lieb, sie wären alle zusammen aufs Holz galoppiert und eingebrochen.«

Ein paar der Reiter stiegen ab, die meisten blieben zu Pferde. Lacan stieß einen Krieger neben sich an. »Lauf zu den Schützen. Keiner schießt ohne Befehl. Wir warten, bis sie in Schussweite sind.«

Inzwischen hatten die letzten Angreifer den Strom erreicht. »Vierhundert Mann«, stellte Rhyl an Garren fest. »Die Hälfte Ritter.«

»Genug, um unsere Schar zu sprengen«, bemerkte Lacan.

Trotzdem war er erleichtert. Einen Moment lang hatte er befürchtet, dass die Feinde sie einfach überrennen würden. Aber sein Fußvolk war in der Überzahl, gut um das Doppelte.

Rhyl blieb gelassen. »Wohl wahr«, sagte er nur. »Wenn sie alle ankämen. Und ich bemerke keine Reserve hinter ihnen, die einen Vorteil ausnutzen könnte ... Los, ihr Fettärsche!« Er wandte sich zu seinen Männern. Seine Stimme drang mühelos über die Reihe der Pikeniere. »Verdient euch die Beute. Ich will Armbrüste sehen!«

Die vierzig Mann seines ursprünglichen Fähnleins hatten auch Schusswaffen dabei. Sie steckten ihre Spieße in den Boden, stützen den Schild vor sich mit der Hüfte und legten den Bolzen ein.

Im Fluss erreichte der erste Reiter das Ende einer Brücke und hielt inne. Zögernd tastete er sich auf seinem Pferd vor, aber die nachstürmenden Krieger versetzten sein Ross in Unruhe. Es rutschte über den Rand der Holzplanken und landete in einer Rinne, über der Lacans Leute die Brücke gekappt hatten. Der Reiter wurde von der Strömung fortgetragen, weiteren seiner Kameraden erging es genauso.

Überall schwammen nun Reiter durch die tiefen Stellen des Übergangs. Manche lenkten die Pferde von den gekennzeichneten Wegen und klammerten sich am Sattel fest, während die Tiere sie durchs Wasser trugen. Die schwer gerüsteten Ritter kostete das große Mühe. Immer mehr von ihnen saßen ab, einige glitten dabei aus und landeten im Ragnat. Die Reihen der Angreifer lockerten sich weiter, aber sie setzten den Vorstoß fort.

Rhyl schob sich nach vorn an die Schildreihe.

»Gleich«, hörte Lacan ihn murmeln. »Gleich.«

Die Reiter drängten durch die Furt. Hinter der Rinne hievte ein Ritter sich schwerfällig wieder auf sein Ross. Er trieb das Tier durch das seichte Wasser. Dabei stolperte es über einen Felsen, den die Verteidiger tückisch im Flussbett platziert hatten.

Der Panzerreiter stürzte vom Pferd, landete bäuchlings in den Fluten und wurde abgetrieben. Er versuchte, wieder hochzukommen, gegen das Gewicht seiner Rüstung. Doch dann rutschte er in ein Wasserloch und versank.

Bald saß keiner der Angreifer mehr auf dem Pferd. Sie klammerten sich am Sattel fest, während sie langsam neben ihren Tieren hergingen und sich durch das Wasser tasteten. Die leichter bewaffneten Reiter halfen denen, die auf dem schlüpfrigen Grund den Halt verloren.

Ein Fußknecht neben Lacan, ein verwegener Bursche mit Zottelbart und einem Brustkorb wie ein Bär, zog einen Säbel aus dem Gürtel und rief: »Jetzt holen wir sie uns! Wollen mal sehen, was so ein Ritter taugt, wenn er zu Fuß im Wasser kämpfen muss!«

Doch Lacan hielt ihn zurück. »Niemand verlässt die Stellung«, befahl er. »Rhyl, lassen Sie jeden niederschießen, der hinter dem Damm hervorkommt.«

»Muss mir keiner sagen«, kam Rhyls Stimme von vorn. »Wenn *ich* warten kann, warten alle. Keiner rührt sich, bevor ich es befehle!«

Am gegenüberliegenden Ufer bewegte sich wieder etwas. Der Rest des feindlichen Heeres stieß hinzu, eine Reihe Fußvolk hinter der anderen. Wenn Lacans Truppen ihre Ordnung aufgaben und sich in den Fluss locken ließen, war ihr Vorteil dahin. Die nachrückenden Kämpfer würden sie einfach überrennen.

Lacan sah eine Gruppe Berittener am Ufer, die gestikulierten und anscheinend Befehle erteilten und das Heer formierten. Niemand sonst setzte einen Fuß in die Furt, und die ursprünglichen vierhundert Reiter blieben auf sich gestellt. Hinter ihnen ertönten Rufe, gefolgt von wilden Fanfarenstößen.

Doch die Angreifer rückten weiter vor. Die vordersten Ritter waren nur noch zweihundert Schritt entfernt.

Lacan schickte erneut einen Boten zu den Schützen. »Sie sollen die Pfeile fliegen lassen, sobald die Ersten ans Ufer kommen. Nicht früher. Auf keinen Fall früher.«

Der Bote nickte und lief davon.

Die ersten Reiter saßen im seichten Uferwasser wieder auf. Aber das letzte Stück hatte Lacan besonders tückisch präpariert. Hier hatten sie Löcher in den Flussgrund getrieben, scharfkantige Felsen hineingesetzt und gespitzte Pfähle in den Boden gerammt. Die Angreifer setzten zum Sturm an, kamen jedoch nur ein paar Schritt weit und strauchelten dann.

Lacan hörte Schmerzensschreie. Verwundete blieben benommen im Fluss sitzen, rote Blutschlieren zogen durch das Wasser, Blut von Pferden und von Reitern, die sich an dem vorbereiteten Uferstück verletzt hatten. Es klang so, als hätte die Schlacht begonnen – noch bevor Lacans Männer einen Schuss abgegeben hätten.

Der Rest der Gegner bewegte sich vorsichtiger, ging mit den Pferden weiter, bis sie den Grund im Wasser besser sehen konnten. Dann stiegen die Ritter wieder auf.

Lacan hörte ihren Ruf vom Wasser her schallen.

»Für Bponur und den König!«

Sie stürmten auf die Stellungen zu.

Lacans Bogenschützen schossen ihre Pfeile ab. Sie verbargen sich oberhalb der Böschung, auf der anderen Seite der Uferstraße, in der Deckung des Bewuchses. Die Pfeile regneten in Salven auf die Reiter nieder, die noch neben ihren Pferden durch die Furt wateten.

Die Ritter, die es ans Ufer geschafft hatten, duckten sich unter dem Pfeilhagel hindurch. Doch es war gerade einmal ein halbes Dutzend.

Rhyls Armbrustschützen nahmen sie gezielt aufs Korn. Sie schossen geordnet, einer nach dem anderen. Die ersten Bolzen trafen die schweren Rüstungen und glitten an dem Panzer ab.

»Auf die Pferde«, brüllte Rhyl. »Die sind leichter gepanzert!«

Die Pferde der Angreifer trugen Schabracken, die mit Eisenringen besetzt oder durch einen Überwurf aus Kettengliedern geschützt waren. Doch die Bolzen der großen Armbrüste sprengten die Eisenringe auseinander und drangen hindurch.

Lacan sah, wie zwei Bolzen in die Schabracken einschlugen, ohne dass sie in den Körper des Pferdes eindrangen. Dennoch wurde eines der Tiere langsamer und scheute.

Zwei Pferde brachen zusammen, in die Brust getroffen, und die Reiter überschlugen sich mitsamt ihren Tieren. Keiner von ihnen stand wieder auf.

Ein weiteres Pferd wurde am Lauf verwundet, es hinkte und schwenkte seitlich ab. Lacan sah einen Ritter vom Pferd stürzen, dem ein Bolzen durch eine Lücke in die Rüstung drang. Nur ein Reiter gelangte bis zum Schildwall.

»Die Linie halten!«, brüllte Rhyl. Er packte einen Spieß, schob den Schild vor sich zur Seite und trat vor.

Der Ritter richtete die Lanze auf ihn.

Rhyl rannte auf ihn zu. Er nahm den überlangen Spieß in die Rechte. In der Linken hielt er seine Axt, deren Blatt die Form eines Bponurskreises hatte: eine runde Scheibe mit drei Zacken, den Ecken eines gleichseitigen Dreiecks.

Mit der Axt schlug er die Lanzenspitze seines Gegners zur Seite und richtete den eigenen Spieß aus – eine fließende Bewegung von einer Präzision, wie Lacan sie noch nie gesehen hatte.

Er richtete die Spitze auf den Ritter, rammte den Schaft des Spießes in den Boden – und hebelte den Reiter aus dem Sattel.

Mit einem Satz wich er dem Pferd aus, rollte sich ab und sprang wieder auf. Sofort war er bei dem gestürzten Reiter und hieb ihm die Axt unter dem Helm in den Hals. Dann hob er den Spieß auf und trat gelassen ins Glied zurück.

Weitere Krieger gelangten ans Ufer. Viele von ihnen waren ohne Pferd, oder bereits verwundet. Der massive Beschuss zeigte Wirkung. Andere hatten schon im Fluss den Rückzug angetreten und kämpften sich durch die Furt zum Ostufer zurück. Die Pfeile trafen sie in den Rücken.

»Seht ihr, wie man Ritter absticht?«, feuerte Rhyl seine Männer an. »Nehmt die Schilde. Ich will das Ufer wieder frei sehen!«

Die Pikeniere rückten über den Wall vor, die großen rechteckigen Schilde zu einer Mauer geschlossen, die Spieße nach vorgestreckt. Rhyl ließ seine vierzig erfahrenen Söldner in der zweiten Reihe dahinter marschieren, wo sie weiterhin mit der Armbrust schossen.

Den Rest des Haufens hielt Lacan zurück. Die Krieger murrten, aber sie gehorchten.

Rhyls ausgewählte Speerträger reichten aus, um die Angreifer ins Wasser zurückzujagen und den letzten Widerstand zu brechen. Das Ufer war übersät mit Toten. Alle anderen flohen.

Am Fluss hielt Rhyl inne. Er riss dem Mann neben sich die Armbrust aus der Hand und hob sie hoch. Ein schwer gepanzerter Ritter saß im seichten Uferwasser auf dem

Pferd, mehr als hundert Schritt entfernt. Der klatschnasse Wappenrock zeigte drei gekreuzte Speere im Bponurskreis. Unschlüssig verharrte er, sah auf die Flüchtenden, die ihn mitzureißen drohten, und auf den Feind am Ufer.

Rhyl schoss den Bolzen ab und traf den Ritter durch einen Augenschlitz direkt in den Kopf. Der Mann stürzte ins Wasser, landete auf dem Rücken und wurde langsam von der Strömung davongetragen. Das Pferd machte einen Satz zur Seite, verharrte und galoppierte schließlich hinter all den Menschen und Tieren her zurück ans andere Ufer.

Einen Moment lang wurde es still. Dann jubelten Lacans Männer. Die ersten Söldner fingen an, den gefallenen Feinden Waffen und Rüstung abzunehmen.

»Vorsichtig«, ermahnte Rhyl an Garren seine Leute. »So ein Ritter, der ist leicht vierhundert Goldmark wert, wenn man ihn sauber ausnimmt.«

Lacan trat zu ihm. »Wir müssen uns wieder sammeln«, sagte er. »Noch steht die Hauptmacht des Feindes gegen uns bereit.«

Rhyl rümpfte die Nase. »Das hier ist unsere Bezahlung«, erwiderte er und wies auf seine Männer. »Was meint Ihr, warum ich mich diesem Zug angeschlossen habe? Ohne Handgeld? Es war nur für das Versprechen auf Beute.«

Er starrte auf die Furt, wo die Leichen der erschlagenen Gegner im Wasser lagen. »Und das ist mein Geld, das da im Fluss schwimmt, Lacan«, sagte er bitter. »Wie ich sie hasse, diese ungestümen Ritter aus dem Osten, die keine Ordnung kennen und stets als Erste voranmüssen. Jetzt treiben diese Hitzköpfe alle im Fluss davon, bevor die Schlacht vorbei ist und ich sie holen könnte.«

Eudoxios an Cradin, der Marschall der Drei Blutigen Tränen Bponurs, stand vor seinem Heer am Ufer und sah mit versteinertem Gesicht zu, wie die Reste des zerschlagenen Vortrupps zurückwichen. Selbst nachdem die Flüchtenden außer Schussweite der Feinde waren, starben noch viele gepanzerte Ritter, die im tieferen Wasser strauchelten und ertranken.

Landmeister Pescar an Nadir, der den zweiten Zug der Reiterei befehligte und neben Eudoxios stand, rief entsetzt: »Wir müssen ihnen helfen!«

»Ich werde nicht einen Fußknecht nach vorn schicken und die Ordnung des ganzen Heeres aufs Spiel setzen, um einen dieser Heißsporne zu retten«, gab Eudoxios zurück. »Sie hatten einen Befehl – und was haben sie stattdessen angerichtet!«

Die ersten Flüchtenden erreichten das Ufer. Eudoxios erkannte Lucius von Etschen – einen Lehnsritter, von dem er wusste, dass er an der Spitze des Zuges dabei gewesen war. Der Ritter kam ohne Pferd und Waffen aus dem Wasser.

»Etschen!«, rief Eudoxios ihm zu. »Wo ist von Saale?«

Der Ritter hielt inne und sah sich verwirrt um. Dann zeigte er nach hinten. »Da … da!«, stammelte er. »Ich glaube, er ist gefallen.«

Er blieb vor dem Marschall stehen und schien langsam wieder zu sich zu kommen. Eudoxios blickte über ihn hinweg und kniff die Augen zusammen. »Vielleicht ist es besser so«, sagte er. »Ich hätte diesen Mann nie auf ein solches Kommando befördert, wäre er ein Ritter meines Ordens gewesen.«

»Es wird die Moral im Heer untergraben, wenn er tot ist«, gab an Nadir zu bedenken. »Und wenn Giwion selbst auch kein Verlust ist, so sind es doch die Männer, die er mitgenommen hat.«

Eudoxios biss die Zähne aufeinander. Fast die Hälfte von

Giwions Reitern war auf dem Schlachtfeld geblieben, und die, die es zurückgeschafft hatten, sahen kaum besser aus als von Etschen – nass, erschöpft, und ohne Pferd und Ausrüstung.

Viele Ritter hatten sich die Rüstung vom Leib geschnitten, um schneller aus dem Wasser zu kommen. Diese Verluste waren im Felde schwer zu ersetzen. Manch einer, der als Panzerreiter in den Angriff gegangen war, würde den Rest des Feldzugs über mit den Mitteln eines Edelknechts oder eines Knappen kämpfen.

Eudoxios verzog das Gesicht. Wenn dieser ungestüme Vorstoß überhaupt einen Vorteil hatte, dann den, dass sie jetzt wussten, was sie erwartete: ein schwieriger Übergang und die Tatsache, dass die Fußtruppen am Ufer – Eudoxios schätzte sie auf nicht ganz tausend Mann – nicht ihre einzigen Gegner waren. Da verbargen sich noch Hunderte von Schützen in der Böschung darüber.

»Pescar«, sagte er, »sammeln Sie die Männer, die zurückkommen. Ich will sie beim zweiten Treffen sehen.«

Pescar an Nadir musterte ihn zweifelnd. Aber er nickte. »Wie Ihr wünscht, Marschall.«

Eudoxios schritt derweil seine Truppe ab. Er ließ jeden Mann antreten, der einen Bogen oder eine Armbrust hatte. Das waren immerhin sechshundert. Weitere fünfhundert Fußknechte schickte er mit Spießen und Schilden nach vorn, damit sie den Schützen Deckung gaben. Insgesamt war das mehr als ein Drittel seines Fußvolks.

Er trug den Sergeanten auf, den Haufen langsam vorrücken zu lassen – erst einmal einen Weg über die tückische Furt zu suchen und, sobald sie in Schussweite waren, den Gegner vom Wasser aus herauszufordern.

Während diese Truppen vorrückten, ließ Eudoxios den Rest seines Heerbanns in Schlachtordnung antreten. Die verbliebenen Fußknechte stellte er in einem großen Haufen auf und ließ die Ritter, die gerade ohne Pferde aus der Furt gekommen waren, dazutreten.

Daneben sammelte er die Reiterei, die er aber erst dann zum Einsatz bringen wollte, wenn am anderen Ufer kein geschlossener Schildwall mehr auf sie wartete. Blieb nur die Frage, ob die Schützen die Ordnung des Gegners aufbrechen konnten.

Die Feinde schossen zuerst. Von ihrer erhöhten Stellung im Hinterland aus hatten sie eine gute Reichweite und waren selbst fast unangreifbar. Eudoxios' Truppen würden bis zum Ufer vorrücken müssen, damit ihre Pfeile so hoch fliegen konnten. Außerdem konnten sie die feindlichen Schützen auf der mit Gras und Buschwerk bestandenen Anhöhe kaum sehen, während die Truppen in der Furt keine andere Deckung hatten als die, die sie selbst mitbrachten. Die Fußknechte dort hoben die Schilde und schützten sich und die Bogenschützen, so gut sie es vermochten.

Eudoxios' Männer erwiderten den Beschuss. Ihre Pfeile trafen in den Ufersaum, einige wenig prallten gegen den Schildwall. Die Verteidiger stellten ihre großen Schilde schräg auf den Boden und kauerten sich dahinter. Die erste Linie war damit fast unangreifbar. Die Krieger zwischen dem Schildwall und der Uferböschung schienen schlechter bewaffnet zu sein. Eudoxios sah ein paar große Schilde bei ihnen und viele kleine, die jetzt zu einem löchrigen Dach geschlossen wurden.

Die Schützen im Wasser rückten vor. Immer mehr von ihren Geschossen trafen ihr Ziel, aber noch schwerer wurden sie selbst von den Schützen am Ufer getroffen. Eudoxios fluchte. Er hatte auf dem Marsch jede Gelegenheit genutzt, um Bögen und Armbrüste zu beschaffen – aus den Burgen, die sie erobert hatten, von den Wachen und Rittern aus Sir-en-Kreigen, sogar von den Jägern in den Dörfern am Wegesrand.

Trotzdem – bei der Schlacht an der Brücke in Horome hatten sie die Hälfte der ausgebildeten Schützen verloren, und die verbliebenen hatte Eudoxios mit Bregar teilen müssen. Die Männer, denen er einfach einen Bogen in die Hand drückte, konnten die Lücke nicht füllen. Er hatte mehr Schützen in der Furt versammelt als der Feind am Ufer, doch die meisten schossen nur aufs Geratewohl in die richtige Richtung. Was das Zielen und Treffen anbelangte, war Eudoxios klar im Nachteil.

Seine Männer mussten die größeren Verluste hinnehmen, und nichts deutete darauf hin, dass der Schildwall vor ihnen sich auflöste.

Travar von Holtweiden lenkte sein Ross neben Eudoxios. Er war ein Ritter aus Sir-en-Kreigen, der sich wie einige seiner Standesgenossen dem Heer aus dem Osten angeschlossen hatte. »Es wird keine rasche Entscheidung geben«, stellte er fest. »Das gibt eine harte Schlacht.«

»Am Ende wird die Furt unser sein«, entgegnete Eudoxios barsch. »Wir haben die dreifache Übermacht.«

»Wir könnten es mit weniger Verlusten schaffen, wenn wir dem Feind in die Flanke fallen«, sagte Travar.

»Das ist wahr«, sagte Eudoxios. »Aber erst einmal müssen wir durch die Furt auf ihre Seite. Und das ist ein Engpass, der uns genau vor ihre Speere führt.«

»Ich kenne das Land«, erwiderte Travar. »Weiter flussabwärts gibt es Stellen, wo der Übergang gleichfalls gelingen kann. Wir könnten ein paar Meilen südlich, außer Sichtweite des Feindes, eine Stelle mit Seilen sichern und eine Abordnung von Rittern und Fußvolk über den Strom bringen.«

»Ein paar Meilen südlich liegt Hammerheim«, gab Eudoxios zurück. Ich werde mein Heer nicht aufteilen und riskieren, dass die Stadt uns in die Flanke fällt.«

»Ihr wolltet Hammerheim ohnehin erobern, bevor ihr auf der anderen Flussseite nach Norden geht«, stellte Travar fest.

»Das ist wahr«, sagte Eudoxios. »Aber nicht, solange da drüben noch ein zweites Heer in meinem Rücken steht. Ich will nicht gegen beide Gegner zugleich kämpfen.«

»Ihr missversteht mich«, sagte Travar. »Ich wollte nur darauf hinweisen, dass Hammerheim eine gute Mauer hat und eine Bürgerwehr, um sie zu besetzen. Aber die taugt nichts auf offenem Felde!

Wie gesagt, Marschall. Ich kenne die Gegend. Und ich sage Euch: Wenn Ihr ein Viertel Eures Heeres mit genug Reiterei an der Stadt vorbeischickt, riskiert Ihr weit weniger als beim Sturm selbst mit voller Stärke gegen ihre Mauern. Die Hammerheimer werden sich nicht herauswagen. Und lassen sie sich doch zum Angriff verleiten, umso besser! Dann gewinnt Ihr die zweite Front zu einem viel günstigeren Preis.«

»Marschall an Dantuir!« Madivan bahnte sich einen Weg durch die Reihen auf Hragaud zu. Dieser setzte seinen Knappen in letzter Zeit häufiger als Boten zwischen den Truppenteilen ein. »Marschall an Dantuir!«

Hragaud sah einen abgekämpft wirkenden Fußknecht, der Madivan folgte, und den Grôta-Kundschafter, der wie unbeteiligt an der Seite des Knappen hertrottete.

Hragaud hatte sich oft gewundert, wie ausdauernd die Bergmenschen waren. Sie blieben niemals hinter den Reitern zurück und konnten selbst neben einem galoppierenden Pferd herlaufen … Auf lange Sicht schienen sie die Hitze, die über dieser Steppe brütete, sogar besser auszuhalten als die Pferde.

»Was ist?«, fragte er.

»Sie haben die Familien gefunden!«, rief sein Knappe. »Sie haben ein Dorf der Trolle aufgespürt.«

»Die Kundschafter vor uns?« Hragaud horchte auf. Die Schlacht am Hügel lag schon einen Monat hinter ihm. Seitdem hatten sie Hunderte von Meilen in dieser Einöde zurückgelegt, und doch hatte Hragaud das Gefühl, dass sie keinen Schritt weitergekommen waren.

Er führte das Heer langsam ostwärts, empfing die Berichte der Späh- und Jagdtrupps, schickte größere Kundschaftertrupps aus, um die Weite des Landes festzustellen. Sie ertrugen die glühende Sonne, die eisigen Nächte, den Durst, wenn sie wieder einmal Tage brauchten, um das nächste Rinnsal zu finden, und die mitgeführten Fässer sich leerten. Sie ertrugen das Ungeziefer, das nachts in ihre Decken kroch und bei Tage die Pferde quälte, das Fieber, das stets einen Teil seiner Krieger auf die Wagen im Tross zwang …

Und nach all diesen Mühen hatten sie heute das erste Mal tatsächlich einen Hinweis auf die Heimstätten der Trolle bekommen.

Madivan blickte auf Hragauds Frage hin über die Schulter zurück. Der Fußsoldat bei ihm trat vor und verbeugte sich. Er war gezeichnet von der Erschöpfung, die Augen gerötet und fiebrig glänzend. Das harte Lederwams des Waffenknechts war zerschlissen, sein ausgemergeltes Gesicht übersät mit Stichen, Schwellungen und schlecht verheilten Wunden.

»Wir haben sie gefunden, Herr«, sagte er. »Ritter von Seewald und seine Begleiter.«

Hragaud runzelte die Stirn. Der Name sagte ihm nichts. Es musste einer von den Rittern aus dem Westen sein, die sich ihm angeschlossen hatten.

»Von Seewald ist der Führer eines der Jagdtrupps, die wir gleich nach der Schlacht hinter den flüchtigen Trollen hergeschickt haben«, erklärte Madivan. »Unsere Späher haben den Mann gerade ins Lager gebracht, als ich beim Tross war. Sie haben ihn draußen in der Steppe gefunden. Er hat berichtet, dass sein Trupp auf ein Dorf der Trolle gestoßen ist.«

»Ein Dorf kann man es nicht nennen«, sagte der Fußsoldat. »Es waren etwa sechs Trollweiber dort, und eine Handvoll Bälger und Halbwüchsiger. Sie hatten Zelte aus Lederplanen und so eine Art zottige Rinder, auf die sie ihr Gepäck geladen haben ...«

»Wie heißt du, Mann?«, fiel Hragaud ihm ins Wort.

»Ich bin Braga, Herr«, antwortete der Mann.

»Hat Seewald dich geschickt, um Verstärkung zu holen?«, fragte Hragaud.

Braga blickte verlegen beiseite. »Seewald hat sofort den Angriff befohlen«, murmelte er. »Doch diese Trollweiber sind Teufelinnen. Seewald hat eine von ihnen durchbohrt, aber sie hat ihn noch vom Pferd gezerrt und in Stücke gerissen. Und dann ... Wir waren nur acht. Ich glaube, ich bin als Einziger entkommen.«

»Glaubst du?«, gab Hragaud bissig zurück.

»Sie waren grausig«, sagte Braga. »Ungeheuer. Sie hatten sich in einem Gehölz versteckt, und wären unsere Grôta-Späher nicht so aufmerksam gewesen, wären wir glatt daran vorbeigezogen.

Ich wünschte, wir hätten sie nicht entdeckt.«

»Und ich wünschte, dieser Seewald hätte nicht überstürzt angegriffen, sondern eine der größeren Einheiten alarmiert.«

Sie hatten Spähtrupps im Einsatz und Banner für den eigentlichen Kampf. Warum versuchten die Spähtrupps, die Arbeit der bedeutsameren Abteilungen zu tun, und machen damit ihren Erfolg zunichte?

Hragaud schüttelte den Kopf. Er kannte die Antwort. Ungestüm und Überheblichkeit waren den Rittern des Ostens nicht fremd und den Rittern des Westens offenbar auch nicht, wie er erkennen musste.

»Wir müssen sehen, was wir noch ausrichten können«, sagte er. »Findest du den Ort wieder?«

»Ich weiß nicht«, sagte Braga. »Ich bin drei Tage gelaufen. Ich habe schon nicht mehr geglaubt, dass ich Euch wiederfinde …«

»Ich finde die Stelle.« Eine Stimme mit hartem Akzent ertönte gleich neben Hragauds Pferd. Critaan, der Grôta, der so etwas war wie der Anführer der Späher ihres Hauptheeres. »Ich folge seinen Spuren.« Critaan schaute Braga an.

»Ich weiß nicht, ob wir auf deine Dienste hier verzichten können«, meinte Hragaud zweifelnd.

Im Grunde wusste er nicht, ob er überhaupt irgendwelche Männer für so ein Unternehmen entbehren konnte. Ein Großteil seines Heeres war in kleinen Einheiten über das Land verteilt. Nur ein paar Hundert Mann blieben als Kerntruppe übrig, als Sammelpunkt für all die verstreuten Truppen und als Schutz für den Tross. Und in letzter Zeit waren schon mehr Krieger ausgezogen, als sich zurückgemeldet hatten.

»Drei Tage«, sagte Critaan. »Gebt mir nur Reiter mit, und ich schaffe den Weg hin und zurück in derselben Zeit.«

Hragaud blickte auf den Mann hinab. Natürlich, nur Reiter konnten mit einem Grôta mithalten. Der Jäger hatte ihm einmal erzählt, dass die Bergmenschen sich vor ihrem Aufbruch in Grothagr gesammelt hatten, einer Stadt hoch oben in den Bergen. Dem Grôta zufolge stärkten die guten Geister an diesem heiligen Ort jeden Krieger, sodass ein Heer, das von dort aufbrach, gesegnet und besonders schnell und ausdauernd war. Ohne Zweifel ein Aberglaube … dennoch schienen die Leistungen von Critaans Stammesbrüdern die Geschichte zu bestätigen.

Doch Reiter waren genau das, woran es Hragaud fehlte und was er am wenigsten entbehren konnte.

»Erst vor vier Tagen habe ich Ritter Stavos mit fünfzig Mann ziehen lassen.« Hragaud wandte sich an Aldheide, seinen wichtigsten Berater, obwohl dieser seit dem Fieber viel von seiner Kraft eingebüßt hatte. Die meiste Zeit trabte Aldheide wie ein Schlafwandler auf seinem Ross nebenher. »Vielleicht ist er noch in der Nähe und kann das übernehmen.«

»Diese Trollsippe könnte inzwischen überall sein«, entgegnete Aldheide. »Wenn du unsere Kundschafter erst nach Stavos suchen lässt, dann verlieren wir sie vermutlich ganz.«

»Ich kann mit dem Grôta gehen«, schlug Madivan eifrig vor. »Ich bin so weit!«

Hragaud sah den Jungen an. Er seufzte. »Du nicht, Madivan«, sagte er seinem Knappen. »Dich brauche ich hier.« Er wandte sich zu Critaan. »Aber ich stelle zehn Reiter ab, und du nimmst die schnellsten von deinen Leuten mit. Das müsste für ein halbes Dutzend Trollweiber und ein paar Halbwüchsige genügen.«

Critaan zog sich zurück, genau wie der Fußknecht. Madivan ordnete sich wieder hinter dem Marschall in den Zug ein. Sehnsüchtig blickte er dem Fährtenleser nach.

Nach einer langen Zeit des Schweigens, während sie weiter durch das dürre Grasland ritten, das bohrende Zirpen der Insekten im Ohr und die Sonne über ihnen, lachte Hragaud kurz und trocken auf.

»Ein Monat«, sagte er. »Und sechs Trollweiber! Bei denen nicht mal sicher ist, ob sie uns nicht doch entkommen … Gab es je eine geringere Ausbeute bei so einer Schlacht?«

»Es war ein großartiger Sieg!«, sagte Madivan.

»Und vielleicht sollten wir uns damit begnügen«, fügte Aldheide hinzu. »Ich weiß nicht, ob uns etwas Besseres erwartet – außer das wir irgendwann am Ende der Welt ankommen und hinunterfallen.«

»Wir haben ein paar Gelehrte im Tross«, gab Hragaud zurück, »denen dürfte das gefallen. Ich habe gehört, dass sie genau deswegen bei uns sind – weil sie darauf hoffen, im Schutz unseres Heeres das Ende der Welt zu erreichen.

Ich für meinen Teil frage mich, ob wir nicht längst dort sind. Ob dieses endlose, immer gleiche Grasland das ist, was hinter der letzten Grenze kommt: ein Nirgendwo voller Monster, in dem sich die Welt verliert.«

»Dann kehren wir um«, sagte Aldheide. »Das endlose Nichts kann niemand befrieden.«

»Du bist mutlos geworden«, entgegnete Hragaud. »Aber ich will nicht so schnell aufgeben. Nach all den Jahren der Vorbereitung kann ich nicht nach zwei Monaten Schluss machen. Nicht, ohne etwas erreicht zu haben.«

»Wir haben bereits die Hälfte des Trosses mit leeren Wagen zurückgeschickt«, gab Aldheide zu bedenken. »Und weiterer Nachschub hat uns bislang nicht eingeholt. Wie lange wollen wir weitermachen?«

»Die Trollkrieger müssen von irgendwoher kommen«, erwiderte Hragaud mit Bestimmtheit. »Wenn wir keine Dörfer finden, oder Lager …«

»Nun, eines haben wir ja gefunden«, warf Madivan trotzig ein.

»Wenn wir *so wenige* davon finden«, setzte Hragaud wieder an, »dann heißt das vielleicht, dass irgendwo eine richtige Stadt ist, aus der sie stammen. Ein Ort, den wir mit einem Schlag auslöschen können. Bedenke, was für ein Sieg das wäre!«

»*Wenn* wir so einen Ort finden«, sagte Aldheide.

»Wir suchen noch einen Monat«, sagte Hragaud. »Was ist ein Monat verglichen mit den Mühen der Vorbereitung und der Größe unseres Heiligen Krieges? Wenn wir bis dahin nichts haben, dann wandern wir unserem Nachschub entgegen und errichten irgendwo näher an den Bergen ein festes Lager.

Was hältst du davon, Grasold? Ich will nicht vor dem Winter aufgeben, aber wenn sich im nächsten Monat nichts ändert, können wir uns eine andere Taktik überlegen.«

11. KAPITEL

Meris stieg die schmale Treppe hinauf, die von den tiefsten Gewölben unter dem Palast bis zu einem Turm am Gesindetrakt führte. Irgendwann einmal hatte sie versucht, die Stufen zu zählen, aber schnell die Lust daran verloren.

Heute fühlte sie sich erschöpft – wie immer, wenn sie in Runniks finsteren Hallen einen Verdächtigen verhört hatte. Immerhin, ihre Befragungen in den Tiefen der Zitadelle blieben selten ohne Ergebnis. Irgendeine Verschwörung oder einen Verrat hatte bisher noch jeder gestanden, auch wenn keiner der Handlanger des alten Kanzlers, die sie hier hergebracht hatte, einen Hinweis auf ihre Tochter Tordis geben konnte.

Sie stieg die Treppe im Dunkeln hinauf. Es bestand nicht die Gefahr, einen Fehltritt zu machen, noch gab es Unebenheiten, auf die man achten musste. Der Ort, an dem die Treppe herauskam, war zudem schon zu besseren Zeiten fast nie genutzt worden.

Darum zuckte sie erschrocken zusammen, als im dämmrigen Turmzimmer unvermittelt eine dunkel gekleidete Gestalt aus dem Schatten trat, kaum dass sie durch den geheimen Durchgang hinter dem falschen Regal getreten war.

Der Mann war sehr groß und kräftig. Unter dem Hut, der geformt war wie ein kleines Boot und geschmückt mit einer nachtschwarzen Straußenfeder, lugten dunkle Haare hervor, die ihm in dicken Locken an der Stirn klebten. Über dem schwarzen Wams glitzerte eine silberne Kette, und unter dem Umhang aus schwerem Samt ragte der schlanke Griff eines Schwertes heraus, dessen Knauf an ein bizarres Tier erinnerte, ohne dass Meris hätte sagen können, was für ein Tier es war.

Sie fasste nach ihrer Waffe und fluchte in sich hinein, weil sie keine Wachen dabei hatte – sie hatte sich zu sicher gefühlt im Palast!

»Wer seid Ihr?«, fuhr sie den Mann an.

Der lächelte. »Gemach, gemach«, sagte er und holte ein Blatt unter seinem Wams hervor. »Ich überbringe Euch Grüße von Eurer Freundin Sortor. Sie hat ein paar interessante Namen aufgetan, die Ihr Euch ansehen solltet.«

Misstrauisch griff Meris mit der Linken nach dem Zettel und hielt das Kurzschwert weiterhin in der Rechten. »Und wer seid Ihr?«, fragte sie noch einmal, während sie beiläufig die Liste studierte.

»Ich?« Der Mann lächelte breit, zog seinen Hut und verbeugte sich vor ihr. »Verzeiht, dass ich mich nicht vorgestellt habe. Ich bin Stard – der Gemahl der Dame Sortor!«

Meris wäre fast das Blatt aus der Hand gefallen. »Ausgeschlossen«, sagte sie. »Ich habe nicht gehört, dass die Hofrätin verheiratet wäre.«

»Oh«, erwiderte Stard und setzte den Hut wieder auf. »Wir haben unsere Ehe lange vor Eurer Zeit geschlossen. Ich war eine Weile unterwegs und bin erst vor Kurzem wieder zu meiner werten Gattin zurückgekehrt. Wir gehen beide unseren eigenen Interessen nach, müsst Ihr wissen. Wir sind nicht die Art von Paar, wo ständig einer zu Hause sitzt und auf den anderen wartet.«

Meris musterte den Mann abschätzig. Während sie Sortor gegenüber ein gewisses Misstrauen hegte, empfand sie vor diesem Kerl einen instinktiven Abscheu, den sie sich nicht erklären konnte.

»Und kaum seid Ihr wieder vereint, tretet Ihr bei Eurer Frau in den Botendienst?«

Stard lachte laut auf. »Oh nein«, sagte er. »Sortor hat mir von Euch erzählt. Ich war einfach neugierig auf Euch und Eure Arbeit.«

Meris biss sich auf die Lippen. »Nun«, sagte sie dann. »Ihr habt mich gesehen. Ich wollte mich gerade zurückziehen ...«

Stard fiel ihr ins Wort. »Sortor lässt fragen, ob ihre letzten Hinweise hilfreich waren!«

»Hm, ja.« Meris rang sich die Antwort ab. Der Bursche machte keine Anstalten, beiseitezutreten, und die Turmkammer war so schmal, dass sie nicht an ihm vorbeigehen konnte, ohne ihn zu berühren. Und Meris hätte sich lieber durch eine Schar von Aussätzigen gedrängt.

»Der Ritter an Crianar hat eingeräumt, dass er weiterhin das Geld des Grafen von Edern angenommen hat. Er sollte für ihn spionieren und mehr über Runnik herausfinden – den früheren Hofmagier des Kaisers. Vielleicht habt Ihr davon gehört. Er lebt mittlerweile in Edern, und so wie es aussieht, traut der Graf ihm nicht ganz über den Weg. Schlau von ihm, wenn Ihr mich fragt.

Jedenfalls können wir nicht dulden, dass ein Höfling der Kaiserin Gold von ihren Feinden nimmt. Ich muss Sortor danken, dass wir diesen Verräter aus dem Weg räumen konnten.«

»Das freut mich.« Stard beugte sich so weit vor, dass Meris seinen Atem in ihrem Gesicht fühlte. »Meine Gemahlin freut sich gewiss auch, wenn ich ihr davon berichte. Aber was diesen Runnik angeht ... Ich habe gehört, Ihr nutzt seine ehemaligen Räumlichkeiten?«

Meris verzog das Gesicht. »Eure Gemahlin war so freundlich, mir die Zugänge zu seinen Gewölben zu zeigen.«

Kerker, sollte man eher sagen. Meris erinnerte sich gut, was sie bei ihrem ersten Besuch dort vorgefunden hatte. Doch der Ort lag gut verborgen, war über viele geheime Eingänge zu erreichen und vollkommen sicher. Ideal für ihre Zwecke, und vollständig getrennt von allen Örtlichkeiten des Palastes, die der Öffentlichkeit bekannt waren.

»Rrrunnik«, sagte Stard und rollte das R in dem Namen ganz eigenartig. »Ja, überall im Reich hat man von diesem Mann gehört. Ich nehme an, seine Hallen bieten Euch jede erdenkliche Einrichtung, die Ihr für den Umgang mit Euren Gästen benötigt.«

»Das mag sein.« Meris streckte ihre Klinge an ihm vorbei und versuchte, ihn wenig höflich damit zur Seite zu schieben. »Ich habe keinen Einfluss darauf, was Eure Frau Euch alles erzählt. Aber genau wie die Leiterin des geheimen Kurierdienstes pflege ich gemeinhin nicht mit Dritten über meine Arbeit zu reden.«

»Schade. Das ist sehr schade.« Widerstrebend machte Stard ihr Platz. Er fuhr sich mit der Zunge über die Lippen. »Ich habe mich gefragt, ob ich nicht eine kleine Führung durch diesen Keller bekommen könnte. Man könnte sagen, ich interessiere mich beruflich für Runniks Wirken.«

»So?« Meris schob sich an ihm vorbei und drehte sich noch einmal um. »Was seid Ihr denn von Beruf? Ein Hexenmeister oder ein Folterknecht?«

Stard grinste. »Ach, Fräulein Meris. Wir Menschen sind sehr vielschichtige Geschöpfe. Ist da nicht Platz für mehrere Professionen in einer Seele?«

Eudoxios blickte zum Himmel. Die Sonne stand im Nachmittag – Vesperstunde. Die Ufer des großen Stroms lagen im Licht des wärmer werdenden Tages, die aufgewühlten Wasser der Furt trugen den Geruch von Feuchtigkeit in die Luft.

Es war an der Zeit für einen weiteren Vorstoß.

Dieses Mal ließ Eudoxios mehr Männer sich mit Spießen

und Schilden unter die Schützen mischen. Zunächst hatten sie die Hindernisse fortgeräumt und die Brücken behelfsmäßig wieder instand gesetzt, bis auf hundert Schritt ans Ufer heran. So kam der Haufen langsam, aber stetig voran.

Schon flogen Pfeile und Armbrustbolzen. Die verbliebenen Ritter der gescheiterten Vorhut waren abgesessen und kämpften zwischen den Fußknechten, sie trieben die Männer nach vorn und gaben ihnen Rückhalt. Die Ritter waren begierig darauf, die Scharte auszuwetzen, die ihre erste Niederlage hinterlassen hatte. Sie würden nicht weichen und drängten ihre Schar unaufhaltsam in den feindlichen Beschuss hinein.

Eudoxios nickte befriedigt.

Inzwischen sollte sein Stoßtrupp im Süden den Fluss überquert haben. Und auch wenn dieser nicht rechtzeitig eintraf, reichte die Übermacht an der Furt, um allein den Sieg erringen. Weitere tausend Fußknechte blieben in Reserve – Eudoxios wollte nicht so viel Fußvolk ans andere Ufer schicken, dass sie den entscheidenden Teil des Sturms behinderten. Dennoch, die Männer standen bereit, wenn es unerwartet schlecht laufen sollte.

Wolken aus Pfeilen verdunkelten den Himmel am Westufer. Zahlreiche Geschosse trafen ihr Ziel im Fluss, während die Angreifer gerade einmal die Verteidiger am Ufer niederhalten konnten.

Dann drangen die ersten Fußknechte ans Ufer vor. Sie duckten sich hinter die Schilde und sammelten sich. Einige fielen, weitere rückten nach. Die Reihen schlossen sich. Tausend Mann waren aus dem Wasser heraus und stürmten endlich mit lautem Gebrüll auf den Schildwall zu, unter dem Hagel der Pfeile.

Eudoxios beobachtete, wie die Verteidiger sich aufrichteten. Die vordere Linie hob die großen Schilde, Spieße schoben sich vor. Die Fußleute dahinter rückten dichter an die Vordermänner heran und rüsteten sich für den Kampf.

Dann standen die Heere einander gegenüber.

Die Tonlage der Schreie veränderte sich. Eudoxios sah kein Blut fließen, der Kampf an der Frontlinie ging unter im Getümmel der Krieger darum herum.

Aber seine Männer waren in der Überzahl. Eudoxios sah, wie der Schildwall der Feinde Zoll um Zoll an die Böschung zurückgedrängt wurde. Die hinteren Reihen der Angreifer schwärmten aus und zogen die Frontlinie auseinander. Die Verteidiger mussten folgen, damit sie nicht umzingelt und eingeschlossen wurden. So wurde ihre Linie dünner, und sie verloren umso schneller an Boden. Es war nur eine Frage der Zeit, bis die Reihen aufrissen und sich alles in ein wildes Gemetzel auflöste.

Eudoxios hob die Hand. Das Zeichen für den nächsten Angriff.

Hundert schwer gepanzerte Ritter stürmten in die Furt, mit der gleichen Zahl leichten Reitern an der Seite und mit genug Fußknechten, die ihnen den Weg freimachten.

Die Ritter werden die Entscheidung bringen, dachte Eudoxios. *Wie immer.*

Rhyl an Garren hielt seine Truppe geschlossen, ein Schildwall, der keine Lücke zeigte. Wenn einer seiner Männer fiel, rückten die anderen zusammen. Unter Rhyls Kommando schlugen seine Speerträger stattdessen Lücken in die Reihen der Feinde und behaupteten den Boden hinter dem niedrigen Erdwall am Ufer.

Das bedeutete aber auch, dass Lacan die Truppen aus der Tiefe nehmen musste, um die immer länger werdenden Flanken zu sichern. Er konnte einzelne Söldner dorthin schicken, oder freiwillige junge Burschen aus den Dörfern, dazu das ein oder andere »Fähnlein«, ehemals vermutlich eine Räuberbande, bevor es unter dem Banner Meerbergens in Dienst genommen worden war …

Die Flanken waren schwach und schlecht geordnet, und sie wurden schwächer mit jedem Augenblick, wo der Feind am Ufer ausschwärmte und versuchte, die Böschung einzunehmen. Lacans größte Sorge war nun tatsächlich, dass Garrens Männer im Zentrum die sich gleichfalls lichtenden Reihen der Feinde endgültig durchbrachen und Boden gutmachten.

In ihrer derzeitigen Lage wäre ein solcher Vorstoß kein Erfolg. Er würde vielmehr dazu führen, dass ihre Flanken zurückblieben und sie schließlich eingeschlossen würden.

Lacan sah, wie am Westufer die Reiter in den Fluss preschten. Wasser spritzte von den Hufen auf. Dennoch waren die Ritter dieses Mal vorsichtiger als die erste Schar, die sie in eine Falle gelockt hatten.

»Rhyl!«, brüllte Lacan. »Zurück!«

»Noch nicht!«, versetzte an Garren.

»Doch!«, rief Lacan. »Sofort. Und ganz langsam.«

Er sah an Garren zögern. Über die Köpfe der Gegner hinweg schaute der Söldnerhauptmann den Rittern entgegen, und seine Gestalt bebte vor Zorn.

Aber am Ende siegte die kühle Berechnung. Schritt für Schritt gaben seine Männer dem Druck nach und bewegten sich immer weiter auf die Böschung zu.

Lacan eilte hinter den Linien entlang, stützte, wo es nötig war. Der Rückzug war das heikelste Manöver. Nur der Abhang in ihrem Rücken verhinderte, dass die Linie riss und alles sich in wilder Flucht auflöste. Schon stiegen sie rückwärts die Böschung hinauf. Das ansteigende Gelände verschaffte ihnen einen kleinen Vorteil, da der Feind nicht allzu schnell nachrücken konnte.

Die Ritter im Fluss hatten inzwischen die tiefen Stellen

überwunden. Ihr Fußvolk hatte zuvor die Sperren auf dem letzten Stück entfernt. Der Weg war frei, und die Reiter galoppierten los. Die gepanzerten Pferde brachen aus dem Wasser, rissen Vorhänge von feinen Wassertropfen und Spritzern mit, die wie eine zweite, silbrige Schabracke um ihre Beine lagen.

Lacan nahm sein Horn von der Brust und blies hinein.

Der klare Klang stieg in die Luft und übertönte das Getümmel von Schmerzensschreien und das Donnern der Hufe auf dem steinigen Grund.

»Bis an die Kante hinauf!«, befahl Lacan. »Und duckt euch!«

An Garren wich nun rascher zurück. Lacans Flanken gaben nach – das Manöver war zu schwierig für sein zusammengewürfeltes Fußvolk. Überall brach der Feind nun durch. Die Männer flohen panisch die Böschung hinauf, manche wurden niedergestreckt, sobald sie sich zur Flucht wandten. Andere blieben stehen und wehrten sich erbittert, einzeln und in kleinen Gruppen, gegen eine Übermacht, die von allen Seiten auf sie einstürmte.

Die Ritter bewegten sich noch unsicher auf dem kiesigen Uferstreifen. Sie versuchten, eine Reihe zu bilden. Da rollte ein Donnern über die Uferstraße oberhalb der Böschung heran wie ein lauteres Echo des Reiterangriffs von der Furt.

»Jetzt!« Auf Rhyl an Garrens Befehl hin zog seine Reihe sich so eng wie möglich an die Uferböschung zurück und kauerte sich hinter die schräg gestellten Schilde. Die Feinde vor ihnen zögerten einen Augenblick verwirrt.

Da preschte der erste Reiter über die Böschung. Weitere folgten. Sie galoppierten den Hang hinab, Hufe schlugen gegen die aufgestellten Schilde von an Garrens Söldnern. Die Pferde setzten darüber hinweg und sprangen mitten unter das feindliche Fußvolk.

Es waren Lacans Ritter, die er noch hinter den Schützen versteckt im Waldstreifen jenseits der Flussstraße in Reserve gehalten hatte. Mühelos überwanden sie den steilen Hang, nur wenige kamen auf dem abschüssigen Gelände ins Straucheln oder zwischen den fliehenden und nachrückenden Fußknechten.

Lacan sah, wie eine schlanke Gestalt, die in eine fließende Brünne aus feinen Kettengliedern gehüllt war, mit lautem Jauchzen über die Kante der Böschung setzte. Sein Herzschlag geriet aus dem Takt. Er kannte den Wappenrock – Nessa!

Er wünschte, er hätte es ihr ausreden können, hier unter den Männern zu kämpfen!

Sie sprang mit ihrem Pferd über die Köpfe mehrerer Krieger hinweg, die am Hang kauerten, und kam sicher auf. Halb galoppierte ihr Ross, halb rutschte es, und dann krachte es mit der Wucht seiner gepanzerten Brust in die Feinde.

Nessa beugte sich im Sattel vor und holte mit dem Schwert aus. Holzsplitter und Metallringe spritzten weg, als sie mit dem Schwung ihres Angriffs Speerschäfte, Schilde und Rüstungen zerschlug. Männer schrien auf und flohen.

Schon hatten Lacans Ritter die Reihen des feindlichen Fußvolks durchbrochen, das sich in heilloser Verwirrung am Ufer zerstreute.

»Nachrücken!«, hörte Lacan an Garrens Stimme. »Auf sie, und erschlagt sie alle!«

»Nachrücken!«, gab er selbst den Befehl weiter, und der Ruf pflanzte sich über die Böschung fort. An Garrens Männer nahmen die Schilde wieder nach vorn und stießen in den aufgelösten Haufen vor, den Lacans Ritter zerschlagen hatten. Sie hieben und stachen die Feinde nieder, und Lacan hob sein Schwert und stürzte sich nun selbst ins Getümmel.

Seine Ritter stürmten derweil auf die Reiter zu, die aus dem Fluss kamen. An Zahl waren beide Seiten fast ebenbürtig. Die Ritter aus dem Osten hatten einen leichten Vorteil bei den Rüstungen, aber Lacans Banner kam mit Schwung und mit der besseren Ordnung heran.

Die Panzerreiter auf beiden Seiten legten ihre Lanzen ein. Die Truppen stießen aufeinander, und die Verteidiger drängten die Feinde ein Stück weit in den Fluss zurück. Die Richtung des Kampfes hatte sich umgekehrt.

Der Gegenstoß von an Garren und denen, die ihm folgten, reichte aus, dass der Feind sich nicht wieder sammeln konnte. Das Fußvolk floh zur Furt. Die Reiter am Ufer kämpften noch, aber die Angreifer hatten keinen Vorteil mehr, und am Ende mussten sie zurückweichen, wenn sie nicht ohne Schutz zurückbleiben wollten.

Einen Augenblick lang wurde der Kampf am Saum des Wassers fortgesetzt. An Garren stieß seine langen Spieße vor und holte Reiter vom Pferd, die gerade mit anderen Reitern fochten und abgelenkt waren.

Dann brach der Widerstand, und alle Angreifer flohen zu Pferd oder zu Fuß ins Wasser zurück. Sie drängten sich an den Brücken über die tieferen Stellen, oder sprangen ins Wasser und schwammen.

»Auf sie!«, rief Nessa und hob ihr Schwert.

Keuchend trat Lacan neben sie und griff ihr in den Zügel. »Nicht«, sagte er. Er wollte die Stimme heben und den Befehl lauter wiederholen, aber er war ganz außer Atem. »Nicht«, stieß er nur ein weiteres Mal hervor.

Nessa sah auf ihn hinab. Ihr Schwert war blutig, Spritzer von Blut klebten an ihrem Schild und an ihrer Rüstung. Die gepanzerte Schabracke ihres Pferdes war an einer Stelle aufgerissen, und Lacan sah, dass das Tier blutete.

Doch Ross und Reiterin wirkten eher angestachelt als

geschwächt von den bisherigen Spuren des Kampfes. »Wir haben sie«, sagte Nessa. »Wir können sie im Wasser alle niedermachen.«

Lacan wies zum jenseitigen Ufer. »Sie haben Reserven dort«, sagte er. »Noch einmal dieselbe Zahl Fußvolk. Und wir haben alles ins Feld geworfen, was wir hatten.«

Er holte Luft und stieß ins Horn. Wieder und wieder – dieses Mal, um seine ungestümen Männer zurückzurufen. Ein Teil der Reiter war den fliehenden Gegnern ins Wasser gefolgt. Manche hielten inne. Andere kämpften an den Brücken und Stegen.

»Hilf mir, unsere Leute wieder zu sammeln«, bat Lacan Nessa. »Wir müssen die Atempause zum Rückzug nutzen. Wenn sie ihre Reserven schicken, können sie uns alle im Wasser erwischen. Nessa, wir dürfen nicht denselben Fehler machen wie ihre Vorhut.«

Nessa umklammerte ihr Schwert und hieb durch die Luft. Lacan sah, wie sie unter dem Helm verärgert den Mund verzog.

»Nessa«, drängte Lacan. »Wir können kein Wagnis eingehen. Wir haben sie zweimal geschlagen, aber sie stehen immer noch – wir hingegen werden selbst eine einzige Niederlage nicht überstehen.«

»Aber sieh doch!« Nessa richtete sich im Steigbügel auf und wies mit der Klinge. »Sie fliehen! Sie fliehen alle!«

Eudoxios verfolgte, wie der Kampf am anderen Ufer verlief. Noch bevor seine Reiter aus dem Wasser kamen, sah er die Reihen der Feinde sich lichten. Die Schlacht war entschieden.

Da schreckte Hufschlag von der Seite ihn auf, und er wandte den Kopf. Ein abgehetzter Reiter galoppierte heran, das Pferd hatte Schaum vor dem Maul.

»Marschall! Marschall Eudoxios!«, rief er schon von Weitem.

»Was ist passiert?«, fragte Eudoxios, als der Reiter bei ihm angekommen war und sein Pferd zügelte.

»Die … Feinde!«, stammelte der Reiter. »Die Feinde!«

»Sprecht, Mann!«, fuhr Eudoxios den Reiter an – es war ein Leichtbewaffneter. Sechshundert von ihnen hatte Eudoxios mit dem Flankierungstrupp geschickt, um jeden Versuch eines Ausfalls aus Hammerheim im Keim zu ersticken, dazu gut hundert Ritter und nur eine Handvoll Fußknechte, insbesondere für die Arbeit beim Übergang. Das Banner im Süden sollte vor allem schnell sein.

»Ihr hattet Feindberührung?«, hakte er nach.

Der Reiter nickte. »Wir haben den Übergang gesichert, und dann ging die Hauptmacht in den Fluss. Ich war bei den Rittern und bei der Nachhut, um uns den Rücken freizuhalten … Immerhin waren die Mauern von Hammerheim in Sichtweite.

Aber plötzlich brach Panik aus, und die Soldaten im Fluss strömten zurück. Und gerade als ein Teil von uns davon abgelenkt war, sind die Hammerheimer herausgestürmt …«

»Moment«, sagte Eudoxios. »Panik ist ausgebrochen? Durch den Ausfall?«

Travar von Holtweiden hatte ihm versichert, dass ein Ausfall von Hammerheim undenkbar war … Er hätte diesem abgehalfterten Lehnsritter aus dem Westen niemals vertrauen dürfen.

Der Bote nickte, dann schüttelte er den Kopf. »Nein, Herr. Als die Tore aufgingen, war schon alles in Unordnung. Wir wissen nicht genau, was auf dem Fluss geschehen ist – ich wurde losgeschickt, um Euch so rasch wie möglich zu warnen.

Der Herr an Nadir meint, wir können die Stellung am

Flussufer nicht halten. Wir wurden von zwei Seiten überrannt, von der Stadt und von unseren eigenen Leuten im Fluss zugleich. Der Feind kann jeden Augenblick hier sein, wenn er bei der Stadt durchgebrochen ist.«

Ein Hornstoß wehte über den Fluss, und Eudoxios sah sich verwirrt um. »Schnell«, befahl er seinen Adjutanten. »Richtet unsere Reserven neu aus. Wir brauchen eine zweite Linie nach Hammerheim zu.«

Aber die Hornstöße kamen nicht aus Richtung Hammerheim, und die Komture an seiner Seite regten sich nicht, sondern schauten erschrocken über den Fluss.

Eudoxios an Cradin folgte ihrem Blick – gerade rechtzeitig, um eine Kavalkade von Rittern und Leichtbewaffneten aus dem Uferbewuchs brechen zu sehen. Diese stürmten die Böschung hinab und stürzten sich auf seine Leute, die sich schon als Sieger gewähnt hatten.

Eudoxios erstarrte.

»Was sollen wir tun?«, fragte einer seiner Männer.

Niemand reagierte.

Ihr Gegner hatte also tatsächlich Reiter auf seiner Seite – Ritter sogar. Wenn auch nicht viele. Eudoxios verfluchte die Stunde, da er die Hauptmacht seiner Reiterei für den Flankenangriff geschickt hatte.

»Herr?« Ein weiterer Unterführer sprach ihn an. »Wir müssen die Reserven über den Fluss schicken.«

»Nein!«, sagte der Bote. »Der Herr an Nadir meinte …«

Eudoxios spürte die Unruhe im Heer hinter sich. Er sah weitere Reiter die Straße entlangkommen, sie preschten aus dem Wäldchen im Süden heraus und warfen immer wieder einen Blick über die Schulter.

»Die Truppen aus Hammerheim kommen!«, rief der Bote.

Eudoxios kannte die Wappenröcke, es waren seine eigenen Leute. Doch sie waren auf der Flucht, und wenn die Reiter flohen, war der Rest des Banners vermutlich gefallen. Damit war er nun derjenige, dem ein Flankenangriff drohte!

Er konnte seine Reserven über die Furt schicken und die Schlacht dort herumreißen. Oder er konnte sie auf der Flussstraße postieren und sich gegen einen Angriff aus Hammerheim schützen. Aber wie konnte er mit dem Heer, das ihm noch geblieben war, auf beiden Seiten kämpfen?

Und während Eudoxios zögerte, nahm das Heer ihm die Entscheidung ab. Die Truppen sahen die Wende an der Furt, sie wurden auf die Flüchtlinge aus dem Süden aufmerksam.

»Los!«, brüllte Eudoxios die Komture an. »Haltet das Heer beisammen! Bei Bponurs göttlichem Stab, haltet die Truppen beisammen, bevor die Panik sie mitreißt!«

»Was?« Lacan konnte nicht glauben, was Nessa ihm erzählte. Er reckte den Hals und versuchte, über die Scharmützel an der Furt hinweg auf das andere Ufer zu sehen. »Das kann nicht sein! Warum sollten sie …«

Gerade hatten noch über tausend Mann am Ostufer in Schlachtordnung bereitgestanden. Nun lösten sich die Reihen auf. Lacan sah, wie die Fußtruppen vom Ufer zurückwichen und über die Flussstraße flohen.

Einige Reiter trabten zwischen den Fußknechten einher, als versuchten sie, sie wieder zu ordnen. Aber sie erreichten nur noch, dass ein paar Kompanien sich geordnet zurückzogen und die Flüchtlinge, die es aus der Furt herausschafften, sich dort eingliedern konnten.

»Das kann nicht sein«, wiederholte Lacan. »Es muss eine Falle sein, um uns hinüberzulocken …«

»Ach!« Nessa schüttelte den Kopf. »Du würdest noch Gift in dem Becher suchen, den Bponur dir selbst in die Hand drückt!«

Sie gab ihrem Pferd die Sporen und stürzte sich ins

Getümmel. Auch Lacans Fußvolk setzte dem Feind in die Furt hinein nach, manche blieben allerdings an Land und jagten die Barratainer, die dort zurückgeblieben waren.

Lacan sah Rhyl an Garren, der seine Männer ohne die hinderlichen Setzschilde führte und jeden Gegner niedermachte, der ihnen in den Weg kam. Ein Ordensritter war verwundet ins Wasser gestürzt. Blutüberströmt stand er wieder auf, als Rhyl auf ihn zutrat. Der Mann hob die Hände. »Ich ergebe mich!«, rief er. »Auf Lösegeld …«

Wortlos stieß an Garren den Ritter in der golddurchwirkten Prachtrüstung zurück. Der Mann schrie auf, als er rücklings ins seichte Wasser klatschte. An Garren hieb mit seiner Streitaxt zu und rammte dem Ritter den vorderen Zacken durch das Visier ins Gesicht.

Der Mann blieb liegen, und an Garren rückte weiter vor.

Lacan lief ihm nach. »Rhyl!«, rief er. »Was tun Sie da?«

Rhyl an Garren watete mit seinen Gefolgsleuten durch das seichte Wasser und machte gezielt Jagd auf die feindlichen Ritter, die in der Furt geblieben waren. Er holte sie vom Pferd, wenn sie noch kämpften; er wies seine Männer an, denen die Kehle durchzuschneiden, die wehrlos im Fluss lagen.

Am Übergang veränderte sich nun die Art des Kampfes. Es wurde zu einem Morden an den Verwundeten und an jenen, die flohen und den tödlichen Schlag in den Rücken bekamen. Sogar Lacans Ritter beteiligten sich daran, und diejenigen, die nicht den Fliehenden nachstellten, raubten die Toten aus.

Lacan erschien es sinnlos, was er da tat – was wollte er bei Rhyl an Garren erreichen, wenn ihm die Kontrolle über das Heer längst entglitten war?

Trotzdem stellte er den Söldnerhauptmann. »Rhyl!«, rief er. »Sie ergeben sich längst!«

An Garren drehte sich zu Lacan um, ein wildes Funkeln in den Augen. »Ja«, sagte er. »Ein Ritter schont seinesgleichen im ehrenhaften Kampf – so sind sie es in Barrat gewohnt. Ich weiß das wohl, ich wurde selbst in eine solche Familie hineingeboren.«

»Dann halten Sie sich auch daran«, sagte Lacan. »Nehmen Sie den Rittern ihr Ehrenwort ab, und fordern Sie zu der übrigen Beute ein Lösegeld. Ist das nicht der Sold, für den Sie hier sind?«

Rhyl an Garren spuckte aus. »Das ist mir zu nah an den Gebräuchen meiner alten Heimat. Die hab ich hinter mir gelassen, als ich meine Familie verließ.

Ihr haltet mich bloß für einen Söldner, der nur auf Gold aus ist, Herr Lacan von Galdingen? Nun, auf dieses Lösegeld verzichte ich um der Botschaft willen. Wenn diese Ritter den Westen erobern wollen, dann will ich ihnen beibringen, was hier im Westen der Preis des Krieges ist. Es ist an der Zeit, dass sie unsere Sitten lernen!«

12. KAPITEL

Der Mittag des Juli im 21. Jahr der Krönung von Agos I.
(10. Juli 963 nach Horomischer Zeitrechnung)

In der Grafschaft Ribbalin

Der Graf von Ribbalin hatte zu Ehren der Ritter einen großen Gottesdienst zur Mittagsstunde ansetzen lassen. Die kleine Kirche der Residenz am Rande des Kuorick-Waldes konnte die Menge nicht fassen. Also fand die Messe auf dem Feld vor der Friedhofskapelle statt an einem lauen Sommertag unter Bponurs freiem Himmel.

Die besten Sänger der Orden würden einen Choral anstimmen, die Ritter von Bregars Heer standen mit den Edlen des Umlands beisammen, und das Volk des kleinen Städtchens besetzte gemeinsam mit den Knechten des Heeres das freie Gelände darum herum. Viele hatten Körbe mitgebracht, Mädchen schäkerten mit den Fremden, und es herrschte Jahrmarktstimmung. Als der Choral ertönte, verstummte das Volk und lauschte ergriffen.

Bregar trug ein neues Gewand aus grün gefärbter, feiner Wolle – ein Geschenk des Grafen von Ribbalin! Er presste den passenden Hut aus grünem Filz an die Brust und hörte mit geschlossenen Augen zu.

Seit sie von Horome abgezogen waren, hatten sie einen Sieg nach dem anderen errungen und dabei nicht eine Schlacht geschlagen. Die Grafen und Ritter des Landes unterwarfen sich freiwillig und warteten die Ankunft des Heeres nicht ab, sondern schickten Boten und luden die Fürsten aus dem Osten zu sich ein.

Bregar war in den vergangenen Zehnttagen von Herrensitz zu Herrensitz gezogen, er hatte mit den Bewohnern geredet, seine Ansprüche bekräftigt und den Beitrag ausgehandelt, den die Region zu dem Feldzug leisten sollte.

Durch den Bürgerkrieg des letzten Jahres und das Treiben des Kanzlers lag die ganze Wirtschaft darnieder. Aber die Grafen begrüßten eine neue Ordnung, und was sie an Geld und Gütern nicht aufbringen konnten, das bekam Bregar zumindest an Rittern und Knechten. Wie geplant, hatte er entlang des Ragnat befestigte Posten eingerichtet. Die Lücken, die das in seinem Heer hinterließ, konnte er mühelos wieder füllen.

Inzwischen war er stärker als bei seiner Ankunft, und der heutige Tag, die Festlichkeiten und die Verbrüderung in Ribbalin, war für ihn ein Fingerzeig auf die Zukunft. Wenn er nach Horome zurückkehrte und zum endgültigen Sturm auf die Insel blies, würde das ganze Land hinter ihm stehen.

Der Gedanke an die Rückkehr in die trostlose Metropole riss ihn aus der Stimmung, er hatte kein Ohr mehr für den Gesang seiner Ritter und schlug die Augen wieder auf.

Nun, dachte er. *Es wird eine Zeit dauern, bis Eudoxios das Westufer eingenommen hat und bis der Nachschub aus Barrat da ist.*

Vorher konnte er in der Stadt ohnehin nichts ausrichten. Also würde er noch eine Weile durch das Umland reiste, die neuen Verbindungen vertiefen und die Rückkehr nach Horome ein paar Zehnttage hinausschieben …

Eine Gruppe Ritter preschte heran, und das Volk stob vor ihnen auseinander. Bregar runzelte die Stirn. Die Reiter sprangen vom Pferd – unter ihnen auch ein schäbig gekleideter Knecht! – und eilten auf die Versammlung der Edlen zu.

Der Gesang brachte sie dazu, innezuhalten, und beunruhigt blickten sie zu dem Priester, der missbilligend vom

Eingang der Kapelle aus zu ihnen herübersah. Der Knecht zwischen ihnen wollte weiterlaufen, aber die Ritter hielten ihn zurück.

Bregar nickte befriedigt.

Der Gottesdienst nahm seinen Fortgang.

Dennoch fand Bregar nicht mehr in den Zustand der Versenkung zurück. Das waren eindeutig Boten, die dort eingetroffen waren – Kundschafter seines Heeres, vermutete er. Bregar hatte das Wappen des Grafen von Reppelen erkannt. Die Ordensritter in der Gruppe gehörten also zu der Garnison, die er in Reppelen zum Schutz der Reichsstraße zurückgelassen hatte.

Unauffällig begab er sich zu ihnen hinüber und führte sie hinter die Kapelle, auf den Friedhof des Ortes, wo es ruhig war und wo sie die Andacht der anderen nicht störten. Bäume wuchsen bei den Gräbern und spendeten Schatten, die Stämme oft wie in bizarren Knoten um die Gedenksteine gewunden.

»Ihr habt eine Meldung?«

Die Ritter blickten einander an, dann schauten sie zu dem Knecht in ihrer Mitte. Der stand da, den Kopf gesenkt, und knetete seine Kappe.

Bregar sah den Mann an. Der war ungewaschen und unrasiert, seine Beinkleider zerfetzt, die Stiefel ausgetreten. Er hatte ein Wams mit Eisenschuppen an, ein Kriegsknecht, ohne Frage. Doch er sah eher aus wie ein Räuber.

Dennoch kam ihm der Bursche bekannt vor …

»Was ist los?« Bregar richtete seine Aufmerksamkeit auf den Knecht. Das Schweigen der Männer beunruhigte ihn.

»Herr«, sagte der Knecht. »Ich bin aus dem Osten gekommen. So schnell ich es vermochte.«

Bregar rümpfte die Nase.

»Du bringst Nachricht aus Barratain?«, fragte er.

Der Mann schüttelte den Kopf und sah zu Boden.

»Nun sprich schon. Oder muss ich die Worte aus dir herausprügeln!«

»Euer Sohn …«, sagte der Mann und verstummte.

Ein eiskalter Schauer überlief Bregar. Jetzt wusste er, wo er den Mann schon einmal gesehen hatte. Es war einer der Knechte aus Bennos' Truppe! Damals hatte er deutlich weniger mitgenommen ausgesehen.

»Er ist … gefallen?«, fragte Bregar erstickt. »Was ist geschehen?«

»Die Männer des Mahdi kamen bei Nacht«, sagte der Knecht. »Es waren so viele! Sie trieben uns auseinander, und dann … Es war dunkel …«

Bregar biss die Zähne aufeinander. »Hast du meinen Sohn fallen sehen?«, fragte er.

Wieder schüttelte der Knecht den Kopf. »Ich bin im Morgengrauen zurückgeschlichen. Ich sah sie abziehen. Und Euer Sohn war bei denen, die sie fortgeschleppt haben.«

Simos richtete sich auf dem Kutschbock auf. Die Berge am westlichen Horizont schienen zum Greifen nah. Simos wusste, dass der Eindruck trog. Sie würden noch ein paar Tage unterwegs sein. Trotzdem glaubte er schon fast den Schatten der Grenzgrate und die kühle Luft von den schneebedeckten Höhen auf der Haut zu spüren.

Eine schlanke, fingerlange Wespe zog mit hölzern anmutendem Summen am Wagen vorbei und auf die Zugochsen zu. Simos schwang die Peitsche und zerteilte das Insekt im Flug. Zufrieden spuckte er aus.

Gott, wie er diese Steppen hasste!

Er hatte sich den vordersten Platz im heimkehrenden Tross erkämpft. Bei jedem Halt war er der Erste gewesen, der wieder zum Aufbruch drängte, und er hatte zäh und verbissen um jeden Zoll gerungen, den sie bei den einzelnen Etappen zurücklegten.

Doch was nutzte das alles, wenn ihr Zugführer ein lahmer Schau-ins-Land war, der immer wieder innehielt oder Ausflüge in die umliegenden Hügel unternahm, obwohl er auf einem Pferd saß und den langsamen Fuhrwerken mühelos voraneilen sollte?

»He!«, rief Simos dem Ritter von Eldenrosen zu, der die leeren Wagen anführte, die Hragaud zurückgeschickt hatte.

Von Eldenrosen war auf dem Weg stehen geblieben, umringt von einem halben Dutzend seiner Kriegsknechte, und stand in den Steigbügeln. Er spähte in die Ferne.

Simos hatte die Ochsen so dicht an ihn herangelenkt, dass sie die Bewaffneten fast auf die Hörner nahmen und die Knechte ihm fluchend in die Zügel griffen.

»Was gibt's?«, rief Simos. »Haben noch 'ne Stunde bis Mittag. Weiter, weiter.«

Der Ritter sah sich um und runzelte die Stirn. Er hatte in den letzten Tagen oft mit Simos gestritten und dessen Respektlosigkeit gerügt. Aber Simos wollte verdammt sein, wenn er vor so einem Lackel aus dem Westen kuschte. Immerhin war er kein Knecht, sondern freier Händler. Das Kriegsvolk sollte ihm auf Knien danken, dass er seine Güter für sie in die Einöde schleppte.

»Warum der Aufenthalt?«, fragte er den Ritter.

»War dieser Streifen Gebüsch auf dem Hinweg schon da?« Von Eldenrosen wies nach vorn, wo schräg neben ihrem Fahrweg eine dicht mit hohen Büschen bestandene Anhöhe aufragte. Das Gehölz sah trocken und dornig aus, wie alles in diesem Land.

Simos fuchtelte mit der langen Fuhrmannspeitsche. »Mir doch egal. Wir sehen die Berge – wen kümmert's, ob wir genau denselben Weg dahin nehmen wie auf dem Hinmarsch?«

Der Ritter von Eldenrosen blickte auf ihn hinab und verzog das Gesicht. »Über die Mittagsstunde sind wir jedenfalls raus – höchste Zeit für eine Rast.« Er hob die Stimme. »Wir machen Halt im Schatten dieser Büsche, bis die Sonne ein wenig weitergezogen ist.«

»Bei Bponurs fettem Arsch«, polterte Simos. »Gleich zieh ich allein los, wenn wir hier mehr stehen als fahren. Jeder Tag im öden Grasland kostet mich hartes Silber.«

Der Ritter lenkte sein Pferd neben ihn. »Dann zieh allein weiter, du Saukerl. Ich werde dich nicht vermissen. Aber solange du bleibst, dulde ich nicht, dass du den Namen der Gottheit lästerst.«

»Ich seh schon«, sagte Simos. »Hat ein rosenzartes Gemüt, der Herr Ritter. Da will ich Euch nicht aufhalten, wenn Ihr Eure Haut im Schatten kühlen wollt.

Eh, aus dem Weg, ihr Schlonzenbrüder!« Er brüllte die Knechte an und knallte mit der Peitsche, sodass die zur Seite sprangen. Simos rumpelte mit dem Fuhrwerk an ihnen vorbei und weiter gen Westen.

Er brauchte den Ritter und die Bewaffneten nicht länger. Er sah das Ziel vor sich, und die Bestien hatten sie aus diesem Teil der Steppe vertrieben. Simos wollte nur nach Hause – und er wollte verflucht sein, wenn er den Weg dann noch einmal machte!

Er blickte über die Schulter zurück, während das Fuhrwerk langsam weiterholperte. Der Rest des Zuges bog ein und hielt auf den bewachsenen Hügel zu. Sollten die doch Pause machen, bis sie selber Wurzeln schlugen!

Er duckte sich und starrte unter seinem breitkrempigen Hut hervor auf die Berge in der Ferne. Schatten. Der kühle Wind! Er wusste nicht, warum er das Land überhaupt verlassen hatte, das Bponur den Menschen bestimmte.

Verfluchtes Silber!

Er war eine halbe Meile weit gekommen, da drangen Rufe zu ihm. Es dauerte eine Weile, bis Simos erkannte, dass es nicht nur die normale Unruhe beim Verteilen der besten Lagerplätze war, und er wandte sich um.

Es sah aus, als wären die Büsche auf dem Hügel zum Leben erwacht ... Dutzende, Hunderte von Bestien, die sich in dem Gestrüpp verborgen hatten, stürzten sich auf den Tross.

Simos sah, wie von Eldenrosen sich mit seinen Männern dem Feind entgegenwarf. Dann fielen die Ungeheuer – diese grauen Steingestalten, von denen sie glaubten, sie hätten sie bei der Schlacht im letzten Monat vernichtet – über den Tross her.

Die Zugtiere gingen durch. Menschen kreischten und rannten durcheinander. Die Fuhrleute versuchten verzweifelt, die Wagen zu wenden und davonzufahren.

Doch die Trolle waren schon über ihnen, ihr Gebrüll übertönte alles, das Scharren, Rasseln und Schreien. Es drang bis zu Simos' Ohren wie das Brausen des Ozeans. Von Weitem sah er, wie die Bestien ihre Keulen schwangen, groß wie Baumstämme, wie sie die Menschen mit einem Schlag zerquetschten und die Fahrzeuge zerschmetterten.

Er ließ die Peitsche knallen und trieb die Ochsen an. »Ho! Ho!«

Das schwere Fuhrwerk rollte langsam weiter.

Immer wieder blickte Simos zurück. Die Trolle schwärmten über die Ebene aus. Kleinere Gestalten liefen vor ihnen davon, kaum zu sehen im hohen Gras. Aber die Ungeheuer ragten auf, und manche von ihnen bewegten sich in seine Richtung.

»Nun lauft, ihr Rindviecher«, schrie Simos. »Sonst endet ihr gleich bei den Biestern am Spieß!«

Die Ochsen trabten dahin. Der Wagen ruckte und schwankte auf dem unebenen Boden. Durch das Steppengras sah Simos die Hindernisse und Schlaglöcher kaum. Er klammerte sich an der Seite seiner Kutscherbank fest.

Lang konnten die Zugochsen das Tempo nicht halten. Und besonders schnell waren sie ohnehin nicht.

»Bponurs fetter Arsch«, fluchte Simos gepresst.

Er sprang vom Wagen und rannte los. Hielt kurz inne. Er dachte an die Vorräte und an das Wasserfass auf der Ladefläche und an den Beutel Münzen unterm Kutschbock.

Das blutrünstige Brüllen der grauen Bestien drang über die Ebene.

»Bponurs fetter Arsch«, wiederholte Simos. Er schlug sich ins hohe Gras, ließ alles zurück und rannte auf die Berge in der Ferne zu, die zum Greifen nahe wirkten und doch noch so weit entfernt waren.

»Bennos wurde verschleppt?« Linos war entsetzt. Sein Bruder, der immer so stark, so unangreifbar gewirkt hatte – in den Händen von groben Räubern! Was würden sie mit ihm anstellen?

Er stand bei seinem Vater in dem Gastzimmer, das der Graf von Ribbalin dem Heerführer und dessen Knappen zugewiesen hatte. Der Gottesdienst war vorüber, und von dem festlichen Mahl im Freien hatte Bregar sich entschuldigen lassen.

Ihm war nicht nach Schmausen und Zerstreuung zumute.

Unruhig ging er im Zimmer auf und ab. Dann blieb er am Fenster stehen, ballte die Fäuste und stützte sie auf die Fensterbank. »So sieht es also aus«, sagte er. »So sieht es also aus.«

»Wir müssen dorthin!«, rief Linos. »Wir müssen ihn befreien.«

»Sei doch nicht dumm«, erwiderte Bregar. »Das ist am anderen Ende der Heerstraße geschehen. Die Schurken werden kaum noch dort auf uns warten.«

»Dann schick Reiter aus, die nach Bennos suchen. Wenn es die Räuber des Mahdi waren, haben sie ihn gewiss nach Zomer gebracht. Wir werden die Stadt angreifen und meinen Bruder retten.«

Bregar hatte auch darüber nachgedacht.

Bennos selbst hatte einen Angriff auf Zomer vorgeschlagen, als sie in der Nähe vorübergezogen waren. Doch jetzt standen die Dinge schlechter. Es war ein weiter Weg bis dorthin, und der Mahdi hatte Geiseln, deren Leben sie bei einem Angriff aufs Spiel setzten.

Bregar schüttelte den Kopf. »Das ist nicht mein eigenes Heer«, sagte er. »Es ist das Heer des Königs. Ein Heer des Reiches. Ich muss es zum Wohle des Reiches einsetzen, nicht zum Wohle meiner Familie.«

»Was bedeutet das?«, fragte Linos empört. »Willst du Bennos im Stich lassen?«

»Ich muss die Aufgabe erfüllen, die uns hierher geführt hat! Unser Feldzug steht seit der Schlacht an der Brücke auf Messers Schneide. Gerade sind wir dabei, diesen Fehlschlag auszugleichen – da kann ich das Heer nicht einfach anderswohin führen. Wenn du einmal Verantwortung trägst, wirst du erkennen, dass ein Befehlshaber nie seine Pflicht vernachlässigen darf – auch wenn es schmerzt.«

4 Tage später, in den Steppen des Ostens

»Wo, verdammt, sind unsere Kundschafter?«

Stavos vom Rehhügel hatte ein Lager im Grasland aufschlagen lassen und stand nun mit den Reitern seiner Schar auf einer Anhöhe und spähte ins Land hinaus.

Nachdem er sich vom Hauptheer getrennt hatte, mit fünfzig Kriegern zu Fuß und acht Berittenen, war er zuversichtlich gewesen. Endlich ließ Hragaud ihn von der Leine, und er war entschlossen, diese Gelegenheit zu nutzen.

Aber in der weiten öden Steppe fanden sie keine Spur von ihrem Feind, und nicht ein einziges Mal stieß er auf eine der kleineren Einheiten, die er unterstützen sollte.

Sie kamen einfach zu langsam voran. Vor vier Tagen hatte er die Grôta-Späher ausgeschickt, damit sie die Gegend absuchten, während er selbst an einem festen Punkt auf ihre Meldung wartete.

Doch bis heute war keiner der Jäger zurückgekehrt, und Rehhügel wurde ungeduldig. Die Vorräte gingen zur Neige, die Wasserlöcher beim Lager, die die Grôta für sie gegraben hatten, waren ausgetrocknet, und die Männer begannen zu murren.

Rehhügel sah sich ein letztes Mal um und wendete sein Ross. »Wir kehren zum Hauptheer zurück«, verkündete er. »Vielleicht hat der Marschall eine bessere Aufgabe für uns.«

»Was ist mit den Spähern?«, fragte einer seiner Begleiter.

»Es sind Fährtenleser«, erwiderte der Ritter vom Rehhügel. »Sie werden uns gewiss folgen können. Aber ich will nicht hier warten, bis wir ohne Wasser dastehen.«

Vier Tage nach dem Vespertag des Juli
im 21. Jahr der Krönung von Agos I.
(24. Juli 963 nach Horomischer Zeitrechnung)

Vor der Stadt Sir-en-Kreigen

Nach der Niederlage an der Furt hatte Eudoxios sein Heer zunächst einen Tagesmarsch weit in den Norden geführt. Er sammelte die Geflüchteten, befestigte ein Lager und schickte

Kundschafter aus. Aber der siegreiche Feind schien die Verfolgung nicht aufgenommen zu haben.

Eudoxios wusste, die Truppen, die vom Hauptheer getrennt waren und entkamen, würden sich nordwärts wenden. In Horome hatten sie eine sichere Festung, und außerdem stand Bregar mit dem Rest des Heeres in dieser Gegend. Und auf dem Weg dorthin würden sie wieder auf die Flussstraße kommen.

Also beschloss Eudoxios, nachdem er zwei Tage in der Nähe der Furt geblieben war, endgültig den Rückzug anzutreten, der Flussstraße zu folgen und unterwegs so viele versprengte Krieger aufzulesen, wie er nur finden konnte.

Und es war eine überraschende Anzahl. Die Verluste vor Hammerheim erwiesen sich als gering. Vor allem die Reiter fanden in kleinen Gruppen und ganzen Fähnlein beinahe vollständig zum Heer zurück.

Dennoch, an einen zweiten Angriff war unmöglich zu denken. Er hatte nicht nur über tausend Mann in der Furt verloren, sondern mehr als die Hälfte seiner Ritter. Und einen großen Teil dieser Verluste hatte er Giwion von Saales missglückter Eröffnung der Schlacht zu verdanken.

Pescar an Nadir, der Anführer des Flankierungstrupps, stieß kurz vor Sir-en-Kreigen wieder zu ihm. Eudoxios nahm ihn beiseite. Er ritt mit ihm in die umliegenden Felder, schickte seine persönliche Wache außer Hörweite und fuhr den Landmeister an:

»Pescar! Was bei allen Heiligen ist bei Hammerheim geschehen? Wie konnte es passieren, dass ich plötzlich den Feind im Pelz hatte, obwohl Ihr Heer jetzt fast unversehrt wieder zurückgekommen ist?«

An Nadir zog den Kopf ein. »Es war ein großes Durcheinander.«

»Ja«, knurrte Eudoxios. »Das habe ich bemerkt.«

»Die Truppen, die ich schon zum Übergang geschickt hatte, sind unvermittelt zurückgewichen, und gleichzeitig kam von der Stadt her ein Ausfall. Ich dachte, wir halten stand … Aber wo die Krieger vom Fluss vorbeikamen, haben sie bei ihrer Flucht alles mitgerissen. Selbst die Ritter …«

Eudoxios sah ihn an. Entschuldigend hob Pescar eine Hand.

»Ich habe selbst nicht verstanden, was da geschehen ist. Erst später konnte ich mit ein paar Reitern aus dem Fluss reden und habe mehr erfahren. Von der Mitte des Stroms aus, dort, wo die Knechte die tieferen Stellen für den Übergang abgesichert haben, konnte man bis zur Hafeneinfahrt von Hammerheim blicken. Und von dort aus haben die Männer beobachtet, wie eine Galeasse herausfuhr!«

Eudoxios erstarrte. »Was? Auch hier?«

»Auch hier.« Pescar an Nadir nickte müde. »Unsere Nemesis, fürchte ich. Unsere Männer haben gar nicht erst abgewartet, bis das Schiff näher herankam. Sie wollten einfach nur so schnell und so weit vom Wasser fort wie möglich.«

Eudoxios' Blick schweifte in die Ferne. Er erinnerte sich daran, dass sie genau darum so weit in den Süden gezogen waren, damit die Kriegsschiffe der Kaiserin sie beim Flussübergang nicht erreichen konnten. »Sie kann ihre Schiffe unmöglich an den Schaumpfaden vorbeigebracht haben«, sagte er mehr zu sich selbst. »Die Galeasse muss aus dem Süden gekommen sein.«

»Ich glaube, sie sind alle aus dem Süden gekommen«, stellte an Nadir bitter fest. »Alle, mit denen wir dort gekämpft haben. Angeblich hat sich der Süden gegen die Kaiserin erhoben. Aber am Ende wenden sie sich doch gegen uns.

Es tut mir leid, Marschall. Ich habe die Herrschaft über die Truppen verloren, die mir anvertraut waren. Ich konnte nichts tun, weil ich gar nicht verstanden habe, was da vor sich ging. Aber das ist keine Entschuldigung – ich hätte niemals zulassen dürfen, dass die Flanke aufreißt.«

An Nadir seufzte. »Schließlich stand ich auf verlorenem Posten und wurde von der Straße abgedrängt. Mir blieb keine Wahl, als ins Landesinnere auszuweichen. Wenn ich nur rechtzeitig erkannt hätte, was da vorgeht, hätte ich vermutlich einen größeren Teil des Stoßtrupps geordnet zurückführen können. Dann wäre alles anders gekommen. Ich lege also mein Kommando wieder in Eure Hände, Marschall, und bitte darum, als gewöhnlicher Ritter mitziehen zu dürfen.«

Eudoxios schüttelte den Kopf. »Unsinn, Pescar. Wenn es so geschehen ist, war es Bponurs Wille. Und es war ebenso meine Schuld!«

Bregar war so überzeugt gewesen, dass sie den Westen Stück für Stück erobern konnten. Und Eudoxios machte sich Vorwürfe, weil er sich von dieser Überzeugung hatte anstecken lassen. Er selbst hatte nur an die Kräfte der Kaiserin gedacht und nie in Erwägung gezogen, dass auch die Feinde der Kaiserin sich gegen ihn wenden konnten.

»Immerhin haben Sie einen großen Teil Ihrer Truppen wieder zurückgeführt«, sagte Eudoxios beschwichtigend. »Die meisten Reiter, die uns bleiben, gehören zu Ihrem Banner.«

»Ich wollte in einem Bogen zurück zur Furt«, fügte an Nadir hinzu. »Aber da haben mir meine Kundschafter schon gemeldet, dass der Feind am Ostufer steht und von Euren Truppen nichts mehr zu sehen ist. Ich dachte mir, wenn Ihr Euch zurückziehen konntet, werdet Ihr in Sir-en-Kreigen erscheinen.«

Eudoxios nickte. »Der einzig bedeutsame Ort auf dem Weg nach Horome.«

»Ich hatte noch einen anderen Grund, hierherzukommen«, sagte an Nadir grimmig. »Ich wollte den Ritter von Holtweiden suchen, der uns das alles eingebrockt hat. Von wegen, wir müssen die Bürger von Hammerheim nicht fürchten!«

»Wo ist Travar von Holtweiden eigentlich abgeblieben?«, fragte Eudoxios.

»Er war bei den Ersten, die geflohen sind, als der Feind auf uns zugestürmt ist«, stellte an Nadir bitter fest. »Ich frage mich, ob er uns nicht von Anfang an in die Falle locken wollte. Diese verfluchten Götzenanbeter in diesem verfluchten Ronurerland!«

Eudoxios nickte wieder. Sein Gesicht wurde hart. »Sie haben recht getan, Pescar. Holtweiden wird nach Sir-en-Kreigen zurückkehren – und ich weiß, wo sein Landgut liegt. Wir werden Gelegenheit haben, ihn zu befragen.«

»Ich habe gesehen, Marschall«, setzte an Nadir an, »dass unser Heer noch stattlich ist. Wir können uns bei Sir-en-Kreigen sammeln und einen Gegenstoß führen.«

Eudoxios hatte während des ganzen Weges Boten in den Norden geschickt und Anweisungen und Verstärkung von Bregar erbeten. Die Ersten von ihnen waren bereits zurückgekehrt und hatten gemeldet, dass Bregar nicht in Horome war, sondern dass er im Hinterland umherzog. Die übrigen Boten wollten nach ihm suchen, doch bisher hatten sie noch nichts von ihnen gehört.

Eudoxios schüttelte den Kopf. »Du hast mir viele Reiter zurückgebracht – aber wie sollen wir mit leichter Reiterei erreichen, woran wir mit fast derselben Anzahl schwer gerüsteter Ritter gescheitert sind? Mein Heer hatte ein Herz aus Eisen, Pescar, als ich es in den Süden führte, doch an der Furt wurde es gebrochen.

Von fünfhundert Rittern sind mir keine zweihundert mehr geblieben. Selbst wenn wir die Furt damit einnehmen können – was wollen wir mit dem, was uns bleibt, am Westufer des Ragnat anfangen? Abgeschnitten vom Rest des Heeres?

Und mit dem Süden in unserer Flanke, der jetzt auch gegen uns marschiert?

Nein, wir müssen uns wieder mit Bregars Truppen vereinen. Aber auf dem Weg dorthin, hier und heute noch, werden wir Sir-en-Kreigen ein weiteres Mal besuchen. Wir waren zu sanftmütig.«

»Herr?«, an Nadir schaute Eudoxios fragend an.

Der alte Marschall streckte die Hand in die Richtung aus, wo die Stadt lag – nur ein kurzes Stück den Fluss hinauf. »Es war Bponurs Wille, dass wir an der Furt getäuscht und ins Verderben geschickt wurden. Es muss Bponurs Wille sein, denn sonst wäre es nicht geschehen. Haben Sie sich niemals gefragt, warum Bponur uns derart im Stich gelassen hat?«

»Marschall …«, stammelte an Nadir. »Ich würde mir nie anmaßen …«

»Das sollten Sie aber«, fiel Eudoxios ihm ins Wort. »Bponur ist ein gerechter Gott. Wenn er uns bestraft, dann nicht ohne Grund. Es ist die Aufgabe eines Gläubigen, aus diesen Strafen zu lernen.

Seit der Furt denke ich über diese Lehre nach. Seit dieser Lehnsritter aus Sir-en-Kreigen uns verraten hat. Und wenn ich an Sir-en-Kreigen denke, dann denke ich an diesen Heidentempel dort. Wir waren zu sanftmütig! Wir hätten so ein heidnisches Haus niemals stehen lassen dürfen.

Noch heute werde ich ihn niederbrennen und die Stadt und die Landgüter darum herum gleich dazu!«

»Was wird der Feldherr sagen?«, entfuhr es an Nadir. »Bregar von Leutenfeld will dieses Land für den König gewinnen!«

»Glauben Sie noch daran?« Eudoxios sah den Landmeister an. »Betrachten Sie die Zeichen. Zwei Niederlagen, und jedes Mal am Fluss. Bponur zeigt uns deutlich, wo unsere Heimat ist – und wo wir nicht hingehören.«

An Pescar schaute zu ihren Begleitern, die ein Stück abseits standen. »Herr Marschall«, sagte er. »Wir haben immer noch ein paar Ritter aus diesem Land in unseren Reihen. Was werden sie sagen, wenn wir in ihrer Heimat brandschatzen?«

»Wir werden sie festsetzen, sobald wir ins Lager zurückkehren«, entschied Eudoxios. »Sie sollen uns selbst sagen, was für ein Lösegeld ihnen ihre Güter und ihre Familien wert sind.«

Vom Rehhügels Trupp marschierte geradenwegs in den Süden. Irgendwann mussten sie auf die Spur des Hauptheers stoßen, sodass sie sich ihm wieder anschließen konnten. Doch bis heute hatten sie noch nichts gefunden, so wenig wie andere Patrouillen ihres Heerbanns. Und auch keiner ihrer Fährtenleser kehrte zurück.

Es war, als hätte die Steppe einfach alle verschluckt!

»Wir sind zu weit«, sagte Ikar, ein berittener Söldner aus dem Westen. »Schon weiter, als der Marschall an Dantuir gekommen war.«

Stavos vom Rehhügel sah sich um. Seine Männer schleppten sich erschöpft hinterdrein. Viele hatten ihre Waffen verloren und die Rüstung abgelegt, sodass sie nur noch ein dünnes Wams trugen. Rehhügel konnte es ihnen nicht verdenken. Nach dem letzten brackigen Wasserloch war die Hälfte seiner Krieger krank geworden und konnte sich kaum noch auf den Beinen halten.

»Wir rasten hier«, sagte er. »Die Männer sollen sich erholen. Wir Reiter sehen uns in der Gegend um. Irgendwo müssen unsere Leute sein. Zumindest irgendeine Spur von ihnen. Hragauds Truppe mit dem ganzen Tross kann nicht durch das Land gezogen sein, ohne dass ein sichtbarer Pfad zurückgeblieben wäre.«

»Vielleicht sind wir schon zu weit nach Osten geraten.«

Vom Rehhügel wollte widersprechen. Doch dann schüttelte er nur den Kopf. Er musste zugeben, seit sie ohne Kundschafter waren, hatten sie völlig die Orientierung verloren. Alles sah gleich aus in diesem Land, und sie schafften es nicht einmal, auf ihrer eigenen Fährte zurückzugehen.

Sie schlugen die Zelte auf, und Stavos vom Rehhügel verteilte das letzte Wasser. Er ließ das hohe Gras zu Bündeln binden und als Abdeckung für Unterstände verwenden. So gewannen sie zumindest ein wenig Schatten.

Er bestimmte die Wachen, aber am Morgen waren dennoch acht seiner Leute verschwunden. Gesunde Männer, die schon seit Tagen gemurrt hatten. Ihre Spur, soweit man ihr folgen konnte, führte geradenwegs nach Westen.

Rehhügel schüttelte den Kopf.

Glaubten diese Verrückten tatsächlich, dass sie sich zu Fuß, allein und ohne Tross bis nach Hause durchschlagen konnten?

Drei Tage nach dem Sonnentag des August
im 21. Jahr der Krönung von Agos I.
(4. August 963 nach Horomischer Zeitrechnung)

Am Nordende des Kuorick-Waldes

Seit der Nachricht, dass Bennos verschleppt worden war, wurde Bregar von einer tiefen Unruhe gequält. Ihm war nicht mehr danach zumute, mit den neuen Verbündeten zu feiern. Stattdessen führte er sein Heer in den Norden. Er brauchte einen Erfolg, um die Opfer zu rechtfertigen.

Aber das Land bis zu den Nebelfällen war karg und dünn besiedelt. Die Zentren am Ragnat lagen im Süden und im

Westen, und damit war Eudoxios' Zug bei Weitem der wichtigere. Bregar konnte nur von einem abgelegenen Weiler zum nächsten ziehen, dazwischen gelegentlich ein Rittergut, die alle nicht in der Lage waren, ihm Widerstand entgegenzusetzen. Er teilte sein Heer in kleinere Einheiten, um das Land in der Fläche zu erobern – vor allem jedoch, weil der Nachschub für so viele Krieger auf einem Haufen schwierig wurde.

Nördlich des Kuorick-Waldes holte ein Bote ihn ein.

»Herr Bregar!«

Der Mann war in Bregars Zelt getreten, begleitet von zwei Wachen, und ließ sich vor ihm auf ein Knie nieder. Der Bote keuchte so heftig, als wäre er den Weg gerannt und nicht geritten.

Sein Wappenrock zeigte drei rote Kreise, die man allerdings nur noch erahnen konnte, denn das weiße Tuch war übersät mit braunen Flecken. Es war einer von Eudoxios' Männern, auch wenn das einfache Kettenhemd und der visierlose Helm, den der Mann unter dem Arm trug, darauf hinwiesen, dass er kein Ordensritter war – ein Familiar, vermutete Bregar, ein Edelknecht, der kein Gelübde abgelegt hatte.

»Marschall Eudoxios schickt Sie?«, fragte Bregar.

Der Bote nickte. »Wir haben Euch gesucht. Erst in Horome, dann haben wir Euch in Ribbalin verpasst. Eudoxios wartet auf Antwort …«

Bregar rechnete nach. Der Marschall der Drei Blutigen Tränen müsste längst am Westufer sein. Was immer der Bote von ihm wissen wollte – Bregar hoffte nur, dass Eudoxios nicht ruhte und rastete, bis die Antwort kam.

»Was hat der Marschall zu melden?«, fragte er.

»Wir wurden an der Hammerschlagfurt aufgehalten«, berichtete der Bote.

»Aufgehalten?« Bregar runzelte die Stirn. »Eudoxios hat fünfhundert Lanzen bei sich.«

»Wir wurden geschlagen«, sagte der Bote. »Der Marschall war auf dem Rückzug, als er uns losgeschickt hat. Er hat fast alle Ritter an der Furt verloren. Wie viele Krieger nach der Schlacht noch zu ihm gestoßen sind, weiß ich nicht.

Eudoxios marschiert zurück nach Horome und nimmt an, dass der Feind ihn verfolgen wird. Er bittet um Verstärkung und um neue Befehle.«

»Wann sind Sie aufgebrochen?«, fragte Bregar.

»Vor ... etwa einem Monat«, erwiderte der Mann.

Bregar zuckte zusammen. »Wie stark ist der Feind?«

Der Bote zuckte die Achseln. »Mindestens zweitausend Krieger. Nur wenige Reiter. Die Lage war etwas unklar ...«

Bregar wandte sich an seine Wachen. »Versammelt die Komture und die Führer des Heeres. Schickt Boten und Kundschafter aus, um die verstreuten Fähnlein zu sammeln. Jeder Trupp soll so schnell wie möglich nach Horome marschieren – aber wir brechen sofort auf und warten auf niemanden.«

»Hier!« Ikar richtete sich im Sattel auf und winkte. »Ritter Rehhügel! Ich habe etwas gefunden!«

Stavos vom Rehhügel hatte das, was von seinem Trupp geblieben war, in der Nähe kampieren lassen. In den letzten Tagen waren sie im Zickzack nach Osten marschiert, in der Hoffnung, eine Spur des Hauptheeres zu finden.

Einige seiner Männer waren fahnenflüchtig, andere waren womöglich entkräftet zurückgeblieben, ohne dass jemand es bemerkt hatte. Ein paar waren auch gestorben. Sie fanden einfach nicht genug Wasser für den entbehrungsreichen Weg, ungeschützt unter der Sommersonne.

Darum hatte vom Rehhügel die Reiter ausschwärmen lassen, um *irgendetwas* zu finden – Wasser. Jagdbeute. Spuren, andere Patrouillen.

Er war mit Ikar losgezogen, und der berittene Söldner hatte sich von ihm getrennt, weil er im Gras eine Bewegung ausgemacht hatte. Geier flogen krächzend vor ihm auf.

Stavos vom Rehhügel folgte ihm. Sein Pferd trottete nur mehr. Vom Rehhügel hatte einen großen Teil seiner Rüstung im Lager gelassen, weil das Tier ihn selbst kaum mehr tragen konnte.

Als er bei Ikar ankam, fiel sein Blick auf verstreute Knochen, an denen noch blutige Fleischfetzen hingen. Eingeweide, angenagte Gliedmaßen – es war ein Gemetzel gewesen, und die Opfer waren Menschen.

»Wilde Tiere?«, fragte Rehhügel.

Ikar kratzte sich am Kopf. Das Pferd unter ihm scheute vor dem Geruch zurück, doch der Söldner behielt es unter Kontrolle. Vom Rehhügels Tier stand nur mit gesenktem Kopf da.

»Ich weiß nicht«, sagte Ikar. »Da waren ohne Zweifel Aasfresser dran. Aber schaut Euch diese Wunden an, Rehhügel – ich sehe Stichverletzungen und Knochen, die aussehen wie zerschmettert. Keine Ahnung, was für ein Raubtier auf diese Weise tötet.«

Vom Rehhügel führte sein Pferd einmal an den Leichenteilen vorbei. Bis heute hatte er die Hoffnung nicht aufgegeben, dass ihre Fährtenleser irgendwann wieder zu ihnen stoßen und sie zum Heer zurückbringen würden.

Jetzt erkannte er den Kopf des Grôta-Häuptlings wieder, der die Späher angeführt hatte. Der Schädel des Mannes war an der Seite eingedrückt, das Gesicht entstellt. Dennoch hatte vom Rehhügel keinen Zweifel, wer da lag.

»Weiter«, sagte er. »Mal sehen, ob wir etwas Nützlicheres finden konnte.«

Eine Meile weiter brach sein Pferd zusammen, und vom Rehhügel blieb einen Augenblick benommen liegen.

»Reite allein weiter, Ikar«, stöhnte er. »Ich gehe zum Lager zurück.«

Sir-en-Kreigen war verwüstet. Um den niedergebrannten Ortskern herum sah man geschwärzte Fassaden, zertrümmerte Türen, eingeschlagene Fenster. Auch einige Gutshöfe im Umkreis waren zerstört, andere standen auf niedergetrampelten Feldern.

Lacan marschierte mit seinem Heer in dem Ort ein. Ein paar Ritter und verantwortliche Bürger näherten sich ihm und wechselten wenige Worte mit den Führern der Streitmacht. Aber sie blieben auf Abstand. Im Laufe des Tages wagten sich immer mehr Bewohner zurück, die in den nahe gelegenen Wäldern ein Versteck gesucht hatten.

Lacan hatte jedem, der mit ihm reden wollte, versprochen, dass seine Truppen die Stadt nicht plündern wollten. Das Versprechen fiel ihm leicht: Es gab kaum etwas zu holen, da die Ritter aus dem Osten Tage zuvor schon das meiste von Wert mitgenommen hatten.

Die Edlen aus Lacans Zug nahmen die Häuser in Beschlag, auch wenn die kaum noch bewohnbar waren. Der größte Teil der Krieger kampierte vor der Stadt.

»Ich kann nicht behaupten, dass es mir um das Pack hier leidtut«, befand Ferdanc an Tanbar. »Wisst Ihr, Lacan, dass hier die kaiserlichen Mordbuben ausgebildet wurden? Die Stadt ist fett geworden vom Blutgeld des Hofrats, das sage ich Euch!«

»Wir haben ein paar ihrer Ritter bei Hammerheim festgenommen«, fügte Luvic Stor hinzu. »Sie haben mit dem Feind kollaboriert. Jetzt sehen sie, was sie davon haben.«

Seine Begleiter klangen befriedigt, doch Lacan verzog das

Gesicht. Er hatte keine Lust, über die Menschen hier zu urteilen – sie hatten vermutlich versucht, das Beste aus einem Krieg zu machen, für den sie nicht verantwortlich waren. Am Ende waren sie zwischen die Fronten geraten.

Das war keine göttliche Strafe, es war einfach geschehen.

Lacan konnte sich schon deshalb nicht freuen, weil sie selbst unmittelbar darunter zu leiden hatten. Die Ordensritter hinterließen auf ihrem Rückzug überall eine Spur der Verwüstung. Die Dörfer auf dem Weg waren genauso geplündert wie das Land, das noch vor ihnen lag – Lacans Kundschafter hatten kaum einen unversehrten Weiler gefunden. Das wiederum bedeutete, dass sie ganz auf den Nachschub aus dem Süden angewiesen waren. Diese Abhängigkeit gefiel Lacan gar nicht, denn die Haltung Meerbergens gegenüber diesem Feldzug war bestenfalls wankelmütig.

Immerhin – er blickte Stor an, der gerade die Burschen anwies, sein Packpferd abzuladen. Der Abgesandte der Kaufleute hatte erheblich an Ansehen gewonnen, sowohl bei Lacan wie auch beim Rest des Heeres. Er hatte nicht nur eine Abordnung von Truppen zur Verstärkung nach Hammerheim geführt, mitsamt einer Galeasse der vormals kaiserlichen Marine, die den Transport übernommen hatte.

Stor hatte außerdem darauf bestanden, dem überlegenen Heer des Gegners beim Übergang zumindest ein paar Nadelstiche zu versetzen. Er hatte die Hammerheimer überreden können, eine Abteilung Schützen mit Booten an die Furt heranzufahren, von wo aus sie den Feind angreifen konnten, ohne durch dessen Reiter bedroht zu werden. Nach allem, was Lacan an Gerüchten hörte, hatte genau das auf unerwartete Weise die Entscheidung gebracht.

Die Galeasse aus Südlandhaven hatte die Hafeneinfahrt versperrt und musste verlegt werden, um die Boote mit den Schützen durchzulassen. Das Kriegsschiff selbst war viel zu groß, um Ausläufer der Furt oberhalb von Hammerheim zu befahren. Wie es schien, hatte der bloße Anblick der Galeasse aber ausgereicht, um bei den weit entfernten Truppen des Gegners Panik auszulösen. Die Krieger im Fluss hatten sich gegenseitig niedergetrampelt, als sie sich ans Ufer retten wollten.

Nun war es wieder Stor gewesen, der die zögerlichen Hammerheimer überzeugt hatte, die Gelegenheit zu nutzen und einen Ausfall zu wagen. Angeführt von der gut ausgebildeten Kompanie Marine-Infanterie, die mit der Galeasse gekommen war, stürzte sich die Besatzung der Stadt in das Durcheinander vor ihren Mauern.

Sie hatten den Erfolg also eher einer glücklichen Fügung zu verdanken als überlegener Kampfkraft. Doch selbst Lacan musste zugeben: Der Sieg vor Hammerheim war das Verdienst von Luvic Stor. Bei manchen galt er seitdem fast als Held, für Lacan war er zumindest ein wertvoller Befehlshaber seines Heeres, nicht mehr nur ein Aufpasser der Stadtoberen.

Und wer weiß – vielleicht ist Stors Einfluss in Meerbergen ja nützlich, um uns auch weiterhin die Unterstützung der Stadt zu sichern?

Als die Sonne unterging, saßen die Anführer wieder zusammen und planten den letzten Teil ihres Feldzugs. Wenn sie weiter in den Norden zogen, konnten sie eine Entscheidung erzwingen. Von nun an würde der Rückweg lang und schwierig werden, und es gab nur noch Sieg oder endgültige Niederlage.

»Wir haben sie bis zur Hauptstadt zurückgetrieben«, erklärte an Tanbar beim Rat. »Mehr konnten wir nicht erhoffen. Befestigen wir hier unsere Stellung, dann halten wir sie in Horome fest und können zusehen, wie sie und die Kaiserin sich gegenseitig vernichten.«

Lacan seufzte. Das klang wie eine Wiederholung des Gesprächs, das er mit dem Rat in Meerbergen geführt hatte.

Stor widersprach. »Wir rücken weiter vor!«, sagte er. »Seit der Furt treiben wir die Barratainer vor uns her, und unsere Kundschafter haben keine Spur von einem anderen Heer gemeldet. Warum also sollten wir dem Feind, den wir schon einmal besiegt haben, nicht noch den Rest geben?«

Stors Wangen waren gerötet. Er hatte ein paar Humpen Wein geleert an diesem Abend, aber Lacan hatte den Eindruck, dass der Städter eher trunken war von seinem eigenen Sieg.

»Unterschätzt den Feind nicht«, gab er zu bedenken. »Wenn wir nachrücken, müssen wir ihre Stellungen angreifen. Sie haben dann denselben Vorteil, der uns vor einem Monat am Fluss den Sieg gebracht hat.«

Lacan bezweifelte, dass sie tatsächlich jemanden »vor sich hergetrieben hatten«. Der Feind war freiwillig zurückgewichen. Lacans Heer und seine Verbündeten hatten lange bei Hammerheim verweilt, ihre Wunden geleckt, den Sieg gefeiert und sich über den weiteren Weg gestritten. Es war eher Unsicherheit gewesen, die den Gegner dazu bewogen hatte, immer weiter zurückzuweichen, bis die Meerbergener schließlich langsam nachgerückt waren.

»Und was immer unsere Kundschafter melden«, fügte Lacan hinzu. »Wir wissen, dass wir nur einen Teil unserer Feinde geschlagen haben. Ihr zweites Heer mag sich in der Stadt verschanzt haben, oder es marschiert gerade heran. In beiden Fällen würden wir in eine Falle laufen, wenn wir nachsetzen.«

»Außerdem«, gab Rhyl an Garren zu bedenken, »würde ich bezweifeln, dass wir mit den Barratainern fertig werden, wenn die auf die Idee kommen, sich umzudrehen und nicht mehr davonzulaufen.«

»Na, hört mal, Herr an Garren ...«, fiel Stor ihm aufgebracht ins Wort.

»Nein«, unterbrach Rhyl ihn sofort wieder. »Ihr hört mir zu, Luvic Stor. Wart Ihr nicht derjenige, der damit geprahlt hat, dass er ein Heer von tausend Reitern vertreiben könnte? In der Tat, Ihr habt sie vertrieben ... Wir haben kaum einen Reiter bei den Männern gefunden, die vor den Mauern von Hammerheim erschlagen oder gefangen wurden. Die tausend Reiter sind also noch irgendwo dort draußen, und spätestens in Horome werden sie sich wieder sammeln.«

»Nun ja«, räumte Stor kleinlaut ein. »Tausend Reiter war vielleicht ein wenig übertrieben.«

»Jedenfalls waren es eine Menge«, sagte Lacan. »Nach allem, was wir mitbekommen haben, hat der feindliche Feldherr fast seine ganze leichte Reiterei Richtung Hammerheim geschickt. Selbst wenn es keine tausend Reiter waren, Stor, so muss ihre Zahl doch beträchtlich sein verglichen mit dem, was wir aufbieten.«

»Und ein Reiter zählt zehn Kämpfer zu Fuß«, sagte an Tanbar befriedigt. »Wir verfügen gerade einmal über zweitausend Mann, und darunter nur zweihundert Reiter. Rechnet aus, um wie viel uns der Feind überlegen ist! Ritter Lacan gibt mir also recht, wir sollten hier abwarten.«

Rhyl an Garren musterte den Ritter aus Horome finster und spielte mit dem Griff seiner goldglänzenden Axt. Lacan dachte daran, dass Rhyl zu Fuß kämpfte und vermutlich die Äußerung über den Wert eines Fußkämpfers nicht eben gnädig aufnahm.

»Auf freiem Feld jedenfalls ist eine Streitmacht von Reitern nicht zu unterschätzen«, warf er hastig ein. »Und ich nehme an, sie haben immer noch mehr Fußvolk als wir.«

»Du willst doch nicht aufgeben?« Nessa stand hinter ihm, und Lacan spürte, wie sie ihm das Knie in die Nieren drückte.

Er schüttelte schnell den Kopf. »Ich weise nur darauf hin, dass wir sie an der Furt besiegt haben, weil unsere Stellung gut gewählt war und weil sie ihre Stärken nicht ausspielen konnten. Ich schlage vor, wir versuchen in Horome dasselbe.«

»Nun«, bemerkte an Tanbar bissig. »Ich erinnere mich nicht an eine weitere Furt, die uns dort hilfreich sein könnte.«

»Darum machen wir die Stadt selbst zu unserer Furt«, entgegnete Lacan. »In den Straßen können sie weder ihre Reiterei noch die Massen ihrer Truppen bestmöglich einsetzen. Ich schlage also vor …« Er sah sich am Tisch um. »Wir teilen uns in kleine Gruppen auf, gehen dem Feind im offenen Land aus dem Weg und sickern in die Stadt ein. Wir haben manch einen, hm, Söldner im Heer, der mit den verdeckten Aktionen der Kriegführung vertraut ist.

Herr an Tanbar …«, er wandte sich an den Ritter, »es ist Eure Heimat. Kennt Ihr einen geeigneten Treffpunkt?«

13. August 963 – Horome

Auf der kaiserlichen Insel

Der Ritter hing nackt von der Decke. Er schwitzte trotz der Kälte in diesen Kellerräumen, die tiefer lagen als der Fluss. Die Söldner hatten ihm die Hände auf den Rücken gebunden und ihn an einem Strick hochgezogen, bis die Schultergelenke heraussprangen und der Mann mit den Füßen ein Stück über dem Boden schwebte.

Jetzt musste Meris ihn nur anstoßen, und er schrie vor Schmerz.

Sie stieß ihn an.

»Das ist doch nicht alles, was Ihr mir erzählen könnt, oder?«, fragte sie in seine Schreie hinein. Sie trat einen Schritt zurück und sah sich in dem Raum um, während sie wartete, bis der Mann wieder sprechen konnte.

Es war ein Tonnengewölbe und vielleicht einmal Teil der Kanalisation gewesen. Der Boden federte unter Meris' Schritten wie in einem Wald, aber er war schwarz und körnig. An beiden Seitenwänden des zwanzig Schritt langen Gewölbes standen mannshohe, eiförmige Gitterkörbe, die innen und außen mit Dornen besetzt waren. Neben der Seilwinde gab es einen riesigen Tisch in der Mitte der Halle, der als Folter- wie als Werkbank gleichermaßen diente. In den Regalen befand sich eine Menge scharfe und spitze Werkzeuge. Die schmutzigen Flaschen und Tiegel dazwischen hatte Meris nie angerührt. Ihr stand der Sinn nicht nach Experimenten. Sie hielt sich an das, was sie einschätzen konnte.

Nichts in dem Raum stammte von ihr. Sie hatte das Gewölbe so vorgefunden und benutzte es nur. Wann immer sie hier war, fragte sie sich, was Runnik hier getrieben hatte – was für eine Art Zauberer er überhaupt war.

Der Ritter an dem Strick keuchte und biss die Zähne zusammen gegen die Schmerzen. Er versuchte, das Gesicht zu einem Grinsen zu verziehen.

»Wenn du nach einer Verschwörung suchst, Weib, solltest du vielleicht die Hexe fragen, die dich mit Namen versorgt«, stieß er hervor.

»So?« Meris betrachtete ihn neugierig. Sie überlegte, was sie als Nächstes tun sollte, wenn sie auf diese Weise nicht weiterkam.

»Sortor hat dich auf mich angesetzt, nicht, nicht …« Er atmete heftig und schrie auf. Anscheinend hatte er sich unglücklich bewegt. »Die Hexe«, stammelte er. »Die Hexe.«

»Und wenn das so ist …«, sagte Meris. »Wo liegt die Verschwörung? Ihr habt im Auftrag des Kanzlers ein Mitglied des Kronrats umgebracht, so viel habt Ihr bereits gestanden.

Mir scheint, die Hofrätin Sortor hatte einen guten Grund, in Euch einen Verräter zu sehen.«

»Diese Hexe«, wiederholte er. Es klang wie ein Wimmern. »Sie hat mir Gold gegeben. Aber ich wollte nicht …«

»Die Hofrätin hat Euch bezahlt«, stellte Meris fest. »Und Ihr wolltet die Gegenleistung nicht erbringen … Das scheint mir ein guter Grund zu sein, dass sie einen Groll gegen Euch hegte, ohne dass man es eine Verschwörung nennen könnte.«

»Nein!«, stieß der Ritter hervor. »Nicht die Hofrätin! Vor vier Jahren habe ich ihr verdammtes Gold bekommen. Von einem Boten … Da kannte noch keiner ihren Namen. Hofrätin, pah! Vor vier Jahren schon, versteht Ihr?«

Meris hob die Brauen. Sie trat auf den Ritter zu. »Ihr kanntet Sortor bereits, bevor sie an den Hof kam? Berichtet mir davon.«

»Ich kannte sie nicht«, sagte der Ritter. »Ich habe nur Gold bekommen. Von wem, das sollte ich … erst später erfahren. Und … sie wollte Gefälligkeiten. Ich habe das Geld eingesteckt und dachte mir, scheiß drauf.«

Tränen standen ihm in den Augen. Meris nickte.

»Ich dachte«, fuhr er keuchend fort, »ein Kaufmann. Irgendwer. Besticht Leute bei Hofe, aber was kann mir der schon, wenn ich das Geld einsacke und ansonsten nichts mache? Ich hab mich umgehört, doch erst als die Hexe hierherkam, wusste ich, dass sie dahintersteckt.

Sie hat damals vielen Gold gegeben. Verstehst du, Weib? Schon bevor ich an der Reihe war. Seit Jahren fließt Gold an viele Leute. Der Kanzler hat Gold von Sortor genommen, um seine Fehde in Meerbergen zu finanzieren.«

Meris' Augen weiteten sich. »Sortor hat den Feldzug des Kanzlers bezahlt?«

Der Ritter schüttelte heftig den Kopf. Dann schrie er auf, und als er wieder zu Atem kam, fuhr er hastig fort: »Nicht jetzt, nicht *diesen* Feldzug. Vor Jahren schon! Noch bevor er am Hof in Ungnade fiel. Was meinst du, warum eine Fremde hier ankommt, und Kanzler Arnulf verschafft ihr einen Posten, und noch einen, und sie sind so dicke Freunde. Sortor ist erst im letzten Jahr gekommen, aber mit ihrem Gold hat sie sich schon lange vorher ihren Platz bei Hofe erkauft. So viele Ritter und Fürsten hat sie bezahlt, und ich habe mich gefragt, was will die Frau? Verstehst du? Ich habe gefragt, und darum hänge ich hier. Nicht … weil ich diesen alten Richter erstochen habe, als der gegen Arnulf Stimmung gemacht hat. Frag deine verdammte Hexe mal, was hier wirklich passiert, wenn sie dich nach Verrätern suchen lässt.«

Stavos vom Rehhügel schleppte sich durch das Grasland. Seine Rüstung hatte er zurückgelassen, und auch die Waffen waren ihm zu schwer geworden. Die Zunge klebte ihm geschwollen am Gaumen, er war am Ende seiner Kräfte. Bei Nacht, oder wenn die Erschöpfung ihn übermannte, fiel er in einen todesähnlichen Schlaf. Und wenn er wieder zu sich kam, setzte er seinen Weg fort.

Er unterhielt sich mit seinen letzten Begleitern. Dann wusste er plötzlich nicht mehr, ob tatsächlich jemand bei ihm war oder ob er nur Stimmen hörte.

Das Fieber, dachte Rehügel, während er immer weiter lief. *Das Fieber hat mich am Ende doch eingeholt.*

Seine Rüstung hatte er längst zurückgelassen. Selbst die Waffen waren ihm zu schwer geworden. Aber hier in diesem Land waren Tausende von Kriegern unterwegs, irgendwo. Darum lief Rehhügel weiter, weil er irgendwann einmal auf jemanden stoßen musste. Jemanden, der ihm den Weg wies und ihn zu den Seinen zurückbrachte.

13. KAPITEL

14. August 963 – Horome

Auf der kaiserlichen Insel

Meris stürmte in Sortors Amtszimmer – in von Reinenbachs Amtszimmer! –, ohne sich vorher anzumelden. »Warum habt Ihr mich angelogen?«, fuhr sie die Zauberin an.

Sortor blickte von den Papieren auf, in denen sie gerade blätterte. »Schließen Sie doch die Tür, Fräulein Meris«, erwiderte sie ruhig.

»Warum habt Ihr mich angelogen?« Meris beugte sich vor und stützte die Hände auf den Tisch.

Sortor sah sie an.

Meris zitterte. Außer Sortor war niemand im Raum, und Meris war froh, dass sie deren Gemahl nicht hier antraf. Aber draußen in der Halle saßen die Schreiber und spitzten sicher die Ohren.

Meris ging zu der schweren Holztür zurück, schloss sie und blieb davor stehen. »Warum habt Ihr mich belogen?«, fragte sie erneut.

Sortor lächelte. »Ich sehe, Sie haben mit dem jungen von Lonswede gesprochen.«

»Weicht mir nicht aus«, gab Meris zurück. »Er hat mir erzählt, dass Ihr ihn wegen einer persönlichen Fehde auf die Liste der verdächtigen Personen gesetzt habt. Ich mag es nicht, wenn ich auf diese Weise missbraucht werde.«

»So?« Sortor zog eine Braue hoch. »War er denn kein Handlanger des Kanzlers? Hat er keine Verbrechen begangen?«

»Ihr wisst, was ich meine. Er hat mir berichtet, dass Ihr schon seit Jahren die Würdenträger bei Hofe besticht – lange bevor Ihr als angeblich bedauernswerte Flüchtige aus fernen Landen hergekommen seid.«

Sortor schüttelte den Kopf. »Habe ich je das Gegenteil behauptet?«

»Ihr habt …« Meris stutzte. »Ihr habt einen anderen Eindruck erweckt! Ihr habt nie gesagt, dass Ihr hier keine Fremde seid!«

»Das ist wahr«, sagte Sortor. »Ich habe Sie niemals angelogen, aber ich habe Ihnen auch nicht jede Einzelheit aus meinem Leben erzählt … Es tut mir leid, Fräulein Meris, wenn eine solche Zurückhaltung nicht den Gepflogenheiten bei Hofe entspricht. Vielleicht können Sie mir diese vorbildlichen Fürsten und Ritter nennen, die Ihnen ständig alles erzählen, was sie je getan oder gedacht haben – und zwar freiwillig, meine ich?«

Sie lächelte spöttisch.

Meris sah sie finster an. »Die Frage ist, was Ihr mit diesen Umtrieben erreichen wollt. Das ist verdächtig.«

»Umtriebe. Verdächtig.« Sortor stand auf und schritt an den Regalen entlang. Dabei strich sie mit den Fingerspitzen über die Ledermappen, die dort standen – die Fallakten des kaiserlichen Geheimdienstes, die von Reinenbach all die Jahre lang akribisch gesammelt hatte. »Ihr neuer Posten führt dazu, dass Sie überall das Schlimmste sehen. Aber was ist verdächtig daran, wenn ein Höfling Kontakte knüpft? Seine Mittel dafür einsetzt? Wenn das Verrat ist, müssen Sie jeden bei Hofe festnehmen.«

»Ihr habt den Kanzler finanziert! Ihr lasst mich seine Handlanger aufspüren, und dabei habt Ihr dieses verdammte größenwahnsinnige Ungeheuer finanziert!«

»Na, na«, sagte Sortor. »Finanziert ist ein wenig übertrieben. Kanzler Arnulf hatte viele Einnahmequellen. Ich dachte eine Zeit lang, es könnte nützlich sein, wenn der treue Kanzler des Kaisers ein offenes Ohr für mich hat. Was am Ende ja auch nicht ganz ohne Erfolg gewesen ist.«

Meris' Hand lag an der Waffe. Sie zitterte vor Zorn. Sortor tat so, als würde sie es nicht bemerken, und setzte sich wieder.

»Ja«, sagte sie. »Ich habe versucht, meine Verbindungen ins Reich mit ein paar Geschenken zu befördern. Nicht nur hier bei Hofe. Fast noch mehr Gold ist an die Grafen im Norden geflossen, die ja bekanntlich Abstand zum Kaiser wahren. Sogar im Zwistbrecher-Städtebund wurden meine Gesandten empfangen. Ich würde das als Politik bezeichnen, nicht als Verrat.«

»Dann wird es Euch ja nichts ausmachen«, gab Meris trocken zurück, »mir das näher zu erläutern. Was ist das für eine Politik, die man als Besitzerin eines kleinen Landgutes weit im Norden und außerhalb der derzeitigen Grenzen des Reiches so betreiben kann.«

Sortor seufzte. »Noch einmal: Ich habe Sie nicht angelogen, Meris. Mir gehörte ein Stück abgelegenes Land an den Ausläufern des Ephelgrat. Vielleicht habe ich meinen Besitz ein wenig bescheidener dargestellt, als er war. Ein paar der einheimischen Stämme haben mir gedient. Manche sahen in mir beinahe so etwas wie eine Göttin.«

Sie zuckte die Achseln, als bedeutete das gar nichts. »Sie wissen«, fuhr sie fort, »das Gold aus den Minen von Raghabar im Schwarzen Gebirge finanziert den Kaiser. Doch auch anderswo wird Gold gefunden. In den Bergen meiner Heimat etwa. Nicht so viel wie in Raghabar natürlich, und in der Wildnis des Nordens lässt sich wenig damit anfangen …«

»Also wolltet Ihr es für Eure Zwecke andernorts nutzen. Ich frage mich nur, wofür.«

»Das ist keine Geschichte von Verrat, Fräulein Meris«, sagte Sortor. »Es ist eher eine kleine Tragödie.«

»Ja«, gab Meris zurück. »Ich spüre schon, wie mir die Tränen kommen.«

»Wie ich sagte, Fräulein Meris: Bei vielen meiner Nachbarn genoss ich ein gewisses Ansehen. Doch es gab auch Neider. Als ich anfing, mit Gold im Reich um Verbündete zu werben, da war die Lage längst unerträglich geworden. Ich wusste, irgendwann würden meine Feinde mich aus meiner Heimat vertreiben. Also wollte ich dafür sorgen, dass ich anderswo gut aufgenommen werde. Ich wollte mir Orte verschaffen, wo ich gastfreundlich behandelt werde, wo ich mein Auskommen finde und wo mein Rang gewahrt bleibt. Das, Fräulein Meris, ist das ganze Geheimnis.«

»Der Mahdi!« Meris erinnerte sich an ihre erste Begegnung. »Der Mahdi war der Feind, der Euch aus Eurer Heimat vertrieben hat.«

Sortor nickte. »Ich konnte entkommen, aber seine Häscher holten meine Sänfte ein. Damals haben Sie mich gerettet. Und das ist fast schon das Ende der traurigen Geschichte, und den Rest kennen Sie.«

Sortor lächelte in gespielter Verlegenheit und zuckte die Achseln.

Meris erinnerte sich genauso an das Gold, das sie bei dieser ersten Begegnung in Sortors Sänfte gesehen hatte. Das war kein Gold gewesen, wie man es aus einer Mine holte oder aus einem Bergbach wusch. Es waren geprägte Münzen aus vielen Teilen des Reiches! Sortor hatte nicht nur Geschenke gegeben, sondern es musste ein reger Handel in beide Richtungen stattgefunden haben.

»Ihr hattet genug Gold, um ein halbes Reich zu bestechen«, sagte Meris nachdenklich. »Und doch hat ein Räuberbaron aus der entlegensten Provinz Euch die Stirn geboten.

Ihr hättet mit dem Gold Söldner anwerben und ihn Euch vom Hals schaffen können.«

Einen Augenblick lang hatte Meris das Gefühl, dass Sortor auflachen wollte – in der ihr eigenen spöttischen Art. Stattdessen wurde die Zauberin todernst. Sie musterte Meris. »Sie unterschätzen den Mahdi. Alle hier unterschätzen ihn. Alle im ganzen Reich. Aber was wissen Sie wirklich über ihn?«

»Hm.« Meris überlegte kurz. »Von Reinenbach hat Berichte über ihn gesammelt. Aber nur aus zweiter Hand. Er hat es nie geschafft, einen geheimen Kurier nach Zomer einzuschleusen.«

»Ich schon«, sagte Sortor leise. »Ich schon. Auch wenn Sie meine Magie gern gering schätzen. Ein paar Söldner sind nicht genug. Die Streitmacht des Mahdi übersteigt alles, was das Reich aufbieten kann.«

»Ausgeschlossen.« Meris schüttelte den Kopf. »Der Mahdi lebt im leeren Land. Keine Städte. Weit verstreute Dörfer. Keine Kultur!«

»Der Mahdi *beherrscht* das leere Land!« Sortor schlug mit der Hand auf den Tisch. »Dünn besiedelt, aber so groß wie die beiden Teile des Reiches im Osten und im Westen. Und der Mahdi herrscht über alles – vergleichen Sie das einmal mit den paar Orten am Fluss, bis zu denen der Arm der Kaiserin oder auch des alten Kaisers reichte.«

Meris spürte, wie ihr schwindelig wurde. Sie hatte gewusst, wie ausgedehnt das Land des Mahdi war und wie viel Mann er aufbieten konnte. Trotzdem … »Unmöglich«, sagte sie. »Was kann der Kerl schon ausrichten mit Bauern und Hirten?«

»Er hat keine Ritter«, räumte Sortor ein. »Oder nur wenige, die er als Feldherren und Offiziere einsetzen kann. Aber seine Macht …« Sortors Blick schweifte in die Ferne.

»Ich habe nie herausgefunden, wie er es anstellt. Aber er hat Macht über die Leute. Sie folgen ihm. Nicht umsonst heißt es, er sei ein Prophet Bponurs.

Als ich zuletzt bei ihm spionieren konnte, dienten zehntausend Speere unter seinem Befehl, und er gewinnt beständig neue dazu.«

Meris fragte sich, ob Sortor den Ausdruck nachlässig gewählt hatte. *Speere* bezeichnete für gewöhnlich – genau wie das neuere *Lanzen* – nicht einfach die Zahl der Köpfe einer Streitmacht, sondern die Anzahl der Ritter. Aber das wäre eine ganz und gar unvorstellbare Zahl gewesen.

»Ihr meint, zehntausend Kämpfer?«, hakte sie nach.

Sortor schnaubte. »*Die Speere Gottes* – so pflegten die Ritter sich zu nennen, im Gedenken an das Heilige Alte Reich. Und das ist der Name, den die Krieger des Mahdi für sich selbst gewählt haben. Es sind keine Ritter, wie wir sie kennen. Aber sie alle haben Pferde, und sie kämpfen mit dem Geist und der Entschlossenheit eines Ritters, nicht mit der Zurückhaltung von Bauern und Hirten. Fußvolk und Knechte kann der Mahdi noch zusätzlich aufbieten, wenn er es für nötig hält. Und jetzt«, Sortor lächelte wieder, »hat er sogar Gold, was ihm vorher gefehlt hat.«

Meris stand da und starrte die Zauberin an, die mit spöttischer Leichtigkeit Dinge erzählte, die ganz unglaublich klangen. »Aber mit so einer Truppe, müsste man da nicht von ihm hören?«

»Oh«, sagte Sortor mit Härte in der Stimme. »Man wird von ihm hören. Er hat jetzt schon mehr Krieger, als er auf Dauer unterhalten kann – er muss sein Gebiet ausweiten.

Was meinen Sic, Mcris, was ich hier tue? Sie glauben, ich beteilige mich an kleinlichem Verrat und an Intrigen? Nein. Ich tue alles, damit wir meine neue Heimat nicht genauso verlieren, wie ich meine alte verloren habe. Dieser Krieg, in den wir derzeit verstrickt sind, ist nur der erste Schritt dorthin. Die Kaiserin muss zumindest einen Teil ihres Reiches wieder zurückgewinnen, damit wir dem Mahdi trotzen können, sobald er die Hände nach diesem Land ausstreckt. Das Schlimmste, Fräulein Meris, steht uns noch bevor.«

»Warum habt Ihr davon nie etwas gesagt?«, fragte Meris fassungslos.

Sortor schnaubte. »Die Ritter aus dem Osten, das ist eine Bedrohung«, sagte sie. »Der Graf von Edern. Aber wer bei Hofe würde erzittern, wenn ich vor einem Emporkömmling aus Zomer warne? Nein, Fräulein Meris. Ich werde meine Stellung hier nicht aufs Spiel setzen, indem ich vor einer Gefahr warne, an die keiner glauben möchte.«

»Ihr habt *mir* davon erzählt«, stellte Meris fest.

»Sie …« Sortor winkte ab. »Um die Höflichkeiten einmal beiseitezulassen: Sie sind nichts. Die derzeit unbeliebteste Person bei Hofe, möchte ich hinzufügen. Sie sind nützlich, um die Elemente aus dem Weg zu räumen, die eine Bedrohung darstellen – ohne dass der Zorn von deren Verbündeten auf mich fällt. Ganz im Gegenteil, Meris, Sie wären überrascht, wie viele Fürsten sich bei mir über Ihr Treiben beklagen und mich um Hilfe bitten. Es tut mir also leid, Fräulein Meris, wenn Sie kein Werkzeug sein wollen – denn das sind Sie. Einst für von Reinenbach, jetzt in meiner Hand.

Daran sollten Sie in Zukunft denken, wenn Sie von Ihren Gefühlen übermannt werden und glauben, in mein Büro stürmen zu müssen. Der Rückhalt der Kaiserin und meine Unterstützung, das ist alles, was Sie in diesen Tagen am Leben hält. Verlieren Sie auch nur eines davon …«

Sortor ließ den Satz unvollendet im Raum stehen.

Meris spürte, wie ihr eiskalt wurde. Erneut stahl sich ihre Hand zum Griff der Waffe, aber ihre Finger befiel mit einem Mal eine Kraftlosigkeit, die sie noch nie erlebt hatte.

Sortor lächelte wieder mit einer Liebenswürdigkeit, hinter der Meris jetzt etwas anderes wahrnahm. Geschäftsmäßig fuhr sie fort: »Also, lassen Sie den Unsinn und machen Sie Ihre Arbeit. Ich würde Sie ungern verlieren. Und ich kann Ihnen versichern, Sie haben keinen Grund, mich auf die Liste Ihres kleinen persönlichen Feldzugs zu setzen.

Immerhin haben Sie mir gerade noch vorgeworfen, ich hätte den Kanzler finanziert. Wenn ich in solchen Größenordnungen plane – glauben Sie dann wirklich, dass ich mich herablasse und für den Kanzler kleine Kinder entführe?«

»Ihr«, stammelte Meris. »Ihr wisst davon?«

»Ob ich weiß, dass Arnulf Ihre Tochter entführen ließ, um Sie zu erpressen? Das habe ich erfahren, kurz nachdem Sie im Winter verschwunden waren. Oder ob ich weiß, dass Sie in Wahrheit bei all Ihren Ermittlungen weiterhin nach dem Kind und den Verantwortlichen suchen? Um das herauszufinden, muss man weder Hofmagierin sein noch Leiterin des geheimen Kurierdienstes – es reicht aus, wenn man ein paar von Ihren Söldnern auf der eigenen Lohnliste stehen hat.«

»Aber Ihr wisst nicht, wo Tordis ist?« Meris ging langsam auf Sortors Schreibtisch zu. Ihre Stimme klang erstickt.

Sortor lehnte sich zurück. »Nun, das kommt darauf an.«

»Worauf?«, fragte Meris, entschlossen, in dieser Sache nicht zurückzuweichen.

»Ob Sie Ihre Zweifel überwinden können und bereit sind, mich mit Magie nach der Kleinen suchen zu lassen. Ich wäre jedenfalls willens, einer *treuen* und *nützlichen* Mitarbeiterin so einen Gefallen zu tun.«

Langsam ritt Hragaud über das Schlachtfeld. Überall lagen Leichen – es sah nach mehr aus als den vierzig, die seine Kundschafter gezählt haben wollten. Das kam daher, dass die Toten verstümmelt waren und sich Blutflecken, abgetrennte

Gliedmaßen und Knochensplitter im niedergetrampelten Gras verteilten.

Als die Patrouille von dem Fund berichtete hatte, nicht weit vom Pfad des Hauptheeres, hatte Hragaud darauf bestanden, die Überreste selbst in Augenschein zu nehmen. Aldheide und Madivan begleiteten ihn. Nun blieb der Knappe zurück, würgte und entfernte sich langsam vom Ort des Gemetzels.

»Wie stehen die Aussichten, dass wilde Tiere das angerichtet haben, alter Freund?«, fragte Hragaud.

Aldheide schüttelte den Kopf. Er wies mit der Lanze auf Knochen, an denen man die geraden Kratzspuren von Klingen erkannte, die das Fleisch sauber abgelöst hatten.

Hragaud nickte. »Das ist übel«, sagte er. »Das war kein kleiner Spähtrupp, der von einem Troll oder ein paar Weibern aufgerieben wurde.«

Hragaud erkannte zerfetzte und blutige Wappenröcke auf dem Platz. Er erinnerte sich an die Ritter, die sie getragen hatten – ein stolzer Trupp, vor einem Zehnttag aufgebrochen, um die Bestien der Steppe zu jagen.

»Wir wissen nicht, ob es Trolle waren«, gab Aldheide zu bedenken.

»Was denn sonst?«, fragte Hragaud. »Andere, neue Dämonen der Steppe? Oder unsere eigenen Leute, die der Hunger und der Wahnsinn zu Wilden macht?

Was es auch war, es gibt keine tröstliche Erklärung für dieses Gemetzel.«

Er hätte außer sich sein sollen, fassungslos, vielleicht sogar starr vor Grauen. Stattdessen empfand er eine eigentümliche Ruhe, eine Kälte, als wäre sein Herz zu Eis gefroren. Es war, als hätte die Hand des Schicksals ihn gestreift, und dem Schicksal, das Bponur einem zugedachte, konnte man ohnehin nicht entgehen.

»Wir müssen das Heer wieder sammeln«, sagte Aldheide.

»Hm, ja«, erwiderte Hragaud. Er starrte in die Ferne, dorthin, wo die grasbewachsenen Hügel mit dem Horizont verschmolzen.

Welches Heer, war der Gedanke, der ihm als Erstes in den Sinn kam. Er hatte noch zweihundert Mann bei sich. Viele waren mit den Suchtrupps davongezogen, aber manch ein Mann war auch über Nacht verschwunden – dem heimkehrenden Tross gefolgt, wie Hragaud vermutete. Er hatte wenig Mühe darauf verwandt, die Deserteure zu verfolgen. Was sollte er anfangen mit Männern, die der Kampfgeist verlassen hatte?

Jetzt fragte er sich, ob er wirklich nur die paar Dutzend Krieger verloren hatte – oder ob es bei den Scharen, die in der Steppe umherstreiften, genauso aussah.

Die Berichte waren mit jedem Tag spärlicher ausgefallen, immer weniger Trupps meldeten sich zurück. Er hatte erfahrene Jäger der Grôta auf die Suche geschickt, die gleichfalls nichts mehr von sich hören ließen.

Es konnte vorkommen, dass Männer sich in dem ausgedehnten Land verirrten oder dass sie einfach einen Feind verfolgten. Mit solch harmlosen Erklärungen hatte Hragaud sich viel zu lange getröstet. Aber nach dieser Entdeckung musste er sich der Wahrheit stellen. Es mochte gut sein, dass es anderen Trupps genauso ergangen war, irgendwo weiter weg, wo sie niemals gefunden wurden.

Womöglich hatten sie nicht bloß mit versprengten Trollen zu tun, sondern mit einem starken Feind, der sich dort draußen vor ihnen verbarg. Dort auf sie lauerte.

Womöglich hatte er sein Heer längst verloren, bis auf die Handvoll Kämpfer, die noch bei ihm geblieben waren. Vielleicht waren nicht alle tot. Aber er konnte sich nicht darauf verlassen, dass sie zurückkehrten und er sie neu formieren konnte.

»Grasold«, sagte er. »Ich denke, es ist an der Zeit, dass wir zurückreiten.«

»Den haben wir bei den Vorstädten gefunden.« Der Hauptmann des Spähtrupps schob einen fremden Ritter nach vorn. »Er ist abgehauen wie ein gestellter Taschendieb, als er uns erblickt hat.«

Bregar hatte sein Heer vor der Stadt rasten lassen. Er wusste, er konnte ihr Kastell noch an diesem Tag erreichen, aber er wollte nicht in die Gassen Horomes einmarschieren, bevor er wusste, was ihn dort erwartete.

Jetzt musterte er den Mann vor sich. Der trug ein Kettenhemd, einen Siegelring und einen Wappenrock – die Abzeichen eines Ritters. Alles sah jedoch ein wenig schäbig aus, und der Kerl wirkte blass und dünn und keineswegs so, als hätte er in letzter Zeit viel gekämpft.

»Also«, sagte Bregar. »Wer sind Sie, und warum waren Sie mit einer Schar unterwegs, die meine Männer mir als ›Räuberbande‹ beschrieben haben?«

»Ein Missverständnis.« Der Mann verneigte sich. »Ich bin Ferdanc an Tanbar, ein Cousin des Grafen an Tanbar. Horome ist meine Heimat. Ich war auf dem Weg nach Hause.«

»So?« Bregar zog die Brauen hoch. Ein Augenblick voll eisigen Schweigens folgte.

Der Mann fing an zu schwitzen. »Hört mir zu, Herr. Ich bin kein Freund der Kaiserin. Ihre Machenschaften haben mich aus der Stadt vertrieben. Wenn es also nach mir geht, könnt Ihr gern Euren Krieg führen und sie in die Höllen schicken.«

»Danke für Ihre großzügige Erlaubnis«, entgegnete Bregar spöttisch. »Sie vergeben mir hoffentlich, dass ich misstrauisch bleibe. Man hat mir von einem feindlichen Heer in dieser Gegend berichtet, das meinem Marschall Eudoxios bereits eine empfindliche Niederlage beigebracht hat. Meine Männer sind überzeugt, dass sie endlich einmal einen der Späher erwischt haben, die seit Tagen hier gemeldet werden.«

»Aber das feindliche Heer kommt doch aus dem Süden«, wandte an Tanbar ein. »Wir hingegen sind von Norden gekommen!«

Er und Bregar wechselten einen Blick.

Ferdanc an Tanbar zog den Kopf ein. »Ach, was soll's. Ich habe Alan schon gesagt, dass diese Winkelzüge niemanden überzeugen.«

»Alan?«

»Ein Söldner. Er wollte uns sicher in die Stadt führen.«

»Einer von den Männern, die Sie in der leeren Bauernkate zurückgelassen haben, während Sie zu Pferd geflohen sind? Meine Männer haben mir auch von dieser Heldentat bereits berichtet.«

»Es waren nur Knechte!« Tanbar schnaubte verächtlich. »Und untaugliche noch dazu. Alan war es, der vorschlug, dass wir diesen Umweg machen und von Norden in die Stadt marschieren, weil die …«, er warf einen schnellen Blick auf Bregar, »… weil Ihr uns von Süden erwartet. Es war also seine Schuld, dass Eure Patrouille auf uns gestoßen ist, als sie überraschend auch von Norden kam.

Hätte ich etwa beim Fußvolk bleiben und mich erwischen lassen sollen? Ich habe denen nur Gelegenheit gegeben, ihren Fehler wiedergutzumachen und Eure Leute aufzuhalten, damit ihr Heer entkommen kann.«

»Nun, meine Reiter haben Sie dennoch eingeholt«, stellte Bregar fest. »Und wie es aussieht, hatten sie recht mit ihrer Einschätzung.«

»Hört mir zu, Herr von Leutenfeld.« Ferdanc an Tanbar trat einen Schritt vor und sprach eindringlich auf Bregar ein. »Ich habe die Wahrheit gesagt. Ich wurde tatsächlich aus Horome vertrieben und will nach Hause zurück. Und ich will, dass diese Kaiserin bekommt, was sie verdient – ihr Kanzler hat mir gedroht!

Ich bin mit dem Heer aus Meerbergen hier angekommen, das ist wahr. Aber doch nur, weil mir gar keine Wahl blieb. Ich war halt an der Küste gestrandet, und sie zogen zufällig in meine Richtung …«

Bregar schnaubte. »Das«, befand er, »ist ohne Zweifel eine Geschichte, die eines Höflings der Kaiserin würdig ist. Nach allem, was ich über den Hof in Horome vernommen habe.«

An Tanbar zuckte nur die Achseln.

Bregar ging um ihn herum. »Das sind also die Feinde, die Eudoxios den ganzen Fluss hinaufgetrieben haben.« Er schüttelte den Kopf. »Was soll ich nun mit Ihnen anfangen. Soll ich Sie als Ritter behandeln? Oder sind Sie …«, Bregar musterte ihn abschätzig von oben bis unten, »… irgendetwas anderes?«

An Tanbar straffte sich. »Ich bin sogar von fürstlichem Geblüt«, verkündete er würdevoll. »Der Name meiner Familie ist in der königlichen Wappenrolle verzeichnet.«

»Ihr habt es gehört«, sagte Bregar zu den Reitern, die den Mann gebracht hatten. »Wir können uns auf ein fürstliches Lösegeld freuen.« Er wandte sich wieder an seinen Gefangenen. »Gewiss könnt Ihr mir Verwandte nennen, die für Euch bürgen.«

Bregar sah, wie an Tanbar um Fassung rang. »Ich habe ein paar Verwandte … Aber vielleicht kann ich selbst Euch etwas von Wert bieten. Wir stehen doch im Grunde auf derselben Seite, gegen die Kaiserin, und wenn ich mich Eurem Heer anschließe, wäre ich kein Gefangener mehr.«

»Ich kann im Moment nicht erkennen«, befand Bregar, »dass Eure Unterstützung für mich von größerem Wert wäre als das Lösegeld Eurer Familie.«

»Ich kann Euch Informationen geben!«, rief an Tanbar. »Wusstet Ihr, dass Ritter Lacan von Galdingen den Feldzug des Südens anführt – der Sohn des kaiserlichen Kanzlers? Ich war einer seiner wichtigsten Bannerführer. Ich kenne nicht nur seinen Schlachtplan, ich kann Euch sogar verraten, wo er seine Truppen gegen Euch sammelt.«

16. August 963 – Horome

Westlich des Flusses

Kaval blickte sich beunruhigt um.

Marmar bemerkte es. »Na, Angst?«, stichelte er.

»Seid still«, zischte Meris. »Passt lieber auf.«

Im Morgengrauen hatten sie mit einem kleinen Boot von der Insel übergesetzt. Meris hoffte, dass niemand sie entdeckt hatte – immerhin war dieses Ufer von Feinden besetzt. Aber Horome war groß, und die Ritter aus dem Osten mieden den Fluss. Sie konnten ihre Truppen nicht überall haben.

Meris hätte sich durchaus zugetraut, des Nachts allein durch deren Reihen zu schlüpfen. Doch sie musste, da sich die Ordnung in der Stadt aufgelöst hatte, auch andere Gefahren fürchten. Banden, die sich hier besser auskannten als die fremden Ritter. Darum bewegte Meris sich lieber bei Tageslicht und mit ein paar Söldnern als Rückendeckung.

Einen Menschen aufzuspüren mit meiner Magie, das ist überhaupt kein Problem, hatte Sortor ihr gesagt. *Ich brauche nur einen persönlichen Gegenstand von ihr, am besten etwas, an dem noch ihr Blut oder ihre Haare haften.*

Leicht gesagt. Aber wo sollte Meris einen solchen Gegenstand herbekommen? Sie hatte die alte Wohnung, in der sie mit Tordis gelebt hatte, schon im Winter verlassen, als sie mit Dauras untergetaucht war. Seitdem war die Stadt mehrmals von Unruhen erschüttert, war geplündert und gebrandschatzt worden. Meris hatte keine Ahnung, was sie dort vorfinden würde.

Doch sie musste es versuchen.

Und wenn ich meine Tochter wiederhabe, schwor sie, *dann werde ich verschwinden und keinen persönlichen Gegenstand zurücklassen. Die Kaiserin muss sich eine andere Vertraute suchen, Sortor einen anderen Erfüllungsgehilfen. Und der Mahdi, wenn der so eine Bedrohung ist, muss von jemand anderem aufgehalten werden.*

Ich habe einfach genug.

Vorausgesetzt natürlich, Tordis lebte noch – denn das war die zweite Bedingung, die Sortor für die Wirkung ihres Zaubers genannt hatte.

Doch daran, dass Tordis nicht mehr leben könnte, wollte Meris nicht denken.

Ihr altes Haus lag in der Nähe der Marmorbrücke, nicht weit von der Flussmauer entfernt. Die Straßen waren wie ausgestorben. Mitunter spürte Meris die Blicke der Bewohner, die ihr aus den Fenstern der mehrstöckigen Häuser nachsahen, verstohlene Bewegungen hinter trüben Scheiben.

Meris fröstelte. Das Stadtviertel bei ihrem Anlegeplatz hatte die Unruhen besser überstanden als manch ein anderes. Aber die Stille hier war einfach unnatürlich, selbst zu dieser frühen Stunde. Die Häuser hätten entweder verlassen sein müssen oder geschützt von einer Bürgerwehr, oder sie hätten zumindest in der Hand einer einheimischen Bande sein müssen, die Fremde nicht ohne Weiteres durchließ.

Meris hatte fest damit gerechnet, dass sie sich den Weg erkaufen musste.

Doch stattdessen gab es nur diese Gestalten hinter den

Fenstern, und in der Luft lag eine Anspannung, die fast mit Händen zu greifen war.

Meris hastete vorwärts. Ihre beiden Begleiter blieben dicht hinter ihr, den Kopf gesenkt.

»Da sind Bewaffnete auf den Dächern«, murmelte Kaval.

Meris nickte, ohne sich umzudrehen. »Wir sollten nachher einen anderen Weg nehmen.«

Endlich hatten sie das Viertel durchquert, und die Straßen wurden immer vertrauter. Ein eigentümliches Gefühl stieg in Meris auf, als sie durch die schmalen Gassen mit dem buckeligen Kopfsteinpflaster schritt. Ihr eigener Stadtteil war nie sehr wohlhabend gewesen, aber wohlgeordnet. Hier hatten einfache Handwerker und Hausangestellte gewohnt, die tageweise Arbeiten für die reicheren Herren verrichteten.

Ein paar der Werkstätten und Läden waren sogar geöffnet. Meris sah bekannte Gesichter in den Torbögen und grüßte. Doch die Leute sahen sie nur argwöhnisch an. Zerlumpte Kinder flohen in die Hauseingänge.

Dann trat sie auf einen kleinen, von hohen, schmalen Wohngebäuden umgebenen Platz, und vor ihr lag das Haus, in dem sie einst mit Tordis gelebt hatte. Es war gerade ein halbes Jahr her, doch es kam ihr vor, als würde es eine Ewigkeit zurückzuliegen, fast in einem anderen Leben.

Meris spürte Tränen in den Augenwinkeln. Sie blieb stehen. Die Tür der untersten Wohnung im Haus stand offen – die Tür zu ihrer Wohnung! Vor ihrem inneren Auge sah Meris noch Dekkas Leiche in einer Blutlache auf der Türschwelle liegen.

Sie blinzelte die Tränen weg.

»Wartet hier draußen«, befahl sie den beiden Söldnern. »Ich gehe allein hinein.«

Kaval und Marmar nickten.

Langsam ging Meris auf das Haus zu. In den Fenstern

fehlten die Rahmen, und durch die leeren Löcher sah Meris die leer geräumten Zimmer. Der Putz im Inneren war teilweise abgebröckelt, schwarze Flecken breiteten sich an den Wänden aus.

Sie trat in den Flur, sah sich in der großen Küche um, warf einen kurzen Blick in die Abstellkammer und in den Waschraum mit Anschluss an den Kanal. Dann ging sie weiter in die Stube.

Die Wohnung war vollkommen ausgeplündert. In der Küche fehlten die Töpfe und das Besteck; alle Einrichtungsgegenstände waren verschwunden, und Meris fragte sich, ob das die Männer des Kanzlers getan hatten, als sie nach ihr suchten, oder ob die Plünderer erst später gekommen waren.

Meris entdeckte Tonscherben in der Küche und ein paar kleine Regalbretter im Flur. Aber das meiste war einfach weg – auch die Kleidung und das Spielzeug von Tordis, das Meris hier zurückgelassen hatte.

Welcher Einbrecher stiehlt Kinderspielzeug, fragte sich Meris.

Sie hob die herumliegenden Scherben und Bretter auf und sah darunter nach. Dann fuhr sie mit den Fingern über die höheren Mauernischen im Waschraum, in der Hoffnung, noch eine der Bürsten oder einen der Kämme zu finden, mit denen sie Tordis frisiert hatte.

Doch alles war fort.

Wieder in der Stube, blieb Meris stehen und schloss die Augen. Ihr Herz fühlte sich schwer an bei der Erinnerung, die dieser Ort wachrief, und bei dem Gedanken an die Vergeblichkeit ihres Unterfangens.

Wo konnte sie noch nach Dingen suchen, die Tordis gehört hatten?

»Frau Meris?« Marmars Stimme riss sie in die Wirklichkeit zurück. Der hässliche Söldner stand an der Stubentüre, gegen den Rahmen gelehnt, und schaute sie an.

»Ich habe doch gesagt, ihr sollt draußen warten«, fuhr Meris ihn an.

»Ja«, erwiderte Marmar. »Aber Kaval hat gesagt …«

Er verstummte. Seine Augen weiteten sich. Dann brach er in dem Durchgang zusammen.

Kaval stand hinter ihm, einen blutigen Dolch in der einen Hand, ein Breitschwert in der anderen. Er grinste.

»Kaval hat gesagt, er hat jetzt lange genug gewartet«, meinte er. »Zeit, die Sache zu Ende zu bringen.«

»Kaval!«, entfuhr es Meris.

Schon stürmte der Söldner auf sie zu und holte mit dem Schwert aus. Meris hatte keine Zeit mehr, ihre Waffe zu ziehen, sie duckte sich unter dem Hieb durch. Kaval stieß mit dem Dolch zu und traf sie am Arm. Meris drehte sich um die eigene Achse, rammte Kaval mit der Schulter, sodass er zur Seite taumelte.

Ihr Arm brannte, sie spürte, wie das Blut unter dem Leder des Jackenärmels herunterlief. Mit einem Satz war sie am Fenster. Kaval hetzte ihr nach. Er holte erneut mit dem Breitschwert aus. Meris sprang mit dem Kopf voraus durch die Fensteröffnung, und die Klinge klirrte hinter ihr gegen den Fenstersturz.

Meris rollte sich auf dem Pflaster ab. Sie hatte das Gefühl, als würde ihr Arm beim Aufprall zerreißen, und er pochte bei jeder Bewegung. Sie kam sofort wieder auf die Füße und rannte los.

Kaval fluchte hinter ihr.

»Lauf nur«, brüllte er. »Ich hole dich doch ein!«

Die Hauptstraße gabelte sich hinter dem inneren Wall und führte als Ringstraße im Norden auf die ehemalige Marmorbrücke, im Süden auf die Marktbrücke. Bregars Ziel lag fast genau dazwischen, in einem Stadtviertel, das vom großen

Strom nicht nur durch eine Mauer, sondern auch noch durch einen sumpfigen Uferstreifen getrennt war.

Hier, so hatte an Tanbar ihm versichert, sammelte sich der Feind.

Hier wollte Bregar ihn mit eiserner Faust zerschlagen.

Er selbst ritt an der Spitze des Banners. Da es keine Hauptstraße gab, die ihn zum Ziel führte, musste er seine Männer auf mehrere parallele Wege verteilen. Barimbold an Ferriac, der Großmeister der Drei Strahlenden Waffen, hatte sich in den letzten Zehnttagen mit der Stadt vertraut gemacht. Er hatte Bregar mögliche Wege empfohlen und für die einzelnen Züge ortskundige Führer eingeteilt.

Barimbold selbst blieb an Bregars Seite. »Horome«, erklärte er im Plauderton, »ist wie ein Teil der Schwarzen Berge. Ein wildes Stammesland. In diesem Gebirge aus Häusern gibt es einsame Täler, sichere Pässe und viel merkwürdiges Volk, das sich meist versteckt. Ich habe Verbindungen zu ein paar Häuptlingen geknüpft. Mit etwas Zeit können wir die Gegend gewiss befrieden und wieder eine zivilisierte Gemeinde daraus machen.«

»Mag sein«, gab Bregar zurück. »Aber heute brauchen wir Eure Erfahrung, um erst einmal diese Eindringlinge aus der Stadt zu vertreiben.«

Immer wieder warf er aus den Augenwinkeln einen Blick auf den Großmeister. Von dem rothaarigen Hünen, den er einst gekannt hatte, war wenig geblieben. Barimbold war hager geworden und füllte kaum seine Rüstung aus. Die harten Panzerteile trug er gar nicht mehr, nur das Kettenhemd, das um Leib und Arme schlackerte.

Dennoch, für Bregar war es ein Wunder, dass der Großmeister überhaupt noch lebte. Der hatte das Fieber und die Verbrennungen überstanden – obwohl die eine Hälfte seines Gesichtes entstellt war, gerötete, verhornte Furchen und

Wülste, sodass er aussah wie ein verbrannter Troll. Wenn Horome dem Schwarzen Gebirge glich, dachte Bregar, dann passte Barimbold an Ferriac mittlerweile an diesen Ort.

Sie gelangten an Sperren: aufgetürmte Möbelstücke und Wagen mit abgeschlagenen Rädern. Damit kontrollierten einige Stadtteile ihre Nachbarschaft, wie an Ferriac erklärte. Aber Bregar führte sein ganzes verbliebenes Heer in die Schlacht – über sechshundert Ritter, zweitausend Reiter und viertausend Fußknechte, von denen die meisten weiter hinten folgten. Solch einer Gewalt hielten die Barrieren nicht stand. Manche Hindernisse schoben die Reiter im Anritt beiseite, über andere stiegen die Pferde einfach hinweg.

Als sie den Rand des gesuchten Stadtviertels erreichten, ertönten Hornstöße in den Gassen. Armbrustbolzen flogen aus den Fenstern, und einer schrammte über Bregars schwere Rüstung, ohne den Stahl zu durchdringen.

»Bleib hinter mir!« Bregar drehte sich zu Linos um.

Sein Sohn und Knappe hatte das glatte Gesicht eines Knaben, doch davon abgesehen hätte er ein verkleinertes Abbild von Barimbold sein können: eine dünne Gestalt, die in ihre Rüstung erst hineinwachsen musste. Linos trug neue Waffen und einen Brustpanzer, Geschenke, die er als Sohn des Feldherrn von ihren Verbündeten im Umland erhalten hatte. Dennoch war er weit schlechter geschützt als Bregar in seiner fast undurchdringlichen Vollrüstung.

Linos nickte und schaute tapfer zu Bregar hoch.

Der lächelte ihm aufmunternd zu, voller Stolz auf seinen Sohn. Das sollte dessen erste richtige Schlacht werden, die Gelegenheit, sich zu bewähren. Bregar hatte ihm sogar sein Schlachtross Abalonde überlassen – ein ganz ausgezeichnetes Pferd für einen Knappen. Bregar bekam wohl mit, dass Linos seine Schwierigkeiten hatte mit dem Tier – doch daran würde er wachsen, ohne Frage.

Etwas schlug gegen Bregars Helm. Ein abgeprallter Armbrustbolzen klirrte auf das Pflaster. Bregar schüttelte sich und fuhr herum. Dann wendete er sein Pferd auf der Stelle, ließ es sich aufbäumen und stieß die Lanze durch ein Fenster in den Raum dahinter. Dann ritt er weiter. Tausende von Reitern und Fußknechten folgten ihm. Sollten die sich um die Plänkler in den Häusern kümmern.

»Dieser Tanbar hat Euch belogen«, bemerkte an Ferriac. »Sagte er nicht, der Feind sammelt sich im alten Stadtpalais dieser Kaufmannssippe? Ich habe eher das Gefühl, sie verteilen sich im ganzen Viertel.«

Bregar antwortete nicht. Diesem Ferdanc an Tanbar traute er nicht weiter über den Weg als einem Münzwechsler aus Brod-Bur. Aber im Grunde war es ihm gleich, wo er dem Feind begegnete – solange er ihn nur hart und vernichtend traf.

Vor ihnen ragte ein großes Bauwerk mit vielen schlanken Türmen auf – das passte zu der Beschreibung, die an Tanbar von dem Palais gegeben hatte. Das Gebäude sah verspielt aus, blaue Dächer bogen sich in zierlichen Schwüngen und Spitzen, Erker sprangen aus dem Mauerwerk, die Fenster waren mit verschnörkelten Bleigittern eingefasst.

Zugleich aber waren Teile der Fassade geschwärzt, manche Räume sahen aus, als wären sie ausgebrannt, Dächer waren eingestürzt. Das Bauwerk hatte offenbar eine Weile leer gestanden. Bewaffnete rannten heraus … und zogen sich hastig wieder zurück, als Bregars Kavalkade herandonnerte.

Ein langer Hornstoß ertönte von der Spitze eines Turmes.

»Da sind sie«, sagte Bregar. »Genau wie Tanbar gesagt hat. Fangen wir mit denen an, dann säubern wir den Rest des Viertels.«

Er hob die Lanze und wies nach vorn. »Männer. Ritter! Stürmt diesen Bau!«

Er drückte Lundar die Sporen in die Flanken. Der Hengst stieg und sprang vorwärts. Bregars Begleiter schwärmten aus. Vor dem Stadtpalais tat sich ein kleiner Platz auf und bot den Rittern Raum.

Aus den Fenstern flogen Pfeile und Bolzen. Die Ritter hoben die Schilde, die schlechter gerüsteten Krieger suchten Deckung hinter den schwer gepanzerten. Der Beschuss war dünn, und wenige Augenblicke später standen die Reiter vor den Toren.

Es war keine Festung. Mit den Hufen traten sie Türen und Fenster ein. Dutzende Ritter sprangen vom Pferd und stürmten das Gebäude. Schreie und Gepolter drangen heraus. An Ferriac glitt aus dem Sattel, als wäre er noch der Hüne von einst. Mit einem Schlachtruf eilte er den anderen Kämpfern nach – aber er schlurfte in der Rüstung, die ihm um den hageren Leib schwang, und er fluchte, als das Kettenhemd an einem eisernen Türbeschlag hängen blieb.

Bregar drehte mit dem Pferd eine Runde und fing die Feinde ab, die aus dem Bauwerk flüchteten.

»Sie sind hinten raus! Hinten!« Ein Ruf drang aus dem Inneren des Hauses.

Bregar sah sich um und fluchte. »Komm, Linos. In die Seitenstraße. Wir müssen einen Weg hinter das Gebäude finden.«

Durch einen Torbogen sah er einen Feind in einen Hof laufen. Er wies auf den Mann, und eine Schar Fußknechte nahm die Verfolgung auf.

Der Kampf verlagerte sich in die umliegenden Straßen. Bregars Heer teilte sich, Ritter und Knechte stürmten die Häuser, in denen sich Schützen verschanzten. Bregar hielt Ausschau nach neuen Gegnern, aber er sah nur seine eigenen Leute.

Die Feinde aus dem Palais hatten sich im ganzen Stadtteil

zerstreut. Die Schlacht, wenn man es überhaupt so nennen konnte, war zu einer Jagd geworden, und Bregar suchte seinen Teil der Beute.

Meris hoffte, dass sie Kaval mit ihrer Ortskenntnis abhängen konnte. Immerhin hatte sie hier gewohnt, während der Söldner von der anderen Seite des Flusses stammte.

Aber Kaval brüllte laut hinter ihr her: »Gold! Es gib Gold für ihren Kopf! Ich teile mit jedem, der hilft, das Weib zur Strecke zu bringen.«

Die Menschen auf der Straße, die kleinen Handwerker, die Hausangestellten, die ihre Arbeit verloren hatten, blickten auf. Manche zeigten auf Meris und riefen etwas. Andere nahmen selbst die Verfolgung auf. Ein junger Bursche, der vor ihr auf einer Türschwelle saß, sprang auf und wollte ihr ein Bein stellen. Meris schlug ihm im Laufen die Handkante ins Gesicht und spürte, wie das Nasenbein brach. Der Junge brüllte auf, und die übrigen Kopfgeldjäger wurden vorsichtiger.

Dennoch zog Meris eine Welle von Unruhe hinter sich her, und so konnte sie Kaval nicht abschütteln.

Sie fluchte stumm. Meris hatte gewusst, dass sie Feinde bei Hofe hatte – Feinde mit Geld. Wie dumm sie gewesen war, ihren Söldnern zu vertrauen. Hatte Sortor sie nicht darauf hingewiesen, dass man die Männer abwerben konnte? Und wenn sie von der Zauberin Geld genommen hatten, waren sie auch für jeden anderen käuflich.

Sie gelangte in das Nachbarviertel – den Stadtteil, der ihnen auf dem Hinweg so unheimlich erschienen war. Einen Moment lang zögerte Meris. War es klug, auf demselben Weg zu fliehen, auf dem sie gekommen war?

Kaval würde damit rechnen, dass sie zum Boot rannte.

Andererseits war das Boot ihre beste Möglichkeit zur

Flucht. Wenn sie nur mit einem kleinen Vorsprung dort ankam, das Gefährt in den Fluss stieß und selbst hinterhersprang, konnte sie den Meuchelmörder leicht abschütteln.

Das hier war der kürzeste Weg dorthin. Meris' Arm pochte. Sie hatte das Gefühl, als würde sie mit jedem Schritt das Blut aus ihrem Leib pumpen. Sie fühlte sich erschöpft, und ihr fehlte die Kraft für eine ausgedehnte Verfolgungsjagd oder für einen besseren Plan.

Kaval war schon auf Sichtweite heran. Er rief nicht länger, sondern schien stattdessen schneller zu laufen. Meris drehte sich nicht mehr um. Sie beschleunigte ihrerseits den Schritt. Am Knallen seiner Stiefel hörte sie, wie er näher kam.

Ich werde es nicht schaffen, dachte sie.

Konnte sie gegen ihn kämpfen? Mit einem Arm, der nutzlos herunterhing und der sie behinderte? Mit einem Kurzschwert gegen Kavals längere Klinge? Kaval war ein erfahrener Krieger – schnell, geschickt und gerissen. All diese Vorzüge und sein angenehmes Auftreten hatten ihn immerhin fast zu Meris' Stellvertreter gemacht, zum Hauptmann ihrer Schar.

Sie hatte ihm vertraut!

Das ganze Stadtviertel geriet in Aufruhr. Meris hörte Rufe, die nun auch aus den angrenzenden Gassen zu kommen schienen. Metallisches Klirren erfüllte die Luft, dumpfe Schläge und Schmerzenslaute. Der Lärm kam näher und übertönte sogar die Schritte ihres Verfolgers.

Verbissen rannte Meris weiter. Konnte Kaval mit seinem Geschrei eine solche Wirkung erzielen? Reichte das bloße Versprechen eines Kopfgeldes aus, um ganze Stadtviertel auf die Beine zu bringen und die Leute gegeneinander aufzuhetzen?

Meris verstand nicht, was um sie her geschah. War denn die ganze Stadt verrückt geworden?

Da hörte sie Hufschläge näher kommen. Meris hielt nun doch inne und blickte sich um. Ein Pferd bäumte sich auf, als es hart herumgerissen wurde.

Ein schwer gepanzerter Ritter war hinter Meris und Kaval aus einer Seitengasse gekommen. Auf dem gelben Wappenrock prangte die rote, dreizackige Sonne Bponurs mit drei Speeren, die sich darin kreuzten. Das Visier des Helmes war offen, der Ritter schwang eine Lanze.

»Da sind noch welche von den Rebellen!«, rief er über die Schulter zurück.

Dann stürmte er los.

Kaval stand da wie gelähmt. Die Lanze drang in seine Brust und durchbohrte ihn. Er wurde mehrere Schritte mitgezogen.

Das riss Meris aus ihrer Schreckensstarre, die sie gelähmt hatte. Sie machte einen Satz, sah sich um und fand eine verwinkelte Seitengasse, wo der Panzerreiter ihr unmöglich folgen konnte. Der Weg war kaum einen Schritt breit, und die Obergeschosse der Häuser ragten so weit vor, dass sie einander fast berührten. Meris zog selbst unwillkürlich den Kopf ein, als sie in diesen tief verschatteten Straßentunnel einbog.

Der Ritter fluchte hinter ihr her. Seine massige Gestalt verdunkelte einen Augenblick lang das Licht, das durch den Zugang fiel. »Verdammt, da entkommt einer! Wo sind die Fußknechte?«

Meris rannte und brachte ein paar Häuserecken zwischen sich und ihre Verfolger. Die Kampfgeräusche um sie her ergaben plötzlich einen Sinn. Das war ein Ritter aus Barratain gewesen – sie musste mitten in eine Schlacht geraten sein!

Aber wer waren die Gegner? Meris wusste genau, dass an diesem Tag keine Kaiserlichen hier an Land gegangen waren. Und jetzt hatten ausgerechnet ihre Feinde Meris gerettet!

Im Durchgang zu einem Hinterhof hielt sie inne. Sie biss

die Zähne aufeinander und schälte sich aus der schweren Jacke. Blut tropfte aufs Pflaster – vermutlich hatte sie eine Spur hinterlassen, der jeder folgen konnte.

Sie lauschte einen Augenblick, aber niemand schien unmittelbar hinter ihr zu sein. Also riss sie Stoffstreifen von ihrem Hemd und wickelte sie um die Wunde. Sie konnte einen Schmerzenslaut nicht unterdrücken.

Vorsichtig schlich sie weiter und versuchte, sich an diese Gegend zu erinnern. Gewiss war sie hier schon einmal durchgekommen – in besseren Tagen!

An einer Stelle konnte sie über eine Pergola in einem Hof auf ein Dach klettern. Von dort aus gelangte sie durch ein Fenster in ein unbewohntes Gebäude. Von der Straße her hörte sie immer noch Lärm. Meris schleppte sich durch das leere Haus, fand eine Dachluke, stieg auf den Speicher und zog die Leiter hinter sich nach.

Dann legte sie sich auf den Rücken. Staub tanzte in den Sonnenstrahlen, die durch das Gebälk fielen. Dieser Hohlraum unter dem Dach war lang, aber kaum einen Schritt hoch. Meris hätte sich nicht einmal hinsetzen können, ohne sich den Kopf anzustoßen.

Wenn sie Glück hatte, war der Raum unauffällig genug, dass niemand hier nach ihr suchen würde. Ihr blieb auch keine Wahl, sie musste es darauf ankommen lassen. Ihr Arm war inzwischen taub und pochte nicht mehr – kein gutes Zeichen. Sie hatte das Gefühl, als würden ihr jeden Augenblick die Sinne schwinden.

Vielleicht konnte sie einfach liegen bleiben, bis die Lage auf den Straßen sich beruhigte und sie sich so weit erholt hatte, dass sie im Schutz der Dunkelheit zum Boot schleichen konnte.

Aber ihr Ziel hatte sie nicht erreicht. Ihre Tochter war verschwunden, und auch jede Spur von ihr schien ausgelöscht zu sein. Sie wusste nicht, wo sie noch nach einem Gegenstand suchen sollte, den Sortor für ihren Zauber gebrauchen konnte.

Meris fühlte sich, als hätte sie Tordis ein zweites Mal verloren.

14. KAPITEL

Lacan hatte mit Luvic Stor einen zweiten Sammelpunkt in der Nähe des Südhafens besetzt. Dort gab es zahlreiche verlassene Lagerräume, Kontore von Handelshäusern, Markthallen und andere Gebäude, die sich für ihre Zwecke eigneten. Über die Flussstraße oder bei Nacht mit Booten konnte man Nachschub einschmuggeln, und Stor hatte versprochen, sich darum zu kümmern.

Lacan fühlte sich dennoch unbehaglich hier. Eine Zeit lang hatten die Ritter aus dem Osten in derselben Gegend gelagert. Die meisten Leute um Lacan waren der Ansicht, dass die Barratainer nicht so bald an den Fluss zurückkehren würden. Er hätte trotzdem eine Stellung in der Innenstadt vorgezogen. Andererseits, sie brauchten die Verbindung nach außen, damit sie nicht zwischen den Ordensrittern und den Truppen der Kaiserin eingeschlossen waren.

An diesem Vormittag ging er gemeinsam mit Stor die Vorratslisten durch und versuchte, die Schmuggelrouten in die Stadt zu planen.

»Wir können die Güter auch von den Schaumpfaden aus am Westufer transportieren.« Stor fuhr mit dem Finger über die Karte. »Bei Nacht setzen wir sie dann unterhalb der Insel über den Strom.«

»Nein«, sagte Lacan. »Das Westufer ist nicht sicher.«

»Verglichen mit dem Ostufer?«, widersprach Stor. »Das Westufer gehört der Kaiserin, und die kann keine Truppen entbehren, um die Straße zu überwachen. Die Barratainer hingegen können jederzeit die Patrouillen südlich der Stadt verstärken. Wir müssen nur aufpassen, wo die Galeassen gerade kreuzen …«

»Edern ist im Land westlich des Flusses aktiv!«, wandte Lacan ein. »Der Graf würde sich über eine kostenlose Nachschublieferung freuen. Vergesst nicht, was Rhyl uns berichtet hat: Edern greift nach der Krone! Das Bündnis mit dem Kanzler war für den Grafen nur ein Zwischenschritt. Jeden Augenblick kann sein Heer am Westufer aufmarschieren, und während die Ritter aus dem Osten die Gegend nur unsicher machen, hat der Graf von Edern sein Umland im Griff. Er ist gut vernetzt in der gesamten Region.«

»Noch ist es ruhig«, gab Stor zu bedenken. »Es sieht so aus, als wollte Edern abwarten, wie sich die Lage in Horome entwickelt.«

Nessa trat in den Raum. Das Kettenhemd klirrte um ihre Beine. Sie trug den Helm unter dem Arm. Lacan blickte auf und verzog das Gesicht. Er hätte sich gewünscht, Nessa wäre nicht so weit in den Norden mitgekommen. Es war einfach zu gefährlich, und die Rückzugswege, wenn es schlecht lief, wurden immer länger.

Stattdessen kam sie herein, als könnte sie die nächste Schlacht gar nicht erwarten. »Auf geht's, Jungs«, sagte sie munter. »Der Feind wartet nicht.«

Lacan seufzte. »Wir brauchen Zeit für die Vorbereitungen. Es sind noch nicht alle von uns eingetroffen. Und du weißt, wir ziehen hier nicht in die Schlacht – wir wollen einen Zermürbungskrieg führen.«

Nessa lächelte süßlich. »Eine feine Rede, Feldherr Lacan. Nur, der Feind hält sich nicht an deine Pläne! Ich habe beim Lagerhaus an der Stanig-Straße einen Boten von Rhyl abgefangen: Die Barratainer haben das Palais Sneharden gestürmt. Rhyl konnte sich mit einem Stoßtrupp am Hinterausgang einen Weg freikämpfen und in den Gassen untertauchen. Aber sie brauchen dringend Verstärkung.«

Pferde waren im Häuserkampf kaum zu gebrauchen. Viele seiner Ritter hatten es sich trotzdem nicht nehmen lassen, hoch zu Ross nach Horome zu ziehen. Lacan hatte sich schon gefragt, wie sie die Tiere wieder loswerden konnten – sie waren in der Stadt nicht nur schwer zu versorgen, sondern auch auffällig.

Doch jetzt war er dankbar, dass er die Reiterei hatte.

Mit hundert Mann donnerte er die Flussstraße entlang und durchbrach den Riegel von Kriegsknechten, mit dem die Barratainer den Zugang gesichert hatten. Das Fußvolk war völlig überrumpelt. Die meisten flohen bereits, als sie die Ritter sahen. Lacan streckte einen Krieger mit der Lanze nieder, einen weiteren ritt er über den Haufen. Nessa folgte ihm mit dem Schwert in der Hand, seine Reiter jagten hinter den fliehenden Feinden her in die Nebenstraßen.

Vierhundert Mann Fußvolk kamen im Laufschritt hinterdrein.

Lacan zügelte sein Pferd. Er hörte Kampfgetümmel im ganzen Stadtviertel. Immer wieder tauchten Gegner aus Seitengassen auf und wichen beim Anblick der geschlossenen Formation zurück. Ein Ordensritter wurde in einem Innenhof gestellt. Lacan sah zwei Söldner aus seinen eigenen Reihen, die in dem Haus eingeschlossen gewesen waren und nun erleichtert herauskamen.

Lacan versammelte die Unterführer.

»Es muss schnell gehen. Wir bleiben zusammen, soweit es der Platz zulässt. Wir stoßen zum Palais Sneharden vor und machen alles nieder, was uns in den Weg kommt. Aber wir halten uns nicht auf. Bleibt hinter mir.

Es sollte reichen, um eine Bresche zu schlagen und so viele unserer Leute aus dem Viertel zu holen wie möglich. Dann verschwinden wir und tauchen erst einmal unter.«

Luvic Stor nickte atemlos. Er hatte sich mit einem Schuppenpanzer, Helm und Schild an die Spitze des Fußvolks gesetzt. Lacan hatte Zweifel, ob der Kaufmann lange durchhielt.

»Nessa«, flüsterte er, »sieh zu, dass für Luvic ein Pferd in der Nähe ist, wenn er umkippt.« Er hob die Stimme: »Und jetzt – vorwärts!«

Der Kampf tobte in den Straßen. Linos folgte seinem Vater durch das Gewimmel und sah zu, wie Bregar einzelne Gegner stellte und Befehle gab. Er selbst hatte genug damit zu tun, sein Pferd im Zaum zu halten. Die Rüstung drohte ihn aus dem Sattel zu ziehen.

Immer wieder kreuzten Trupps von Fußknechten ihren Weg. Sergeanten und Ritter erstatteten Bericht. Ein paar der Ritter blieben im Sattel – doch die waren weitgehend nutzlos. In den Häusern wurde gefochten, und wer es mit dem Feind aufnehmen wollte, der saß ab und erkämpfte sich den Weg durch Türen und Fenster und verwinkelte Seitengassen.

Linos schaute seinen Vater an und betete, dass der nicht auf den Gedanken kam, sich am Fußkampf zu beteiligen … aber Bregar trug eine schwere Vollrüstung und würde hoffentlich sein Pferd nicht aufgeben!

Es wurde immer heißer, und Linos schwitzte unter dem Helm.

»Komm schon«, rief Bregar. »Träum nicht!«

Er hatte das Gespräch mit einem Truppführer beendet, gab Lundar die Sporen und galoppierte die gepflasterte Straße hinunter.

Der Fußtrupp lief derweil in die andere Richtung, um Abalonde herum. Linos' Stute scheute. Linos hatte sie stets als ruhig erlebt, aber der Kampf zwischen den eng stehenden Mauern und das Gewimmel der Krieger, die ständig unvermutet hinter irgendeiner Häuserecke auftauchten, machten das Tier nervös.

Linos kämpfte darum, das Pferd zu beruhigen, doch auch er selbst fühlte sich immer steifer, und sein neuer, ungewohnter Brustpanzer drückte.

Aus einer Nebenstraße drang Gebrüll, anscheinend ein größerer Trupp, der von dort heranstürmte. Linos beeilte sich, vorher an der Einmündung vorbei zu sein – doch da preschten drei Reiter heraus, und es waren nicht ihre eigenen Leute!

Er riss Abalonde herum. Die Stute bäumte sich auf. Linos rutschte aus dem Sattel und klammerte sich am Hals des Pferdes fest. Der vorderste Reiter schwang ein Schwert und stürmte auf ihn zu.

»Linos!«

Er hörte die Stimme seines Vaters vom anderen Ende der Straße. Aber schon drängte ein großer Haufen Fußknechte mit geschlossenen Schilden hinter den Reitern her.

Abalonde galoppierte in die andere Richtung davon.

Das eigene Fußvolk strömte vor ihm aus den Häusern und Gassen, und unvermittelt war Linos zwischen dem Feind und den eigenen Leuten eingeschlossen. Die ganze Straße wurde zur Walstatt. Der Gegner war in der Überzahl und bahnte sich als fest gefügter Haufen einen Weg durch die zerstreuten Barratainer.

Linos konnte seinen Vater nicht mehr sehen. Aber der Reiter, der Linos gefolgt war, wurde zum Glück in einen Nahkampf mit Fußknechten verwickelt.

Abalonde drehte sich in dem Getümmel auf der Stelle und stieg wieder. Linos stürzte vollends aus dem Sattel und krachte hart aufs Pflaster, auf einen Arm. Es schmerzte so heftig, dass er ihn nicht mehr bewegen konnte.

Mühsam kämpfte er sich hoch. Fußvolk focht um ihn herum. Neben ihm sackte ein Mann zusammen, Blut spritzte in Linos' Gesicht. Linos tastete nach seinem Schwert, aber das musste er beim Sturz verloren haben.

Plötzlich war er umzingelt von Feinden. Die wild aussehenden Gestalten jagten die letzten Fußknechte der Ordensritter davon. Linos stolperte hinterher, doch er fiel zurück.

Ein Schlag traf ihn. Die Klinge drang nicht durch das Kettenhemd, schleuderte ihn aber gegen die nächste Hauswand. Linos sah entsetzt, wie ein Söldner auf ihn zuging, hinter den Schild geduckt, und einen kurzen Spieß mit langer, dünner Spitze hob.

»Aufgepasst!«, rief eine laute, helle Stimme.

Überrascht blickte der Söldner sich um. Eine zierliche Gestalt in braunem Hemd und einfacher Hose sprang aus einem Fenster im ersten Stock des Wohnhauses neben ihnen. Sie landete mit einem Fuß auf Abalondes Kruppe und glitt mit einer fließenden Bewegung in den Sattel, als wäre das scheuende Tier ein ruhiger Balken im Stall, auf dem man balancieren konnte.

Sie ließ Abalonde eine Kapriole springen. Die Hufe trafen den Söldner am Helm und schmetterten den Mann zu Boden.

Abalonde fuhr herum, schlug aus und schob die Feinde mit der Panzerschabracke beiseite. Das schwere Schlachtross verschaffte sich Platz, und der Reiter gebrauchte es wie eine Waffe.

Dann beugte die Gestalt im Sattel sich zu Linos hinunter und streckte ihm eine Hand hin. Linos blickte auf und erkannte Nikis Gesicht über dem braunen Hemd. Die Haare reichten ihr inzwischen bis zu den Ohren.

Er starrte sie an.

»Was ist?«, fragte das Stallmädchen. »Kannst du aufsteigen, oder muss sich Abalonde für den Herrn erst hinlegen?«

Am zweiten Tag, nachdem Hragaud den Rückzug befohlen hatte, preschte ein atemloser Kundschafter ins Lager. Selbst die Grôta-Späher an seiner Seite wankten erschöpft – der Reiter musste das Letzte aus seinem Tier herausgeholt haben.

»Trolle«, meldete er. »Ein großer Trupp. Genau vor uns.«

»Wie viele?«, fragte Hragaud hastig.

»Mindestens zweihundert. Vielleicht sogar vierhundert – wir konnten uns nicht damit aufhalten, sie alle zu zählen.«

Hragaud fragte nicht, wo sie herkamen. Spätestens seit dem Fund vor zwei Tagen war deutlich geworden, dass sie die Macht der Steppenkreaturen keineswegs gebrochen hatten. Doch wie hatten sie es geschafft, sich neu zu sammeln, ohne dass einer seiner Erkundungstrupps davon berichtet hatte?

Es sprach einiges dafür, dass eine andere Hand diese dumpfen Bestien lenkte. Aber es war zu spät, dem nachzugehen. Hragaud hatte, wenn er die Grôta hinzurechnete, bestenfalls noch vierhundert Bewaffnete in seinem Zug. Und selbst von den zweihundert regulären Kriegern waren die meisten zu Fuß – die wenigen Pferde waren in den letzten Zehnttagen im Patrouillendienst derart beansprucht worden, dass sie fast völlig entkräftet waren.

»Können wir ihnen ausweichen?«, fragte Hragaud.

Der Kundschafter schüttelte den Kopf. »Sie halten direkt auf uns zu. Sie müssen wissen, wo wir sind. Und sie bewegen sich im Laufschritt – sie werden bald hier sein.«

Sie hatten eine Schlacht gegen tausend Trolle bestanden. Aber damals waren sie zehnfach in der Übermacht gewesen, mit einer beträchtlichen Anzahl von Rittern, die den Ausschlag gegeben hatten. Der heutige Kampf würde anderen Regeln folgen.

»Jetzt gilt es«, sagte er zu Aldheide.

Der nickte ernst.

Hragaud wandte sich an seinen Knappen. »Madivan, reite zum Tross. Lass ihn wenden, und sorge dafür, dass sie einen weiten Bogen nach Süden machen. Wir werden es mit den Trollen aufnehmen. So kann das unbewaffnete Volk vielleicht außer Sichtweite gelangen.«

»Sie sollen die langsamen Wagen zurücklassen«, fügte Aldheide hinzu. »Und wenn sie genug Abstand von uns haben, sollen sie auf die Berge zuhalten, als wären ihnen die Dämonen Gotors auf den Fersen. Und sich niemals umschauen.«

Madivan preschte davon.

Hragaud dachte an die Krämer und Knechte und Weiber beim Tross; sogar Kinder waren darunter. Und die Grenzgrate lagen zwei Monate entfernt!

Ächzend stieg er vom Pferd. »Ich werde mir einen von deinen Knappen ausleihen müssen, Aldheide«, sagte er.

Aldheide musterte seine Begleiter. Beide waren älter als Madivan – zu alt, als dass man sie wie Knaben von einer Schlacht fortschicken konnte. Er nickte.

Die Ritter legten die schwere Vollrüstung an. Dabei erteilten sie Anweisungen. Sie sammelten die verbliebene Reiterei, ließen sich vom davoneilenden Tross bringen, was ohnehin zurückblieb – Wagen, Zeltstangen. Sie suchten eine günstige Stellung auf einem Hügel und errichteten eine Barrikade.

Kaum waren sie fertig, da fluteten die Ungeheuer über den nächsten Kamm. Beim Anblick der Menschen brüllten sie los und schwenkten ihre groben Waffen. Der Boden donnerte unter ihren Tritten, ein Knirschen erfüllte die Luft, das an einen Steinschlag denken ließ.

Die beiden Ritter saßen wieder auf und gingen in Stellung. Sie ordneten die Fußknechte vor sich und die Reiter an ihrer Seite.

»Eher vierhundert«, stellte Aldheide mit Blick auf die anstürmenden Bestien fest.

Sie hörten Hufschlag in ihrem Rücken, und Madivan kam zurück. Der Knappe lenkte sein Pferd neben seinen Herrn, einen Speer in der Hand. Hragaud sagte nichts.

»Es sind nur Trolle.« Aldheide sah ihn an. »Wir wissen, wie wir sie töten.«

An den Flanken der Schlachtreihe ließen die ersten Knechte die Waffen fallen und stürzten davon. Ein paar Reiter schwärmten aus und schlugen sie nieder. Sie brüllten die übrigen Männer an, auf dem Posten zu bleiben.

Hragaud spähte von der Hügelkuppe aus ein letztes Mal ins Land. Er hatte Tausende von Kriegern ausgeschickt – sie konnten unmöglich alle getötet worden sein! Wenn Bponur ihm einen Teil der Truppen zurückschicken wollte, wäre jetzt der richtige Zeitpunkt dafür. In einem Tal im Nordosten sah er Bewegung. Weit entfernt und nur verschwommen zu sehen, doch eindeutig hielten dort mehrere Gestalten auf sie zu. Hragauds Herz schlug schneller.

»Da!«, rief er. »Da kommt jemand! Wir dürfen auf Verstärkung hoffen. Haltet durch!«

Die Reiter blickten sich um. Sie jubelten und fassten die Waffen fester. Auch die Männer an der Barrikade bemerkten es, und Hragaud spürte, wie die Stimmung sich hob.

Dann trafen die Bestien auf die Barriere.

Die Reihen der Fußknechte hielten den Ansturm kaum auf. Mit der Wucht von Felsbrocken krachten die Trolle gegen die Wagen. Holzsparren brachen, eine Horde Trolle schob die Hindernisse zur Seite. Die gespitzten Zeltstangen im Boden zersplitterten an der harten Haut.

Ein Kriegsknecht trat einen Schritt vor und richtete eine der Stangen aus. Ein Troll rammte sich die Spitze mit der Kraft seines eigenen Anlaufs in den Leib.

Stahl klirrte auf Stein, Trolle schwangen ihre Keulen, die mit scharfen Zacken besetzt waren – mit Steinen und langen Dornen. Hragaud sah auch Metallspitzen. Viele der Trolle hatten abgebrochene Dolch- und Speerspitzen in ihre Waffen eingearbeitet, sogar Teile von Rüstungen, die an den Kanten geschliffen waren.

»Gütiger Gott«, hauchte er.

Die Grôta traten den Bestien in geübter Manier entgegen. Drei, vier Krieger stürzten sich auf eines der Ungeheuer. Die einen lenkten ab, die anderen stießen Speere oder wuchtige Beile durch die harte Haut in das Fleisch. Hragaud sah einen Troll fallen, dem zwei Axthiebe ein Bein abgetrennt hatten. Die Fußknechte übernahmen die Taktik der Bergmenschen.

Damit hätten sie etwas bewirken können, wären sie in der Überzahl gewesen. So aber fielen andere Trolle den Kämpfenden in den Rücken. Mit ihren baumgroßen Knüppeln zermalmten sie die Menschen mitsamt der Rüstung. Ein Troll hatte sich Eisenstücke in die Haut seines Armes gesteckt und darin festwachsen lassen. Brüllend schwang er diese lebende Waffe wie einen Dreschflegel und zerfetzte Lederpanzer und Fleisch.

»Der gehört mir«, rief Hragaud. »Für die Heilige Flamme!«

Er legte die Lanze ein und stürmte los.

»Für die Flamme!«

Aldheide und Madivan folgten ihm. Die Reiter stürzten sich ins Getümmel. Der Troll mit dem Keulenarm hob den Kopf und starrte Hragaud aus winzigen Augen an. Das Blut lief ihm über den Arm – rotes Blut und dunkles Blut aus den eigenen Wunden, denn mit jedem Hieb hatte er sich die festgewachsenen Metallteile tiefer ins Fleisch getrieben.

Er fletschte die Zähne.

Hragaud richtete die Lanze aus. Der Troll machte eine rasche Bewegung und zerschlug Hragauds Waffe – das Holz barst, und Splitter flogen in alle Richtungen. Der Schlag hätte Hragaud fast vom Pferd gerissen.

Er ließ den Stumpf los und zog das Schwert aus der Scheide.

Der Troll fuchtelte mit den Armen.

Hragaud riss das Pferd herum und hob den Schild und suchte eine Lücke – dann stieß er zu. Die Spitze seiner Klinge fuhr dem Troll in die tückisch kleine Augenhöhle unter der vorspringenden Stirn, durch den Augapfel und den Knochen dahinter.

Die Klinge drang tief in den Schädel, und überrascht stellte Hragaud fest, dass der Knochen sogar weicher war als die verbrannte Haut – kaum härter als bei einem menschlichen Gegner.

Der Troll erstarrte. Ein dunkler Blutfaden lief ihm aus der Augenhöhle über die zerklüftete Wange, dann stieß Hragauds Ross ihm den Huf gegen die Brust, und er kippte um.

Die Klinge verkantete sich im Schädel, fluchend musste Hragaud sie loslassen.

Er ritt einen Bogen, schlug mit dem Schild um sich, fand eine zugespitzte Stange, die noch im Boden steckte, und riss sie heraus.

Dann sah er sich nach dem nächsten Gegner um.

Er entdeckte Madivan – ein Troll hieb dem Knappen von hinten den Speer auf den Helm wie einen Knüppel, und Hragaud sah das Blut unter dem Eisen hervorspritzen. Madivan fiel aus dem Sattel, blieb mit einem Fuß im Steigbügel hängen, und das Pferd schleifte ihn mit.

»Du!«, rief Hragaud. Er fasste seine behelfsmäßige Lanze fester und ritt auf den Troll zu. Der wog den Speer in der Hand – und schleuderte ihn.

Hragaud duckte sich hinter den Schild. Aber der riesige Speer traf das Pferd an der Brust. Es knickte mit den Vorderhufen ein, und Hragaud wurde über den Hals des Tieres geschleudert. Er verlor die Stange und landete auf dem Boden.

Mühsam rappelte er sich auf.

Gemächlich kam der Troll auf ihn zu. Hragaud hatte nur noch einen Dolch bei sich. Der Ritter in Eisen stand gegen den steingepanzerten Troll, dem er kaum bis zur Brust reichte.

Der Troll schlug zu. Hragaud wehrte mit dem Arm ab, sodass die Hand des Trolls über die scharfkantigen Rüstungsteile am Ellbogengelenk schrammte. Körnige Haut splitterte ab, dunkles Blut blieb am Stahl haften.

Hragaud sprang vor, in den Lauf des Trolls hinein, und stieß zu. Durch die Wucht, mit der der Troll auf Hragaud zugerannt war, wurde ihm die Dolchklinge tief in den Leib getrieben und steckte darin fest wie mit Stein verwachsen.

Der Troll wich zurück, starrte verwundert auf den Messergriff in seinem Bauch und betastete ihn. Er brüllte auf und funkelte Hragaud an.

Der sah sich verzweifelt nach einer neuen Waffe um … *Verdammt!*

Ein Ruf erklang vom Hügel her.

»Sie kommen!«

Hragaud blickte auf. Hoffnung keimte auf in seinem Herzen.

Er sah Grasold Aldheide hinter dem Troll anreiten, ein blutiges Schwert in der Hand. Das Helmvisier war ihm abgerissen worden, sein Gesicht war gequetscht. Aber der Komtur lachte und ließ das Schwert herumwirbeln.

»Sie kommen, Bruder«, schrie er Hragaud zu. »Machen wir Bponur Ehre in den letzten Augenblicken auf Erden!«

Der Troll drehte sich zu ihm um. Aldheide schwang das Schwert, und mit einem Knacken fuhr die Klinge durch den Hals der Bestie. Der riesige Kopf flog auf Hragaud zu, Aldheide donnerte auf seinem Schlachtross an ihm vorbei.

Und kam zum Stehen. Plötzlich, mit einem unsäglichen

Geräusch von kreischendem Metall, fleischigem Klatschen und vielstimmigem Brüllen.

Schwerfällig wandte Hragaud sich um – und erblickte einen Troll, der sich von hinten an ihn herangepirscht hatte. Er hatte Aldheide angesprungen, und der Ritter war mitsamt dem Ross in die Bestie gekracht.

Der Aufprall hatte sie alle zerschmettert. Das Pferd sank um, mit zerquetschter Brust, verdrehtem Hals und eingeschlagenem Schädel; der gebrochene Arm des Trolls, den der zum Schlag erhoben hatte, steckte in Aldheides geborstenem Panzer. Ineinander verkeilt gingen die drei Gestalten zu Boden –

Und stürzten auf Hragaud!

Der wollte zurückweichen. Doch er war zu langsam in seiner Rüstung. Er hob die Hand – und wurde zu Boden gedrückt. Die Masse hätte ihn zerquetscht, doch sein geschlossener Panzer schützte ihn wie eine Krebsschale. Er keuchte, aber er konnte sich nicht rühren und bekam kaum Luft.

Auf dem Hügel sah er, was Aldheide zuletzt gesehen hatte: Eine zweite Schar Trolle stürmte über die Anhöhe und fiel den letzten kämpfenden Menschen in den Rücken.

Hragaud gab auf. Er wehrte sich nicht länger gegen den Druck, der auf ihm lastete. Seine Hand fuhr zum Helm, um wenigstens noch ein Mal Luft auf seiner Haut zu spüren – wenn er sie schon kaum mehr atmen konnte.

Ihm fehlte die Kraft.

Der Lärm der Schlacht verebbte, als Hragauds Geist in die Finsternis sank.

Linos klammerte sich an Niki fest, und gemeinsam galoppierten sie auf dem Rücken des schweren Schlachtrosses durch die Straßen. Sie waren aus dem Kampfgetümmel heraus, und das Fußvolk, das ihnen begegnete, sprang zur Seite.

»Was ist überhaupt los?«, fragte Linos.

»Das sollte ich dich fragen«, erwiderte Niki. »Du hast mitgekämpft. Ich bin gerade erst gekommen.«

»Nein«, sagte Linos. »Was ist mit *dir* los? Wo kommst du her? Und warum trägst du keine Rüstung? Bist du nicht mit den Kriegsknechten ausgezogen?«

Niki schwieg einen Augenblick. Dann sagte sie: »Es lief nicht so gut, nachdem ihr fort wart. Ich … musste weg. Ich habe mich in der Stadt versteckt, bis ich von den Kämpfen hörte. Da musste ich einfach hin. Ich bin eine ganze Weile herumgeschlichen und habe nach dir gesucht.«

»Wie bist du unbeschadet durch das Getümmel gekommen?«, fragte Linos.

Niki zuckte die Achseln. Er spürte die Bewegung an ihrem dünnen Körper. »Es gibt Wege in der Stadt …«, antwortete sie unbestimmt. »Aber was ist mit der Schlacht? Was geht da vor?«

Linos verstand es selber kaum. »Marschall Eudoxios wurde im Süden geschlagen«, sagte er schließlich. »Hast du davon gehört?«

»Nicht so richtig«, gab Niki zurück.

»Jedenfalls hat mein Vater den Feind hier gestellt. Es sah schon so aus, als wäre der Kampf vorüber, und unsere Fußknechte müssten nur noch aufräumen. Aber plötzlich stürmten diese frischen Truppen heran … Ich glaube, wir haben die Schlacht verloren. Und mein Vater war mitten unter den Gegnern, als die aufgetaucht sind.«

Niki hielt das Ross an. Dann lenkte sie es langsam unter einer Hofeinfahrt hindurch. Im letzten Moment zog Linos den Kopf ein. »Was machst du da?«

»Klingt so, als müssten wir untertauchen«, erwiderte Niki. »Aber mit dem Riesenpferd ist das schwierig.«

Sie stieg ab und kraulte Abalonde.

Linos ließ sich schwerfällig hinter ihr von der Stute gleiten.

»Was hast du vor?«, fragte er. »Wir müssen zum Kastell zurück!«

Niki schüttelte den Kopf.

Linos fasste sie am Arm. »Wir können hier nicht bleiben.«

»Ich weiß.« Niki streichelte das Pferd. »Es tut mir leid. Ich will sie nicht zurücklassen … Aber du hast recht. Wir müssen weg.«

»Mit dem Pferd können wir uns leichter durchschlagen«, widersprach Linos. »Ich meine …« Er räusperte sich. »Du kannst wirklich gut reiten.«

Niki grinste. »Danke. Und ich werde auch wieder ein Pferd bekommen. Und Ritter werden. Aber nicht heute.«

Sie zog Linos auf eine Art Schuppen zu, der halb verfallen auf dem Innenhof stand.

»Du willst dich da verstecken?« Linos blieb stehen und hielt sie fest. »Das ist dämlich! Vor allem, wenn das Pferd direkt davorsteht. Was meinst du, wie lange es dauern wird, bis einer nachschaut?«

»Vertrau mir«, sagte Niki. »Wie gesagt, ich verstecke mich schon eine ganze Weile in der Stadt … Es gibt Wege und Zugänge. Aber deine Rüstung müssen wir leider genauso zurücklassen wie Abalonde.«

Als der Feind aus der Seitenstraße gestürmt war, hatte Bregar mit einer Handvoll Begleitern fast schon die nächste Ecke erreicht. Er hatte sich umgedreht, als er den Lärm hörte, und gerade noch gesehen, wie sein Sohn sich in die andere Richtung zurückzog.

»Linos!«, hatte er gerufen.

Immer mehr Feinde strömten aus der Einmündung, und

hinter den ersten Reitern folgte das Fußvolk. Wo kamen die so plötzlich her?

»Mir nach!«, befahl Bregar seinen Männern. Er trieb Lundar vorwärts.

Einer der gegnerischen Ritter stellte sich ihm auf dem Pferd in den Weg und holte mit dem Schwert aus. Die fremde Waffe krachte gegen Bregars Schulterpanzer und glitt daran ab. Der Feind riss den Schild hoch, aber Bregar schlug ihn mit dem eigenen Schild zur Seite und traf mit dem Schwert die Kettenrüstung des Gegners.

Er durchtrennte ein paar Ringe, und die Klinge bohrte sich tief in die Polsterung darunter. Sein Gegner schrie auf. Bregar stieß ihn vom Ross und ritt mit Lundar über ihn hinweg!

Vor ihm formierten sich Fußsoldaten zu einem hastigen Schildwall. Bregar ließ Lundar gegen die Schilde krachen und trieb die Soldaten zurück. Ein Stück weiter die Straße entlang sah er, wie Linos vom Pferd fiel.

»Linos!«, rief er noch einmal.

Bregar steckte in dem Getümmel fest. Er konnte nichts tun. Die Fußsoldaten umzingelten ihn. Seine Fußknechte gerieten in Bedrängnis, einer ging zu Boden, der andere wurde zurückgedrängt. Immer mehr Gegner stürmten aus der Einmündung, während von Bregars Verstärkung nur vereinzelte Kämpfer bis zum ihm vordrangen, wo sie jedoch rasch überwältigt wurden.

Bregar riss Lundar herum und zog sich zurück. Er konnte die Stellung nicht halten.

»Mir nach!«, befahl er seinen Männern erneut und galoppierte die Straße hinunter. Zwei Leichtbewaffnete kamen ihm entgegen.

»Komtur Bregar!«, rief einer der Reiter. »Ein starker Trupp hat von Süden her unsere Stellung auf der Flussstraße durchbrochen.«

»Ja«, knurrte Bregar. »Ihre Meldung kommt spät.«

»Wir haben Euch gesucht …«, meinte der Mann entschuldigend.

Bregar winkte ab. »Wie viele?«

Die Boten tauschten einen Blick. »Reiter und Fußvolk jedenfalls.«

»Sucht jemanden, der dabei war und mehr weiß!«, fuhr Bregar die Boten an.

Er überlegte kurz. An Tanbar zufolge hatte der Sohn des Kanzlers insgesamt weniger Krieger in seinem Heer, als Bregar allein an Reitern aufbieten konnte. Es mochte sein, dass ein Teil dieser Truppen an anderen Stellen der Stadt gestanden hatte und nun zu Hilfe eilte – viel unwahrscheinlicher war, dass tatsächlich ein zusätzliches Heer eingetroffen war.

Bregar trieb Lundar an und gab Befehle an jeden Ritter, den er finden konnte. Er schickte Boten aus und sammelte Informationen. Das Bild klärte sich allmählich. Barimbold an Ferriac stieß wieder zu ihn – trotz seiner eingeschrumpften Gestalt hatte der Großmeister der Drei Strahlenden Waffen nichts von seinem Eifer und von seiner Kampfkraft verloren. Seine Kettenrüstung zeigte Risse, sein ohnehin schon entstelltes Gesicht war von weiteren Wunden gezeichnet. Aber er grinste, als hätte er sich berauscht am Kampf.

»Endlich ein Feind, der was taugt! Sie haben sich zum Palais durchgeschlagen und sind dann im Nachbarviertel untergetaucht. Enge Gassen, da kommt kein Reiter rein. Sie haben sogar die eigenen Pferde zurückgelassen.«

»Wie viele, an Ferriac?«, fuhr Bregar ihn an.

Der Großmeister zuckte die Achseln. »Ein paar Hundert. Genug, um eine Bresche zu schlagen und uns zurückzudrängen, bis wir uns neu gesammelt hatten. Guter Kampf.«

»Mein Sohn ist ihm zum Opfer gefallen.«

»Oh.« An Ferriac wurde ernst. »Bponur wird ihn zu sich nehmen.«

»Nur weil diese verfluchten Taugenichtse es versäumt haben, den Durchbruch rechtzeitig zu melden. Der Feind stand uns plötzlich auf den Füßen!«

An Ferriac machte mit der Hand eine unbestimmte Geste. »So was passiert in der Schlacht«, sagte er beiläufig. »Was tun wir jetzt, Bregar? Lassen wir die Ritter absitzen und gehen hinterher, oder schicken wir nur das Fußvolk rein? Ist ein verdammter finsterer Irrgarten da drin.«

»Sammle unsere Leute«, erwiderte Bregar. »Wir riegeln das Stadtviertel ab, in dem diese Bande sich verkrochen hat. Dann zünden wir alles an.«

Barimbold an Ferriac legte die Stirn in Falten. »Wird schwierig«, wandte er ein. »Wenn wir einen Ring um das ganze Viertel legen, werden unsere Reihen ziemlich dünn. Die Feinde können sich sammeln und überall durchbrechen – wo immer sie auftauchen, werden sie die Überhand haben, selbst wenn sie insgesamt nur einen Bruchteil unserer Stärke besitzen. Genau wie bei dem Vorstoß gerade.«

»Wir lassen unsere Reiter auf den breiten Straßen darum herum patrouillieren«, sagte Bregar. »Sie können jeden Vorstoß abwehren, der sich aus der Deckung wagt.«

»Ein paar werden trotzdem durch die Lücken kommen«, sagte an Ferriac.

»Ein paar«, stimmte Bregar zu. »Aber egal, wo sie hinlaufen – wir nehmen uns das nächste Stadtviertel vor, riegeln es ab und brennen es nieder. Irgendwann werden ihnen die Verstecke ausgehen.«

An Ferriac schaute Bregar an. Entsetzen malte sich auf seinem Gesicht.

»Wir müssen es tun, Barimbold«, erklärte Bregar. »Und das kann nur der Anfang sein. Wir hätten es längst erkennen müssen: Es liegt an diesen Städten! Das sind die Brutstätten des Bösen. Bponur wollte nur eine Stadt für die Menschen, denn nur die Anwesenheit des Königs kann einen solchen Ort rein erhalten. Schau dir unsere eigene Heimat an: Es gibt nur zwei große Städte neben Barratain: Brod-Bur, die Ketzerstadt, und Emigrand – und beide sind bekannt dafür, dass sie die Heilige Ordnung mit Füßen treten.

Wir haben es von Anfang an falsch angefangen, Barimbold. Ihr habt es selbst gesagt: Das ist ein verkommener Ort, ein unzivilisierter Ort wie die verrufenen Täler der Schwarzen Berge. Wir müssen ihn also säubern, wie wir die Berge der Ronurer gesäubert haben: jede Stadt niederbrennen, die Stadtmauern schleifen und das Volk zerstreuen.«

Bregar hielt inne und sah den Großmeister an. »Wir müssen dem ein Ende setzen, Barimbold«, fügte er eindringlich hinzu. »Ich habe das Gefühl, wir müssen bei diesem Feldzug die Ronurer ein zweites Mal bezwingen – denn es ist deren giftige Saat, die hier voll aufgegangen ist!«

Barimbold an Ferriac presste die Lippen aufeinander. Er schwieg kurz, aber schließlich nickte er. »Auf, ihr Fettärsche!«, brüllte er den Knechten um sich herum zu. »Ihr habt den Komtur gehört. Die Städte der Ronurer müssen brennen – haben wir das nicht von unseren Vorfahren gelernt?«

Sie trennten sich und teilten die Männer auf. Dann suchten sie in den umliegenden Gebäuden, in den noch vorhandenen Läden und Lagern nach Mitteln, um ihr Werk zu beginnen.

Während Bregar seine Leute antrieb, ritt Marschall Eudoxios heran.

»Komtur«, sagte er heiser.

»Was ist?« Bregar fuhr herum. »Jetzt wollt Ihr Euch in die Schlacht stürzen – wo der Kampf vorbei ist und ich Euch befohlen habe, unsere Festung zu bewachen? Ihr könnt wieder gehen, Marschall. Räumt das Kastell!«

»Komtur«, wiederholte Eudoxios.

Das Wort traf Bregar wie ein kalter Schauer. Es lag etwas darin …

»Was ist?« Er sah Eudoxios an. »Sagt bloß nicht, dass ein Trupp von denen bis zum Kastell gekommen ist und Ihr eine weitere Schlacht verloren habt.«

Eudoxios schüttelte den Kopf. »Die Heimat …« Er räusperte sich. »Ein Bote ist aus der Heimat eingetroffen. Wir werden angegriffen.«

»Was? Wo?« Bregars Verstand weigerte sich, die naheliegende Deutung der Worte anzunehmen.

»Das Amradim wurde überfallen … Das Amradim ist verloren! Die Männer des Mahdi haben es verwüstet.«

»Ausgeschlossen«, entgegnete Bregar. Er dachte an die zerlumpten Ponyreiter, die er zu Beginn des Feldzugs gehängt hatte. »Das ist vollkommen ausgeschlossen! Ein Haufen Räuber kann keine ganze Provinz überrennen.«

»Und warum nicht?« Eudoxios' Stimme klang anklagend. »Alle Ritter Barrats sind hier, tausend Meilen entfernt!« Er verstummte, fasste sich wieder und sprach ruhiger weiter: »Es waren nur ein paar Lehnsritter im Amradim zurückgeblieben und die Wachen der Grafen. Der Feind … Es mögen vielleicht nur Räuber sein, aber es sind so ungeheuer viele! Die Boten haben berichtet, dass jeder Widerstand einfach überrannt wurde. Die Grafen haben um Verstärkung ersucht, doch die anderen Provinzen …«

Er musste den Satz nicht zu Ende sprechen. Er hatte es bereits gesagt: Die anderen Provinzen Barrats waren genauso ohne Krieger wie das Amradim, die Provinz westlich des Stroms. Der einzige Teil des Omukchar, der schon ein Teil des Alten Reiches gewesen war.

Die Wiege ihres Volkes!

Bregar saß auf seinem Pferd wie vom Schlag getroffen. Es

konnte nicht sein, dass dieses heilige Land in die Hand eines Gesetzlosen gefallen war.

»Wie lange ist das her?«, fragte er.

»Die Boten sind so schnell geritten, wie sie konnten. Aber das Land entlang der Reichsstraße ist jetzt voller Feinde. Sie mussten sich auf Umwegen durchkämpfen. Viele Reiter wurden ausgeschickt, hat der Bote berichtet, doch nur diese beiden sind bei uns angekommen. Sie waren einen Monat unterwegs, und als sie losgeritten sind, lag der Angriff schon zwei Wochen zurück. Was sollen wir tun, Bregar?«

Was sollen wir tun?

Bregar schaute die Gassen hinunter, in die Richtung, in die ihr Gegner sich zurückgezogen hatte. Der Sieg war zum Greifen nah. Sie hatten ja bereits gewonnen – es ging nur noch darum, jeden Widerstand endgültig zu brechen.

»Was sollen wir schon tun?«, fuhr er den alten Marschall an. »Ruft die Truppen zusammen. Sofort! Sie sollen sich geordnet zurückziehen, damit wir dem Feind keine Angriffsfläche bieten. Ich will in diesem verdammten Höllenloch nicht einen Mann mehr verlieren, denn wir brauchen jeden Ritter und Kriegsknecht in der Heimat.

Wir ziehen ins Amradim zurück, Eudoxios – das Herz des Reiches muss um jeden Preis verteidigt werden. Soll Gotor den Westen verschlingen!«

Linos fluchte. Er hatte die Hand an die Wand gelegt und spürte einen glitschigen Belag unter den Fingern. Einmal hatte er seine Hand gelöst und war zu weit in die Mitte des Tunnels geraten und in ein schmieriges Rinnsal getreten, das an den Füßen klebte und sich einfach unerträglich unrein anfühlte.

Es war vollkommen dunkel in dem Gang, und es roch grauenhaft.

»Es dauert umso länger, wenn du hier langtänzelst wie ein zart besaitetes Fräulein.« Niki stieß ihn von hinten an. »Nun geh schon!«

»He!«, rief Linos empört. »Ich wäre fast gestolpert!«

In dem Schuppen hatte Niki ihm den neuen Brustpanzer und das Kettenhemd ausgezogen, sodass er nur noch das Untergewand aus weichem Leder trug. Dann hatte sie ihn durch ein Loch in einem Steinsims klettern lassen – Linos war überzeugt, dass es sich um einen Abtritt handelte, von dem man die hölzerne Sitzfläche entfernt hatte. Seitdem stiefelten sie durch Kanäle von unterschiedlicher Größe, und nur selten kamen sie an einer Öffnung vorbei, durch die Licht hereinfiel.

»Jetzt links«, befahl Niki.

Linos ertastete mit den Fingern den Durchgang, den sie ihm wies. »Kommt nicht infrage«, sagte er. »Da muss ich ja auf den Knien kriechen.«

»Du bist noch kein Ritter«, sagte Niki. »Du kannst ruhig mal auf die Knie fallen. Wolltest du nicht ohnehin Priester werden? Da kann die Übung nicht schaden.«

»Priester Bponurs knien bestimmt nicht im *Dreck* wie Stallmägde«, gab Linos gekränkt zurück.

Niki seufzte. »Also gut«, sagte sie. »Dann geh geradeaus weiter. Aber beschwer dich nicht, wenn wir sonst wo rauskommen.«

»Ich versteh sowieso nicht, wie du dich hier unten zurechtfinden willst.«

»Keine Sorge«, erwiderte Niki. »Durch die Kanäle kommt man *überallhin*!«

»Klar«, murmelte Linos. »Ich kann mir schon ein paar Orte denken, wo man da hinkommt.« *Die Höllen Gotors. Die Gewölbe der Hexenmeister von Esgarth. Sämtliche Rattennester des Omukchar …*

Er tappte weiter. Niki wies ihm von hinten die Richtung, aber Linos hatte das Gefühl, als würde sie selbst nur raten. Wann immer sie an eine helle Stelle kamen, hielt die Magd inne und versuchte, sich zurechtzufinden. Mitunter kletterte sie hoch und spähte durch eine Öffnung, um herauszufinden, wo sie gerade waren. Dann öffnete sich der Gang vor ihnen, und Licht fiel herein.

»Endlich!« Linos lief schneller. »Da geht's raus auf die Straße.«

»Sei vorsichtig«, rief Niki hinter ihm her.

Linos trat ins Tageslicht und blinzelte. Der Kanal endete in einer offenen Rinne, die links auf den Fluss zuführte. Linos und Niki bogen nach rechts ab, in die Stadt. Irgendwann gelangten sie an ein paar Stufen und stiegen hinauf in die Gassen. Niki führte ihn auf verwinkelten Wegen zwischen den Häusern hindurch, über kleine Treppen und flache Dächer und durch beinahe unzugängliche Innenhöfe.

Es war fast unheimlich still hier, die Gebäude wirkten unbewohnt, und von der Schlacht, die anderswo tobte, war nichts zu hören.

»Wo sind wir?«, fragte Linos

»Psst«, sagte Niki. Sie sah sich um. »Hier durch!«

Sie wies auf eine kleine Fensteröffnung, die in ein großes Gebäude führte, und sie krochen hindurch. Dahinter gelangten sie in eine Halle mit einer Bühne und ansteigenden Sitzreihen – ein Theater!

Als sie durch den Raum schlichen, hörte Linos mit einem Mal ein Klatschen.

Im Zuschauerraum erhob sich eine dunkle Gestalt, eine Flasche in der einen Hand und ein Messer in der anderen.

»Ja, meiner Treu. Das ist mal ein Schauspiel. Jetzt kriechen wir hier schon so lange unter, aber so etwas haben wir noch nicht erlebt.«

»Allerdings.« Eine zweite Gestalt trat an den Rand der Bühne und sah auf sie hinab. Zwei weitere Männer kamen aus einer Seitentür. Linos sah, dass sie schäbige Gewänder trugen, abgewetzt und schmutzig, doch von edlem Schnitt und mit Borten besetzt – ohne Zweifel die abgelegte Kleidung von Aristokraten, die so aussah, als wäre sie durch viele Hände gegangen und endlich weggeworfen und dann wieder aus dem Kanal gefischt worden.

»Hm, was haben wir denn da?« Einer der Männer kam etwas näher und rümpfte die Nase.

Linos trat einen Schritt zurück, schob Niki hinter sich und zog den Dolch, der ihm geblieben war.

»Haltet euch fern«, sagte er. »Ich bin ein Knappe!«

»So?« Der Mann mit dem Messer grinste. »Zwei Kanalratten, die in unserer Stadt gestrandet sind, würde ich sagen. Fremde Kanalraten!«

III. TEIL

HERBST

15. KAPITEL

17. August 963

Im Ozean südlich von Meerbergen

Dauras stand am Bug des Zweimasters und blickte aufs Meer hinaus.

Seit er sehen konnte, waren die Farben der stärkste Sinneseindruck. Sie kamen leicht zu ihm und beherrschten seine Wahrnehmung. Auch Bewegung entging ihm niemals. Dauras erfasste sie, ohne überhaupt zu merken, dass er mit den Augen sah.

An diesem Ort jedoch waren alle Farben verschwunden. Die graue See verschmolz mit dem bleichen Himmel, und Dauras' Blick verlor sich in schillerndem Licht und in Endlosigkeit. Er hätte fast glauben können, dass er wieder blind geworden war, wenn die ganze Fläche nicht ständig in Bewegung gewesen wäre, überall und unstet und kaum zu fassen, aber doch unzweifelhaft da. Es war Bewegung ohne Form, ohne etwas, das sich bewegte. Die bloße *Idee* von Bewegung.

Es war mehr, als sein Verstand erfassen konnte.

Es war berauschend!

Dauras' Sinne schienen sich darin zu verlieren. Er starrte auf das Meer und hatte das Gefühl, als müsste er seine Wahrnehmung nur ein wenig weiter ausstrecken, den Blickwinkel um eine Winzigkeit verändern, um die dünne Membran der materiellen Welt zu durchdringen und die Wahrheit dahinter zu sehen.

Dann bohrte sich der Schmerz in seinen Kopf, und er musste sich abwenden.

Die *Feuerläufer* war auf dem Weg zu den Kolonien im Süden, und jetzt, zur Mittagsstunde, brannte die Sonne einfach zu hell auf den Wogen. Dauras' Augen tränten, und er verfluchte die Schwäche seiner neuen Sinne. Da hatte er einmal das Gefühl, dass sie ihn weiter tragen konnten, ihm mehr versprachen als das, was er verloren hatte – und schon ließen sie ihn im Stich.

»Du wirst noch blind werden«, knurrte Abt Garid hinter ihm. »*Wieder* blind. Oder ist es das, was du damit erreichen willst?«

Dauras war mit dem Abt unterwegs, weil er so die Gewähr zu haben glaubte, dass Garid nicht vom Weg abwich – in welcher Weise auch immer. Für ihn zählte jetzt nur noch, die ganze Gemeinschaft heil und sicher nach Caherion zu bringen, wo sie sich wieder sammeln wollten.

»Nein«, erwiderte Dauras. »Das habe ich hinter mir. Ich freue mich auf das, was ich mit meinen neuen Sinnen erkunden und entdecken kann.«

»Schön für dich, Bruder Dauras«, gab der Abt zurück. »Ich fürchte nur, wir hätten deine besonderen Fähigkeiten brauchen können – dort, wo wir hingehen. Aber jetzt, wo sie der Gemeinschaft einmal nützlich wären, sind sie endgültig verloren.«

Dauras konnte den Abt nicht sehen. Es flirrte ihm vor den Augen. »Habt Ihr Eure Sorgen noch nicht zurückgelassen?«, fragte er.

»Wie könnte ich?«, entgegnete Garid. »Wo jener Ort, dem meine Sorgen gelten, mit jedem Tag näher kommt? Wir sind gegen meinen Willen aufgebrochen, und doch bin ich der Abt. Die ganze Verantwortung liegt bei mir. Am Ende werde ich die Last zu tragen haben. Ich würde mich besser fühlen, wenn derjenige, der die Dinge in Bewegung gesetzt hat, auch seinen Teil zur Lösung beitragen könnte.«

Dauras schloss die schmerzenden Augen. Er fühlte den Wind, roch die Seeluft. Hörte das Knattern der Segel. Immer noch sickerte das Licht durch seine Augenlider, ein lebendiges Rot, und die Sonne brannte ihm auf den Kopf.

Er hatte sich nie zuvor so leicht und so frei gefühlt. »Wisst Ihr, Garid«, sagte er. »Ich vermisse oft, was ich verloren habe. Aber ich glaube, wir wissen es beide: Der Weg, auf den meine früheren Talente mich gebracht haben, führte nirgendwohin. Dies hier ist für uns alle ein Neuanfang.

Und ich bin überzeugt, dass wir mehr gewinnen können, als wir aufgeben.«

Hragaud erwachte in der Nacht. Ein fast gerundeter Mond ergoss sein bleiches Licht über den Hügel und schuf ein geisterhaftes Bild von farblosen Umrissen und tiefen Schatten. Das Erste, was Hragaud wahrnahm, war ein Schaben und Schmatzen, als wären die Ghule aus den Grüften gestiegen, um sich auf dem Schlachtfeld am Fleisch der Gefallenen zu laben.

Er blieb reglos liegen und fühlte sich selbst wie einer der Toten – und sollte er nicht eigentlich tot sein? Doch der Druck auf der Brust war fort, er konnte frei atmen. Allmählich klärte sich auch sein Blick durch das aufgerissene Helmvisier.

Gebeugte Gestalten schlichen über den Hang. Er sah sie zwischen den Leichen wühlen. Die blasse Haut, die kantigen Konturen ließen im Mondlicht an lebendig gewordene Statuen denken – an die Figuren eines wahnsinnigen Bildhauers, der seinen Albträumen eine Form verlieh. Im Tal, jenseits der zertrümmerten Barrikade, hatten die Ungeheuer ein Lager aufgeschlagen. Noch mehr Trolle saßen dort in einem Kreis beisammen oder gingen umher und lachten, schnaubten, sprachen mit ihren rauen Stimmen.

Die unheimlichen Laute jedoch ertönten ganz in seiner Nähe, gleich hinter Hragauds Rücken. Der Helm beschränkte sein Blickfeld auf einen winzigen Ausschnitt, und er wagte nicht, sich umzudrehen. Aber was er vernahm, klang so widerwärtig, dass Hragaud es kaum aushalten konnte. Grauen stieg in ihm auf, und er musste die Zähne zusammenbeißen, um nicht aufzuschreien, aufzuspringen und sich dem Entsetzen zu stellen, was es auch kosten mochte.

Doch er beherrschte sich, ertrug die feuchten, reißenden Laute, das trockene Schaben, das immer näher auf ihn zuzukriechen schien …

Und das mit einem Mal verstummte. Hragaud hörte ein Rascheln. Stimmen ertönten in einer kehligen Sprache, die er nicht verstand. Diese Trolle mussten so nah bei ihm stehen, dass er sie hätte berühren können!

Langsam entfernten sie sich wieder, begleitet von leisem Quietschen und dem Stapfen schwerer Schritte. Hragaud atmete aus. Erst jetzt wurde ihm bewusst, dass er seit einer Weile die Luft anhielt. Er wollte sich herumwälzen, doch er hielt inne, als seine Rüstung knarrte. Bewegte nur vorsichtig den Kopf.

Dunkle Schatten zeichneten sich um ihn herum ab. Er brauchte einen Augenblick, um die Formen zu deuten, dann erkannte er die Umrisse toter Ritter, Trolle und leichter gerüsteter Menschen. Ein Stück weit entfernt machte er den Kadaver eines Pferdes aus – es musste Aldheides Ross sein. Die Trolle hatten es halb ausgeweidet, das Fleisch vom Knochen gelöst und auf einen der Wagen geladen, den sie nun talwärts schoben.

Hragaud sah die Gruppe davonziehen.

Der reglose Körper, der ihm am nächsten lag, musste Grasold Aldheide sein. Sein alter Freund und Weggefährte. Hragaud erinnerte sich, wie er ihn zuletzt gesehen hatte – in seinem eingedrückten Panzer. Die Trolle hatten die zusammengeballten Leiber anscheinend getrennt und sich zuerst mit dem ergiebigeren Pferd beschäftigt.

Hragaud selbst hatten sie einfach zur Seite gerollt und ihn liegen lassen, weil sie ihn wohl für tot gehalten hatten.

Er zweifelte nicht daran, dass die Bestien zurückkehren würden. Sie würden sich um alle kümmern, die auf dem Schlachtfeld geblieben waren. Er musste weg hier!

»Verzeih, alter Freund«, murmelte er in Aldheides Richtung.

Dann kroch er von ihm weg.

Daran, sich heimlich fortzuschleichen, war nicht zu denken. Hragaud trug immer noch die Rüstung. Die Teile rieben mit einem vernehmlichen Kratzen aneinander und machten seine Bewegungen schwerfällig. Er hielt inne und nahm erst einmal den Helm ab. So konnte er die Gegner beobachten.

Zum Glück war kein Troll in der Nähe. Die meisten saßen unten im Lager oder durchstreiften den Bereich, wo das Fußvolk gestanden hatte. Sie schleppten die toten Menschen an einen Fleck und schichteten sie auf einen Haufen. Hragaud sah, wie sie die Leichen entkleideten.

Die Gruppe mit dem Pferdefleisch verschwand zwischen ihren Kumpanen.

Hragaud kroch voran, so langsam, dass hoffentlich niemand die Bewegung bemerkte. Die Hügelkuppe war nicht weit, und dahinter würde er Deckung finden.

Ein Gefallener lag ihm im Weg, und Hragaud änderte ein wenig die Richtung. Aus der Nähe erkannte er einen Fußknecht mit eisenbestickter Lederweste. Der Schädel war eingeschlagen, und die Gestalt lag so verdreht da, als wären alle Knochen im Leib gebrochen.

Hragaud streckte die Hand aus, tastete über den Gürtel des Toten und steckte dessen Dolch ein. Er hatte noch andere Waffen im niedergetrampelten Gras gesehen, doch diese Klinge war als Einziges klein genug, dass er sie unauffällig mitnehmen konnte.

Hinter dem Hügel blieb Hragaud einen Augenblick lang liegen und lauschte. Niemand war ihm gefolgt. Er rutschte weiter den Hang hinunter, setzte sich dann auf und versuchte, die Rüstung abzulegen. Ohne die Hilfe eines Knappen war das fast unmöglich.

Hragaud schnitt die Lederriemen durch, die die einzelnen Teile der Brünne befestigten. Endlich schaffte er es, beide Beine zu befreien und den rechten Arm. Am linken Arm hatte sich das Ellbogengelenk der Rüstung derart verzogen, dass Hragaud den Arm zwar bewegen konnte, aber den Panzer dort nicht auseinanderbekam. Es gelang ihm nur, den Panzerhandschuh abzustreifen: Da saß er nun, von der Halsberge bis zur Hüfte in eine sperrige Brünne gehüllt, mit einem dick gepanzerten Arm und drei dürren Gliedmaßen, die wie bei einem dicken Käfer aus dem Körper ragten.

Er humpelte im Mondlicht über die Ebene, so schnell er es vermochte. Was für einen grotesken Anblick er bieten musste, für jemanden, der seinen Schattenriss aus der Ferne wahrnahm.

Fast hätte er gelacht, doch es lag Verzweiflung in dieser Heiterkeit.

Bregars Heer erreichte Reppelen nach gut drei Tagen – in einem Gewaltmarsch, bei dem das Fußvolk erschöpft hinterdreinstolperte. Dabei lag der größte Teil des Weges noch vor ihnen!

Der überstürzte Aufbruch hatte sie einiges gekostet, nicht nur den Sieg in der Stadt. Sie waren schlecht ausgerüstet, und es fehlte die Zeit, um Vorräte zu sammeln. Die Verbündeten, die sie im Umland gewonnen hatten, suchten ohnehin das Weite – keiner der fremden Ritter und Grafen, die Bregar bei seinem Krieg in Horome unterstützt hatten, zeigte sich gewillt, fern im Osten für ihn zu kämpfen. Sogar eigene Männer musste er zurücklassen – Besatzungstruppen in den Kastellen am Fluss, und vermutlich die eine oder andere Schar, die in der Stadt versprengt worden war.

Egal.

Wichtig war nur, dass die Hauptmacht des Heeres dorthin kam, wo sie gebraucht wurde.

Zwischen Barimbold an Ferriac und Eudoxios an Cradin ritt Bregar in den letzten Marktflecken, die letzte Grafschaft der westlichen Reichshälfte hinein. Irgendwo dahinter begann bereits das Land des Mahdi.

»Da sind wir also«, sagte er zu seinen Begleitern. »Mit all unseren Truppen. Macht das Beste daraus, setzt den Grafen unter Druck und bleibt so lange, bis ihr ein Höchstmaß an Unterstützung aus ihm herausgepresst habt. Jetzt, wo das Amradim in Aufruhr ist, könnt ihr den Rest des Weges nicht auf Nachschub hoffen.«

»Ihr kennt den Grafen von Reppelen gut«, erwiderte Eudoxios. »Ihr wisst besser als wir, wie man mit ihm umgeht.«

Bregar schüttelte den Kopf. »Ich verlasse Euch heute.«

Barimbold und Eudoxios starrten ihn entsetzt an.

»Das könnt Ihr nicht tun, Bregar!«, rief an Ferriac. »Das Heer braucht seinen Führer in dieser dunkelsten Stunde!«

»Eine Stunde, die ich zu verantworten habe«, gab Bregar zurück. »Ich habe unsere Krieger aus Barrat fortgeführt, obwohl sie dort dringend gebraucht werden. Ich habe so viele Fehler gemacht – vielleicht wird Bponur Euch gewogener sein, wenn wir uns trennen.«

»Unsinn«, knurrte Eudoxios. »Wir haben alle Fehler gemacht. Wenn sich jeder Anführer, der einmal eine Schlacht verloren hat, aus Scham davonstiehlt, wird uns das gewiss nicht stärker machen.«

»Jeder hat Fehler gemacht«, gab Bregar zurück. »Aber nicht jeder hat einen Sohn verloren.«

»Das Heer braucht Euch!«, sagte an Ferriac.

»Mein Sohn braucht mich!«, entgegnete Bregar. »Einer fiel in Horome, den konnte ich nicht retten. Den anderen vielleicht schon. Ich will nach Zomer ziehen und versuchen, ihn zu befreien.«

»Aber das Heer!«, sagte Eudoxios. »Das Amradim! Wie könnt Ihr Euch auf einen persönlichen Feldzug begeben, wenn die Zukunft unserer Heimat auf dem Spiel steht?«

»Wisst Ihr, Eudoxios«, gab Bregar ruhig zurück. »Das war von Beginn an mein Fehler. Ich habe nie getan, was nahelag, sondern habe immer auf das große Ziel in der Ferne geschaut. Doch es war Anmaßung, zu glauben, dass das Schicksal des Reiches allein in meinen Händen liegt. Und Bponur bestraft jene, die nicht wissen, wo ihr Platz ist.«

»Wir ziehen ohnehin Richtung Zomer«, gab Barimbold zu bedenken. »Ihr könnt Euren Sohn dort mit dem ganzen Heer befreien – und den Mahdi gleich mit unterwerfen.«

Bregar lachte bitter. »Was schert es den Dieb, wenn man seine alte Hütte niederbrennt, während er sich gerade in einem Palast einrichtet? Der Mahdi steht bereits im Amradim, und das ist tausendmal reicher als sein bisheriges Land. Wir würden ihm nur Zeit verschaffen, seinen Griff auf unsere Heimat zu verstärken, wenn wir uns in Zomer aufhalten.«

»Wir können das später klären«, befand Eudoxios. »Wenn Ihr nach Zomer wollt, könnt Ihr zumindest bis zur Kleide mit dem Heer marschieren.«

»Seid doch nicht so einfältig, Eudoxios«, beschied Bregar den Marschall. »Erinnert Euch an den Hinweg. Die Krieger des Mahdi werden uns beobachten, sobald wir die Grenze überschritten haben. Wenn ich unbemerkt nach Zomer gelangen will, muss ich Euch vorher verlassen und eine andere Route wählen. Während die Aufmerksamkeit des Mahdi auf das Heer gerichtet ist, kann ein einzelner Mann hinter seinem Rücken vorbeischlüpfen.«

Hragaud hatte erwogen, bei Nacht zu marschieren und sich tagsüber zu verstecken. Doch dann fiel ihm ein, dass Trolle Geschöpfe der Dunkelheit waren. Das Sonnenlicht blendete sie.

Also lief er nur in der ersten Nacht. Sobald er weit genug vom Hügel weg war, schälte er sich mühsam aus den letzten Teilen der Rüstung und setzte den Weg fort. Am Morgen war er so erschöpft, dass er sich nur noch dahinschleppte und immer wieder rasten musste. Dennoch versuchte er von nun an, bei Tage unterwegs zu sein und nachts zu rasten.

Er trug nur den ganz dünnen Unterkittel und die weichen Lederschuhe, die zuvor als Schutz unter den Panzerstiefeln gedient hatten. Außerdem besaß er noch den Dolch, den er dem toten Fußknecht abgenommen hatte. Einmal entdeckte er auf seinem Weg einen winzigen Bach, kaum handbreit, der am Fuß einer Anhöhe entsprang und sich durchs Gras schlängelte.

Hragaud stillte seinen brennenden Durst und trank, bis er fast zu platzen drohte. Er hatte keine Möglichkeit, einen Vorrat an Wasser mitzunehmen, und als er mühsam weiterwankte, fragte er sich, ob die weitere Flucht einen Sinn hatte. Warum war er nicht einfach liegen geblieben neben seinem Freund Grasold und hatte gewartet, bis die Trolle zu ihm zurückkehrten?

Warum hatte er überhaupt überlebt? In seinen dunkelsten Augenblicken, vor allem nachts, wenn er sich im Gras verkroch und die bittere Kälte ihm in den ungeschützten Leib biss, wünschte er, er wäre in der Schlacht gefallen – ein ritterliches Ende.

Doch er dachte mit Grauen an die Bestien, die Mensch und Tier gleichermaßen ausgeweidet hatten wie Schlachtvieh. Der Tod in diesem Land war ohne Würde. Also versuchte er, die Richtung beizubehalten und irgendwie in den Westen zu marschieren.

In der dritten Nacht nach seiner Flucht vom Schlachtfeld weckte ihn nicht die Kälte, sondern ein Trommeln in der Ferne. Der Mond war nun vollständig gerundet und hing über der Steppe wie ein fetter, prall gefüllter Sack. Unter dem kränklichen Leuchten stieg der Trommelschlag zum Himmel auf wie eine Beschwörung an das Nachtgestirn. Hragaud kauerte im Gras, zog die Beine an den Körper und erschauerte.

Endlich raffte er sich auf.

Er schlich in die Richtung, aus der der Lärm kam, bis er neben dem Getrommel auch noch Rufe und Stimmen hörte. Trolle, ohne Frage – aber er hatte keine Wahl. Er war verloren in der Wildnis. Vielleicht fand er im Lager der Feinde Vorräte, Wasser, Werkzeug oder irgendetwas, was ihm weiterhalf. Er konnte sich einfach verstecken und einsam sterben – oder um das Leben zu kämpfen, das Bponur ihm bisher so ungefragt erhalten hatte.

Hragaud kroch im hohen Gras vorwärts wie eine Schlange, so langsam, dass die Halme weder raschelten noch ihre Bewegung ihn verriet. Immer wieder lauschte er, und bald vernahm er auch Schritte und das Schnauben von Tieren.

Er versuchte, abzuschätzen, wo die Feinde sich befanden. Im Morgengrauen blickte Hragaud von einer kleinen Bodenerhebung hinab in eine Senke, in der grobe Zelte, Zäune aus krummen Stecken und Pferche mit allerhand Tieren standen – Rinder mit langem Fell und gefährlich aussehenden

Hörnern, dazwischen Pferde und Ochsen, die ohne Zweifel erbeutet worden waren.

Das Gras um das Lager war niedergetrampelt oder abgefressen, doch im weiteren Umkreis stand es hüfthoch. Hragaud blieb liegen und spähte zwischen den Halmen hindurch auf die freie Fläche.

Etwa fünfzig Trolle saßen dort um heruntergebrannte Feuerstellen. Es war still geworden. Einer von ihnen stand auf, eine plumpe Gestalt, die sich Felle umgehängt hatte und auf dem Kopf einen Hut aus geflochtenem Gras und Federn trug, der aussah wie das Nest eines Geiers.

Der Troll in seiner bizarren Aufmachung hob die Arme, und die fast nackten grauen Kreaturen um ihn herum klatschten rhythmisch in die Hände. Der herausgeputzte Troll spie Worte aus, eine knacksende, leiernde Rede, immer wieder übertönt von Zurufen. Es musste eine Art Schamane sein.

Der Trollschamane ging auf ein Zelt zu und schlug die Zeltbahn zurück. Eine hohe, schlanke Trollgestalt trat heraus. Sie trug ein geflecktes Rinderfell um die Schultern, und in der Hand hielt sie ein dick in Felle gewickeltes Bündel. Hragaud kniff die Augen zusammen. Im Licht des Morgenrots musterte er die entstellten Züge des neuen Trolls. Das schrundige Steingesicht mit den tief liegenden Augen war ein wenig feiner geschnitten als das der Trolle, die sich um die verglimmenden Feuerstellen drängten.

Ein Trollweib, vermutete Hragaud.

Der Schamane führte die Trollin aus dem Zelt und zum Feuer. Sie umklammerte das Bündel, hielt bei jedem Schritt inne und sah zur Sonne, die sich über den Horizont schob. Sie wirkte furchtsam.

Der Schamane sprach auf sie ein und nahm ihr das Bündel ab.

Dann wickelte er es aus und barg es in den Armen. Hragaud sah blaue Haut zwischen den Fingern des Trollschamanen aufblitzen, er hörte einen kurzen Schrei, ein Brabbeln, das rasch verstummte …

Schließlich hob der Schamane das ausgewickelte Bündel in die Höhe, gerade als die Sonne sich mit ihrer ganzen Kraft zum Himmel erhob, ihr rötliches Gewand abstreifte und hell und golden über das Land strahlte.

Ein Säugling!

Hragaud hielt den Blick darauf geheftet. Der Schamane barg einen riesenhaften Säugling in den Händen, die wie zu einer Wiege aneinandergelegt waren. Die kleine Gestalt war himmelblau, hatte einen großen Kopf mit runden Augen, und wenn es das Kind des Trollweibs war, so konnte man jedenfalls keine große Ähnlichkeit erkennen.

Die Mutter sah zu dem Geschöpf auf, entsetzt und gebannt zugleich.

Der Säugling schrie! Mit heller und durchdringender Stimme. Hragaud sah, wie Rauch von dem Körper aufstieg. Die blaue Haut färbte sich, wo die Sonnenstrahlen darüberstrichen, als würde ein Feuer darunter wüten. Der Säugling wand sich und brüllte, die Mutter streckte die Hand nach ihm aus, aber der Schamane hielt sie zurück.

Er badete das Trollkind im Sonnenlicht, während es zappelte und unter Bponurs Auge verbrannte. Die übrigen Trolle sprangen auf, schwangen ihre Waffen und johlten. Der Schamane erhob erneut die Stimme.

Dann wandte er sich, das Trollkind auf dem Arm, von der Sonne ab und wickelte den kleinen Körper sorgfältig wieder in die Felle. Hragaud sah noch die Spuren auf der zarten Haut – rote, graue und schwarze Flecken und Krusten. Schließlich nahm das Trollweib das Kind wieder an sich und floh damit ins Zelt.

Die Trolle gerieten außer sich. Sie zogen eingeölte Lederschläuche hervor, die prall gefüllt waren. Sie gossen eine Flüssigkeit daraus in Schalen, hoben sie wie zum Gruß und tranken. Die Schläuche machten die Runde, die Trolle grölten, schlugen sich auf die Schulter und redeten alle durcheinander.

Der Schamane stieß ein Wort hervor wie einen scharfen Befehl, und zwei der Bestien schleppten einen Menschen aus einem anderen Zelt! Hragauds Augen weiteten sich vor Entsetzen. Der Gefangene war nackt, der Körper übersät mit blauen Flecken und Quetschungen. Die Hände waren ihm mit einem Strick auf den Rücken gebunden worden, und seine Schinder zogen ihn an grob an den Haaren.

Sie brachten ihn vor den Schamanen. Der zog sein Messer – Hragaud erkannte die abgebrochene Klinge eines Schwertes, die einen Holzklotz als neuen Griff bekommen hatte. Die beiden Trolle hoben den zappelnden Menschen hoch, und der Schamane schnitt ihm die Kehle durch.

Einer der Trolle stemmte den Körper empor und ließ sich das noch warme Blut in den Rachen laufen. Sein Kumpan zog ihn am Arm und verlangte seinen Anteil. Im Nu drängten sich weitere Trolle heran und balgten sich um die frische Leiche und rissen Stücke heraus.

Der Trollschamane zog sich zurück. Der Rest des Stammes feierte und schmauste im Morgenlicht.

Hragaud würgte. Langsam kroch er wieder ins hohe Gras zurück. Alle seine Pläne waren vergessen. Er nahm Reißaus von diesem Ort und hielt nicht mehr inne, bis er in der Mittagshitze vor Erschöpfung liegen blieb.

Die Verbrannten feierten. Critaan beobachtete aus der Deckung heraus, wie sie soffen und fraßen und miteinander rauften, wie sie grölend zwischen den Zelten tanzten oder ihre Gefangenen vorführten.

Critaan umklammerte seine Axt und biss die Zähne aufeinander.

Als er Hragauds Banner vor über einem Monat verlassen hatte, war alles noch anders gewesen. Einen Haufen Trollweiber und Trollbrut hatten sie aufspüren sollen. Doch in der zweiten Nacht waren sie in einen Hinterhalt geraten: Zwei der Verbrannten schlichen sich an ihr Lager heran, die Menschen verloren zwei Reiter und einen von Critaans Jägern. Danach hatte es Streit gegeben. Die übrigen Reiter wollten umkehren, aber Critaan hatte eine Spur.

Am Ende waren sie getrennter Wege gegangen. Critaan zog mit seinen Männern über die Steppe, fast einen Monat lang. Zweimal waren sie überfallen worden. Critaan schickte die Verwundeten stets mit ein paar Begleitern zurück, bis er schließlich allein war – doch erst als ihm auffiel, dass die Fährte, der er folgte, in einem Bogen zu dem großen Heer zurückführte, da war ihm klar geworden, was hier vorging.

Er hatte versucht, sich durchzuschlagen. Aber das Heer der Menschen war schon weiträumig eingekreist, und Critaan schaffte es nicht, an den Patrouillen der Verbrannten vorbeizukommen. Ob wohl einer seiner Kameraden das Lager erreicht hatte?

Egal. Die Beute bei den Trollen, Pferde, Zugtiere, Wagen, sagte ihm, dass es am Ende alle erwischt hatte.

Critaan zweifelte nicht, dass die Weiber und Kinder, denen er gefolgt war, irgendwo in diesen Zelten saßen, wieder vereint mit ihren Kriegern. Sie waren ihm entwischt.

Zur Mittagsstunde zogen sich die Trolle in den Schatten der Zelte zurück.

Critaan schlich von der Südseite heran. Hier hielt sich keiner der Verbrannten auf, und wenn doch einer in seine Richtung schaute, würde es ihm schwerfallen, gegen das strahlende Licht etwas zu erkennen.

Critaan legte sich ganz flach auf den Boden und kroch um die ersten Zelte herum, bis er zu einem windschiefen Verschlag aus Holz und Häuten am westlichen Rand des Lagers gelangte. In der Deckung dieses Unterschlupfs richtete er sich auf und lauschte. Er hörte dumpfe Trollstimmen von der Nordseite des Baus her und er hörte andere, weichere Stimmen aus dem Inneren.

Critaan durchtrennte eine Naht und zwängte sich durch die Öffnung.

»Pssst.« Er sah sich um. Acht Gestalten kauerten dicht zusammengedrängt im Halbschatten des winzigen Zeltes. Die Luft war so dick und so stickig, als wollten die Trolle ihre Gefangenen an Ort und Stelle garen.

Die Menschen blickten auf. »Einer von uns!«, rief eine Frau.

»Sei still, Weib«, zischte ein grobschlächtiger Mann, der einen blutdurchtränkten Verband um den Kopf geschlungen hatte.

»Was soll's?«, warf ein anderer ein. »Die Bestien verstehen ohnehin nichts. Für sie ist es gleich, ob wir hier drin reden oder schreien oder vor Schmerzen wimmern.«

Schnell schnitt Critaan ihre Fesseln durch. Es gab keinen Krieger unter diesen Menschen und keinen Angehörigen seines Volkes. Die Gefangenen gehörten zum Tross des Heeres.

»Folgt mir«, sagte er. »Kein Ton, wenn wir draußen sind. Bewegt euch geduckt.«

»Geht nur …« Einer der Gefangenen zog ein Bein an und wies auf den Blutfleck an der Hose. »Ich kann nicht laufen. Ich bleibe und führ Selbstgespräche. Dann glauben sie vielleicht noch 'ne Weile, dass wir alle hier sind.«

»Das kannst du nicht tun, Sakis.« Die Frau fasste nach seiner Hand.

Critaan wechselte einen Blick mit dem Verletzten und nickte. »Deine Entscheidung ist klug … und ehrenhaft.«

»Ehrenhaft?« Der Mann schnaubte. »Bin ich etwa ein Ritter? Wer weiß, vielleicht lassen sie mich gehen.«

Critaan starrte ihn fassungslos an.

»Nein, im Ernst«, sagte der Verwundete. »Sie haben schon andere freigelassen. Schauen den Menschen in die Augen und aufs Gebiss wie die Viehhändler. Wenn ihnen nicht gefällt, was sie sehen, schicken sie einen weg. Mögen kein schlechtes Fleisch, wie mir scheint …«

Critaan wandte sich ab. Er kämpfte bereits seit Jahren gegen die Verbrannten, und er hatte es nie erlebt, dass sie Gefangene freiließen.

Critaan hielt die Zeltplane auf, bis der Letzte hindurchgekrochen war. Dann folgte er ihnen und setzte sich draußen an die Spitze der kleinen Gruppe. Er hörte den Verletzten im Zelt leise singen. Es war ein Trinklied, das Critaan oft beim Tross gehört hatte, aber heute fehlte dem Gesang jede Fröhlichkeit.

Unbemerkt schafften sie es ins hohe Gras. Kaum waren sie dort, fing der Mann mit dem Kopfverband an zu rennen. Einer der anderen wollte ihm etwas hinterherrufen, doch Critaan bemerkte es gerade noch rechtzeitig und hielt ihm den Mund zu. »Wenn du schreist, bringst du uns alle um«, zischte er.

»Wir sollten alle loslaufen«, flüsterte die Frau. »Je mehr Vorsprung wir am Tag gewinnen, umso besser unsere Aussichten. Teofis hat schon recht.«

»Teofis wird sterben«, gab Critaan barsch zurück. »Keiner kann vor den Verbrannten davonlaufen. Wir brauchen Pferde!«

Die Fliehenden schauten ihn an. Dann blickten sie zum Lager. Critaan konnte sehen, dass ein paar von ihnen um nichts auf der Welt wieder in die Nähe der Bestien wollten.

Die Frau schüttelte den Kopf. »Ich gehe mit Teofis«, sagte sie. »Ich versuche mein Glück lieber zu Fuß. Ich bin das Laufen gewöhnt.«

»Sei doch nicht dumm, Weib«, entgegnete ein anderer. »Der Bursche ist einer von unseren Spähern. Der weiß, wie's läuft.«

Doch sie duckte sich ins Gras, und ein weiterer Mann schloss sich ihr an. Jetzt blieben nur noch vier Fliehende bei Critaan.

Der presste die Lippen aufeinander. Dann musterte er seine Begleiter. »Sie hinterlassen eine gute Spur. Wenn wir Glück haben, folgen die Verbrannten der leichteren Beute. Das verbessert unsere Aussichten.«

»Ja«, knurrte einer der Männer. »Aber erst mal müssen wir mit den Pferden lebend da rauskommen.«

Sie schlugen einen kleinen Bogen und näherten sich dem Pferch der Tiere auf der anderen Seite des Lagers. Critaan prüfte die Windrichtung und ging ein wenig weiter.

Die Rinder der Verbrannten grasten auf einer Weide. Die Tiere der Menschen standen dicht gedrängt in einer Umzäunung, die aus Holzstangen und Stricken behelfsmäßig zurechtgezimmert war. Sie wirkten unruhig.

Critaan näherte sich geduckt und achtete darauf, dass die Tiere ständig zwischen ihnen und dem Lager der Bestien waren.

»Ohne Sattel kann ich nicht reiten!«, flüsterte einer der Gefangenen.

»Das wirst du aber müssen, Ranir«, antwortete ein anderer gutmütig. »Ich glaube, die Trolle haben die Sättel längst zu ihren Vorräten gebracht.«

Critaan sah die beiden an und hob den Finger an die

Lippen. Dann legte er eine Hand auf den Zaun. Die Pferde schnaubten und tänzelten.

Der erste seiner Begleiter – er sah aus wie ein Händler – trat vor und schob den Grôta zur Seite. »Lass mich«, sagte er. »Ich kann mit Tieren.«

Er zog eine Zaunstange heraus, stieg über den Zaun und ging zwischen den Tieren umher. Er berührte die Pferde, beruhigte sie durch leises Murmeln und führte sie zur Seite. So trennte er die Reittiere von den Zugtieren. »Ich nehme an, die sind …«

Ein Brüllen schnitt ihm die Worte ab. Gleich hinter ihm sprang ein Troll auf, der zusammengerollt und halb eingegraben im Pferch gelegen hatte. Es war, als wäre ein Felsblock plötzlich zum Leben erwacht. Selbst Critaan hatte die Bestie zwischen den Tieren nicht ausmachen können.

Der Verbrannte hieb mit der kantigen Faust zu und zertrümmerte dem Mann vor ihm den Schädel. Die Wucht des Faustschlags zermalmte auch noch den Oberkörper, und der Händler ging zu Boden.

Die Pferde rannten gegen den Zaun, sie wieherten angstvoll, die Ochsen brüllten. Vom Lager der Trolle her drangen raue Rufe.

Critaan sprang vor. Er rollte sich zwischen den Läufen eines Zugochsen hindurch und trieb dem Troll die Axt mit Wucht in die Ferse. Die harte Haut klaffte auf, das schmale Blatt durchtrennte eine Sehne.

Der Verbrannte brüllte erneut, diesmal vor Schmerz. Er wankte. Ein Pferd galoppierte in wilder Raserei von der anderen Seite auf ihn los, und der Troll kippte um. Critaan sprang auf. Der Troll ruderte auf dem Boden mit den Armen, schlug wütend um sich, doch dadurch versetzte er die Tiere nur noch mehr in Panik. Im Getrappel der Hufe kam er nicht hoch.

Critaan zwängte sich zwischen den Tieren hindurch und hieb dem Troll mehrmals wuchtig die Axt in die Schläfe. Der Knochen brach, und der Verbrannte blieb regungslos liegen.

Schon hatten die Ochsen die Umzäunung an einigen Stellen durchbrochen. Die Trolle im Lager griffen nach ihren Waffen und rannten herbei. Ein Augenblick, und alles wäre verloren – die Tiere durchgegangen, die Menschen stünden ohne Deckung da.

Der vierte unter den Fliehenden, ein würdiger alter Herr mit einer blonden Lockenperücke und in einem roten Gehrock, schüttelte den Kopf. »Dann ist es wohl an mir«, sagte er und zog die Jacke aus.

Seine beiden Begleiter fassten ihn an den Armen und wollten ihn zurückhalten.

»Nein«, riefen sie. »Nein. Galveder! Mach keinen Unsinn!«

Der Alte wehrte sie ab. »Ihr solltet euch lieber ein Pferd fangen, bevor alle weg sind«, tadelte er seine Freunde. »Lebt wohl, und bringt die Erkenntnisse dieser Reise zurück zum Institut. Ich bedauere nur, dass wir den Weg nicht zu Ende gehen konnten.«

Dann schwang er die Jacke, ließ sie über dem Kopf kreisen und rannte schreiend zu den grasenden Rindern auf der offenen Weide. »Hei! Hei! Hei!«

Verzweifelt hielt Critaan eines der Pferde fest. »Helft mir«, rief er. »Kennt sich jemand aus mit diesen Tieren?«

Die beiden letzten Fliehenden sahen ihrem davoneilenden Freund nach. Widerstrebend wandten sie sich schließlich ab.

»Ich, ein wenig.« Der Mann, den sie vorhin Ranir genannt hatten, ein nicht sehr großer schlanker Mann in den Dreißigern, mit wirren roten Haaren um eine Halbglatze, trat zögernd auf die Tiere zu.

Sein Gefährte, ein gesetzter Herr mit Hut und in schwarzem Anzug, schob ihn entschlossen zur Seite. »Lass mich das machen, Ranir. Ich bin Ritter. Ich bin mit Pferden aufgewachsen.«

»Du hast vor dieser Reise noch nie die Stadt verlassen!«, rief Ranir empört. »Und daheim in Horome hast du dich kaum getraut, in eine Droschke zu steigen.«

»Trotzdem«, widersprach sein Begleiter. »Einem Ritter liegt das im Blut.«

Die beiden suchten sich jeder ein Pferd. Es waren die ruhigsten Tiere, denn die anderen waren längst fort oder gebärdeten sich derart wild, dass man sich ihnen nicht nähern konnte.

Die Trolle, die aus dem Lager heranstürmten, rannten auf die Weide zu. Die Rinder dort schnaubten aufgeregt und setzten sich langsam in Bewegung, während der Mensch mit der wild wirbelnden Jacke schreiend zwischen ihnen umherrannte. Für die Trolle war er der einzige Gegner, den sie sofort sahen – und die eigenen Rinder, die er davonzujagen drohte, waren für sie vermutlich wichtiger als die erbeuteten Tiere.

Critaan nahm eine Handvoll Stricke von dem niedergetretenen Zaun. Er machte daraus Schlingen, warf sie den Pferden über und zog die Tiere hinter sich her.

»Kommt«, rief er seinen Begleitern zu und versuchte, die Stimme ein wenig zu dämpfen. »Kommt, solange euer Freund sie ablenkt. Um alles andere kümmern wir uns später.«

Am Abend machten sie Rast. Aus den Stricken hatten sie behelfsmäßige Halfter gewunden, aber sie mussten ohne Sattel reiten. Jetzt schaffte Critaan es kaum, vom Pferd zu steigen, und seinen Begleitern erging es nicht besser – auch wenn der schwarzgekleidete Herr alles tat, um von seinen aufgescheuerten Beinen abzulenken und sich nichts anmerken zu lassen.

»Wir müssen ein Feuer machen«, sagte er.

Critaan schüttelte den Kopf. »Ich habe keine Verfolger bemerkt«, sagte er. »Und ich will, dass das so bleibt. Die Nacht gehört den Verbrannten.«

»Reicht unser Vorsprung?«, fragte Ranir, der jüngere der beiden Städter.

»Für heute Nacht vielleicht«, gab Critaan zurück. »Aber wir müssen noch viel weiter weg, ehe wir uns sicher fühlen können.«

Er führte sie auf eine Senke zu, die mit dornigem Gestrüpp bewachsen war. Dort blieb er einen Augenblick stehen und lauschte, bevor er eine geschützte Stelle fand, an der sie sich niederließen.

Ranir ächzte, als er sich auf den Boden setzte. Dessen Begleiter half Critaan, den Pferden das Zaumzeug abzunehmen und die Stricke zu lösen, sodass sie die Pferde zum Grasen anbinden konnten.

»Ich möchte mich für die Rettung bedanken.« Der Mann streckte Critaan die Hand hin. »Wenn ich mich vorstellen darf: Draba von Klanden. Gelehrter der Naturkunde aus Horome.«

Critaan starrte verständnislos auf die Hand.

»Mein junger Begleiter …«, der Schwarzgewandete wies auf den kleineren Burschen mit dem wirren roten Haarkranz, »… ist mein geschätzter Kollege Ranir Maulsgassen.«

»Ihr gehörtet zum Tross«, stellte Critaan fest und blickte fragend von einem zum anderen. »Womit habt ihr gehandelt?«

»Hör mal!« Draba stemmte die Hände in die Hüften. »Ritter handeln nicht! Wir haben uns dem Zug angeschlossen, um unsere eigenen Ziele zu verfolgen.«

Critaan musterte den Mann von oben bis unten. Er wusste, was ein Ritter war – in den letzten Monaten hatte er ein paar von denen gesehen. »Du hast gekämpft?«, fragte er. »Beim Tross?«

Der Mann schüttelte den Kopf. Er erzählte Critaan allerhand vom Unterschied zwischen dem Ritterstand und der ritterlichen Profession, und von einem Weltwissenschaftlichen Institut in Horome, das Geld für dieses Unterfangen beigesteuert hatte.

Zwei von acht Gefangenen hatte er retten können. Jetzt fragte er sich, ob es auch die richtigen waren. Er sammelte Gras, um ihr Lager auszulegen. Die Nächte waren kalt, und auf dem harten Boden wurde es noch kälter.

Schließlich saßen sie beisammen, starrten vor sich hin, und Ranir Maulsgassen brach das Schweigen.

»Ich wollte, wir hätten etwas zu essen. Oder wenigstens Wasser!«

»Wir werden einen Tag darauf verzichten müssen«, befand Critaan.

Draba seufzte. »Es ist ein weiter Weg nach Hause.«

»Ich gehe nicht nach Hause«, verkündete Critaan.

Die beiden anderen Männer starrten ihn an.

»Wo willst du dann hin in dieser Einöde?«, fragte Ranir.

»Diese Steppe ist die Heimat meines Volkes«, sagte Critaan. »Die Verbrannten haben unsere Vorfahren vertrieben. Wir Grôta, wir haben uns eurem Häuptling angeschlossen, damit wir unser Land zurückgewinnen.«

»Nun«, sagte Draba vorsichtig. »Ich denke, diesen Plan können wir als gescheitert ansehen.«

Critaan blitzte ihn an. »Vielleicht kann ein Mann erreichen, woran viele gescheitert sind. Indem er nicht gegen die Blätter kämpft, sondern den Stamm an der Wurzel packt.«

»Ein Mann kann gegen Blätter kämpfen oder gegen Bäume«, gab Ranir nachdenklich zurück. »Aber ich fürchte, dass er schon gegen einen einzelnen Troll verloren ist.

Obwohl du dich tapfer geschlagen hast, wie ich zugeben muss.«

Critaan legte sich auf sein Lager aus dickem Gras. »Es gibt eine Legende bei meinem Volk«, sagte er. »Die Verbrannten waren nicht immer hier. Die Grôta lebten in Frieden, bis eines Tages, weit im Osten, ein Tor aufgestoßen wurde. Ein Tor in die Welt der Dämonen. Von dort strömten die Verbrannten herein, in so großer Zahl, dass wir Menschen sie nicht besiegen konnten. Doch ein einzelner Mann kann sich womöglich durch ihre Reihen schleichen und das Tor verschließen.«

Die drei saßen einen Augenblick lang schweigend da.

»Und du willst dorthin?«, fragte Ranir schließlich.

Critaan nickte. »Das ist meine Bestimmung«, sagte er. »Ich werde weitergehen bis an den Rand der Welt und sehen, ob ich nicht doch etwas für mein Volk tun kann.«

»Nun …«, setzte Draba an. »Zum Rand der Welt wollten wir auch.«

Critaan schaute ihn an. Es war so dunkel geworden, dass man zwar noch die Gesichter erkennen, aber nicht mehr in ihren Zügen lesen konnte.

Schließlich war es Ranir Maulsgassen, der weitersprach: »Das Institut hat lange mit anderen Gelehrten darüber gestritten, wie unsere Welt beschaffen ist. Als wir von diesem Kriegszug hörten, der so weit von Horome fortführt wie andere Unternehmung zuvor, da hielten wir das für eine günstige Gelegenheit. Unter dem Schutz der Ritter wollten wir den Rand der Welt erreichen und dahinterblicken.

Wir hatten so viel Ausrüstung auf den Wagen … alles verloren. Alles verloren.« Seine Stimme wurde leiser und verstummte ganz.

»Ich gebe euch die Vorräte«, sagte Critaan. »Und zwei von den Pferden. Dann könnt ihr versuchen, in den Westen zu fliehen. Aber ich muss meinen Weg bis zum Ende gehen.«

Die beiden Gelehrten blickten einander an. Ranir erschauerte so, dass man es sogar in der Dunkelheit bemerkte.

»Die Berge sind weit fort«, stellte schließlich Draba von Klanden fest. »Zwei Monatsreisen. Und überall laufen jetzt Trolle umher …«

»Du willst uns wirklich nicht begleiten?«, fragte Ranir. »Wir bezahlen dich gut, wenn du uns heimwärts führst.«

Critaan schüttelte den Kopf. »Ich habe euch befreit – für all die, die ich nicht retten konnte. Aber ich kann nicht von meinem Weg abweichen.«

Die Gelehrten tauschten wieder einen Blick. »Wir sind so weit gekommen …«, sagte Draba. »Wie lange kann es noch dauern, bis wir das Ende der Welt erreichen?«

Ranir nickte. »Wir könnten den Grôta begleiten«, sagte er. »Vermutlich ist es sogar sicherer, wenn wir mit ihm ein Stück in die Wildnis ziehen und dann gemeinsam umkehren.«

»Und wir könnten doch noch ans Ziel unserer Reise gelangen«, fügte Draba hinzu. »Galveder würde das gefallen.«

»Wir würden unseren Kollegen ehren«, bestätigte Ranir. »Und Ergebnisse mit nach Hause bringen.« Er wandte sich an Critaan. »Wir kommen mit dir. Wohin der Weg uns auch führt – ich nehme an, zu dritt sind unsere Aussichten besser als getrennt.«

16. KAPITEL

26. August 963 – Horome

In den östlichen Stadtvierteln

Meris und Sortor hatten der Kaiserin abgeraten. Aber Aruda Callindrin Beahad bestand darauf, sich ihre Stadt mit eigenen Augen anzusehen. In den letzten Tagen hatte der Kurierdienst Kundschafter ausgeschickt, dann Abordnungen der kaiserlichen Garde. Sie hatten sich vergewissert, dass nicht allein die Ritter aus dem Osten abgezogen waren, sondern auch die übrigen fremden Truppen.

Was nicht bedeutete, dass die Straßen nun sicher waren. Das waren sie nie gewesen, und niemand wusste, was man in der vom Krieg heimgesuchten Stadt jetzt zu erwarten hatte.

Doch es war der Wille der Kaiserin, also wurde eines der alten Fährboote zum Osthafen der Insel geschafft. Zuerst setzte die gesamte Drachen-Kompanie über den Fluss – mehr als hundert schwer bewaffnete Reiter. Anschließend folgte die Monarchin in einer Sänfte, begleitet von sechzig Gardisten. Eine Galeasse lag vor dem Ostufer und gab ihnen Rückendeckung.

Es war ein trüber Tag im August. Dunkle Wolken hingen über dem großen Strom und kündigten Regen an. Aber noch war die Luft schwül und drückend. Meris schwitzte unter ihrem Wams aus festem Leder. Sortor hatte ihre eigene Sänfte gegen ein Maultier getauscht – eine Geste der Demut in Gegenwart der Kaiserin. Ihr Mann Stard stand bei ihr, die Hand auf dem verschnörkelten Schwertgriff, ein leichtes Lächeln auf den schmalen Lippen.

Fast ein Familienausflug, dachte Meris sarkastisch.

Sie blieb bei der Sänfte zwischen den Gardisten, die mürrisch auf sie herabblickten. Als Meris sich den Schweiß von der Stirn wischte, glaubte sie einen belustigten Seitenblick von Gander von Lichtingen aufzufangen. Der dunkelhäutige Hauptmann der Garde trug seinen schweren Schuppenpanzer mit beneidenswertem Gleichmut.

Aber vermutlich hatte sie sich getäuscht: Gander von Lichtingen wirkte stets kundig, kalt und ausdruckslos, und wenn er überhaupt einmal ein Gefühl zeigte, dann war es ein gewisses Vergnügen an Gewalt. Nicht umsonst war er der Waffenmeister des alten Kaisers gewesen – und hatte sich auch im Umfeld der neuen Monarchin halten können. Meris mochte den Mann nicht, aber sie musste zugeben, dass er zu den wenigen Edlen bei Hofe zählte, die ihr gegenüber niemals Vorbehalte an den Tag legten. Nicht wegen ihres Standes und nicht wegen ihrer Methoden.

Jetzt nickte er kurz in Stards Richtung, legte ebenfalls die Hand auf sein Schwert und murmelte Meris zu: »Ich frage mich, ob er mit dem geckenhaften Ding auch kämpfen kann, oder ob er nur gern paradiert.«

Meris zuckte die Achseln. »Ich würde jedenfalls annehmen, dass seine größten Talente anderswo liegen.«

»Irgendwann werde ich das herausfinden«, erwiderte von Lichtingen. »Ich spüre es in den Knochen.«

»Was flüstert ihr da?« Aruda beugte sich aus der Sänfte. Sie sah an den beiden vorbei zum Ufer. »Gibt es Grund zur Sorge?«

»Ihr kennt meine Sorgen, Majestät«, gab Meris zurück. »Darüber hinaus – nein, es gibt nichts Neues. Die Anlegestelle ist von unseren Reitern besetzt. Da kommt niemand hin.«

Aruda verzog das Gesicht. »Aber ich will mein Volk sehen«, sagte sie. »Vielleicht sollten wir die Truppen zurücklassen, wenn das die Menschen vertreibt.«

»Bloß nicht«, erwiderte Gander von Lichtingen.

Aruda sah ihn an und runzelte die Stirn.

»Wisst ihr, dass ich nicht mehr in der Unterstadt war, seit Dauras mich im letzten Jahr in den Palast zurückgebracht hat? Seit … das alles angefangen hat?«

»Ich hätte nicht gedacht, dass Ihr den Ort vermisst«, gab Meris zurück. »Die Unterstadt war gewiss auch nicht der bevorzugte Aufenthaltsort für eine Prinzessin.«

»Oh«, sagte Aruda, »du würdest dich wundern, wo ich überall hingegangen bin.«

Meris hatte ein paar Geschichten gehört – über eine Prinzessin, die niemand recht beachtete und die sich allerhand Verkleidungen ausdachte, in denen sie dann herumschlich. Aber der Palast war voller Geschichten, und man wusste nie, was eine Übertreibung war und was womöglich noch zurückhaltend wiedergegeben wurde.

»Selbst wenn Ihr wohlvertraut wart mit der Oststadt«, sagte Meris, »dürftet Ihr jetzt kaum etwas wiedererkennen.«

Sie legten an. Die Truppen gingen von Bord. Die Träger nahmen Arudas Sänfte hoch und trugen sie in die Stadt. Die Garde hob die Schilde und schloss einen Ring um die Kaiserin, die schweren Reiter räumten vor ihr die Straßen und sicherten den Zug nach hinten.

»So geht das nicht«, befand Aruda. Sie sprang aus der Sänfte.

»He!«, entfuhr es Meris unwillkürlich.

Die Wachen wichen zurück, als die Kaiserin sich zwischen sie drängte. Als Aruda Anstalten machte, einfach in eine Seitengasse zu laufen, folgten ihr ein paar Gardisten. Andere blickten sich verwirrt nach ihrem Hauptmann um.

Gander von Lichtingen bedeutete ihnen mit einem Winken, ihm zu folgen, und eilte hinter Aruda her, Meris schloss sich an. Die Sänfte und ein großer Teil der Truppen blieben auf der Hauptstraße zurück. Meris sah, wie Sortor und ihr Mann langsam hinterhertrotten. Sie brachten den Rest der Garde mit und schickten die Reiter mit Gesten ins angrenzende Stadtviertel.

Aruda schaute sich in ihrer Stadt um. Sie trat in Innenhöfe und in offene Gebäude, sie sprach Leute an, auch wenn Gander sie zurückhalten wollte. Sie sah die Menschen und fragte sie, wie es um ihre Vorräte bestellt sei.

Meris schwitzte.

Endlich, als die ersten schweren Tropfen vom Himmel fielen und der Nachmittag so dunkel wurde wie die Nacht, kehrte Aruda zu ihrer Sänfte zurück und ließ sich zum Fluss zurücktragen.

»Wir müssen uns um die Stadt kümmern«, befand sie.

»Ich weiß nicht, ob unsere Kraft dazu ausreicht«, wandte Meris ein. »Schon Euer Vater hatte die Hauptstadt nicht unter Kontrolle. Und wir kämpfen ums Überleben und sind von Feinden umzingelt.«

»Aber unter meinem Vater war Horome lebendig. Jetzt stirbt mein Volk!«

»Nun«, stellte Meris fest. »Der Kanzler hat nicht nur die Vorräte aus der Stadt abgezogen, er hat dabei auch die Lieferanten und die Händler ausgeplündert. Diese Wunde braucht lange, um zu heilen – und damit sie heilen kann, müsst Ihr erst einmal den Krieg beenden.«

Aruda schüttelte den Kopf. Sie ließ die Vorhänge offen und kümmerte sich nicht um den Regen, der auf die Polster prasselte. Meris stapfte neben ihr her, und das Wasser lief ihr über das Gesicht und in die Panzerweste.

»Die Menschen sterben jetzt«, sagte Aruda. »Sie können

nicht darauf warten, dass wir vorher die Probleme des Reiches lösen.«

»Was wollt Ihr tun?«, fragte Meris. »Es wird ihnen erst besser gehen, wenn die Ordnung wiederhergestellt ist. Ich denke, das ist es, was das Reich und seine Herren tun müssen: Für Recht und Ordnung sorgen, damit die Menschen sicher sind.

Die Probleme jedes einzelnen Menschen anzugehen, das ist eine Aufgabe, die sogar die Möglichkeiten einer Kaiserin übersteigt, fürchte ich.«

»Wir könnten Vorräte kaufen und an die Armen verteilen.«

»Und woher wollt Ihr die nehmen?«, fragte Meris. »Der Kanzler hat dafür gesorgt, dass selbst das Saatgut knapp wird, und der Krieg im Umland macht die Lage erst recht schwierig.«

»Im Westen gab es keinen Krieg. Wir könnten auch Korn aus dem Süden einführen.«

»Nicht ohne Gold«, widersprach Meris. »Und Edern versperrt den Weg zu den Minen, während die Rebellion der Flotte uns von den Einkünften aus den Kolonien abschneidet. Ihr könnt ja kaum Euren Hof bezahlen!«

»Der Hof hungert nicht«, entgegnete die Kaiserin. »Ich nehme an, wir können von dort etwas nehmen und es anderweitig einsetzen. Jedenfalls werde ich keinen Krieg führen und das Reich zurückerobern, nur um am Ende ohne Volk dazustehen.

Oder mit einem Volk, das mich hasst.«

Die schwere Rüstung und sein Schlachtross hatte Bregar beim Heer gelassen. In Ribbalin trennte er sich von den letzten Knechten und vom Großteil seiner Ausrüstung. Er setzte die Reise mit einem einzigen Reittier fort, in einem

Kettenpanzer ohne Wappenrock und mit so vielen Vorräten, wie in eine Satteltasche passten. Über Feldwege und offenes Heideland wandte er sich geradenwegs nach Westen.

Das Wetter wurde schlechter. Immer wieder gingen Regengüsse nieder, und Bregar schlug den Kragen seines einfachen Filzmantels hoch und kauerte sich im Sattel zusammen. Er überquerte kleinere Bäche und lagerte einige Male im Freien – jenseits von Ribbalin gab es nur wenige Weiler und Gehöfte, und schließlich hatte er auch die hinter sich gelassen. Es wurde einsam, und die Tage liefen ineinander.

Eines Nachmittags, als die Wolken sich über ihm ballten und ein früher Abend hereinbrach, erspähte Bregar kantige Umrisse im nächsten Tal. Er richtete sich im Sattel auf und kniff die Augen zusammen. Es schien tatsächlich ein Bauernhof zu sein, abgelegen, aber recht groß und mit mehreren Nebengebäuden. Und es sah so aus, als würde Rauch von einem der Dächer aufsteigen.

Bregar warf einen Blick zum Himmel und entschied, auf diesem Anwesen Zuflucht zu suchen.

Als er näher kam, erkannte Bregar, wie verfallen der Hof war. Die Felder darum herum sahen verwildert aus, das Tor einer Scheune stand offen, und er konnte in das leer geräumte Innere blicken; die Fenster am Gesindehaus waren vernagelt. Doch beim Hauptgebäude quoll tatsächlich Rauch aus dem Kamin.

Bregar stieg vom Pferd und klopfte. Ein uralter Mann öffnete die Tür, ein Greis mit tiefen Furchen und weißem Haar. Er ging gebeugt und musterte Bregar von oben bis unten.

»Ihr seid kein Reiter des Mahdi.«

Bregar schüttelte den Kopf. »Nur ein Reisender«, sagte er. »Ich bin auf dem Weg nach Zomer und bitte um Obdach für diese Nacht. Ich habe seit Tagen kein Gasthaus mehr gesehen.«

»Gasthaus«, sagte der Alte. »Da müsst Ihr weiter südlich zur Straße …«

Der Bauer stellte sich in den Türrahmen. Bregar bedachte den Alten mit einem freundlichen Blick.

Der seufzte. »In Bponurs Namen«, sagte er. »Ihr fragt wenigstens anständig.«

Er trat durch die Tür nach draußen und zeigte Bregar einen Platz für dessen Pferd. Während Bregar das Tier absattelte und abrieb, brachte der Bauer Wasser und trockenes Gras. Dann gingen sie gemeinsam ins Haus zurück. Eine Frau, die mindestens ebenso alt sein musste wie der Bauer, stand in der Küche und rührte in einem Topf auf dem Herd. Der Bauer bot an, zu teilen.

»Ich habe ein wenig Silber«, sagte Bregar. »Ich würde gern Vorräte kaufen, und ich bezahle auch für das Abendessen.«

»Es gibt keinen Markt und keine Münzen so weit im Norden«, gab der Bauer zurück. »Behaltet Euer Geld. Wir können keine Vorräte entbehren; der Mahdi hat die Abgaben erhöht, und wenn wir die Ernte einbringen, stehen seine Männer bestimmt wieder vor der Tür.«

Die Frau brachte den Topf und stellte ihn auf den Tisch. »Wir haben uns schon gefragt, ob wir überhaupt öffnen sollen. Ich weiß nicht, was wir getan hätten, wenn es die Eintreiber gewesen wären. Wir haben nichts. Es ist noch zu früh im Jahr, aber die lassen nie mit sich reden.«

»Das Land gehört dem Mahdi?«, fragte Bregar.

Der alte Bauer und seine Frau tauschten einen Blick. »So ist es wohl«, gab der Bauer unwillig zurück.

Die Suppe war dünn, und die Bauersleute waren nicht eingerichtet auf Gäste. Bregar holte sein Gepäck und gab ein wenig hartes Brot hinzu, eingesalzenes Fleisch und Speck. Er hoffte, dass der Rest seiner Wegzehrung bis Zomer reichte.

Wenn die Bauersleute ihm den besten Weg wiesen, sparte er vielleicht ein paar Tage.

Sie sprachen ihre Gebete und aßen schweigend. Dann stellte der Alte sich vor.

»Erno heiß ich, und das ist meine Frau Nella. Verzeiht die Unhöflichkeit, Herr. Wir bekommen selten Besuch.«

»Und noch seltener einen, mit dem man höflich reden kann«, ergänzte die Frau.

Erno schaute sie missbilligend an.

»Ich bin Bahaluc von, hm, Gebruch«, sagte Bregar schnell. Er wollte im Reich des Mahdi nicht gleich als Ordensritter auffallen, daher hatte er sich kurz einen Namen ausgedacht, wie er im Westen des Reiches üblich war, auch wenn er nicht wusste, wie gut er seinen Barratainer Akzent verbergen konnte.

Erno beäugte Bregar. »Ich weiß nicht, was einen Ritter aus dem Reich nach Zomer führt.«

»Nun«, gab Bregar zurück. »Ist Zomer nicht eine Stadt des Reiches?«

Wieder wechselten der Bauer und seine Frau einen Blick. »So sagt man«, meinte Erno schließlich vorsichtig. »Aber wir haben hier nie viel vom Reich gesehen. Weder vor der Zeit des Mahdi noch seither.«

»Welchem Ritter oder Grafen schuldet ihr Treue?«, fragte Bregar.

»Dem Mahdi in Zomer, nehme ich an«, antwortete Erno. »Er ist wohl so etwas wie ein Graf … nur bedeutender, sagen seine Leute. So etwas wie ein König – wie der König einst war, bevor er verdorben wurde.«

Bregar spürte, wie ein heißer Zorn in ihm aufstieg. Es fiel ihm schwer, Zurückhaltung zu wahren.

Der Bauer bemerkte es wohl und zuckte die Achseln. »Das ist es, was die Männer des Mahdi erzählen, wenn sie herkommen und ihre Steuern fordern. Wir verstehen davon nichts. Bevor der Mahdi kam, hat sich nie ein Ritter oder ein Graf in der Gegend blicken lassen.«

»Jedenfalls ist keiner geblieben«, sagte die Frau. »Das Land gehörte unserer Familie allein. Schon immer.« Sie klang trotzig.

Ein schweres Schweigen legte sich über den Tisch.

»Euer Hof sieht größer aus«, sagte Bregar schließlich. »Wo ist der Rest des Gesindes?«

»Unsere Söhne und die Knechte …«, sagte der Bauer. »Der Mahdi hat sie geholt. Für seinen heiligen Krieg, haben die Reiter gesagt. Sie haben einen nach dem anderen mitgenommen, bis endlich alle jungen Leute fort waren. Ein paar Mägde haben sie nach Zomer verschleppt. Andere sind geflohen. Die Männer des Mahdi …«, er senkte den Blick, »sie führen sich nicht immer anständig auf, wenn sie hier sind.«

»Jetzt sind nur noch wir übrig«, sagte Nella. »Und ich geh hier nicht weg. Mich kriegen die nicht von meinem Hof!«

»Viel Land für … zwei Leute.« Bregar vermied es, das Alter und die Gebrechlichkeit der beiden zu erwähnen.

»Wir kommen zurecht«, erwiderte der Bauer.

»Jedenfalls würden wir zurechtkommen«, warf Nella ein, »wenn diese Ponyreiter nicht so unersättlich wären. Sie verschleppen und vertreiben alle, die hier arbeiten. Aber bei den Erträgen des Landes, da geben sie sich nicht mit weniger zufrieden. Wenn wir den Winter überleben wollen, müssen wir sehen, was wir von der Ernte verstecken können!«

»Nella!«, ermahnte der Bauer sie und sah Bregar an. »Ich rate Euch, geht nicht nach Zomer«, riet er ihm eindringlich. »Die Krieger des Mahdi sind anders. Sie verändern sich.«

»Anders als was?«, fragte Bregar.

»Anders als Ihr.« Der Bauer sah sich Hilfe suchend um.

»Ich glaube, es würde Euch nicht gefallen in Zomer. Ich denke, da geht es anders zu, als Ihr erwartet.«

»Wie?« Bregar beugte sich vor. Vielleicht konnte er von den Einheimischen etwas erfahren, was ihm dabei half, sich in der Stadt des Mahdi einzuschleichen …

»Wir waren nie dort«, sagte Erno. »Ich weiß nur, der Mahdi hat viele junge Leute in seine Stadt geholt. Es hieß, er wolle sie zu Heiligen Kriegern machen. Doch wer nach Zomer geht, der kommt nicht wieder. Kein Sohn besucht seine Eltern, kein Knecht hilft jemals wieder bei der Ernte. Und ein Ritter …« Der Mann zuckte die Achseln. »Ich glaube nicht, dass Ihr dort finden werdet, was auch immer Ihr Euch erhofft.«

Hragaud verbarg sich bei Nacht, und er marschierte am Tag. Die Sonne brannte erbarmungslos auf ihn herab. Mitunter hörte er ein Rascheln im hohen Gras – eine Bewegung, die ihn zu begleiten schien.

Er fragte sich, ob es hier Raubtiere gab. Etwas, was einem einzelnen Mann gefährlich werden konnte. Und er hatte nur einen Dolch, um sich zu verteidigen!

Die Furcht trieb ihn vorwärts, aber irgendwann schwanden ihm die Kräfte. Er stolperte weiter, und es fiel ihm schwer, den Weg zu planen. Er versuchte, sich an die Ratschläge und an die Schliche der Grôta zu erinnern. Er grub in sandigen Mulden und schlürfte gierig die paar Schlucke braunes Wasser, die er auf diese Weise bekam.

Und er litt Hunger.

Am Ende verließen ihn die Kräfte ganz, und er brach zusammen. Er wusste nicht mehr, welcher Tag war und welche Tageszeit. Er döste, schrak wieder hoch. Die Zunge klebte ihm am Gaumen.

Hragaud hatte das Gefühl, als würde sein Leib in Flammen stehen. Ihm war schwindelig. Er wusste nicht, wie lange er so dalag und auf den Tod wartete, wie oft er die Besinnung verlor, ob er träumte oder ob er wach war.

Er schlug die Augen auf, und ihm war, als würde der Mond sich zu ihm herabsenken – ein zweiter, voller Mond neben dem halben, der weiter oben am wolkenlosen Himmel strahlte. Wie ein blasses Gesicht schwebte er über ihm … Ja, es war ein Gesicht! Schön und glatt und makellos, hell wie Porzellan, mit großen Augen und weiblich anmutenden Zügen. Fremdartig sah es aus, überirdisch, und Hragaud brauchte eine Weile, um zu erkennen, dass der dunkle Hauch, der das Antlitz umgab und die Sterne dahinter auslöschte, in Wahrheit ein feiner Schleier von langen, schwarzen Haaren war.

»Bist du … ein Engel?«, murmelte er.

»Ein Engel?« Die Frau vor ihm legte den Kopf schräg und sah auf ihn hinab. Der Klang ihrer Stimme hatte etwas Magisches – wie die Worte einer unbekannten Sprache, die er auf wundersame Weise dennoch verstand. »Was ist das?«

»Ein Engel Bponurs«, flüsterte Hragaud. »Er kommt zu den Gläubigen – hilft ihnen, überbringt die göttliche Botschaft. Oder holt die Gläubigen heim in Bponurs Reich.«

Die Gestalt lächelte. Die Zähne in ihrem Mund schimmerten und wirkten ein wenig kleiner und schmaler, als sie sein sollten.

Lange Finger strichen durch Hragauds Gesicht. Sie fuhren über seine Augen, tasteten über den Hals, legten sich unter den Kiefer und öffneten seinen Mund. Die Berührung war zärtlich, aber Hragaud spürte eine übermenschliche Kraft in ihrem Griff.

Die unbekannte Dame musterte ihn eindringlich. »Du trägst es nicht in dir«, sagte sie mit dieser magischen Stimme, deren Worte ihn umschmeichelten wie ein Zauberspruch.

Hragaud hob die Arme, um die Erscheinung anzufassen, doch sie entzog sich ihm wie ein Nebelstreif.

»Du bist ihr Anführer, nicht wahr?«, fragte sie. »Du hast diese Menschen hierher gebracht.«

Hragaud empfand Scham. »Ich habe sie alle hierher geführt«, hauchte er. »Ich trage die Schuld.« Er wollte weinen, aber seine Augen hatten keine Tränen mehr.

Die Gestalt wich vor ihm zurück. Hragaud vermeinte einen nachtdunklen Leib unter dem blassen Antlitz zu erahnen, schlank und biegsam wie eine Weide. Etwas schimmerte wie unstete Sterne auf schwarzem Wasser, wenn sie sich bewegte. Ein Klingen wie von feinen Glöckchen umgab die Frau.

»Du trägst es nicht in dir«, sagte sie. »Du bist nicht länger von Nutzen. Doch du hast deinem Herrn gedient – zwei Mal. Du hast die Krieger in dieses Land gebracht, und nun hast du uns mit deinem Rat geholfen. Du hast dir einen Lohn verdient.«

Ich habe sie alle ins Unglück gestürzt, dachte Hragaud. *Ich wollte Bponur dienen, aber ich habe nichts erreicht.*

Er hatte nicht die Kraft, um aufzubegehren.

Die anmutige Gestalt vor ihm, die so ätherisch wirkte und doch von majestätischer Größe war, streckte einen Arm aus, sodass die Hand aus Hragauds Blickfeld verschwand.

»Komm«, sagte sie und schaute etwas an, das hinter Hragaud stand. »Schenk ihm deinen Segen.«

Hragaud spürte eine Berührung am Kopf. Eine Spitze bohrte sich in seine Haut, und es *brannte*!

Das Feuer fuhr durch seinen Leib und prickelte, doch es war kein Schmerz. Es war wie kaltes Wasser, das seine Wunden benetzte, jede Pein betäubte und neues Leben brachte.

»Folge dem Morgenstern«, sagte die Gestalt und legte einen Finger auf Hragauds Brust. »Bis dahin, ruhe!«

Eine Schwere füllte ihn aus – keine Benommenheit, keine Besinnungslosigkeit, die ihn zu übermannen drohte. Es war der Schlaf, der nach ihm griff.

Friede umfing ihn.

»Wer bist du?«, flüsterte er.

Die Gestalt lachte. »Jetzt bin ich dein Engel.«

Hragaud schrak hoch. Er war allein. Der halbe Mond stand am Himmel und tauchte die Landschaft in ein Muster von Licht und Schatten – doch die Gestalt, die sich eben noch vor seinen Augen daraus erhoben hatte, war verschwunden.

War es ein Traum gewesen?

Hragaud setzte sich auf und sah sich um. Er fühlte sich erholt. Der Hunger bohrte immer noch in seinen Eingeweiden, aber der Schlaf schien ihn so weit erfrischt zu haben, dass er wieder laufen konnte.

Ein weiteres Wegstück, das er sich vorwärtskämpfen musste, bevor er endlich Ruhe fand.

Hragaud seufzte. Er stand auf. Im Osten färbte sich der Himmel rot. Nach und nach begann das Licht des neuen Morgens, die Sterne zu verschlingen. Der Morgenstern jedoch war klar zu erkennen.

Ob es ein Traum war oder nicht – Hragaud hatte nicht vor, die Botschaft eines Engels zu missachten. Und sprach Bponur nicht oft im Traum zu den Menschen?

Er wandte sich in südöstliche Richtung, die Augen auf den Morgenstern gerichtet, bis die Sonne über den Horizont stieg und er den Blick abwenden musste.

Kurz darauf stieß er auf ein weiteres Schlachtfeld – noch einer seiner Trupps, der von den Trollen vernichtet worden war. Er sah entstellte Leichen, Knochen, zertrümmert und ohne Fleisch, zerfetzte Kleidungsstücke. Getrocknetes Blut klebte überall, Insekten schwirrten darüber.

Ein Stück abseits des Gemetzels, im hohen Gras, halb verborgen zwischen den Halmen und vergessen, entdeckte Hragaud den großen Rucksack eines Fußsoldaten. Die Tasche war unversehrt, randvoll mit Vorräten, und es hing sogar ein gefüllter Wasserschlauch daran.

Gierig stürzte er sich darauf und trank. Er riss die Packen heraus und durchsuchte sie, und erst nachdem er damit fertig war, fasste er sich wieder und dankte Bponur für die erwiesene Gnade.

Dann setzte er sich hin und weinte. Er dachte an alles, was er getan hatte – ganz gewiss war er nicht würdig, dass Bponur ihm im Traum einen Engel schickte und ihn errettete!

Doch göttliche Gnade war immer ein Geschenk und niemals ein Lohn, den man sich verdienen konnte. Was der Gott auch für ihn im Sinn hatte, er musste es annehmen und weitergehen. In den Westen wandern, so weit seine Kraft reichte und solange Bponur ihn vor dem Zugriff der Feinde bewahrte. Bis über die Grenzen und wieder ins Reich der Menschen, wenn es dem Himmel so gefiel.

Nach seinem Aufenthalt bei Erno und Nella stieß Bregar auf andere Gehöfte, weit verstreut und fast menschenleer. Die Stimmung war überall dieselbe. Der Schatten des Mahdi lag über dem Land und drückte die Menschen nieder. Er fand Alte und Kranke auf den Höfen, mitunter waren auch die Frauen zurückgeblieben. Aber viele Häuser standen leer, das Vieh war vertrieben, und die letzten Bewohner arbeiteten hart.

Die Reiter des Mahdi verlangten Abgaben, und wenn die Menschen nicht genug geben konnten, wurden sie bestraft. Schon vor Monaten hatte Bregar entlang der Reichsstraße die Angst der Bewohner vor dem Emporkömmling in Zomer gespürt. Hier oben im Norden musste der falsche Prophet keine Rücksicht üben, und er wütete noch schlimmer. Seit dem Überfall auf das Amradim sah Bregar den Mahdi auch selbst mit anderen Augen und war eher geneigt, die Geschichten ernst zu nehmen.

So reiste er tagelang nach Osten. Am Saum des Königswaldes wurde der Weg oft beschwerlich, und Bregar stieg ab und führte sein Pferd am Zügel. Eines Abends, als er sich einem weiteren verlassen wirkenden Weiler näherte, lösten sich vier Reiter aus dem Schatten der Gebäude, hagere Gestalten auf struppigen Ponys. Bregar sah die Speere in ihren Händen.

Er zögerte.

Wenn er sofort kehrt machte, konnte er vielleicht noch ungesehen entkommen, oder er würde die Reiter des Mahdi zumindest abhängen.

Aber damit schob er das Unvermeidliche bloß hinaus. Er hatte genug gehört, um zu wissen, dass die Patrouillen häufiger wurden, je näher er Zomer kam. Und schließlich *wollte* er sich ja unter die Männer des Mahdi mischen.

War es nicht besser, ihnen jetzt entgegenzutreten – zu sehen, wie es lief, solange er nicht zu viele Feinde um sich herum hatte und ein wenig Bewegungsfreiheit behielt?

Er setzte seinen Weg also fort. Als die Reiter ihn bemerkten und auf ihn zuhielten, hob er grüßend den Arm und blieb seiner Rolle als argloser Wanderer treu.

Die Ponyreiter galoppierten über ein verwildertes Feld auf Bregar zu und zwangen ihn zum Anhalten.

Die Männer trugen nur braune Kittel – sie saßen barfuß und ohne Steigbügel, ohne Sattel auf ihren Pferden. Außer den Speeren und den langen Dolchen sah Bregar keine Waffen bei ihnen.

Er versuchte, seine Stute zu beruhigen, die von den sie ständig umkreisenden Ponys ganz aufgeregt wurde.

»Das ist das Land des Mahdi«, fuhr einer der Ponyreiter ihn an. Er fuchtelte mit dem Speer in Bregars Richtung.

Bregar bemühte sich, ihn im Blick zu behalten, aber das machte ihn nur schwindelig.

»Was machst du hier?«, fragte ein anderer. »Spionieren?«

»Ich komme vom großen Strom«, sagte Bregar ruhig. »Ich habe gehört, der Herr von Zomer führt Krieg. Ich nehme an, er kann einen guten Ritter gebrauchen.«

Unvermittelt bekam Bregar einen Schlag gegen den Kopf, der ihn aus dem Sattel holte. Mit brummendem Schädel saß er am Boden und blickte sich benommen um.

Ein Ponyreiter hinter ihm hielt den vibrierenden Speer in der Hand. »Blasphemie!«, schrie er. »Der heilige Gesandte Bponurs heuert keine Söldner an. Nur die Gläubigen dürfen an seiner Seite kämpfen.«

Wut flammte in Bregar auf. Der Schmerz war vergessen. Er sprang auf und griff nach dem Schwert. »Ich bin ein Gläubiger!«, rief er. »Und kein verdammter Bauer auf einem nackten Pferderücken behauptet das Gegenteil!«

Die Speere der Ponyreiter senkten sich. Einen Augenblick lang erstarrte das Bild – Bregar, die Hand am Schwert, vier Spitzen auf ihn gerichtet, die langsam um ihn kreisten.

Er atmete heftig und versuchte, sich zu beruhigen.

Einer der Ponyreiter grinste. »Warum willst du nach Zomer, Söldner?«, sagte er. »Ich habe gehört, es gibt genug Krieg am Fluss.«

Bregar ließ den Schwertgriff los. Betont gleichmütig zuckte er die Achseln. »Mein Land lag dort und ist verwüstet worden. Zu viel Durcheinander, zu viele persönliche Verwicklungen. Ich wollte einem Herrn dienen, bei dem Freunde und Feinde leichter zu unterscheiden sind.«

»Es ist immer leicht«, sagte ein weiterer Ponyreiter. »Es gibt die, die glauben. Und der Feind ist der, der nicht glaubt.«

»Ich sagte ja«, beharrte Bregar. »Ich bin ein Gläubiger.«

»Das«, befand ein Reiter, »entscheidet der Mahdi.«

»Er blickt in die Seelen der Menschen.«

»Er allein wählt seine Heiligen Krieger.«

»Du wirst Gelegenheit erhalten, dich ihm vorzustellen«, sagte der Letzte.

Bregars Herz schlug schneller. »Dann darf ich nach Zomer reiten?«

»Wir bringen dich hin«, erklärte ein Ponyreiter. »Das ist unsere Aufgabe. Wir beschützen das Land des Mahdi. Und wir bringen ihm, was für das große Werk nützlich sein kann.«

Bregar nickte. »Das ist gut. Ich hatte mich verirrt, fürchte ich.«

Die Männer des Mahdi führten ihn selbst in ihre Stadt! Damit hatte er die erste Etappe seines Weges so gut wie hinter sich. Er musste in der Stadt nur noch seinen Sohn finden und mit ihm entkommen.

Bregar zweifelte keinen Augenblick daran, dass der Mahdi ihn aufnehmen würde, wenn er nur die Gelegenheit bekam, sich vorzustellen. Im Kampf konnte er zwölf von diesen berittenen Lumpen in einen Sack stecken – welcher Kriegsherr würde einen solchen Kämpfer abweisen?

Er griff nach dem Sattelknauf und wollte wieder aufsitzen. Da spürte er eine Speerspitze im Nacken, gleich oberhalb des Kettenpanzers.

»Erst ziehst du dich aus«, befahl der Reiter, der den Speer auf ihn gerichtet hatte.

Bregar erstarrte. »Was?«, zischte er.

»Und du legst deine Waffen ab«, fuhr der Reiter fort.

»Ich bin ein Ritter Bponurs«, gab Bregar zurück. »Ich gebe mein Schwert niemals aus der Hand!«

»Du bist gar nichts«, befand der Ponyreiter. »Wenn du ein

Heiliger Krieger des Mahdi werden willst, musst du denselben Weg gehen wie jeder Anwärter. Du wirst die Kutte eines Suchenden tragen und vor den Mahdi treten. Deine Waffen und dein Pferd wirst du dir genau wie deine Stellung verdienen müssen. Vor Bponur sind alle gleich.«

Bregar stand da und zitterte vor Wut.

»Wir haben keine Kutte dabei«, sagte der Reiter. »Also darfst du erst einmal deinen Mantel behalten.« Das klang wie eine besondere Gnade. Ein wenig milder fügte der Mann hinzu: »Vielleicht wird der Mahdi dir Rüstung und Schwert zurückgeben, wenn er dich als würdig erachtet. Ein Ritter, wenn er von wahrem Glauben ist, kann dem Werk sehr nützlich sein. Der Mahdi hat schon ein paar von ihnen aufgenommen, und sie leisten ihren Beitrag. Aber am Ende wird die Hand Bponurs entscheiden, ob und in welcher Rolle du ihm dienen wirst.«

Critaan hob die Hand, als er fast auf der Hügelkuppe war. Behutsam lenkte er sein Pferd wieder den Hang hinab, bis er bei seinen Begleitern stand.

»Was ist?«, flüsterte Ranir Maulsgassen und spähte besorgt den Hügel hinauf.

»Ein Dorf der Verbrannten«, gab Critaan halblaut zurück. »Wir sollten in großem Bogen darum herumreiten.«

Sie waren seit Tagen unterwegs, und niemand folgte ihnen, soweit sie feststellen konnten. Aber sie fanden zahlreiche Spuren der Trolle, sahen Reihen von beladenen Ochsen in der Ferne oder fest aufgeschlagene Lager. Bis jetzt hatten sie Glück gehabt und genug Abstand halten können.

Sie ritten bei Tag, wenn die Sinne der Verbrannten gedämpft waren. Critaan verstand es, den Weg so zu wählen, dass sie schlecht einsehbare Orte mieden – solche, wo der Feind sie bemerken würde, wenn sie sich näherten, oder solche, die sich für einen Hinterhalt eigneten. In der Abenddämmerung versteckten sie sich selbst an solchen Plätzen.

Langsam zogen sie sich jetzt von dem Hügel zurück. Als er außer Sicht war, atmeten sie auf.

»Ich habe gar nichts gehört«, stellte Draba von Klanden fest.

»Sie feiern wohl nicht mehr so viel«, mutmaßte Ranir.

»Vielleicht haben sie nichts zu feiern«, sagte Critaan. »Wir sind weit im Osten. Ich habe schon lange keine Beute mehr bei den Verbrannten gesehen. Mag sein, dass sie hier gar nicht gekämpft haben.«

»Mag sein, dass sie hier gar nicht mit Menschen rechnen«, sagte Ranir. »Das würde uns den Weg leichter machen, wenn niemand nach uns Ausschau hielte.«

»Das können wir nicht wissen«, sagte Critaan.

»Vielleicht können wir uns an ein Lager anschleichen«, schlug Ranir wagemutig vor. »Zur Mittagsstunde. Wir könnten sie belauschen und so erfahren, ob sie nach Menschen jagen.«

Critaan schnaubte. »Ich würde mich lieber nicht so nah an sie heranwagen. Und was sollten wir da schon hören außer ihrem Schnauben und Grunzen?«

»Oh, wir haben allerhand belauscht, nachdem sie uns gefangen hatten«, sagte Ranir.

Critaan sah ihn an. »Ihr versteht diese Ungeheuer?«

»Das ist nicht schwer«, entgegnete Draba hoheitsvoll. »Sie sprechen eine entfernte Abart des Daechomon, nicht unähnlich den Dialekten, die viele nichtmenschliche Wesen in den Schwarzen Bergen verwenden.«

»Wir konnten ein paar Worte erkennen«, fügte Ranir hinzu. »Genug, um uns einiges zusammenzureimen.«

Critaan schnaubte. »Ich wüsste nicht, worüber solche Ungeheuer reden sollten. Wir führen seit Jahrhunderten Krieg gegen sie, und wir haben uns nie die Mühe gemacht, ihre Sprache zu verstehen.«

Genau genommen hatte er nie versucht, herauszufinden, ob sich hinter diesen tierhaften Lauten überhaupt eine Sprache verbarg.

»Sie sprechen viel über Schmerzen«, erklärte Ranir nachdenklich.

»Ha!«, gab Critaan zurück. »Ich wusste es. Folter und Tod … dazu braucht man ihre Sprache nicht zu lernen. Man sieht es an ihren Gesichtern, was sie denken.«

Ranir saß in sich gekehrt auf dem Pferd und blickte über die Schulter in Richtung des Lagers, um das sie herumgeritten waren. »Du hast wohl recht«, sagte er. »Und doch glaube ich, dass du es nicht ganz verstehst. Es ging ihnen nicht darum, wie sie uns Schmerzen zufügen können.«

Draba gab einen abschätzigen Laut von sich. »Was sie aber ausgiebig getan haben!« Er schüttelte sich. »Ich will nicht wissen, was sie mit uns angestellt hätten, wenn unser tapferer Grôta uns nicht befreit hätte.«

»Sie haben eine Art Religion aus dem Schmerz gemacht«, fuhr Ranir fort. »Nicht aus dem Zufügen von Schmerz. Ich hatte eher das Gefühl, dass sie versuchen, den Schmerz zu kultivieren. Ihn zu beherrschen.«

»Na, ich danke!« Draba verzog das Gesicht. »Du bist zu kultiviert, Ranir, wenn du in jeder Barbarei noch eine Kultur sehen willst. Ich habe in diesem Lager Dinge erlebt … Aber kultiviert war da gar nichts. Sie fügen sich gegenseitig Schmerz zu! *Das Leben ist Schmerz* … Ich verwette meine Seele und all meine Sprachkenntnisse in fragwürdigen Dialekten darauf, dass das der Satz war, den ich dort am häufigsten gehört habe.«

»Ja«, sagte Ranir. »Doch hast du einmal darüber nachgedacht, was dahintersteckt? Die Ritter haben uns erzählt, es sind dieselben Trolle wie in den Schwarzen Bergen. Und was wissen wir über die? Sie hausen im Dunkeln. Wenn sie in die Sonne treten, werden sie wahnsinnig vor Schmerz. In der freien Steppe jedoch können sie das Sonnenlicht nie vollständig aussperren. Sogar in ihre Lederzelte sickert es hinein!

In den Schwarzen Bergen werden die verbrannten Trolle von ihren eigenen Artgenossen vertrieben und gehen bald zugrunde. Hier muss das ganze Volk einen Weg finden, um dauerhaft in diesem Zustand zu überleben. Sie müssen das Unerträgliche als normal annehmen, um weitermachen zu können.

Ich glaube, sie leiden, Draba. Ich glaube, sie leiden selbst am meisten.«

»Sollen sie doch«, gab Critaan grimmig zurück. »Sie haben meinem Volk die Heimat genommen. Und sie würden es wieder tun, wenn wir sie nur ließen.«

»Und wir haben gesehen, was sie anderen antun«, sagte Draba. »Mir ist ehrlich gesagt gleichgültig, was sie tun müssen, um zu überleben. Wie sie *weitermachen* können! Es wäre besser für die Welt, wenn sie einfach aufgeben und aussterben.«

Zomer war keine Stadt, es war ein Heerlager!

Nachdem Bregar mit seinen Begleitern die Kleide überquert hatte, schwankte er zwischen Staunen, Ungläubigkeit und Entsetzen. Es war schwierig, die Umrisse der Stadt überhaupt zu erkennen. Gleich hinter dem Fluss war das Land wohlbestellt und sah aus wie eine bäuerliche Landschaft mit vielen kleinen Dörfern.

Doch die Menschen, die Bregar dort sah, unterschieden sich kaum von den Soldaten – dieselben einheitlichen braunen Kittel, oft zerlumpt und abgetragen. Sie trugen Hacken statt Waffen, und es waren meist Frauen, die man auf den

Feldern sah. Aber die Dörfer schienen ein Teil des alten Zomer zu sein. Man konnte verschiedene Stufen des Bauens ausmachen, Baustile und Ausbesserungen, als wären die Siedlungen über Jahrhunderte gewachsen. Sie vermittelten einen Eindruck von dem, was dieser Ort gewesen war, bevor der Mahdi kam.

Bald jedoch veränderte sich das Bild. Statt bestellten Feldern sah man Brachen mit eigentümlichen Gerüsten, die aussahen wie unvollendete Festungsteile, Lattenzäune, Reihen von Spießen, Hängebrücken … Scharen von Männern rannten herum, kletterten über die Hindernisse hinweg, balancierten darauf, stiegen durch morastige Gruben. Vielleicht war der Untergrund vor Kurzem noch eine Wiese gewesen. Aber in den letzten Zehnttagen hatte es oft geregnet, und jetzt war eine Schlammwüste daraus geworden, eine riesige Schweinesuhle, und die Männer, die dort herumkrochen, waren dreckverschmiert.

Bregar ging weiter – seine Begleiter hatten ihm nicht nur die Ausrüstung abgenommen, sondern auch das Pferd. Die Stute lief nun zwischen ihnen und trug das Gepäck. Sie kamen an schmutzigen Zelten vorüber, an lang gezogenen Holzbaracken, von denen keine älter aussah als zehn oder zwanzig Jahre. Vor ihnen rückte die Bebauung zu einer Art Stadtkern zusammen. Den äußeren Ring bildeten riesige Hallen, einfach und behelfsmäßig zusammengefügt. Brandgeruch lag in der Luft. Bregar hörte das Hämmern von weit her, Rufe, Scheppern … und er erinnerte sich an die Waffen der Ponyreiter, die er zu Beginn seines Zuges hatte hinrichten lassen.

Im Grunde hatte er damals schon geahnt, was das zu bedeuten hatte, auch wenn sein Verstand sich weigerte, es zuzugeben. Jetzt sah er sie vor sich: die Waffenmanufakturen des Mahdi! Die rasch hochgezogenen Bauten konnten Scharen von Arbeitern aufnehmen, dazu lange Tische und Werkbänke, Blasebälge und Schmieden, Drehbänke, um Speerschäfte zu schnitzen – alles, was man brauchte, um Zehntausende von Kriegern mit den einfachsten Waffen auszustatten.

Zwischen den weit auseinanderstehenden Hallen, in denen geschäftiges Treiben herrschte, standen kleinere Häuser, verloren, geduckt. Und es wurden immer mehr, je tiefer man in die Stadt vordrang – in das alte, das echte Zomer.

Und dahinter, auf einem Platz im Herzen der Stadt, erhob sich eine riesige, golden glänzende Kuppel! Es war der gewaltigste Tempel, den Bregar je gesehen hatte. Er überragte alle anderen Bauten und stellte sogar die Kuppeln in den Schatten, die Bregar in Horome auf der kaiserlichen Insel in der Ferne erblickt hatte.

Als er näher kam, sah Bregar, dass auf der Kuppel Männer arbeiteten, wie Ameisen. Der Tempel war nicht vollendet, Teile des Daches waren noch nicht vergoldet. Das Kuppeldach ruhte auf einem dreigeschossigen Kranz von dicken Säulen, hinter denen Bregar eine geschlossene weiße Wand ohne Fenster ausmachte.

Auf dem weitläufigen Platz um den Tempel standen zahlreiche Menschen, dünne Gestalten in braunen Kutten, in kleinen Gruppen zusammen. Manche hatten furchtsam den Kopf eingezogen, andere starrten gebannt auf das strahlende Bauwerk in der Mitte, als warteten sie.

Einer von Bregars Begleitern verschwand zwischen den Gebäuden und kehrte mit einer zerschlissenen Tunika zurück. Er warf sie vor Bregar auf den Boden.

»Hier«, sagte er. »Zieh das an.«

Bregar betrachtete die Menge auf dem Platz. »Und dann?«, fragte er. »Kommt der Mahdi gleich heraus und spricht zu uns? Oder sind wir auf dem Weg in die Kirche?«

Der Reiter schüttelte den Kopf. »Heute nicht«, sagte er.

»Der Mahdi empfängt die Anwärter in kleinen Gruppen im Tempel. Du wirst bald mit ihm sprechen.«

Der Reiter wies auf eine Stelle des Tempels.

»Der Eingang ist dort. Warte, bis du an der Reihe bist.«

»Und wie lange soll das dauern?«

Der Reiter zuckte die Schultern. »Ein paar Tage. Die Anwärter bleiben auf dem Platz. Sie fasten, um sich auf die Begegnung vorzubereiten.«

Die Menschen sahen elend aus. Manche wirkten krank oder schienen dem Zusammenbruch nahe. Viele schluchzten. Die vier Reiter, die ihn hergebracht hatten, zogen sich zurück. Aber überall standen weitere Bewaffnete und behielten die Wartenden im Auge.

Und mit einem Mal befand Bregar sich mitten unter den erbärmlichen Gestalten und stellte fest, dass er sich kaum von ihnen unterschied.

Halbherzig versuchte er, den Kriegern zu folgen, als diese den Platz verließen. Ein Wächter hielt ihn mit dem Speer auf. »Wo willst du hin?«, fragte er.

»Ich bin hier, um für den Mahdi zu kämpfen«, gab Bregar zurück. »Nicht um zwischen den Bauern herumzustehen.«

Der Mann musterte ihn von oben bis unten. »Wir alle sind Knechte in den Augen Bponurs. Demütige Diener des Mahdi. Und du bist nicht einmal das, bis du dich als würdig erwiesen hast. Also warte, bis du an der Reihe bist.«

Bregar nickte und blieb unter den Wartenden stehen. Die Wachen teilten die Menge in Gruppen ein, die sich langsam über den Platz bewegten.

Bregar überschlug die Bewegung und kam zu dem Schluss, dass er vielleicht erst in drei Tagen beim Tempel anlangte. Er sprach einen jungen Mann an, der neben ihm stand: »Du willst den Mahdi sehen?«

Der Junge starrte ihn an. Er sah furchtbar aus, hohlwangig, das Gesicht von Schlägen gezeichnet. Bregar redete mit anderen Wartenden und erfuhr mehr über die Gesellschaft, in der er sich befand.

Es gab ein paar Männer, die freiwillig hier waren: junge Kerle, die sich für Krieger hielten oder die die Reiter des Mahdi bewunderten und zu ihnen gehören wollten. Die meisten Menschen aber waren verschleppt worden, aus ihren Dörfern oder von den Bauernhöfen geholt und hergebracht. Und sehr viele von ihnen stammten aus dem Amradim!

Bregar ballte die Fäuste. Er wollte nicht einfach hier abwarten.

Schritt für Schritt drängte er sich durch die Menge auf den Eingang des Tempels zu. Das war nicht so schwierig, nachdem er sich mit der Lage vertraut gemacht hatte: Die meisten Menschen auf diesem Platz hatten es nicht eilig. Sie saßen mutlos umher, manch einer wusste gar nicht, wo er überhaupt war, oder zu welchem Zweck. Sie hatten Angst, sie waren geschwächt.

Und die Wachen waren nicht besonders aufmerksam. Es ging ihnen kaum besser als dem wartenden Volk. Sie bekamen weder Verpflegung noch Erfrischung und bislang war auch keine Ablösung in Sicht. Also dösten die Krieger müde vor sich hin, blickten dann und wann auf und verhinderten vor allem, dass jemand unerlaubt den Platz verließ.

Bregar beobachtete sie genau. Wann immer die am nächsten stehenden Posten abgelenkt waren, schob er sich ein Stück weiter vor und stellte sich in die jeweils vor ihm wartende Gruppe.

Das ging so lange gut, bis er an eine Handvoll eifriger Jünglinge geriet, die es anscheinend kaum erwarten konnten, dass sie an die Reihe kamen.

»He!« Einer der Burschen stieß ihn zurück. »Was soll das Gedrängel?«

Die jungen Männer starrten Bregar finster an.

Bregar musterte die Burschen. »Was soll die Warterei?«, fragte er mit gedämpfter Stimme. »Ich glaube nicht, dass die Ungläubigen und die Unwilligen den Gläubigen im Weg stehen dürfen. Wenn ihr Heilige Krieger sein wollt, solltet ihr mich nicht aufhalten. Ihr solltet euch auch selbst nicht aufhalten lassen!« Er schlug die Faust in die Handfläche.

Die jungen Männer beäugten ihn misstrauisch. Keiner von ihnen war älter als zwanzig, und Bregar passte gewiss nicht in ihre Mitte. Aber er hatte offenbar den richtigen Ton angeschlagen.

»Bponur hat uns auserwählt!«, verkündete ein bulliger Kerl im Brustton der Überzeugung. »Ich weiß nicht, warum der Mahdi sich überhaupt mit dem ganzen Gesindel hier abgibt!« Er wies über den Platz.

Bregar nickte. »Bponur schenkt den Gläubigen den Sieg«, erklärte er. »Nicht der Masse.«

Die Jünglinge murmelten beifällig. Bregar schob sich zwischen ihnen hindurch auf den Tempel zu. »Kommt«, sagte er. »Wir wollen dem Mahdi zeigen, was wir wert sind!«

Der ganze Haufen setzte sich in Bewegung und drängte vorwärts. Die Wachen wurden aufmerksam. Sie hoben die Speere und stellten sich den jungen Burschen in den Weg. Der kräftige Kerl, der Bregar zuvor zurückgestoßen hatte, trat den Wachen entgegen. »Wir sind hergekommen, um dem Mahdi zu dienen!«, rief er aufgebracht. »Warum lasst ihr diese elenden Gestalten vor uns ein?«

Bregar war ein Stück zurückgetreten, nachdem er die Freiwilligen angestachelt hatte. Jetzt stand er am Rande des Tumults – dort, wo sein lärmender Haufen mit der nächsten wartenden Gruppe und den Wachen aneinandergeriet. Er nutzte das Durcheinander, und mischte sich unter eine andere Gruppe: eine Schar von eifrigen Rekruten, die gerade aus dem Tempel gekommen waren und nun den Platz verließen.

Er zog seine formlose Tunika zurecht. *Alle Anwärter sind gleich* … Er dachte an die Worte des Ponyreiters, der ihn hergebracht hatte. Vor allem sahen sie gleich aus! Ein zufällig zusammengewürfelter Haufen von Fremden. Nachdem Bregar erst einmal zu der neuen Gruppe gesellt hatte, fiel er niemandem dort auf.

Er hatte drei Tage gespart. Aber noch aus einem anderen Grund fühlte er sich erleichtert: So unwillig und niedergedrückt die Rekruten auf dem Platz oft auch wirkten, der Besuch im Tempel veränderte sie alle. Sie marschierten beschwingt davon, wie erfüllt von glühendem Eifer.

Wenn Bregar nun seine Begleiter anschaute, die mit plötzlich entfachter Begeisterung ihrem Schicksal entgegenschritten, dann war er insgeheim froh, dass er die Begegnung mit dem Mahdi vermieden und sich auf andere Weise in die Reihen der Rekruten geschmuggelt hatte.

17. KAPITEL

Nachdem er sich den ausgewählten Rekruten des Mahdi angeschlossen hatte, erhielt Bregar einen Platz in einem Schlafsaal und eine Decke – aber keine Waffen und keine Rüstung. Er wurde einer Gruppe zugeteilt, und einem Sergeanten, der sie ausbilden sollte.

Bei der ersten Übungsstunde dauerte es nur einen Augenblick, bis er den Sergeanten beim Fechten mit dem Holzschwert entwaffnet und zu Boden gestoßen hatte. »Ich bin ein Ritter«, ließ er den Mann wissen. »Gebt mir eine richtige Waffe, und ich kann Nützlicheres tun, als mit den Knechten zu kämpfen.«

Der Sergeant musterte ihn. »Du *warst* ein Ritter«, erwiderte er. »Du *willst* ein Heiliger Krieger des Mahdi werden!«

»Dann lasst mich auch einer sein«, sagte Bregar. »Kämpfen und Reiten kann ich schon.«

»Es gehört mehr dazu.« Der Sergeant tippte Bregar vor die Brust. »Die meisten Rekruten hier müssen vor allem den Umgang mit den Waffen lernen. Bei dir, würde ich sagen, geht es vor allem um Demut. Du musst den Hochmut der Welt hinter dir lassen, um ein Diener Gottes zu werden.«

So kam es, dass Bregar die folgenden Tage mit niederen Tätigkeiten verbrachte, die selbst für einen Knecht entwürdigend waren. Er knirschte mit den Zähnen, aber er unterdrückte seinen Stolz. Und vielleicht war es tatsächlich eine Lehre Bponurs – hatte sein Hochmut ihn nicht überhaupt erst in den Westen geführt?

Bregar half in der Küche, er putzte Latrinen, trug Feuerholz und Vorräte zu ihrer Baracke und schrubbte den Boden.

Da er bereits ein Meister im Reiten und mit dem Speer war, wurde er ausgebildet in den Bereichen, bei denen er keinen Vorteil hatte und wo allein Kraft und Geschicklichkeit gefordert waren. Die Rekruten maßen sich in athletischen Übungen, mussten Hindernisse überwinden oder balancierten auf Baumstämmen, die über spitze Reiter hinwegführten. Bregar musste mitansehen, wie kräftige Bauernburschen an ihm vorüberzogen, nicht, weil sie besser waren, sondern einfach *jünger!*

Er warf sie bei den Kampfspielen nieder, und das besänftigte ihn; aber vor fünfundzwanzig Jahren wäre er hier auf jedem Feld der Erste gewesen.

Bregar hatte gehofft, er werde gleich als Ritter aufgenommen. So war es im ganzen Reich: Wenn man einmal Ritter war, konnte man diesen Rang überall einfordern. Als freier Krieger, so hatte er sich ausgerechnet, hätte er mehr Bewegungsfreiheit genossen, um nach Bennos zusuchen und alles für seine Befreiung zu sammeln.

Doch dann stellte er fest, dass Bponur ihn vielleicht gar nicht demütigen wollte, sondern ihn vielmehr gesegnet hatte. Als vollwertiger Krieger wäre es ihm schwergefallen, einen Auftrag abzulehnen, der ihn aus Zomer fortführte. So aber führten seine zahllosen Dienstpflichten ihn in der ganzen Stadt umher und er konnte überall Ausschau halten.

Regelmäßig wurden Gefangene in die Stadt gebracht und zum großen Platz geführt. Aber wo hielt der Mahdi seine Geiseln fest? Wo konnte er Bennos finden?

Vor dem Tempel hatte er selbst gesehen, dass nur wenige Anwärter freiwillig herkamen. Doch die Rekruten, mit denen er nun diente, waren erfüllt von Eifer. Sie sprachen voller Hingabe vom Mahdi und von ihrer zukünftigen Aufgabe. Bei den Übungen zeigten sie eine Härte gegen sich selbst, die sogar Bregar bewunderte.

Einmal stürzte ein Bauer von einem der Balancierstämme. Doch der Mann kletterte gleich wieder hinauf, obwohl ein Bein und eine Hand von spitzen Hölzern durchbohrt waren, und brachte die Übung humpelnd zu Ende.

Es gab Plätze mit nachgebauten Festungsanlagen, die von den angehenden Kriegern erstürmt werden sollten – und Bregar kam zu dem Schluss, dass es zuvorderst gar nicht um das Geschick und um die Fähigkeiten ging. Es war die schiere Todesverachtung, die auf die Probe gestellt wurde – und Bregar musste sich eingestehen, dass ihm dabei die meisten hier überlegen waren.

Am fünften Tag seiner Schulung unter den Kriegern des Mahdi entdeckte er seinen Sohn.

Bregar schlich durch den Schlafsaal, vorbei an den Rekruten, die auf Strohsäcken oder einfach auf Decken am Boden schliefen. Vor einem Lager blieb er stehen, beugte sich hin, zögerte. Dann ging er weiter. Er hielt einem anderen Schläfer mit der linken Hand den Mund zu und fasste ihn mit der rechten an der Schulter.

»Bennos«, flüsterte Bregar.

Bennos schrak hoch, aber Bregar drückte ihn auf das Lager zurück. Er spürte die knochige Gestalt durch die Decke – sein Sohn war einmal kräftiger gewesen.

»Bennos«, flüsterte er wieder. »Wir müssen reden. Und sei still.«

Bregar löste die Hand von Bennos' Mund.

»Vater!«, hauchte der junge Mann.

Bregar reichte ihm die Tunika, die neben dem Bett lag. Bennos stand auf, streifte sie über, und gemeinsam schlichen sie aus dem Saal. Es war eine wolkenverhangene, dunkle Septembernacht. Der kühle Wind, der um die Baracke strich, kündigte Regen an. Bregar führte seinen Sohn vom Eingang fort in einen Durchgang zwischen zwei Gebäuden, wo niemand sie sehen konnte.

»Du hast Gewicht verloren, mein Sohn«, sagte Bregar leise. Er versuchte, die Dunkelheit zu durchdringen, doch er konnte Bennos' Züge nicht erkennen.

Bennos zuckte die Achseln. »Dafür habe ich an Geschick gewonnen. Und ich kenne jetzt meine Bestimmung. Wie kommt Ihr hierher, Vater?«

Bregar verzog das Gesicht.

»Ich wollte dich befreien. Ich hatte nicht damit gerechnet, dich unter den Rekruten zu finden. Hattest du nie eine Gelegenheit zur Flucht … oder hast du dein Ehrenwort gegeben?«

Bregar überlegte, ob ein Ehrenwort gegenüber einem Räuber wie dem Mahdi überhaupt Gültigkeit hatte. Und wenn Bennos versprochen hatte, nicht zu fliehen – galt das auch, wenn er *befreit* wurde?

Aber Bennos erwiderte nur: »Ich habe es nicht versucht, seit ich hier bin.«

Bregar runzelte die Stirn. »Warum nicht?«

»Habt Ihr den Mahdi getroffen, Vater?«, fragte Bennos zurück.

Bregar schüttelte den Kopf, auch wenn sein Sohn das wohl nicht sehen konnte – in der stockfinsteren Nacht und im Schatten der Baracken. »Nein«, sagte er. »Und langsam habe ich das Gefühl, dass das ein Segen war.«

»Nein?« Bennos klang überrascht. »Der Mahdi begrüßt jeden, der hierherkommt.«

»Mag sein«, gab Bregar mit beißendem Spott zurück. »Aber er hat viele Besucher. Und ich hatte keine Zeit, so lange zu warten. Ich musste dich finden!«

»Es ist alles in Ordnung, Vater«, sagte Bennos ruhig. »Ihr solltet den Mahdi aufsuchen. Er wird es Euch erklären – er wird sich freuen, einen Ritter wie Euch in Zomer zu begrüßen.«

Bregar fasste seinen Sohn an den Schultern. »Ist der Mann ein Hexenmeister? Hat er dich in seinen Bann geschlagen?« Er verspürte Enttäuschung. »Ich hätte dich für stärker gehalten.«

»Keine Hexerei«, widersprach Bennos. »Er ist der Prophet Bponurs. Es sind die Worte Gottes selbst, die aus seinem Mund kommen. Aber Ihr wart nicht bei ihm.« Bennos klang traurig. »Ihr müsst ihn hören. Ihm in die Augen sehen. Sonst werdet Ihr es nicht verstehen.«

Bregar schnaubte. »Ich werde mich hüten. Und wir müssen uns überlegen, wie wir hier wegkommen.«

Bennos schüttelte Bregars Hände ab. »Ich bleibe«, sagte er. »Ich habe meine Bestimmung gefunden. Ich darf die letzte Prüfung zum Fest der Ernte ablegen – es ist eine Ehre, an einem der höchsten Feiertage in die Heilige Schar einzutreten! Diese Ehre wird nicht jedem zuteil. Der Mahdi selbst hat ein Auge auf mich, und ich werde eines seiner Banner führen.

Das könnt Ihr auch, Vater, wenn Ihr ihm zeigt, wer Ihr seid!«

»Was für eine Prüfung ist das?«, fragte Bregar.

»Das Ende der Ausbildung«, sage Bennos. »Die Anwärter gehen durch Feuer und Eisen und beweisen ihren Glauben. Viele sterben – Bponur wählt die aus, die würdig sind. Das ist ein heiliger Augenblick.«

Bregar spürte, wie ein Schauder ihm über den Körper kroch. Das war Hexenwerk!

Er gab Bennos zwei schallende Ohrfeigen, sodass es durch die Nacht hallte.

Keiner der beiden sagte ein Wort, keiner regte sich. Bregar lauschte, aber niemand schien auf sie aufmerksam geworden zu sein.

»Wir gehen nach Hause«, knurrte Bregar, »und wenn ich dich fesseln und mitschleifen muss. Ich bin dein Vater, und du schuldest mir Gehorsam. *Das* ist das göttliche Gebot!«

»Das göttliche Gebot ...«, murmelte Bennos.

»Also«, fragte Bregar. »Was ist? Du bist schon eine Weile hier. Wenn du mithilfst, kommen wir leichter fort. Wenn nicht ...«

»Ich komme mit, Vater.« Bennos stand wie benommen da und rieb sich langsam die Wange. »Wir müssen dem Weg folgen, den Bponur uns zeigt, nicht wahr? Danke, Vater, dass Ihr mich aufgeweckt habt.«

Ein leichter Nieselregen fiel, der die Nacht noch dunkler machte und alle Geräusche dämpfte, als sie sich zwei Tage später am Rand von Zomer trafen – dort, wo die Übungsplätze allmählich in die Felder übergingen, weitab von den Manufakturen und den wenigen festen Häusern, die den Ortskern bildeten. Es war überraschend einfach gewesen, von hier zu entkommen. Bregar hatte bei seinen ungeliebten Pflichten Zugang zu den Vorratskammern und wusste, wo er Proviant und ein paar Decken für die Reise besorgen konnte. Bennos konnte Waffen und Ponys beschaffen.

Bennos hatte am vereinbarten Treffpunkt gewartet, einem Gerüst, das einem Palisadenwall glich und wo sie Deckung fanden für die letzten Vorkehrungen.

Bregar reichte seinem Sohn eine Decke und eine Nadel, sodass er sie sich wie einen Umhang um die Schultern legen und zusammenstecken konnte. Bennos gab seinem Vater ein Schwert und einen Holzschild. Schweigend beluden sie die Ponys. Prüfend schwang Bregar seine Waffe. Sie lag plump in der Hand, fast wie ein unbearbeitetes Stück Eisen. Er verzog das Gesicht.

»Ist das ein Übungsschwert?«, fragte er.

»Lange Klingen sind hier selten«, erwiderte Bennos. »Wir haben wenig Metall und viele Männer, die wir ausrüsten müssen. Speere und Dolche waren leichter zu besorgen. Aber ich habe mir gedacht, Ihr bevorzugt ein richtiges Schwert – da musste ich nehmen, was ich bekommen konnte.«

»Es ist schon gut, Bennos«, entgegnete Bregar. »Ich will nicht undankbar sein. Wir haben Glück gehabt. Eigentlich hatte ich damit gerechnet, dass ich dich aus einem Kerker holen muss. Jetzt frage ich mich, ob uns überhaupt jemand vermissen wird.«

»Die Sergeanten werden morgen früh bemerken, dass wir fort sind«, antwortete Bennos. »Sobald die Sonne aufgeht, werden sie uns jagen.«

»Wie sieht es mit dir aus?«, fragte Bregar. »Kann ich mich auf dich verlassen?«

»Natürlich, Vater.«

»Du hast dich merkwürdig verhalten, als ich dich das erste Mal angesprochen habe«, sagte Bregar eindringlich.

Bennos drehte sich zu ihm um. Bregar ahnte die Bewegung in der Dunkelheit.

»Ich habe meinen Fehler eingesehen, Vater. Ich gebe zu, der Mahdi hatte mich überzeugt. Aber Ihr habt mich daran erinnert, dass wir keinem Menschen folgen sollen, sondern Bponur allein. Er hat Euch zu mir geführt, und das ist beinahe ein Wunder.

Wenn der Gott selbst mir auf diese Weise zeigt, dass mein Platz an Eurer Seite ist, darf ich das nicht ignorieren. Ich weiß nun, wo ich Bponur am besten dienen kann.«

Als sie die Stadt hinter sich gelassen hatten, wandte Bregar sich zunächst nach Nordosten. Im Norden lag nur der Herrenwald, und jeder Verfolger würde sie am ehesten in Richtung Süden oder Osten vermuten – auf die Reichsstraße oder das Amradim zu. Bregar nahm außerdem an, dass zur menschenleeren Wildnis im Norden hin weniger Patrouillen unterwegs waren.

Zunächst führten sie ihre Pferde und gingen zu Fuß nebenher. Es war dunkel, und die Wege rings um Zomer waren unbefestigt und schwer zu erkennen. Doch so konnten sie auch selbst nicht so leicht entdeckt werden.

Mehrmals versteckten sie sich im Schatten einer Hecke oder hinter einem Bauernhaus.

Im Morgengrauen saßen sie auf, ritten zwischen Wäldern einher, über Felder und Wiesen und gelegentlich ein Stück auf den Wegen, die hier immer spärlicher zu finden waren und die selten in die Richtung führten, in die sie wollten.

Bregar machte sich Sorgen, wenn sie an einem Dorf oder an einem Hof vorbeiritten. Doch dann wurde ihm klar, dass sie für die Einheimischen und auch für eine Patrouille kaum von den Wachen des Mahdi zu unterscheiden waren. Es war unwahrscheinlich, dass sie auffielen, solange man nicht nach ihnen suchte. Bei der ersten Rast am Vormittag fiel Bregar auf, dass sie gar nicht über das gesprochen hatten, was geschehen war. Bennos hatte nichts über seine Erlebnisse erzählt, und er hatte Bregar auch nicht gefragt, was aus dem Feldzug geworden war.

»Wir mussten umkehren.« Bregar versuchte, seinem Sohn ein paar Worte zu entlocken. »Hast du gehört, dass der Mahdi das Amradim überfallen hat?«

Bennos nickte.

»Und?« Bregar konnte nicht fassen, dass sein Sohn das so gleichmütig aufnahm.

»Es ist Krieg«, antwortete Bennos einfach.

Bregar seufzte. »Allerdings«, sagte er. »Wir hatten einige Verluste am Fluss, doch das Blatt hatte sich schon fast gewendet. Da musste ich die Truppen zurückschicken.«

Bregar musterte Bennos eindringlich, aber der junge Ritter schwieg. Bregar erinnerte sich an den Tag, als Bennos sie verlassen hatte: noch auf dem Marsch, ganz in der Nähe von Zomer. Sie waren voller Hochgefühl und Zuversicht gewesen, mit dem größten Heer seit Menschengedenken hinter sich. Bennos hatte um das Kommando im Hinterland gebettelt, weil er fest mit einem schnellen Sieg im Westen gerechnet hatte – niemand hatte damals erwartet, dass irgendwer sie aufhalten könnte.

Doch wie anders war der Feldzug dann verlaufen …

Bregar konnte nicht fassen, dass Bennos überhaupt keinen Kommentar dazu abgab!

»Wie ist es dir ergangen?«, fragte er. »Wie konnten diese Räuber deine Schar überwältigen.«

»Sie haben uns in der Nacht überfallen.«

Bregar wartete eine Weile, aber Bennos schwieg.

»Hast du nicht gekämpft?«, fragte Bregar.

»Natürlich habe ich gekämpft!« Jetzt blickte Bennos auf und sah seinen Vater an. »Trotzdem haben sie uns überwältigt. Sie waren in der Überzahl.«

Bregar fragte sich, was mit seinem Sohn geschehen war. Warum war er so schweigsam geworden? Das war nicht der Bennos, den er kannte – der eifrige junge Ritter, ein wenig leichtfertig, so rastlos, dass er sogar mit den Knechten geübt hatte. Bregar hatte erlebt, wie harte Prüfungen einen Menschen veränderten. Er hatte Ritter gesehen, die von einer schweren Wunde genesen waren, die in Gefangenschaft gerieten oder die in der Schlacht oder in den Bergen Gotors Gräuel sahen, die sie regelrecht dahinwelken ließen.

Aber bei Bennos schien die Sache anders zu stehen. Der junge Mann zeigte sich einfach nur gleichgültig gegenüber allem, was sein früheres Leben betraf. Das galt nicht für die Gegenwart: Kaum hatten sie sich zur Rast niedergelassen und ein paar Bissen gegessen, da sprang Bennos schon wieder auf und kümmerte sich um die Pferde. Fast schien es, als blickte er ungeduldig nach vorn, als wäre er viel zu beschäftigt mit der Zukunft und mit ihrem Auftrag, um eine Plauderei über Nichtigkeiten zu führen.

Nur dass es keine Nichtigkeiten waren – der Verlauf des Feldzugs im Westen. Was zu dessen Ende geführt hatte. Zu Bennos' Niederlage und Gefangenschaft. Das war nichts, was man mit einem Achselzucken abtat!

Einen schmerzhaften Augenblick lang hatte Bregar das Gefühl, dass er nicht mit seinem Sohn Bennos hier am Waldrand saß, sondern mit einem anderen Menschen. Einem Fremden, dem all die Dinge aus Bennos Vergangenheit nichts bedeuteten. Bregar fragte sich, ob er als sein Vater wohl auch zu dieser Vergangenheit gehörte … und wie er über seine Mutter dachte.

Es wird sich geben, beruhigte er sich. *Er braucht ein wenig Zeit, um zu sich selbst zu finden.*

Am nächsten Tag erreichten sie den Farir, der kaum mehr war als ein großer Bach. Sie überquerten ihn ohne Schwierigkeiten, auch wenn sie danach noch nasser waren, als durch den steten Nieselregen. Das Wasser des Flusses schien ihnen die letzte Wärme aus dem Körper zu ziehen. Bregar lief freiwillig neben seinem Pferd her und rieb sich die Hände.

Sie hielten sich am Waldrand. Es war eine einsame Gegend, weitab von der Straße. Das Heideland war durchsetzt von kleinen und größeren Wäldchen, und mitunter mussten sie einen Umweg reiten oder umkehren, wenn sie keinen gangbaren Weg fanden und der Pfad, den sie eingeschlagen hatten, sich im Dickicht des Urwalds verlor.

Sie trieben die Ponys an und verfütterten den größten Teil des mitgebrachten Korns an die Tiere, damit die bei Kräften blieben. Nach Tagen erreichten sie die Fürwasser, und ihre Vorräte gingen zur Neige. Bregars Magen war so leer wie die Taschen hinter ihm auf dem Pferd.

Der Fluss wälzte sich braun und angeschwollen vom Regen durch die Ebene.

»Hier finden wir nicht so leicht einen Übergang«, befand Bregar. »Wir müssen uns wohl doch zur Reichsstraße wenden und die Furt benutzen.«

Bennos schüttelte den Kopf. »Die wird beobachtet. Da kommen wir nicht unbemerkt hinüber.«

»Das Land um den Fluss ist auch nicht so verlassen wie die Gegend, durch die wir gekommen sind«, sagte Bregar. »Wenn wir uns zu lange hier herumtreiben und einen anderen Übergang suchen, fallen wir genauso auf. Aber wenn wir schnell und entschlossen durch die Furt reiten, wird man uns einfach für zwei weitere Krieger des Mahdi halten, die auf dem Weg in den Osten sind. Sie werden uns sehen, aber nicht anhalten.«

Sie folgten dem Fluss einige Tage lang. Mitunter wurden sie aufgehalten von sumpfigen Niederungen oder von Zuflüssen, die durch den Regen der letzten Zehnttage angeschwollen waren. Sie mieden die Ansiedlungen und lagerten des Nachts in den Gehölzen, unter behelfsmäßigen Zelten, die sie aus Reisern und ihren Decken errichteten.

Bregar fröstelte. »Wir haben kaum noch etwas zu essen«, sagte er. »Hinter der Furt sollten wir auf der Hauptstraße bleiben. Wenn wir als Reiter des Mahdi auftreten, müssen die Bauern uns versorgen.«

»Die Straße ist gefährlich«, entgegnete Bennos. Er war vom Pferd gestiegen und ein Stück weit den Hügelkamm hinaufgekrochen. Von dort aus behielt er die Straße und die nahe gelegene Furt im Auge.

Bregar war mit den Tieren im Schutz des Hügels zurückgeblieben. Es regnete nicht, doch die Wolken hingen tief, und der kalte Wind kündete vom Herbst. In der Einsamkeit hatte Bregar die Tage verloren. Er war unsicher, ob bereits Oktober war oder ob das Fest der Ernte noch vor ihnen lag.

»Siehst du etwas?«, rief er Bennos zu.

Bennos kam zurück und schüttelte den Kopf. »Aber sie sind da«, sagte er. »Die Furt ist niemals unbewacht.«

Sie saßen auf und ritten über die Anhöhe. Entschlossen hielten sie auf den Übergang zu. Bregar lockerte das Schwert an seinem Gürtel. Zwei Stangen links und rechts der Straße markierten den Zugang zur Furt. Das aufgewühlte Wasser schäumte um das Holz.

Bregar lenkte sein Pferd bis zu den Fesseln in den Fluss und sah zu, wie silbrige Zungen an den Beinen des Tieres leckten.

»Bist du sicher, dass der Weg gangbar ist?«, fragte er seinen Sohn.

Bennos sah ihn an und zuckte die Achseln.

Sie stiegen ab und führten die Pferde am Zügel. Das Wasser riss heftig an ihnen, aber es reichte nie höher als bis zu den Knien. Bregar klammerte sich an dem Pony fest und gelangte unbeschadet auf die andere Seite.

Als sie dort die Böschung hinaufstiegen, kamen drei Reiter auf Ponys auf sie zu.

Bennos ging mit seinem Pferd voraus. »Ich rede mit ihnen, Vater«, sagte er.

Bregar nickte. Seine Unruhe schien sich auf das Tier zu übertragen, und es tänzelte. Er folgte Bennos und mahnte sich zur Gelassenheit.

»Heil Bponur und seinem Gesandten auf Erden!« Bennos hob die Hand, als die Reiter herankamen. Zwei von ihnen ritten in einem Bogen an Bennos vorbei zu Bregar, der dritte zügelte sein Pferd vor Bennos.

»Bponurs Segen mit dir«, antwortete der dritte Reiter. »Wohin des Weges, Bruder?«

»Wir reiten in den Osten. Wir bringen eine Botschaft für General Marin.«

»Was für eine Botschaft.«

»Eine Botschaft des Mahdi an den General«, erwiderte Bennos fest.

Einen Moment lang schwiegen sie. Bregar erahnte eine Bewegung bei den Männern, die bis zu ihm geritten waren, ein Anspannen der Muskeln. Er handelte zuerst.

Mit einem lauten Schrei riss er sein Schwert aus dem Gürtel und stieß es dem einen Reiter in die Seite. Er spürte, wie die Klinge die Wirbelsäule durchbohrte. Der Ponyreiter sackte im Sattel zusammen und versuchte halbherzig einen Gegenangriff. Doch Bregar riss ihm mühelos den Speer aus der Hand, fuhr herum und schleuderte die Waffe auf den zweiten Reiter und traf ihn in die Brust.

Der Krieger, der vor Bennos stehen geblieben war, holte mit der Waffe aus. Aber Bennos trieb sein Pferd mit einem Fersendruck an und rammte das andere Reittier. Der Reiter verlor das Gleichgewicht. Bennos schlug ihn mit einem Faustschlag aus dem Sattel, dann ließ er das Pony steigen und trat dem gestürzten Krieger die Hufe ins Gesicht.

Wenig später waren die drei Gegner niedergestreckt. Bregar und Bennos saßen allein auf den Pferden, zwei der Ponys rannten in Panik davon, in die Richtung, aus der die Reiter gekommen waren.

Bennos schaute Bregar vorwurfsvoll an. »Warum habt Ihr das getan, Vater?«, fragte er. »Ihr habt uns verraten!«

»Sie haben etwas gemerkt«, gab Bregar zurück. »Ich habe es gefühlt. Der Kampf war unvermeidlich.«

»Ihr habt die Nerven verloren«, befand Bennos. »Jetzt wird es schwieriger.«

Sie wandten sich von der Furt aus wieder nordwärts. Bald jedoch merkten sie, dass sie verfolgt wurden. Wenn sie die Bauern um Vorräte ansprachen, erkannten sie an den argwöhnischen Blicken und an der verhaltenen Art, mit der man ihnen begegnete, dass jemand nach ihnen gefragt hatte. Und immer öfter sahen sie Reiter des Mahdi, die in größeren Gruppen durch das Land streiften und sich in ihre Richtung bewegten.

Meist hatten sie Glück und bemerkten die Trupps rechtzeitig. Dann verstecken sie sich, oder sie hielten die Verfolger auf Abstand und hängten sie ab. Sie ritten Umwege und versuchten, die Menschen zu meiden. Das machte ihre Lage noch verzweifelter. Man konnte nicht schnell vorwärtskommen und gleichzeitig jagen, die Felder waren abgeerntet, und die Natur gab zu dieser Jahreszeit wenig her. Vater und Sohn litten Hunger.

Schließlich, eines Tages, kam eine Patrouille dicht an sie heran. Bregar und Bennos trieben die Pferde im Galopp, aber das Land bot keine Deckung.

Am Ende, als die Dämmerung hereinbrach und sie die Reiter endlich abgehängt hatten, brach Bregars Pferd unter ihm zusammen. Auch Bennos' Pony hielt nicht länger durch. Es würde Tage dauern, bis die Pferde sich wieder erholt hätten.

Schweren Herzens gaben sie die Tiere auf. Immerhin hatten sie an diesem Abend Fleisch, obwohl sie nicht viel davon mitnehmen konnten. Sie schlugen sich den Bauch voll und liefen zu Fuß weiter, bevor der Tag wieder graute. Am Vormittag sahen sie die Patrouille erneut in der Ferne. Sie schlugen sich in ein Gehölz und kauerten sich in den Bewuchs.

Bennos spähte zwischen den Büschen hindurch.

»Siehst du sie?«, fragte Bregar. »Kommen sie in unsere Richtung?«

Ich weiß es nicht«, sagte Bennos. »Sie könnten immer noch auf dem Hügel sein, oder sie nähern sich in einem ungünstigen Winkel. Ich habe keinen guten Blick durch dieses Buschwerk.«

Die Bäume um sie herum waren klein und knorrig, krumme, windgebeugte Stämme, die weit auseinanderstanden. Die Zweige waren fast kahl und trugen kaum mehr Blätter. Es war kein gutes Versteck, aber ohne Pferde konnten sie nicht entkommen.

»Wir sollten in Zukunft nachts marschieren«, schlug Bennos vor.

»Ausgeschlossen«, gab Bregar zurück. »Dann schaffen wir es nicht vor dem Winter nach Hause. Wir könnten uns auch vollends verirren oder im Dunkeln in ein Loch fallen und uns die Knochen brechen.«

»Oh Bponur«, stieß Bennos hervor.

Bregar blickte an ihm vorbei und entdeckte eine Gestalt, die auf sie zukam: eine gebeugte Frau mit einem Bündel Reisig auf dem Rücken. Sie näherte sich dem Gehölz, und es war klar, dass sie dort nach herabgefallenem Holz suchen wollte.

»Sie wird uns entdecken«, sagte Bennos. »Und so wie wir uns hier verkriechen, weiß sie gleich, was sie von uns zu halten hat.«

»Aber wenn wir herauskommen, sehen uns die Reiter«, gab Bregar zurück. »Oder sind sie fort?«

»Keine Ahnung.« Bennos flüsterte, obwohl gewiss noch niemand nah genug war, um sie zu hören. Er zog ein Messer und hielt es so, dass es im dichteren Bewuchs am Boden verschwand.

Die Frau kam heran, und Bregar erkannte, dass sie nicht so

alt war, wie er zunächst gedacht hatte. Er schätzte sie auf um die zwanzig, aber das Gesicht unter den rotblonden Haaren wirkte hart und wettergegerbt.

Ein Stück von dem Gehölz entfernt blieb sie unvermittelt stehen und starrte in ihre Richtung. Das Stück Holz, das sie gerade aufgehoben hatte, fiel ihr aus der Hand.

»Verdammt«, knurrte Bregar. »Sie hat uns bemerkt.«

»Sie ist noch zu weit weg.« Unruhig spielte Bennos mit der Klinge im Gras.

Bregar spitzte die Ohren und lauschte, ob er Hufschlag hörte. Er fragte sich, ob das Verhalten des Mädchens die Patrouille aufmerksam gemacht hatte.

Die junge Frau blickte sich ängstlich um, dann kam sie langsam und gebeugt auf das Wäldchen zu und blieb unschlüssig am Waldrand stehen.

»Ihr seid die, nach denen sie suchen«, stellte sie fest.

Bregar und Bennos schauten einander an.

»Sind Reiter in der Nähe?«, fragte Bennos.

»Ich habe sie gerade gesehen. Ich glaube, sie sind weiter nach Norden. Ihr seid selbst Krieger des Mahdi?«

»Nun, eigentlich …«, setzte Bregar an, dann brach er ab. Sie trugen die gleiche Tunika wie die Ponyreiter. Ihre Kleidung war zerschlissen, und sie mussten inzwischen hager und struppig aussehen, aber das war bei den Kriegern des Mahdi nicht anders.

»Wir wohnen hinter dem Hügel.« Das Mädchen zeigte über die Schulter. »Wartet eine Weile, bis ich fort bin. Wenn ihr es unbemerkt bis dahin schafft, können wir euch verstecken.«

»Warum willst du so ein Wagnis eingehen?«, fragte Bregar.

Das Mädchen sah sie unsicher an. Schließlich zuckte es die Achseln und huschte davon.

Die beiden Männer sahen ihr nach.

»Da geht sie hin«, bemerkte Bregar. »Womöglich läuft sie geradenwegs zu den Reitern, damit die schon auf uns warten, wenn wir über den Hügel kommen.«

Bennos ließ das Messer durch seine Finger wandern und steckte es weg. »Wir könnten Hilfe gebrauchen«, sagte er. »Vielleicht haben diese Bauern Verpflegung für uns.«

»Meinst du, wir können ihr trauen?«

»Das weiß Bponur allein«, gab Bennos zurück. »Aber ich weiß, wir können nicht ohne Hilfe den ganzen Weg bis ins Amradim zu Fuß gehen.«

»Sie könnte auf ein Kopfgeld aus sein«, überlegte Bregar.

»Der Mahdi zahlt kein Kopfgeld«, erwiderte Bennos. »Er erwartet von all seinen Untertanen bedingungslose Treue ohne Lohn.«

Eine Stunde später saßen sie in der kleinen Kate, in der das Mädchen mit seiner Familie wohnte. Zu dem Hof gehörten ein angebauter Schuppen, der wohl eine Scheune sein sollte, ein zerfallender Stall und eine Ziege, ein paar Hühner und Kaninchen.

Das Mädchen hieß Szella, und sie lebte hier mit ihren Eltern, die aussahen wie Greise, obwohl sie nicht viel älter sein konnten als Bregar. Szellas Mutter gab ihnen Brot und eine dünne Suppe. Der Vater lief unruhig in dem einzigen Raum des Hauses umher und spähte durch Löcher in der Holzwand nach draußen.

»Erwartet ihr noch jemanden?«, fragte Bregar.

»Nein«, sagte der Bauer. »Die Reiter waren gestern erst hier und haben sich überall umgesehen. Sie werden so schnell nicht wiederkommen. Es sei denn, einer hat gesehen, wie ihr ins Haus geschlichen seid …«

Er sprach es nicht aus, aber sie konnten seine Sorge spüren.

Allmählich beruhigte er sich und setzte sich zu ihnen an den Tisch.

Szella hockte in einer Ecke, drehte Garn und schaute Bennos an.

»Was wollten die Reiter?«, fragte Bregar.

»Was sie wollten?«, stieß der Alte bitter hervor. »Irgendetwas wollen sie immer. Sie nehmen und nehmen … Aber dieses Mal haben sie nur gedroht. Sie suchen zwei ihrer Kameraden, Krieger des Mahdi, die abgehauen sein sollen.«

Er musterte Bennos und Bregar. Bregars Hand wanderte verstohlen zu seinem Messer.

»Sie haben euch gedroht. Und dennoch habt ihr uns hereingelassen.«

Bregar sah, dass der alten Frau Tränen in den Augen standen.

»Was hätte ich tun sollen?« Der Bauer schaute von seiner Frau zu seiner Tochter. »Zwei Jahre ist es her, dass sie meinen Sohn geholt haben. Er dürfte so alt sein wie du.« Er nickte in Bennos' Richtung. »Ich denke mir, was ist, wenn er nach Hause kommen will? Ich würde mir wünschen, dass er Hilfe findet.«

»Er kann nicht nach Hause«, gab Bennos zurück. »Irgendwann würden sie ihn bei euch finden, und dann würdet ihr alle bestraft.«

»Nein«, sagte der Alte müde. »Er kann nicht nach Hause kommen. Ich hoffe, Hruno ist in Sicherheit, wo immer er auch ist.«

»Könnt ihr nach Hause gehen?«, fragte Szella aus der Ecke.

Bennos sah sie an. »Ich weiß es nicht«, antwortete er.

»Wir kommen von jenseits der Grenze«, erklärte Bregar. »Der Mahdi ist dort eingefallen. Wir werden sehen, was uns erwartet, wenn wir zurückkommen.«

»Vermutlich«, sagte der alte Bauer düster, »nichts anderes

als hier. Aber ich wünsche euch Glück. Ich stelle mir gern vor, dass mein Sohn es über die Grenze schafft und dort eine sichere Zuflucht findet.«

Bregar musterte den Mann. Er überlegte sich, ob dessen Sohn vielleicht zu den Reitern des Mahdi gehörte, die bewaffnet die Grenze zum Amradim überschritten hatten. Was trieb er jetzt? Wollte er überhaupt fort, oder genoss er es sogar, mit dem ganzen Räuberhaufen zusammen zu plündern?

In Zomer hatte er viele junge Männer gesehen, die darauf brannten, zu den Waffen zu greifen. Zumindest ein paar von ihnen waren gegen ihren Willen dorthin gebracht worden, doch sie hatten sich schnell an ihr neues Leben gewöhnt, wie es schien. Sie hatten sich vom Mahdi überzeugen lassen, und keiner von ihnen hatte je von seinen Eltern erzählt.

»Ich wünsche, dass euer Sohn dieselbe Hilfe erfährt, die ihr uns gewährt«, sagte er.

Nach dem Essen führte der Bauer sie hinaus und zeigte ihnen einen geheimen Keller, den die Familie auf einer Anhöhe unter Dornensträuchern angelegt hatte. Dort lagerten sie Vorräte, damit die Eintreiber sie nicht finden konnten.

»Ihr solltet drei Tage hierbleiben«, riet der Bauer. »Die Reiter wissen, dass ihr in der Gegend seid. Aber in ein paar Tagen werden sie euch anderswo vermuten. Dann wird euer Weg ein wenig sicherer.«

Bregar nickte. Sie fanden Korn und getrocknetes Obst und Käse in dem Keller, und bevor sie nach einigen Tagen wieder aufbrachen, packte Bennos ihre Taschen voll. Er nahm die Vorräte so unauffällig aus den hinteren Reihen oder aus den Säcken, dass die Bauersleute den Verlust nicht so schnell bemerken würden.

Ein Ritter, der stiehlt! Bregar schaute ihn entsetzt an. »Was machst du da?«

Bennos blickte auf. »Wir brauchen den Proviant, Vater.

Und wir wollen nicht, dass sie auf uns wütend werden und uns zu früh verraten.«

»Wir könnten sie fragen«, erwiderte Bregar.

»Sie würden uns gewiss etwas mitgeben«, sagte Bennos. »Aber sie können nicht so viel entbehren, wie wir benötigen, wenn wir bei Kräften bleiben und schnell vorankommen wollen.«

»Umso weniger dürfen wir es ihnen nehmen«, wandte Bregar ein. »Sie haben uns geholfen!«

»Das war von Vorteil für uns«, sagte Bennos. »Dennoch sind sie Verräter, nicht wahr, Vater? Sie haben ihren Herrn gleich zweimal betrogen – als sie uns versteckt haben, und auch mit diesem Keller. Ein Verräter verdient Strafe und keinen Lohn, selbst dann, wenn sein Verrat uns nützt. Sie haben gegen die heiligen Gesetze Bponurs verstoßen, der einem Knecht die Treue zu seinem Herrn auferlegt. Wir schulden ihnen gar nichts, Vater, außer dem Abscheu vor ihrer Schwäche.«

Kaum merklich änderte sich das Wetter in der Steppe. Die Nächte waren immer kalt gewesen, nun wurden sie eisig. Die Sonne schien von Tag zu Tag matter und mit weniger Wärme von einem wolkenlosen Himmel. Wind kam auf, und die Kälte, die er mitbrachte, kroch den Reisenden unter das Gewand wie ein tückischer Parasit, der ihnen die Kraft raubte.

Critaan und die beiden Gelehrten waren schon mehrere Zehnttage unterwegs. Sie ritten immer weiter nach Osten, doch die Landschaft veränderte sich nicht. Es kam inzwischen seltener vor, dass der Grôta sie um Siedlungen der Trolle herumführen musste. Dafür wurden sie von anderen Sorgen gequält.

»Ich hätte nie gedacht, dass es in diesem Land so kalt werden kann.« Ranir Maulsgassen saß auf dem Pferd und schlug sich mit den flachen Händen gegen den Oberkörper, in der Hoffnung, ein wenig Wärme in die steifen Muskeln zu bringen.

»Es wird sehr kalt im Winter«, sagte Critaan. So überliefern es die Vorfahren.«

»Wenn es wenigstens einmal regnen würde«, befand Draba von Klanden.

»Dann würden wir sterben!«, rief Ranir. »Sobald wir nass werden, gefrieren wir in der Nacht zu Eiszapfen.«

»Ach«, entgegnete der ältere Gelehrte. »Ich hätte endlich gern genug zu trinken. Sauberes Wasser. Vielleicht sogar zum Waschen.«

»Die Steppe ist trocken«, sagte Critaan. »Aber im Winter fällt oft Schnee. Dann kann niemand reisen.«

»Großartig«, erwiderte Ranir. »Soll das heißen, wir sind auch im Winter noch hier?«

»Unmöglich!«, rief Draba. »So groß kann die Welt gar nicht sein. Wir sind seit Monaten unterwegs. Wir müssen doch irgendwann an eine Grenze gelangen.«

»Ich will nur die Berge erreichen«, erklärte Critaan. »Sie sollen am Rand der Welt stehen, ganz im Osten. Aber die Überlieferung meines Volkes sagt nicht, wie weit es bis dorthin ist.«

Die drei Männer blickten zum Horizont. Die eintönige Landschaft dehnte sich vor ihnen aus, so weit das Auge reichte. Von Bergen war nichts zu sehen.

»Großartig«, murmelte Ranir. »Es ist schon Oktober, und wir müssen den Weg wieder zurück, wenn wir vor dem Winter daheim sein wollen. Wie groß kann die Steppe noch sein?«

»Wie lang der Weg auch ist«, befand Critaan. »Wir brauchen andere Kleidung, bevor wir in die Berge kommen.«

Die Ponyreiter überraschten sie, gerade als Bregar und Bennos über ein abgeerntetes Feld wanderten. Sie mussten die Grenze zum Amradim bereits überschritten haben – Bregar schloss das aus den Dörfern, die niedergebrannt und verlassen waren. An der Grenze hatte der Mahdi am schlimmsten gewütet, und das Land wirkte einsamer und geschundener als die Gebiete, aus denen sie gekommen waren. Dennoch hatte Bregar sich fast schon sicher gefühlt, nun, da er wieder auf dem Boden seiner Heimat stand.

Dann tauchten die sechs Reiter an einem Waldrand in der Ferne auf und schwenkten sogleich in ihre Richtung.

Bregar hielt inne, beugte sich vor und stützte erschöpft die Hände auf die Oberschenkel. Die Reiter waren noch ein gutes Stück entfernt, doch es gab weit und breit keine Deckung, in die sie sich hätten flüchten können.

»So kurz vor dem Ziel«, sagte Bregar. »Eudoxios muss mit dem Heer hier irgendwo sein. Wir hätten jeden Tag auf ihn stoßen können.«

Bennos sagte nichts. Er zog das Schwert und stellte sich den Reitern entgegen. Er wippte auf den Fußballen und suchte einen festen Stand. Bregar bemerkte die leichte, beherrschte Spannung in Bennos' Körper, und er hatte das Gefühl, als würde der junge Ritter den Kampf beinahe begrüßen.

Auch er zog die Waffe. Sie trugen keine Rüstung und hatten einen entbehrungsreichen Weg hinter sich – obwohl Bennos darunter weniger zu leiden schien als er. Bregar hätte es vorgezogen, wenn er dem Feind zu seinen eigenen Bedingungen hätte begegnen können: zu Pferd und in Brünne, als Ritter und mit den Männern seines Ordens hinter sich.

»Ich frage mich, ob das derselbe Trupp ist, der uns schon seit der Furt verfolgt«, bemerkte er.

»Jedenfalls sehen sie nicht so aus, als wollten sie Fragen stellen«, gab Bennos zurück. »Wir müssen sie aufhalten.«

Das klang so, als hätten sie eine Wahl. Bregar seufzte. Er schätzte ab, wie schnell die Feinde näher kamen, und stellte sich schräg hinter seinen Sohn – so, dass sie einander gegenseitig Deckung gaben, ohne sich beim Kampf zu behindern.

Der vorderste Reiter stieß seinem Pony die Fersen in die Flanken und stürmte auf sie zu, den Speer auf Bennos gerichtet.

»Tod den Verrätern!«, rief er.

Bennos duckte sich unter dem Stoß weg. Dann holte er aus und hieb dem Pony mit einem Streich beide Vorderbeine ab. Das Pferd stürzte, der Reiter wurde über den Hals hinweg auf Bregar zugeschleudert. Der tötete ihn noch in der Luft mit einem wuchtigen Schlag auf den Kopf.

Schon waren die nächsten Gegner herangeprescht. Ein Reiter kam auf Bregar zu. Er war vorsichtiger und hielt Abstand, nutzte die Länge seines Speeres gegen Bregars Schwert. Ein weiterer Krieger eilte ihm zu Hilfe, und sie versuchten, Bregar von seinem Sohn wegzudrängen und ihn in die Zange zu nehmen.

Bennos hatte drei Feinde gegen sich. Mit der Linken packte er den Speer des ersten, als der nach ihm stieß, riss die Waffe zur Seite und sprang auf den Mann zu. Ein zweiter Angreifer ritt hinter ihn und stach zu. Bennos konnte nur eine Handbreit ausweichen, sodass die Speerspitze eine tiefe Wunde in seinen linken Oberarm riss.

Doch er lockerte den Griff um den Speer nicht, zog den ersten Gegner zu sich heran und rammte ihm das Schwert in die Brust. Dann entriss er dem Sterbenden den Speer und fuhr herum. Die Hand um die Spitze geschlossen, schwang er den Speer wie eine Keule. Der zweite Gegner versuchte, dem Schaft zu entgehen, als der auf ihn zuschwang. Dabei scheute sein Pferd und warf den Reiter ab.

Sofort sprang der Mann wieder auf die Füße. Er hielt den

Speer noch in der Rechten und zog mit der Linken ein langes Messer.

Bennos stürmte mit einem Kampfruf auf ihn zu. »Für Bponur!«

Mit zwei, drei Schritten war er so nah am Feind, dass die Speere nutzlos wurden. Doch ein dritter Gegner kam von der Seite. Bennos parierte dessen Speer mit dem Schwert. Das Messer des vom Pferd gestürzten Kämpfers vor ihm wehrte er mit der Linken ab. Die Klinge schnitt ihm den Unterarm auf.

Dennoch packte Bennos den Messerarm des Kriegers, und das Blut aus Bennos' Wunden tropfte darauf. Aber er grub die Finger so hart in den Unterarm des Gegners, dass der Mahdikrieger aufschrie vor Schmerz. Die Knochen des Mannes knackten unter Bennos' Griff, und er ließ das Messer fallen.

Bennos riss seinen Gegner herum, gerade als der Berittene den nächsten Angriff startete. Der Reiter zögerte einen Moment beim Anblick des menschlichen Schutzschildes. Aber schließlich stieß er dennoch zu. Der Speer fuhr dem Mann, den Bennos schützend vor sich hielt, über die Seite und traf Bennos an der Hüfte.

Der Reiter blickte in Bennos' Gesicht, und etwas darin brachte ihn dazu, innezuhalten. Seine Augen weiteten sich vor Entsetzen. Bennos löste den Griff um den Gegner, den er immer noch umklammert hatte. Der taumelte, stürzte auf den Speer des Reiters und hebelte seinem Kameraden die Waffe aus der Hand. Gleichmütig stieß Bennos dem Gestürzten das Schwert in den Hals und sprang sogleich auf den Reiter zu.

Der ließ das Pony steigen. Die Hufe wirbelten vor Bennos' Gesicht. Bennos wich aus, steckte ein, zwei Hufschläge an Brust und Oberarm ein und warf sich dann mit seinem ganzen Gewicht gegen das Tier. Das strauchelte, der Reiter verlor den Halt und stürzte zu Boden.

Bennos fuhr herum und stürmte mit einem Kriegsruf los. Er stieß einem von Bregars Gegnern von hinten das Schwert zwischen die Rippen. Die Klinge blieb stecken und wurde Bennos aus der Hand gerissen, als der Reiter aus dem Sattel rutschte.

Während Bregar seinen letzten Gegner überwältigte, sah er aus den Augenwinkeln, wie Bennos herumfuhr und auf den Reiter zusprang, den er zuvor vom Pferd gestoßen hatte. Der Mann sah ihn entsetzt an und schob sich auf dem Rücken von ihm fort. Bennos warf sich auf den Krieger, kniete sich auf dessen Brust und schloss die Hände um seine Kehle.

Bregar zerbrach den Speer des letzten Reiters und streckte dann den Mann selbst nieder. Mit einem einzigen Ponyreiter konnte ein Ritter es aufnehmen, aber Bregar konnte nicht glauben, dass sein Sohn in wenigen Augenblicken vier Reiter überwältigt hatte, schneller, als Bregar mit einem fertig geworden war.

Der Preis dafür war die völlige Achtlosigkeit um die eigene Sicherheit und Unversehrtheit gewesen!

Bregar trat zu seinem Sohn. Die Sorge um Bennos zermürbte ihn mehr als der Kampf selbst. Der Junge blutete aus zahlreichen Wunden. Bregar sah aufgeplatzte Haut und blutunterlaufene Abdrücke, dort, wo die Pferdehufe den jungen Ritter getroffen hatten. Eigentlich hätten die Muskeln an diesen Stellen steif werden müssen. Die Schmerzen hätten es Bennos unmöglich machen sollen, diese Gliedmaßen noch zu gebrauchen. Doch Bennos konnte selbst den aufgerissenen Arm voll bewegen, und er würgte den Gegner mit solcher Kraft, dass der Kehlkopf eingedrückt wurde und das Genick des Ponyreiters mit einem Knacken brach.

Der Mann war tot, aber Bennos ließ nicht los. Bregar sah, dass das Gesicht seines Sohnes zu einer wilden Maske verzerrt war, die Pupillen waren klein, die Augen verdreht. Es sah aus, als hätte er irgendwelche berauschenden Kräuter genommen – doch es war der Wahnsinn, der ihn übermannt hatte.

»Bennos!«, rief Bregar. Er wagte nicht, seinen Sohn zu berühren.

Allmählich löste sich die Spannung in Bennos' Körper. Er lockerte den Griff um den Hals des Toten, dessen Kopf zur Seite kippte. Langsam stand Bennos auf und schüttelte sich.

Bponurs Gnade, dachte Bregar. Was hatten diese Männer ihm angetan, dass er beim Kampf gegen sie derart in Raserei geriet? Bregar fragte sich, ob Bennos ihm verschwieg, was er in der Gefangenschaft wirklich erlebt hatte.

Er trat zu ihm und legte ihm die Hand auf die Schulter.

»Es ist gut, Bennos«, sagte er. »Es ist vorbei. Sie sind tot, und bald sind wir zu Hause. Ich werde dich zu deiner Mutter bringen, und deine Wunden können heilen.«

Bennos schnaubte und schüttelte die Arme, sodass das Blut auf den Boden spritzte. »Das sind nur ein paar Kratzer«, sagte er. »Ich will kämpfen. Ich werde mit dir gegen das Heer des Mahdi ziehen.«

Bregar schüttelte den Kopf. »Diese Lumpen sind es nicht wert, dass du dich ihretwegen aufopferst«, sagte er. »Sie sind tot, ihre Genossen werden ihnen folgen. Sie bekommen alle die Strafe, die sie verdienen.«

Bregar sah kurz Zorn in Bennos' Gesicht aufblitzen. »Es sind keine Lumpen Vater.« Er klang ganz ruhig, als er antwortete. »Es sind Gläubige. Sie dienen Bponur, so gut sie es eben verstehen. Bponur wird ihre Treue belohnen. Sie sind nur im Irrtum, und sie standen dem Willen Gottes im Weg.

Darum mussten sie sterben. Es ist Bponurs Wille, dass ich in der letzten Schlacht an Eurer Seite mit den Rittern der Orden reite. Bei dieser heiligen Pflicht durften sie mich nicht aufhalten – und Ihr werdet das auch nicht, Vater.«

18. KAPITEL

Im Lager der Trolle herrschte heller Aufruhr. Die Kreaturen brüllten und rannten umher, sie griffen nach den Waffen. Der Lärm wogte zur anderen Seite des Lagers und entfernte sich.

Draba von Klanden schlug den Zelteingang zurück. Ranir Maulsgassen huschte durch die Öffnung, und sein Freund folgte ihm. Dann ließ er die Zeltklappe wieder zufallen. Die Mittagssonne drang gedämpft durch die Lederplanen und sorgte für ein mildes Licht. Draba schaute sich in dem riesigen Zelt um.

Critaan hatte recht behalten: Hier lagerten die Vorräte des Stammes! Der Raum hätte unter Menschen für ein Mannschaftszelt ausgereicht. Das Gerüst bestand aus armdicken Stangen. Es waren weit mehr, als man für die Zeltplanen brauchte, und sie waren sehr robust mit Seilen und dicken Lederriemen verbunden. Taschen, Säcke und kleine Säckchen hingen von den Streben herab, und überall Fleisch: Schinken und Bündel von getrockneten, armlangen Streifen.

An den Wänden stapelten sich irdene Gefäße mit Körben darauf; Felle, Leder und Flechtmatten füllten eine ganze Ecke. Der Geruch nach Rauch war zum Schneiden dick, auch wenn man keinen Qualm in der Luft sah, und allerhand andere Aromen mischten sich darunter: Salz und Kräuter, Heu und Leder, Fett und Sauermilch.

Ranir hustete unterdrückt.

»Pssst!«, fuhr Draba ihn an. Er lauschte nach draußen. Doch um das Zelt herum blieb alles still. Anscheinend hatte Critaan es geschafft, die Bestien wegzulocken.

Er nahm einen leeren Sack, schüttelte ihn aus und füllte

ihn hastig mit Proviant. »Los«, forderte er seinen Begleiter auf. »Sie können jeden Augenblick wieder da sein.«

Ranir schauderte. »Das Fleisch rühr ich nicht an. Wer weiß, was die Ungeheuer da geschlachtet haben!«

»Ein paar von ihren Steppenrindern, was sonst«, gab Draba zurück. »Oder hast du irgendeine Beute von unserem Heer entdeckt? Wir sind viel zu weit weg von der Grenze. Hier haben sie vermutlich nicht einmal von dem Krieg gehört, und bestimmt haben sie keine Menschen für ihre Vorratskammer bekommen.«

Ranir verzog angeekelt das Gesicht. Dann packte auch er hastig Verpflegung in einen Sack und Felle und Häute für den Winter.

Draba stieg auf das Gerüst. Wie ein Bauer bei der Obsternte kletterte er unter dem Zeltdach entlang und schnitt die besten Stücke herunter. Er prüfte das Fleisch, roch daran und wählte sorgfältig aus.

Ranir wühlte derweil in den Behältnissen am Rand.

»Lass doch den Kram«, sagte Draba. »Nimm nur von dem Fleisch.«

Ranir fand einen Sack mit grobkörnigem Salz und stieß einen unterdrückten Jubelschrei aus. Er suchte kleinere Beutel und füllte ein paar Gewürze hinein.

Plötzlich flappte die Zeltplane.

Ranir fuhr herum.

Eine graue Gestalt trat durch die Öffnung und richtete sich auf. Sie trug einen Rock aus Rinderhaut, und aus dem von Steinkrusten verschorften Schädel hingen vereinzelte fettige Haarsträhnen heraus, die aussahen wie Büschel von gedrehter Wolle. Die Kreatur legte den Kopf schräg und musterte Ranir aus tief liegenden Augen. Es war schwer, in dem starren Gesicht eine Regung abzulesen, doch man konnte erahnen, dass es eine Trollfrau war.

Sie trat auf Ranir zu und hob die Arme.

Der ließ den Sack fallen und wich zurück. »Einen Moment, gnädige Frau«, stieß er hervor. Er bildete die Worte sinngemäß in Daechomon nach, so gut er es eben vermochte. »Es, äh, ist nicht so, wie Sie vielleicht denken.«

Das Trollweib hielt inne. Sie grinste. Trolle hatten von Natur aus keine spitzen Zähne – doch die Zähne, die hinter den schmalen Lippen aufblitzten, waren in der Form von Haifischzähnen zugeschliffen.

»Uh«, gluckste sie. »Das Ungeziefer spricht.«

Ihr Dialekt war nur schwer zu verstehen.

Draba hatte sich zwischen den Bündeln versteckt, die von der Decke baumelten. Er war so tief im Trockenfleisch eingetaucht, dass er sich selbst schon fast wie ein Schinken fühlte. Jetzt ließ er sich behutsam hinab, die Hände um einen Querbalken gelegt. Er betete, dass das Gerüst nicht knarrte, bevor seine Füße den Boden berührten.

Ranir fuhr sich mit der Zunge über die trockenen Lippen. »Ja. Äh, ich meine, Ungeziefer … Das ist hart. Wir sind nur harmlose Wanderer und zufällig, äh …«

Die Trollfrau grinste immer noch. Dann streckte sie die kantigen Klauenfinger nach ihm aus. »Mal sehen, wie Ungeziefer schmeckt«, knurrte sie.

Draba packte die Waffe, die Critaan ihnen gefertigt hatte: eine fast mannslange Stange, an deren Ende ein Stein gebunden war, wie der Kopf eines Hammers. Er hatte die Stabkeule beim Eingang abgelegt, bevor er auf das Gerüst geklettert war.

Ranir quiekte und wich vor der Trollfrau zurück. Aber in dem vollgestellten Zelt gab es weder ein gutes Versteck noch genug Platz, um der Bestie auszuweichen.

Draba fasste die Waffe am äußersten Ende, wie Critaan es ihm erklärt hatte. Das Gewicht des Steins hebelte ihm den

Schaft fast aus der Hand. Dennoch holte er aus, biss sich auf die Zungenspitze, konzentrierte sich …

Als das Trollweib sich zu Ranir hinabbeugte, schlug er zu. Der steinerne Hammerkopf knallte auf den Hinterkopf der Trollin. Der Schädel knackte.

Das Trollweib verdrehte die Augen und brach zusammen. Ranir sprang zur Seite, um ihr auszuweichen. Beide Menschen standen einen Augenblick lang da und schauten auf ihre Gegnerin, der das dunkle Blut langsam über den Schädel rann und ölig von den Haarsträhnen zu Boden troff.

»Das war knapp«, befand Ranir. »Mir setzte fast der Herzschlag aus. Zwei Mal!«

»Verschwinden wir von hier«, antwortete Draba. »Wer weiß, wann das nächste Ungeheuer reinplatzt.«

Die Tage und Nächte dehnten sich genauso endlos wie das Land. Mühsam kämpfte Hragaud sich vorwärts. Manchmal erinnerte er sich daran, dass er einmal einen Engel gesehen hatte und dass es ihm damals wie ein Wunder erschienen war.

Das war einen Monat her oder zwei, er zählte die Tage nicht mehr, und inzwischen hatte er so viel erlebt, dass der Eindruck allmählich verblasste. Er hatte Trolle gesehen und unvorstellbare Grausamkeiten, hatte miterlebt, wie sie sich selbst zerstückelt und vergraben und wieder aus dem Boden herausgewühlt hatten, um nach ihm zu fassen. Er war von Wölfen gehetzt worden und von Tieren, die großen Katzen glichen. Er war über Schlachtfelder gestolpert, wo die Überreste seines Heeres verstreut lagen, Knochen mit blutigen Fleischfetzen daran, an denen die Geier rissen, zerfetzte Fahnen, zertrümmerte Schilde und verbeulte Rüstungen.

Viele seiner alten Freunde waren zu ihm zurückgekehrt und ein Stück mit ihm gegangen. Stavos vom Rehhügel hatte ihn nach dem Weg gefragt und war dann in die falsche Richtung davongeirrt, sosehr Hragaud auch gerufen hatte. Grasold Aldheide war neben ihm einhergewandert, hatte über das Wetter geplaudert und darüber, was er anfangen wollte, wenn er wieder zu Hause war. Hragaud wusste längst nicht mehr, welche Erlebnisse wirklich waren und was er nur träumte. Manches sah er wie im Wahn. Mitunter meldete sich sein Verstand zu Wort und flüsterte ihm etwas zu. Aber die Vernunft war keine Stimme, auf die man in diesem Land vertraute.

Wenn er die Toten sah, hieß das, dass er sich das nur einbildete? Oder war er nicht vielmehr selbst bereits tot und wanderte durch ihr Reich, durch eine endlose Hölle unter einem leeren Himmel?

Die Sonne war bleicher und bleicher geworden. Sie hatte ihn verbrannt und dann ihre Kraft verloren. Jetzt fror er und zitterte, und in seinen wachen Momenten, da wusste er, dass er krank war.

Dass er lebte, aber dass er sterben würde!

Der Rucksack, den er gefunden hatte, war längst leer. Immerhin besaß er seitdem eine Wasserflasche und einen kleinen Spaten. Von den Grôta hatte er gelernt, wo er Wasser und Wurzeln finden konnte. Welche Pflanzen und Insekten in diesem Land essbar waren. All das half ihm nun, doch es reichte nicht aus. Es reichte einfach nicht aus, um nach Hause zu kommen!

Dennoch klammerte Hragaud sich an das Leben und wanderte weiter, Schritt für Schritt gen Westen. Wenn er immer einen Fuß vor den anderen setzte und nicht zusammenbrach oder von seinen Feinden gestellt wurde, musste er eines Tages irgendwo ankommen.

Er bemerkte, dass er in Gedanken versunken stehen geblieben war. Wie lange? Er wusste es nicht. Vielleicht stand er schon seit Tagen an diesem Fleck und hatte das letzte Wegstück nur geträumt.

Er hob den Kopf und sah sich aus verquollenen Augen in der immergleichen Landschaft um. Das Gras um ihn herum raschelte im kalten Wind, ein trockenes Geräusch, das sich im Nirgendwo verlor. Dunst hing vor der Sonne. Es wurden keine Wolken daraus, und doch lag Bponurs Gestirn fern und fahl dahinter.

Hragaud wischte sich das juckende Gesicht. Er spürte Barthaare unter den Fingern, die ihm irgendwie fremd vorkamen. War in den letzten Tagen etwa sein Geist allein durch die Steppe gewandert, bis er diesen fremden, kranken, dürren und schwachen Leib gefunden hatte, in den er hineinkriechen konnte?

Nein!

Hragaud riss sich zusammen. Er durfte sich nicht selbst verlieren. Er durfte nicht aufgeben. Er hatte es so weit geschafft auf wunden Füßen. Der Bart war gewachsen, seine Kleidung war zerrissen, und der Staub der Steppe klebte ihm auf der Haut. Aber er konnte weitergehen, noch ein kleines Stück.

Zögernd setzte er einen Fuß vor den anderen.

Der Horizont in der Ferne schien sich aufzulösen. Wolken zogen auf.

Hragaud blinzelte und versuchte, ein wenig schärfer zu sehen.

Waren das Berge vor ihm? Diese bläulichen Schatten, die er im Westen erahnen konnte wie ein Versprechen?

Am Vespertag des Oktober im 21. Jahr der Krönung von Agos I. (20. Oktober 963 nach Horomischer Zeitrechnung)

Im Amradim bei Frathus

Bregar atmete auf. Er stand in einem großen Zelt, umgeben von Dienern. Ein Ofen bullerte neben ihm und verströmte Wärme. Er hatte gebadet und sich den Bart scheren lassen. Jetzt fuhr er mit den Fingern über die Tunika aus weichem Leinen, spürte den Stoff auf der Haut und hätte beinahe glauben können, dass die Monate auf der Flucht nicht mehr gewesen waren als ein böser Traum.

Er war wieder bei seinem Heer.

Auf dem letzten Stück wäre er fast von den eigenen Leuten erschlagen worden – von der Patrouille, die ihn und Bennos aufgegriffen hatte, als sie wie zwei heruntergekommene Vagabunden in der Kleidung von Mahdi-Reitern durch das Amradim streiften.

Sie hatten ihn nicht als ihren Heerführer erkannt, und sie hatten nur gelacht, als er seine Geschichte erzählte. Erst als er sagte, dass er sich als Spion in die Reihen des Mahdi eingeschlichen habe, waren die Männer endlich bereit, ihn zu Eudoxios zu bringen. Das war eine letzte Demütigung, eine Lüge, eines Ritters unwürdig.

Hatte er wirklich geglaubt, er könne durch diesen Feldzug unsterblichen Ruhm erlangen?

Er lachte bitter auf, und die Diener blickten ihn fragend an. Bregar überlegte kurz, ob er sich noch ein Kettenhemd überstreifen sollte. Aber er fühlte sich zu schwach. Er ließ sich nur ein einfaches Wams und einen Mantel reichen, gürtete das Schwert und eilte zu seinem Treffen mit dem Marschall.

Eudoxios an Cradin empfing ihn im prachtvoll geschmückten Kommandozelt der Drei Blutigen Tränen. Banner hingen an jeder Zeltschnur und flatterten im herbstlichen Wind. Im Zelt selbst hatte der Marschall heizen lassen und eine Tafel mit Speisen vorbereitet.

Gleich nach der Begrüßung ließ Bregar sich Wein einschenken und aß ein paar Bissen, bevor er das Gespräch eröffnete.

»Wo sind die übrigen Führer des Heeres?«, fragte er.

Marschall Eudoxios saß ihm gegenüber, er rührte das Essen nicht an. »Ich wusste nicht, ob das ein Kriegsrat werden würde«, antwortete er. »Ich wollte vorher selbst mit Euch reden. Ich dachte, vielleicht möchtet Ihr erst einmal erfahren, was während Eurer Abwesenheit geschehen ist, bevor Ihr das weitere Vorgehen plant.«

Bregar stellte den halb geleerten Pokal auf den Tisch. »Nun«, sagte er mit einer gewissen Härte. »Eine Sache habe ich bereits mitbekommen: Ihr sitzt hier – und das Heer des Mahdi lagert anderswo. Ich habe gehört, so geht das schon eine ganze Weile. Warum habt Ihr nicht die Schlacht gesucht und das Amradim befreit?«

»So einfach ist das nicht«, gab Eudoxios zurück. »Die Scharen des Mahdi sind sehr beweglich. Alle seine Truppen sind beritten. Wir verfolgen sie, doch sie entziehen sich uns. Es gibt kleinere Scharmützel, aber die Entscheidung vermeiden sie.«

»Ihr hättet die Entscheidung erzwingen können«, befand Bregar. »Wenn Ihr entschlossener nachgerückt wärt. Ihr hättet die Horden des Mahdi in die Enge treiben oder aus dem Land hinausdrängen können.«

Eudoxios zuckte die Achseln. »Vielleicht. Doch das erschien mir unklug. Ihr findet hier nicht mehr dasselbe Heer vor, das Ihr verlassen habt, Komtur Bregar. Dieser Rückzug – es war ein Monat in der Hölle.«

Bregar sah ihn fragend an.

»Es gab keinen Nachschub«, fuhr Eudoxios fort. »Wie Ihr selbst bei Eurem Aufbruch bemerkt hattet. Wir hatten auch nicht so viele Vorräte, wie wir gebraucht hätten. Alle Weiler und Posten und Gasthäuser entlang der Reichsstraße, wo wir uns auf dem Hinweg versorgen konnten, waren dieses Mal verlassen und leer geräumt, genau wie die Felder im weiten Umkreis. Es gab nichts mehr.

Wir litten Mangel und rückten in Eilmärschen vor. Nicht jeder hielt das durch, und wer zurückblieb, war dem Tod geweiht. Wir haben einen großen Teil unseres Fußvolks verloren.«

»Erzählt mir nichts von Entbehrungen«, versetzte Bregar. Er hob einen Arm, um zu zeigen, wie mager er geworden war. »Aber um die Truppen des Mahdi zu stellen, brauchen wir keine Fußknechte.«

Eudoxios nickte. »Ihr habt recht«, fuhr er tonlos fort. »Das war nur ein Teil unserer Schwierigkeiten. Der andere betraf Reiter und Fußvolk gleichermaßen. Die Reiter noch mehr, denn das waren diejenigen, die bei den Kämpfen am Wegesrand die Hauptlast trugen.«

Der Marschall schnippte mit den Fingern, um einen Diener herbeizurufen und ließ sich ein Bündel Pfeile reichen. Die hielt er Bregar über den Tisch hinweg hin. Der betrachtete sie. Sie sahen ungewöhnlich aus. Das Material wirkte leicht und spröde, und die metallenen Spitzen waren winzig.

»Ist das Schilfrohr?«, fragte er.

»Es wurde mit Hitze behandelt«, bestätigte Eudoxios. »Eine besondere Teufelei des Mahdi. Diese Geschosse prallen nicht ab, wenn sie eine Rüstung treffen. Sie zerbrechen.«

Eudoxios zog einen Pfeil heraus, legte das restliche Bündel auf den Tisch und bog ihn mit den Händen, bis der Schaft abbrach. Es war keine glatte Bruchstelle – das gehärtete Schilfrohr splitterte wie Glas. Lange nadelscharfe Späne rieselten zu Boden, und Eudoxios hielt in jeder Faust ein scharfkantiges Rohr.

»Die Splitter sind tückisch«, erklärte er. »Sie bleiben im Stoff des Wappenrocks hängen, sie wandern unter die Rüstungen, sie dringen in die Gelenke und Fugen des Panzers und reißen schmerzhafte Wunden.«

»Harmlose Kratzer«, sagte Bregar wegwerfend.

»Hässliche Kratzer«, erwiderte Eudoxios. »Kleine Risse, die leicht eitern und sich entzünden, besonders wenn der Getroffene sich viel bewegt und in seiner Rüstung schwitzt. Wir waren alle erschöpft von dem anstrengenden Marsch, und diese Kratzer haben gereicht, um viele Leute noch mehr zu schwächen, sodass sie schließlich ernsthaft krank geworden sind. Wir haben Hunderte von Rittern, Knappen und Edelknechten auf diese Weise verloren. Und diejenigen, die es bis hier geschafft haben, brannten nicht eben auf den Kampf.«

»Der richtige Anführer hätte sie mitreißen können«, wandte Bregar ein.

»Vielleicht«, sagte Eudoxios. »Aber ich war krank. Noch nie habe ich mein Alter so gespürt wie in diesen Tagen. Leider brauchen wir im Augenblick jede Lanze, sonst hätte ich längst beschlossen, dass meine Zeit als Krieger hinter mir liegt.

Was die anderen Führer des Heeres betrifft …« Eudoxios seufzte. »Der Großmeister an Ferriac ist gestorben. Wenn man bedenkt, was er in Horome durchgemacht hat, und dann stirbt er an einem Kratzer – es ist, als wollte Bponur ihn verhöhnen. Ihm ist das Bein vom Knie abwärts weggefault … Es gab keinen mitreißenden Anführer mehr nach diesem Marsch, Komtur. Und Ihr wart nicht hier.«

Bregar biss die Zähne aufeinander bei dem Vorwurf, der in den Worten mitschwang. Er fühlte sich schuldig. Dennoch war er zornig, dass Eudoxios zwanzig Tage lang einfach abgewartet hatte.

»Bponur wollte den Großmeister gewiss nicht verhöhnen«, sagte er. »Es ist ein Werk Gotors, und der Mahdi ist sein Sendbote. Wie viele Krieger bleiben uns?«

»Wir haben etwa vierhundert Ritter und tausend leichte Reiter. Nachdem wir die Übergänge am Fluss gesichert hatten, konnte ich rasch Nachschub herschaffen. Wir können wieder zehntausend Kriegsknechte aufbieten, und Vorräte haben wir auch genug. Aber die Berittenen lassen sich nicht so schnell ersetzen. Außerdem haben wir kaum Ersatzpferde.«

Bregar dachte nach. Ein Fußvolk von zehntausend Mann, das war mehr, als er in den Westen geführt hatte. Doch er gab sich keinen falschen Hoffnungen hin. Er hatte im Frühjahr die besten und erfahrensten Knechte aufgeboten – die Reserven, die Eudoxios erhalten hatte, konnten nur ein paar Bauern aus den Dörfern und von den Besitzungen der Orden sein. Nicht annähernd zu vergleichen mit dem, was sie verloren hatten.

Am Ende würden ohnehin die Reiter die Entscheidung bringen. Die zerlumpten Krieger des Mahdi waren keine Gegner für einen Ritter, und selbst die Reste seines Heeres sollten gegen sie ausreichen. Dennoch, wenn der Kampfeswille so geschwächt war, hätte er gern eine größere Zahl gehabt – etwas, das Zuversicht weckte.

»Was ist mit Marschall Hragaud?«, fragte er. »Ich glaube nicht, dass er seinen Feldzug in der Wildnis bis in den Winter ausdehnen möchte. Wenn wir unser Heer mit seinen Männern verstärken …« Er sah Eudoxios an und verstummte.

»Ihr könnt das nicht wissen, Komtur«, sagte Eudoxios.

»Wir haben davon gehört, sobald wir wieder Verbindung zur Hauptstadt hatten. Hragaud hat einen überwältigenden Sieg über die Ungeheuer der Steppe vermeldet, kurz nachdem er die Grenzen des Reichs überschritten hatte. Danach hat man nichts mehr von ihm gehört.

Aber einen Monat später und seither immer wieder kehrten Männer aus seinem Heer zurück. Kleine Trupps und einzelne Krieger. Manche elend und mehr tot als lebendig, andere so gut wie unversehrt. Sie erzählten von Kämpfen und Hinterhalten oder von Hunger und Durst.« Eudoxios zuckte die Achseln. »Die Berichte sind widersprüchlich. Aber so geht das seit fast drei Monaten, und je später die Leute zurückkehren, umso schlimmer werden ihre Geschichten. Keiner weiß, was mit Hragaud geschehen ist. Doch wir müssen davon ausgehen, dass sein Heer zerschlagen wurde.«

Bregar saß da und versuchte, diese Nachricht zu verarbeiten. Er dachte an Hragaud, an ihre gemeinsame Jugend als Pagen und Knappen und junge Ritter am Hofe des Grafen an Fanuir. An ihren zunächst freundschaftlichen Wettstreit, der irgendwann … eine andere Richtung bekommen hatte. Bis zu dem Gottesurteil zum Fest des Lebens.

Jetzt war Hragaud, so schien es, verloren.

Bregar horchte in sich hinein, um zu ergründen, was er dabei empfand. Er verspürte eine Leere. Eine schmerzhafte Leere. Er hatte zu viel verloren in letzter Zeit, und mit Hragaud verlor er zugleich die Aussicht auf eine leicht zu erlangende Verstärkung.

»Dann muss es so reichen.« Er wischte den Gedanken mit einer verärgerten Handbewegung beiseite. »Wir sind stark genug.«

Eudoxios musterte ihn von oben bis unten, und Bregar spürte den Zweifel in dessen Blick. Er erinnerte sich daran, wie hager er geworden war. *Dies ist nicht mehr dasselbe Heer, das Ihr verlassen habt*, hatte Eudoxios gesagt. Und er war nicht mehr derselbe Ritter.

»Ihr wart beim Mahdi«, sagte Eudoxios. »Ihr wart in Zomer, nicht wahr? Gibt es etwas, was Ihr uns berichten könnt? Etwas, was uns weiterhilft?« Der Marschall verzog das Gesicht zu einem freudlosen Grinsen. »Immerhin haben meine Männer mir einen Spion gemeldet.«

Bregar presste die Lippen aufeinander. »Erinnert mich nicht daran. Ich habe eine Menge gesehen, aber nichts, was uns gefallen würde.«

Er fasste für Eudoxios kurz zusammen, was er in Zomer gesehen hatte.

»Wenigstens hattet Ihr Erfolg«, stellte Eudoxios am Ende fest. »Ihr konntet Euren Sohn retten. Das ist ein hoffnungsvolles Zeichen. Es wird die Truppen aufmuntern, wenn sie davon erfahren.«

Bregar stand vom Tisch auf, ging zum Ausgang des Zeltes und blickte hinaus. »Ich habe ihn mitgebracht«, sagte er. »Doch ich weiß nicht, ob ich ihn retten konnte.«

»Was meint Ihr damit?«

»Bennos war nie übermäßig andachtsvoll«, erklärte Bregar. »Ich meine, er war ein gläubiger Ritter und gottesfürchtig wie jeder andere. Aber er hatte viele andere Dinge im Kopf. Er war oft übermütig, voller Eifer … die Leichtigkeit der Jugend eben.

Er hat sich verändert, wisst Ihr? Da ist eine tiefe Entschlossenheit in ihm. Alles scheint für ihn jetzt ein heiliger Kampf zu sein. Er brennt darauf, die entscheidende Schlacht gegen die Scharen des Mahdi zu schlagen. Er redet häufiger darüber, die Feinde Bponurs zu töten, als davon, selbst zu leben.«

Eudoxios schnaubte. »Genau dasselbe höre ich oft genug über unsere Gegner. Jeder Reiter des Mahdi, so heißt es, ist von heiligem Eifer erfüllt. Sie zögern nicht, sie weichen nicht, sie scheinen den eigenen Tod regelrecht zu umarmen. Ich nehme an, ein wenig von dieser Entschlossenheit könnte unserem Heer nicht schaden.«

»Mag sein«, gab Bregar zurück. Sein Blick ging ins Leere, er dachte an die Stationen ihres Weges. Eudoxios hatte nicht gesehen, was er gesehen hatte – den Wahnsinn in Bennos' Augen, als er seinen Feind erwürgt hatte.

»Der Mahdi hatte ihn in seinen Bann geschlagen, als ich ihn fand«, räumte er widerstrebend ein. »Ich konnte diesen Bann lösen – doch etwas ist geblieben. Es tröstet mich wenig, dass Bennos' Kampfeslust sich nunmehr gegen unsere Feinde richtet. Aber er ist ein vollwertiger Ritter, und wenn er in diese Schlacht ziehen will, habe selbst ich nicht das Recht, ihm das zu verwehren. Wie Ihr gesagt habt, wir können jede Lanze gebrauchen, und Bennos ... Nun, er *will* diesen Kampf. Und ich habe selbst gesehen, wie hart er fechten kann.«

Hragaud öffnete die Augen. Im ersten Augenblick wusste er nicht, wo er war. Alles um ihn war fremd, so undurchschaubar – beinahe, als wäre er in einem besonders aberwitzigen Albtraum gefangen. Der Himmel hing schwer über ihm, das Sonnenlicht flutete von mehreren Seiten zugleich auf ihn ein. Der Boden, auf dem er lag, hatte lauter Falten!

Sein Herz raste wild.

Dann ergaben die Formen allmählich einen Sinn. Der Himmel über ihm war ein festes Dach mit Balken und Sparren. Die Sonne fiel aus winzigen Fenstern herein, die in eine Mauer aus flachen Steinen eingelassen waren. Und das Lager, auf dem er ruhte, bestand aus Decken über einem dicken Polster aus Stroh.

Ein Gesicht beugte sich zu ihm herab. Hragaud erkannte die fremdartigen Züge einer Grôta-Frau. Sie mochte um die vierzig sein, und ihr Gesicht war verwittert und sonnenverbrannt. Sie hielt eine dampfende Schale in der Hand.

»Du bist wach«, sagte sie. »Das ist gut. Ein paar von uns hatten Zweifel, ob du wieder aufwachen würdest. Du hattest Fieber.«

»Wo … bin ich?«, krächzte Hragaud. Seine Zunge fühlte sich fremd an, wie ein Stück Fleisch in seinem Mund, das verlernt hatte, sich zu bewegen.

»In Samhagr«, erwiderte sie. »Einem Dorf in den Bergen.«

Sie sah ihn an und las offenbar die Ratlosigkeit in seinen Zügen.

»Du bist in Sicherheit. Unsere Jäger haben dich verwirrt an der Grenze gefunden und hergebracht. Du bist nicht der Erste. Hier, trink das.«

Sie hielt Hragaud die Schale hin. Er roch daran – es duftete nach Kräutern und war wohl eher ein Tee als eine Suppe. Er nahm einen Schluck, es schmeckte bitter. Er hustete.

»Du warst ausgetrocknet und fast verhungert«, sagte die Frau. »Wir müssen dich langsam an feste Nahrung gewöhnen. Es wird eine Weile dauern, bis du stark genug bist, um nach Hause zu gehen. Aber hier bist du in Sicherheit.«

Linos saß auf einem Rest der abgerissenen Marktbrücke und schaute hinüber zur Insel. Der Regen der letzten Tage hatte die Spuren des Brandes fortgewaschen. Es kam Linos vor, als wäre es eine Ewigkeit her, dass er hier inmitten eines Infernos gestanden hatte.

So viel war seither geschehen.

Die Edelschnorrer … Niki hatte ihn mit den Leuten bekannt gemacht, die sie aufgenommen hatten. Es war eine Gruppe von Bettlern, die in die Rolle von verarmten Adligen, Kaufleuten oder Gelehrten schlüpften und so die Mildtätigkeit der Bürger beschworen. Linos konnte es kaum glauben, aber anscheinend gab es tatsächlich Menschen, die ihr Geld lieber einem sauberen Bettler in abgenutzter, jedoch anständiger Kleidung gaben, der sie höflich und gebildet ansprach, als einem Krüppel oder Trunkenbold oder einer zerlumpten Elendsgestalt.

Jedenfalls war das früher so gewesen. Die *Edelschnorrer* hatten ein Leben in Saus und Braus geführt, wenn man ihren Geschichten glauben durfte. Sie hatten sogar einen König.

Heute hatte niemand mehr etwas übrig für die Bettler, ob edel oder elend, und die Zeiten waren hart für sie geworden. Ihr einziger Vorteil war, dass sie eine wohlgeordnete Gemeinschaft waren, mit Anführern und mit einer straffen Ordnung – in einer Stadt, in der die Ordnung weitgehend zusammengebrochen war.

Sie suchten nach neuen Möglichkeiten, um ihren Lebensunterhalt zu sichern – auch wenn Linos viele hatte klagen hören, dass die neuen Sitten verdächtig an geregelte Arbeit erinnerten.

Er seufzte.

Er hatte nie ein Ritter werden wollen. Aber ein Bettler oder noch etwas Schlimmeres …?

Doch ihm war kaum eine Wahl geblieben. Die Gerüchte hatten sich bestätigt. Sein Vater war in der Stadt geschlagen worden, die Ordensritter hatten Horome fluchtartig verlassen. Nun saß er allein hier, ein Fremder in einer feindlichen Stadt. Er musste den *Edelschnorrern* dankbar sein, dass sie ihn und Niki aufgenommen hatten.

Plötzlich spürte Linos einen Stoß am Gesäß und wurde über das Pflaster geschoben. Er ruderte mit den Armen und stemmte die Fersen in den Boden, um nicht in den Fluss zu rutschen.

»He!«, rief er.

Niki hatte sich an ihn herangeschlichen und einen Fuß unter sein Hinterteil gesteckt.

»Da steckst du also!«, sagte sie. »Hast du deine Arbeit vergessen?«

»Nein.« Linos seufzte wieder. »Ich denke an nichts anderes.«

Erneut blickte er zur kaiserlichen Insel hinüber. Das war das große Ziel, das der »König« ins Auge gefasst hatte: Jetzt, wo der Osten der Stadt nicht länger belagert wurde, hoffte er darauf, dass zumindest die Fähren bald wieder verkehrten. Dann wollte er mit seinen Leuten ein paar lohnende Beutezüge zu den Reichtümern der Oberstadt unternehmen.

Zu diesem Zweck hatte er in den Tagen der Unruhe eine Menge Archive und private Bibliotheken ins Auge gefasst. Linos, der eine gute Ausbildung in den Sprachen der Priester und Gebildeten vorweisen konnte, nahm dabei eine Schlüsselrolle ein. Er sollte die alten Schriften durchforsten, Karten der Kanalisation suchen und Hinweise auf lange vergessene Schätze in den Tiefen der uralten Stadt finden.

Der »König« war nicht wählerisch, was die Ergebnisse anbelangte. Eine herrenlose Kostbarkeit war ihm genauso recht wie ein geheimer Zugang zum Stadtpalais eines Fürsten auf der Insel.

»Ich dachte, du wärst mit mehr Begeisterung bei der Sache«, sagte Niki. »Wolltest du nicht immer ein gelehrter Priester werden? Jetzt darfst du den ganzen Tag lang verstaubte Geheimnisse lesen.«

»Ich wollte niemals ein *Dieb* werden«, erwiderte Linos. »Und was ist mit dir? Meinst du, dieser König kann dich zum Ritter schlagen?«

Niki zuckte die Achseln. »Er gibt mir Fechtstunden. Und der alte Laivi erteilt mir Unterricht in höfischer Sprache.

Und Marmis geht mit mir die Wappenkunde und die Namen der wichtigsten Familien durch. Ich wollte den Ritterschlag gern im Kampf erwerben. Aber das hier ist immerhin ein Anfang.«

»Ein Anfang schon, aber nicht zum Ritterschlag«, entgegnete Linos. »Sie wollen dich nur so weit bringen, dass du von vorn in ein Herrenhaus gelangen kannst. Du sollst Ritter und Fürsten täuschen, damit sie dir die Tür öffnen.«

»Pfff«, sagte Niki. »Warum sollte ich die Gelegenheit, etwas zu lernen, nicht nutzen? Was ich damit anfange, ist dann meine Sache.«

Sie setzte sich neben ihn und ließ die Beine über das Wasser baumeln. »Brrr«, sagte sie. »Die Steine sind eiskalt. Ich verstehe nicht, wie du so lange hier sitzen kannst.«

»Das Wasser beruhigt meine Gedanken, wenn es so vorbeizieht«, sagte Linos.

»Ich habe eher das Gefühl, es trägt deine Gedanken fort«, antwortete Niki. »Grübelst du nur darüber nach, dass sie dich auf der Insel beim Klauen erwischen? Keine Sorge. Noch sind wir nicht drüben, und dich lassen sie ohnehin nicht mitgehen. Du bist viel zu wertvoll, weil du lesen und Hinweise liefern sollst.«

»Wenn das unsere einzige Sorge wäre«, sagte Linos. »Ich frage mich, wie es überhaupt weitergehen wird.«

»Laivi meint, sie müssen den Fährverkehr wieder aufnehmen. Da sind zu viele, die ein Interesse daran haben, dass die Geschäfte wieder anlaufen.«

»Ich meinte nicht, wie es mit den kleinlichen Gaunereien der *Schnorrer* weitergeht«, antwortete Linos gereizt. »Ich dachte an das große Ganze. An den Krieg. An …« Er machte eine hilflose Geste, die seine ganze Umgebung mit einschloss. »… das hier.«

»Hm?« Nikis Blick folgte ratlos seiner Hand.

»Ich frage mich, nachdem die Ordensritter eingefallen sind und wieder vertrieben wurden, wie werden die beiden Hälften des Reiches in Zukunft miteinander umgehen?«

»Ich nehme an, so wie immer«, sagte Niki. »Irgendwelche Fürsten führen ständig Krieg. Auch der König in Barratain und der Kaiser in Horome, habe ich gehört. Was ist diesmal anders?«

»Nun, dieses Mal konnte keiner gewinnen. Bisher hat entweder einer über das ganze Reich geherrscht, oder beide Teile des Reiches waren stark genug, um ihre Grenzen zu schützen. Jetzt ist der Westen zerfallen, und trotzdem hat der Osten das nicht nutzen können. Werden die Fürsten hier nach diesem Krieg die Ritter aus dem Osten in Zukunft noch ungehindert durchziehen lassen, wenn die nach Tradars Wacht und zum Sternenstein wollen?

Ich frage mich, was mit der Grenze im Osten passiert, wenn niemand mehr da ist, der sie verteidigt. Wenn der Westen die Ordensritter nicht länger duldet, aber selbst zu schwach ist, um die Wacht im Schwarzen Gebirge allein zu übernehmen. Ich kenne die Geschichte des Reiches, und ich habe das Gefühl, wir waren noch nie so angreifbar.«

»Ach du.« Niki stieß ihm den Ellbogen in die Seite. »Das Schwarze Gebirge ist so weit weg. Und wir sitzen hier mit unseren eigenen Problemen. Du machst dir zu viele Gedanken!«

»Du solltest dir ebenfalls Gedanken machen.« Linos' Stimme nahm einen neckischen Tonfall an. »Immerhin willst du Ritterin werden. Da musst du lernen, zu denken wie ein Ritter.«

»Ach ja?«, fragte Niki herausfordernd. »Und ein Ritter sitzt am Fluss, starrt in die Ferne und grübelt nach über fremde Länder.«

»Ein Ritter denkt an den Schutz des Reiches«, sagte Linos. »Nicht nur, wenn er zufällig mal an der Grenze vorbeikommt.«

»Und ein Ritter denkt daran, wie er jemanden möglichst geziert anredet, wie er sich anzieht, dass er sich die Hände nicht bei der Schanzarbeit schmutzig machen muss oder wie er einer Dame eine Blume überreicht – und bei alldem muss ein Ritter immer so tun, als würde er niemals an Geld denken, selbst wenn er grad beim Plündern ist oder halb verhungert vor einem Marktstand steht.« Niki hatte sich ereifert. »Glaub mir, ich habe in letzter Zeit eine Menge gehört, was Ritter so tun.«

»Tja«, sagte Linos. »Es gibt eine einfache Möglichkeit, all das zu vermeiden. Bleib eine Pferdemagd.«

»Das würde dir so passen«, gab Niki zurück. »Ich werde Ritterin werden, verlass dich drauf. Aber deswegen mache ich noch lange nicht jeden Unsinn mit, den man bei anderen Rittern sieht.«

Linos blickte sie von der Seite an – sie sah tatsächlich fast aus wie ein Edelmädchen in den Kleidern, die sie von den *Schnorrern* bekommen hatte. Wie ein armes Edelmädchen, das die Kinderkleider der Großmutter auftrug und viel zu raue Hände hatte, aber immerhin …

»Wenn du ganz anders sein willst als die übrigen Ritter«, sagte er. »Woher weißt du dann überhaupt, dass du ein Ritter bist, wenn es so weit ist?«

»Du meinst, wenn ich nicht ständig mit anderen Rittern die Hand schüttele und wir uns gegenseitig versichern, was für ritterliche Ritter wir doch sind?« Niki schnaubte. »Ich glaube, daran erkennt man keinen Ritter. Auch nicht daran, was er sagt oder was er denkt. Ich sage, einen Ritter erkennt man an seinen Taten!

Oder jedenfalls sollte das so sein.«

19. KAPITEL

Am 2. Tag nach dem Sonnentag des November
im 21. Jahr der Krönung von Agos I.
(3. November 963 nach Horomischer Zeitrechnung)

Vor den Shilen-Sümpfen

Als die Kundschafter eintrafen, ließ Bregar das Heer ein letztes Mal rasten. Er rief die Anführer zusammen in einem hastig errichteten großen Zelt und hörte gemeinsam mit ihnen die Berichte der Späher.

»Sie haben sich in Schlachtordnung aufgestellt«, berichtete einer der Reiter. »Auf einer ausgedehnten Wiese, die von den Bauern im Umland als Weide genutzt wird. Am südlichen Ende und im Osten geht das Gelände in Sumpf über – Morast, Wasserlöcher und kleine Flecken von Buschwerk und Krüppelbäumen. Im Westen grenzt die Gegend an den Fluss Tinior, der dort aus dem Sumpf hinausfließt.«

»Können wir an ihnen vorbeikommen?«, fragte Fürst an Drenar.

Bregar antwortete selbst: »Ich werde unsere Panzerreiter weder durch die Shilen-Sümpfe noch durchs Wasser führen. Und mit unserem Fußvolk richten wir erst recht nichts aus. In dem unwegsamen Gelände können sie uns leicht auflauern.«

»Soweit wir gesehen haben«, bestätigte der Bote, »ist das Feld nur vom Norden her zugänglich.«

»Wie stehen sie?«, fragte Marschall an Cradin.

»Ein großer Teil des Heeres ist abgesessen«, erklärte der Späher. »Sie haben lange Spieße und Schilde. Die Ponys haben sie hinter ihre Reihen geführt bis in die Sumpfwiesen. Es sind genug Reiter dabei, die als Reserve eingreifen können.«

Eudoxios verzog das Gesicht. Er hatte im Westen Erfahrungen mit Spießen und Schildwall gemacht.

Aber Fürst an Drenar machte eine wegwerfende Handbewegung. »Das ist ein Vorteil für uns. Ohne ihre Pferde sind sie ein unbewegliches Ziel. Wir sprengen ihre Reihen mit den Rittern und schicken unsere Fußknechte nach.«

Bregar hielt seinen leeren Trinkbecher in der Hand. Nachdenklich kratzte er damit über den Tisch. »Wir dürfen ihr Fußvolk nicht unterschätzen.«

»Allerdings«, warf Eudoxios ein.

Bregar funkelte ihn an und redete weiter, als hätte er die Bemerkung nicht gehört. »Denkt an die Legionen der alten Kaiser. Die haben Barrat lange Zeit besetzt, und sie hatten fast nur Fußsoldaten. Ein Schildwall mit Spießen kann einem Reiterangriff standhalten, solange er geschlossen bleibt.«

»Ja«, gab an Drenar zurück. »Aber das hier sind nicht die Legionen der alten Kaiser. Das Fußvolk heute hat nicht so viel Disziplin.«

»Ich habe die Krieger des Mahdi erlebt«, sagte Bregar. »Sie werden nicht wanken und keinen Zoll zurückweichen. Wie viel Disziplin sie aufbringen, wird sich erst beim Ansturm erweisen. Dann wird sich zeigen, ob wir eine Bresche hineinschlagen können.«

»Mir behagt auch das Gelände nicht«, wandte Eudoxios ein. »Es hat viel geregnet in letzter Zeit. Der weiche Boden ist für unsere schweren Rösser hinderlicher als für die kleinen Ponys und das Fußvolk.«

»Was wollt Ihr also tun?« An Drenars Gesicht mit den hochgezogenen Brauen machte deutlich, dass er diese Einwände nicht gelten ließ. »Diese Lumpen im Sumpf belagern?«

Bregar schüttelte den Kopf. »Sie haben Eudoxios schon zu lange hingehalten. Und sie sind beweglicher als wir – damit bestimmen sie ohnehin das Schlachtfeld. Wir können sie nicht einmal einschließen, weil sie mit ihren leichten Truppen jederzeit durch die Sümpfe entkommen können.

Wir müssen also den Kampf da aufnehmen, wo sie stehen bleiben, oder wir sehen zu, wie sie davonziehen. Ich werde die Entscheidung suchen, an Drenar, keine Sorge. Aber wir sollten die Aufstellung sorgfältig planen und sicherstellen, dass wir auf alles, was passieren kann, eine Antwort haben.«

»Vater!«

Bennos wartete schon auf Bregar, als dieser aus dem Zelt trat.

»Gibt es etwas Neues?«, fragte Bregar und schaute sich um, ob noch ein Späher eingetroffen war.

Bennos schüttelte den Kopf. »Nur eine Bitte«, sagte er. »Lasst mich in dieser Schlacht an Eurer Seite reiten. Lasst mich wieder das Banner tragen!«

Bregar sah seinen Sohn an. Bennos trug einen langen Kettenpanzer, der ihm bis über die Knie reichte, dazu einzelne Panzerschienen. Das war nicht ungewöhnlich – viele Ritter wollten beweglich sein und legten die harte Panzerung nur im Turnier an.

Aber Bregar wusste, dass Bennos den leichteren Panzer gewählt hatte, weil er sich nach den Monaten seiner Gefangenschaft und Flucht erst wieder an die volle ritterliche Bewaffnung gewöhnen musste.

»Ich weiß nicht, ob die Zeit dafür schon gekommen ist«, wandte Bregar ein.

»Du hast mir zu Beginn unseres Feldzugs diese Ehre erwiesen«, gab Bennos zurück. »Ich werde mich dieses Mal würdig erweisen! Bedenke, ich kenne die Krieger des Mahdi besser als irgendjemand sonst. Was mir an Kraft und Erfahrung fehlen mag, mache ich dadurch wett, dass ich die Schwächen des Feindes ausnutze.

Ihr könnt mir nicht verwehren, dass ich das Banner gegen die Männer führe, die mich gefangen genommen und entehrt haben. Lasst mich an Eurer Seite unsere Ehre zurückgewinnen!«

Bregar betrachtete Bennos lange. Er konnte kaum verhindern, dass sein Sohn in die Schlacht zog – obwohl Bregar insgeheim glaubte, dass es noch zu früh dafür war. Aber durfte er zulassen, dass die Sorgen eines Vaters die ritterliche Ehre seines Sohnes schmälerten? Wenn Bennos so fest entschlossen war, in die Schlacht zu ziehen, dann war es auch richtig, dass sie Seite an Seite kämpften.

»Also gut«, sagte er. »Du reitest neben mir an der Spitze. Du sollst das Banner vorantragen – wenn du mir bei deiner Ehre schwörst, dass du dich nicht hinreißen lässt! Beim ersten Angriff will ich die Stärke des Feindes nur auf die Probe stellen. Ich kann keinen Hitzkopf gebrauchen, der unser Banner aus Zorn über seine Gefangenschaft zu früh und leichtsinnig mitten in die Speere des Feindes führt.«

Bennos lächelte. Er sah glücklich aus. Er schüttelte den Kopf, sodass seine braunen Haare flogen. »Keine Sorge, Vater. Früher mag ich leichtfertig gewesen sein und nur auf Ruhm aus. Inzwischen kann ich einen kühlen Kopf bewahren und einem Plan folgen.

Mein eigenes Schicksal, meine Rache, meine Ehre … was bedeutet das schon, wenn wir für Bponur auf dem Schlachtfeld stehen und das Schicksal des Omukchar entscheiden?«

Hragaud verbrachte viele Tage bei den Heilern der Grôta. Er war schwach, und wenn er an sich hinunterblickte, hatte er das Gefühl, als würde er ein Skelett betrachten. Wo war seine Kraft geblieben? Der Mann, der aus der Steppe zurückgekehrt war, sah aus wie ein Greis – und so matt fühlte er sich auch.

Schon die ersten Schritte draußen vor der Hütte erschöpften ihn. Dennoch liebte er es, dort zu stehen, die frische Luft zu atmen und den Anblick zu genießen. Berge! So weit er blicken konnte, sah er Gipfel, bewaldete Hänge und Täler und in der Ferne schneebedeckte Höhen. Er musste nur ein kleines Stück aus dem Dorf hinausgehen, um einen Steilhang zu erreichen und einen Wildbach zu erblicken, der als Wasserfall in die Tiefe stürzte.

Ein beruhigenderes Bild hätte er sich nicht denken können, und keinen größeren Gegensatz zu dem Land, das er gerade verlassen hatte – keinen besseren Beweis, dass er nicht mehr in der Steppe war.

Samhagr schien bei den Grôta ein Ort der Heilung zu sein, denn Hragaud lernte weitere Männer kennen, die aus dem Krieg zurückgekehrt waren, Grôta und Menschen aus Barratain und aus dem Westen gleichermaßen. Viele waren verwundet und in einem noch schlimmeren Zustand als er.

Ein alter Kriegsknecht namens Walder war fast schon genesen und bereit zum Aufbruch. Mitunter stand er Hragaud zur Seite, stützte ihn bei dessen Spaziergängen oder brachte Wasser und Essen.

»Was willst du noch hier?«, fragte Hragaud ihn eines Tages. »Wenn ich nur so weit wiederhergestellt wäre wie du, ich wäre längst heimgekehrt. Ich sehne mich danach, vertraute Räume und Gesichter zu sehen!«

»Ach, wisst Ihr, Herr«, sagte der Kriegsknecht. »So ein richtiges Zuhause hab ich gar nicht. Und seit dem Rückzug auch keine Waffen und keine Ausrüstung mehr, mit denen ich mich verdingen könnte. Ich kann mir den Weg zurück gar nicht leisten, fürchte ich.« Der alte Mann lachte. »Ihr seht, Herr. Ich bin recht elend zurückgekommen.«

»Nun«, sagte Hragaud. »Manche hat es schlimmer erwischt als uns. Sie sind gar nicht zurückgekommen.«

»Das stimmt, Herr«, sagte der Knecht.

»Du kannst mit mir reisen«, erklärte Hragaud dann. »Bis nach Barratain jedenfalls. Ich habe zwar auch nicht viel mitgebracht, doch ich kann hoffentlich mit meinem Namen bürgen, sobald wir das erste Rittergut erreichen.«

Mit meinem eigenen Namen wohl kaum, dachte Hragaud bei sich und fühlte sich mindestens so elend wie der Knecht. Aber er hatte immerhin den Namen seines Ordens, auf den er sich berufen konnte. Die Flamme Bponurs brannte noch!

Die meisten seiner Ritter waren mit auf den Feldzug gegangen. Hragaud hatte keine Ahnung, wie viele wieder zurückgekehrt waren. Doch selbst wenn der letzte Mann des Ordens gefallen wäre, blieben die Ländereien erhalten. Solange der Besitz da war, würde der Orden weiterbestehen, konnten neue Ritter ausgerüstet werden und Hragauds Scheitern würde irgendwann in Vergessenheit geraten.

Und solange die Ländereien des Ordens da waren, musste Hragaud sich keine Sorgen um die Kosten des Rückwegs machen.

»Danke, Herr«, sagte der Knecht.

»Wie war das eigentlich bei dir?«, fragte Hragaud nach einer Weile. »Wie bist du zurückgekommen?«

Der Knecht schwieg.

»Du musst dir keine Sorgen machen«, beruhigte Hragaud ihn. »Ich mache dir keine Vorwürfe, wenn du etwa davongelaufen bist. Ich … Das habe ich hinter mir.«

»Ich mach mir mehr Sorgen, dass Ihr mich einen Lügner schimpft, Herr«, erwiderte Walder. »Weil die Geschichte, die ich zu erzählen hätte, mehr wie 'n Märchen klingt.«

»Weißt du, Walder«, sagte Hragaud. »Du würdest dich wundern, was ich alles von meinem Rückweg erzählen könnte. Und mir wäre es nur recht, wenn das meiste davon Fieberträume wären.«

»Nun, Herr«, setzte Walder zögernd an. Dann berichtete er, wie er in die Steppe gezogen war, mit einem Trupp unter der Führung des Ritters von Wendingen. Sie hatten nach Ansiedlungen der Trolle gesucht wie so viele andere. Stattdessen waren sie auf eine starke und kampfkräftige Schar gestoßen. Doch sie hatten die Begegnung vermieden und gleich kehrtgemacht, als sie die Trolle in der Ferne erblickten. Hragaud nickte zustimmend, als Walder erzählte, wie von Wendingen sogleich das Hauptheer warnen wollte. Wie es schien, war er einer der besonneneren Ritter gewesen.

»Was ist dann geschehen?«, fragte Hragaud. Er wusste nur zu gut, dass das Hauptheer nie eine Warnung erhalten hatte.

»Nun«, sagte der Knecht. »Da wird's jetzt märchenhaft …«

Er zögerte, und Hragaud drängte ihn, weiterzusprechen.

»In der Abenddämmerung«, fuhr Walder fort, »kam uns plötzlich ein Reiter entgegen. Kein Mensch, müsst Ihr wissen, und auch kein Pferd. Es war eine riesige und dürre Gestalt, man hätte meinen können, der leibhaftige Tod. Er hatte so ein bleiches Gesicht, dass es im Mondlicht schimmerte. Er trug einen Panzer wie ein Ritter, und darunter schaute noch ein Kettenpanzer hervor, der bis zu den Knöcheln reichte. Und das Reittier …«

Der Alte verstummte kurz, holte Atem und redete weiter: »Das war ein schlankes Geschöpf mit nachtschwarzem Fell, in dem man die Sterne leuchten sah. Und es hatte ein Horn auf der Stirn. Also, diese Gestalt – ich schwöre es! –, die taucht plötzlich wie aus dem Nichts vor uns auf, in vollem Galopp prescht sie durch die Reihen. Und bevor wir sie recht gesehen haben, ist sie schon bei dem Ritter und seinen

Begleitern. Sie hielt ein langes Schwert in der Hand und hat damit im Vorbeireiten alle vier Reiter von unserem Trupp enthauptet. In einem Anritt!

Das ging so schnell, wir wussten gar nicht, wie uns geschah.«

Der Kriegsknecht musterte Hragaud, als wollte er dessen Reaktion einschätzen.

Hragauds Herz schlug rascher. »Weiter«, sagte er nur.

»Nun, der Rest ist schnell erzählt. Das seltsame … *Wesen* auf dem Einhorn machte kehrt und ritt in weitem Bogen zurück. Da war die Hälfte von uns schon geflohen. Wir anderen, wir standen einfach nur da. Nicht um zu kämpfen, sondern weil wir vor Schreck wie festgefroren waren.

Der bleiche Reiter bleibt vor uns stehen und fängt an zu reden. ›Geht nach Hause‹, sagt er. ›Geht nach Hause und lebt, oder versucht, eure Leute zu warnen, und sterbt wie eure Anführer.‹«

Der Alte zuckte die Achseln. »Ich nehme an, wir sind dann alle davongelaufen.«

Offenbar gab es weitere Gotorskreaturen in der Steppe, überlegte Hragaud – nicht nur die Trolle, die sie gesehen hatten. Er hatte von Anfang an die Befürchtung gehabt, dass eine andere Macht die Trolle lenkte, auch wenn er sich nicht vorstellen konnte, wer und zu welchem Zweck – und warum man nie zuvor im Reiche von einer solchen Macht gehört hatte.

Bregar blickte über das Feld hinunter auf die Schlachtreihe seiner Feinde. Schilde und Spieße, mehr hatten diese Horden nicht. Er fühlte sich an die wilden Stammeskrieger in den Schwarzen Bergen erinnert.

»Bereit?« Er sah sich um. Die Ritter waren in einer langen Reihe angetreten, zusammen mit den leichter bewaffneten

Reitern. Der erste Angriff sollte mit vollem Einsatz erfolgen – zumindest sollte er so aussehen. Bregar wollte prüfen, ob der Feind standhielt.

Hinter der Linie hatte er eine ganze Kette von Meldern mit Hörnern postiert, die sich aus dem Getümmel heraushalten und die Signale der Heerführer weiterleiten sollten. So wollte Bregar im letzten Augenblick entscheiden, ob sie den Angriff abbrachen – oder ob der Feind wankte und die Aussicht bestand, dessen Stellung im Sturm zu nehmen.

Bennos nickte. Er umklammerte das Banner. Bregar hatte sich für dieselbe Standarte entschieden, mit der er im Frühjahr so voller Hoffnung aufgebrochen war – das Zeichen Bponurs. Das Zeichen des Königs. Das Zeichen des Reiches!

Denn um nicht weniger ging es bei dieser Schlacht.

Bennos markierte als Bannerträger die Spitze des Angriffs, auch wenn sie alle nebeneinanderritten. Bregar hielt die Position rechts von Bennos, Marschall Eudoxios besetzte die linke Seite. Der alte Marschall wechselte einen Blick mit Bregar und setzte den Helm auf. Dann ließ er sich die Lanze reichen.

»Nun also – für Bponur!« Bregar ritt los.

Die ganze Reihe setzte sich in Bewegung, sodass der Boden unter den Hufen erbebte. Über tausend gepanzerte Reiter stürmten über das Feld. Bennos blickte nach links und rechts und hielt die Linie mit einem beherrschten, raschen Trab.

Bregar nickte anerkennend.

Er konnte den Feind jetzt deutlicher sehen. Die Krieger des Mahdi duckten sich hinter Schilden, die fast zwei Schritt hoch waren und so grob und billig gefertigt wie alles, was der Mahdi aus Zomer in der Schlacht einsetzte. Doch es waren die Männer dahinter, die über den Erfolg entschieden!

Ein Wald von unterschiedlich langen Spießen ragte über

den Köpfen auf. Bregar blickte auf die Spitzen. Die regten sich kaum. Bregar fröstelte.

Er glaubte, etwas zu hören, einen Pfiff, der im Dröhnen der Hufe unterging. Doch im selben Augenblick sah er die Reaktion auf der Seite seiner Feinde. Die Spieße senkten sich, die Spitzen auf die Ritter gerichtet. Sie zitterten kaum nach.

Bregar hatte alle Klassiker der Kriegskunst gelesen und wusste, wie schwierig die Handhabung so langer Speere war. Die kleinste Unsicherheit der Hand übertrug sich in vielfacher Stärke auf die Spitze, und wenn man den Spieß bewegte, war er umso schwerer zu beherrschen.

Die Ruhe des Heeres vor ihm bewies, dass die Männer des Mahdi im Umgang mit dieser Waffe so gut gedrillt worden waren wie kein Fußvolk seit den Tagen der alten Kaiser. »Wir müssen die Reihen auseinanderreißen«, murmelte er in seinen Helm. »Wir müssen sie auseinanderreißen, *bevor* wir die Reiter hineinschicken.«

Er tastete nach seinem Horn, um den Befehl zum Rückzug zu geben.

In diesem Augenblick gab Bennos seinem Ross die Sporen und galoppierte los. Das Banner flatterte vor dem Heer, und ehe Bregar sich's versah, war die ganze Reihe seiner Ritter schneller geworden.

»Bennos!«, brüllte Bregar. »Was machst du da?«

Er ritt vor, um seinem Sohn in die Zügel zu fallen.

Da senkte Bennos die Lanze mit dem Banner, schwenkte sie nach links in den Lauf von Eudoxios' Pferd. Das Tier strauchelte, und der Marschall stürzte kopfüber aus dem Sattel. Ross und Reiter überschlugen sich, und schließlich walzte der Leib des gepanzerten Pferdes über den Marschall hinweg. Zerschmettert blieb Eudoxios liegen, in einer eingedrückten und verdrehten Rüstung, aus der das Blut floss.

Bennos hatte das Banner verloren. Bregar sah, dass der

Schaft über das Schlachtfeld geflogen war. Die Fahne war von den Hufen des Pferdes zerfetzt worden, die Reste des goldenen und weißen Stoffes flatterten wie ersterbende Flammen.

Es war ein Bild wie aus einem Albtraum.

Bregar brauchte einen Augenblick, um in die Wirklichkeit zurückzufinden. »Bennos! Was machst du da?«, wiederholte er.

Der junge Ritter fuhr herum und wendete sein Pferd. Er hatte das Schwert gezogen und richtete es auf seinen Vater. Bregar zuckte zurück. Die Klinge schrammte über seinen Helm.

Er ließ die Lanze fallen, die auf diese Distanz nutzlos war, und zog sein Schwert. Er und Bennos bewegten sich lauernd umeinander, der ganze Rest der Schlachtreihe galoppierte an ihnen vorbei.

»Bist du verrückt geworden?«, fragte Bregar. Er hielt das Schwert in der Hand, ohne seinen Sohn anzugreifen. Es war *Bennos*, verdammt! Wie konnte das sein?

»Bponur kehrt zurück, Vater!« Bennos lenkte sein Pferd dichter an ihn heran. »Er kehrt zurück, wenn das Omukchar im Glauben vereint ist. Der Mahdi hat es versprochen, und ich kann heute für Bponur eine Bresche schlagen!«

Er schlug wieder zu. Bregar parierte. Das Blut rauschte in seinen Ohren.

»Für den Mahdi!«, brüllte Bennos. »Für Bponur!« Er ritt auf seinen Vater los. Bregar wehrte sich, doch er zögerte einen Augenblick zu lange – und Bennos' Klinge fand den Spalt in Bregars Rüstung, wo die Arme vom Brustpanzer abgingen. Der Stahl drang tief in Bregars Körper, die Kälte schnitt bis in die Seele. Bregar riss sein Pferd herum, die Klinge löste sich mit einem Schmatzen aus dem Fleisch.

Der Schmerz explodierte in seiner Brust wie eine Feuerkugel der Kaiserin. Bregar bekam keine Luft mehr, und ihm wurde schwarz vor Augen. Benommen rutschte er aus dem Sattel. Als er auf dem Boden aufschlug, verlor er fast die Besinnung.

Er hob den Kopf, und langsam klärte sich sein Blick wieder. Er lag auf dem Bauch und rang nach Atem, und eine eigentümliche Schwäche lähmte ihn.

Er drehte den Kopf und sah Bennos.

Sein Sohn kämpfte gegen drei Reiter. »Für Bponur!«, hörte Bregar ihn rufen. »Mein Leben für Bponur!« Bennos lachte. Er traf einen Gegner und stieß ihm das Schwert durch das Kettenhemd, sodass Blut und Eisenringe spritzten. Ein zweiter Mann schlug Bennos vom Pferd, ein dritter stach ihm einen Speer in den Leib.

Schon stürzten sich weitere Reiter in das Getümmel, wo ihr Bannerträger von den eigenen Leuten niedergemetzelt wurde. Bregar hörte Rufe von »Verrat!«, und das Durcheinander war vollkommen. Seine Schlachtreihe löste sich auf. Einige Reiter kämpften gegeneinander, weil jeder den anderen für einen Verräter hielt. Andere flohen aus dem Getümmel, als würden sie die Schlacht verloren geben.

Bregar wollte etwas rufen, brachte aber keinen Ton heraus.

Die Flanken seiner Angriffslinie hatten von den Vorgängen in der Mitte gar nichts mitbekommen. Sie ritten auf die Feinde zu, doch der Schildwall hielt. Bregar sah, wie seine Reiter und das Fußvolk des Mahdi entlang der Schildreihe miteinander kämpften, mit Speeren und Lanzen, und wie auf beiden Seiten Kämpfer fielen.

Vom Rücken ihrer Pferde aus stachen die Ritter über die Schilde in den Haufen der ungerüsteten Feinde. Aber sie boten selbst vor dem Schildwall ein unbewegliches Ziel, und auf jeden von ihnen kamen fünf Spieße des Gegners, und wenn einer der Feinde fiel, nahm ein anderer dessen Waffe auf. Das machte jeden Vorteil der Ritter zunichte und trieb die Verluste in die Höhe. Warum befahl niemand den Rückzug?

Ein gnädiger Schleier verhüllte das Gemetzel. Bregar drehte wieder den Kopf und sah seinen Sohn am Boden liegen. Bennos bewegte sich schwach. Während die Welt um Bregar im Nebel versank und sein Blickfeld immer kleiner wurde, war Bennos das Einzige, was noch von Bedeutung war.

Er wollte zu ihm, eine Erklärung, eine Entschuldigung, er wollte Abschied nehmen …

Doch er war zu schwach. Er konnte nicht einmal kriechen.

Mit letzter Kraft drehte er sich auf den Rücken. Er wollte nicht mit dem Gesicht im Dreck sterben, sondern mit dem Blick zu Bponurs Himmel. Keuchend blieb er liegen und starrte hinauf. Ein bleiches Grau wie von Stahl füllte sein Blickfeld aus. Bponurs Auge stach hindurch, und alles andere verblasste. Starr blickte Bregar zur fernen Herbstsonne auf. Das Licht, das ihm gerade noch in den Augen geschmerzt hatte, milderte sich zu einem angenehmen goldenen Leuchten.

Bponurs Botschaft an die Menschen.

»Bennos«, murmelte Bregar.

Seine Gedanken schweiften zurück. Zu ihrer letzten Wanderung. Zu ihrer Trennung auf dem Hinmarsch. Zu ihrem Aufbruch. Zum hoffnungsvollen Aufbruch! Zu seinem unbesiegbaren Heer – stark genug, um den Scharen des Mahdi zu trotzen. Stark genug, um das Reich zu einen.

Wäre er nur immer zur rechten Zeit am rechten Ort gewesen.

Hätte er es nur anders angefangen.

Hätte Bponur es nur gewollt.

»Ich hätte es schaffen können«, flüsterte Bregar. »Ich hätte es dennoch schaffen können.«

Fürst an Drenar führte den rechten Flügel, und in der Hitze des Gefechts erinnerte er sich an Bregars Plan. Um ihn herum fielen die Reiter, und sie kamen keinen Zoll voran – war das nicht die Situation, die Großkomtur Bregar unbedingt hatte vermeiden wollen?

Warum kam dann nicht der Befehl zum Rückzug?

An Drenar löste sich aus dem Getümmel und verschaffte sich einen Überblick. Er hatte Bregar von Leutenfelds Bedenken nicht ernst genommen, war bis zum Schluss überzeugt gewesen, dass sie den Feind mit den Rittern vom Schlachtfeld jagen würden.

Jetzt hatte er das Gefühl, als würde im Zentrum des Heeres etwas vor sich gehen. Die Ordnung war aufgebrochen! Und nirgendwo sah er ihr Banner flattern.

Er unterdrückte einen Fluch. Dann nahm er sein eigenes Horn vom Sattel und stieß hinein. Das Signal zum Rückzug wurde aufgenommen und weitergegeben. Immer mehr Reiter lösten sich aus dem Gefecht. Als die Kämpfe am Schildwall abebbten, erkannte der Fürst mit Entsetzen, was der Angriff sie gekostet hatte. Der größte Verlust lag nicht bei den Männern – viele der gut gepanzerten Reiter hatten kaum etwas abbekommen. Aber sie kamen zu Fuß aus dem Getümmel.

Die Speerträger des Mahdi hatten auf die Pferde gezielt, und in der kurzen Zeit, die der Kampf dauerte, hatten die Ritter die Hälfte ihrer Tiere eingebüßt!

An Drenar sammelte die restlichen Männer und führte sie zurück. In der Deckung des Fußvolks wollte er sie neu formieren und herausfinden, was mit Bregar und Marschall Eudoxios geschehen war.

Sie hatten kaum die Hälfte des Weges zurückgelegt – behindert durch die Ritter zu Fuß –, da hörte er hinter sich Hufschlag. An Drenar blickte sich um.

Der Feldherr des Mahdi hatte seine Reserve ausgeschickt! Wenigstens tausend Ponyreiter durchquerten die Reihen ihres Fußvolks und griffen die abziehenden Ritter an.

An Drenar schüttelte den Kopf. Diese Wilden mochten um das Doppelte in der Überzahl sein, dennoch würden sie sich kaum gegen Panzerreiter behaupten können. Er schickte die Ritter ohne Pferd zu den eigenen Fußknechten zurück und stellte sich mit dem Rest seiner Schar zum Kampf.

General Marin sah, wie die ersten tausend Reiter auf den Feind zustürmten. Fünfhundert der Krieger waren mit einer Waffe ausgerüstet, die sie nach dem Vorbild der Hirten des Nordens gefertigt hatten: einer Art Schleuder, die aus mehreren verbundenen und an den Enden mit Steinen beschwerten Schnüren bestand. Ein geübter Werfer konnte damit einem Tier im Galopp die Beine umschlingen und es zu Fall bringen.

Seit seine Truppen im letzten Jahr das Reich der weißen Hexe unterworfen hatten, hatte Marin viele geübte Werfer gewonnen und sie im Laufe des Winters in sein Heer eingegliedert. Einst hatten diese Hirten die weiße Hexe als Göttin verehrt – jetzt dienten sie Bponur und dem Mahdi mit einer Waffe, die sie von Kindesbeinen an beherrschten.

Marin wusste, dass sie die Ritter damit trotzdem nicht besiegen konnten. Die Krieger aus Barrat waren hervorragende Reiter, die auch von Kindheit an im Kriegshandwerk geschult wurden.

Aber diese ersten tausend Mann mussten nicht siegen. Sie sollten den Feind nur lange genug aufhalten und ihm Verluste zufügen.

Als die Truppen aufeinanderstießen, hob Marin den Arm

und schickte die nächsten tausend Reiter aus. Deren Aufgabe war es, um die im Kampf gebundenen Ritter herumzureiten und die zu Fuß Fliehenden einzuholen, die in ihrer schweren Rüstung ohne ausreichende Rückendeckung so gut wie hilflos waren. Außerdem sollten sie das feindliche Fußvolk in Scharmützel verwickeln und es auseinanderziehen.

Marin wartete nicht ab, wie der Angriff verlief. Er zog weitere Krieger aus der Schlachtreihe ab und schickte sie zu den Pferden. Zweitausend Reiter sollten in der dritten Angriffswelle folgen. Marin selbst lenkte sein Ross an die Seite seines Stellvertreters Menes.

»Wir sollten das Fußvolk langsam vorrücken lassen«, sagte er zu ihm.

Menes war ein Ritter aus den schon früh vom Mahdi eroberten Gebieten, genau wie Marin. Sie trugen beide einen Kettenpanzer und besaßen die großen Pferde, die ihres Standes würdig waren. Der Mahdi schätzte die wenigen Ritter, die er in seinem bisherigen Reich hatte sammeln können – aber im Grunde waren sie alle gleich.

Marin hatte seine Herkunft hinter sich gelassen, als er unter die Heiligen Krieger getreten war, und er verlangte nur so viel Wertschätzung, wie er sich durch seine Fähigkeiten verdiente. Menes hatte sich auf dieselbe Weise bewährt, und Marin vertraute ihm.

»Ich weiß nicht, ob es dafür nicht zu früh ist«, antwortete Menes.

Marin wusste, was er meinte. Geordnet vorzurücken war für das Fußvolk ein schwieriges Manöver. Wenn die Reihen durcheinanderkamen, waren sie einem Gegenangriff schutzlos ausgeliefert. Sie hatten diese Bewegung im Winter geübt, aber es war ein Risiko. Ein geballter Angriff mit dem Fußvolk sollte erst dann erfolgen, wenn die Kraft des Feindes bereits gebrochen war.

»Rücke ganz langsam vor«, befahl Marin. »Es erhöht den Druck und bringt uns in eine bessere Position für den Sturm, ohne dass wir die Stellung aufgeben.«

Er schaute auf das Schlachtfeld. Kein Plan überdauerte den ersten Augenblick der Schlacht, so hieß es. Jederzeit konnte etwas Unvorhergesehenes geschehen. Und doch … Marin glaubte immer weniger daran. Die Schlacht verlief gut. Tatsächlich wirkte ihr Gegner überraschend schlecht geführt und reagierte stets ein wenig langsamer, als die Lage es erfordert hätte.

Konnte es wirklich sein, dass diese Ordensritter die heiligen Scharen des Mahdi immer noch unterschätzten, nach allem, was geschehen war?

Marin wollte nicht leichtfertig sein. Bponur bestrafte den Hochmut. Aber er belohnte auch die Treue. Und während Marin auf dem Rücken seines Pferdes saß und über die Reihen seiner Krieger hinweg die Schlacht verfolgte, während sich rings um ihn die zweitausend Reiter für die dritte Welle sammelten, da wuchs in seinem Herzen eine Überzeugung.

Wenn Bponur den Hochmut bestrafte, dann war es heute der Hochmut der Ritter. Marin hingegen hatte Bponur lange gedient, und heute war der Tag, an dem seine Dienste belohnt wurden!

Ja. Marin horchte in sich hinein. Der Glaube und die Überzeugung in seinem Inneren waren sehr tief. Da war kein Hochmut, keine Täuschung, dafür war das Gefühl zu rein. Es war eine Botschaft Bponurs.

Heute war sein Tag!

Ein unglaubliches Glücksgefühl stieg in Marin auf, und ein Lächeln stahl sich in sein Gesicht. Es fühlte sich an, als müssten seine Augen strahlen.

Er wandte sich zu Menes. »Ich werde mich an die Spitze der Reiter setzen.«

Menes' Augen weiteten sich vor Entsetzen. »General Marin!«, rief er. »Das ist zu gefährlich – es sind noch zu viele Ritter auf dem Feld!«

»Und was bin ich?«, fragte Marin. Er blickte Menes an und schmunzelte.

Der sah verlegen zur Seite. »Die heilige Schar bedarf deiner Führung«, sagte er. »Was sollen wir tun, wenn du fällst?«

»Du führst die heilige Schar, mein Freund«, sagte Marin. »Sind wir etwa wie diese Heere der dekadenten Fürsten, die auseinanderbrechen, sobald der Anführer stürzt? Die heilige Schar kämpft, solange noch ein Krieger lebt und solange der Mahdi uns den Weg weist.«

»So soll es sein«, antwortete Menes mechanisch.

»Außerdem«, sagte Marin, »weißt du, was zu tun ist. Du kannst die Schlacht zu Ende führen, wenn es nötig ist. Du kannst die neuen Lande der Gläubigen sichern.«

»So Bponur es will«, gab Menes tonlos zurück.

Sie verabschiedeten sich mit einem letzten Gruß, dann ritt Marin in die Schlacht.

Inzwischen hatten die Ritter die erste Welle fast niedergeschlagen. Sie machten Anstalten, sich zu ihrem Fußvolk zurückzuziehen. Marin preschte nach vorn und befahl seinen Männern, langsamer zu werden.

Er sah einen Ritter auf einem prächtig gepanzerten Pferd, die Schabracke in Schwarz und gesäumt mit einer goldenen Borte. Die Rüstung des Mannes war prachtvoll verziert, dunkel brünierter Stahl mit Einlegearbeiten aus Gold und blauem Email.

Marin wies mit dem Speer auf den Mann.

»Du! Bist du der Anführer des Heeres? Ich fordere dich zum Zweikampf. Ich bin General Marin, der Feldherr des Heiligen Mahdi zu Zomer, Ritter von Kerdingen. Ich fordere dich zum Zweikampf!«

Es war lange her, dass er den alten Namen seiner Familie geführt hatte. Aber er sah, dass seine Worte durchdrangen. Ein paar der Begleiter sagten etwas zu dem prachtvollen Ritter, und der wandte sich um.

Marin ließ seine Männer vollends anhalten. Dann standen die beiden Banner einander gegenüber – zweitausend Reiter des Mahdi und einige Hundert Panzerreiter des Königs von Barratain, mit einem weiten Abstand dazwischen.

Marin ritt vor und wiederholte seine Herausforderung.

Ein Knappe löste sich auf seinem Pferd aus dem Haufen der Ritter. Er hielt vor Marin an und musterte ihn abschätzig. »Sie wollen meinen Herrn herausfordern, den edlen Fürsten an Drenar? Was für ein Ritter wollen Sie eigentlich sein, dass Sie einem Haufen Räubern voranreiten?«

Marin lächelte den Knappen an. »Ich bin ein Ritter, der deinen Herrn herausgefordert hat«, sagte er. »Dein Herr mag die Herausforderung annehmen und die Schlacht im Zweikampf der Heerführer entscheiden. Oder er kann sich hinter sein Fußvolk flüchten, wie er es anscheinend gerade vorhatte.«

Der Knappe wurde bleich vor Zorn und preschte zurück. Es dauerte nicht lange, und Marin sah, wie der Fürst an Drenar sich zum Kampfe bereitmachte.

Er selbst ritt zu seinen Leuten, ließ sich einen langen Spieß als Lanze geben und prüfte seinen Schild.

»General Marin!«, sagte einer seiner Leute.

Marin legte dem Pferd des Kriegers die Hand auf den Kopf wie zu einem Segen. »Ihr wartet, bis der Kampf vorüber ist«, sagte er. »Was auch immer Bponur mit mir geschehen lässt – ihr kennt eure Pflicht.«

Der Krieger nickte. Seine Kameraden in der Nähe nickten ebenfalls. Es war still geworden auf dem Schlachtfeld. Nur dann und wann drangen Schreie heran von versprengten Gruppen der zweiten Angriffswelle, die sich an manchen Stellen noch Scharmützel mit den feindlichen Fußknechten lieferten.

Der Fürst auf der anderen Seite trat vor. Marin stellte sich ihm gegenüber auf. Dann galoppierten sie aufeinander zu. Marin wusste selbst, wie winzig seine Gestalt wirken musste – im einfachen Kettenpanzer, auf einem schlanken Pferd und mit offenem Helm, gegen einen Ritter, der antrat wie zum Turnier gerüstet, auf einem gepanzerten Schlachtross. Als ob derlei Dinge Bedeutung hätten in den Augen des Herrn!

Marin musste fast lachen bei dem Gedanken. Er richtete die Lanze aus und zielte auf die Brust seines Gegners. Zugleich hob er den Schild und konzentrierte sich auf die Lanzenspitze, die auf ihn zuraste.

Marins Lanze traf den Panzer seines Feindes, rutschte daran ab, verhakte sich an einem Grat und barst, ohne dass dem Fürsten an Drenar etwas geschehen wäre.

Die Lanze des Fürsten kam auf Marins Schild zu, schwenkte im letzten Augenblick ein ganz klein wenig zur Seite und bohrte sich durch Marins Bauch. Marin spürte zunächst gar keinen Schmerz, nur einen dumpfen Schlag, der ihm den Atem raubte.

Er verlor seinen Schild und klammerte sich an seinem Pferd fest, aber das bloße Gewicht der Waffe in seinem Leib zog ihn schließlich aus dem Sattel. Er brachte sein Pferd noch zum Stehen und krallte die Hände um die Zügel, während er sich ungeschickt zu Boden gleiten ließ. Und dann war auch der Schmerz da. Es fühlte sich an, als würde jedes Organ in seinem Körper zerquetscht werden.

Marin hielt den Atem an. Langsam ging er auf die Knie, bis die Lanze auf dem Boden auflag und der Druck nachließ. Alles im Leben hat einen Sinn, dachte er, und war froh um die Tage seiner Ausbildung, als er gelernt hatte, dass Schmerz ohne Bedeutung war und den Krieger näher zu Bponur brachte.

Er zog sein Schwert, biss die Zähne zusammen und hieb mit zwei harten Schlägen den Lanzenschaft durch.

Ihm schwanden beinahe die Sinne, aber er zwang sich, bei Bewusstsein zu bleiben. Dann zog er den Speer am gesplitterten Ende vorsichtig aus seinem Körper.

Er stand wieder auf, lehnte sich an sein Pferd und hob das Schwert. Er hörte ein Raunen aus den Reihen der Ritter, ein Jubeln von seinen eigenen Leuten.

»Ich stehe noch«, rief er dem Fürsten zu. Es klang leiser, als er es gewollt hatte, und er musste keuchend Luft holen, um die Kraft für weitere Worte zu finden. »Kommt und kämpft.«

Das Blut rann aus seinem Bauch wie ein kleiner Wasserfall. An seinem Rücken sah es vermutlich nicht anders aus. Schwarze Wolken hingen vor seinen Augen. Ihm blieben nur noch wenige Augenblicke.

Der Fürst wendete sein Pferd. Er zog sein Schwert und holte aus, während er ein weiteres Mal auf Marin zuritt. Marin lächelte.

Er stützte den Schwertarm auf das Pferd. In der Linken, verborgen hinter dem Pferderücken, hielt er die Wurfschlinge der Hirten und ließ sie langsam seitlich kreisen.

Er wusste nicht, ob die Ritter es tatsächlich als Gottesurteil für die ganze Schlacht angenommen hätten, wenn Marin gewonnen hätte. Aber er wusste, dass seine Männer bestimmt nicht so dumm waren. Sie würden angreifen, sobald er fiel.

Wenn er es vorher schaffte, dass dieser Fürst nicht davonreiten konnte – dann würden seine Männer auf ein Heer ohne Anführer treffen.

Er hatte dem Mahdi lange gedient. Heute hatte er seinem Herrn das Amradim geschenkt. Marins Werk war getan, und er hörte, wie Bponur ihn rief.

»Endlich«, sagte er und lächelte glücklich, als sein Gegner herangeritten war und er selbst hinter dem Pferd hervortrat, um sich ihm in den Weg zu stellen.

Menes sah, wie Marin fiel. Er wusste, dass er sich für seinen Freund und Befehlshaber freuen sollte, und doch spürte er, wie ihm Tränen in die Augen traten.

Er schnaubte verächtlich. Diese Schwäche im Glauben war der Grund, dass Bponur nun Marin zu sich geholt hatte und nicht ihn. Er hatte noch einen Weg vor sich, um sich als würdig zu erweisen ... Aber eines Tages, schwor er sich, würde auch seine Stunde kommen.

So Bponur es ihm vergönnte.

Heute jedoch war nicht dieser Tag. Es war Marins Schlachtfeld, und Menes brachte das Werk nur zu Ende. Nachdem das Heer seiner Feinde gesprengt war, schickte er die Reiter aus, um die Fliehenden einzuholen.

Keiner sollte entkommen. Denn Menes' Aufgabe war es nun, das Amradim endgültig für den Mahdi in Besitz zu nehmen, die Spuren der alten Ordnung zu tilgen – und neue Krieger nach Zomer zu führen. Der Mahdi würde entscheiden, welcher dieser Leute ihm in Zukunft dienen durfte.

Ende November, in den Steppen des Ostens

Sein Atem bildete zarte Wolken vor dem Mund. Ranir zog das Fell fester um die Schultern, aus dem er sich eine behelfsmäßige Jacke zurechtgeschnitten hatte.

Doch es war nicht die Kälte am Oberkörper, die ihm zu schaffen machte. Es waren die groben, aus Fell und Leder und Riemen gefertigten Stiefel, die zum Laufen genauso wenig taugten wie als Schutz gegen die Witterung.

»Wenn wir noch einmal das Ende der Welt suchen«, sagte er zu seinem Kameraden. »Dann im Süden.«

Im Süden war es immer warm, hatte er sagen hören.

»Wir waren uns einig im Institut«, gab Draba zurück, »dass eine Reise in den Süden viel zu gefährlich ist.«

Ranir lauschte genau nach Ironie in den Worten seines Gefährten, doch er war sich nicht sicher. Also schwieg er lieber.

Die beiden Forscher und Critaan waren inzwischen nur noch mit einem Pferd unterwegs. Die zwei anderen Tiere waren den Anstrengungen der Reise zum Opfer gefallen.

Die Männer stapften eine weitere Anhöhe hinauf, Critaan vorneweg, Ranir mit dem Packpferd am Zügel dahinter.

Plötzlich blieb der Grôta stehen.

»Was ist?« Ranir senkte die Stimme. »Wieder ein Lager der Trolle?«

Critaan schüttelte den Kopf.

Zögernd ging Ranir weiter, bis er neben Critaan stand. Da erkannte er, warum der Jäger innegehalten hatte.

Das Ende der Steppe.

Von der Anhöhe aus hatten sie einen guten Blick über das Land, und hinter einigen kleineren Hügeln und Tälern erstreckte sich das Meer, eine endlose graue Fläche, die den gesamten Osten bis zum Horizont ausfüllte.

Ranir stand da und starrte in die Ferne.

»Das Ende der Welt«, stellte Draba fest.

»Nicht ganz«, sagte Ranir. »Nur das Meer. So eines haben wir bei uns im Süden ebenfalls, und es sieht genauso aus.«

»Nur etwas wärmer«, bemerkte Draba.

Sie schwiegen. Ranirs Blick folgte der Küstenlinie, die nach Nordosten verlief. Dort, ein Stück über dem Wasser, war der Horizont dunkler.

»Was ist das?«, fragte er. »Wolken? Oh Bponur, nicht auch noch ein Gewitter!«

Critaan schüttelte den Kopf. »Die Berge«, sagte er.

»Oh Gott.« Ranir wurde von einem Schwindelgefühl erfasst angesichts der Weite. Es fühlte sich nicht an wie das Ende der Welt. Nur wie ein weiteres Meer. Und wie weitere Berge, genau wie die, die sie in ihrer Heimat hatten.

»Ob wir dort dein Tor der Verbrannten finden werden?«, fragte Ranir.

Critaan zuckte die Achseln. Er war keinen Schritt von seinem einmal eingeschlagenen Weg abgewichen, aber auch er hatte im Laufe der Wanderung viel von seinem Feuer verloren.

Vielleicht, überlegte Ranir, lag es nur an der Kälte des nahenden Winters.

Die kleine Gemeinschaft schlug ein Lager im Windschatten der letzten Anhöhe auf. Sie sammelten Brennholz und machten es sich so bequem wie möglich.

Als sie dort beisammensaßen, sagte Draba: »Ich habe nachgedacht. Über diese Grôta-Legende, dass die Verbrannten aus den Bergen im Osten kommen. Nun, hier haben wir Berge. Und wir wissen aus unserer Heimat, dass Trolle Bergbewohner sind. Ich frage mich, ob es da wirklich ein Tor geben muss.

Was, wenn die Trolle einfach nur aus den Bergen gekommen sind, weil das ihre ursprüngliche Heimat war?«

»Ja«, erwiderte Ranir. »Aber warum sollten sie da wegziehen? Ich meine, wir haben gesehen, dass die Steppe kein so glücklicher Ort für sie ist.«

»Vielleicht hat etwas sie vertrieben?«, mutmaßte Draba.

»Ein Tor, aus dem noch schlimmere Kreaturen kamen …« Ranir schaute Critaan an. Jetzt wünschte er, sie wären damals umgekehrt und hätten auf eigene Faust versucht, sich in den

Westen durchzuschlagen. Damals war ihnen das unmöglich erschienen, aber jetzt …

Vermutlich wäre es ihnen damals wirklich unmöglich gewesen. Sie hatten sich verändert, sie hatten einiges gelernt auf der Reise, und Draba hatte sogar sein Bäuchlein verloren. Sie sahen inzwischen selbst aus wie zähe Steppenbewohner oder wie Grôta.

»Ein Tor«, sagte Draba. »Klingt irgendwie klein. Das hier …«

Ranir nickte. Er wusste, was Draba meinte. Es war eine Sache, einer Legende zu folgen. Doch nun, wo er die Berge in der Ferne sah, wurde nur allzu deutlich, wie groß dieses Land war. Es schien unglaublich, dass man es befrieden konnte, indem man einfach irgendwo ein Tor schloss. Vermutlich war es keine gute Idee, in ein Gebiet zu ziehen, das die Trolle verlassen hatten, um sich in eine Welt voll Sonne und Qualen zu stürzen.

»Stellt euch vor«, überlegte er, »die Trolle sind wirklich von dort geflohen. Durch die ganze lebensfeindliche Steppe in den Westen. Und als sie endlich wieder auf Berge stießen, hatten sich die vor ihnen fliehenden Grôta schon dort eingerichtet.

Jetzt sitzen die Trolle in der Steppe fest und träumen von den Bergen als ihrem Paradies, während die Grôta davon träumen, in die Steppe zurückzukehren, und doch die Berge um jeden Preis als ihren letzten Zufluchtsort verteidigen. Jeder sitzt da, wo er nicht hinwill, und in ewiger Feindschaft erstarrt verwehrt man dem anderen den Ort der Wünsche – obwohl alle glücklich wären, wenn sie einfach nur miteinander reden und tauschen würden. Wäre das nicht eine tragische Geschichte?«

»Klar«, knurrte Draba. »Eine Geschichte, die du dir gerade ausgedacht hat. Bei Bponurs feurigem Auge – *ich* sitze hier an einem Ort, wo ich nicht hinwill! Das nenne ich tragisch.«

»Wollten wir nicht hierhin?«, fragte Ranir. »Was ist mit dem Ende der Welt?«

Die Sonne verschwand allmählich hinter der Steppe. An der Hügelflanke saßen die drei bereits im Schatten. Sie kauerten sich um ihr kleines Feuer und starrten auf das endlose Meer hinaus, auf dem noch die Abendsonne glitzerte.

»Weißt du«, erwiderte Draba. »Ich glaube, es gibt gar kein Ende. Es geht einfach immer weiter. Nur die Menschen bleiben irgendwann einmal zurück.«

20. KAPITEL

Am Sonnentag des Dezember
im 21. Jahr der Krönung von Agos I.
(1. Dezember 963 nach Horomischer Zeitrechnung)

Barratain

Vilia begrüßte Hragaud am Tor. Sie schluchzte, als sie ihn erblickte, und dann umarmten sie sich und weinten beide. Schließlich traten sie ins Haus, und Vilia ließ Hragaud warmen gewürzten Wein bringen und packte ihn in Decken vor dem Kamin.

Sie selbst stand da, so dicht am Feuer, dass Hragaud am liebsten aufgesprungen wäre und sie weggezogen hätte, damit ihr Kleid nicht in Brand geriet. Doch er fühlte sich viel zu erschöpft nach der langen Reise auf den winterlichen Straßen von den Bergen der Grôta bis in die Hauptstadt.

»Du bist hierhergekommen«, stellte sie fest. »Aber der Sitz des Ordens der Heiligen Flamme liegt im Süden.«

»Es schien mir das Richtige zu sein«, antwortete Hragaud. »Nach allem, was geschehen ist … habe ich nur daran gedacht, dich zu sehen.«

Außerdem war am Sitz des Ordens kaum mehr jemand, den er kannte. Hragaud war so lange im Westen gewesen, und dann hatte er so viele Brüder in der Steppe des Ostens verloren …

»Nach allem, was geschehen ist?«, fragte Vilia.

Er senkte den Kopf. »Es tut mir leid. Von Bregar habe ich auf dem Weg hierher erfahren. Das war ein weiterer Grund, warum ich dich sehen wollte. Um Trost zu spenden. Obwohl ich immer noch nicht verstehe, was eigentlich passiert ist.«

»Keiner versteht das«, sagte Vilia. »Keiner versteht das …«

Sie schwieg eine Weile. Hragaud ließ ihr Zeit. Die Gerüchte waren beunruhigend gewesen. Der Mahdi hatte das Amradim erobert! Das war unvorstellbar. Ebenso unvorstellbar erschien es, dass er ganz nebenbei Bregars Streitmacht geschlagen hatte.

»Es sind so wenige zurückgekommen«, sagte Vilia schließlich. »So wenige. Und die Berichte waren widersprüchlich. Manche sagen, das Heer sei durch Verrat besiegt worden. Aber das sind die, die schon zu Beginn der Schlacht geflohen sind.

Die, die bis zum Ende blieben … von denen hat es kaum jemand zurück über den Fluss geschafft.«

»Bregar hat es nicht geschafft.« Hragaud seufzte. »Es fällt mir schwer, das zu glauben.«

»Auch meine Söhne sind nicht zurückgekehrt«, sagte Vilia. »Ich habe zuletzt noch eine Botschaft erhalten, dass Bregar mit Bennos beim Heer eingetroffen ist. Er hat ihn aus Zomer geholt, wie ich es verstanden habe. Ich dachte, sie sind bald zu Hause und ich erfahre mehr darüber. Sie waren ja schon ganz nah …

Ich hatte so viel, und mir wurde alles genommen.«

Sie verstummte wieder. Hragaud erinnerte sich an ihre letzte Begegnung. Seine Gedanken schweiften weiter zurück, in jene Zeit, da er und Bregar zu Rivalen wurden. Er fragte sich, ob es von Anfang an eine Tragödie gewesen war, weil es keine glückliche Lösung hatte geben können.

»Wenigstens ist deine Tochter in Sicherheit«, versuchte er Vilia zu trösten. »Bei den Schwestern vom Heiligen Wasser in Emigrand wird sie kaum in Kämpfe geraten.«

»Sie will Heilerin werden«, erwiderte Vilia. »Und dann in die Welt hinausziehen und den Menschen dort helfen, wo es ihnen am schlechtesten geht.«

»Ich verstehe«, sagte Hragaud.

Nach einer Weile fuhr Vilia fort: »Wirst du nach Horome zurückgehen? Du warst lange als Diplomat dort. Mag sein, dass wir so einen Mann brauchen werden.«

»Wenn ich gehe«, antwortete Hragaud, »werde ich wohl ein Schiff nehmen müssen. Jetzt, wo das Amradim verloren ist und die Reichsstraße blockiert.«

»Du solltest bei Hofe vorstellig werden«, riet Vilia. »Die Orden haben einen schweren Schlag erlitten, und der König braucht seine Ritter. Diejenigen, die ihm noch geblieben sind. Die Fürsten bedrängen ihn hart.«

Zwei schwere Schläge, dachte Hragaud. Und für einen davon war er verantwortlich.

Aber Vilia hatte recht. Hragaud war so mit seinen eigenen Sorgen und den schlimmen Nachrichten aus Westbarratain beschäftigt gewesen, dass ihm die weitergehenden Folgen gar nicht klar geworden waren.

Die mächtigen Ritterorden, die den König immer unterstützt und die Stabilität im Osten gewahrt hatten, waren derzeit so gut wie ausgelöscht. Und Hragaud hatte ganz beiläufig auch das Volk der Grôta geschwächt, das gleichfalls dem König in Treue verbunden war.

Wer trat jetzt noch den Fürsten von Barrat entgegen, wenn sie mehr Macht einforderten? Wer schützte das Recht, wer schützte den König?

Hragaud schüttelte den Kopf. »Ich werde bei Hofe erscheinen«, sagte er. »Aber ich fürchte, ich bin der Letzte, den Ihre heilige Majestät sehen will.«

Am Vespertag des Dezember
im 21. Jahr der Krönung von Agos I.
(20. Dezember 963 nach Horomischer Zeitrechnung)

Südlich von Barratain

Das Städtchen Kempel lag eine gute Tagesreise von der Hauptstadt entfernt an der Brücke über den Barrat. Es war einer der wenigen Übergänge zu dem Land, das jetzt unter der Herrschaft des Mahdi stand.

Am Ostufer hatte sich ein großer Trupp von Lehnsrittern und deren Gefolge gesammelt – ein Aufgebot der Fürsten, die als Einzige noch in der Lage waren, dem Mahdi entgegenzutreten. Viel war es nicht, was sie zum Schutz der Hauptstadt aufbieten konnten. Hragaud hatte von Übergriffen entlang des ganzen Flusses gehört, und die Herren mussten ihre eigenen Länder verteidigen.

Schnee fiel in dichten Flocken. Hragaud stand neben Vilia und weiteren Gesandten der Orden und der Fürsten am östlichen Aufgang der Brücke. Hier hatten ihre Boten den Treffpunkt vereinbart.

Schemenhaft sahen sie Bewegung im Schneetreiben auf der anderen Seite. Gestalten kamen heran. Hragauds Herz schlug schneller, er musste sich dazu zwingen, nicht die Hand zur Waffe zu führen.

Dann waren sie da. Die Krieger des Mahdi trugen einfache Kittel und stapften barfuß durch den Schnee. Manche von ihnen wirkten halb erfroren, Hragaud entdeckte geschwollene Füße und blaurote Flecken in einigen Gesichtern. Dennoch bezogen die Männer schweigend und stoisch Position an der Brücke.

Ein Ritter trat aus ihren Reihen, begleitet von einem halben Dutzend schwerer gerüsteter Kämpfer. In der Mitte der

Brücke blieben sie stehen, und Hragaud ging ihnen entgegen. Die übrigen Gesandten folgten ihm.

»Der König bittet um Verhandlungen?«, fragte der Ritter des Mahdi schroff und ohne Grußworte.

Hragaud schluckte und rang sich ein Lächeln ab. »Ich bin Hragaud an Dantuir, Marschall vom Orden der Heiligen Flamme Bponurs über den Ländern der Gläubigen, und der Sprecher der Gesandtschaft von König Agos I., Ihrer heiligen Majestät in Barratain. Der König wünscht Frieden in seinem Reich und unter seinen Fürsten.

Er möchte einen Vertrag aushandeln mit dem Eroberer des Amradim, um die Grenzen und die gegenseitigen Ansprüche zu klären.«

Der Ritter auf der anderen Seite verbeugte sich spöttisch. »Ich bin Menes. General und Statthalter des Mahdi im Amradim. Ich spreche für meinen Herrn. Warum sollten wir Frieden schließen, nachdem wir Eure Krieger alle besiegt haben?«

Hragaud nickte in Richtung des Ostufers. »Es gibt mehr Ritter im Reich«, sagte er. »Es gibt die Heere der Fürsten. Wer weiß, ob Euch das Glück in künftigen Schlachten weiterhin gewogen bleibt.«

»Glück?« General Menes spuckte aus. »Wir vertrauen nicht auf Glück. Wir vertrauen auf Bponur! Aber der Mahdi wünscht Frieden und Freundschaft mit dem König. Er bietet Ihrer Majestät an, ihn in Zomer zu besuchen. Der Mahdi ist überzeugt, dass sie in gegenseitiger Abstimmung zusammenfinden und gemeinsam das Reich Bponurs wieder errichten werden.«

»Der König soll nach Zomer reisen?« Vilia trat vor und sah dem Ritter in die Augen. »Er ist der König! Wenn der Mahdi eine Audienz bei ihm will, soll er in Barratain vorstellig werden.«

»Man erzählt sich«, sagte der fremde Ritter, »dass der König einst jedes Jahr von seiner Hauptstadt Chorason zum Orakel Bponurs im Kreis der Wissenden Steine reiste. So war es Sitte im Alten Reich.

Der Mahdi ist in unseren Tagen die Stimme Bponurs auf Erden. Ist sein Vorschlag also unbillig? Wenn der König ihn aufsucht, wird er die Wahrheit erkennen, und vielleicht kann vieles wieder so werden, wie es einstmals war. Damals, als Bponur noch unter uns wandelte.«

»Ist das Eure Forderung?«, fragte Hragaud. »Dass der König selbst in Zomer vorspricht?«

Der Ritter lächelte. »Das ist eine Einladung«, sagte er. »Eine Einladung für Friedenszeiten. Die erste Bedingung für den Frieden ist, dass Ihr die Herrschaft des Mahdi im Amradim anerkennt. Es ist ein Heiliger Ort für uns.«

»Die erste Bedingung?«, fragte Hragaud.

»Natürlich gibt es weitere«, gab Menes zurück.

»Das ist eine Ungeheuerlichkeit!« Vilia tobte, als sie alle sich im Gasthof des Ortes aufwärmten. Ringsum an den Tischen sprachen die Gesandten der Fürsten mit den anwesenden Rittern, und viele waren empört. Aber manch einer hielt die Bedingungen des Mahdi für annehmbar, wenn man die Bedrohung so auf der anderen Seite des Flusses halten konnte.

»Dieser … Emporkömmling kann dem König keine Forderungen stellen.«

Hragaud sah sie zweifelnd an. »Ich fürchte, doch«, sagte er müde. »Ich weiß nicht, ob ein Krieg Ihre Majestät billiger käme.«

Er blickte sich im Raum um. Der König hatte kein eigenes Heer. Er konnte dem Mahdi einen Vertrag zubilligen, der nicht viel mehr beinhaltete als einen Titel für das, was der Mahdi sich schon selbst genommen hatte. Oder er konnte zum Krieg aufrufen – und würde den Fürsten für ihre Unterstützung eine Menge mehr anbieten müssen.

Zornig biss Vilia die Zähne aufeinander.

»Ich verstehe nicht, wie diese Leute Bregar und sein Heer besiegen konnten.«

»Dennoch haben sie es geschafft«, sagte Hragaud. »Und wir haben Berichte erhalten, dass die Unterhändler des Mahdi Kontakt zu Brod-Bur und zum Städtebund suchen. Wie es aussieht, wollen sie einen Teil der Reichtümer des Amradim gegen Waffen tauschen. Im Frühjahr wird der Mahdi stärker sein als jetzt, und er war jetzt schon stark genug, um das mächtigste Heer zu besiegen, das Barrat seit Langem aufgeboten hat.«

»Der Ketzer-Herzog von Brod-Bur!« Vilia spie die Worte hervor. »Da hat er sich den richtigen Verbündeten ausgesucht. Noch so ein selbst ernannter Fürst. Ein Grund mehr, warum der König ihm niemals nachgeben darf.«

Hragaud lehnte sich verzagt zurück. »Die Entscheidung liegt nicht bei uns. Ich nehme an, der Vorschlag des Mahdi wird auch ein paar Fürsprecher finden – immerhin hat dieser Ritter angeboten, dass im Gegenzug alle noch lebenden Grafen und Ritter des Amradim auf ihre Besitztümer zurückkehren dürfen, wenn sie nur bereit sind, in Zomer dem Mahdi die Treue zu schwören.«

»Ich kann mir nicht vorstellen, dass irgendein Graf einem Räuberhauptmann die Treue schwört«, sagte Vilia.

»Oh.« Hragaud lächelte matt. »Viele Grafen denken politisch. Sie werden davon ausgehen, dass es leichter ist, den Mahdi loszuwerden, wenn sie erst wieder auf dem eigenen Land sitzen und eigene Mittel haben.

Wie dem auch sei, der König wird entscheiden. Ich habe nur die Bedingungen zu überbringen – und dieser Menes hat uns nicht viel Spielraum zum Verhandeln gelassen.«

Agos I., König des Omukchar und Herr von Barratain, heiliges Oberhaupt der Kirche Bponurs, bestätigte den Vertrag mit dem Mahdi zum Fest der Freude – der Wintersonnwende, dem Jahreswechsel, dem höchsten der vier Festtage in Reich und Kirche.

In einem königlichen Erlass, den er im Anschluss an den Gottesdienst zum Sonnenaufgang vor allen anwesenden Würdenträgern Barrats öffentlich verlas, verlieh er dem Mahdi die Titel des Grafen von Zomer, des Grafen von Torenom, des Grafen von Boleson und des Grafen von Eredar, Hüter von Chorason und der heiligen Stätten des Alten Reiches sowie des Fürsten des Amradim, offiziell eingetragen und besiegelt in der königlichen Wappenrolle, dem maßgeblichen Adelsregister des Omukchar.

»So soll wieder Frieden herrschen in unserer Zeit«, verkündete der Monarch zum Abschluss dieses ersten öffentlichen Auftritts seit vielen Jahren.

So wurde dem Mahdi die Vorherrschaft über alle Ländereien zwischen den großen Strömen zugestanden, über das ganze Gebiet des Alten Reiches. Außerdem wurden ihm sämtliche Grafentitel in diesem Gebiet verliehen, die im Augenblick nicht vergeben, aber noch nicht offiziell als erloschen vermerkt waren.

Das bedeutete – zumindest ging Hragaud davon aus –, dass der Krieg sich in Zukunft in den Süden verlagerte, weit entfernt von Barratain. Denn viele der Orte, die der König dem Mahdi zugestanden hatte oder auf die dieser nun einen Anspruch erheben konnte, waren keineswegs in seiner Hand, doch er würde gewiss versuchen, seinen rechtlichen Anspruch auch in der Wirklichkeit durchzusetzen.

Das brachte den Mahdi in Gegnerschaft zu Städten wie Eredar – einer Handelsstadt, die das ganze Altlandmeer beherrschte, und möglicherweise sogar mit dem Zwistbrecher-Städtebund im Süden sowie mit der Ketzerstadt Brod-Bur und mit den östlich vom Ragnat liegenden Besitzungen der Kaiserin.

Hragaud wusste nicht, ob der König das so geplant hatte. Er ging jedoch davon aus, dass die Lösung allen Beteiligten gelegen kam.

Er selbst hatte Zweifel, was die Folgen in der Zukunft betraf.

Gemeinsam mit Vilia verließ er die Feierlichkeiten im Palast schon früh und zog sich in den Sitz des Ordens der Heiligen Speere zurück. Dort saß er an einem der riesigen Tische in der leeren Versammlungshalle, während Vilia im Raum auf und ab ging und ihren Zorn kaum zügeln konnte.

»Ich verstehe nicht, wie sie das tun konnten!«, stieß sie hervor. »Er hat die Blüte der Ritterschaft erschlagen, er ist ein Ketzer wie der Herzog von Brod-Bur, und sie belohnen ihn mit dem Segen des Königs?«

»Wir haben alle genug geblutet!«, sagte Hragaud beschwichtigend.

Vilia sah ihn an. Sie stemmte die Hände in die Hüften. »Er nennt sich einen Propheten Bponurs«, sagte sie. »Aber was für eine Botschaft hätten wir je von ihm erhalten außer seinen plündernden Horden?«

»Seine Botschaft, soweit ich es verstanden habe, lautet, dass Bponur zurückkehren wird, wenn das ganze Reich im wahren Glauben vereint ist.«

Vilia schnaubte. »Ich als Priesterin«, erklärte sie, »wüsste zu gern, wie dieser wahre Glaube aussehen soll. Vielleicht sollte ich den Mahdi einmal fragen, ob ihm mehr dazu einfällt, als Bauern in Kutten zu stecken und sie mit Speeren herumfuchteln zu lassen.«

Hragaud verzog das Gesicht. »Vielleicht kann ich ihn das bald selber fragen.«

Vilia schaute ihn erschrocken an.

Hragaud zuckte die Achseln. »Ich nehme an, dass ich derjenige bin, der ihm am Ende die Urkunden bringen soll. Ob Horome oder Zomer, für die Menschen in Barratain ist das kaum ein Unterschied. Ich war jahrelang als Gesandter in der kaiserlichen Hauptstadt, also wird man auch als Erstes auf mich kommen, wenn ein Gesandter für den Umgang mit dem Mahdi gesucht wird.«

»Aber du kannst nicht dorthin!«, rief Vilia. »Nicht, nachdem ich schon fast jeden, der mir etwas bedeutet, an den Mahdi verloren habe!«

Hragaud seufzte. »Wenn ich Glück habe, schickt er wieder seine eigenen Boten an die Brücke und lässt die Dokumente dort in Empfang zu nehmen. Glaube mir, Vilia, ich bin nicht erpicht auf eine Reise durch das halbe Reich.«

Wenn er ehrlich war, fühlte er sich viel zu schwach dafür.

Er war müde. Die Entbehrungen der Steppe steckten ihm immer noch in den Knochen, und er wusste nicht, ob er sich je davon erholen würde. Im Augenblick war er nicht einmal kräftig genug, um eine Rüstung zu tragen!

Vilia setzte sich zu ihm. Sie legte ihre Hand auf die seine. »Tut mir leid«, sagte sie. »Ich bin eigennützig. Ich sollte dich nicht mit meinem Wehklagen belasten – du bist nicht derjenige, dem mein Zorn gilt.«

»Er hat deinen Mann getötet«, sagte Hragaud. »Du hast allen Grund, auf den Mahdi wütend zu sein.«

Hragaud konnte es selbst kaum glauben, dass Bregar fort war. Fort für immer. Er hätte Genugtuung empfinden können nach dem Streit der letzten Jahre; oder Trauer um den Freund, der Bregar einst gewesen war. Beides traf es nicht recht.

Er empfand einen Verlust, als wäre ihm ein Teil seines eigenen Lebens genommen worden. Vielleicht war Bregar stets ein Fixpunkt gewesen, an dem er sich selbst gemessen hatte. Und wer war er nun, da Bregar nicht mehr da war?

Und Hragaud empfand Wut. Eine unbegründete Wut, für die er sich schämte. Aber Hragaud hatte das Gefühl, dass Bregar sogar im Tod noch bewiesen hatte, dass er der Größere von ihnen beiden war.

Sie hatten beide einen Krieg verloren. Hragaud trug die Verantwortung für den Tod von Tausenden, die ihm gefolgt waren – aufs große Ganze gesehen war seine Niederlage jedoch ohne Bedeutung. Die Bestien der Steppe waren weiterhin dort, wo sie seit Jahrhunderten lebten. Die Grôta hielten ihre Wacht in den Bergen. Alles war genau so, wie es immer gewesen war, als hätte sein Feldzug niemals stattgefunden. Hragauds Scheitern blieb eine Randnotiz in der Geschichte.

Bregar hingegen war sogar in der Niederlage noch herausragend gewesen und hatte fast das Reich mit in den Untergang gerissen. Er hatte nicht den Ruhm erlangt, den er gesucht hatte – aber Hragaud zweifelte nicht daran, dass man Bregars Namen nie vergessen würde, selbst wenn sich niemand mehr an die Taten eines Hragaud an Dantuir erinnerte.

Auch wenn das eine Art von Ruhm war, die Vilias Schmerz nur noch schlimmer machen würde.

»Bregar war ein großer Mann«, sagte er also nur. »Trotz aller Unstimmigkeiten, die wir am Ende hatten. Das Reich ist nicht mehr dasselbe ohne ihn.«

»Die Welt ist nicht mehr dieselbe«, erwiderte Vilia. »Das ist nicht mehr die Welt, in der wir vor einem Jahr gelebt haben. Hragaud, wie soll es weitergehen?«

Sie sah ihn an. Hragaud spürte die Last der leeren Halle auf sich. Schon bei seinem letzten Besuch, als die meisten der Ordensritter in den Westen gezogen waren, hatten nur ein paar Priester und Pagen und Diener die Stellung gehalten. Doch erst jetzt, wo man wusste, dass keiner der Ritter je zurückkehren würde, war aus der Ruhe im Ordenshaus eine drückende Einsamkeit geworden, eine Stille, die alle, die noch hier waren, zu verzehren drohte.

Gewiss, es gab immer zweite und dritte Söhne von Rittern und Grafen, und Edle aus Nebenlinien. Sie hatten kein Erbe zu erwarten und suchten dennoch einen standesgemäßen Platz in der Welt. Hragaud zweifelte also nicht daran, dass sich die Reihen der Ordensritter wieder füllen würden. In zehn, zwanzig Jahren würden erneut Männer hier sitzen, von künftigen Taten träumen und Feldzüge planen.

Neue Männer, neue Gesichter, die er nicht kannte.

Hragaud dachte über Vilias Worte nach und hatte das Gefühl, als wäre seine ganze Welt gestorben.

»Ich weiß es nicht«, sagte er. »Die Zukunft liegt in Bponurs Hand.« Er sah Vilia an. »Ich für meinen Teil, ich will an die Menschen denken, die mir geblieben sind.«

Sie saßen noch lange beisammen in dieser Halle, am Tag des Festes der Freude, das den Neuanfang und die Wiederkehr der Sonne versprach und in Wahrheit die längste Nacht des Jahres markierte.

Sie wussten nicht, was der Morgen brachte. Doch sie umarmten sich, als die Sonne unterging.

WINTER

Der Garten der kaiserlichen Dame in Horome hatte seine eigenen Jahreszeiten. Selbst im Winter blieb das Wetter hier mild, und wenn einmal Schnee fiel in der kaiserlichen Hauptstadt, lag er auf dieser Dachterrasse wie eine flauschige Decke über den Pflanzen.

In diesem Winter gab es keinen Schnee. Ein paar Bäume waren kahl geworden, manch ein Beet dämmerte im Winterschlaf vor sich hin. Aber das verbliebene Grün spross dafür umso dunkler und schwerer, als müsste es die matte Sonne am Himmel ausgleichen.

Die Ranken um den Eingang hingen herab wie ein Vorhang, der den Durchgang beinahe verbarg. Etwas regte sich dahinter. Die Ranken wurden wie von einer unsichtbaren Hand beiseitegeschoben. Die Schatten im Torbogen zogen sich zu lichtloser Schwärze zusammen und schienen sich um sich selbst zu falten.

Dann trat eine Gestalt hinaus in das Licht des Wintertages.

Es war ein schlanker und ungewöhnlich hochgewachsener Mann mit blassem Antlitz und wallenden schwarzen Haaren. Er trug ein langes Kettenhemd und ein Schwert mit zierlichem Griff. Er sah sich in dem Garten um und rümpfte die Nase.

Er schritt mit einer lässigen Eleganz einher, aber etwas an der Bewegung war auf nicht zu deutende Weise falsch. So wie bei den Gesichtszügen nicht jeder Knochen an seinem natürlichen Platz zu sitzen schien, so waren auch die Glieder ein wenig zu lang, die Gelenke leicht verschoben. Es war schwer, die Unterschiede zu fassen, und doch war dieser Mann unzweifelhaft nicht von menschlicher Natur.

Der Garten war so angelegt, dass man die Grenzen nicht erkennen konnte. Der Besucher wich vom Weg ab, und um ihn herum zogen sich die Pflanzen zusammen und welkten dahin. Eine Lücke tat sich auf, und er trat an die Brüstung des Daches und blickte über die Stadt in den Süden, ein Ausblick, der von der glänzenden Kuppel des zentralen Tempels beherrscht wurde.

Neben ihm raschelte es, und eine Frau erschien, in einem grünen Kleid und mit einer Blüte im Haar. Der Fremde wandte sich von der Brüstung ab und sah sie an. Seine Lippen kräuselten sich zu einem Lächeln.

»Gut«, sagte er mit einer angenehmen und sanften Stimme. »Habt Ihr doch in die Welt der Lebenden zurückgefunden.«

»Was wollt Ihr hier in meinem Garten?«, gab die Dame kalt zurück.

»Ein Höflichkeitsbesuch«, erwiderte der Fremde. »Ist das nicht geboten? Ich wollte fragen, ob Ihr Anspruch auf diesen Ort erhebt … Nicht auf den Garten. Auf alles.«

Mit einer Geste seiner Hand umschrieb er die ganze Stadt.

»Und wenn?«, fragte sie.

»Und wenn …«, wiederholte der Besucher. »Wir sind von derselben Art, und niemand will Euch übergehen. Ihr wart zuerst hier. Aber wenn ich das so unhöflich feststellen darf: Ihr seid tot. Eure Ansprüche müssten reiflich überdacht werden.«

»Tot?« Die Dame lächelte und wies auf das Grün, das der Winterkälte trotzte. »Sieht das tot aus für Euch?«

Der Besucher zog die Blume aus ihrem Haar. Er legte sie auf seine behandschuhte flache Hand und betrachtete sie. Die Blüte zerfiel zu körnigem schwarzen Staub, der im sanften Winterwind verging.

Die Dame vor ihm verzog schmerzlich das Gesicht und

schwankte. Mit der Hand suchte sie Halt an einem schlanken Baum neben ihr.

»Ihr seid zu schwach, um zurückzukehren«, stellte der Besucher fest. »Was von Euch bleibt, ist kaum mehr als eine Erinnerung. Und doch fehlte Euch die Entschlossenheit, ganz zu gehen. Ich weiß nicht recht, wie wir damit verfahren sollen.«

»Ihr seid es, der tot ist«, versetzte die Dame. »Ihr alle seid in dem Augenblick gestorben, da Ihr Euch vom Pfad der lichten Götter abgewandt habt!«

Der Besucher winkte ab. »Alte Geschichten«, sagte er. »Also, ist das Eure Stadt?«

»Es ist eine Stadt der Menschen«, sagte die Dame. »Sie haben ihre eigenen Herren.«

»Wir kümmern uns darum.« Der Besucher wandte sich wieder um und blickte auf die Stadt hinunter. »Ich habe gehört, sie waren sehr feindselig gegen das Volk der lichten Götter, diese Menschen?« Er grinste die Dame an. »Unsere Nachkommen sind weich geworden. Natürlich werden wir so etwas nicht dulden. Dennoch, die Menschen waren noch gar nicht auf dieser Welt, als wir uns zurückgezogen haben. Wir müssen sie erziehen. Wenn sie sich zähmen lassen, dürfen ein paar von ihnen bleiben.«

»Vielleicht unterschätzt Ihr die Menschen«, sagte die Dame. »Und wir haben Euch schon einmal vertrieben. Ihr seid hier nicht erwünscht.«

»Niemand wurde vertrieben«, widersprach der Fremde. »Der König ist gegangen, voll Trauer über sein undankbares Volk. Jetzt ist er zurückgekehrt. Er fordert, was sein ist – und er wird nicht einfach wieder verschwinden.

Die Zeiten haben sich geändert. Wer weiß, vielleicht sind da viele in seinem Volk, die ihn dankbar begrüßen werden.«

»Wohl kaum«, entgegnete die Dame. »Ich begrüße ihn nicht. Und er ist nicht mein König.«

Der Besucher lächelte. Er löste sich von der Brüstung und ging auf den Ausgang zu. »Aber das ist er«, sagte er zum Abschied. »Das war er immer. Der Herr von allem. Nur manche seiner Untertanen und Sklaven haben es vergessen.«

Der Wintersturm peitschte gegen die Klippen. Dann und wann sprühte die Gischt in einem feinen Schleier bis hinauf über die Kante. Furaxod wischte sich das Salzwasser aus dem Gesicht, hauchte in die klammen Hände und grub weiter.

Vier Männer in schweren Kapuzenmänteln standen in dieser Nacht auf dem kleinen Friedhof von Alkalund, einer Fischerstadt an der Küste südöstlich von Meerbergen. Das Wetter tobte, als würden die Elemente selbst das Treiben dieser Gestalten verurteilen. Der Wind fuhr durch die Fenster der dreieckigen Kapelle am Klippenrand, sodass die Glocke leise wimmerte.

Ein Mann lockerte den Grund mit der Spitzhacke, zwei Männer gruben, einer hielt die Laterne und versuchte, die Lampe gegen den Wind abzuschirmen.

»Habt ihr ihn?«, fragte er. »Es wird langsam ungemütlich.«

»Er ruft noch mal alle Höllenkräfte zu Hilfe«, sagte Furaxod. »Der verfluchte Sünder!«

Dann stießen die Spaten auf einen in ein Leintuch gehüllten Körper. Die Männer wischten die Erde weg und zogen die Leiche aus dem Grab. Furaxod lud sich den Toten auf den Rücken, und gemeinsam gingen sie ein Stück den Klippenweg hinab.

Auf halbem Wege hatten sie einen Scheiterhaufen aufgeschichtet. Sie legten den Leichnam darauf, und der Mann mit der Laterne streifte die Kapuze seines Umhangs vom Kopf. Darunter sah man den Kragen einer Priesterkutte. Er sprach Gebete, die der Wind in die Nacht hinaustrug.

»Komm zum Ende«, sagte Furaxod. Er hatte eine Fackel entzündet. »Lass das reinigende Feuer sein Werk tun.«

Er warf einen letzten Blick auf den eingehüllten Toten und spuckte aus. Dann schleuderte er die Fackel auf die Scheite. Das mit Pech bestrichene Holz flammte auf.

»Ein Heiliger Krieg, pah!«, stieß Furaxod hervor. »Wer weiß, was der in der Ferne getrieben hat. Hätte er seinen Fluch nur nicht hierher gebracht!«

Das Feuer auf dem Scheiterhaufen loderte auf – und beleuchtete die Gesichter der Männer, die darumstanden. Ihre Augen glänzten fiebrig. Am Hals zeichneten sich dunkle Geschwüre ab. Furaxod hustete, als der Qualm in seine Richtung zog. Feine Blutspritzer sprühten dabei aus seinem Mund.

Andere in der Stadt waren schlimmer dran. Der halbe Ort lag im Sterben. Viele waren nach Meerbergen oder in die umliegenden Dörfer geflohen, und wer noch lebte, zitterte davor, dass es ihn als Nächstes ereilte.

Der Mann, den sie hier verbrannten, war der erste Kranke gewesen. Er war vor einem Monat erst heimgekehrt, nachdem er viele Jahrzehnte als Söldner durch die Welt gezogen war. Er hatte behauptet, dass er Buße getan hätte für seine Sünden – in einem heiligen Krieg gegen die Kreaturen Gotors weit im Osten. Kurz darauf war er gestorben, und andere folgten ihm: mit denselben Geschwüren, mit Fieber und blutigem Auswurf. Bis die Bürger von Alkalund zu dem Schluss kamen, dass der Söldner einen Fluch mitgebracht hatte, eine Schuld, die so schlimm war, dass Bponur die ganze Stadt mitsamt ihrem verlorenen Sohn bestrafte.

Der Priester sprach seine Gebete, und sie reinigten den

Leib des Toten im Feuer. Mehr konnten sie nicht tun. Furaxod hoffte, dass es genug war, um Gottes Zorn zu besänftigen.

Dass es genug war, um die Stadt und sein eigenes Leben zu retten.

ANHANG

ANHANG 1
DAS OMUKCHAR

Vor tausend Jahren war das Reich zwischen beiden großen Flüssen vereint unter dem Gott Bponur. Dann kamen die Ronurer – mächtige Hexenmeister aus dem Schwarzen Gebirge im Westen, die den Dämonengott Gotor verehrten. Der letzte Erbe des alten Königs leistete Widerstand und führte einen Teil seines Volkes über den östlichen Strom – den Barrat. Am westlichen Strom, dem Ragnat, herrschten weiterhin die Ronurer, während das Land dazwischen entvölkert zurückblieb.

Das ist die Legende vom Ursprung des Omukchar – was nichts anderes bedeutet als »Mensch« oder »Reich der Menschen«. Niemand weiß, wie es wirklich war. Auch die Ronurer sind inzwischen verschwunden, ihre Städte in den Bergen sind zerstört und menschenleer. Das Omukchar jedoch ist heute noch in zwei Hälften gespalten, die sich an den gewaltigen Strömen Ragnat und Barrat entlangziehen.

Die Reichshälfte im Osten ist nach dem Fluss benannt, an dem sie liegt: In Barrat regiert ein König, der sich als Nachfolger der Herrscher des Alten Reiches versteht. Im Westen hat sich die große Metropole Horome als führende Macht etabliert mit einem Kaiser an der Spitze, der die Vorherrschaft im gesamten Reich beansprucht.

Im Laufe der Jahrhunderte hatte mal der Osten, mal der Westen die Führung inne. Doch das breite Niemandsland dazwischen, das Land, das der Legende nach einst das Alte Reich ausmachte, ist bis heute ein wirkungsvoller Puffer geblieben. So konnten sich beide Reichshälften zu jeder Zeit eine gewisse Eigenständigkeit erhalten.

Vor dreißig Jahren errang der Osten wieder seine Freiheit und vertrieb die Soldaten Horomes. Der König in Barratain konnte seine Herrschaft allerdings nicht einmal in allen Teilen Barrats durchzusetzen, geschweige denn im Gegenzug seinerseits den Westen unterwerfen.

Der Kaiser in Horome verlor in den Jahrzehnten darauf auch im Westen an Autorität, bis seine Macht sich nur noch auf die Städte am Ragnat und an der Küste erstreckte. In dieser Zeit gegenseitiger Schwäche haben der Kaiser und der König eine stillschweigende Vereinbarung getroffen: Der Kaiser im Westen beansprucht weiterhin die weltliche Herrschaft über das ganze Reich, auch wenn er diese nicht durchsetzen kann. Er hat jedoch den König in Barratain offiziell als geistliches Oberhaupt des Reiches anerkannt. Um dem König formal in keiner Weise unterworfen zu sein, hat der Kaiser seine priesterlichen Funktionen als »Graf von Horome« einem Metropoliten übertragen.

Der König wiederum hat sich aus der Politik zurückgezogen, und beschränkt sich tatsächlich auf seine religiöse Stellung als gesalbter Vertreter Bponurs. Auch als solcher tritt er kaum selbst in Erscheinung und agiert als bloßes Symbol im Hintergrund.

So stellte sich die Lage im Omukchar dar, als der Bürgerkrieg begann.

ANHANG 2
DER ADEL DES OMUKCHAR

Der Hochadel des Omukchar besteht aus den »fürstlichen« Familien – dies sind die Grafen und deren Verwandte bzw. Nachkommen. Die Fürsten des Omukchar berufen sich auf die vom König ernannten »Grafen« des legendären Alten Reiches – die weniger weltliche Herren waren als vielmehr die Oberpriester einer Region.

Das führt dazu, dass im Hochadel des Omukchar bis heute religiöse Traditionen gepflegt werden. Die Grafen beanspruchen die Vorherrschaft über die Kirche in ihrem Hoheitsgebiet. Obwohl sie inzwischen selten als Priester auftreten, obliegt ihnen die Ernennung der Geistlichen, und sie tragen formell die Verantwortung für vieles, was eher als kirchliche Aufgabe gilt – beispielsweise die Fürsorge für Findelkinder und Waisen. Nur in Einzelfällen übertragen Grafen ihre religiösen Pflichten an einen geweihten Priester – sei es, weil sie diese nicht ausüben wollen oder weil sie nicht dazu in der Lage sind. Diese Stellvertreter führen den Titel eines »Metropoliten« … und sollten gleichfalls einer fürstlichen Familie entstammen.

Der niedere Adel des Reiches ist der »Ritterstand«, der sich auf die heiligen Streiter des Alten Reiches beruft. Da das Alte Reich als Theokratie unter der Herrschaft eines Priesterkönigs gilt, ist auch das Rittertum traditionell religiös bestimmt. Dennoch unterscheiden sich Rittertum und Fürstentum grundlegend. Ritter pflegen als »Speere Gottes« insbesondere einen kriegerischen Ehrenkodex. Es gibt keinen Sinn für einen gemeinsamen »Adelsstand«, in dem die Fürsten nur eine Stufe höher stehen – beide Stände betrachten sich als grundsätzlich eigenständig, sie haben eigene Regeln für »standesgemäßes Verhalten«, und es ist allgemein anerkannt, dass die Moral eines Ritters nicht für Grafen gilt bzw. umgekehrt.

Die Durchlässigkeit zwischen den Schichten ist darum gering. Zum Fürsten wird man nicht einfach ernannt. Es ist ein ungeschriebenes Gesetz, dass König oder Kaiser nur den zum Grafen ernennen können, der bereits einer fürstlichen Familie entstammt. Die Befähigung zum Grafenamt muss »ererbt« sein – auch wenn im Einzelfall und je nach den Machtverhältnissen »Schummeleien« durchaus vorkommen.

Eine Durchlässigkeit nach unten ist eher möglich, sprich: Eine Person fürstlicher Abkunft kann in den Ritterstand eintreten. Dies geschieht sogar regelmäßig, wenn nicht beide Elternteile von fürstlichem Geblüt sind. Anders als beim Grafenamt ist die Ernennung zum Ritter auch ohne entsprechende Herkunft durch den König anerkannt – obwohl nicht jeder Ritter so einem »Neuzugang« Achtung entgegenbringt.

Der Ritterstand beharrt stets auf seine eigenständige Bedeutung und duldet es nicht, gemeinsam mit dem »Volk« als »Untertan« betrachtet zu werden. Das hat weitreichende Folgen – beispielsweise die, dass viele ritterliche Regeln nur dem eigenen Stand gegenüber gelten oder dass es für einen Ritter als unehrenhaft gilt, Befehle und Gesetze zu befolgen, die nicht ausdrücklich und ausschließlich für Ritter aufgestellt wurden.

In der Gesellschaft des Omukchar ist das allerdings weithin bekannt und akzeptiert und wird selbst von Grafen und Königen nicht anders erwartet. Wenn ein Graf Wert darauf legt, dass eine Anweisung für Ritter und einfaches Volk gleichermaßen gilt, wird er von sich aus den Befehl erst einmal allgemein erteilen – und dann für die anwesenden Ritter noch einmal in standesgemäßer Form wiederholen. Im

Omukchar gibt es darum auch spezielle Anredeformen für jeden Stand.

Um diese Unterscheidung deutlich zu machen, werden im Buch beide Höflichkeitsformen des Deutschen gezielt verwendet: Die gehobene und altertümliche Anrede als »Ihr« oder »Euch« kommt vor, wenn Untergebene mit ihren Herren reden oder Fürsten miteinander höflich verkehren. Das »Du« wird sowohl für die vertrauliche Anrede wie auch für den Umgang mit Untergebenen niedrigen Standes gebraucht.

Sprechen allerdings Fürsten mit Rittern (oder sehr standesbewusste Ritter untereinander), dann erscheint im Roman die modernere und nicht ganz so gehobene Ansprache als »Sie«.

Ähnliches gilt für viele Ausdrücke und Titel im Buch – also beispielsweise für den »König«, der einen politischen Herrscher mit religiösem Hintergrund bezeichnet, für den »Kaiser« als Herrscher mit allgemeingültigem Anspruch, der sich vor allem auf militärische Macht stützt, oder für den »Graf« als Mitglied des Hochadels, das seine Stellung nicht aus eigenem Recht ableitet, sondern von einem König.

Der geneigte Leser mag sich vorstellen, dass es für diese Dinge im Omukchar jeweils eigene Begrifflichkeiten gibt und dass im Buch die treffendste »Übersetzung« bzw. die am besten passendste Entsprechung aus der Geschichte zu finden ist.

ANHANG 3
DIE ZEITRECHNUNG DES OMUKCHAR

Bponur, der ursprüngliche Gott des Alten Reiches, ist ein Gott der Sonne und der Fruchtbarkeit. Es ist darum nur zu verständlich, dass die »klassische« Zeiteinteilung des Omukchar einem »Sonnenkalender« folgt.

Man kann sich vorstellen, dass es im Alten Reich überhaupt keine Monate gab, sondern dass die bedeutsamsten Punkte des Sonnenlaufs zugleich auch die wesentlichen Einteilungen des Jahres bezeichneten: nämlich die Sommersonnwende und die Wintersonnwende sowie die Frühjahrs- und die Herbst-Tag-und-Nacht-Gleiche.

Noch heute sind diese vier Daten die wichtigsten Feiertage im gesamten Omukchar: »Das Fest der Freude« mit besinnlicher Andacht zur Wintersonnwende, »Das Fest des Lebens« mit Ausschweifungen und Fruchtbarkeitsritualen zur Frühjars-Tag-und-Nacht-Gleiche, »Das Fest des Sieges« zur Sommersonnwende mit Familienfeiern und Gottesdiensten sowie das »Fest der Ernte« im Herbst mit unbeschwerteren Festlichkeiten und mit Turnieren.

In alter Zeit, so heißt es, gab es neben diesen Festen einen »kleinen« Feiertag alle zehn Tage sowie einige Einzelfeiertage, und von diesen festen Punkten aus wurden die Tage gezählt und sämtliche anderen Daten abgeleitet.

Die Ronurer brachten den Mondkalender ins Reich, also die Monate als solche und die Zählung der Tage innerhalb der Monate. In den letzten Jahrhunderten verschmolzen beide Kalender, so dass inzwischen Monate üblich sind, die sich an den großen Feiertagen ausrichten – sprich: Die Monate des Omukchar und der Jahreswechsel liegen nicht ganz so, wie man es auf der »Erde« kennt, sondern richten sich in ihrem Beginn nach den Sonnwenden und Tag-und-Nacht-Gleichen.

Die klassische Einteilung in Perioden zu jeweils zehn Tagen (»ein Zehnttag«) mit einem kleinen Feiertag (»der Zehnttag«) am Ende ist in die Monate eingeflossen, wobei nun der 1., 10., 20., 30. und gegebenenfalls der 31. Tag eines Monats eine eigene (regional oft abweichende) Bezeichnung tragen und besonders hervorgehoben sind.

Wie genau nun ein Datum angegeben wird, ist im Omukchar je nach Provinz unterschiedlich. In den »moderneren« Gegenden im Westen haben sich allerdings einfache Monats-Zahlen-Verbindungen durchgesetzt, wie sie auch auf unserer Welt üblich sind. Je stärker eine Region hingegen traditionelle oder religiöse Aspekte betonen will, umso mehr wird sie die Sonnenfeiertage hervorheben und monatsbezogene Angaben meiden.

Dasselbe gilt für die Zählung der Jahre: Gegenden mit moderner Verwaltung bevorzugen einen einzelnen Fixpunkt (wobei im Westen die Zählung ab dem legendären Gründungsdatum Horomes am weitesten verbreitet ist). In Barrat hingegen wird oft mit jedem König (oder gar mit jedem Provinzfürsten) eine neue Zeitrechnung begonnen.

Sowohl die Tageszählung wie auch die Jahreszählung bringen im Omukchar also stets zugleich die Wertvorstellungen und die bedeutsamsten Aspekte der regionalen Kultur zum Ausdruck.

DIE WICHTIGSTEN FIGUREN DES BUCHES

AREDREL CALLINDRIN – der tote Kaiser des Omukchar

ARNULF VON MEERBERGEN – der verstorbene Kanzler von Kaiser und Kaiserin

ARUDA CALLINDRIN BEAHAD – Tochter von Kaiser Aredrel und umstrittene Kaiserin von Horome

BENNOS – ein junger Ritter vom Orden der Heiligen Speere Bponurs, der Sohn von Bregar und Vilia

BREGAR VON LEUTENFELD – Großkomtur des Ritterordens der Heiligen Speere Bponurs und Ratgeber des Königs in Barratain

CRITAAN VOM HABICHT-CLAN – ein Jäger und Grenzwächter vom Bergvolk der Grôta

DAURAS DER SEHER – ein vormals blinder Kampfmönch vom Orden der Schwerter zu Sir-en-Kreigen

DRABA VON KLANDEN – ein gelehrter Magister aus Horome

EUDOXIOS AN CRADIN – Marschall vom Ritterorden der Drei Blutigen Tränen Bponurs

GIWION VON SAALE – Ordensritter und Fähnleinführer

GRASOLD ALDHEIDE – Komtur vom Ritterorden der Heiligen Flamme Bponurs und langjähriger Freund und Kampfgefährte von Hragaud

HRAGAUD AN DANTUIR – Marschall des Ritterordens der Heiligen Flamme Bponurs

LACAN VON GALDINGEN – junger Ritter aus dem Meerbergener Land und unehelicher Sohn des verstorbenen Kanzlers Arnulf von Meerbergen

LINOS – Bregars jüngster Sohn und zugleich sein Knappe

MADIVAN – Hragauds Knappe

MARIN – ehemals freier Ritter, jetzt Feldherr des Mahdi von Zomer

MERIS – Agentin des kaiserlichen Kurierdienstes und Beraterin der Kaiserin

NESSA VON ERLINGEN – Ritterin aus dem Meerbergener Land und Lacans Freundin

NIKI – ein Stallmädchen der Komturei des Ordens der Heiligen Speere Bponurs in Barratain

RANIR MAULSGASSEN – ein weiterer gelehrter Magister aus Horome

RHYL AN GARREN – ein Söldnerführer von ritterlicher Abkunft aus dem Osten

SORTOR VOM SILBERQUELL – Hofmagierin der Kaiserin in Horome und Hofrätin für Kurierwesen

STAVOS VOM REHHÜGEL – ein junger Ritter aus Hragauds Gefolge

VILIA VON BLAUENBACH – Kämmerin vom Orden der Heiligen Speere Bponurs und Bregars Gefährtin

Jetzt anmelden!
VOM
LESER ZUM
SCHRIFTSTELLER!
WEITERE INFORMATIONEN UNTER:
www.bastei-luebbe-academy.de